Scrittori italiani e stranieri

Marco Cassardo

Eravamo immortali

ROMANZO

MONDADORI

mondadori.it

Eravamo immortali
di Marco Cassardo
Collezione Scrittori italiani e stranieri

ISBN 978-88-04-76649-0

I edizione settembre 2023

Eravamo immortali

In memoria di mia madre e mio padre

Meglio quel tempo che non c'era l'Ade. Allora andavamo tra boschi e torrenti e, lavato il sudore, eravamo ragazzi. Allora ogni gesto, ogni cenno era un gioco. Eravamo ricordo e nessuno sapeva. Avevamo del coraggio? Non so. Non importa. So che sul monte del centauro era l'estate, era l'inverno, era tutta la vita. Eravamo immortali.

CESARE PAVESE, *Dialoghi con Leucò*

Parte prima

FURORE

23 aprile 1939

Erano un centinaio, tutti assiepati alla linea di partenza. I copertoni di scorta a tracolla, berretti e borracce, faceva caldo per essere aprile.

«Oggi quanto vi do? Mezz'ora? Un'ora?» E rideva, il Lampione azzurro, rideva e trafficava con la leva del cambio.

Steu aveva addosso la maglia bianca, in tutta Italia erano in venti a indossarla, i migliori dilettanti, tra di loro ne sarebbero stati scelti dieci per disputare i Mondiali di fine agosto. Steu cercava lo sguardo del Lampione azzurro, ma quello aveva occhi soltanto per la bicicletta, accarezzava la canna, strizzava i freni. E ogni tanto diceva cose tipo «Mi prenderete il numero di targa», neanche troppo forte, abbastanza perché lo sentissero.

Steu fece per replicare, ma Remo gli strinse il braccio: «No Steu, lascia perdere».

«Chi è quel piciu? Ha bisogno di una pettinata.»

«Lascia perdere, chiel lì va fort fort» disse Remo.

«Deve pisciare più corto» disse Steu.

«Domenica a Susa ha dato venti minuti a Bosio. Non cacciarti nei guai.»

Steu si grattò il naso, Bosio era uno dei pochi a tenergli testa in salita.

Anche gli altri gregari di Steu annuirono alle parole di Remo, Toni mise l'indice davanti alla bocca, «Meglio stare zitto». Erano i ragazzi di Barriera Nizza, correvano per la squadra di

Musso, un astigiano con i baffi sottili che aveva fatto i soldi vendendo caramelle.

Partirono, la pedalata lentissima dei primi chilometri, gli scherzi e le risate, il duce verrà a trovarci a Mirafiori per l'inaugurazione degli stabilimenti, chissà che festa, duce vai a prenderlo nel culo, duce duce tu sei la luce.

Avevano quasi diciannove anni, Remo li avrebbe compiuti di lì a pochi giorni, Steu il mese successivo. Correvano insieme da quando erano bambini, Remo era più veloce, ma quando la strada saliva non ce n'era per nessuno, Steu era un diavolo. L'anno prima aveva vinto il titolo di campione piemontese, per tutti stava nascendo un grande scalatore. Remo no, in salita faticava. Ben presto si era abituato a correre per Steu, il suo amico, dieci centimetri più basso, un fascio di nervi su cui contare ogni attimo.

Quel giorno erano partiti da Chivasso direzione Sassi, poi la salita a Superga, cinque chilometri di sterrato da spezzare le reni. Una volta in cima, sarebbero scesi in picchiata fino a Gassino, svolta a sinistra e nuovamente a Sassi per risalire alla basilica; un inferno da ripetere tre volte, novanta chilometri che avrebbero eletto il più forte. C'erano tutti, quella domenica, il Gran Premio Fiat era una delle gare più importanti in calendario. C'era quello sbruffone del Lampione azzurro, c'erano due cavalli di razza come Cerrato e Raviola. E insieme a loro la crema dei dilettanti di Piemonte, Liguria e Lombardia: Trumlot, Bosio, Giordano, Ferrero. C'era Galbiati, il Trattore di Mantova. Tutti in maglia bianca, tutti a contendersi quei dieci posti per i Mondiali di Vienna.

Steu pedalava e pensava sarà una meraviglia. Glielo aveva promesso a suo padre: «Papà, tranquillo, con la bici andrò lontano». E il padre aveva sorriso, gli occhi intontiti da un altro litro di vino.

Remo e Steu procedevano appaiati, entrambi magri, le gambe come due stecche da biliardo. Remo occhi neri e pelle scura, i capelli folti sparati in cielo; Steu testa bionda, guance rosse e il celeste degli occhi.

Uno sguardo a destra, l'acqua del fiume è un caos liquido di cespugli. Ci siamo. Si svolta a sinistra. Remo è il primo dei due a prendere la salita; dietro di lui, in fila indiana, tutti i ragazzi di Barriera Nizza. Sono nella pancia del gruppo, una nuvola rossa con la macchia bianca di Steu; sarà un'arrampicata di studio, è dalla prossima che si inizierà a fare sul serio.

I ragazzi decelerano, Steu ha dato l'ordine di stare in fondo, non sprechiamo energie. Stare in fondo al gruppo nelle battute iniziali è un vezzo da campioni.

La salita attacca violenta, il primo chilometro è una cannonata nei muscoli. Tra imprecazioni e sassi che schizzano in faccia, i respiri si rompono. Steu solleva gli occhi. La basilica di Superga campeggia lassù.

Cambia rapporto, non è un'operazione facile, da qualche tempo la Simplex ha introdotto il deragliatore con una sola puleggia e un corpo privo di molla, è azionato da un cavo, a spostarlo ci vuole una forza bestiale. Steu si alza sui pedali, vuole mettersi alla prova per un centinaio di metri, le gambe fanno male, è sempre così al primo strappo.

Insiste nell'azione e risale il gruppo, poi si risiede, fa cenno a Remo di passare, toccherà a lui condurlo in cima.

«Come va?» gli chiede Remo.

Steu fa una smorfia, «Non so».

«Cosa vuol dire che non sai?»

«Non so.»

Remo lo conosce, sempre la stessa storia, cattive sensazioni all'inizio, poi l'incanto e il volo. Non si preoccupa. Si volta, chiama gli altri a tenere botta. Il plotone compatto è al tornante prima della basilica, ora si butterà a destra per volare giù dalla discesa, tredici chilometri di ghiaia che lo riporteranno in pianura. Al bivio tra rettilineo e discesa la ressa stringe il gruppo in un abbraccio di urla e sudore, qualche tifoso insegue il suo campione preferito, gli fa scivolare l'acqua sul collo, come un amore prudente. Quei ragazzi, così giovani, sono già idoli.

Le attenzioni della folla sono per i torinesi: per Steu; per Ferrero, il treno di Borgo San Paolo; per Giordana, bello come Amedeo Nazzari. Ciascuno ha i suoi tifosi, ma sono quasi tutti per Trumlot, faccia da antico romano, passista formidabile. È il re delle volate. La corsa di oggi non fa per lui, in salita non è un'aquila, ma la sua fama, nata a Borgo Dora, ha conquistato tutta la città. Ogni volta che taglia il traguardo, scende di sella e solleva la bicicletta, un gladiatore, la rimette a terra e saluta il duce a braccio teso. È l'orgoglio della gioventù del littorio. Fino a due mesi fa avanguardista, ora ha compiuto diciotto anni ed è entrato a far parte dei giovani fascisti; il partito è convinto che abbia le carte in regola per diventare il Meazza della bicicletta. Trumlot infila la discesa, una specie di bufalo. Camicia nera e pantaloni alla zuava, i camerati appostati lungo la strada si levano la bustina grigio-verde e la sventolano al cielo, vola Trumlot, vola per l'impero. Il loro morale è a mille; neanche un mese prima la Guerra di Spagna si è conclusa con la vittoria dei nazionalisti di Franco, il mondo si sta dipingendo di nero.

Dietro Trumlot, tutti gli altri, gli occhi incollati alla ruota anteriore, troppa polvere, qualsiasi errore può rivelarsi fatale. Cerrato e Raviola, Galbiati, Steu con Remo al fianco, uno dopo l'altro transitano i favoriti della corsa. Il Lampione azzurro è nelle retrovie, le gambe lunghissime e sottili, una conformazione toracica assurda, tondeggiante. Procede impassibile e solitario.

Poi la picchiata, la folla si dirada e il gruppo si allunga. Remo ordina a Toni di andare in testa a tirare la squadra. È il più forte in discesa, disegna curve come angeli, traiettorie perfette per prendere il vento e accorciare la strada. A chi lo insegue non resta che mettersi sulla sua ruota e imitarne i gesti, i pericoli se li prende tutti lui. Lo ha portato in squadra il capo, Musso: «È un castigo» disse presentandolo a Steu e Remo.

Con Toni alla guida, i ragazzi di Barriera Nizza si portano al comando della corsa, è un guanto di sfida che gli avversari più forti raccolgono mettendosi in scia.

Si sfreccia nella campagna che dai seicentosettanta metri di Superga riporta in pianura. È il versante meridionale della collina, più dolce di quello settentrionale. Si attraversano Cordova, San Martino, Castiglione, una china delicata ma con mille ostacoli, non solo buche, anche terra negli occhi e gatti, bestie maledette che ogni tanto sbucano dai casolari attorno e si fiondano sulla carreggiata guizzando tra le ruote dei ragazzi. La notizia giunge subito alla testa del gruppo, Galbiati ne ha centrato uno, la sua caduta ha coinvolto una decina di corridori: una nube di pulviscolo, bestemmie e sangue attornia il Trattore di Mantova. Risalirà in bicicletta, riprenderà la corsa, ma i minuti di distacco accumulati e il gomito ammaccato gli impediranno di lottare per i primi posti.

I corridori attraversano Gassino, respirano, fino a Sassi e alla prossima arrampicata sono quattordici chilometri di pianura, ne approfittano per bere e mangiare qualcosa, i capitani parlottano con i gregari, la corsa sta per entrare nel vivo, bisogna approntare la tattica giusta. Se la prima ascesa è stata senza scosse, nella seconda è certo che qualcuno prenderà l'iniziativa e l'andatura aumenterà.

Una voce raggiunge i ragazzi di Barriera Nizza. È Dalmasso, negli allievi andava alla grande ma il passaggio ai dilettanti e a un chilometraggio più elevato sembra averlo frenato. Da primadonna a comparsa. Affianca Remo a destra, «Ehi Nenni». Remo lo guarda di sbieco, risponde al saluto con un cenno della testa. Tra i due non corre buon sangue, vuoi per la politica, vuoi per qualche vecchia lite in gara.

«Allora Nenni? Tornato dai Pirenei?» Dalmasso insiste. In gruppo Remo lo chiamano così, non ha mai fatto mistero di amare il leader socialista. Gli piacciono il suo piglio, la volontà di rimanere autonomo da Mosca. Steu no, Steu ama Togliatti e stravede per Stalin, ma quando sente odore di nero non va per il sottile, socialisti o comunisti non importa, ha sentito e interviene: «Pedala Dalmasso, pedala, oggi arrivi due ore dopo».

Ma lui continua, si sporge verso Remo: «Nenni, non dici nulla? Bella batosta il vostro Fronte popolare».

Remo lo guarda lento. Tenendogli gli occhi addosso, si tappa la narice sinistra con l'indice sinistro e soffia forte con la narice destra, gli spara il muco sui raggi della ruota: «Il socialismo è portare avanti tutti quelli che sono nati indietro. Tu sei nato indietro, e oggi finirai ancora più indietro».

Steu ride, «Brau Remo, gliel'hai cantata» dice. Anche Dalmasso ride, anche lui dice «Brau Remo». Voleva una risposta e l'ha avuta, ora è più sereno.

La seconda ascesa al colle, come previsto, vede le prime schermaglie dei campioni. Il gruppo si screma sin dalle rampe iniziali. Tutti i favoriti conquistano le posizioni di comando e mettono a tirare i loro uomini più forti.

Due corridori di una squadra di Savona tentano la fuga e guadagnano un centinaio di metri. Nessuno li conosce, nulla fa pensare che si tratti di un'azione pericolosa, il plotone non reagisce, al terzo chilometro della salita il vantaggio dei due supera il minuto. Dal gruppo scatta Ferrero, lui sì che è da tenere d'occhio. È soprannominato Masnà, bambino, per la sua faccia imberbe, picchia duro sui pedali e va in solitaria a caccia dei liguri. Ma questa volta il gruppo risponde, i più forti si assumono personalmente l'onere di andarlo a riprendere, Cerrato aumenta il rapporto, poche pedalate e gli è alle ruote, dietro di lui il Lampione azzurro, Raviola, Bosio, Steu; non c'è scampo per Ferrero, se i carneadi possono tentare l'azzardo, i favoriti vanno marcati stretto.

Le condizioni dei corridori sembrano buone, pedalano tutti in scioltezza. Il ciclismo è strazio e poker, guai a mostrare un volto sofferente, se anche stai patendo le pene dell'inferno non darlo a vedere, distendi i lineamenti e respira con la bocca chiusa; se gli avversari si accorgono che sei in affanno, subito scatenano la guerra per affondarti. Steu lo sa bene, pedala leggero e scambia qualche battuta con Toni e Remo; tutti devono vedere che le sue gambe girano che è un piacere, sta soltanto attendendo l'ultima tornata per spiccare il volo. Chi sta già faticando è Trumlot, agita le spalle, sbatte la testa a destra e a sinistra, si alza sulla sella e si siede e si rialza e torna a sedersi. È in apnea, ma non può deludere tutta quella gente venuta apposta per lui, boia chi molla.

I liguri, intanto, hanno ulteriormente aumentato il distacco e scollinano. Dietro di loro, a una cinquantina di secondi, la sagoma affusolata di Fasano. È un ragazzo di Fossano appena promosso dilettante, ne dicono un gran bene. Dopo due minuti transita il gruppo con i migliori, sono una trentina. Staccati, a quasi cinque minuti, tutti gli altri.

Il plotone dei favoriti infila la discesa in una volata forsennata verso la città; i discesisti più forti provano l'allungo, ma dietro nessuno cede. Si attraversano campi e casolari in un frizzio di raggi e pignoni, il gruppo è un missile lanciato verso il fiume. Steu è tra i primi, la ruota posteriore di Toni come bussola.

I due liguri al comando scontano l'inesperienza, le loro traiettorie tradiscono la difficoltà di gestire la pressione, un paio di sbandate; quando la discesa si conclude e da Gassino svoltano a sinistra verso Torino, il loro vantaggio si è dimezzato e non supera il minuto. Fasano li raggiunge dopo un paio di chilometri di pianura, il ragazzo non ha paura di nulla, si è tuffato da Superga e non appena la strada si è raddrizzata li ha agguantati. Al comando, ora, sono in tre.

Il gruppo dei più forti ha perso altre pedine e non supera le venti unità.

Siamo alla resa dei conti, un migliaio di metri e a Sassi si svolterà a sinistra per l'ultima scalata a Superga. È il momento di abbandonare la trincea e caricare alla baionetta. Steu scuote i polpacci per cacciare tossine e tensione, avverte Remo di avere in mente una sorpresa; il Lampione azzurro sistema il deragliatore.

Chissà se mamma e papà saranno arrivati in tempo per l'ultimo passaggio, glielo avevano promesso. Nel piazzale che divide il lungofiume dall'ascesa, la folla è straboccante, difficile individuare volti, ma gli avevano detto che si sarebbero piazzati davanti al negozio di ferramenta. Steu accelera, va in testa al gruppo, prende la curva alzandosi sui pedali e facendo dondolare la bicicletta. Che scarica di adrenalina mostrarsi al comando. Disegna una parabola larga, quasi sfiora gli spettatori, un'occhiata al ferramenta dieci metri più avanti, non vede nessuno, poi una voce di donna, «Va' Stefanin!». Una testa si sporge più delle altre, l'ha vista, è Rina. «Andiamo a vincere!» grida Steu nel momento esatto in cui le passa di fianco.

Stefanin, solo lei lo chiama così, sua sorella, che adesso è una donna ma una volta era una bambina che giocava in cortile. Una sera di maggio la mamma la chiamò dal balcone, la cena era pronta, lei indugiò con Lella, stavano cucendo il vestito da sposa alle bambole, maneggiavano stracci e colori, ancora un attimo. E quell'attimo fu fatale, l'amica si voltò di scatto e Rina si piegò in avanti, la forbice si infilò nell'occhio destro.

Non ci fu nulla da fare, il bulbo oculare dovette essere rimosso, al suo posto un occhio di vetro.

Rina ha tre anni più di Steu, li unisce una dolcezza timida, la stessa che lei esprime con i suoi disegni a china. Poco o nulla da dirsi, quel «Va' Stefanin» è un'eccezione che solo il riparo della ressa ha autorizzato.

Steu si scatena dal primo metro di salita, prova a prendere tutti in contropiede, ecco la sorpresa. Nel primo chilometro la pendenza non scende mai sotto il dieci per cento. Guadagna una ventina di metri sul gruppo, dondola sulla sua Atala blu, il collo levato verso la basilica. Le gambe frullano, sta bene, il suo potrebbe essere un volo solitario verso la cima. Raggiunge i due liguri, ormai arrancano, per loro sarà una via crucis fino al colle. Altra accelerata e riprende anche Fasano. Il ragazzo è terreo; ha talento, ma il suo motore è ancora acerbo. Steu lo passa e se ne va. Mai voltarsi, solo spingere, spingere fino a che il cuore non scoppia. E Steu spinge, la sua è un'azione di violenza e coraggio. Ancora trecento metri, ancora duecento metri a tutta, poi arriverà il falsopiano, conosce quella salita a memoria, l'ha fatta mille volte. Ancora cento metri e poi si volterà per constatare i danni che ha fatto.

La strada si addolcisce, uno schiocco di catena dietro di lui, si volta, il Lampione azzurro sorride e gli strizza l'occhio. Staccati di una cinquantina di metri, altri tre corridori. Steu riconosce il volto tozzo di Raviola e la maglia bianca del Masnà Ferrero. In mezzo a loro un tipo mai visto, una strana maglia verde con un inserto rosso sul petto e una capigliatura che sembra il vello di una pecora bruna. Il tentativo di fare il vuoto è fallito. Steu e il Lampione azzurro decelerano, quelli dietro ricompattano il gruppetto: saranno in cinque a giocarsi la vittoria.

Ora che la strada si è ammorbidita, ogni metro va goduto come acqua; poi, dopo il falsopiano, sarà un supplizio di tre chilometri fino al traguardo.

Il tipo con la maglia strana affianca Steu, non osa guardarsi attorno, sembra imbarazzato. Ha la testa grossa, il naso a gancio e malinconici occhi da bue.

«Chi sei?» gli chiede Steu.

«Aimon Ferdinando detto Nando.»

«Mai visto, mai sentito.»

«Borgata Vittoria. Via Chiesa della Salute. Corro per Giordana.»

Steu gli chiede che fine ha fatto il suo capitano.

«Oggi non ha la gamba, mi ha detto tocca a te, giocati le tue carte e non pensare a niente e a nessuno.»

Tornante a sinistra e la misericordia finisce, si punta il cielo in un tratto al quattordici per cento, tutti sui pedali, il Lampione azzurro no, rimane composto in sella, le mani unite sul manubrio. Così come appariva sgraziato alla partenza, con quel busto spropositato e le gambe come trampoli, ora è sublime, come se dall'utero di sua madre fosse uscito già a cavallo di una bicicletta. Non c'è alcuna proporzione tra la lunghezza di gambe e braccia e quella delle altre parti del corpo, ma vederlo in sella è uno spettacolo di potenza e armonia.

È un tornante che spacca lo stomaco, ed è in quel tornante che Steu si rende conto di avere a che fare con un marziano, altro che pettinarlo, aveva ragione Remo, «Lascia perdere Steu, chiel lì va fort fort». È il momento in cui il dio della bicicletta si rivela agli uomini. Il Lampione azzurro guarda alla sua destra e alla sua sinistra, due maglie bianche gli fanno ala, sono quelle di Steu e di Ferrero. Raviola e Nando procedono in scia. Il Lampione azzurro si rivolge a Ferrero per chiedergli come sta. Ferrero non risponde, non è in grado di aprire bocca se non per andare a caccia di ossigeno. Poi si volta a sinistra, Steu sta stringendo i denti: «E te? Te come stai?». Silenzio. Il Lampione azzurro capisce che anche il biondo non è in grado di rispondere. Allora riprende a fissare la strada, dice che visto che le cose stanno così non gli resta che andarsene, «Ciao ragazzi, mi vadu».

E se ne va. Senza mai alzarsi sulla sella, senza modificare di un solo millimetro la posizione, sempre con le mani unite incollate al manubrio e il volto imperscrutabile degli eletti. Il suo non è uno scatto, semplicemente inizia a pedalare a velocità doppia degli altri. Dieci metri di vantaggio, venti, quaranta, ottanta, è la carena di una nave che si allontana fino a diventare un puntino azzurro al fondo del rettilineo. Per un attimo Steu pensa che la cosa più dignitosa da fare sarebbe girare la bicicletta e inforcare la discesa, tornarsene in Barriera a bere un bicchiere con gli amici. I quattro ragazzi rallentano, prendono fiato, ne approfittano per abbassare il battito del cuore. Raviola scuote la testa, Ferrero dice che non aveva mai visto una roba così, Nando tace, non basta una grande prestazione per avere diritto di parola. Steu sputa, è un impasto di rabbia e frustrazione, eppure andavo, eccome andavo, chi è quel bastardo? Da dove salta fuori?

La salita prosegue, arrivare secondi oggi è come vincere. Il quartetto si riassesta, ognuno ritrova la propria cadenza. La basilica appare, sparisce dopo un tornante, riappare all'imbocco di un nuovo rettilineo.

Raviola fa l'andatura. In fila indiana gli altri tre: Nando con la sua pedalata possente, Ferrero un po' scomposto, Steu sempre più rosso in viso. Sbuffa, sembra l'unico a non essersi ancora ripreso dall'affronto subito. È fatto così, c'è una sola parola ed è la sua. Non è un caso che Remo sia il suo migliore amico, Remo è lo specchio che ascolta e annuisce.

Raviola continua a spingere piegato sul manubrio, si porta ai margini della carreggiata, lancia uno sguardo dietro e scatta. Nando risponde subito, Ferrero prova a fare altrettanto, si alza sui pedali, pochi metri e si risiede, fa no con il capo, la benzina è finita. Steu lo passa e affianca Nando, il Masnà è crollato.

Raviola insiste e raddoppia lo sforzo, prende un tornante a tutta, si scatena all'attacco ma Nando è un mastino con la bava alla bocca, non molla di un centimetro, Steu tiene botta, pensa che con quegli occhi da bue dovrà fare i conti nei prossimi anni, ne ha visti pochi andare così forte in salita. Dove l'ha tenuto nascosto, Giordana? Negli scantinati di via Chiesa della Salute? Nando spinge come un ossesso, l'uncino del naso incatenato alla ruota di chi lo precede.

La basilica, intanto, è sempre più grande. Ora un breve tratto di discesa, poi toccherà agli ultimi due chilometri emettere il verdetto. Ferrero prova a rientrare, ma la stanchezza gli ha offuscato la mente e sbanda, i piedi a terra per evitare la caduta. Niente da fare, i morti non resuscitano.

Steu sa di non essere uno scattista, quante corse perse in volata per una manciata di centimetri, quante maledizioni la domenica sera a tavola con mamma e papà e Rina in silenzio ad ascoltarlo. Non può permettersi di aspettare gli ultimi metri. Se vuole arrivare secondo dietro al Lampione azzurro ed essere il primo degli umani, deve provare a staccarli. Nando non tira un metro, sempre dietro a succhiare le ruote a lui e a Raviola; se fa così, delle due l'una: o è al limite, o sa di essere veloce e confida di spuntarla allo sprint.

Ancora un chilometro e mezzo. Steu decide di rompere gli indugi, respira profondo, beve dalla borraccia e poi la getta a terra, anche duecento grammi in meno possono fare la differenza. Infila un rapporto più corto per guadagnare in agilità, si alza sui pedali e parte all'attacco. Ondeggia come solo i grandi grimpeur sanno fare, una danza sensuale che fluttua tra la ghiaia e i rododendri del bosco attorno. Imprime un'andatura disperata, o la vita o la morte. Raviola perde un metro, due, tre, Raviola è schiantato. Aimon Ferdinando detto Nando no, maledetto. Spinge e digrigna i denti, rimane incollato, gli pedala mezzo metro dietro, la ruota anteriore quasi a sfiorare i suoi pedali. Ora non sta più in scia, è una prova di forza, un modo per dirgli che sarà la sua ombra. All'improvviso Steu si risiede: prende fiato o non ne ha più? Nando non capisce, rallenta anche lui. Poi decide, si alza e scatta, vuole lasciarlo sul posto, dimostrare che tra le maglie bianche dei migliori dilettanti italiani poteva esserci anche la sua. Non ha colpe se il suo capitano l'ha sempre tenuto al guinzaglio. Sfreccia in faccia a Steu, si arrampica con una leggerezza difficile a immaginarsi in quelle cosce di quercia. Steu è chino sul manubrio, lo sforzo precedente sta presentando il conto.

Ecco l'ultimo tornante a sinistra, questa volta non si scollinerà per scendere a Torino, ma ci saranno da affrontare gli ultimi settecento metri che portano alla basilica. Nando disegna la curva, poi si risiede, non sembra in grado di proseguire l'attacco. Steu non molla, è a un paio di metri. La folla attorno urla e agita i pugni e si sporge sulla strada, tifano tutti per lui, come si permette quel tipo mai visto di mettere alle corde il miglior scalatore piemontese?

Steu non è tipo da moine, il Partito comunista gli ha insegnato disciplina e morigeratezza, quando vince si limita ad alzare la mano, un movimento breve e pudico, ma ora non può tradire tutta quella gente che sta bestemmiando perché si riporti sotto. Gli resta una possibilità: non respirare per i prossimi quattrocento metri e dare fondo a tutto ciò che è rimasto nei muscoli e nell'anima. Si alza sui pedali e inizia a spingere. Spinge con la schiena e le braccia e il collo, riprende Nando, lo affianca, ora sono spalla a spalla, all'arrivo mancano trecento metri. I due dondolano sulla bici e nella loro asimmetrica oscillazione le teste vanno quasi a sfiorarsi, visti di fronte sono un'unica creatura di carne e acciaio con due buchi al posto delle bocche. Rallentano, la calca stringe, gli addetti alla sicurezza levano i manganelli per tenere alla larga i più scalmanati.

Ancora un tratto di rettilineo, poi una lieve curva a destra. La coppia, ora, procede perfettamente appaiata. Quando la strada devia, all'arrivo mancano solo cento metri. La creatura a due teste sobbalza, non solo bocche e ruote, ma anche braccia che mulinano. Il doppio dondolio aumenta, sembrano entrambi sul punto di finire a terra, Steu sgomita, Nando replica, le tempie cozzano, Nando quasi incorna la spalla di Steu, Steu si divincola, è una lotta senza esclusione di colpi. Dieci metri all'arrivo e sono ancora incollati, cinque, tre metri, colpo di reni di Steu, Nando rialza il busto, Steu taglia il traguardo con una decina di centimetri di vantaggio. I due ragazzi si gettano sul manubrio, i corpi stremati sussultano sulla canna. Un capannello di massaggiatori e dirigenti li tiene in piedi. Dopo qualche minuto Steu lascia la bicicletta a Musso. Musso lo bacia e gli dice: «Hai fatto un capolavoro». Ma Steu non ascolta, cerca Nando. Lo vede qualche metro più in là, un asciugamano a coprirgli il capo, la bocca ancora aperta. Si avvicina e quando è a un passo gli dice «Bastard».

Nando fa una smorfia che potrebbe essere fatica o un sorriso. Non risponde. Steu annuisce come per dire ci rivedremo, la nostra guerra è appena iniziata, si volta e se ne va.

Intanto, seduto sui gradini della basilica, il Lampione azzurro sta discorrendo con uno degli organizzatori, se ne sta con i trampoli accavallati e le braccia conserte. Vede Steu andargli incontro, si leva il berretto e si alza in piedi per rendergli onore. È arrivato cinque minuti prima, ma pensa che se tutti i giovani avessero l'orgoglio di quel ragazzo biondo l'Italia non sarebbe in mano agli squadristi.

Steu lo guarda fiero dal basso verso l'alto.

Il Lampione azzurro gli tende la mano e si complimenta: «Brau, continua a spingere così».

Steu ringrazia, è felice, Vienna lo attende. Gli chiede dove correrà la prossima stagione. Il Lampione azzurro alza le spalle, «Vai a sapere».

L'altoparlante li interrompe, «Fausto Coppi è atteso sul palco per la consegna della coppa». Lo speaker alza il volume, dice che quel corridore di Castellania è destinato a riscrivere la storia dello sport.

Coppi ride, «Esageruma nen».

18 luglio 1941

«Quando torno riprendo a correre e vado al Tour de France. A Coppi sono piaciuto. Ricordate? Mi ha anche fatto i complimenti.»

Stefano affondava il cucchiaio nella minestra, la testa sul piatto. Da qualche tempo viveva in una realtà parallela, un mondo di imprese in cui tutti i campioni del ciclismo lo tenevano in gran conto.

L'anno di addestramento militare a Verona non lo aveva cambiato. Disse: «Ceruti maledetto».

Mamma Ernesta e Rina, una di fronte all'altra, lo ascoltavano con gli occhi bassi. Sorbivano lente la pasta in brodo, misurate come sempre, i polsi posati al bordo del tavolo e i gomiti vicini al busto. Papà Edoardo, rosso in viso, continuava ad alzare e abbassare il bottiglione. Era appena tornato dalla fabbrica e voleva godersi la cena, cosa poteva farci se l'Italia si era fatta abbindolare da un manipolo di esaltati? Anche a lui era toccata la guerra, alpino nel Carso, l'aveva sfangata, e l'avrebbe sfangata anche Stefano.

«Di questa gente non mi fido» disse Ernesta.

Rina provò a rincuorarla, dopo solo un mese dall'invasione della Russia i tedeschi erano già a buon punto: «Vedrai mamma, sarà una cosa veloce, non facciamoci prendere dalla malinconia».

Stefano chiese se c'era ancora qualcosa da mangiare, «Del formaggio, se vuoi» rispose Rina. Stefano si sporse in avanti e puntò gli occhi sul padre: «E tu? Cosa dici?».

Edoardo tacque per alcuni secondi, si asciugò le labbra: «Io dico solo una cosa: prima o poi la guerra finirà, tornerai a casa e diventerai un campione. Sarà Coppi a chiedere di correre con te».

Stefano rise.

«Lo penso anch'io» aggiunse Rina.

Ernesta disse: «Sarebbe una gran cosa».

Si assomigliavano, Stefano e il padre, stessi capelli chiari e occhi celesti e pomelli rossi, il naso perfetto. Erano belli.

Anche Rina e la madre si assomigliavano, due donnine minute e educate, i capelli scuri tagliati corti, una bellezza neutra. Parlavano poco e solo per dire cose sensate. La madre aveva il volto severo, qualche spigolo di troppo. Rina il seno grande e un'aura di morbidezza, i movimenti miti.

Ernesta si alzò da tavola per sparecchiare, disse che era inutile fare tante parole, chi poteva sapere cosa sarebbe accaduto?

Rina la seguì per aiutarla, prese il formaggio per Stefano.

Padre e figlio rimasero soli.

Edoardo guardò di lato. Si passò le dita sugli occhi, il vino rende emotivi. Poi si schiarì la voce e prese a raccontargli di un romanzo che stava leggendo, *Robin Hood*, gli disse della foresta di Sherwood e di quanto Robin fosse in gamba con l'arco. Adorava i romanzi di cappa e spada. Quando moglie e figli andavano a letto, lui rimaneva in cucina con la candela da una parte e il bottiglione dall'altra. E leggeva, leggeva fino a che sonno e stordimento non gli facevano crollare la testa sul tavolo. Ernesta sentiva il tonfo, e lo chiamava, e diceva a quell'uomo drogato di vino e officina che bisognava andare a dormire.

Stefano guardò l'ora, tra poco sarebbe passato Remo, si tornava a Verona, e da lì, entro una decina di giorni, sarebbero partiti per il fronte. Aveva un groppo in gola. Si alzò, andò a fumare sul ballatoio, una pausa gli avrebbe fatto bene. Uscendo, scorse mamma e sorella parlottare tra loro nel cucinino, le vide piccole e indifese. Non lo erano affatto, insieme gestivano una lavanderia dalle parti di via Nizza, mai un ritardo o una camicia mal stirata, se in casa non mancava nulla era grazie a loro. Erano puntuali e precise, piacevano a tutto il quartiere.

Stefano guardò giù nel cortile, non c'era nessuno, il profumo pulito di una sera d'estate. Chissà Remo, cosa si starà inventando per separarsi dai genitori e da Tullio?

Rientrò in casa, in quei tre locali dai colori spenti e dall'odore di muffa e fiato in cui viveva da quando era nato. Il caffè era pronto, tornarono a sedersi. Ernesta servì con l'eleganza di una governante inglese. Stefano decise che era giunto il momento della leggerezza. Disse che il suo Toro stava mettendo su uno squadrone: «Abbiamo comprato anche Gabetto e Menti. Preparatevi. Quest'anno vinciamo noi». Tutti fecero cenni di assenso, non gliene fregava nulla del calcio, l'importante era che Stefano fosse contento.

«Papà, tu di che squadra sei? Non l'ho mai capito» disse Stefano.

Edoardo rifletté per un attimo: «Chi è primo?».

«Papà, il campionato è finito da un pezzo, ha vinto il Bologna.»

«Allora Bologna, tifo Bologna» disse.

Stefano fece un gesto come per dirgli che con lui non si poteva parlare. Poi ricordò la prima volta che era andato al Filadelfia. Aveva otto anni, non c'erano i soldi per i biglietti e lui e i suoi amici si erano sdraiati dove non si poteva per spiare calzettoni e prato da sotto il cancello. Erano arrivate le guardie, li avevano cacciati a calci in culo.

«Ne combinavi di tutti i colori» disse Ernesta. Finalmente il suo viso si distese: «Ti ricordi quando costruivate i saponi con dentro la paglia? Avevate girato tutta Torino per venderli. E quando andavate a Poirino a rubare la frutta?».

«Come no. Una volta sei tornato a casa a gambe larghe perché un contadino ti aveva sparato un proiettile di sale sul sedere» disse Rina. «Sei sempre stato un barabba, sei la preoccupazione più grande della famiglia, il nostro sagrìn.»

Ci fu una pausa di silenzio, rumore di cucchiaini.

Rina si voltò verso di lui, Stefano abbassò lo sguardo, ogni volta era troppo grande il dolore di vedere quell'occhio di vetro.

«Non dire così» disse Stefano.

Rina gli carezzò una guancia: «Lo dico eccome. Anche adesso che devi partire, ti piace fare sagrinare chi ti vuole bene».

«Mica l'ho voluta io, la guerra.»

«Non dico questo.»

«E cosa dici?»

«Che sei un brigante, è più forte di te» disse Rina. E scoppiò a ridere. Era fatta così, improvvise risate cristalline a spezzare l'ombra di accidia sempre incollata alla sua espressione.

Una voce arrivò dal cortile: «Steu, sono io. Vieni giù».

Era Remo, era la voce che diceva Russia.

Una cappa di imbarazzo calò sul tavolo, si confuse con l'odore di minestra e vino. Ernesta infilò gli occhiali, Edoardo si versò un altro bicchiere.

Stefano disse «Io vado».

La madre disse «Vai».

Rina disse «Va' Stefanin». Il padre non disse nulla, cominciò a piangere, in silenzio.

Stefano si alzò lento, baciò la sorella sulla fronte e la mamma sulla guancia. La mamma lo tirò a sé, lo strinse forte, non l'aveva mai abbracciato così. Poi allentò la presa, come se temesse di esagerare, gli diede due piccole pacche sulla schiena.

Il padre rimase a occhi chiusi, le lacrime gli colavano sulla faccia rossa.

Stefano disse «Papà, non fare così».

Il padre balbettò «Poi passa». Sollevò il viso per porgergli la guancia. Il figlio lo baciò e si fece baciare.

Stefano indietreggiò verso la porta continuando a guardarli.

Scese i due piani di corsa e fu in cortile. Remo teneva la testa bassa, anche per lui doveva essere stato difficile salutare i genitori e il suo fratellino sgangherato.

Si incamminarono verso il portone. Stefano alzò gli occhi: padre, madre e sorella erano appoggiati alla ringhiera. Stretti e composti, facevano ciao ciao con la mano.

30 luglio 1941

La tradotta partì alle due di notte. Alla stazione di Verona erano arrivati in tanti a salutare. Ciascuno con qualcosa di buono, salami e polli e pesche, tante pesche, era stagione. I fazzoletti continuarono a sventolare fino a che i ragazzi non scomparirono nella notte. Si inoltrarono nella vallata verso Trento. Nelle carrozze nessuno parlava, qualcuno canticchiava, ma lo sgomento aveva preso il posto dell'euforia di qualche minuto prima, come se tutti, in un modo o nell'altro, presentissero la fine. Di cosa, non sapevano.

Arrivarono a Trento all'alba. E poi Bolzano. Le organizzazioni fasciste non avevano dimenticato nulla: latte condensato, carta da scrivere, sigarette. A ogni fermata viveri e generi di conforto. Tranquilli giovani, a Natale sarete già tornati e festeggeremo insieme, ci attende un'Italia sempre più grande, sempre più forte.

La tradotta prese a salire verso il Brennero, c'era un gran carico, singhiozzava e frenava. Fu inserita una seconda locomotiva per arrivare in cima e attraversare il confine con l'Austria.

La strada si fece dolce, scesero la vallata verso Innsbruck attraversando pascoli e boschi di pini. Poi fu la volta di un gran sole e pianure coltivate a barbabietole.

«Ecco Vienna, ancora pochi chilometri e ci siamo.» Ai fianchi una striscia di terra dissestata, qualche bestia, contadini in affanno, si intravedeva un sentiero, una specie di mulattiera. Steu guardò fuori dal finestrino, scosse Remo, lo tirò per il braccio: «Fridèl, guarda».

«Cosa?» disse Remo.

«Guarda come sale.»

Remo non capiva, si era appisolato.

Steu gli indicò il sentiero: «Il punto giusto per attaccare».

La storia aveva imposto un cambio di programma, niente Vienna, niente Mondiale, nessuna sfida a olandesi e uomini dei fiordi: Steu e Remo avrebbero dovuto vedersela con i Katjuša russi.

La situazione, degenerata nel corso dell'estate di due anni prima, era esplosa all'alba del primo settembre 1939, quando le armate della Wehrmacht avevano invaso la Polonia annientandola in un paio di settimane. Da est erano arrivati i russi. Decine di migliaia di morti.

I Campionati mondiali di ciclismo erano stati annullati, quasi tutti i dilettanti si erano dovuti accontentare di gare locali, era soltanto questione di tempo, presto anche l'Italia avrebbe dato il suo contributo al Terzo Reich. Ma se nell'Est del mondo divampava l'inferno, sul fronte occidentale la situazione era ancora tranquilla. Francesi e tedeschi si limitavano ad annusarsi; i primi, quasi subito raggiunti dagli inglesi, rimanevano al coperto della Linea Maginot, i tedeschi dietro la Linea Sigfrido.

Steu aveva cercato una squadra tra i professionisti, nessuno si era fatto avanti, ci volevano gli abboccamenti giusti e, boia maledetto, Musso era morto d'infarto un mese dopo il Gran Premio Fiat. Era stata una brutta botta per tutti, era uno spilorcio dai modi bruschi, ma voleva bene a quei ragazzi di Barriera Nizza.

La squadra si era sciolta. I ragazzi avevano continuato a correre, ma nelle osterie e in strada e dappertutto lo si dava per certo: i fascisti non vedevano l'ora di imbracciare le armi, altro che ciclismo. Anche nello scantinato che Steu frequentava con i suoi amici rossi non c'erano dubbi: Ceruti aspetta solo il momento buono per entrare in guerra. Lo chiamavano così, il duce, «Monsù Ceruti», signor Ceruti, pronunciando una t sola perché «Ceruti lu fica 'n cul a tuti».

Talvolta Steu e i ragazzi di Barriera Nizza si univano a squadre improvvisate per partecipare a qualche circuito cittadino, ma lo facevano per tenere viva la gamba, per passare una domenica insieme, perché senza bici che vita è? Ma qualcosa era cambiato, un senso di disorientamento, come se fosse venuto a mancare l'equilibrio necessario per rimanere in equilibrio su due ruote.

Per il resto si lavorava e ci si faceva coraggio, si giocava a carte e si cercava una morosa nelle sale da ballo. I prezzi continuavano a salire e le restrizioni alimentari erano all'ordine del giorno. Remo si dava da fare alla Lanza con stearina e stoppini per costruire candele, diceva che il suo lavoro era fare luce. Steu, invece, lavorava alla Mirafiori, officina 17, motori avio. Lo stabilimento era stato inaugurato da Mussolini una mattina di maggio, pioveva che dio la mandava e in cinquantamila si erano presentati all'appuntamento bestemmiando e stringendosi sotto gli ombrelli. Schierati intorno alla pista a doppio otto per i collaudi, avevano atteso per più di due ore. Quando il duce aveva fatto la sua comparsa, gli applausi erano giunti soltanto dalle prime file, impiegati e militanti di partito. Mussolini aveva capito subito che aria tirava, a Torino era destinato a mangiare pane duro. Aveva esordito con: «Camerati operai». Poi aveva parlato dell'impero. Si erano levate alcune urla, «Purcaciun», «Ciaparat», robe del genere. Gli operai ridevano sotto gli ombrelli. Il duce aveva taciuto per un minuto. Poi, mani sui fianchi e mascella in fuori, aveva urlato: «Quanti di voi ricordano le parole del mio intervento milanese?».

Avevano risposto un centinaio di sì, duecento a dire tanto, sempre dalle prime file. Gli altri cinquantamila erano rimasti in silenzio. Mussolini aveva perso la pazienza. «Se non vi ricordate, rileggetelo» aveva detto, ed era scappato via dal podio a passi veloci. Agnelli, che era stato per tutto il tempo al suo fianco, lo aveva rincorso, era inciampato, lo aveva preso per le spalle, lo aveva pregato di dire ancora qualcosa, ma il duce non ne aveva voluto sapere, aveva fatto un veloce saluto romano e se n'era andato.

Vienna, intanto, era stata superata e la tradotta puntava l'Ungheria. Dio che caldo, un caldo denso come olio. Decine di uomini stretti sulle panche. Zaini e fucili e scarponi.

Steu ricordava quella mattina a Mirafiori e diceva «Ceruti bastard».

Remo ascoltava. Se in gara il suo compito era eseguire i comandi dell'amico, ora ne doveva assecondare la rabbia. Ogni tanto sorrideva, altre volte diceva «cosa vuoi farci» o completava le frasi di Steu dicendo «Giuda fàuss». Altre volte ancora rovesciava la testa all'indietro con uno scatto, spalancava gli occhi e subito si ripiegava in avanti. Arricciava la fronte, arricciava la fronte di continuo. In gruppo glielo dicevano spesso: «Nenni, non agitarti, prendila più bassa altrimenti ti viene un colpo».

La tradotta arrivò a Budapest, il Danubio grigio e immobile. Sulla banchina donne e bambini gridavano «*olasz katonàk*», soldati italiani. I battaglioni fecero una sosta. Ricevettero un rancio di carne e cipolla. Ripartirono, le ragazze lanciarono margherite e gallette, qualcuna una foto con l'indirizzo.

Steu disse: «Che festa. Abbiamo già vinto?».

Dietro arrivò una voce: «Non c'è niente da ridere, moriremo nel fango». Era la voce di Gasparotto, un commilitone vicentino.

Steu e Remo erano nel reggimento genio pontieri da poco più di un anno. Il padre di Remo aveva chiesto a un pezzo grosso della Lanza di fare in modo che il figlio fosse esentato dalla leva. Non era possibile? E allora che lo imboscasse da qualche parte. Remo aveva mal digerito che il padre avesse chiesto aiuto a un fascista, lui era Nenni, ma il padre lo aveva convinto, non sei fatto per la guerra. Era andato tutto a catafascio, il pezzo grosso non aveva combinato nulla, Remo ne era stato felice, sono un uomo. E visto che naja doveva essere, si era convinto di seguire Steu e aveva chiesto anche lui di entrare nei pontieri, insieme se la sarebbero cavata meglio.

Gasparotto era su di giri, continuava a parlare a voce alta perché tutti sentissero, chiese se erano pronti al macello, se sapevano che sarebbero rimasti sepolti sotto due metri di neve: «Questa volta non sarà come in Grecia, non ci sarà nessun tedesco a salvarci il culo».

Morandi perse la pazienza, era seduto nella panca dietro e gli prese il collo come dovesse strizzare uno straccio, gli gridò nelle orecchie di tacere, l'orgoglio di servire la patria è tutto. Era una camicia nera e aveva rinunciato ai gradi per partire prima. Non aveva alcuna intenzione di stare a sentire i lamenti di uno smidollato. Gasparotto chiese scusa, disse che era per dire, mica lo pensava veramente.

Ancora cinque giorni di viaggio e sarebbero arrivati a Borsa, una lugubre cittadina conficcata nella Transilvania. Lì, ai piedi dei Carpazi, non essendoci valichi ferroviari, il treno avrebbe scaricato soldati, automezzi e materiali. Le esigenze operative richiedevano la partecipazione delle truppe italiane all'offensiva iniziata dai tedeschi per raggiungere il fiume Dnepr, e sarebbe toccato ai pontieri dei due reggimenti di Verona e Piacenza forzare il passaggio.

Budapest era alle spalle, l'umore peggiorava di paese in paese, lo stomaco un andito buio. E con il buio crescevano le domande, cosa sarà di noi?

Macinarono chilometri nella pianura ungherese, il tempo era bellissimo, estate rotonda, faceva venire voglia di prendere la bici e pedalare. Vacche e bufali, cavalli, uomini in camicia bianca e cappellacci a tesa larga, pecore. E le donne, gli scialli colorati, la loro bellezza che i finestrini lerci lasciavano soltanto intuire.

Steu disse: «Chissà Rina, chissà mamma e papà, chissà tutti».

Remo gli raccontò che la sera in cui aveva annunciato alla famiglia che sarebbe partito per la Russia, il suo fratellino Tullio aveva cacciato un urlo da bestia ferita, e quell'urlo ce l'aveva dentro, non riusciva a dimenticarlo. Era nato strano, Tullio, o taceva o ripeteva sempre le stesse cose, era un fantasma di dieci anni rinchiuso a Cascina Rissone: «I medici dicono che è nato così, ci sono bambini che nascono staccati dalla realtà». Remo disse che era stato il volere di dio.

Steu gli posò una mano sulla spalla. Con espressione incantata, prese a ricordare un anno prima, o poco più. Erano in libera uscita a Pescantina. Gironzolavano per il paese, scalciavano sassi, facevano progetti. Remo gli stava raccontando che c'era del tenero con la figlia di Musso, quando avevano scorto, nascosto sotto un ampio pergolato, un gruppo di uomini con il naso all'insù intenti a fissare qualcosa appeso al muro. Si erano avvicinati, un'osteria, una grande radio da cui proveniva una voce eccitata. Steu e Remo si erano infilati nel capannello. C'era il Giro d'Italia, i professionisti continuavano a gareggiare e stavano disputando la corsa più bella. Era l'undicesima tappa e si arrivava a Modena, un gregario del grande Gino Bartali aveva fatto il vuoto e conquistato la maglia rosa. Gli uomini bevevano e dicevano la loro e non avevano dubbi, era un copione preparato a puntino per Ginettaccio. Steu si era intromesso: «No, voi non sapete, quel gregario si chiama Fausto Coppi e diventerà il più grande campione della storia del ciclismo». Gli avevano riso in faccia: «Ragazzo, fatti un goccio per schiarirti le idee».

Steu sapeva, il gregario non avrebbe mollato la maglia fino alla fine; il 9 giugno a Milano gli italiani avrebbero preso atto che il Lampione azzurro si era trasformato in Airone rosa. Il giorno dopo avrebbero fatto i conti con un'altra verità: l'ora delle decisioni irrevocabili. La dichiarazione di guerra era stata consegnata agli ambasciatori di Gran Bretagna e di Francia.

28 settembre 1941

Arrivarono a Borsa che pioveva e faceva freddo. Da lì in poi, il viaggio sarebbe proseguito in autocolonna. Le montagne attorno facevano paura. Forse perché avvolte dal buio e dalla nebbia, avevano deciso di nascondersi; o forse per quel nome, Carpazi, che sapeva di sangue e superstizione.

Si accamparono in fondo a una vallata dove scorreva un rigagnolo di acqua limpida. Vi rimasero tre giorni, il tempo di riposare, sistemare il corredo e riorganizzarsi. Ripartirono con i camion e le barche a rimorchio. Viaggiarono di notte, troppo alto il rischio di essere scoperti dal nemico. Scavallarono un passo sotto la neve. Poi presero a scendere ed entrarono in territorio rumeno.

Il battaglione di cui facevano parte Steu e Remo era composto da seicento soldati divisi in tre compagnie. Con loro avanzavano verso il fronte un altro battaglione di pontieri e un plotone traghettamento. In tutto un migliaio di soldati. Insieme ad altri sessantaduemila, costituivano il corpo di spedizione italiano in Russia, i pezzi forti erano la divisione fanteria Torino, la divisione fanteria Pasubio e la divisione celere Principe Amedeo Duca d'Aosta. Loro, i pontieri, erano a disposizione di chiunque avesse bisogno di gettare ponti per unire due sponde di un fiume.

Steu se ne stava per conto suo, parlava poco e quando lo faceva era per maledire Mussolini o il peso dello zaino o il rancio che sapeva di fogna.

Passava quasi tutto il tempo a studiare il dizionarietto italo-russo con la copertina rossa che gli aveva fornito l'esercito.

Una sera erano a Bucecea, si sarebbero fermati un paio di giorni prima di ripartire. Stava seduto con Remo fuori dalla tenda. All'improvviso disse: «Siamo gregari di merda. Noi pontieri tiriamo la volata a quelli che devono vincere la gara. A loro gli onori, a noi la fatica».

«Cos'hai contro i gregari? Conta la squadra.»

«Quando la strada saliva rimanevo solo» disse Steu.

«Eravamo noi a portarti all'attacco della salita, a proteggerti dal vento e dagli avversari e a fermarci se foravi» disse Remo.

Steu disse che non ci fossero stati loro ce ne sarebbero stati altri, che il più forte era lui e che in tanti avrebbero fatto a gara per averlo capitano. Remo scagliò a terra un sasso e si alzò di scatto, se ne andò ad ampie falcate. Steu fece per dirgli qualcosa, ma Remo era già lontano, con un gesto della mano lo mandò a quel paese, «Pallone gonfiato» gridò.

Steu si abbracciò le ginocchia. Dietro qualcuno rise forte: «Sei un campione di bici?».

Steu fece cenno di sì senza voltarsi.

«E sei anche un pallone gonfiato?»

Questa volta Steu si voltò, era un ragazzo con i capelli neri e una cicatrice a forma di elle sotto l'occhio sinistro, stava fumando e bevendo insieme a un soldato bello come un attore. Non si erano persi una parola della lite. Gli fecero cenno di unirsi.

Steu chiese da fumare. Il ragazzo con la cicatrice si chiamava Aldo e insistette: «Allora? Com'è che il tuo amico ti ha mandato a stendere?».

Steu disse no, «È mio fridèl, è che siamo tutti e due permalosi».

«Fridèl fridèl?» chiese Aldo.

«Come un fratello.»

E nel tepore del dialetto l'atmosfera si sciolse, al sarcasmo si sostituì un sentimento di dolcezza. Parlarono delle domeniche in collina e del carnevale in piazza Vittorio, delle ragazze piemontesi che erano «le fumèle più belle del creato». Gli chiesero della bici e di Coppi. Non credettero alle loro orecchie quando raccontò che l'aprile di due anni prima aveva fatto secondo dietro di lui al Gran Premio Fiat. Gli chiesero il cognome: cristo santo era proprio lui, ne avevano sentito parlare, la promessa di Barriera Nizza. Poi tornarono a parlare di fumèle. Il soldato bello come un attore, Pepi, disse che quando facevano il bagno al fiume e poi asciugavano i capelli al sole erano una cosa dell'altro mondo.

Consigliarono a Steu di andare a chiedere scusa al suo amico, non ci si comporta così con il proprio scudiero. Steu obbedì. Remo era in riva al Siret, in ginocchio, stava lavando un paio di calze e due canottiere nell'acqua del fiume. Fregava con precisione assoluta, gli scatti delle dita tradivano una rabbia non ancora sbollita. Steu gli arrivò da dietro e gli mise una mano sulla spalla. Remo non si mosse. Steu gli chiese di perdonarlo, era una testa calda, ogni tanto gli prendevano i cinque minuti. Gli disse di seguirlo, stava facendo amicizia con due commilitoni piemontesi. Remo si alzò senza una parola. Si avviò verso la tenda con il malloppo di biancheria. Quando uscì, fece un cenno con il mento per farsi condurre da loro. I ragazzi li accolsero con un applauso. Dissero che avevano saputo, Steu gli aveva raccontato, erano due campioni e avevano messo alle corde Coppi. Remo si schermì, disse: «Il campione è lui, io sono solo un gregario».

Aldo gli disse di non farla troppo lunga, «Tra uomini è così, spesso volano parole grosse ma dopo due minuti torna tutto come prima, anzi ci si vuole ancora più bene».

L'indomani arrivò l'ordine. Dovevano raggiungere il Dnepr, i tedeschi li aspettavano sulla sponda destra. Partirono nel primo pomeriggio, avevano davanti quattrocento chilometri. Pioveva a dirotto, un'impresa muoversi con i mezzi pesanti. Non esistevano strade ma solo distese di fango in mezzo a campi di grano e girasoli. La guerra era melma che impediva di avanzare, buche di mezzo metro, camion che finivano fuori pista e decine di uomini a spingerli e a rimetterli in carreggiata. La guerra era questo ed era fatica, fame, pioggia che dava tregua per un giorno e poi di nuovo il sole e il pantano che diventava polvere e i volti maschere.

L'inferno li colse alle porte di Vradievka. Si erano divisi in piccoli gruppetti, giocavano a carte, i re e le regine a sbattere sul pianale del camion, hai più culo che anima, che minchia dici? L'inferno si presentò sotto forma di un odore nauseabondo, i soldati subito non capirono, mollarono le carte, sedettero ciascuno al proprio posto, cristo che puzza, che cazzo è?

Il mezzo rallentò, superarono una serie di dossi, l'odore divenne insopportabile, poi videro: ai lati della pista decine di uomini e cavalli giacevano insepolti, le viscere di fuori, bestie e cristiani.

Non ebbero il tempo di dire e fare nulla, soltanto guardare, tenere gli occhi in quello scempio. Entrarono in città e furono case sbriciolate, autocolonne in fiamme, donne e bambini che giungevano le mani e chiedevano pane. E morti, morti ovunque.

Remo pianse, prima con le spalle, poi con tutto il corpo, papà aveva ragione, non sono tagliato per queste cose. Piangevano in tanti sotto i teloni di quel Fiat 666, altri tremavano. Steu strinse con le mani la canna del fucile e vi appoggiò il mento.

Ripresero la strada e attraversarono una zona collinare. La colonna procedeva lentamente con le sagome panciute delle barche incastellate sui rimorchi. Ogni volta che le ruote sprofondavano in una buca, i carri si inclinavano di lato, le armi e le gavette sobbalzavano e le teste dei soldati sbattevano l'una contro l'altra. Ci fu una curva, e oltre la curva polvere e fiamme, una distesa di ferro bruciato. Erano automezzi russi, almeno duecento, completamente distrutti dagli Stukas tedeschi. L'azione doveva essere stata repentina, nessuno era riuscito a mettere il piede a terra, sul campo non un cadavere, dovevano essere tutti dentro i camion, carbonizzati.

Giunsero nelle vicinanze di Dnipropetrovs'k in un primo pomeriggio di fine agosto, il sole era una palla gialla appiccicata al cielo. Il caldo prendeva alla gola, tutt'attorno un continuo rimbombare di cannoni e aerei. Si accamparono in una specie di foresta paludosa affacciata sul Dnepr. Dalla sera in cui si erano conosciuti, Steu e Remo passavano molto tempo con Aldo e Pepi, il dialetto è come stare in famiglia. Cercarono un posto tranquillo tra le betulle. Steu continuava a guardare la cicatrice a forma di elle sotto l'occhio sinistro di Aldo, forse gli è successo quello che è accaduto a Rina, con una differenza, a lui è andata di lusso. Un rumore strano, una specie di belato passò sopra le loro teste, ma che diavolo di uccelli volano nella steppa? Steu gli chiese della cicatrice, una rissa per difendere il fratello, l'occhio salvo per miracolo.

Verso sera il maggiore Marzorati raccontò che aveva trovato il punto giusto per la gittata del ponte di barche. Il lavoro sarebbe iniziato la notte stessa: «Soldati, ricordatevi: il silenzio è la regola dei pontieri. L'acqua ingigantisce ogni rumore, basta un cazzo di bisbiglio, un gesto maldestro, una fottuta voce a svelare al nemico la sorpresa». Si lisciò il pizzetto. Era lungo e slanciato. Remo diede di gomito a Steu: «Se andasse in bici, con quel fisico ti darebbe le paste». E rise, finalmente rise. Dopo giorni di muso aveva deciso di riaprire le comunicazioni. Era lui a guidare l'andamento della loro relazione. Steu ne seguì la luna, fu felice di quella battuta. L'amicizia è un'altalena, a volte capitani altre gregari, ora toccava a lui portare la borraccia.

Quando fu notte, prese a piovere e diedero il via al gittamento del ponte. Nessun rumore, soltanto lo sciacquio delle acque in piena. Subito fu individuata la zona più calma, quella in cui sarebbe stato più facile l'ormeggio delle imbarcazioni. Poi vennero preparati gli scivoli lungo i quali calare i barconi nel fiume. Rami spezzati e cigolii, strascinamenti, ogni soldato sapeva esattamente cosa fare. Giunse il momento: i barconi vennero tratti dai cespugli nei quali erano stati nascosti, trascinati sulla sponda e sospinti dentro gli scivoli. Tra tonfi e sciabordii, una dopo l'altra le imbarcazioni vennero calate in acqua. Immersi nel buio e nella pioggia, i pontieri fermarono le barche, le appaiarono e le ricoprirono di tavoloni.

Tutto procedeva per il meglio, di ora in ora la piattaforma di tavole si allungava. Gli ufficiali controllavano il lavoro dai cassoni dei camion. Aldo era una macchina perfetta. Ogni suo movimento un esempio di giustezza. Era un marcantonio, le mani come tenaglie e le gambe due ceppi piantati sul fiume. Remo, segaligno, fece il suo; a denti stretti, andava e veniva dalla sponda portando materiale e utensili.

Quando il cielo rischiarò, il ponte era già arrivato oltre la metà del fiume. Visto dall'alto, aveva l'aspetto di un serpente tenuto insieme da migliaia di laboriose formiche. Fortunatamente continuava a piovere, la visibilità era minima e si lavorò ancora per un'ora. Nulla sembrava poterli fermare, ma la pioggia cessò e una nuova luce invase il cielo. Avvenne tutto in pochi attimi; lunghi sibili annunciarono che l'incantesimo era finito, i russi avevano scoperto il lavoro e le mitragliatrici aprirono un fuoco rabbioso. Le artiglierie italiane e tedesche, già appostate da giorni, risposero con una valanga di piombo, le postazioni nemiche vennero distrutte e il territorio al di là del fiume arato dalle esplosioni.

L'obbligo del silenzio perse senso, ora si trattava di vincere il faccia a faccia. Correndo e urlando, i soldati proseguirono nella loro operazione rafforzando cavi, avvitando bulloni e allungando tavolati.

Steu era come in trance. Si immerse aggrappandosi alle funi per non essere trascinato dalla corrente e chiese aiuto ai commilitoni più vicini, «Scendete, sistemiamo le fiancate degli scafi».

Non erano i russi a spaventarlo, ma il fiume, il timore di non riuscire a difendere la costruzione dall'impeto dell'acqua che sbatteva violenta contro il legno delle barche rompendo l'allineamento e tendendo i cavi quasi a spezzarli.

I russi aumentarono la pressione, non potevano mollare, Stalin aveva fatto sapere che tutti coloro che finivano nelle mani del nemico sarebbero stati considerati traditori della patria, se fossero tornati non avrebbero avuto scampo. Una granata, uno schianto, una grossa ondata e la piattaforma sembrò sul punto di cedere. Una seconda granata cadde vicino all'estremità del ponte, alcune barche vennero strappate e capovolte. Gli ordini degli ufficiali tagliavano l'aria, accorsero decine di soldati. In breve ricostruirono il tratto distrutto ma arrivò una terza granata e il fiume si tinse di rosso, qualcuno dei pontieri doveva essere stato colpito. Urla, colpi di martello, altre urla.

Le artiglierie di italiani e tedeschi si riassestarono. Rattoppate le ultime falle del ponte, reparti di truppe celeri si slanciarono di corsa e lo attraversarono. Le armi automatiche crearono un cerchio di fuoco oltre il fiume. I soldati conquistarono gli ultimi metri gettandosi in acqua e si trascinarono a riva a passo di leopardo. Il ponte era pronto, presto avrebbe potuto aprire il passaggio a tutte le truppe.

I russi si limitarono a indietreggiare di qualche chilometro;

il grosso dell'Armata italo-tedesca era ancora sistemato sulla riva destra, la partita non era finita.

Per oltre venti giorni andò avanti così, la meta a un passo ma il tiro dell'artiglieria russa a distruggere barche e impalcate. Molte colonne marciavano nei due sensi per trasportare rifornimenti o smistare i feriti. Spesso una granata esplodeva sulle tavole, i ragazzi investiti dallo scoppio volavano nel fiume, le barche forate dalle schegge caricavano acqua e affondavano trascinando nei gorghi interi elementi della costruzione.

Steu, Remo, Aldo, Pepi e centinaia di altri soldati trascorsero il tempo a tirare e mollare funi d'ancora, sostituire pezzi, portare le barche avariate presso i carri officina, identificare quelle inutilizzabili e da queste ricavare il fasciame per riparare le meno danneggiate.

Le notti, intanto, già preannunciavano l'inverno. Gli aromi della steppa, violenti e frizzanti, si facevano sentire soprattutto all'alba.

Durante quei giorni si affollò sulla sponda destra una lunga colonna di automezzi, mezzi corazzati e autocarri carichi di munizioni e viveri da trasferire alla testa di ponte già consolidata sulla sponda sinistra.

Piano piano, come musica che evapora sull'ultima nota, il cannoneggiamento russo si esaurì. Alle cinque di mattina del 28 settembre arrivò il segnale: la colonna poteva muoversi. Pochi attimi e cominciò a transitare. Il ponte tremò, beccheggiò, scricchiolò, ma non cedette. I primi ad attraversare furono quelli del Savoia Cavalleria, qualche cavallo spaventato dal trambusto dei suoi stessi zoccoli cadde in acqua trascinando con sé chi gli era in groppa. Attraversarono i bersaglieri del terzo reggimento, attraversarono gli altri reparti, i feriti, le lettighe, i pianti di dolore e gli stracci usati come bende e i bastoni d'abete a sostituire gambe perse nel fiume.

Tutti i pontieri erano dislocati fra le due teste di ponte o sui barconi a gestire il passaggio. Steu, immobile sulla sponda sinistra, osservava la scena con il fucile a tracolla. Per ultime passarono le camicie nere della legione Tagliamento, quasi tutti ex volontari delle guerre d'Africa e di Spagna.

Un gruppetto di cinque soldati chiudeva il gruppo. Sghignazzavano, camminavano a gambe larghe. Uno di loro avanzava circospetto come per controllare cosa accadesse ai lati del ponte. Quando si sfilò l'elmetto per pulirsi occhi e fronte, Steu lo guardò con più attenzione, la testa da pecora bruna e il naso a gancio. Il ragazzo rallentò, sollevò la testa, si rimise l'elmetto. Steu non ebbe più dubbi: «Aimon Ferdinando detto Nando».

Nando disse: «Steu».

Non si diedero la mano, non fecero nulla, continuarono a guardarsi. Nessuno dei due modificò di un millimetro l'espressione. Poi annuirono continuando a tenersi gli occhi addosso. Quelli di Nando non erano più le due biglie malinconiche che Steu aveva incrociato in corsa, lampeggiavano qualcosa di nuovo.

«Nando fascista» disse Steu.

«Steu pontiere» disse Nando.

Steu spinse la testa in avanti, Nando fece altrettanto: i due elmetti si toccarono.

«Bastard» disse Steu.

«Bastard» disse Nando.

20 febbraio 1942

«Le vedete quelle colline laggiù? Là dietro sono ammassati migliaia di soldati russi. Sono eccitati, stanno ribaltando la partita. Non vedono l'ora di trasformarci in carne da macello.» Il maggiore Marzorati scandiva le parole.

Aldo e Steu camminavano fianco a fianco, «Il maggiore è bravo a tirare su il morale» disse Aldo. Remo e Pepi arrancavano dietro, Remo disse «Gesù salvami», terrore e gelo avevano spazzato via i suoi tic, non arricciava più la fronte e non rovesciava la testa all'indietro, soltanto i padre nostro sussurrati al passamontagna.

Da cent'anni non faceva così freddo, erano i russi a dirlo. Per mesi erano stati in una lugubre caserma di Dnipropetrovs'k aggregati a un comando tedesco, dovevano costruire alcune aviorimesse fuori città. Gelo, noia e alla sera una forma di pane e un chilo di sangue di bue cotto da dividere in sette, per contorno qualche limone congelato. L'unico conforto i racconti di Pepi, le fiabe del fronte: «Prima della guerra ne combinavo più di Bertoldo, soprattutto al Lutrario, il mio terreno di caccia». Raccontava di Gilda, delle grandi puppe di Sara, di Rosi che si faceva mettere le mani dappertutto. Ai ragazzi luccicavano gli occhi, la bocca socchiusa in attesa di dettagli. Lo incitavano a continuare, «Va avanti», si sporgevano verso di lui come per abbeverarsi. Remo lo aveva eletto suo consigliere, gli aveva confessato che gli piaceva una ragazza di Torino, si chiamava Noemi, una volta aveva provato a baciarla ma lei si era scostata sul più bello: «Non credi che se anche lei mi voleva bene mi avrebbe baciato?».

Pepi gli aveva risposto di star tranquillo: «Le fumèle sono fatte così, amano farsi desiderare, vedrai che una volta tornato a casa vi fidanzate».

La situazione era precipitata nella seconda metà di gennaio, quando i russi avevano sferrato un'offensiva nel settore di Izjum e avevano travolto ogni resistenza. Ora minacciavano la ferrovia, la strada Dnipropetrovs'k-Stalino e l'intero fronte meridionale. Per fermarli, erano state inviate tutte le truppe che era stato possibile raccogliere, anche per i pontieri era arrivato il tempo delle mitragliatrici e delle bombe a mano; barche e tavolati non bastavano più.

Da Iussowo a Meshewaja avevano viaggiato per ferrovia, poi una lunga marcia fino a Nikolajewka.

La colonna di uomini procedeva compatta, su e giù sulla neve, un dondolio di morte, ogni avvallamento significava un uomo sepolto sotto il ghiaccio. Tacevano o parlavano d'altro, qualcuno di casa, dei pranzi della domenica e della morosa e delle bestie lasciate nelle stalle.

«Avremmo dovuto disertare, fuggire, gettarci in mare e raggiungere l'America a nuoto, altro che Russia. Ci volevano le palle per fare una cosa del genere, noi non le abbiamo avute» disse Steu.

Aldo si girò verso di lui, «Zitto e cammina».

«I tedeschi sono cani, e noi siamo cani come loro» disse Steu.

«Non pensare, concentrati sui tuoi piedi.»

Quando il quartier generale italo-tedesco si profilò all'orizzonte, Marzorati aumentò l'andatura, drizzò la schiena, inveì contro la marmaglia russa, disse che le forze dell'Asse se ne fottevano delle loro merdose colline, «Siamo qui, scendete, vi infilzeremo come tordi» gridò al cielo.

Era soltanto questione di giorni, forse di ore, «I maiali rossi stanno preparando un'offensiva su larga scala».

Si acquartierarono in silenzio; per la prima volta da quando erano arrivati in Russia, la tensione impediva fantasie di futuro e fughe nel passato. Esistevano soltanto il presente, i corpi lividi e sporchi, l'idea che di lì a poco il loro cranio avrebbe potuto spaccarsi in mille pezzi.

Ora che erano arrivati, Remo sembrava essersi tranquillizzato. Puliva con cura gli scarponi, dava una mano ai commilitoni a sistemare i moschetti.

Steu sapeva concentrarsi, non poteva tradire il suo talento da stratega proprio ora che era chiamato a salvare la pelle. Fissava la cresta e si chiedeva quando e come i russi avrebbero attaccato. Sarebbero scesi dai lati o dal centro? Non toccava certo a lui decidere la tattica militare, ma il solo immaginare lo sviluppo di una controffensiva lo rasserenava, lo faceva sentire legittimo abitante di sé.

Aldo era il solito, forte sulle gambe e nei pensieri. Pepi, invece, era cambiato. Del favolista di fumèle sedotte e abbandonate si erano perse le tracce da quando aveva saputo che dietro alla collina erano appostati i russi; al suo posto un ragazzo spaventato che si muoveva a scatti e trascorreva il tempo a scrivere lettere a casa. Aveva sempre pensato alla vita come un eterno fluire, nessuna dimestichezza con l'idea che tutto potesse finire improvvisamente in uno sbriciolarsi di ossa. Aldo lo rincuorava, gli diceva che una volta scampato il pericolo la strada sarebbe stata in discesa, sarebbero tornati in Italia, il Lutrario lo attendeva. Pepi ascoltava, sul momento sembrava crederci, poi rispondeva con parole sconnesse, bestemmie, rideva forte o piangeva.

Il freddo era terribile. I soldati si nascondevano nei ripari scavati nella neve per difendersi dal vento gelido. C'era chi tentava di ammorbidire le gallette congelate per poi masticarle, ma dentro erano ammuffite, immangiabili, passarci sopra la lingua solo un passatempo.

Alla sinistra del quartier generale il paese di Brody, trenta casupole con il tetto di paglia. I russi finora l'avevano risparmiato, ci vivevano vecchi e bambini. Davanti c'erano le colline dalle quali scendeva una strada mulattiera che terminava in una specie di canalone. A destra altre collinette che avrebbero presto potuto servire come riparo naturale.

Verso le venti avvenne il vero e proprio avvicendamento, italiani pronti alla battaglia, reparto alleato in partenza.

Marzorati venne avvicinato da un comandante tedesco, un bassetto che parlò fitto, indicò la cresta e due mitraglie pesanti utili per il fuoco contraereo. Marzorati lo ascoltò sull'attenti.

La notte trascorse lenta. Le vedette si alternavano ogni venti minuti perché la temperatura, trentacinque gradi sotto zero, non permetteva di fare diversamente. Tutti fiutavano l'aria, levavano gli occhi verso il nero della collina. Gli ordini erano chiari: in caso di attacco si doveva raggiungere la strada che portava a Nikolajewka; da lì sarebbe stato più facile difendersi.

Venne l'alba, il sole comparve dietro la collina. Stanchi e gelati dai turni all'addiaccio, i soldati non vedevano l'ora di farla finita con la tortura dell'attesa. Attaccate cristo santo, cosa aspettate?

I capiarma che avevano in dotazione i fucili mitragliatori iniziarono a smontare e ricomporre le armi per assicurarsi della loro efficienza. Dopo una simulazione di fuoco, le avvolgevano in una coperta da campo per preservarle dal gelo. Non passavano più di dieci minuti e, di nuovo, smontavano e rimontavano e sparavano e si compiacevano della risposta metallica dell'otturatore. Se ne fregavano delle mani bruciate dal metallo ghiacciato, ripetevano l'operazione in modo maniacale per passare il tempo e per paura che al momento buono i mitragliatori li tradissero.

Steu si avvicinò a uno di loro: «Non abbiamo olio anticongelante?».

Il ragazzo non lo degnò di uno sguardo, «Bravo, meno male che sei arrivato tu, non ci avevo pensato».

«Dicevo così.»

«Dicevi pirlate» rispose il capoarma. Poi continuò: «I geni dei nostri comandanti ci hanno dato olio normale, a queste temperature è come darci acqua. Capito per chi siamo venuti a farci ammazzare?».

Steu gli chiese da dove veniva. Il capoarma gli fece segno di smammare, non aveva tempo da perdere, né di conversare con un ragazzotto istruito a buttare barche in un fiume.

Un silenzio sempre più fitto, soltanto il maneggiare di armi. E colpi di tosse. Ogni tanto l'ordine di un ufficiale, isolato e lontano, annacquato dai movimenti dei soldati alla ricerca continua di calore.

Steu rientrò nella casupola dove avevano passato la notte. Due ragazzi stavano sgranando il rosario. Remo era rannicchiato in un angolo, su un fianco, il braccio destro come cuscino e il sinistro a reggere il moschetto piantato a terra. Steu gli si avvicinò, «E tu non preghi?».

Remo rispose che per chiedere aiuto a dio non c'è bisogno di aprire la bocca. C'era anche Aldo, ai suoi piedi era accovacciato Pepi, un fagotto tremante. Steu si accorse della sua presenza soltanto quando lo sentì dire di lasciar perdere dio, «Sono tutte balle».

Steu gli disse che anche lui era ateo, «Ma bisogna rispettare chi crede. Dev'essere una bella cosa potersi aggrappare a dio quando hai la merda al culo».

«Mettetevi in testa che dio è un piciu, non ci sono altre spiegazioni. Per permettere tutto questo è un piciu o un criminale» disse Pepi.

Le parole presero a scendere rare. All'improvviso un vociare spezzò il silenzio del villaggio. Cosa stava succedendo? Da dove venivano quelle grida? Tutti uscirono dalle stamberghe, dalle cupole di neve, dalle tende. Corsero in posizione e levarono gli occhi: sulla cresta della collina apparve un'immagine che nessuno di loro avrebbe mai più dimenticato. Prima sbucarono le teste, poi i busti, infine le gambe. I soldati russi avanzavano tenendosi per mano, una fila infinita anneriva il profilo dell'altura. Formavano una specie di catena umana, il vocio divenne limpido, gridavano: «*Davaj ruschi*». A distanza di una ventina di metri, una seconda fila seguiva la prima, quindi una terza, una quarta, una quinta, in migliaia stavano scendendo.

Lo sgomento, la paura, il vomito. Gli ufficiali chiamarono le staffette e gli ordinarono di correre ai comandi per chiedere consegne precise, la disparità di forze era evidente, come si poteva fronteggiare una situazione del genere? Erano pochi e male armati. Ciascuna delle due compagnie del battaglione di Marzorati disponeva soltanto di una mitragliatrice pesante Fiat, di sei fucili mitragliatori e di una dotazione di sei bombe a mano per ogni militare.

Indietreggiare era impossibile, attendere significava farsi

schiacciare come scarafaggi, non rimaneva che sorprenderli attaccando per primi. Fu ordinato il fuoco, i fucili spararono, seguirono i mitragliatori. La prima fila dei russi si scompose, le mani si slacciarono, molti di loro caddero a terra colpiti a morte, era finito il tempo dei canti e della coreografia. Fuggirono verso i ripari naturali offerti dal terreno. Si trincerarono a trecento metri di distanza. In prima linea rimasero i comandanti e i commissari politici. Stanarono i soldati, gli ordinarono di avanzare, combattere e morire, la resa o il temporeggiamento non erano previsti. E i soldati uscirono allo scoperto, furono facile bersaglio, il declivio si riempì di sangue. Crollavano a terra come manichini, la faccia in avanti.

Fra le truppe italiane il vuoto dell'attesa era stato sostituito dall'eccitazione. Dal momento in cui avevano aperto il fuoco, l'ipotesi di morire era stata accettata, non c'era più nulla da perdere. Era rimasto un unico obiettivo: ritardare il più possibile l'ultimo respiro. Che la morte fosse meno spaventosa della paura di morire lo avevano intuito da tempo, ma fu in quella mattina che ne ebbero la certezza.

Un orgasmo di vita si diffuse nel campo di battaglia, si trasmise di soldato in soldato inghiottendo fame, freddo e pensieri. Gli ufficiali strisciavano tra le truppe, tenete duro, presto arriveranno i rinforzi.

Steu e Remo erano vicini, sdraiati a terra, i moschetti infilati nella fenditura di un muricciolo. Non avevano ancora sparato, l'occhio fisso nel mirino: «Premeremo il grilletto solo se sarà necessario, lasciamolo fare a chi è capace». Improvvisamente, un soldato russo spuntò di fronte a loro, cinquanta metri o poco più. Stringeva in mano qualcosa che poteva essere una bomba a mano. Come aveva fatto ad arrivare incolume fino a lì?

Steu urlò: «Remo! Spariamo adesso. Insieme!». E fecero fuoco.

Il russo cadde sulla schiena. Con le gambe fendette l'aria come stesse pedalando, non si mosse più.

Remo abbassò il capo sul calcio del fucile.

«Su la testa» disse Steu.

«Abbiamo ammazzato un uomo» disse Remo.

«Su la testa» urlò Steu.

Remo obbedì.

«Aveva in mano una bomba, ci avrebbe uccisi tutti, non potevamo fare altro» disse Steu.

«Non potevamo fare altro» disse Remo. Lo disse molte volte.

I russi si riorganizzarono, lo si sapeva, erano in troppi. Individuarono i centri di tiro e scatenarono la massa di fuoco. Scendevano veloci lungo il pendio, raggiungevano la base del canalone ai piedi del promontorio e da lì lanciavano le granate.

Da dietro il muricciolo Steu e Remo videro saltare gambe e braccia. I cadaveri furono lasciati sul campo. Dove saranno Pepi e Aldo? Da quando il mormorio della collina li aveva scaraventati fuori dalla casupola, non li avevano più visti: «Saranno riusciti a sistemarsi come noi, sono due svegli» si ripetevano l'un l'altro.

Finalmente fu ordinato il ritiro. I russi non mollarono e inseguirono, ma i soldati riuscirono a stabilirsi su un rialzo poco fuori Nikolajewka da cui potevano tenerli sotto tiro, li costrinsero a fermarsi.

Steu e Remo si acquattarono con altri dietro a mucchi di neve e staccionate. Mangiarono minestra in scatola e bevvero cordiale, sapeva di lampone. Nessuno parlava più. I battaglioni si erano disgregati, caos, feriti che urlavano e chiamavano la mamma e chiedevano di morire.

La tregua non durò neanche due ore. Quando il sole svanì e cominciò a nevicare, i russi si scatenarono. Erano raddoppiati, triplicati. Ora attaccavano anche alla baionetta. I ragazzi arretrarono fino al centro del paese, morti e feriti aumentavano.

Assestatisi sulle colline attorno a Nikolajewka, i russi tenevano sotto scacco gli italiani. Era finita.

Braccati come animali, sempre combattendo, indietreggiarono, raggiunsero il fiume Samara; un ponte di palafitte ne permetteva l'attraversamento, ma si accanirono i mortai nemici. Steu e Remo erano in fondo alla fila. Si gettarono a terra prima di metterci piede, rimasero immobili. Il fuoco diminuì e loro strisciarono una ventina di metri a lato. Si fermarono di nuovo, respirarono profondo. Ora nevicava fitto, era tutto bianco, anche la loro divisa.

Steu trovò la forza di sorridere: «Guarda come fiocca, siamo fortunati».

Con un cenno si diedero il via, come in corsa, quando bastava uno sguardo per decidere dove scattare. Attraversarono il fiume gelato strisciando sul ghiaccio per trecento metri. Sull'altra riva era appostato il battaglione di fanteria croato. Erano in salvo.

3 marzo 1942

«Morini Angelo? Morini è morto? Qualcuno può dirlo con certezza?»

«Io, signor maggiore» rispose il pontiere Ceravolo.

«E Bianco Walter? Dov'è Bianco? Qualcuno ha visto Bianco morire?»

I soldati si guardarono tra loro. No, nessuno sapeva nulla di Bianco. Da quel momento, Bianco fu un disperso.

Il battaglione era rientrato alla base da due giorni, bivaccava in un sobborgo dalle parti di Putilovka. I ragazzi erano stremati, feriti, sfiduciati. E in quell'ennesimo mattino di neve, a Marzorati toccò compilare l'elenco dei caduti in battaglia. Non appena verificava con certezza la morte di un soldato, ne segnava il nome. Il giorno dopo avrebbe ordinato di inviare un telegramma alla famiglia.

Steu e Remo sedevano in un angolo, muti e assenti, con ancora addosso il fiume ghiacciato.

Aldo e Pepi: «Qualcuno li ha visti morire? Che fine hanno fatto?».

«Quando sono arrivati i russi, siamo usciti tutti insieme e non li abbiamo più visti» disse Steu.

Marzorati passò ai nomi e cognomi successivi.

In molti mancavano all'appello; per rendersi conto della situazione di caduti e dispersi era necessario tornare a Brody e Nikolajewka, percorrere centocinquanta chilometri di neve e fango.

Venne organizzata la spedizione. Vi parteciparono Marzorati, il cappellano don Piero, il tenente medico Colaussi e sedici pontieri appartenenti ai diversi nuclei per facilitare il riconoscimento delle salme, tra questi Steu. Remo rimase a Putilovka, Marzorati lo ritenne inadatto a salire su quel camion di morte.

Chiesero a un reparto di artiglieria un automezzo cingolato e uno slittone per i bagagli pesanti e partirono all'alba. A una decina di chilometri da Nikolajewka incontrarono un reparto tedesco. Vennero a sapere che l'intera zona era abbandonata, distrutta, ma ancora pericolosa, soltanto la notte prima una loro pattuglia era stata sorpresa dal nemico e non era più rientrata.

Marzorati chiese notizie dei caduti italiani, rispose il capitano, un ragazzo con il volto butterato. Si presentò come Hauptmann Muller, il suo reparto si era premurato di seppellirli in una fossa comune.

Don Piero si fece il segno della croce, il tenente medico volle sapere dei feriti.

«Tutti morti» disse Hauptmann Muller.

«Dov'è la fossa?» domandò Marzorati.

Il capitano tedesco rispose che era all'inizio del paese, sul terrapieno avevano infisso una stele di legno con su scritto *soldati italiani*, sarebbe stato facile trovarla, «Troppo pericoloso, lasciate perdere».

«Andremo» disse Marzorati.

«Abbiamo riconquistato le posizioni che voi avete abbandonato, ma i russi sono nuovamente dietro la collina, troppo pericoloso» insistette il capitano.

E Marzorati: «Andremo a esumare le salme: sono nostri fratelli».

Il capitano sbuffò, «Va bene» disse. Gli garantì che l'indomani mattina avrebbe dislocato due pattuglie armate di mortai in posizioni strategiche, «In caso di attacco russo, vi difenderemo. Voi italiani romantici».

Marzorati ringraziò. Steu sferrò un pugno sul pianale.

Hauptmann Muller disse: «Anche tedeschi cuore buono», poi schioccò le dita e ripartì insieme ai suoi.

Aveva ragione, era facile trovare la fossa, proprio all'inizio del paese. E mantenne la parola, il mattino dopo pattuglie di copertura tedesche erano al loro posto. Marzorati scrutò l'orizzonte con il cannocchiale, poi si avvicinò alla stele di legno e la gettò lontana, i suoi ragazzi meritavano altro.

Diede l'ordine di scendere dal cingolato e di portare con sé l'attrezzatura, bisognava iniziare a scavare. Don Piero, il tenente medico Colaussi e i sedici pontieri della spedizione formarono un cerchio davanti alla fossa. Rimasero in raccoglimento per un po', ma non c'era tempo da perdere, i russi distavano un paio di chilometri in linea d'aria e stavano sicuramente osservando la scena.

Lavorarono con una cautela eccessiva, come temessero di infliggere un ulteriore sfregio ai loro compagni d'armi. Smuovevano il suolo con una grazia strana a vedersi in un gruppo di soldati, più che altro erano carezze alla terra gelida.

Marzorati gli ingiunse di svegliarsi: «Se continuate con questo ritmo la prossima fossa sarà per noi, sveglia boia cane».

A un tratto il pontiere Livolsi gridò di fermarsi, fece segno ai compagni di avvicinarsi. Prese a scavare con le mani, trenta o quaranta centimetri di terra, poi un volto bianco, intatto, un'impressione di rassegnazione agli angoli della bocca. Si abbassò per guardare meglio. Non sapeva chi fosse. Si voltò, fece spazio agli altri, «Chi lo conosce?».

Fu Riccardo Farina a dargli un nome, era Borsari. Con il pomo d'Adamo che andava su e giù, disse: «È il mio amico Carlin, Borsari Carlin. È di Gazzola, io di Rivergaro». I compagni sollevarono il blocco di ghiaccio in cui Carlin si era trasformato e lo adagiarono sulla slitta, aveva ancora l'elmetto sulla testa.

Come se il recupero del primo corpo avesse spezzato la cortina di pudore che frenava i movimenti, tutti presero a scavare con rabbia.

La seconda salma fu quella di Andrea Favari. Fu riconosciuto soltanto grazie a una sciarpa bianca e rossa con sopra ricamata una lupa. «È la sciarpa del Piacenza, quanto se ne vantava. Gliela aveva mandata sua mamma.»

Fu la volta del caporale maggiore Lorusso Vito di San Severo e di Franceschini e di due ragazzi di cui nessuno seppe dire i nomi, trovarono anche il sergente Agostini.

Poi Steu si imbatté in uno strato di ghiaccio più duro degli altri, il suo piccone non bastava, bisognava essere in due a battere quella lastra. Al suo fianco un commilitone disse: «Ecco, ne ho trovato un altro, è tutto sporco di terra». Steu si voltò e tra quella terra gli parve di vedere un segno, spinse via il commilitone: «Lascia fare a me». Si inginocchiò, proseguì con le mani. Si diede da fare con le unghie. Si fece passare una pezzuola e urlò di allontanarsi a coloro che gli si stavano avvicinando, anche Marzorati si fermò. Steu ripulì il volto del soldato con cura. Sotto l'occhio sinistro una cicatrice a forma di elle.

Rimase immobile, poi si piegò su Aldo, fronte contro fronte. Si tirò su, lo accarezzò, poi indicò ai compagni il terrapieno, bisognava tornare a scavare.

I camerati tedeschi avevano adagiato i corpi in file di cinque, rinvenuto uno bastava proseguire a sinistra o a destra per trovarne altri. Il terreno, ghiacciato fino a tre metri di profondità, li aveva preservati dall'oscenità della putrefazione. Non emanavano alcun odore, carne congelata.

Era ora di andare, Hauptmann Muller lo aveva detto, le mie pattuglie vigileranno su di voi per non più di due ore.

Quando l'articolato ripartì con il suo carico di salme, Marzorati sparò in cielo un razzo verde per segnalare ai tedeschi che stavano rientrando. Il lavoro non era finito, i corpi recuperati erano una ventina; considerando l'ampiezza del terrapieno, ne mancavano altrettanti.

«Vanno recuperati tutti» disse Marzorati. Si fece dare una sigaretta dal tenente medico e si lasciò scivolare sul pianale dell'automezzo, «Pattuglie di copertura o no, torneremo».

Un sibilo spaccò il silenzio della steppa. L'autista Pironti accelerò, l'automezzo sobbalzò tra le buche, rischiò di rovesciarsi. Altri due sibili, questa volta più vicini, tutti incurvarono le spalle, i colpi di artiglieria caddero nel fiume, non esplosero. Pironti accelerò ancora, superò i cinquanta metri del ponte di legno che attraversava il Samara e furono fuori tiro.

«Bravo Nuvolari» gridò il tenente medico. Uno dopo l'altro, tutti gridarono «Bravo Nuvolari». Ci fu un applauso.

Arrivarono a Putilovka verso sera. Le truppe rimaste alla base si accalcarono attorno all'automezzo, guardarono la slitta, tutti quei compagni morti. Alcuni presero a singhiozzare, altri si allontanarono con la testa tra le mani.

Steu fu tra i primi a scendere, Remo si mise davanti: «Allora?».

«Aldo» disse Steu.

«Aldo cosa?»

«Aldo» disse Steu e gli indicò la slitta.

Remo trangugiò, strinse gli occhi, arricciò la fronte, tutti i suoi tic: «E Pepi?».

«Pepi niente» disse Steu. Poi gli raccontò che non era finita, entro qualche giorno sarebbero tornati a Nikolajewka, «Ce ne sono altri, ne mancano almeno venti».

«Steu, dove siamo finiti?», Remo si lasciò cadere, Steu sedette al suo fianco, gli mise un braccio attorno alle spalle. Lo strinse a sé. «Tieni duro fridèl» gli disse sottovoce.

Remo annuì tra le lacrime, «Torneremo a casa».

«A ca nostra» disse Steu.

Alcune donne, intanto, erano sbucate dalle casupole vicino. Con i loro scialli colorati, stavano a rispettosa distanza dalla slitta, tenevano le mani sulla bocca, chissà i loro uomini dov'erano.

Don Piero diede ai corpi una prima benedizione. I morti scaricati dalla slitta vennero coperti con teli da tenda. Una bottiglietta contenente le generalità venne collocata accanto a ogni salma. La si coprì di terra, si piantò su di essa una croce di legno con inciso nome e cognome e si appoggiò l'elmetto alla sommità. A sotterrare Aldo pensarono Steu e Remo, il viaggio in slitta lo aveva scurito, la bocca aveva assunto una piega di incredulità.

Don Piero consacrò il cimitero di guerra. Altre donne del paese erano giunte sul luogo insieme ai figli. In molte chiesero la comunione, qualcuna ne approfittò per far battezzare i più piccoli. Il cappellano affidò loro la pietà del luogo.

Poi fu la volta dell'eterno riposo. Una nenia si levò alta al cielo bianco di Putilovka, ancora poco e avrebbe ripreso a nevicare.

15 gennaio 1943

«Siamo circondati. Abbiamo i russi alle spalle.» La notizia giunse all'alba e si propagò per la base di Tscherkowo.

Steu indossò due mutandoni di lana, tre maglie e la tuta mimetica. Infilò nello zaino alcune bombe a mano e i proiettili per il fucile. Uscì dalla buca in cui aveva dormito tra topi e pidocchi. Corse verso i magazzini controllati dai tedeschi per recuperare cibo. Non c'era quasi più nulla, riuscì ad arraffare qualche scatoletta di carne. Tornato sul campo, incontrò Remo. Remo gli disse che i tedeschi avevano anticipato la partenza e, oltre a svuotare i magazzini, avevano requisito tutte le slitte e gli animali dei civili.

«Figli di puttana» disse Steu.

Pochi minuti e fu il caos. Mortai, mitraglie, colpi di artiglieria. I carri armati russi avanzavano e dal cielo piovevano bombe. Sulle strade ingombre di uomini e urla, qualcuno venne investito e schiacciato dalle ruote dei mezzi in fuga. Un grosso pagliaio che serviva da ricovero per i soldati feriti e quelli assiderati fu colpito dai Katjuša, tutto si dissolse in una vampata di fuoco.

Con la seconda offensiva del Don, i russi avevano accerchiato gli italiani nella conca di Arbuzovka, in pochi erano riusciti a salvarsi, non ce l'aveva fatta il sergente maggiore Marzorati. Una mattina, in un momento di calma apparente, era salito sull'orlo della trincea per sistemare un reticolato e si era beccato una palla in fronte. Per qualche secondo aveva fissato l'orizzonte, non ci credeva, la feccia bolscevica l'aveva fottuto. Poi il suo corpo ossuto si era disarticolato e si era sparso a terra come un sacco di stracci.

Steu, Remo e altri seimila – i resti della Pasubio, della Celere e della Torino – abbandonarono Tscherkowo carichi come muli; l'ordine degli ufficiali era stato perentorio: «Mettete negli zaini tutto ciò che potete: bombe a mano, munizioni individuali e munizioni per le armi della squadra». Davanti c'erano i tedeschi, anche loro in seimila.

La testa della colonna iniziò la marcia in silenzio. Si sentiva soltanto lo scricchiolare della neve dura sotto gli scarponi. Gli spallacci degli zaini erano lame conficcate nelle ascelle. I ragazzi superarono isbe e magazzini in fiamme, ogni rogo un sollievo, il tepore del fuoco riscaldava per una decina di metri.

Steu e Remo camminavano fianco a fianco. Pepi non c'era più. Marzorati e i suoi, a distanza di qualche giorno dal ritrovamento di Aldo, erano tornati sul terrapieno di Nikolajewka e avevano esumato altre dodici salme, ma lui non c'era.

Chissà dov'era finito. In mano ai russi o sotto tre metri di neve? Nessuna delle due ipotesi: «Quel drogante si è nascosto in un'isba con una bella fumèla russa» dicevano Steu e Remo.

Arrivarono davanti a una strada identica a quella lasciata alle spalle, steppa senza limiti, neve e ghiaccio.

Si alzò il vento. I ragazzi presero a barcollare, una colonna di spettri. Procedevano al rallentatore uno dietro l'altro, la testa bassa e una coperta addosso. Nulla serviva, la neve si infilava dappertutto, bucava il viso e gli occhi. Ghiacciavano barba, baffi, sopracciglia.

Non una parola per chilometri. Migliaia di soldati, un unico pensiero: ancora un passo. Un piede avanti, poi l'altro, un piede avanti, poi l'altro. Da dove arrivava quell'infinitesimale raggio di forza che permetteva al piede sinistro di superare quello destro e poi a quello destro di sopravanzare il sinistro? L'istinto di sopravvivenza, si dice così. In realtà nessuno lo ha mai capito.

Le scarpe di Remo stavano andando a pezzi, il cuoio si era staccato. Doveva fermarsi per trovare una soluzione. Si abbassò, levò i guanti, ma le mani non erano più sue. Due pezzi bianchi, iniziò a urlare, «Steu, le mie man, le mie mani».

Steu si fermò, indietreggiò fino a raggiungerlo.

«Non le sento più.»

Steu lo condusse fuori dalla pista, lo fece sedere, gli si accovacciò al fianco. Remo prese a piangere, «Le mie mani sono morte».

Per nessun motivo potevano farsi staccare dalla colonna, rimanere soli significava la fine. Steu gli disse che dovevano fare in fretta, «Sbattile forte una contro l'altra, non mollare dio cristo». Estrasse dallo zaino un pugno di stracci, glieli infilò tra suola e piedi e legò quella matassa informe con del fil di ferro.

Remo lo lasciò fare, non gli importava dei piedi, c'era posto solo per un tormento alla volta, e ora la sua testa era concentrata su quelle mani con cui per tutta la vita aveva gonfiato ruote e stretto manubri. Le batteva tra loro, non sempre faceva centro, una scappava via. Gli occhi di Steu ballavano tra Remo e la colonna, la fila avanzava, ancora duecento metri di uomini e sarebbero stati gli ultimi: «Battile sulle ginocchia, sulla neve. Picchia forte».

Andarono avanti per un po', Remo a picchiare e Steu a fissare il fondo della colonna sperando che impiegasse più tempo possibile a raggiungerli.

Poi Remo urlò che qualcuno gliele stava bucando, che una baionetta gliele aveva trapassate, Steu disse «Bravo, non smettere».

Remo obbedì. Continuò a picchiare le mani per terra e sulle ginocchia e tra loro, e finalmente non sbagliò più un colpo, le mani erano tornate. Passò dal pianto allo stupore, ora sentiva lo schiocco, carne e ossa, come un bimbo che sta assistendo a una magia, «Guarda Steu, guarda che roba».

Steu lo sollevò con uno strattone. Lo aiutò a rimettersi i guanti e lo spinse verso la pista. Riuscirono a rientrare in colonna. Remo si guardò i piedi, anche quelli andavano meglio, il suo capitano lo aveva riportato in gruppo.

Si affondava nella neve. Non una casa, un albero, davanti e dietro il cielo si univa alla steppa. Marciarono per un'altra ora. Improvvisamente, i soldati davanti si buttarono a terra.

Cosa stava succedendo? Passò un automezzo cingolato, a bordo gli ufficiali consultavano carte e bussole. Stavano entrando in una nuova sacca? I partigiani russi erano prossimi a sferrare un attacco? Gli ufficiali sembravano in attesa di comunicazioni.

Tutti aspettarono seduti. Si fece notte, quaranta gradi sotto zero. Nessun rumore, soltanto il fruscio delle erbe secche che sbucavano dalla neve. Remo tirò fuori dallo zaino una scatoletta di riserva, spaccò la carne con un coltello, la divise con i compagni, masticarono ghiaccio.

Erano in prossimità di un villaggio. I tedeschi, più avanti nella colonna, occuparono le prime isbe. Da quel momento ciascuno avrebbe dovuto arrangiarsi per trovare una sistemazione. Steu e Remo ne individuarono una in mezzo alle altre, quasi invisibile. La porta era chiusa a chiave. La scardinarono, dentro non c'era nessuno ma davanti alle icone ardeva ancora il lumino, doveva essere stata lasciata da poco.

Cielo steppa passi notte. Fu così per giorni. Gli assiderati si ammassavano ai lati della pista, i feriti morivano sulle slitte. Tra i superstiti, molti avevano i piedi in cancrena, altri procedevano piegati in due con le braccia penzoloni e una pallottola in corpo, altri ancora si fermavano, si lasciavano cadere, provavano a rialzarsi e poi ricadevano per non alzarsi più. Come il tenente Villa. Steu lo vide sdraiato fuori pista, si era tolto il passamontagna, aveva gettato coperta, elmetto, zaino, tutto ciò che ingombrava, si era accucciato su se stesso e guardava la colonna passare, sul volto un'espressione beata, com'è dolce la morte per congelamento, è brutto il primo momento, poi non senti più nulla, non sai più dove sei, vedi le signorine ballare sul ghiaccio. Nessuno ebbe la forza di soccorrerlo, soltanto una voce provò a fargli cambiare idea, «Tenente, in piedi». L'ufficiale non si mosse, fece un gesto come per dire che per lui era giunta l'ora di chiudere.

Avevano già chiuso quelli con le mani rattrappite e la mandibola bloccata in un ghigno finale. Erano caduti in ginocchio, inchiodati dal gelo in quella posizione.

I villaggi bruciavano, nubi di fumo nero, i russi incendiavano tutto quanto gli capitava sotto tiro per impedire al nemico di accedere al cibo, al riposo. Sugli usci delle isbe, lamenti e cadaveri. Stesa sulla neve, una donna nuda, i capelli biondi sparsi sul bianco, il volto coperto da un telo. Teneva le braccia aperte come un cristo in croce.

A Steu doveva essere successo qualcosa di brutto dentro le scarpe, non se le toglieva da giorni, forse si era spaccata la pelle sotto il malleolo, una piaga viva, una piaga così grande che si era presa ogni cosa.

C'era ancora luce quando verso nord si levarono colpi di mortaio, la colonna era nuovamente sotto il fuoco.

«Speriamo sia la volta buona» disse Remo.

Nessuno gli chiese cosa intendesse.

Remo continuò: «Avrei caro un bel colpo in fronte, sarebbe una liberazione».

Il fuoco si fece più intenso, esplosioni ovunque. Nella colonna si aprirono vuoti, non era più possibile procedere. I soldati si sparpagliarono sulla pista, ciascuno per proprio conto, ciascuno a cercare la salvezza dietro un fosso o un riparo qualsiasi.

Ormai era impossibile distinguere a che divisione appartenessero, non erano più soldati, neanche uomini, soltanto topi con l'elmetto che guizzavano qua e là sulla neve per sfuggire al tiro a segno nemico. Un automezzo con a bordo ufficiali tedeschi e italiani sfilò accanto alla colonna sgangherata.

«Bisogna deviare verso Petrovskji» gridò un maggiore italiano.

«*Russische Panzer*» urlò il comandante tedesco.

Altri T34 giungevano da dietro, il rumore dei cingoli si fece sempre più nitido. Steu scorse uno steccato vicino a una scarpata, lo raggiunse e si gettò a terra. Sbirciò attraverso le fessure. E da lì vide i soldati russi, i loro berrettoni a punta con la stella rossa, le loro facce sbucare dalla torretta. Sembravano sereni, risoluti, erano uomini al lavoro. I quattro carri sfiorarono lo steccato, non spararono, avanzarono e basta.

Il fuoco si attenuò. I T34, così come erano arrivati, scomparvero.

Steu riprese il cammino, dov'è il mio fridèl? La fila si era allungata, un soldato dieci metri avanti, due soldati venti metri dietro.

Dopo un paio d'ore di marcia, Steu vide ai lati della pista un uomo che circondava con le braccia sotto le ascelle un uomo più alto di lui, lo trascinava. Si era fermato e aveva deciso di caricarselo sulle spalle.

Qualcosa disse a Steu di accelerare il passo, un'impressione di familiarità che andava oltre alle migliaia di fantasmi tutti uguali.

«Fa piano!» Fu un urlo di dolore. Arrivò alle orecchie di Steu, era la voce di Remo.

Schegge d'anticarro lo avevano ferito alla gamba destra e al ventre. Sanguinava, gemeva, ma era cosciente: «Volevo un colpo in fronte, non un'agonia».

Steu gli disse di stare zitto, di non sprecare forze.

«Lasciatemi perdere, il gelo mi porterà via in poco tempo, pensate a voi.»

Dovevano fermarsi, era troppo pericoloso proseguire in quel modo, Remo rischiava di morire dissanguato e loro avrebbero perso la colonna trovandosi da soli, in balìa di partigiani e militari russi.

Lo adagiarono dietro una montagnola di neve.

Furono fortunati, passò un cingolato con a bordo ufficiali italiani. Steu si gettò davanti al mezzo. Gridò: «Portaferiti, portaferiti, dove sono i portaferiti?».

Un tenente indicò dietro di sé.

«Quanto?» urlò Steu.

Il tenente allargò le braccia.

Steu disse all'uomo che si era caricato sulle spalle Remo di andarsene, sarebbe rimasto lui ad aspettare, gli aveva salvato la vita, ora doveva pensare alla sua.

L'uomo dichiarò che aveva fatto quello che doveva, aveva il naso aquilino e occhi timidi. Riprese il cammino, si voltò un paio di volte, poi lo inghiottì il bianco.

«Hai un culo grande come una casa» disse Steu abbassandosi su Remo.

«Perché?»

«Stanno arrivando le slitte dei portaferiti, sono dietro di noi.»

Remo continuava a lamentarsi, Steu gli strinse degli stracci attorno alla coscia. Resistettero al gelo, Steu non voleva che si addormentasse, lo scuoteva, gli faceva muovere mani e piedi, lo sollevava sulla schiena e poi lo rimetteva giù. E lo faceva parlare, gli chiedeva di Cascina Rissone, lo invitava a fare programmi per il futuro. Avrebbero rimesso su la squadra, lo dovevano a Musso: «E vedrai con Noemi, diventerà la tua morosa, sarà felice di vederci di nuovo in bicicletta».

Remo sussurrò che anche Pepi glielo aveva detto: «Una volta a Torino vi fidanzerete».

Steu aveva ragione, Remo era fortunato, i soccorsi arrivarono dopo neanche un'ora. Sulla slitta c'era poco spazio, ma un angolo riuscirono a trovarlo.

Steu aiutò i portaferiti a caricarlo, lo sistemò per bene, fece in modo che la gamba ferita non cozzasse contro alcun ostacolo. Poi si abbassò su di lui e gli prese una mano: «Ciao fridèl».

«Ciao fridèl.»

«Ci vediamo a casa.»

«Steu.»

«Dimmi.»

«Tra tanti anni dirai a tuo figlio che abbiamo ammazzato un uomo?»

Steu sospirò. No, non lo avrebbe mai raccontato, «La guerra la capisci se ci sei dentro».

Remo disse che l'augurio più grande che potevano fare ai loro figli era proprio quello: non capire la guerra.

Arrivò sera, Steu arrancava nel buio e nel silenzio, i piedi lo torturavano. In lontananza gli apparve la sagoma di un villaggio. Quando fu vicino, capì che le fiamme si erano spente da poco. Tutto era cenere. Scavalcò un paio di uomini riversi sulla neve, cadaveri di cani, chiazze rosse a intervallare il bianco. Ecco alcune isbe. Bussò alla prima, non aprirono. Bussò alla seconda, niente. Provò a forzare la terza, ma non appena la porta cedette si ritrovò un fucile puntato alla testa, «*Raus, Italienisch!*».

Cento metri più avanti Steu vide un cumulo di terra da cui sporgeva un comignolo. Era un'isba interrata, o forse un rifugio antiaereo. Dal comignolo usciva il fumo.

Si avvicinò, scorse una finestra con l'interno illuminato. Scese tre scalini e bussò alla porta. Sentì avvicinarsi alcuni passi, aprì un vecchio. Lo raggiunse una donna di età indefinibile, l'uomo disse che non c'era posto. Steu fece un passo, guardò dentro la stanza. In un angolo, due bimbetti stavano stretti l'uno all'altro. Attorno a loro, cassetti spaccati e vetrine in frantumi.

La donna si fece capire, i tedeschi entrano e spaccano tutto, voi no, voi almeno ricambiate l'ospitalità con tabacco e gallette. L'uomo indicò una montagnola di cenci e pastrani addossata al muro alla destra di Steu, nell'unico punto della stanza in cui non aveva ancora guardato: «Tre soldati italiani, non c'è l'aria per respirare, mi dispiace». Steu capì, quel dizionarietto italo-russo con la copertina rossa lo aveva imparato a memoria: «Fatemi entrare».

«Mi dispiace» ripeté l'uomo. E fece per richiudere. Steu bloccò la porta, spinse in avanti, l'uomo traballò, Steu si guardò i piedi, disse che non poteva più camminare, si sarebbe fermato per poco, giusto il tempo di scaldarsi e dormire qualche ora.

Sotto la montagnola i corpi dei soldati erompevano in sussulti improvvisi. Schianti di tosse, peti, lamenti. «Fascisti» disse il marito. Poi gli indicò uno spazio a fianco dei due bimbetti, poteva accucciarsi lì, di fronte agli altri italiani.

Steu zoppicò fino al muro, posò zaino, giberna, moschetto e cappotto. Svuotò le tasche dalle bombe e le mise nell'elmetto. Si lasciò scivolare a terra a gambe larghe. Chiuse gli occhi, l'urgenza di levarsi le scarpe, il terrore di levarsi le scarpe.

L'uomo prese una sedia e si sedette di fronte a lui, gli chiese cosa diavolo erano venuti a fare in Russia. Steu allargò le braccia, non ne aveva idea. Arrivò la donna, disse al marito di lasciarlo perdere, non vedeva che era un povero disgraziato? Gli porse un piatto di minestra, miglio e latte, non aveva altro, i tedeschi avevano portato via patate e cavoli. Steu ringraziò, da mesi non mangiava nulla di così caldo e così buono.

L'uomo guardò negli occhi Steu, di nuovo disse: «Fascisti».

Steu rispose che non tutti i soldati erano fascisti, lui ad esempio era comunista.

L'uomo disse: «Non dovevate venire, siete colpevoli».

La donna chiamò a sé Sasha e Vadim, disse al marito di alzarsi, indicò il soppalco, era ora di andare a dormire.

Steu fece un respiro profondo, sfilò le scarpe, disincagliò il fil di ferro dagli stracci che ricoprivano le piante e rimase con solo le calze. Un nauseabondo puzzo di marcio invase la stanza, le calze erano incollate alla pelle. Doveva ancora fare uno sforzo: togliersele. E lo fece, un colpo secco, trattenne un urlo, poi un altro, e fu a piedi nudi. Un male bestiale, ma li sentiva, li muoveva, erano piedi vivi, avrebbero ancora potuto correre e spingere sui pedali. Ma cos'era quell'odore di carogna? Steu volse le piante e ciò che vide furono due pezzi di carne bianchiccia intrisi di un umore giallo, un'unica piaga molle e purulenta.

La montagnola di soldati ebbe un sobbalzo, «Cos'è questa puzza?» disse una voce.

«Che schifo, c'è un morto sul soppalco?» disse un'altra voce.

Dall'ammasso di lana e pastrani sbucarono due occhi, «Sei tu che puzzi così?». Il soldato aveva un forte accento romano, si poggiò sui gomiti, abbassò lo sguardo, vide i piedi di Steu e non ebbe più bisogno di risposte, «Disinfettali con acqua e sale», si rimise a dormire. Poi, da sotto le coperte, gli chiese da dove veniva.

«Vengo da Arbuzovka, un massacro.»

A quel punto, a fianco del romano, la montagnola si sollevò lentamente. Prima sbucò una grossa testa nera, poi due occhi da bue, infine un naso a gancio, Aimon Ferdinando detto Nando. Dopo l'incontro sul Dnepr, erano nuovamente uno di fronte all'altro.

«Nando» disse Steu.

«Steu» disse Nando.

«Credevo fossi all'inferno. Ci avevano detto che vi avevano fatti a pezzi a voi della Tagliamento.»

Nando gli disse di stare attento a come parlava, sotto le coperte c'erano due camerati che non vedevano l'ora di sgozzare un pidocchio rosso.

«Sarebbe stato un peccato se ti ammazzavano. Non mi è bastato metterti la ruota davanti, quando torniamo voglio prenderti mezz'ora.»

I due camerati sotto la montagnola urlarono di tacere, se avevano voglia di parlare potevano uscire e farsi stecchire dai bolscevichi.

Nando si alzò, estrasse una borraccia dallo zaino, prese con sé il pastrano e una coperta e si avvicinò a Steu: «Bèiv, bastard». E si sdraiò al suo fianco.

Steu disse che presto sarebbero stati al sicuro, mancava poco per uscire dalla sacca.

«Poco è l'eternità. Fuori ci sono i carri armati russi» disse Nando.

Stettero in silenzio, le orecchie tese a individuare tra le folate di vento gli spari dei Mosin-Nagant e le manovre dei T34. Erano bestie in gabbia, se volevano ritrovare la libertà dovevano uscire. Ma per qualche ora poteva andare bene così, due ciclisti in ritirata coricati uno a fianco dell'altro.

A Steu venne voglia di parlargli di Torino, di Porta Palazzo, delle corse. Lo detestava da quando se l'era visto arrivare alle spalle sulla salita di Superga, ma ora tirava un'aria di casa che aveva cambiato le carte in tavola. Steu ripensò a quel giorno, gli venne un groppo in gola.

Evidentemente anche a Nando successe lo stesso: «Ricordi come se n'è andato su quel tornante?».

«Non lo dimenticherò finché vivo» rispose Steu.

«Fausto Coppi» disse Nando.

«Mi ha fatto i complimenti. Sono passati quattro anni, lui è un campionissimo, eppure sono certo che si ricorderà di me, non appena torno in Italia lo cerco e mi faccio prendere in squadra.»

«Voi comunisti siete dei sognatori» disse Nando.

«Come mai uno forte come te faceva il gregario?»

«Mio padre mi ha insegnato la disciplina. Non fosse stato per Giordana sarei rimasto negli allievi, è lui che mi ha voluto in squadra, mi sarei fatto ammazzare per il mio capitano.»

«Voi fascisti avete sempre qualcuno per cui farvi ammazzare.»

«Mi hai messo la testa in faccia negli ultimi metri, ho dovuto rallentare, se non facevi il figlio di puttana ti arrivavo davanti.»

Steu disse: «Balle, mi hai rifilato una gomitata, stavi per farmi cadere, non ti è bastato, hai perso lo stesso».

Nando disse che non era stata una gomitata, solo un modo per mantenere l'equilibrio. Aggiunse altre cose, ma Steu non sentì, si appisolò, dormì un'ora, i piedi bruciavano e nei suoi sogni rimbombava l'ordine di rimettersi in cammino.

Quando si risvegliò, Nando aveva gli occhi fissi su un libriccino sciupato.

«Cos'è?»

«La Bibbia.»
«Credi?»
«Credo.»
«E la pensi come gli animali tedeschi?»
«Meglio pensarla come loro che come le puttane delle democrazie.»
«Non ti sono bastati tutti questi morti che i tuoi padroni sono venuti a fare in Russia?»
Nando rise.
«Cosa ridi?»
Nando chiuse il libro, «Non confondere il nazismo con il fascismo».
«A voi interessa stare sotto il loro tavolo ad aspettare le briciole.»
Nando continuò: «Noi siamo gli eredi dell'impero romano. Cosa dovevamo fare quando la Germania ha attaccato i russi? Tirarci indietro? Siamo loro alleati».
Steu abbassò gli occhi, era davvero quella la porcheria che aveva in testa la gioventù del littorio?
«Con queste scarpe? Con i fucili della Prima guerra mondiale? Reggendo la coda ai nazisti con le leggi razziali? Magari sei ancora convinto che vinceremo la guerra» disse Steu.
«Certo. La Russia è un incidente di percorso. I tedeschi hanno armi segrete che neanche ti fai idea, dischi volanti e robe del genere.»
Steu gli chiese di lasciare perdere i dischi volanti e di cercargli del sale per i piedi. Nando rispose che solo i piedi di un pidocchio rosso potevano puzzare così. Si alzò, andò verso una madia traballante, cercò dappertutto, non trovò nulla. Nel frattempo anche i due camerati si erano svegliati, i loro volti fecero capolino dalla montagnola.
«È un tuo amico?» chiese il romano a Nando.
«No.»
«E allora sei frocio che sei andato a dormire con lui?»
«È un corridore torinese, come me.»
«Nero?»
«No, rosso.»
Il romano si levò sulla schiena, prese il moschetto e lo pun-

tò su Steu, «Paura eh?». Poi scoppiò a ridere, si volse verso il camerata sdraiato al suo fianco: «I comunisti sono bravi a parlare ma quando si ritrovano un fucile puntato addosso se la fanno nei pantaloni».

Steu strinse le mandibole, avrebbe dato qualsiasi cosa per essere in condizione di saltargli al collo: «Aspetta che finisce la guerra e vi appenderemo tutti al muro, a te penserò io».

Il romano si alzò di scatto, fece per gettarsi su Steu, Nando lo bloccò, non era il momento, si stava facendo alba e dovevano ripartire, il tempo per regolare i conti non sarebbe mancato.

La donna, svegliata dal trambusto, scese dal soppalco e indicò la porta, adesso basta, andatevene.

Il romano fece un passo indietro. L'altro camerata, mingherlino e con la bocca grande, disse che sarebbero stati loro a decidere quando andarsene.

Nando le chiese un paio di stracci e il sale. Si fece riempire un catino d'acqua e tornò da Steu: «Lavali bene, riposa ancora un paio di giorni, quando stai meglio riparti. Noi andiamo».

Steu disse: «No, vengo con voi».

Il romano e l'altro fascista risero, guardarono Nando: «Tre eroi della Tagliamento con uno zoppo rosso?».

Nando chiese a Steu se davvero se la sentiva. Steu fece di sì.

Si passò acqua e sale sulle piaghe, strofinò con cura, il giallo del pus intrise gli stracci. Dal soppalco scesero anche i due bimbetti, per ultimo il marito. Si avvicinò a Steu e gli porse una ciotola che sapeva di erba e patate, unguento lenitivo. Steu intinse due dita nella crema, se la spalmò sulle piante dei piedi, ebbe un'impressione di estate e menta, l'immagine di Rina che lanciava i sassi facendoli saltellare sul fiume.

I camerati recuperarono elmetti e fucili e lo attesero sulla porta. Steu si fasciò i piedi con pezze di tela, rimise le calze. Poi provò a infilarsi i resti delle scarpe, non ci riuscì, i piedi si erano gonfiati. Aveva bisogno di una mano, ma l'orgoglio gli impedì di chiederla.

Il romano guardò Nando: «Vai ad aiutare il tuo amichetto, è una femmina, da sola non ce la fa».

Steu gridò «Fermi». Fece da solo con due strappi violenti, sistemò gli stracci e legò tutto con il fil di ferro.

I camerati uscirono dall'isba, dissero *spasibo*. Steu passò per ultimo, sorrise alla donna, posò una mano sulla spalla dell'uomo e gli diede un po' di tabacco. L'uomo non disse nulla, la donna bisbigliò qualcosa, lanciò uno sguardo alle icone e si segnò tre volte.

Fuori sempre trenta gradi sotto zero, una bufera di neve e passamontagna incollati al viso come calchi di ghiaccio. Procedevano in colonna, Nando davanti, i due fascisti dietro, Steu per ultimo. Alcuni cavalli impazziti giravano in tondo ai margini della pista, dappertutto le macchie nere degli oggetti abbandonati e sparsi sulla neve: elmetti, zaini, fucili, cassette di munizioni, resti di tende, bombe a mano.

Nei pressi di un paese che si chiamava Strezolwka, Steu e i camerati si congiunsero a una cinquantina di soldati della Torino. Con loro un sergente, Bertazzi. Aveva perso la sua squadra, ma confermò le voci che giravano da un paio di giorni, ancora uno sforzo e sarebbero stati fuori pericolo. Sputava, continuava a ripetere «I miei ragazzi».

La bufera cessò, ora si poteva marciare con un'andatura più spedita. Nando si voltò verso Steu, gli domandò come andavano i piedi.

Steu gli rispose di guardare avanti.

Si fermarono: brodo gelato, gallette ammuffite. Sedettero sulle macerie di un edificio che poteva essere stato una scuola. Il romano si chiamava Lucio, aveva un fratello pugile: «Chi va più forte in bici, tu o Nando?».

«Io» disse Steu.

«Sono un emergente» disse Nando.

Steu si rivolse a Nando: «Remo, ti ricordi di lui? In gruppo lo chiamavano Nenni, è il mio miglior amico. L'ho caricato su una slitta qualche giorno fa, aveva una gamba messa male».

Nando non ricordava nessun Remo: «Feriti e congelati sono già partiti per l'Italia con i treni ospedale, stanno meglio di noi, mal che vada il tuo amico avrà una gamba in meno».

Era esattamente quello che Steu non voleva sentirsi dire. Gli balenò nella mente l'immagine di Remo in bicicletta, la gamba sinistra spingeva sui pedali. E la destra? Non c'era più nulla, il pedale mulinava nel vuoto.

Fu tempo di ripartire, era spuntato il sole. Lucio disse che un sole così non l'aveva visto neanche a Ostia. Poi diede una pacca sulla spalla a Steu: «E voi? Come ve la cavate con la vostra nebbia?». Steu rispose che a Torino c'erano certe mattine di luce e colline che i romani neanche immaginavano. Nando confermò, «Torino è la città più bella del mondo».

Vuoi per il bel tempo vuoi per quanto si diceva a proposito dell'imminente uscita dalla sacca, l'umore rimase discreto fino all'imbrunire, quando percorsero una specie di semicerchio attorno a un villaggio e la pista tornò a srotolarsi dritta nella steppa. La colonna si era infittita di altri soldati italiani; ora contava qualche centinaio di uomini.

All'improvviso si ritrovò sotto il fuoco. L'impressione fu netta, non c'era più nulla da fare, un caporale disse: «Ci hanno atteso nell'imbuto finale per farci fuori o catturarci».

Nessuno era più in grado di difendersi, troppa stanchezza, troppa differenza di forze. La dissoluzione dei comandi impediva qualsiasi azione difensiva. Erano finite le armi, le munizioni. La lotta, ormai, era tra l'Armata rossa e centinaia di sbandati.

Fu un tiro al bersaglio. Molti furono ammazzati al primo attacco, saltarono in aria come piccioni, coloro che avevano mantenuto un minimo di energia riuscirono a dividersi e buttarsi a terra per poi riunirsi all'inizio della strada che portava a Belovodsk. Steu e i camerati furono tra questi. Si incamminarono in direzione di uno sperone collinoso, salirono sulla rampa ghiacciata, chi scivolava sulle lastre, chi cadeva sotto il fuoco russo.

Un proiettile colpì il romano al cuore, il ragazzo rotolò a valle, quasi investì Steu. Nando e l'altro fascista non ebbero la forza di gridare, si voltarono, guardarono in basso. Tornare indietro non sarebbe servito a nulla.

«Onore al camerata Lucio» disse Nando sottovoce.

Superata la cresta della collina, i sibili dei proiettili si attenuarono. Ne rimase l'eco, qualche colpo isolato.

La colonna si divise per rendere più difficili eventuali altri attacchi, i due tronconi presero piste diverse ma si diressero entrambi verso occidente.

Venne la notte. Camminarono altri chilometri in un tratto di steppa ondulata che rendeva la marcia ancora più dolorosa.

In lontananza apparvero alcune luci. I ragazzi urlarono, accelerarono il passo. Sì. Erano luci. Luci bianche.

Incassati nella neve, due carri armati tedeschi tenevano i cannoni puntati verso est. Dalle torrette i soldati facevano segno di sbrigarsi. Ai loro lati sostavano una decina di camion.

«Camion italiani» disse Steu.

«Sono venuti a portarci via dall'inferno» disse il sergente Bertazzi.

Altre voci dissero siamo liberi, siamo salvi, è finita, deo gratias.

Nessun tripudio, soltanto lamenti, sospiri, lacrime.

Vennero fatti sedere davanti ai due carri armati, attesero con il culo sul ghiaccio un'ora buona prima di essere smistati, nessuno si chiese perché, il tempo delle domande era finito dal giorno in cui erano stati spediti in Russia.

Nando e Steu si salutarono con gli occhi. Nando si aggregò ad alcuni commilitoni della Tagliamento, Steu ritrovò un paio di compagni del suo battaglione.

Rimasero accampati nella neve qualche giorno, poi partirono per Dnipropetrovs'k e là vennero aggregati a quello che rimaneva della divisione Pasubio; prima o poi un treno li avrebbe riportati in Italia.

1° marzo 1943

I treni ospedale non bastavano, la Sanità militare ne aveva mobilitati dodici e la Croce rossa altri sei, ma i feriti e gli amputati arrivavano da ogni angolo dell'Ucraina, bisognava arrangiarsi, riportare in Italia il maggior numero di uomini possibile.

Quel treno che doveva trasportare soltanto chi l'aveva fatta franca diventò un serpentone di dolore, partì da Dnipropetrovs'k alle sei di mattina, un paio di vagoni furono trasformati in alloggio infermi con venti barelle e una decina di brandine. Un altro vagone fu adibito a pronto soccorso, sarebbe servito ai più gravi e a nuovi feriti che sarebbero stati fatti salire lungo il tragitto. Gli infermieri erano pochi, i medici ancora meno.

C'era di tutto in quelle carrozze, ventenni euforici che non vedevano l'ora di riabbracciare fratelli e morose, uomini inghiottiti da ciò che avevano visto, altri che gridavano senza una ragione. C'era un sergente maggiore, aveva perso entrambi i piedi per congelamento. C'era un caporale che aveva due buchi al posto degli occhi, ogni cinque minuti urlava: «Non ha senso tornare a casa se non puoi più rivedere il viso di tua madre. Ditemi, che senso ha?».

E c'erano loro due, Steu e Nando. Si erano ritrovati su quel treno e si erano salutati con un cenno del mento. Si stavano dando da fare con le mani sulla nuca per togliersi le pulci, seri e silenziosi, concentrati sul lavoro di pollici e indici. La tradotta era ferma da un po', il ghiaccio aveva coperto i finestrini, non si vedeva nulla, ma la voce dei macchinisti aveva fatto il giro delle carrozze, siamo fermi sui binari di servizio di uno snodo ferroviario, ancora un po' e ripartiamo.

Da Dnipropetrovs'k a Leopoli, poi Cracovia, Vienna, Brennero, dopo duecento ore di viaggio sarebbe stata Italia, sì dio santo, Italia.

Steu e Nando avevano deciso di stare vicini, spalla a spalla, come negli ultimi metri del Gran Premio Fiat. Nando leggeva e rileggeva la Bibbia.

Quando il treno ripartì, Steu gli domandò cosa avrebbe fatto una volta a Torino. Nando sembrò non voler rispondere. Poi disse: «Continuerò a combattere per la mia causa. E tu?».

«Anche» disse Steu.

Nando offrì a Steu da fumare e gli raccontò che qualche ora prima si era assopito e aveva fatto un bellissimo sogno, era al Filadelfia con suo padre e mancavano pochi minuti alla fine della partita. Il Toro stava pareggiando contro l'Inter, all'ultimo minuto Ezio Loik aveva segnato il gol che valeva lo scudetto, «Io e mio papà saltavamo sulle gradinate come due matti, lui agitava il berretto e mi diceva hai visto? Ce l'abbiamo fatta». Nando si abbassò su un fiammifero, accese una mezza sigaretta, «Di che squadra sei? Scommetto che sei della Juve».

Steu disse no! Lo disse forte, forse fu la prima volta che alzò la voce da quando il treno aveva lasciato la stazione di Dnipropetrovs'k: «Sono del Toro dalla testa ai piedi».

Nando si girò verso di lui: «Finalmente qualcosa in comune». E allora le parole diventarono veloci come non erano mai state. Forse l'euforia di una passione da condividere, forse il pensiero che il calcio era l'anticamera di un'esistenza che prima o poi sarebbe tornata normale. Fatto sta che presero a parlarsi addosso, ognuno andava per proprio conto. Nando disse che il campionato era in corso e il Toro si stava giocando il titolo contro il Livorno, suo padre glielo aveva scritto, stiamo dando spettacolo. Steu disse che era necessario sistemare la difesa per diventare davvero invincibili, le milanesi si stavano rinforzando, «Se non ci diamo una mossa il prossimo anno niente scudetto».

«Adesso pensiamo a vincere questo» disse Nando, «il Livorno non molla.» Poi scosse la testa: «Fate sempre così voi comunisti? Dimenticate il presente per sognare un futuro meraviglioso in cui sarà tutto perfetto?».

Steu disse: «Sbagli. Noi siamo concentrati sul presente. Infatti l'unico nostro obiettivo è farvi fuori tutti. Poi, una volta che vi avremo eliminati, allora sì che penseremo a costruire un futuro bellissimo». L'incanto del Toro era già finito.

Era passato da poco mezzogiorno, Steu si alzò in piedi, disse: «Chissà se dallo sporco dei finestrini riesco a vedere qualcosa». Ci riuscì, vide un pilone andato in frantumi, poi una piana di edifici distrutti e abbandonati, una donna con la bicicletta ferma a un passaggio a livello. Vide un'unica, interminabile pellicola di devastazione che, ne era certo, srotolandosi da Dnipropetrovs'k sarebbe arrivata in Italia attraversando Polonia e Austria. Gli occhi non erano in grado di stare al passo delle immagini; i ponti demoliti e le case bombardate con i lavandini che pendevano al sole andavano a velocità tripla. Fuori dai finestrini il mondo era completamente cambiato rispetto a due anni prima, le strade deserte, i negozi sventrati, la folla ingobbita e grigia sempre in coda davanti a qualcuno.

I freni del treno cigolarono, una nuova fermata, ancora Ucraina, infinita Ucraina, ai lati della stazione una fila di automezzi militari. Si sbloccarono le porte del treno, entrarono raffiche di gelo e lamenti, non c'è posto boia di un giuda, trovatelo, su una barella era steso un ragazzo con la mascella spappolata e le corde vocali scoperte; su un'altra un urlo meridionale invocava santa Margherita, le mani carbonizzate, la faccia bruciata era una vescica senza ciglia, sopracciglia e capelli. Nando e Steu videro tutto, Nando abbassò il capo, Steu disse: «Chissà quanti altri ne vedremo, i nazisti hanno dischi volanti e armi segrete, la guerra continuerà, tempo qualche anno e l'Europa sarà una distesa di volti senza occhi e tronconi d'uomo». Se ne andò, camminò fino alla carrozza successiva. Tornò indietro, sedette a un metro di distanza da Nando, questa volta niente spalla a spalla, a dividerli un cumulo di coperte. Di fronte a loro avevano piazzato il caporale senza occhi. Dormicchiava, poi si svegliava e urlava della madre, sempre la stessa solfa: «Che senso ha tornare se non posso più rivederla?».

Nando disse che senza occhi, prima o poi, si sarebbe abituato, non come il ragazzo senza faccia che chiedeva aiuto a santa Margherita: «Meglio che muoia, che razza di vita è una vita senza faccia?».

Poi non si dissero più nulla fino a sera, Nando tornò al *Cantico dei cantici,* Steu prese dallo zaino *Robinson Crusoe,* glielo aveva regalato un maggiore della divisione Pasubio nei giorni a Dnipropetrovs'k in attesa di tornare in Italia.

Per ore stettero così, separati dal cumulo di coperte, a respirare l'odore di alcol e piscio che impregnava il vagone, a sentire le urla del caporale senza occhi e i lamenti che giungevano dal vagone del pronto soccorso.

Tornarono a parlare verso sera, Nando gli chiese dove sarebbe andato se Coppi non si fosse ricordato di lui. Steu rispose che era inutile fare previsioni con la guerra in corso.

Nando disse: «Speriamo che Giordana abbia salvato la pelle, senza di lui non saprei dove sbattere la testa, nessuno mi conosce, prima e dopo Superga non ho mai combinato nulla».

Steu gli disse che se avesse cambiato idee politiche lo avrebbe preso in squadra con sé, era un bel grimpeur, ma per quanto fosse bravo non si sarebbe mai tenuto in casa uno sporco fascista.

Nando provò a scherzare: «Che figura faresti con i tuoi compagni se mi vedessero andarti via e farti mangiare la polvere?». Rise. Ma subito si immalinconì. Disse che avrebbe dato qualsiasi cosa per inforcare la bici, salire in collina e poi buttarsi giù dai tornanti facendosi beffe di burroni e curve a gomito: «A te non piacerebbe?».

Steu sospirò.

Nando gli confessò un timore: «Dopo tutto quello che abbiamo visto, saremo ancora quelli di una volta? Per andare forte bisogna avere gli occhi puliti».

Steu rispose che la guerra è guerra, l'avevano voluta loro, non gliel'aveva detto nell'isba? «Mica potevate tradire i vostri alleati.»

Nello scompartimento arrivò un medico, aveva le mani sporche di sangue, lo sguardo spiritato: «Non dormo da due giorni, il prossimo a lasciarci le penne sono io. Si sono liberati alcuni posti, sono morti tre ragazzi, anche quello senza faccia».

Nando disse che era contento per il ragazzo senza faccia, dio era stato benevolo a non farlo sopravvivere. Steu disse che dio non lo voleva neanche sentire nominare.

6 marzo 1943

Arrivarono che era sera. Dai finestrini intuirono la basilica di Superga, le venature del fiume. Steu disse che non si vedeva niente, «Dov'è finita la nostra Torino? Era una città che passeggiando di notte ci potevi leggere il giornale, ora è tutto buio».

Torino era a un passo, ma il treno si bloccò, una questione di controlli e binari dissestati li costrinse a una sosta di tre ore quando erano a pochi chilometri da Porta Nuova, vedere e non toccare, che beffa.

«Chissà mio padre» disse Nando. Steu gli chiese se avesse fratelli o sorelle. Nando rispose che non solo non aveva fratelli e sorelle, ma non aveva mai avuto neanche la madre, «Ha avuto la bella idea di morire nello stesso istante in cui sono nato».

Steu fu sul punto di dire mi dispiace, ma qualcosa lo frenò, forse il suo tono baldanzoso.

«Io e lui, lui e io. Siamo sempre stati solo noi due» continuò Nando.

«E chi ti ha tirato su?» domandò Steu.

«Ho molte zie, non che facessero a gara per tenermi, davo in escandescenze per niente, tutto il giorno a rincorrere cani e gatti per tirargli con la fionda. E poi qualche balia, mai mancati i soldi, mio papà è ragioniere alla Lancia, anch'io stavo per entrare in Lancia, ho fatto le professionali, poi niente, la guerra.»

«Bravo, hai studiato.»

Nando disse sì, aveva studiato.

«Anche tuo padre è fascista?»

«Certo. È da lui che ho preso la passione. Quando avevo cinque anni mi ha regalato un cavallino a dondolo con la faccia del duce disegnata sui lati, il regalo più bello della mia vita. E tuo padre? Anche lui un pidocchio rosso?»

Steu annuì, ma aggiunse che a suo padre la politica interessava poco, «Lui va pazzo per il vino e i tre moschettieri».

Nando rise, «Bene, è più furbo di te».

Si salutarono fuori dalla stazione, davanti a via Roma. Rimasero per qualche minuto ad ammirare quella strada dritta e deserta.

«Io faccio che andare» disse Nando.

Si diedero la mano attenti a rimanere alla giusta distanza, entrambi con la schiena dritta e la testa lievemente all'indietro.

Steu gli disse buona fortuna. «Cambiare idea è segno di intelligenza, pensaci bene, sei dalla parte sbagliata» aggiunse. Nando gli disse di non preoccuparsi, che alle sue idee ci pensava lui. Però gli sarebbe piaciuto ritrovarlo in corsa, o magari al Filadelfia.

Presero direzioni opposte, Nando verso nord, verso Borgata Vittoria, verso la sua casa di via Chiesa della Salute; Steu verso sud, verso i genitori, la sorella, chissà se questa volta avrebbero trovato il coraggio di abbracciarsi.

La sensazione di buio provata guardando dal finestrino del treno divenne certezza. Torino era nera, nero il cielo e nera la strada, macerie e buchi di bombe, neanche la luna a fare un po' di luce. Steu si rese conto solo in quel momento che la guerra non era stata solo in Russia, ma dappertutto, anche in via Nizza.

Ecco la sagoma della Fiat. In giro non c'era nessuno, né biciclette né macchine né camion, qualche lampada azzurra qua e là, nulla più. Poi passò una pattuglia di carri armati fascisti. Pochi minuti e ne passò un'altra, tirava una strana aria.

Alla fermata di Lingotto vide decine di persone accalcate ad attendere il tram. Gli venne voglia di sentire l'odore della gente, voglia di dialetto, a casa ha un gusto diverso da quello parlato nella steppa.

Non fu lui ad attaccare discorso, bensì una donna che avrà avuto l'età di sua madre, gli chiese se arrivava dal fronte russo: «Avete tutti gli stessi occhi voi che arrivate da laggiù».

Steu chiese che occhi.
«Occhi che sarebbe stato meglio non avessero visto» disse lei.
Steu chiese cos'erano tutti quei carri armati in giro. La donna disse che erano allertati perché gli operai si stavano preparando a reagire: «La vita costa sempre di più. I padroni hanno deciso di pagare l'indennità di 192 ore solo agli sfollati, una cosa del genere fa schifo, è il momento di alzare la voce».
Steu disse che era proprio uno schifo, l'indennità va pagata a tutti.
La donna continuò: «Ieri hanno scioperato alla Rasetti e alla Microtecnica, oggi in qualche officina di Mirafiori, entro qualche settimana ci fermiamo tutti. Sei arrivato giusto in tempo».
Steu disse che non aveva mai visto tanta gente alla fermata di un tranvai.
Quando il mezzo arrivò, fu un arrembaggio nel buio pesto, spinte e urla per salire, spinte e urla per scendere, una battaglia di corpi e voci. La donna fu tra le prime a entrare, rimase in piedi accanto alla porta, guardò Steu e gli fece un gesto come per chiedergli cosa ci facesse sul marciapiede fermo come un baccalà. Lui sollevò le spalle, «Non importa». La donna si slacciò la sciarpa di lana e lo salutò.
Se invece di tirare dritto fosse sceso verso il fiume, sarebbe stato da Remo, a Cascina Rissone, ma prima c'erano da rivedere il padre e la madre e la sorella, il fridèl sarebbe andato a trovarlo il giorno dopo, era sicuro fosse tornato, se l'era cavata, se lo sentiva.
Eccolo nel cortile di casa sua, guardò al ballatoio, tutte le luci erano spente. Non fosse stato per quella sosta di tre ore a un passo da Porta Nuova sarebbe riuscito ad arrivare per cena, ma erano le undici di sera, cosa pretendeva? A quell'ora in Barriera Nizza si dorme da un pezzo.
Steu salì le scale con passo lento, come per gustarsi l'incontro, per tutta la vita avrebbe ricordato quel momento, di nuovo a casa dopo un anno e mezzo di Russia. Era immerso nell'attimo, perfettamente concentrato su ogni sensazione che gli attraversava la mente di gradino in gradino. Improvvisa, arrivò la paura, non si scrivevano da un paio di mesi, c'era qualcosa che non sapeva?

Posò lo zaino a terra, il cuore batteva a mille, bussò, un colpo delicato, solo la nocca del medio. Rimase ad aspettare, sapeva che non sarebbe bastato. E allora picchiò con tutte e quattro le nocche, impresse la forza giusta. E questa volta giunse alle sue orecchie il gracchiare di una sedia, un trapestio di passi sbilenchi, la porta si aprì: suo padre. Edoardo abbassò gli occhiali e lo guardò al di sopra delle lenti. Poi li sistemò di nuovo sul naso e lo scrutò dal di sotto.

«Papà.»

Il padre si appoggiò allo stipite, gli occhi gonfi di lacrime. Stefano guardò in cucina, sul tavolo il bottiglione vuoto e la candela e un libro chiuso con il segnalibro in mezzo.

«Papà, come va?» disse Stefano.

Il padre balbettò che stava leggendo la storia di Scaramouche, e ripeté tre volte: «Sto leggendo... Sto leggendo... Sto leggendo».

Stefano disse «Basta papà» e lo strinse a sé, il padre lo lasciò fare, gli appoggiò la fronte sulla spalla. Dalla camera da letto arrivò una voce, era la madre, chiedeva cosa fossero quei rumori.

Stefano si schiarì la gola, «Mamma, sono io».

Ai passi rapidi della madre si sommò il trascinare di pantofole di Rina. Le due donne si incontrarono all'ingresso della cucina.

«Stefano, o basta là» disse la madre; lo ripeté, «O basta là», e si affrettò incontro al figlio. Rina le camminò dietro, le mani sulla bocca, «Stefanin, Stefanin mé».

Il padre si fece da parte, la madre abbracciò il figlio sempre fermo sulla porta, lo baciò sulla guancia, poi indietreggiò per guardarlo meglio, gli disse che se lo ricordava più ragazzo, lo abbracciò di nuovo, di nuovo lo baciò, gli disse sono tanto contenta. «Anch'io, mamma.» Poi toccò a Rina, si strinsero forte, lui diceva Rina e lei diceva Stefanin.

La madre gli indicò la sedia per farlo accomodare, il padre gli chiese se voleva da bere, un bel bicchiere gli avrebbe riscaldato il sangue. Rina disse che bisognava dargli da mangiare, altro che vino, non vedevano che era magro come un chiodo? E andò a prendere latte, formaggio, pane, tutto quel po' che c'era in casa.

Stefano riprese il solito posto a tavola, davanti al padre, con la madre alla sua sinistra e la sorella a destra. Non sapevano cosa dirsi. C'era troppo da dirsi. C'era niente da dirsi.

Ma stava bene? Da dove arrivava? Che strada aveva fatto il treno? Quanto era durato il viaggio? Quando era partito? La madre preferì concentrarsi sui dettagli per evitare di evocare l'orrore. Rina non disse nulla, si accese una sigaretta e rimase a guardarlo. Il padre dondolava la testa, diceva «Robe da matti», «Figlio mio», frasi del genere. Poi gli chiese della Russia, della guerra, dei tedeschi, fece domande enormi a cui Stefano non seppe rispondere. Si limitò a dire: «La guerra è troppo brutta per parlarne». Il padre annuì, era stato alpino in trincea, lo sapeva bene.

La madre capì, toccava a lei. E allora raccontò di madama Varo, la vicina di casa, le avevano ammazzato il figlio in Africa. E raccontò della lavanderia, «Si tira avanti, lavoro ce n'è, vero Rina?».

Rina confermò: «A lavorare bene la clientela rimane».

Passarono un'ora così, Stefano a riempirsi di pane e formaggio, le due donne a dire cose sensate, il padre a guardare, la testa reclinata di lato e gli occhi liquidi. Ogni tanto sbadigliava. Stefano si ripromise che se per sventura suo figlio fosse andato in guerra e ne fosse tornato, avrebbe trattenuto gli sbadigli a costo di fracassarsi la bocca.

Poi disse che da troppo tempo sognava il suo letto, era stanco, stanchissimo. Si alzò da tavola, disse che era la cosa più bella essere di nuovo lì con la sua famiglia, che quella guerra bastarda doveva finire, gli Alleati dovevano chiudere il cerchio, sfasciare il cranio a tutti i tedeschi. Il padre gli disse di godersi la casa, il sonno, alle cose brutte avrebbe pensato poi. La madre disse: «Papà ha ragione, una volta tanto anche lui dice una cosa giusta».

Si alzarono, Stefano diede un bacio sulla fronte della madre e uno sulla fronte del padre, l'antica formalità era ritrovata. Si diedero appuntamento all'indomani, ora ci voleva una bella dormita.

Stefano si sdraiò, le mani incrociate dietro la nuca, il comodino traballante a dividere il suo letto da quello di Rina. Guardò le tendine bianche appese alla finestra, la specchiera di fronte con il vetro opaco, l'armadio alla sua destra, uomini a cavallo intagliati su legno da poco. Respirò a fondo l'odore di vino e umido, l'odore di casa sua, disse: «Questo profumo è il più buono del mondo».

«Che profumo?»

«Questo.»

«Non sento nulla.»

«L'odore della nostra casa, il bottiglione di papà, i muri scrostati, i mozziconi delle tue sigarette.»

Anche Rina si era messa a letto, gli disse che l'unico odore che sentiva era il suo, puzzava come una capra, non poteva andare a darsi una lavata? Stefano le disse di tapparsi il naso, lavarsi era l'ultima cosa che aveva voglia di fare.

Poi rimasero in silenzio, Stefano le chiese se stava dormendo, se le andava di parlare un po'. Rina rispose che erano due anni che non lo vedeva, certo che le andava. Non gli chiese nulla, sapeva che sarebbe stato lui a parlare per primo.

Non si sbagliò. Stefano disse: «Io sono qui ma tanti sono rimasti là, sotto la neve, nelle fosse. Ho sempre in testa i morti ai bordi della strada, quelli in ginocchio, quelli con il braccio sollevato a chiedere aiuto, fulminati dal ghiaccio, fermi per l'eternità».

Rina teneva la mano sulla bocca, nel buio.

«È un po' come se anche io fossi rimasto imbalsamato nel ghiaccio.»

Tacque. Riprese con la voce incrinata, «Un po' sono vivo e un po' no».

Rina gli disse di stare tranquillo, ci vorrà tempo, «Ogni giorno sarà come mettere un mattone sopra l'immagine dei morti imbalsamati, alla fine rimarrà un ricordo sfocato». Ora aveva solo bisogno di riposare e tornare a fare le cose che fanno le persone normali: «Riprendere il lavoro ti aiuterà, non avrai problemi a farti assumere in Fiat, i tedeschi hanno bisogno di manodopera».

Lui non rispose. Si girò su un fianco, la testa verso l'armadio e il braccio destro sotto il cuscino, la sua posizione preferita. Lo aveva sempre imbarazzato addormentarsi guardando la sorella. Rina no, se n'era sempre fregata di quello sbalestrato, che guardasse dove voleva.

«E tu? Cosa mi racconti?» domandò Stefano.

Rina gli disse che c'era ben poco da raccontare, un tran tran di bombe e lavoro. Gli disse che da qualche tempo aveva preso a disegnare i personaggi biblici, glieli avrebbe fatti vedere.

Stefano disse: «Ti sei fissata anche tu con la Bibbia?».

Rina domandò chi altro fosse fissato con la Bibbia. Stefano rispose «Un piciu fascista».

«Abele mi è venuto bene, Ismaele anche, Giuda un po' meno, non sono riuscita a dargli l'aria di uno che tradisce.»

Poi gli raccontò che da un po' era giù di corda: «Mi sveglio e faccio fatica ad alzarmi, forse ho qualche problema cardiaco, mi sa che devo andare a farmi vedere».

Stefano disse: «Fumi troppo».

Rina poi disse che una novità c'era, Valter, «Un bellimbusto sempre ben vestito che passa tutto il giorno davanti a un'osteria di via Nizza, lo vedo al mattino quando vado al lavoro, a mezzogiorno, lo vedo di sera». Le sorrideva e le diceva che era una gran bella tota, se un giorno potevano andare a fare due passi insieme. Lei aveva sempre rifiutato, ma da qualche tempo si chiedeva se era il caso di dire tutti quei no.

Era la prima confidenza in vita sua che faceva al fratello, gli chiese cosa ne pensava.

Stefano non ne pensava assolutamente nulla, aveva messo la testa sotto il cuscino e russava il suo primo sonno da reduce.

16 aprile 1944

Flavio Pelissero disse che non c'erano problemi, con il fischietto ci sapeva fare. Era sempre stato elogiato per colpo d'occhio e imparzialità, anche questa volta si sarebbe fatto valere.

Nando disse: «Bene, è quello che volevamo sentire». Raggiunse Kofler, l'altoatesino che stava sulla porta del negozio a controllare il via vai, e disse: «Missione compiuta, l'arbitro lo farà lui».

Kofler rispose che di compiuto non c'era nulla: «E i giocatori? Non è facile trovare dei civili disposti a sfidarci. Digli che se non trova i giocatori, lui e il suo paese passeranno brutte giornate».

Nando tornò da Pelissero, gli disse che saper fischiare non bastava, doveva anche reclutare la squadra: «A costo di scandagliare tutta la valle, trovi undici giovani che abbiano voglia di essere presi a pallonate da noi. Siamo venuti da lei perché è l'uomo più importante del paese, non ci deluda».

Pelissero chiese al barbiere di smetterla con lama e sapone e si tirò su con la schiena. Sapeva che gran parte dei ragazzi era nascosta nelle case delle frazioni attorno, le formazioni partigiane attive in valle stavano preparando nuovi attacchi, e trovare undici uomini disposti a una farsa del genere sarebbe stata un'impresa.

Guardò Nando con espressione titubante, «Credevo di dover soltanto arbitrare... Pensavo che i civili da sfidare li trovaste voi».

«Non ne so nulla. La partita di calcio è un'idea dei tedeschi. Il maggiore ha detto che se lei non li trova alla svelta finirà nei guai. Da italiano a italiano accetti un consiglio, li trovi.»

Pelissero ringraziò, tornò comodo sulla poltrona e disse: «Ci penso io».

Era riuscito a mettere su il più importante cotonificio della zona grazie a diplomazia e determinazione, ce l'avrebbe fatta anche a barcamenarsi tra nazifascisti e partigiani. Solo una cosa gli interessava, salvare se stesso e la sua famiglia e l'azienda. Fece un cenno al barbiere, poteva riprendere il lavoro.

Nando e Kofler furono in strada. Era una bella giornata di primavera, il sole già caldo e la montagna scintillante.

«Stiamo riportando l'ordine» disse Nando.

«Siamo nati per questo» disse Kofler.

Tutto era iniziato un paio di mesi prima, quando i partigiani avevano attaccato una colonna di nazifascisti, espugnato una caserma e catturato una quarantina di prigionieri. La reazione non si era fatta attendere, reparti di SS avevano risalito le valli Pellice, Germanasca e Angrogna e messo a ferro e fuoco case, bestie e villaggi.

Nando e l'altoatesino – Alto Adige e Trentino erano di fatto annessi al Reich – stavano varcando la soglia dell'osteria di fianco al barbiere. Kofler voleva farsi un bicchiere e discutere di calcio e ruoli, sapeva che Nando era un ciclista, sicuramente era dotato di fiato e tigna, avrebbe potuto fare il centromediano; quanto a lui, diceva di essere una saetta, il ruolo di ala non gliel'avrebbe levato nessuno.

Non ci fu il tempo, lo avvertirono via radio che di lì a poco sarebbe iniziato un rastrellamento. Si trattava di un'operazione congiunta dei suoi Alpenjäger, le truppe da montagna dell'esercito tedesco, e della guardia nazionale repubblicana, forza armata istituita dalla Repubblica di Salò di cui Nando era milite scelto.

Kofler rise: «Il terrore non è mai troppo, andiamoci a divertire».

Nando pensò che avrebbe preferito organizzare la partita,

ma non se la sentì di replicare, la sua scelta l'aveva fatta dopo l'armistizio ed era una scelta di cui andava orgoglioso. Disse: «Sì, andiamoci a divertire».

Si unirono al colonnello tedesco che guidava l'operazione, l'Oberst Fuchs, e a un tenente fascista con le labbra molli. Era arrivata una soffiata, in una casa al fondo del paese un vecchio e una vecchia nascondono un pezzo grosso, non è difficile trovarla, il tetto d'ardesia è sfondato da un lato.

Annunciarono il loro arrivo a colpi di pistola, il tenente tirò giù la porta con un calcio, seduti a tavola c'erano una donnina con i capelli bianchi e un vecchio che pucciava il pane nel latte.

«Dov'è?»

«Qui non c'è nessuno» disse il vecchio biascicando briciole, alzandosi dalla sedia e tenendosi su i pantaloni con le mani.

Nando disse che non avevano tempo da perdere, lo sapevano bene che stavano nascondendo un sorcio. Fece un passo indietro, il tenente gli si era messo davanti: «Aimon, cerca nelle camere e nella stalla e in cantina e fuori, cerca dappertutto». L'Oberst Fuchs dovette dire qualcosa di molto simile a Kofler, l'altoatesino raggiunse Nando. Poi Fuchs scandì sillabe affilate con il mento rivolto verso l'alto. Il fascista con le labbra molli ridacchiò, la donnina era seduta immobile, il vecchio con le spalle al muro. Disse che il discorso era molto semplice: «O ci dite dov'è o vi facciamo saltare le cervella, l'Oberst Fuchs non è di tante parole».

Kofler rientrò in casa trafelato, disse robe veloci, concitate, doveva essere appena scappato, sotto una specie di pagliericcio avevano trovato dei calzettoni e carta da lettere, nella vasca dell'abbeveraggio tracce di sangue, il porco dev'essere ferito. La grossa testa di Nando fece capolino dietro al collo di Kofler, tradusse per il tenente.

Il fascista mise la mano nella fondina ed estrasse la sua Beretta M34. Fece alcuni passi verso il muro, i suoi occhi furono a pochi centimetri da quelli del vecchio, «Non so niente né del sangue né del pagliericcio», gli caddero i pantaloni, il fascista disse che gli facevano schifo gli uomini che non hanno neanche l'amor proprio di indossare la cintura, poi gli puntò la pistola sulla pancia.

«Dov'è?»

«Ve lo giuro per l'amor di dio, non ne sappiamo nulla» disse la donnina.

Il vecchio le fece eco, «Nulla».

«Neanche io» disse il fascista. E sparò, e l'uomo crollò a terra. E l'Oberst Fuchs fece segno a Kofler e a Nando di seguirlo, il verme non deve essere lontano, uscirono dalla stamberga. Il tenente indietreggiò fino al tavolo, la donnina allargò le braccia, per lei un colpo in fronte.

I rastrellamenti andarono avanti per giorni, i nazifascisti fecero il colpaccio quando in una cascina diroccata poco distante dal paese colsero cinque uomini di Giustizia e libertà intenti a preparare un piano per attaccare la colonna tedesca che avrebbe dovuto passare di lì la sera stessa. I ragazzi provarono a scappare, fecero pochi metri, quattro di loro furono uccisi dalle scariche delle mitragliatrici, il quinto si infilò nella boscaglia ma inciampò dopo qualche passo, cadde e fu trascinato sulla strada carrozzabile. Lo impiccarono e lo lasciarono pendere da un lampione.

Nei giorni successivi le acque si chetarono, niente più rastrellamenti, fascisti e nazisti si limitarono a gironzolare per le vie schiamazzando, dai comandi era giunto l'ordine di ricreare un clima di normalità, la partita di calcio sarebbe servita proprio a questo.

Venne il sabato e la sera fu festa. Gli occupanti fecero baldoria all'osteria, niente forca, soltanto balli.

C'era anche Flavio Pelissero a bere vino, arrabattarsi voleva dire partecipare all'esaltazione nazifascista come alla paura dei compaesani.

La sua arte stava nella capacità di miscelare parole e silenzi. Camminava sul filo della delazione, imprenditore e acrobata, attento a lanciarsi dal trapezio soltanto quando dall'altra parte era certo di incontrare la mano del compagno saldamente agganciato alla sua altalena.

Era un milionario, casa a due piani e una bella moglie. E Piera, la sua bambina adorata, l'avevano avuta tardi, tutti i ragazzi del paese contavano i giorni perché diventasse signorina, il fortunato sarebbe diventato il re della valle, la chiamavano Pierina dai boccoli d'oro.

Nando raggiunse Pelissero al bancone. Gli chiese come procedeva l'organizzazione della partita.

«I fatti dei giorni scorsi non hanno contribuito a rasserenare gli animi...»

Nando lo interruppe: «Non cerchi scuse, i tedeschi hanno deciso, si gioca domenica prossima. Ha ancora otto giorni di tempo».

Pelissero si fece versare dall'oste un altro bicchiere, si sistemò il nodo della cravatta e si lisciò i baffetti. Disse: «Mi ha chiesto come procedeva e io le ho detto la verità».

«Quanti ne ha trovati?»

«Per ora cinque» disse Pelissero. Era rosso in viso.

«Sputi il rospo, cosa c'è?»

«Molti ragazzi credono sia una trappola, non si fidano.»

Nando scosse la testa: «Kofler mi ha incaricato di dirle che giura sul suo onore di soldato che ai giocatori italiani, partigiani e non, sarà evitata la deportazione».

«Non ci saranno partigiani, non conosco partigiani» disse Pelissero.

«Comunichi a tutti che al termine della partita offriremo un rinfresco a calciatori e spettatori, ovviamente a spese del Reich» disse Nando.

Pelissero fece un respiro profondo, «Riferirò».

«Bravo» rispose Nando. Poi gli chiese come mai i valligiani, così gentili e sottomessi fino alla guerra, avevano alzato la cresta: «Le vostre valli sono diventate una polveriera e un rifugio per ebrei e partigiani. Cos'è successo?».

Pelissero si schermì: «Mi creda, per me esistono solo dio, famiglia e cotone. I miei compiti sono quelli di far funzionare i macchinari e di gestire la manodopera, non ho tempo di pensare ad altro. Se i miei compaesani godono a mettersi nei guai, sono fatti loro. Glielo dico sempre che nella vita c'è una sola soluzione: testa bassa e pedalare».

Gli occhi da bue di Nando si immalinconirono, «Pedalare». Tracannò la barbera, si asciugò la bocca con il dorso della mano e disse: «Come in salita, quando non ne hai più e ti porta su soltanto la forza della disperazione».

«Proprio così» disse Pelissero.

Nando si allontanò dal bancone con uno scatto della schiena. Diede una pacca sulla spalla a Pelissero: «Mi raccomando, domenica ore 15».

E domenica ore 15 Pelissero era in mezzo al campo con il fischietto in bocca e la divisa nera. Fisico asciutto e modi autorevoli, era tutt'altra cosa rispetto all'uomo sempre troppo cauto che conoscevano in paese. Non dimostrava i suoi cinquant'anni. Non fosse stato per la divisa da arbitro e i capelli brizzolati, lo si sarebbe potuto scambiare per uno dei giocatori.

Il campo piegava leggermente da una parte, non importava, gli svantaggiati nel primo tempo sarebbero stati favoriti nel secondo.

C'era un buon pubblico, soprattutto donne. Madri, sorelle, cugine dei calciatori e dei rifugiati in montagna e dei morti al fronte. Così come era stato difficile trovare undici giovani disposti a sfidare nazisti e repubblichini, era stato arduo convincere i maschi della zona ad assistere alla partita. Nonostante le rassicurazioni di Pelissero, c'era puzza di bruciato, in molti temevano di subire una beffa colossale e ritrovarsi a Mauthausen.

Il timore aumentò quando la squadra di valligiani arrivò al campo. Ad attenderli, al posto delle bandierine del calcio d'angolo, trovarono soldati con il mitra. Attorno al campo erano assiepati un centinaio di militi tedeschi e della guardia repubblicana. Erano di ottimo umore, cantavano e battevano le mani, non sembravano intenzionati ad andare oltre al tifo. «Mai dire mai con quella gente» disse Berto. «Giocarcela o fare finta?»

Pelissero chiamò i capitani vicino a sé per sorteggiare palla e campo. Il capitano dei tedeschi era Kofler, sulla schiena il numero sette. Il capitano dei paesani era Collino, sulla schiena nessun numero. Aveva lasciato il cascinale in cui era nascosto solo pochi minuti prima dell'inizio della gara, voleva togliersi la soddisfazione di dare una lezione a quei macellai. Da ragazzo aveva giocato nelle giovanili dell'Alessandria, non poteva esimersi, «Vado, gli rifilo tre gol e torno» aveva detto ai suoi compagni.

Erano soltanto quattro i partigiani in campo; oltre a lui, Berto, Cecu e Notu. Per il resto si trattava di operai, contadini, gente più vicina ai quaranta che ai trent'anni sfuggita al richiamo della lotta armata ed esentata per i motivi più disparati dall'arruolamento nella Repubblica di Salò. Pelissero era riuscito a convincerli con l'aiuto del commissario prefettizio del Comune. Il commissario si era fatto in quattro, per nessuna ragione bisognava fare incazzare i tedeschi. Ce l'avevano fatta, ne avevano trovati tredici, pure due riserve.

I valligiani indossavano maglietta bianca, pantaloncini a caso e calze di ogni tipo, dai pedalini ai calzerotti. I nazifascisti si presentarono con una divisa da gioco impeccabile: maglia rossa, pantaloncini bianchi e calzettoni neri con risvolto rosso. Oltre a Kofler, giocavano sette Alpenjäger e tre repubblichini. In panchina una decina di altri soldati. Nando prese il numero otto, quello del suo idolo Ezio Loik, mezzala del Torino famosa per i polmoni d'acciaio. Prima della partita chiese a capitan Kofler se non potevano indossare la maglia granata: «Il Torino è la squadra più amata da queste parti, sarebbe un modo per ingraziarsi i paesani». Kofler gli rise in faccia, cos'era il Torino? Doveva essere orgoglioso della maglia rossa, era il colore del suo Bayern.

La partita iniziò con una decina di minuti di ritardo, bisognava aspettare l'Oberst Fuchs. Il colonnello arrivò accolto dal tripudio delle truppe con al fianco il fascista con le labbra molli. Fece un cenno a Pelissero: la contesa poteva cominciare.

Subito i nazifascisti si scatenarono all'attacco, erano robusti e ben nutriti, più giovani dei valligiani. Il loro centravanti, un colosso di due metri, era una forza della natura. Per due volte si presentò davanti al portiere, ma in entrambe le situazioni Gagno gli volò sui piedi e sventò il pericolo.

Poco alla volta i ragazzi della valle si organizzarono, Collino richiamò all'ordine, la squadra si accorciò e diventò un muro difficile da penetrare. Le perplessità sull'impegno da metterci erano svanite, davanti al pallone la mente può solo accodarsi ai nervi. I tedeschi erano atletici e grintosi, ma tecnicamente lasciavano a desiderare; non solo Collino, anche Aldin e soprattutto Cichin avevano piedi di velluto.

Quanto a Nando, faceva il suo, era evidente che il calcio non fosse il suo sport, ma le cosce potenti e un cuore da cavallo gli consentivano di tenere la posizione e frenare le incursioni degli avversari.

Attorno al ventesimo minuto la palla finì in fallo laterale, Nando corse per raccoglierla e battere la rimessa il più in fretta possibile. Ma la palla non si trovava più, l'aveva presa una bambina del pubblico e ora la teneva stretta con gli occhi spalancati. Nando la vide e le si avvicinò, le fece l'occhiolino, la bambina arrossì e subito restituì il pallone. «Brava signorina» disse Nando. Pierina dai boccoli d'oro si gettò tra le braccia della mamma, «Mi ha detto brava signorina».

Si arrivò alla mezz'ora e il risultato era sempre zero a zero. Dopo la sfuriata iniziale dei tedeschi, la partita traccheggiava a centrocampo e nessuna delle due squadre dava l'impressione di poter prendere il sopravvento; i tedeschi erano imprecisi e, a parte il numero dieci, davvero modesti. I valligiani, al contrario, erano sicuri ed eleganti, ma dopo ogni scatto si ritrovavano con le mani sulle ginocchia e la lingua fuori. Per Pelissero nessun problema, la gestione della partita si stava rivelando più facile del previsto.

A pochi minuti dalla fine del primo tempo il numero tre tedesco scese a tutta velocità sulla fascia sinistra, saltò Aldin e crossò al centro, Gagno uscì a vuoto, la palla andò a sbattere sullo stinco di Stelvio e si infilò in rete. Autogol. Da non crederci. I nazifascisti si abbracciarono, levarono i pugni verso Fuchs, i commilitoni sugli spalti presero a cantare.

I ragazzi della valle se ne stavano nella loro metà campo con le mani nei capelli. Tutti si scusavano con tutti, Gagno per l'uscita a vuoto, Stelvio per l'autogol, Aldin perché si era fatto saltare dal terzino tedesco. Stelvio provò a dire che avevano preso quel gol assurdo per via del terreno in salita, ma Collino lo zittì, la salita diventerà discesa, bisognava tirare fuori le palle, avevano ancora tutto il secondo tempo per ribaltare il risultato.

Nell'intervallo, trascorso seduti in cerchio, Cichin chiese l'attenzione, si capì subito che non intendeva parlare di schemi: «Lasciamoli vincere. Questi sono dei criminali, non credo a una parola di quello che hanno detto, a fine partita ci caricano su un treno e ci portano in Germania».

Il silenzio calò sugli undici, si confuse con il sudore e l'affanno dei respiri. Era bastato interrompere la foga agonistica per ridare fiato alla paura. Stelvio condivise il timore di Cichin: «Al diavolo la partita, pensiamo a tornare a casa sani e salvi».

Collino rimase spiazzato. Disse che tra democratici una soluzione c'è sempre: andare ai voti.

«Alzi la mano chi è disposto a morire in campo pur di battere queste bestie.» E mentre lo disse, alzò la sua. Berto, Cecu e Notu non si fecero pregare, «Siamo partigiani, non preti». Uno alla volta, la alzarono anche gli altri.

Cichin e Stelvio si guardarono tra loro, poi sollevarono il braccio.

A pochi metri di distanza, alcuni camerati stavano piazzando un lungo tavolo dietro le panchine. Altri arrivavano con vassoi carichi di frutta e dolci.

Alla ripresa i tedeschi partirono all'attacco alla ricerca del gol della sicurezza. Un fendente del numero dieci sfiorò il palo, un colpo di testa del centravanti gigante fu respinto in tuffo da Gagno.

Al venticinquesimo minuto Nando arò il campo con una sgroppata da trattore, scambiò palla con un repubblichino dalle gambe arcuate e si trovò al limite dell'area. Il dieci era solo sulla destra, se gliela avesse passata avrebbe infilzato Gagno senza problemi, ma Nando tentò il tiro, colpì male, la prese con lo stinco, la palla finì fuori di dieci metri. I tedeschi inveirono, gridarono «Italiano egoista». Kofler gli passò di fianco e con occhi carichi di odio gli disse che con quei piedi poteva solo andare in bicicletta. Nando ritornò nella sua metà campo a testa bassa.

Lo scampato pericolo diede la sveglia ai valligiani. Come se, all'improvviso, scarso allenamento, paura e malnutrizione fossero evaporati per lasciare spazio all'orgoglio. Da quel momento la partita cambiò registro, i tedeschi indietreggiarono sotto le loro folate rabbiose. Prima Collino impegnò il portiere avversario con un tiro dalla distanza, poi Cecu mise una palla in mezzo sulla quale lo stesso Collino arrivò con un secondo di ritardo.

I tedeschi erano sotto assedio. Aldin venne falciato a un metro dall'area di rigore e Pelissero fischiò la punizione a favore dei valligiani. Il numero quattro tedesco si avvicinò minaccioso, Pelissero gli sventolò il cartellino giallo in faccia e disse che al prossimo fallo lo avrebbe sbattuto fuori. Scoppiò un parapiglia, Kofler si avvicinò a Stelvio e fece il gesto di dargli una testata. Pelissero rimase imperturbabile; ammonì Stelvio e Kofler, non poteva farsi sfuggire di mano la partita a un quarto d'ora dalla fine.

Toccava a Cichin battere la punizione, era il giocatore più dotato.

Il portiere tedesco piazzò la barriera. I camerati sugli spalti trattenevano il fiato. Il colonnello Fuchs estrasse il fazzoletto dai pantaloni e prese ad asciugarsi il collo.

Cichin posò il pallone a terra con la stessa cura di una madre che mette un neonato in culla. Fece quattro passi indietro. Partì, la rincorsa felpata, l'impatto dell'interno destro. Disegnò una parabola perfetta. La palla si alzò sulla barriera carica d'effetto, si abbassò e andò a infilarsi all'incrocio dei pali. Fu il tripudio. Dagli spalti mogli e sorelle e nonni corsero in campo per unirsi all'abbraccio dei calciatori, Pelissero non lo permise, ricacciò tutti ai propri posti.

La partita poté riprendere. Mancavano dieci minuti al termine, ora i valligiani giocavano come spiritati.

I tedeschi, incapaci di reagire, si limitavano a spazzare la palla. Era emersa la classe degli avversari; l'occasione di chiudere la partita buttata all'aria dall'egoismo di Nando era stata lo spartiacque, ormai non restava che difendersi.

Collino e gli altri sbucavano da tutte le parti, in campo sembrava ci fossero cento maglie bianche. Il portiere tedesco fece due parate miracolose.

All'ultimo minuto Collino decise che se voleva tornarsene felice nella sua stamberga doveva fare tutto da solo. Chiese palla a metà campo e partì come un bufalo, saltò Nando, dribblò come un birillo il cinque tedesco e continuò la sua corsa verso la porta; gli rimaneva da saltare il dieci, poi si sarebbe trovato solo davanti al portiere. Il dieci temporeggiò, Collino lo aggirò ed entrò in area, il portiere uscì, Collino vide che aveva lasciato sguarnito il primo palo, un tocchetto e sarebbe stata vittoria. Fece per appoggiare la palla in rete ma, un attimo prima di colpirla, un calcio sulla caviglia lo fece franare. Era stato quel satanasso di Kofler, da dove era sbucato? Pazienza, pensarono i compagni e i tifosi sugli spalti e lo stesso Collino dolorante a terra, «È il rigore più clamoroso di tutti i tempi», «La festa è solo rimandata di qualche minuto, Cichin non ha mai sbagliato un rigore in vita sua».

I tedeschi attorniarono Pelissero, gridavano che non era fallo, che Collino si era buttato approfittando del terreno in discesa, «*Italienische Komicher*», «italiani commedianti» sbraitavano. Pelissero era tornato l'omino incontrato dal barbiere e in osteria, un animale domestico circondato da undici leoni vestiti di rosso.

I valligiani assistettero alla scena con le mani sui fianchi e il respiro bloccato, pregavano che l'arbitro si svincolasse dalla morsa e indicasse il dischetto, ma quel gesto così bello e perentorio tardava ad arrivare.

Pelissero riemerse dal nugolo di maglie rosse, corse sul punto in cui era avvenuto il fallo, diede le spalle alla porta e fischiò una punizione a favore dei nazifascisti. Questa volta furono i valligiani a corrergli incontro urlando, ma Pelissero fu implacabile, «Fallo di simulazione».

Collino fu sul punto di stringergli il collo, gli mostrò la caviglia sanguinante, il segno dei tacchetti sulla carne, Pelissero scosse la testa, «Simulazione». Collino gli andò a un centimetro dalla bocca, «Tu sei un figlio di cagna» disse. Pelissero estrasse il cartellino rosso e lo cacciò; Collino disse: «Tu sei un figlio di troia»; Pelissero disse: «Torna a casa se non vuoi che ti faccia salire su un carro bestiame». Tutti i valligiani si fecero attorno all'arbitro, Cecu arrivò con il pugno alzato, stava per colpirlo, Nando si buttò nella mischia, «Vattene o ti apro in due».

Non appena i tedeschi rimisero la palla dal fondo, arrivò il triplice fischio finale. Sul campo scese un velo di incredulità che coinvolse nazifascisti e valligiani; i primi, convinti di umiliare undici montanari scalcagnati, si ritrovarono a festeggiare un pareggio; i secondi, defraudati della vittoria, ebbero la conferma che l'infamia è un binario dritto che non conosce interruzioni.

Collino chiamò a raccolta i compagni, si unirono in un abbraccio a metà campo, fecero un urrà. Poi filarono via, senza né correre né indugiare. Presero mille direzioni.

I giocatori tedeschi camminarono verso il pubblico delle signore a salutare e ringraziare, l'accoglienza fu gelida, le donne voltarono le spalle e si incamminarono sulla strada del ritorno. I repubblichini in rosso fecero qualche passo ulteriore verso di loro, gridarono che avevano preparato un banchetto come dio comanda, «Favorite?».

Molte neanche risposero, altre dissero che non potevano, dovevano tornare a casa. I fascisti allargarono le braccia. Le uniche che rimasero al loro posto furono la moglie dell'arbitro e sua figlia.

Pelissero si avvicinò, la bambina si staccò dalla madre e lo abbracciò, «Bravo papà».

«Insomma» rispose Pelissero.

Insieme andarono al banchetto, Pelissero taceva, la fronte aggrottata, la testa altrove.

Nando li vide arrivare, fece il baciamano alla donna, poi prese un dolcetto al cioccolato e lo diede a Piera, «Non sapevo che questa bellissima signorina fosse sua figlia» disse guardando Pelissero.

«È il mio orgoglio.»

«Quanti anni ha?» domandò Nando.

«Nove» rispose la bambina.

Nando fece una faccia ammirata, poi disse: «Il tuo papà ha arbitrato benissimo».

Repubblichini e tedeschi si stavano già riempiendo di birra e cibo, intonavano inni, battevano le mani al ritmo della musica che usciva da un fonografo. Avversari e pubblico non avevano voluto onorarli della loro presenza? Problemi loro, non sapevano cosa si perdevano.

I Pelissero parteciparono al banchetto; la signora, lusingata dalle gentilezze dei camerati, aveva una parola per tutti. Piera non si staccava da Nando, che bello avere un amico così grande e forte. Ma Nando era indaffarato, stappava bottiglie e si giustificava con i commilitoni per il suo errore, diceva di non avere visto il dieci solo sulla destra, «Ero annebbiato dalla fatica». Gli credettero, ma poteva tornare al ciclismo.

Pelissero non mangiò nulla, disse che aveva lo stomaco chiuso, guardava continuamente l'ora e si volgeva a tutti con un mezzo inchino e un sorriso tirato. Chiamò moglie e figlia, bisognava andare, doveva passare dal cotonificio a preparare alcuni documenti per l'indomani.

Salutò facendo un gesto circolare con le braccia e dicendo ad alta voce: «Grazie a tutti». Cercò Nando, lo ringraziò per averlo difeso dal pugno di quel montanaro, gli disse che per qualsiasi cosa avrebbe potuto contare su di lui. Prese per mano moglie e figlia e attraversò il prato. All'altezza del cerchio di centrocampo Piera si voltò, cercò Nando con gli occhi, attese che lui li volgesse nella sua direzione e fece ciao ciao con la mano.

Nando se ne accorse, urlò «Ciao bellissima».

15 giugno 1944

All'officina 17 il nastro trasportatore scorreva senza sosta, centinaia di mani contribuivano alla costruzione del motore perfetto.

Rina aveva detto giusto, alla Fiat c'era bisogno di manodopera per aiutare i tedeschi nella produzione di materiale bellico. Dal Lingotto Steu era passato ai nuovi stabilimenti di Mirafiori, sempre di catena di montaggio si trattava.

Ma quel giorno c'era una novità di fronte a lui, una bellissima novità con gli occhi blu e i capelli neri. La ragazza assemblava pezzi di aereo con la fronte corrucciata e lo sguardo fisso sulla catena, canticchiava fra sé. Ogni tanto sollevava il busto per sgranchirsi le spalle e Steu ne approfittava per cercarla con lo sguardo. La trovò un paio di volte, e in entrambe le occasioni sentì il viso colorarsi di rosso, il cuore accelerare, le dita innervosirsi.

Armi in pugno e sguardo truce, alcune guardie in divisa gironzolavano per il capannone, occhio ai sobillatori, cattive idee e ribelli si annidano ovunque.

Steu pensò di dire qualcosa alla ragazza, ma il rumore era troppo, magari era il suo primo giorno di lavoro, meglio lasciar perdere, in refettorio avrebbe provato a rompere il ghiaccio.

Venne la pausa pranzo. La ragazza era seduta di fianco a una collega più anziana, stava con la testa sul baracchino e il cucchiaio stretto in mano. La collega parlava, lei annuiva e sorbiva la minestra con foga. Non appena Steu sedette dalla parte opposta del tavolo rallentò, strinse i gomiti al corpo e sollevò leggermente il capo.

Steu fece un mezzo inchino a tutte e due, disse buon appetito, la ragazza accennò a un sorriso, drizzò ulteriormente la schiena.

Poi la collega si alzò, disse che andava a salutare un'amica, e Steu pensò che l'incontro con Ivo, il comunista di punta in Mirafiori, poteva attendere, si erano dati appuntamento nei bagni per confrontarsi sulle ultime direttive del partito, amen, ne avrebbero parlato a fine turno.

Si spostò sulla panca quel tanto che bastava per esserle di fronte e disse: «È nuova del lavoro?».

La ragazza ebbe un sussulto. Poggiò il baracchino sul tavolo. Si pulì la bocca con un tocco pudico di indice e medio, solo allora levò gli occhi: «È il mio primo giorno».

Steu disse che i tedeschi stavano facendo il bello e il cattivo tempo: «Le cinquecento lire concesse a novembre non ci sono ancora state pagate».

La ragazza rimase in silenzio, le mani appoggiate alle cosce, una scolaretta a lezione: «Io di queste cose non so niente».

Steu le disse che non importava, anche lei avrebbe saputo, bastava vivere in fabbrica qualche settimana, «La scuola del sopruso» disse.

Lei si passò una mano sui capelli e piegò la testa di lato.

Steu le chiese come si chiamasse.

«Fernanda.»

«Che bel nome.» Poi le raccontò che lui di nome faceva Stefano, era un corridore ciclista, non vedeva l'ora che la guerra finisse per mandare al diavolo la Fiat e tornare a correre.

Fernanda disse «Ah».

Steu fece un grosso respiro: «Fernanda, le piace cantare?».

Fernanda spalancò gli occhioni blu: «Come fa a saperlo?».

«Al nastro ha canticchiato tutta la mattina.»

Fernanda si mise una mano sulla bocca, rise, che vergogna, «Cantare è l'unica cosa che so fare». Steu le rispose di non buttarsi giù, aveva visto come lavorava, era molto seria e scrupolosa.

«Quello sì» rispose lei.

Intanto il tempo passava, pochi minuti ed entrambi sarebbero tornati ad avvitare bulloni. Steu pensò che doveva scoprire qualcosa in più di lei. In catena avrebbe dovuto accontentarsi di sbirciarla, e accontentarsi non era il suo forte. Le chiese dove abitava, quanti anni aveva, se avesse dei fratelli o delle sorelle.

«Compio diciotto anni tra undici giorni esatti.» Poi disse che viveva in Barriera di Milano: «Ho quattro sorelle e un fratello, gli ultimi arrivati sono gemelli, Loredano e Adriana». Ci stava prendendo gusto, non si limitava più a rispondere alle domande, aggiungeva qualcosa di suo. Disse dello sfollamento, erano tornati in città da poco, era stata in campagna da sua zia Doralice, una strega che si dava arie solo perché il marito l'aveva portata a vivere tra i polli e avevano sempre da mangiare.

Steu si sentì felice, niente più rossore e fiato corto, la conosceva da pochi minuti ma gli sarebbe piaciuto girare attorno al tavolo, prenderla per mano e portarla in centro a fare una passeggiata sotto i portici. Aveva visto l'impeto con cui mangiava, avrebbe scommesso che impazziva per i dolci.

La fece finire, poi disse: «Signorina, mi tolga una curiosità. Lei ha una strana cantilena. Parla torinese ma mi sa che non è di qui».

«Sono bilingua.»

«Nel senso?» fece Steu che avrebbe voluto correggerla ma si trattenne.

«Parlo due lingue, il veneto in casa e il torinese fuori.»

Steu sentì crescere la tenerezza, disse che era una fortuna, il mondo è destinato a internazionalizzarsi, parlare due lingue le avrebbe dato un sacco di opportunità.

Fernanda fece un gesto della mano come per dirgli di non prenderla in giro. Il suono della sirena lacerò l'aria, il refettorio si svuotò in pochi attimi. Anche Steu e Fernanda si alzarono.

Steu le disse che era molto contento di aver fatto la sua conoscenza, gli sarebbe piaciuto approfondire, se anche lei lo desiderava avrebbero trovato altre occasioni per chiacchierare. Fernanda sorrise, filò via.

Si ritrovarono alla catena, lei non alzò più gli occhi, nemmeno una volta. Lui sì, stringeva dadi ma la guardava e ne osservava i polsi solidi, gli piaceva la sua pelle bruna, le spalle ampie, l'atteggiamento deferente che teneva anche davanti al nastro trasportatore.

Erano tornati al lavoro da poco quando si sparse una voce. Prima un sottofondo, poi un'eco, poi le voci divennero mille e al fracasso della produzione si aggiunse il boato della peggiore delle notizie. Ivo si avvicinò a Steu, gli parlò all'orecchio: «I bastardi hanno deciso: le macchine dell'officina 17 saranno smontate e trasferite in Germania». L'espressione di Steu cambiò, «Maledetti cani». Questa volta Fernanda levò gli occhi verso di lui, gli chiese cosa stesse succedendo, Steu le disse di non preoccuparsi, le avrebbe raccontato.

La reazione fu immediata. Steu, Ivo e altri tre uomini spalancarono la porta della direzione. Cos'è questa storia? Non vi basta fargli da zerbini? Ora volete regalare ai tedeschi anche tutto il nostro patrimonio industriale?

Non ricevettero soddisfazione. I dirigenti bofonchiarono frasi dilatorie, nulla è deciso, pensate a lavorare. Ivo picchiò i pugni sul tavolo, era un bisonte con la tuta chiazzata d'olio, fece traballare l'intera palazzina. Steu disse di non illudersi, questa volta non era come l'anno prima, lo sciopero non sarebbe stato soltanto sindacale, avrebbero ribaltato il regime, che se lo ficcassero bene nella loro testa da servi.

Il comitato aziendale indisse lo sciopero per due giorni dopo: Sabato 17 giugno, alle ore dieci, Fiat e nazifascisti avrebbero capito con chi avevano a che fare.

L'adesione fu totale. Il mattino del sabato centinaia di manifestini furono distribuiti e affissi in tutte le officine di Mirafiori. Alle nove, senza attendere l'ora segnalata, l'intera fabbrica era ferma.

Fernanda incrociò Steu all'ingresso dell'officina 17. Steu la salutò con tutto il trasporto possibile, «Buongiorno Fernanda». Lei disse: «Buongiorno Stefano». Si fermò, sembrò pensarci un attimo, poi aggiunse: «Avete ragione, ne fanno di tutti i colori 'sti tedeschi».

E questa volta fu lui a filare via, e lei a guardarlo andarsene, che bel portamento, la schiena dritta, si vedeva che era uno sportivo.

Migliaia di operai confluirono davanti alla palazzina della

direzione, si spintonavano e urlavano a quelli dietro di sbrigarsi, un risveglio di energia a lungo sopita, gambe veloci e braccia che mulinavano, urla e bestemmie ma con un sottofondo di allegria, come se far valere le proprie ragioni li facesse sentire ragazzi, basta con le bugie, diteci cosa sta succedendo. Prese la parola il direttore generale della Fiat, disse che stavano lavorando giorno e notte per impedire che avvenisse il trasferimento delle macchine, e che nella peggiore delle ipotesi non sarebbero andate in Germania, ma nella regione del Garda.

Quelle parole aizzarono ancora di più la folla. Il Garda? Ci state prendendo per il culo? Il Garda è al confine, la Gardesana è praticamente Germania, ignoranti sì, fessi no.

Tutti fuori, quattromila operai si riversarono nelle strade di Torino, uno sciame blu, le voci e il darsi di gomito, non riuscire a tenere a freno la voglia di correre. Si diffuse la notizia che quella stessa mattina alla Manifattura Tabacchi le operaie avevano posto una serie di rivendicazioni che aveva costretto la commissione interna a dimettersi, c'erano tutte le condizioni perché da lunedì lo sciopero diventasse generale.

Steu trascorse la domenica con Ivo e gli altri del comitato a preparare quella che si preannunciava una settimana campale. Si incontrarono in una bocciofila di Barriera Nizza, c'era un bel venticello, il fiume a pochi passi e, verdissima e luccicante, la collina sullo sfondo.

C'era paura, eccome se c'era, fascisti e nazisti sarebbero potuti arrivare da un momento all'altro e allora altro che bocce, ma insieme alla paura si respirava un'aria nuova, una specie di forza che pompava sangue nelle vene. La liberazione di Roma, l'avanzata dell'Armata rossa, l'apertura del secondo fronte con lo sbarco in Normandia, la rivolta che stava montando nelle fabbriche, tanti segnali facevano sentire l'insurrezione imminente.

Non entrò nessun fascista, in compenso entrò Remo. Sbucò dalla porticina con il bastone da passeggio e la camicia a quadri rossi e bianchi. Noemi lo teneva sottobraccio. Steu si alzò dal tavolo e corse loro incontro, si abbracciarono, Remo lavorava alla Lanza e trascorreva il tempo libero con la fidanzata; Steu era stato inghiottito dall'attività del partito. Dispiaceva a entrambi aver diradato la loro frequentazione, ogni volta che incontravano una conoscenza comune chiedevano come stesse l'altro, devo andarlo a trovare, dicevano, non posso stare tutto 'sto tempo senza vedere il fridèl. Finita la guerra tutto sarebbe tornato come prima.

Sedettero insieme ai ragazzi del comitato. Remo li stette ad ascoltare con un sorriso stanco, sembrava invecchiato di dieci anni. Per salvargli un piede avevano dovuto amputargli tre dita, una scheggia più carogna delle altre aveva leso un muscolo della coscia, ma era l'impressione complessiva a colpire, nei suoi occhi si era insinuata la desolazione, come se la Russia si fosse incollata alla retina diventando parte inscindibile di ogni cosa su cui posava lo sguardo. Steu lo presentò come il suo grande amico Remo detto Nenni, tutti fecero una faccia perplessa, il Psiup stava assumendo un atteggiamento ostile verso gli scioperi: «Pure i liberali sono d'accordo, voi e la Dc siete gli unici contrari, ti sembra una cosa normale per un grande partito della sinistra?».

Remo disse che, per quanto ne sapeva, erano questioni che non avevano a che fare con l'atteggiamento dei militanti, erano tutti favorevoli allo sciopero generale.

Insieme prepararono il manifestino che all'indomani sarebbe stato distribuito in Mirafiori. Scrissero che la belva nazista spoglia di ogni bene i Paesi che attraversa. Noemi non era mai entrata in una fabbrica, faceva la commessa in una merceria del centro, ma da quel momento divenne una di loro. Remo disse: «Ho quasi perso un piede e non potrò più correre in bici, ma ho trovato un tesoro, è come se con me il destino si fosse messo una mano sulla coscienza».

Il giorno dopo l'intero gruppo Fiat si fermò. Da Mirafiori una scossa di rabbia e orgoglio si propagò a tutti gli altri stabilimenti, dal Lingotto alle Ferriere, dalla Grandi Motori alla Riv, dalla Rasetti alla Lancia e alla Cimat.

Ovunque gli operai chiedevano che fossero liquidate le cinquecento lire concesse e mai pagate, che fossero anticipate le 192 ore e la tredicesima mensilità, che si adeguassero i salari al costo della vita. E più di ogni altra cosa chiedevano che i macchinari rimanessero a Torino.

Steu e gli altri della commissione erano in Fiat dalle prime luci dell'alba. La direzione si presentò soltanto alle dieci di mattina per comunicare loro che, se avessero ceduto sulla questione delle macchine, alcune rivendicazioni economiche sarebbero state soddisfatte.

Ivo diede un altro pugno sul tavolo da spaccare le fondamenta di Mirafiori, rispose che allora non avevano capito, il punto non stava nelle mille lire in più o in meno, agli operai i sacrifici non facevano paura, il problema era quello delle macchine, a nessun costo dovevano essere consegnate ai tedeschi.

Arrivò in direzione un colonnello nazista. Disse che non aveva tempo da perdere, ordinò che il lavoro di smontaggio iniziasse il mattino dopo, in caso contrario ci avrebbero pensato loro.

Ivo disse: «Non avete capito, le cose stanno cambiando, ve la faremo vedere». Uscì a passi veloci seguito dai compagni, «Andiamocene da questa stanza di lacchè». Quando furono sulla porta, disse a Steu che non avevano alternative, la lotta andava intensificata.

Tornarono nel piazzale e furono attorniati da decine di uomini. Se fino a qualche giorno prima i comunisti venivano salutati a stento per paura di ritorsioni, ora tutti pendevano dalle loro labbra, «E allora? Cosa si fa?». Ivo era il più rispettato, non solo per i suoi cento chili, ma anche perché era un operaio specializzato, non parlava a vanvera.

Invitarono alla lotta anche gli scettici, i paurosi, quelli che non si capiva bene da che parte stessero, gente come Savoldi, un tipo con i capelli rossi che con i comunisti diceva peste e corna dei dirigenti e con i dirigenti diceva che c'era un solo modo per liberarsi dei comunisti: licenziarli tutti.

Dopo un po' Steu andò a sedersi al fondo del piazzale, da solo, la schiena appoggiata al muro. Fernanda lo vide, stava parlando con altre operaie, subito si interruppe e lo raggiunse. Lui alzò gli occhi e sorrise e batté il palmo della mano a terra, le fece segno di sedersi vicino a lui.

Lei indugiò: «Non sta bene che una ragazza si sieda per terra».

Lui le rispose di non preoccuparsi: «Per una volta, che male c'è?».

E furono fianco a fianco, le gambe allungate sul selciato.

Fernanda disse che aveva paura, «È una bella sfortuna iniziare a lavorare in un momento così».

Stefano disse: «Una soluzione per sentire meno la paura c'è».

«Quale?»

«Partecipare.»

Fernanda si voltò verso di lui, spalancò gli occhi: «E cosa dovrei fare?».

Stefano si accese una sigaretta, aspirò boccate nervose, poi le guardò le caviglie, Fernanda se ne accorse e con le mani allungò la gonna più che poté.

«Domani ci saranno altri manifestini da distribuire, ci dia una mano.»

«E se i tedeschi mi vedono?»

«In questo momento hanno altro da pensare.»

Fernanda tornò a guardare di fronte a sé. Disse che preferiva di no, suo padre le diceva sempre di non immischiarsi, di farsi i fatti suoi.

«Sono questi i fatti suoi, Fernanda. Oggi distribuire manifestini, domani chissà.»

Fernanda non fu certa di capire, ma ebbe la netta sensazione che soltanto seguendo quell'uomo la sua vita sarebbe migliorata. Disse: «Va bene, ma solo una volta».

«Solo una volta» rispose Steu, e le disse dove trovarsi la mattina dopo.

Poi si accorse che goccioline di sudore le imperlavano la fronte. «No, lasciamo perdere.»

«Perché ha cambiato idea?»

Stefano si sentì colorare di rosso, di nuovo cristo santo, di nuovo la maledetta vampata: «Perché sì» rispose.

«Ci conosciamo solo da cinque giorni. Vorrà mica dirmi che ci tiene già?» disse Fernanda. E subito voltò il capo dall'altra parte, si stupì di quanto aveva detto, che imbarazzo, era come se quelle parole fossero uscite da sole.

Stefano si accese un'altra sigaretta, questa volta aspirò profondamente, «Sì Fernanda, in effetti qualche rischio c'è e io a lei ci tengo già».

Si lasciarono con una stretta di mano.

Fernanda non chiuse occhio tutta la notte, un po' per i volantini e un po' perché Stefano le aveva detto che ci teneva già. Svegliò sua sorella Nerina, le chiese se sapeva mantenere un segreto e le confessò che le avevano chiesto di distribuire manifestini, poi avevano cambiato idea, ma non le sarebbe dispiaciuto farlo.

Nerina le chiese se era matta.

Fernanda rispose che forse sì, era matta.

Nerina si poggiò sul gomito, la guardò stralunata: «Ghe xe un òmo che te piàze?».

«No, è che bisogna partecipare» disse Fernanda.

Nerina le rispose che quelle parole non erano farina del suo sacco, ma del sacco di un comunista.

Il giorno dopo Stefano e Fernanda si incrociarono ai cancelli dell'ingresso principale. Lui aveva le tasche piene di carta, lei indossava una camicetta plissettata e lisa sul collo. Come si può non tenere a una ragazza con una camicetta così?

Verso le dieci e mezza un frastuono di ferro e terra smossa ruppe la tensione che aleggiava sulla fabbrica. Reparti armati tedeschi si presentarono davanti alla Mirafiori. Disarmarono i carabinieri in servizio, entrarono nell'officina 17 e spararono all'impazzata. Gli operai si gettarono a terra. Stefano scattò verso Fernanda, le disse di rimanere giù, di non alzare la testa per nessun motivo, la coprì con il suo corpo.

Quando smisero di sparare, i nazisti presero a sbraitare e minacciare. Ma nessuno si mosse, nessuno tornò al lavoro, l'officina 17 reagì con l'immobilità totale. Entrarono in azione alcuni militi e smontarono qualche macchina, poca roba, un gesto dimostrativo. La sera stessa il comando tedesco decretò la serrata di tutte le fabbriche che avevano scioperato.

L'indomani accadde ciò che nessuno si aspettava: un attacco aereo alleato colpì la Fiat, tre bombe caddero proprio sull'officina 17 distruggendo il materiale che i tedeschi volevano portare in Germania. E accadde nel primo giorno in cui, a causa della serrata, non c'erano maestranze nei locali. Si trattò di un accordo preventivo tra dirigenza Fiat e comandi angloamericani? Probabile. Quel che è certo è che lo sciopero continuò per un'altra settimana, lo stato di agitazione aveva trasceso la questione delle macchine, giravi per le barriere e le vie brulicavano di squadre di operai, donne, ragazzi, tutti con un secchio di colla in mano, tutti a tappezzare le fabbriche di manifesti.

Lo sciopero terminò a mano a mano che gli operai delle diverse aziende vedevano soddisfatte le loro rivendicazioni economiche. Il grande obiettivo, quello politico, era stato raggiunto: le macchine delle fabbriche rimanevano a Torino.

Dopo quei giorni di tempesta, i tedeschi effettuarono rastrellamenti indiscriminati di civili da inviare in Germania; gli operai non stettero a guardare e organizzarono la lotta armata. Fernanda venne a saperlo un sabato di metà luglio. Stefano le aveva proposto di incontrarsi nel pomeriggio per una passeggiata. La ragazza nicchiò, poi prese il coraggio a due mani e chiese il permesso ai genitori. Sua madre Elvira, fianchi immensi e modi spicci, le domandò di chi si trattasse.

«Uno della Fiat.»

Suo padre Arturo domandò se fosse un bravo ragazzo, Fernanda annuì. Nerina, che aveva ascoltato tutto, si mise a ridere.

«Solo un'ora e portati dietro tua sorella» disse Elvira indicando la sorellina più piccola.

«Adriana? Ma ha solo sette anni, la xe na toséta.»

Elvira rise, appunto perché era una bambina voleva che se la portasse dietro, «Lei mi racconterà».

Fernanda spinse la sorellina fuori casa. Nerina la raggiunse sulla porta e le chiese se era il comunista. Fernanda le fece la linguaccia. Scese le scale con Adriana che le arrancava dietro e andò ad attendere Stefano all'angolo con corso Giulio Cesare.

Stefano arrivò a passo svelto, mani in tasca e una giacca con la martingala e gli ampi baveri.

Fu Fernanda a parlare per prima, indicò la sorella quasi a scusarsi: «È mia mamma, non si fida, ha voluto che me la portassi dietro».

Stefano diede una carezza alla bambina, Adriana si infilò un dito nel naso e gli chiese chi fosse.

«Un amico della fabbrica.»

«Che fabbrica?»

«La fabbrica dove io e tua sorella lavoriamo.»

«Che lavoro fate?»

«Costruiamo aerei.»

«E se poi non volano?»

Fernanda le disse di chiudere la bocca.

Si incamminarono verso uno spaccio che Stefano conosceva bene. Le domandò come andavano le cose. Fernanda gli disse che erano contenti, avevano trovato casa in via Feletto, poco lontano da quella in cui vivevano prima del bombardamento, «L'importante è stare alla larga da Coassolo e zia Doralice».

Stefano le disse che Coassolo di buono aveva solo che ci era nato il padre di Togliatti. Prese a parlare di politica, e anche quella volta, come nel piazzale seduti fianco a fianco, si accorse che Fernanda aveva le carte in regola per diventare la sua platea ideale: non solo era bella, ma gli dava sempre ragione e lo ascoltava fino a che lui non esauriva le parole.

Arrivarono allo spaccio. Stefano trovò qualche biscotto secco. Adriana disse che se poteva prendersi i biscotti quando voleva anche lei da grande avrebbe costruito aerei.

Il tempo a disposizione era quasi scaduto, ancora venti minuti e poi le sorelle avrebbero dovuto rientrare.

«Fernanda, volevo dirle una cosa» disse Stefano.

Lei rimase interdetta, perché all'improvviso quel tono così serio?

«Sono entrato nelle Sap e mi hanno fatto capo nucleo.»

«Cosa vuol dire?»

«Sono un capo.»

Fernanda gli disse che lo aveva capito subito che era «un esagerato». Poi gli chiese di parlare più piano, la bambina sentiva tutto e aveva la lingua lunga.

«Non è più il momento di stare ad aspettare le armi, dobbiamo andare a prendercele attaccando le pattuglie e i nazifascisti isolati.»

Stefano continuò, il tono concitato e la testa protesa verso di lei per essere ancora più persuasivo. Le disse che le azioni di disarmo dovevano diventare quotidiane, che bisognava attaccare chi rastrella i poveri cristi, compiere atti di sabotaggio, distruggere automezzi, linee ferroviarie, fare tutto quello che serve per cacciare dall'Italia i criminali in divisa.

«E se le succede qualcosa? Non ha paura?»

«Ho fatto la guerra in Russia.»

Tacque. Sperava che lei gli dicesse qualcosa, che in qualche modo approvasse la sua scelta, ma Fernanda non disse nulla.

Giunse il momento di salutarsi. Stefano disse a Adriana che la prossima volta le avrebbe comprato un biscotto grandissimo. Poi si rivolse a Fernanda: «Non mi dice neanche cosa pensa di quello che ho detto?».

«Che bisogna attaccare i nazifascisti?»

«Sì.»

«Cosa vuole che le dica? Io sono ignorante, la mia idea è che non bisogna fare il passo più lungo della gamba.»

«Stia tranquilla, ora è questo il passo giusto da fare.»

Fernanda si strinse nelle spalle, «Se lo dice lei, ci credo». Poi sorrise, gli chiese se la prossima volta avrebbe comprato anche a lei un biscotto grandissimo, non solo a Adriana.

«Anche a lei, promesso» disse Stefano.

«Con la panna?»

«Con la panna.»

Ci aveva visto giusto; Fernanda andava pazza per i dolci, Fernanda sarebbe sempre stata dalla sua parte.

18 febbraio 1945

Si incontrarono ancora, sempre di domenica pomeriggio e mai per più di un'ora.

Ogni volta Stefano attraversava la città e arrivava in Barriera di Milano con la speranza di vedere Fernanda arrivare da sola, invece no, sempre con la sorellina attaccata alla gonna. In autunno accadde che Adriana si prese una brutta influenza e non poté uscire di casa per due settimane. Fernanda allora si presentò una volta con un'altra sorella, Giannina, e poi con Loredano. Giannina parlò tutto il tempo e riempì Stefano di domande, non gli diede un attimo di tregua. La domenica dopo andò ancora peggio, Loredano pianse per tornare a casa. Stefano si infuriò, le disse che per lui era già un sacrificio sopportare che non fosse mai sola, almeno che gli evitasse quella pettegola di Giannina e quella lagna del bambino. Se ne andò prima che scadesse l'ora di tempo, le disse che non si sarebbero mai più visti, lui aveva venticinque anni e lei era ancora una masnà, non aveva nessuna intenzione di stare con una bambina.

Fernanda trascorse la sera a letto a piangere, a nulla valsero le consolazioni della mamma, «Stai tranquilla, sai come sono gli uomini, urlano ma poi tornano indietro».

«No, non torna. Non mi lasciate mai uscire da sola, se resto zitella è per colpa vostra.»

Fecero pace il giorno dopo nel refettorio del reparto autocarri, dove erano stati trasferiti dopo la distruzione dell'officina 17.

Smisero di darsi del lei dopo tre mesi che si conoscevano e si baciarono per la prima volta all'inizio del nuovo anno. Sei mesi per un bacio, lo confidò soltanto a Remo, gli altri amici lo avrebbero preso in giro. Remo disse: «Si vede che è quella giusta».

Anche il primo bacio avvenne nel refettorio. Suonò la sirena del turno, tutti tornarono alle macchine e Stefano la fermò: «Un attimo, non scappare», la guardò con una strana espressione. Lei si accorse che era arrossito, qualcosa bolliva in pentola.

Stefano si guardò attorno, erano soli in mezzo all'odore di minestra. Mise l'indice davanti alla bocca, «Sssh».

Fernanda gli chiese cosa avesse in mente, lui si avvicinò, le posò le mani sui fianchi e la portò a sé. Fernanda si sentì invadere da un sentimento che sul momento non capì, ma poi avrebbe chiamato felicità.

Da quel giorno si considerarono morosi, si tenevano per mano e ufficializzarono la loro relazione in Fiat e dappertutto. Ma Fernanda voleva di più: presentarlo in casa. Stefano nicchiò, disse che non era tipo da cerimonie, magari più avanti. Fernanda insisteva: fino a che lui non avesse comunicato ai suoi genitori di avere intenzioni serie, lei non sarebbe potuta uscire da sola, e non uscire sola voleva dire non potersi scambiare baci, carezze, tutte quelle cose che fanno i fidanzati.

Stefano cedette. Lei gli strinse le braccia al collo: «Mi raccomando, con i miei non parlare di politica, sono gente all'antica».

Qualche domenica dopo Stefano si presentò in via Feletto.

Era atteso per le quattro di pomeriggio. In casa Menini si respirava un clima elettrico, Arturo aveva indossato il vestito buono ed Elvira si era spazzolata i capelli a lungo. Anche le sorelle si erano date una sistemata, Wanda no, aveva detto che Stefano doveva prenderli per quel che erano, una mano di vernice non ha mai convinto nessuno: «È un operaio della Fiat, mica un principe».

Adriana si vantava di conoscerlo già, diceva che era bello e biondino e comprava i biscotti, aveva solo un difetto, parlava sempre sottovoce e non si capiva nulla.

Anche Giannina diede la sua approvazione: «È un ragazzo tanto fine».

Nerina disse: «Penso che il tuo Stefano ha tanto da lavorare in questi giorni».

Fernanda avvertì immediatamente la sensazione di pericolo, si diede della cretina, cosa le era saltato in testa di raccontarle dei manifestini? Non che Nerina fosse cattiva, tutt'altro, era invidiosa.

«Che lavoro?» s'informò Wanda.

Nerina disse che ormai le fabbriche erano in mano ai rossi, da poche settimane il comando delle Sap era passato ai comunisti di Mirafiori. Lei lavorava alla Grandi Motori, «Sono robe che si sanno».

Elvira domandò cosa c'entrasse questa storia con Stefano. Fernanda disse: «Sai com'è, Nerina, sempre a mettere zizzania».

Il clima cambiò, la leggerezza di prima si caricò di tensione.

Stefano, intanto, stava attraversando Torino a piedi per l'ennesima volta. Da Barriera Nizza a via Feletto erano quasi otto chilometri. Conosceva ogni metro del percorso, si destreggiava tra macerie e crateri con la scioltezza con cui pedalava in salita, il traguardo era Fernanda, ed era un traguardo che lo faceva volare.

In strada soltanto carretti a mano, cavalli da traino e motofurgoni a carbonella. Ci si muoveva a piedi. Molto spesso le linee tramviarie erano interrotte dai bombardamenti, e quando non erano interrotte mancava l'elettricità. Stefano preferiva comunque evitarle. I più esposti al pericolo erano proprio i passeggeri, in caso di rastrellamenti impossibile svicolare, in strada è diverso, un portone o una viuzza, una via di fuga si trova sempre. Niente tram e niente biciclette, erano state vietate perché le usavano i partigiani per allontanarsi dai luoghi in cui compivano gli attentati. Ci voleva l'autorizzazione per utilizzarle, bisognava denunciarle in questura, e chi non aveva adempiuto agli obblighi di legge veniva punito e se le vedeva confiscare.

Stefano arrivò, si accese una sigaretta, indugiò davanti a

casa di Fernanda. Era l'ultimo posto in cui avrebbe voluto essere, qualcosa gli diceva che saliti i due piani si sarebbe trovato a fronteggiare la diffidenza di un'intera famiglia. Gettò il mozzicone a terra e infilò il portone. Salì i gradini due alla volta, bussò.

Venne ad aprire Fernanda, che strani capelli, si era fatta la riga da una parte. Gli disse ciao con la voce tremante e il petto che sobbalzava. Stefano intuì che stava vivendo un pomeriggio complicato. Ora doveva soltanto badare a lei, fare bella figura con la sua famiglia.

Adriana lo favorì. Non appena varcò la soglia, gli corse incontro e lo abbracciò e gridò «Noi siamo già amici». Stefano la prese in braccio, le disse che si stava dando da fare per trovare il biscotto grandissimo, le promesse vanno mantenute. E tutto diventò più facile, Fernanda lo presentò, «Lui è Stefano». Arturo si fece avanti, i due uomini si diedero la mano e mantennero la stretta guardandosi negli occhi, in comune l'eleganza dei modi. Anche Elvira si fece avanti, fu gentile, ma posò su Stefano un'espressione dubbiosa.

I gemelli sedettero per terra e presero a giocare con il coperchio di una pentola. Le altre sorelle e il padre si accomodarono a tavola, Stefano di fianco a Fernanda, Elvira andò in cucina, disse che il caffè di cicoria sarebbe stato pronto in due minuti. Sopra a un comò a specchio, il quadro di san Bellino col bambin Gesù in braccio.

Stefano disse che faceva un freddo da battere le brocchette e Arturo fu contento di avere un argomento di cui parlare: «Basterebbe scaldare la cucina. Se si scalda la cucina anche in camera da letto gira un po' di calore».

Stefano disse che in camera da letto è più facile, ci si arrangia con le coperte e il prete.

Arturo chiese cosa c'entrasse il prete, tutti risero.

Anche Stefano rise. Si scusò, sapeva che era da tanti anni a Torino e credeva conoscesse quella parola.

Wanda disse che la conoscevano eccome, il prete è lo scaldino che funziona con le braci, solo suo padre non la conosceva, «L'è un testòn de Adria».

Elvira arrivò con il caffè, lo versò nelle tazzine sbeccate. Prima ancora di sedersi, esordì: «Signor Stefano, che intenzioni ha con la nostra Fernanda?».

Stefano si schiarì la voce, Giannina scoppiò a ridere, Fernanda le diede un ceffone sul collo: «Non fare sempre la cretina».

Stefano disse che aveva intenzioni serissime, «Fernanda è una ragazza che merita il meglio. È dolce e a modo, l'avete proprio educata bene».

Arturo ed Elvira risucchiarono il caffè, Stefano provò fastidio, anche Remo risucchiava il caffè, tutti i suoi amici risucchiavano il caffè. Sentì un'ondata di ammirazione per i suoi genitori, erano poveri ma gli avevano insegnato che a tavola non bisogna fare rumore, non si sbattono le posate e si mangia a bocca chiusa.

I Menini risucchiavano e tacevano. Quello che aveva detto non bastava. Volevano qualcosa in più, due parole sul futuro, un progetto.

Stefano distanziò la sedia dal tavolo, prese la mano di Fernanda e accavallò le gambe. Disse che non appena fosse finita questa guerra schifosa, ed era questione di poco perché la liberazione era vicina, voleva sposarla, mettere su famiglia. Poi, portando la mano di Fernanda sul tavolo, disse: «Sono certo che sarà una splendida moglie e la madre ideale». Fernanda ringalluzzì, lisciò il colletto della sua camicetta rosa.

Arturo disse: «Molto bene». Elvira disse «Bene», ma il sospetto non sparì dal suo volto. Perché Nerina aveva parlato dei rossi? Cos'era quella storia dei comunisti di Mirafiori? Voleva vederci chiaro.

Disse: «L'importante è che lei non sia una testa calda. Il lavoro in Fiat se lo deve tenere stretto se vuole mettere su famiglia».

Stefano rimase stupito da quella frase, rispose che lo sapeva bene. Stette in silenzio per un po'. Poi non si trattenne, «Lo so bene, ma so anche che non si può accettare qualsiasi sopruso».

Aveva abboccato. Fernanda gli diede un calcetto da sotto il tavolo per dirgli di stare zitto.

Elvira disse: «E lei cosa vuole fare per reagire alle ingiustizie? Si è messo con i comunisti?». Ecco, l'aveva detto, ora si sentiva meglio. Guardò Wanda e Nerina con orgoglio, gli stava facendo vedere di che pasta sono fatti i Menini. Incrociò le braccia e si mise in ascolto.

Stefano guardò Fernanda, poi Arturo. L'uomo gli fece un cenno con la testa, un invito a parlare. Fernanda lo guardò con occhi supplichevoli, ti prego, fai finta di niente. Stefano lasciò la mano della morosa, si sporse sul tavolo e disse: «Dagli scioperi dello scorso giugno è cambiato tutto. La rivolta è ovunque, nei rioni, nelle fabbriche, nelle strade. Da quei giorni di normale non c'è più nulla. Chiediamo prestiti, premi, indennità, revisione dei cottimi. E finalmente stiamo ottenendo qualcosa».

Poi si rivolse ad Arturo: «Mi dica, lei lavora alla Fiat Ferriere, com'è la situazione da voi?».

Arturo distolse lo sguardo: «La paga arriva, a me va bene così».

Stefano alzò la voce, «No, non va bene così». Fernanda gli diede un altro calcio. Stefano riprese a voce bassa sforzandosi di esprimere il maggior garbo possibile: «Mi creda, signor Arturo, è arrivato il momento di dare l'ultimo colpo al regime. E per farlo bisogna uscire dalla fabbrica, non possiamo limitarci ad attendere il nemico, pensare al tornaconto personale delle cento lire in più. Dobbiamo attaccarlo, in tutta la città».

Il suo assolo fu interrotto dalla voce squillante e decisa di Nerina: «Difendere gli operai e il popolo dai rastrellamenti, impedire gli arresti in fabbrica, difendere i macchinari, attaccare le pattuglie e i depositi, uccidere le spie, è quello che stanno facendo gappisti e sappisti. Gli operai stanno sabotando la produzione bellica, ancora un paio di mesi e sarà a zero».

Stefano sgranò gli occhi, «Brava».

Arturo ed Elvira si voltarono di scatto verso di lei, come faceva a conoscere queste cose? «Cosa fai invece di lavorare? Ti interessi di politica?»

Nerina si alzò, prese il cappotto, il cappello nero e la sciarpa di lana bianca che le aveva fatto Wanda, uscì di casa.

«Dove vai?» urlò Arturo.

«Go n'apuntaménto.»

Fernanda rimase di sasso, le parole di Nerina ribaltavano quanto aveva pensato di lei fino a quel momento. Si mescolarono sorpresa e fastidio. Stefano le aveva detto brava. Sua sorella credeva davvero nella lotta o si stava fingendo comunista per rubarle il moroso?

Stefano rifiatò, le parole e la fuga di Nerina avevano conquistato la scena, finalmente le attenzioni dei Menini non erano più concentrate su di lui.

Fernanda chiese ai suoi genitori se ora poteva fare due passi con Stefano, lo avrebbe accompagnato per un pezzo di strada e sarebbe subito tornata. Arturo annuì, disse di fare in fretta, viviamo brutti tempi. Elvira si guardò attorno, prese a giocherellare con un bottone del golf amaranto, per lei il discorso non era ancora chiuso.

«Però non ci ha risposto» disse alzando gli occhi verso Stefano.

«A cosa?»

«Le ho chiesto se si è messo con i comunisti. Lei è un senza dio?»

Perché non chiudere in bellezza? Perché non darle una soddisfazione e rendere più facile la vita di Fernanda? Cosa gli costava? Senza dio, gli venne in mente che era la stessa espressione con cui Marzorati e il cappellano e Nando chiamavano i russi. Abbassò la testa, strinse le mani fino a farsi male, fece uno sforzo infinito per non dire sì signora, sono un comunista, sono un senza dio. Guardò Fernanda, nei suoi occhi blu vide un lampo di terrore. Volse lo sguardo a Elvira, «Signora, io ho solo una cosa in testa: cacciare fascisti e tedeschi».

Furono in strada ed era buio. Camminarono mano nella mano nel modo che era diventato il loro, tenendosi per il mignolo. Stefano scalciava una pietra, era in attesa che Fernanda commentasse l'incontro di poco prima.

«Sono stato bravo?»

«Abbastanza.»

Stefano strinse le labbra, disse che era più forte di lui, si sarebbe sentito un ipocrita a non dire quello che pensava.

«Hai sentito Nerina? Non credevo alle mie orecchie, neanche mamma, neanche papà.»

«Certo che l'ho sentita, il suo è stato un gran parlare.»

Fernanda gli disse che era gelosa, lui le rispose di farsi furba, aveva occhi solo per lei.

Fernanda sembrava preoccupata, disse che non se lo sarebbe mai aspettato che Nerina sapesse quelle cose.

«Alla Grandi Motori c'è uno che chiamano l'operaio con la Bibbia in mano.»

«L'operaio con la Bibbia in mano?» disse Fernanda.

«Già, pare sia molto religioso.»

Fernanda disse che bisognava presentarlo a sua madre un comunista così, magari avrebbe cambiato idea. Poi disse a Stefano che voleva saperne di più, gli chiese che differenza ci fosse tra gappisti e sappisti. A lui venne da ridere. Fernanda si arrabbiò, sciolse il mignolo dal suo, gli disse di non trattarla come una deficiente.

Stefano la abbracciò e la baciò, non era sua intenzione trattarla come una deficiente: «I gappisti sono come i partigiani di montagna, uomini che hanno abbandonato tutto per dedicarsi alla lotta armata. Usano la pistola, fabbricano bombe, sanno nascondersi, vivono isolati. I sappisti sono quelli come me, gente rimasta in famiglia e al posto di lavoro. Chiunque può essere un sappista, si può cominciare con il lancio dei manifestini per poi passare a disarmare gli animali nazifascisti, sabotare le linee di produzione, attaccare di notte i reparti armati, far saltare le linee ferroviarie. Tutto è sappismo».

«Anche quello che volevi farmi fare con i manifestini?»

«Sì.»

«Potevi almeno dirmelo.»

«Cosa?»

«Che volevi che facevo la sappista.»

Ogni ippocastano del corso era attorniato da donne e bambini. Gli addetti municipali li stavano abbattendo, raccoglievano i tronchi più grossi, lasciavano che la gente si azzuffasse per gettarsi sui rami tagliati e sfrondarli dei ramoscelli e degli arbusti. I torinesi stavano devastando città e collina. Ogni sera attraversavano il Po, s'inerpicavano per le alture e ridiscendevano qualche ora dopo con i loro carretti carichi di legna. Il carbone era diventato un miraggio e la legna costava quasi cinquecento lire al quintale, solo i ricchi se la potevano permettere.

Stefano chiese a Fernanda se voleva che si fermassero per raccoglierne un po', Fernanda disse meglio camminare, «Fa troppo freddo».

«Appena metto da parte un po' di soldi ti compro un cappotto con dentro la pelliccia.»

«Ti accompagno ancora un pezzo, fino a largo Palermo» disse lei.

Ma prima di arrivare in largo Palermo c'era da incrociare via Sesia. A una trentina di metri dalla via, Fernanda si bloccò: «Stefano».

«Cosa c'è?»

Fernanda indicò una donna con il cappello nero e la sciarpa bianca attorno alla bocca. Era ferma all'angolo, le mani affondate nelle tasche del cappotto. Spostava il peso da un piede all'altro per riscaldarsi, guardava a destra e a sinistra, si voltava per vedere cosa accadeva nella via.

«Nerina.»

«Nerina?»

«Nerina. Starà aspettando qualcuno? Magari ha il moroso e non l'ha voluto dire?»

Stefano le fece segno di non muoversi, attraversò il corso e andò dalla parte opposta della strada, arrivò di fronte a Nerina, sbirciò via Sesia, non c'era nessuno, soltanto due uomini davanti a uno dei primi portoni, anche loro con la sciarpa attorno alla bocca e il bavero alzato.

Steu capì, stavano attendendo un nazifascista, la logica era sempre la stessa, Barriera Nizza o Barriera di Milano non faceva differenza; Nerina stava facendo il palo e i due uomini attendevano che il nazifascista uscisse per disarmarlo. Tornò da Fernanda, le disse di rientrare a casa, «Stanno per fare un'azione, e Nerina sta facendo il palo».

Fernanda scoppiò a piangere: «È mia sorella».

Stefano le tappò la bocca, non era il momento di scenate. «Zitta, non farti sentire. Non le succederà niente. Vai a casa. Resto io a controllare, se ha bisogno di una mano intervengo.»

Fernanda fece no con la testa: «Resto qui, non la lascio da sola».

Stefano allora la prese per il braccio, «Vieni con me». Insieme attraversarono la strada e furono di fronte a Nerina. Cinquanta metri di corso dividevano le due sorelle. Stefano le disse che non dovevano farsi vedere, Nerina non andava distratta.

I due uomini di via Sesia si schiacciarono contro il muro, uno a destra e l'altro a sinistra del portone. Rimasero così per qualche minuto, Nerina intensificò i movimenti del collo, i suoi occhi rimbalzavano dal corso alla via e di nuovo al corso. Non passò nessuno, né fascisti né tedeschi, nessuna pattuglia, solo il via vai di carretti, di uomini e donne che procedevano veloci con la testa incassata nelle spalle.

Il portone si aprì, uscì un milite con la giubba di tela mimetica. Subito si ritrovò due pistole sotto gli occhi. Non fece storie, consegnò il moschetto mitragliatore. I due uomini gli fecero segno di smammare, di inoltrarsi nel buio della viuzza. Il fascista obbedì, i due uomini e Nerina attesero che fosse a una buona distanza, poi ognuno andò per la propria strada, uno nella stessa direzione del fascista, l'altro verso il corso, Nerina verso casa. Un'operazione perfetta. Steu disse: «Bravi».

Fernanda voleva raggiungere Nerina, chiederle spiegazioni.

«Lasciala andare, le parlerai stasera.»

Fernanda sembrava inebetita, guardava nel vuoto e scuoteva la testa: nel giro di un paio d'ore aveva capito che la sorella non aveva nulla a che fare con l'idea che aveva di lei.

Stefano le disse «Ti accompagno a casa». Lei cominciò a piangere, gli poggiò la testa sulla spalla, l'intreccio di mignoli non le bastava più.

Stefano le disse che Nerina non aveva fatto nulla di pericoloso, di stare tranquilla. Le disse che non è difficile trovare fascisti e nazisti isolati, «Hanno tutti la loro puttana preferita, basta seguirli un paio di volte e scopri dove e a che ora vanno a farsi i loro porci comodi. Ti piazzi sotto casa e aspetti; mezz'ora massimo e i maiali scendono».

Fernanda tacque fino a via Feletto. Quando furono sotto casa, disse a Stefano che non era difficile fare quello che aveva fatto Nerina, bastava guardarsi attorno, anche lei lo sapeva fare. Si sollevò sulle punte, un bacio veloce e si infilò nel portone.

Stefano si incamminò verso casa, quegli otto chilometri gli sarebbero serviti per fumare e riflettere e stare un po' in pace. Era stata una giornata difficile. Aveva ragione Remo, è la donna giusta, ma che fatica. Lo trafisse il ricordo delle domeniche prima della guerra, svegliarsi al mattino e preparare la bicicletta e andare a correre, e poi, la sera, le signorine di via Conte Verde e gli amici con cui fare bisboccia. La guerra gli aveva portato via tutto, bici e spensieratezza, ma si sarebbe rifatto, un modo per coniugare Fernanda e libertà lo avrebbe trovato.

Si fermò in un'osteria che conosceva in vicolo Santa Maria, ci andavano gli operai repubblicani ma erano ben accetti anche i comunisti, due bicchieri di rosso erano quel che ci voleva. Non erano molti i posti in cui stare quasi al sicuro, un paio di bar del centro, il circolo Cavour, l'edicola davanti al caffè Baratti, lo studio di qualche avvocato, le portinerie delle case amiche.

Entrò e fu invaso dal fumo e dalle urla. Attorno al bancone si discuteva ad alta voce. Non si poteva più aspettare, gli inglesi il proclama Alexander se lo dovevano mettere in quel posto, bisognava fare da sé. Altri dicevano che era necessario attendere gli Alleati, si rischiava di buttare al vento un anno e passa di resistenza.

Steu riconobbe Ivo, era seduto da solo a un tavolino defilato. Gli sedette accanto. Ivo gli disse che si era appena incontrato con il capo della brigata di Borgata Vittoria, un tipo con due coglioni d'acciaio, dovevano rivedersi a breve. Si tolse il cappello e si grattò la testa, aveva le palpebre pesanti.

«Mi sa che ti servirebbe una notte di riposo» disse Steu.

Ivo rispose che non c'era tempo per riposare: «Piuttosto che andare avanti così preferisco una corda al collo e riposare per l'eternità». Gli raccontò che la situazione stava precipitando, due sere prima quattro militi armati erano entrati nell'alloggio di un operaio qualificandosi come partigiani. Avevano tirato fuori le armi e lo avevano trascinato via con le sue due figlie, il fidanzato di una di loro e due coppie di amici che si trovavano lì. Tutti gli uomini erano stati finiti con un colpo di pistola, le donne portate in riva a un canale e trucidate.

Ivo si rimise il cappello. Disse: «Dobbiamo fare da soli, organizzarci con Gap e brigate e tutti i compagni che sono in montagna, comunisti e socialisti e azionisti, operai e impiegati e tecnici e insegnanti, tutti. Basta parlare di insurrezione, è ora di farla».

Steu lo ascoltò in silenzio, il busto piegato in avanti e le braccia conserte sul tavolo. Annuì, prima lentamente e poi veloce.

Insieme alzarono i bicchieri.

23 marzo 1945

Al nuovo incontro con il tipo dai coglioni d'acciaio partecipò anche Steu. Si diedero appuntamento nel retrobottega di una panetteria di Borgata Vittoria. Ivo lo presentò come il suo braccio destro, Steu ebbe una scossa all'altezza del collo, non era mai stato il braccio destro di nessuno e mai lo sarebbe stato, punto. Non disse nulla, stirò un sorriso e porse la mano a Luciano.

Vennero subito al dunque, era una giornata particolare, nel pomeriggio i fascisti avrebbero celebrato l'anniversario della fondazione dei Fasci, c'era da mettere una mano sul fuoco, sarebbe stata l'ultima volta che mostravano in pubblico il loro grugno da topi di fogna.

Luciano aveva le spalle strette e uno strano accento francese, sono torinese fino al midollo, non fateci caso, è per via di mia madre nizzarda. Disse che ormai la situazione era chiara, gli Alleati erano appena entrati in Germania, non restava che sferrare ai nazisti il colpo del ko, noi siamo Joe Louis e loro un sacco di merda, hanno le spalle al muro, ma bisogna andarci cauti, la bestia disperata è la bestia più pericolosa.

Ivo era d'accordo, Steu disse: «È il valzer dei morti viventi». Luciano rise, proprio così, tirò fuori da una mensola gazzosa, birra e tre bicchieri e si apprestò a preparare il panaché. Ivo fece una faccia disgustata. «Il panaché caldo? È come bere piscio.» Steu disse che lui passava, non appena rispedivano i tedeschi al mittente voleva riprendere a correre, doveva ricominciare a fare vita d'atleta.

Fu un incontro rapido, si lasciarono dividendosi i compiti: Luciano avrebbe organizzato ruoli e azioni alla Fiat Ferriere, Steu e Ivo avrebbero fatto altrettanto a Mirafiori, alla Grandi Motori ci avrebbe pensato Antonio, l'uomo che tutti chiamavano l'operaio con la Bibbia in mano. Una cosa era più urgente delle altre: «Da domani bisogna raccogliere fucili, pistole, munizioni, ogni occasione è buona per attaccare pattuglie e nazifascisti isolati».

Si salutarono dicendo viva la libertà. Luciano attese che fossero sulla porta: «Siete delle mezze calzette, il panaché è buono sempre, freddo o caldo, per le femminucce come voi va bene il latte».

In strada si respirava un'aria nuova, uomini e donne camminavano a testa alta, il vocio era diffuso, ogni tanto qualche risata, davanti a un bar due uomini con la cicca tra le labbra e le mani in tasca dicevano che con l'acquisto del portierone Bacigalupo e di Rigamonti la difesa del Toro sarebbe diventata imbattibile, vinceremo lo scudetto per dieci anni di seguito.

Non che in giro non ci fossero fascisti, tutt'altro, si dirigevano verso il centro per la celebrazione con i loro stivaloni e i fregi in bella vista sui berretti, ma sembravano aver perso baldanza, i volti più stanchi, gli occhi affannati a scrutare gli angoli delle vie, sapevano di camminare su un terreno minato, da un momento all'altro potevano saltare in aria. Nessuna voglia di cantare, di inneggiare a Roma e all'impero e alla giovinezza, procedevano muti. Quella mattina il vento accumulava foglie contro i battenti dei portoni e lanciava sibili che facevano ondeggiare i platani. I fascisti marciavano compatti a gruppi di sei o sette.

Ivo e Steu si separarono in corso Venezia, davanti alla fermata del tram che avrebbe riportato Steu in Barriera Nizza. Ivo doveva sbrigare affari di partito, si sarebbero rivisti in fabbrica il giorno dopo. Poi disse: «Durante una riunione alla Grandi Motori ho conosciuto Nerina, la sorella della tua morosa, che bel tipo».

Steu rise, stai a vedere che diventiamo parenti.

Ivo scosse la testa, si riferiva alla politica, i veri comunisti hanno ben altro da pensare che le questioni d'amore, gli era parsa una donna con le idee chiare, tutto qui.

Il tram arrivò e la porta centrale si spalancò svelando tre giacche nere, sul lato sinistro del petto una targhetta rettangolare con i colori rosso e nero tagliati in diagonale e la scritta Ather Capelli, il nome della brigata. Steu e Ivo non riuscirono a trattenere un attimo di sgomento, avvicinarono i loro volti, parlottarono. Ivo disse: «Forse è meglio che prendi quello dopo o vai a piedi», Steu fece no. I tre fascisti intuirono che non erano dei loro, quello di mezzo rise, disse «Paura?».

«Di cosa?» rispose Steu. Con un balzo fu sul tram lanciando un'ultima occhiata a Ivo. Andò a sedersi in fondo, sul mezzo c'erano un paio di signore e un gruppo di ragazzini che chiacchieravano tra loro.

Accavallò le gambe, prese una rivista dimenticata sul seggiolino a fianco, fece di tutto per apparire indifferente. Le tre camicie nere gli furono di fronte, avanzò il più basso dei tre, aveva la faccia da signorina, la pelle glabra e gli occhi allungati.

«Cosa leggi?»

«"Il calcio illustrato".»

Il fascista ridacchiò, disse che da uno con la barba sfatta e le scarpe bucate si aspettava altre letture, tipo *Il Capitale*.

Steu rispose senza sollevare gli occhi dalle pagine, «A parte voi, siamo tutti con le scarpe bucate».

«Voi chi?»

«Voi fascisti.»

«Senti senti... Voi fascisti...» Uno degli altri due camerati affiancò quello con la faccia da signorina, aveva mandibole da pescecane e mani come badili: «Perché? Tu non sei dei nostri? Non vieni a celebrare l'anniversario della fondazione dei Fasci?».

«Non so neanche cosa sia.»

«Ah no?»

«No.»

«E cosa sai?»

«Niente.»

«E non sai che stiamo per far saltare il culo a voi e alle vostre madri?»

Steu scavallò le gambe e alzò gli occhi: «Cosa volete da me?».

«Innanzitutto che ti alzi, hai davanti tre camicie nere, devi imparare il rispetto. Poi vogliamo che vieni con noi, alla prossima fermata scendiamo e andiamo a farci un bel giretto» disse il fascista pescecane. Il fascista con la faccia da signorina ascoltava sorridendo, il terzo continuava a fissare Steu accarezzando il manganello stretto alla cinta dei pantaloni.

«Altrimenti?» chiese Steu.

«Altrimenti ti spariamo in faccia» disse il pescecane estraendo dalla fondina una Beretta M34 e puntandogliela alla gola.

Nel tram si erano accorti che stava accadendo qualcosa, le due donne e i ragazzi si erano addossati alla porta d'uscita, non vedevano l'ora di darsela a gambe.

Il pescecane disse che non gli andava di fare tardi; era il caso di perdere tempo e sporcarsi le mani con quel buono a nulla? Tenendo sollevato il mento di Steu con la canna dell'arma, disse che oggi si era svegliato con l'animo buono e gli era venuto in mente un gioco: «Se ti alzi, ti metti sull'attenti e urli a gran voce viva il fascismo, viva il duce, a morte i rossi, eia eia alalà, ti lasciamo andare». Tutti risero, era davvero un bel gioco.

Steu si alzò lento, si mise sull'attenti. Sempre con la Beretta puntata alla gola, disse: «Andate a fare in culo, voi e le troie che vi hanno messo al mondo».

Il fascista con la faccia da signorina allargò le braccia, disse che se l'era voluta, non ne avevano colpa se la marmaglia rossa non capiva le buone maniere. Il camerata del manganello smise di accarezzarlo, lo estrasse, iniziò a batterselo sul palmo della mano sinistra. Il pescecane indicò con il mento l'uscita a Steu: «Ti spezziamo le gambe, una cosa veloce, giusto per farti trascorrere il resto della vita su una carrozzina». Lo fece passare, gli disse di tenere le mani in alto e gli puntò la canna in mezzo alle scapole, «Se quando si aprono le porte provi a scappare ti buco la schiena».

Steu grondava sudore gelido. Piuttosto che dire viva il duce si sarebbe fatto ammazzare.

Il tram fermò in via Chiesa della Salute, i tre invitarono donne e ragazzi a uscire con tutta calma. Poi spinsero giù Steu, attraversarono la strada, loro dietro e lui davanti con le mani levate, infilarono una viuzza laterale e lo gettarono contro il muro, subito il manganello si abbatté sulla sua schiena, Steu non cadde, si voltò, provò a reagire, fece per sferrare un pugno ma il pescecane fu più lesto, un gancio al fegato lo atterrò, Steu si piegò su se stesso, si coprì la testa, una scarica di calci sulle braccia e sui gomiti e sulle spalle. Poi due voci, cosa state facendo? Perché non ci chiamate quando c'è da divertirsi? I tre fascisti si fermarono, erano due camerati della guardia repubblicana. Steu vide una sagoma tozza, la capigliatura da pecora nera, Aimon Ferdinando detto Nando, Borgata Vittoria, corro per Giordana.

«Nando! Sono io» urlò.

Nando, che stava per assestare la sua razione di calci al fagotto steso a terra, frenò bruscamente, si abbassò per guardare meglio, urlò «Basta», spintonò via uno dei fascisti che stava ricominciando a menare, «Lasciatelo perdere, è un campione di ciclismo, correva con me, non gliene frega niente della politica».

Il pescecane disse: «Ogni volta arriva un'anima pia a rovinare la festa. Gli abbiamo chiesto di dire viva il fascismo e lui ci ha mandati a fare in culo».

Nando allungò una mano a Steu, lo tirò su con uno strattone. Al pescecane disse che non aveva ripetuto la frase sul fascismo soltanto per orgoglio, anche in gruppo era così, la boria gli aveva fatto perdere decine di corse, non gliene fregava niente né dei rossi né dei neri, solo una cosa gli interessava: se stesso.

I camerati dissero che una lezioncina gliela avevano comunque data, il pescecane si rivolse a Steu che sanguinava dalla tempia, «Ringrazia il tuo amico».

«Andate a fare in culo» disse Steu.

Nando disse: «Cosa vi avevo detto? Lo mangia la superbia». Prese Steu per il colletto della giacca, lo trascinò via, Nando camminava veloce, Steu zoppicava, arrancava al suo fianco come un figlio colto in fallo dal padre e condotto a casa per essere punito.

Quando furono a un centinaio di metri dal gruppetto, Nando lo spinse via con una manata: «Vattene, è stato il tuo giorno fortunato, me ne devi una».

Steu fece qualche passo, si fermò: «Nando, tempo un mese, massimo due, e sarete concime».

«Ricunussensa Steu, riconoscenza.»

Steu prese un fazzoletto dai pantaloni, si tamponò il sangue, si sistemò la giacca spazzolandola sui fianchi e infilò le mani in tasca, «Ormai siete fantasmi».

«Bastard» disse Nando, e gli voltò le spalle.

25 aprile 1945

Stefano fece colazione in piedi, latte condensato e pane. Rina era seduta a tavola, stava disegnando un Cristo a china.

Stefano era rosso in viso: «Finalmente siamo alla resa dei conti».

Rina disse che con il volto di Cristo il problema è sempre lo stesso, coniugare dolore e liberazione.

Stefano disse: «Ho il sangue che ribolle, è da una vita che aspetto una mattina così».

Rina aveva a che fare con un tratto particolarmente difficile, teneva la testa piegata di lato e la punta della lingua fuori, disse: «Stefanin, è da quando sei nato che ribolli».

Stefano era su di giri, era tornato alle tre di notte. Anche suo padre era stranamente su di giri. Il giorno prima gli aveva detto che neanche nel 1919 erano riusciti a organizzare una manifestazione così. Non stava bene, si sentiva strano, e il giorno dopo non sarebbe potuto scendere in strada a cantargliela a fascisti e padroni, «Ma fai come se insieme a te ci fossi anch'io».

La madre aveva detto: «Con un re forte non saremmo finiti in questo disastro». Era la figlia bastarda di un principe cadetto dei conti di Carignano, nonna Italia aveva fatto la serva nel suo castello, il principe le sollevava la gonna quando gli girava, nelle cantine o in cucina o nel granaio, e lui la bambina non l'aveva mai riconosciuta. Ernesta non voleva che si sapesse in giro, lo sapevano soltanto marito e figli, o forse no, ci teneva che tutti sapessero che un po' del suo sangue era blu. Stefano una volta l'aveva sentita raccontarlo a madama Frisetti, la verduraia. A volte sembrava vantarsene, altre vergognarsene. Una cosa era certa; l'idea della monarchia le faceva battere il cuore.

Stefano posò la tazza e diede un bacio in fronte a Rina. Si bloccò per un attimo sul disegno e disse: «Mi piace, si vede che è uno che si sacrifica per il bene degli uomini». Si infilò la giacchetta, «Gesù non lo sapeva, ma era più comunista di Marx».

Rina gli disse di non fare il fol, di eroi sono piene le fosse, si possono sostenere le proprie ragioni anche senza farsi ammazzare.

Stefano rispose «Non sempre».

Rina disse che non le interessava, i fratelli sono meglio vivi che morti.

Steu guardò il cielo, tirava un'aria che sapeva di sterco e di giornate che si allungano. Prese via Nizza. Tra le case squarciate dalle bombe e le macerie, in mezzo ai reticolati che attraversavano la via, soltanto cadaveri. Cadaveri di ogni tipo, civili e nazifascisti, giovani e vecchi.

Da quando i tedeschi avevano occupato la città, la morte aveva cambiato faccia, non più quella indistinta delle vittime delle bombe inglesi e americane, ma il volto irripetibile di ogni singolo bersaglio, che si trattasse del milite ucciso dal partigiano o dell'operaio prelevato nottetempo dalla propria casa e assassinato in strada.

Da più di un anno i morti facevano da sfondo alle corse dei tram, al tragitto per andare al lavoro, alle passeggiate tra morosi. Chi ci faceva più caso? Cadaveri, carretti, cavalli, autocarri, era quello il panorama della normalità.

Steu camminava a passo spedito, erano soltanto le sette di mattina, a dir tanto aveva dormito un'ora, ma non sentiva un'energia così dai tempi delle prime corse in bicicletta, quando passava la notte a oliare catena e freni. Aveva trascorso la sera prima con altri sappisti di Mirafiori per proteggere gli operai che coprivano i muri di manifesti e scritte. Dalle valli erano scese colonne partigiane che, insieme ai gappisti, avevano attaccato i posti di blocco. Spari ed esplosioni, alle prime ore dell'alba i nazifascisti avevano preferito asserragliarsi nelle caserme.

Steu e i suoi compagni si sentivano invincibili. Avevano una missione, ogni giorno cose speciali da fare. Pensavano fosse solo l'inizio, il bello doveva ancora venire; se qualcuno avesse detto loro che il bello era quello e che nella vita non si sarebbero mai più sentiti così lo avrebbero preso per pazzo.

Nello stesso momento, dall'altra parte della città, Nerina e Fernanda erano appena scese di casa. I tram fermi, la gente in strada, anche i treni erano fermi, niente servizio telegrafico, niente servizio postale.

Tutto fermo, tutto! Anche le scuole, i mercati generali di Porta Palazzo.

«Questa volta tutti in sciopero» disse Nerina prendendo il viso di Fernanda tra le mani e schioccandole un bacio.

Fernanda annuì, ma se la Grandi Motori era a qualche centinaia di metri, la Fiat Mirafiori era dall'altra parte di Torino, ci avrebbe impiegato più di un'ora.

Nerina le disse che quel giorno ogni fabbrica era la stessa fabbrica, ogni stabilimento un unico stabilimento: «Oggi non c'è differenza tra botteghe e grande industria, tra uomini e donne, siamo tutti dalla stessa parte».

Le disse di seguirla, sarebbero andate insieme a un comizio antifascista, ne erano previsti a ogni angolo.

Fernanda disse di no, voleva andare da Stefano, «Se mi cerca e non mi trova si preoccupa». Nerina le disse che Stefano era atteso da una mattina di fuoco, altro che preoccuparsi per una smorfiosa di diciannove anni. Le diede un buffetto sul viso: «Ci vediamo più tardi».

Steu camminava verso Mirafiori, le gambe leggere. A Fernanda mancava ancora mezza città, sgambettava tra la folla, in lei di leggero non c'era mai nulla. Fin da bambina era incline alla malinconia e alla paura, a casa le dicevano non sai goderti la vita, vedi sempre tutto nero. Soltanto quando cantava l'agitazione spariva, ma capitava così di rado. Prima o poi ne avrebbe parlato a Stefano. Sì, voleva cantare.

Tutta Torino era in strada. Il Cln cittadino aveva invitato la popolazione a aderire in massa alla mobilitazione contro la fame e il terrore nazifascista, il pericolo che prima di ritirarsi tedeschi e fascisti compissero carneficine e facessero saltare fabbriche, ponti e palazzi pubblici era enorme.

Furono preparati volantini per tutte le categorie, non solo per gli operai. Volantini per gli insegnanti, per gli studenti, per i magistrati, per i commercianti, per gli edili, per i tessili, per i tranvieri, per i chimici, nessuno fu dimenticato. Neanche i fascisti furono dimenticati. Per giorni lo slogan *Fascisti, arrendersi o perire!* fu diffuso in migliaia di manifesti e striscioni sui muri; si invitavano le camicie nere a non seguire l'esempio del criminale Solaro, il federale della città, *Lui è consapevole di dover pagare con la vita i crimini commessi, lui desidera trascinarvi nella sua stessa morte infamante.*

Si chiedevano razioni più abbondanti, legna da ardere, adeguamento di salari, stipendi e pensioni, ma soprattutto si preparava la spallata finale al regime. Steu lo diceva a chiunque incontrasse: «È uno sciopero politico, l'avversario è alle corde e va colpito fino al ko definitivo, guai a dargli il tempo di reagire». Anche con Fernanda usava la metafora pugilistica: «Una volta che il pugno è partito bisogna affondare il colpo, se tentenni è finita».

Le aveva raccontato non una, ma due, tre, quattro volte la storia del pugno. Era stato in quei giorni che Fernanda aveva capito che l'uomo di cui si era innamorata sapeva essere penetrante come una goccia sulla pietra. Fino a che non convinceva qualcuno della bontà della sua tesi, non si arrendeva. Si placava soltanto quando l'altro gli dava l'impressione di aver assorbito, e soprattutto di condividere, la sua opinione.

A mano a mano che si avvicinava a Mirafiori, Steu sentiva crescere l'entusiasmo; non c'erano più dubbi, lo sciopero stava riuscendo. Non solo le fabbriche erano ferme, ma dagli stabilimenti migliaia di operai si rovesciavano in strada, si univano ai cortei, correvano verso i luoghi in cui sapevano si sarebbero tenuti i comizi.

Steu si fermò all'angolo tra corso Traiano e corso Stupinigi, davanti alla palazzina principale. Era quello il luogo in cui ogni mattina, in anticipo rispetto all'inizio del turno, si trovava con i compagni. Stettero a parlare, si congratularono tra loro. Appoggiato a un muro lì vicino se ne stava Savoldi, la banderuola con i capelli rossi. Cosa ci faceva? Non lo avevano mai visto fuori dall'officina. La sigaretta appesa alle labbra, si guardava attorno come per fare il punto della situazione. Steu disse che si poteva stare tranquilli, Savoldi è uno che sta dove gli fa comodo.

Entrarono in fabbrica con l'idea di andarsene poco dopo, ma non fecero in tempo, colonne di carri armati nazifascisti bloccarono le uscite e lo sciopero continuò all'interno dell'azienda, Steu andò nell'officina autocarri, Fernanda non c'era. Bene, niente morosa tra i piedi mentre fai la rivoluzione.

Giunsero le prime notizie; tedeschi e fascisti avevano bloccato anche la Grandi Motori e le Fonderie Ghisa, sparavano all'impazzata dagli autocarri che scorrazzavano per la città; in via Genova avevano sparato su un gruppo di operai inermi. Stavano perdendo la testa. Alcuni uomini delle brigate nere erano entrati nei depositi tranviari e, pur non sapendo condurle, avevano preso le vetture per ripristinare il servizio. Al deposito Nizza un ufficiale fascista ne aveva requisita una, aveva fatto salire a forza decine di civili e si era lanciato a massima velocità. Neanche cinquecento metri dopo, la vettura era deragliata ed era andata a schiantarsi, quattro passeggeri morti sul colpo.

Borgo San Paolo, Borgo Vittoria, Barriera Nizza, ovunque cortei e comizi e *Bandiera rossa* e *La marsigliese*, cantava anche chi fino a qualche giorno prima malediceva i comunisti e il tradimento di Badoglio. L'euforia aumentò quando si venne a sapere che in mattinata i partigiani avevano attaccato ed espugnato Chieri. I sappisti erano a un passo dal salvare le fabbriche, i partigiani a un passo da Torino, Torino a un passo dalla liberazione, erano tutti a un passo da qualcosa di incredibilmente bello.

Anche Stefano, che uscì da Mirafiori quando i tedeschi sgombrarono il campo e di sera fu a un passo dal saltare addosso a Fernanda. Aveva preso la bicicletta, se ne era fregato dei divieti, ed era corso a casa sua. Volava, neanche Coppi sarebbe riuscito a stargli dietro. E Nando? Chissà dove starà scappando quel bastardo? Gli sarebbe piaciuto sfidarlo, adesso, proprio adesso, pronti via e vediamo chi arriva primo in via Feletto.

Chiamò forte. Per prima si affacciò dal balcone Giannina, rise, gli fece cenno di aspettare, rientrò dicendo che sotto c'era Stefano tutto sudato: «Pare chel gà fato l'Italia de corsa». Poi apparì Wanda, e infine uscì Fernanda, non l'aveva mai vista così bella, i capelli vaporosi e un vestitino a fiori da far girare la testa. Le disse di scendere, soltanto un minuto, due parole e se ne sarebbe andato.

Lei gli chiese se era contento, lui disse: «Insurrezione! Insurrezione!». Fernanda temette che stesse di nuovo per raccontarle la storia del pugno, gli disse che non ce l'aveva fatta a raggiungere Mirafiori, a metà strada era tornata indietro, «M'è presa la paura a vedere tutti quegli scalmanati», ma Stefano non la stava ascoltando, i suoi occhi ballavano tra seno e fianchi, le mani le correvano lungo la schiena, quel vestitino lo aveva demolito.

Fecero il giro dell'isolato, Stefano teneva la bici in una mano e il mignolo di Fernanda nell'altra, ma questa volta era a lui che il mignolo non bastava. Le disse che lo sapeva bene che fino al matrimonio non se ne sarebbe parlato, ma un uomo è un uomo: «È un bisogno naturale».

Fernanda gli chiese se era matto a dire quelle cose.

Nerina arrivò che Stefano e Fernanda si stavano salutando davanti al portone, i due corpi uno di fronte all'altro a tenere su la bicicletta.

La sua vocina beffarda disse: «Che belli i due innamorati... Guarda cosa fanno invece di pensare alle cose serie».

Steu assunse subito il contegno corretto. Le disse che aveva saputo, anche alla Grandi Motori si erano comportati come si deve.

Nerina disse che lei quel giorno in fabbrica non era entrata, insieme ad alcune colleghe aveva preferito girare la città per sentir parlare i giovani comunisti.

«È stata una magnifica giornata» disse Steu.

Nerina annuì. Poi fece segno a Fernanda di seguirla, si erano baciati abbastanza, «Némo casa».

La stessa sera le brigate nere assassinarono Antonio, l'operaio con la Bibbia in mano che aveva diretto lo sciopero alla Grandi Motori. Lo avevano prelevato da casa, portato all'angolo tra corso Novara e corso Giulio Cesare e abbattuto a revolverate. Stessa fine avevano fatto fare al genero.

Tutti si chiedevano chi fossero stati i mandanti, i nomi che giravano erano i soliti, il colonnello Cabras e Solaro, l'uomo più odiato di Torino, il maledetto che continuava a ripetere che per i partigiani non è necessario il piombo, basta la corda.

Sei giorni dopo, era il 24 aprile, Steu andò a trovare Remo per bere un bicchiere. Remo lesse sul giornale che il federale Solaro si era fatto vivo con le famiglie di Antonio e del genero inviando due camerati mutilati di guerra per portare la sua parola di solidarietà. Strabuzzò gli occhi: «Roba da non credere, ora mandano i mutilati in giro a confortare le famiglie dei morti ammazzati. Non conoscono vergogna, sono arrivati a fine corsa».

«È proprio adesso che devono farci paura, ora che non hanno più nulla da perdere» disse Steu sbirciando Tullio. Era rimasto sveglio a guardarli parlare e bere vino. Il padre e la madre erano andati a letto da un pezzo, lui no, per niente al mondo avrebbe rinunciato a starsene un po' con il fratello. Lo fissava con lo sguardo rotondo e immobile, ogni tanto mugugnava, sbavava, Remo sfilava il fazzoletto di tasca e gli puliva la bocca.

«Tornerai a correre?» gli domandò quando erano sulla porta.

Steu non aveva dubbi, certo che sì, ma vide negli occhi dell'amico un lampo di malinconia, disse che doveva valutare un po' di cose: «Dove vuoi che vada dopo sei anni? Sono diventato un paracarro».

Remo gli disse che il talento non ha età. Si guardò il piede senza dita, si passò una mano sulla coscia infilzata.

Steu disse che se lui era convinto allora ci avrebbe pensato: «Sarai il mio direttore sportivo».

Gli occhi di Remo ripresero luce, si appoggiò al battente e fece una faccia come per dire che non era affatto una brutta idea, ma adesso c'era da liberare Torino. Disse: «Domani combatti anche per me». Steu fece sì con la testa, «puoi giurarci». Era più o meno la stessa cosa che una settimana prima gli aveva chiesto suo padre, fai come se con te ci fossi anch'io. Lo avrebbe fatto, si sarebbe fatto ammazzare piuttosto che deluderli.

La sera dopo tutti gli operai di Torino si chiusero in fabbrica e sbarrarono le porte. Non appena i tedeschi si fossero avvicinati per asportare o distruggere le macchine, sarebbero stati accolti a raffiche di mitra.

C'era Steu, non c'era Fernanda, non era roba per lei, «Va bene Nerina a combattere alla Grandi Motori, lei è tagliata per queste cose, tu no, tu stai a casa». Fernanda non si era opposta, un po' perché non aveva nessuna voglia di rischiare la pelle, un po' perché non era capace di dire no a quell'uomo.

Fuori dalle fabbriche, intanto, infuriavano gli scontri contro le pattuglie nemiche, tutti i posti di blocco delle periferie erano stati spazzati via, i nazifascisti circolavano soltanto in nuclei corazzati.

All'una di notte del 26 aprile, come stabilito, le unità partigiane sarebbero scese in città per sferrare l'attacco. Il telegramma del Clnai indicava proprio per quell'ora l'inizio dell'insurrezione, *ALDO DICE 26 x 1 Stop Nemico in crisi finale Stop Applicate piano E 27 Stop Capi nemici et dirigenti fascisti in fuga...*

Un dispaccio su carta intestata del comando militare, tuttavia, ordinò ai partigiani che bisognava attendere, procedere verso gli obiettivi in città solo dietro specifico ordine del comando piazza. E i partigiani si fermarono, solo per qualche ora, ma si fermarono. Da chi proveniva quel dispaccio formalmente impeccabile ma così in contraddizione con la situazione?

Gli operai rimasero soli, la responsabilità passava nelle mani delle Sap di fabbrica. Toccava a loro impedire che le officine ricadessero in mano tedesca, toccava a loro evitare che fossero distrutte. Tutto era in gioco, mica solo la Fiat. Anche i ponti sul Po e sulla Dora, gli impianti ferroviari, l'acquedotto, la radio, le centrali elettriche.

Ivo e Steu e altri sappisti improvvisarono un comizio, dissero che erano mesi che si davano da fare per sventare i piani di distruzione del nemico, si sapeva che la belva nazifascista prima di andarsene avrebbe messo a ferro e fuoco la città. A costo di morire, dovevano resistere, prima o poi i partigiani sarebbero arrivati, tutto il lavoro fatto non poteva essere gettato nello spazio di poche ore. Dopo lo sciopero del 18 aprile, avevano bloccato le porte secondarie, innalzato muretti protettivi, preparato postazioni per le armi e depositi per le munizioni, costruito bottiglie molotov anticarro. Certo, l'armamento lasciava ancora a desiderare, gli aviolanci richiesti agli Alleati per difendere le fabbriche non erano arrivati, ma bisognava arrangiarsi.

E l'attacco tedesco arrivò. Caotico, pazzo, violento.

Le mitragliatrici sui tetti della Fiat Mirafiori erano quattro: dietro una delle quattro c'era Steu. Ci sarebbero stati altri grandi momenti nella sua vita, ma mentre sparava raffiche e le sue braccia sussultavano sentì convergere la sua storia e la Storia. I tedeschi replicarono, niente da fare, i danni furono minimi.

I partigiani arrivarono nel tardo pomeriggio. Le prime colonne raggiunsero e presidiarono i ponti sul Po, conquistarono le caserme della periferia e costrinsero i tedeschi a ritirarsi.

Entrarono in Mirafiori che era già notte.

«Alla buon'ora» disse Steu al comandante della brigata.

Ivo gli diede man forte, «Con comodo eh... C'è tempo, potevate arrivare anche domani o dopo, mica abbiamo fretta» disse.

Il comandante li fulminò con occhi che erano pietre nere, gli disse del dispaccio, avevano tentennato ore prima di decidere di non prestarvi fede e di avanzare su Torino, «Per parlare bisogna sapere, e voi non sapete». Era prevalsa la tesi che quel documento fosse stato opera del colonnello Stevens, il capo della missione alleata non voleva che i torinesi si liberassero da soli.

I sappisti di Mirafiori ordinarono che i quindici partigiani fossero rifocillati, minestra per tutti. Il comandante succhiava nel cucchiaio, anche lui, come la madre di Fernanda e come Remo. Le pietre nere dei suoi occhi si addolcirono, posò la gamella. Disse che i tedeschi non erano riusciti a penetrare in un solo stabilimento, atteggiò la bocca a un'espressione di incredulità: «Gli operai hanno salvato le fabbriche».

Ma il lavoro non era finito, disse, «C'è da liberare Torino».

Il giorno dopo Radio Londra annunciò che metà Berlino era in mano alle truppe sovietiche, Stalin aveva annunciato la presa di Stettino. Gli operai fremevano, non si accontentavano di rimanere a presidiare gli stabilimenti. Scesero in strada; fianco a fianco con i garibaldini, gli autonomi, i giellisti e i combattenti della Matteotti. Uno a uno catturarono e distrussero i mezzi corazzati nemici e conquistarono i capisaldi del terrore. Presero la caserma Valdocco; presero l'albergo Nazionale, la sede del comando Gestapo; presero la caserma di via Asti, l'ufficio politico investigativo in cui i fascisti torturavano i sospettati di connivenza con la Resistenza. Steu entrò in via Asti al seguito di un gruppo operativo di partigiani mentre gli ultimi militi uscivano in massa con blindati e autocarri protetti da materassi per difendersi dal fuoco. Alle pareti degli uffici videro nerbi di bue e manici di fruste. In cantina trovarono prigionieri morti, prigionieri stremati dalla fame, prigionieri in fin di vita per le torture. Rinvennero guanti con uncini, stivaletti malesi utilizzati per stritolare i piedi, pali su cui appendere i detenuti, forbici, tenaglie, martelli. E sangue, sangue ovunque, sui muri e sui termosifoni e per terra.

La mattina del 28 aprile sulla città si levò un pallido sole. Qualche sparo qua e là.

Torino era libera, ma la fuga dei nazifascisti avvenuta nella notte non era coincisa con la fine della violenza. I fascisti avevano attivato una rete di cecchini dislocati in un'area comprendente il centro storico e i quartieri limitrofi. Se ne stavano agli ultimi piani delle case, nei sottotetti, sui tetti, l'occhio folle nel mirino, morire in bellezza, il gran finale lo volevano tutto per sé. Andavano scovati e uccisi. Sotto i loro colpi caddero in tanti. Furono colpite donne dentro casa, a tavola o mentre chiudevano le imposte. Fu colpita Maria Giulia, una bambina di nove anni centrata alla testa mentre giocava sul balcone.

C'erano i cecchini, ma Torino era libera. Apparvero i primi giornali, niente più stampa clandestina, capannelli si formarono a ogni angolo. E i tram tornarono a sferragliare, lenti, scombiccherati, certi che di lì a poco avrebbero ripreso velocità.

29 aprile 1945

Dalle prime ore della mattina gli altoparlanti delle automobili annunciavano il grande evento delle 13, non mancate, vi aspettiamo in corso Vinzaglio angolo via Cernaia.

Stefano e Fernanda si diedero appuntamento in piazza Castello. Si aggiunse anche Nerina, avrebbe dovuto andarci con due colleghe della Grandi Motori ma all'ultimo momento ci fu un imprevisto, temeva di fare tardi e non voleva rischiare di perdersi lo spettacolo. In piazza, all'angolo con via Roma, si sarebbero trovati anche Remo e Noemi. Il giorno della vittoria volevano trascorrerlo insieme, alla faccia di quanto era accaduto, delle dita dei piedi di Remo, in onore di Aldo e di tutti gli amici persi in guerra o durante l'occupazione.

Remo e Steu si strinsero forte, «Finalmente fridèl». Anche Noemi e Fernanda si abbracciarono, non si erano mai viste prima, ma quello era un giorno speciale, era bello stare vicini, sentire i cuori battere uno contro l'altro.

Le strade erano intasate di uomini e donne, migliaia di foulard rossi stretti al collo, da qualche giorno i torinesi erano tutti dalla stessa parte, nessun fascista, sempre stato contro, io, lo dicevo che Ceruti finiva male. Tutti parlavano di piazzale Loreto, il duce e i suoi sgherri erano stati appesi. Gridavano e accompagnavano le parole con i gesti, anche Pavolini, anche Starace, tutti appesi, anche quella cagna della Claretta. Facevano a gara a chi alzava più la voce, giustizia è fatta. E tra pochi giorni arriveranno gli Alleati.

Un entusiasmo, un delirio si erano impadroniti della città. Folla in strada, sui balconi, gente che si spencolava dalle finestre.

Remo faticava, la gamba sinistra faceva un passo da ragazzo, la destra era quella di un vecchio. Noemi e il bastone gli ridavano slancio. Stefano e Fernanda camminavano appaiati, mignolo nel mignolo e poche parole. Nerina stava due metri avanti, gli occhi a fessura spaziavano nella bolgia, voleva essere la prima a vederlo.

Un rimbombo di voci si propagò per via Pietro Micca, deflagrò, divenne un boato quando si intravide la sagoma del camion avvicinarsi all'incrocio con via Cernaia. Stava arrivando l'ultimo federale della città, il simbolo del male. Stava arrivando Giuseppe Solaro.

Catturato due giorni prima e tradotto nelle carceri della caserma Bergia, era stato condannato a morte dal comando dell'ottava zona militare. Si decise che era necessario spettacolarizzare l'evento; la giunta regionale di governo per il Piemonte stabilì che l'esecuzione capitale andava fatta in forma solenne. Solaro doveva essere ucciso nello stesso punto in cui nove mesi prima, in rappresaglia al ferimento di un ufficiale della Rsi, erano stati impiccati quattro partigiani. E doveva essere ucciso tramite capestro, così andavano ammazzati i gerarchi, la semplice fucilazione era un privilegio riservato ai miliziani in fuga.

Il trasferimento del condannato dalla caserma al luogo dell'esecuzione fu una parata. Prelevato con un camion, venne condotto in corso Vinzaglio facendogli attraversare le principali vie cittadine. Due ali di folla urlavano il loro odio e si aprivano al passaggio della macchina sulla quale si trovavano i comandanti della diciannovesima brigata Garibaldi cui era affidata l'esecuzione; subito dietro, il camion con Solaro. Procedevano a passo d'uomo.

Alla vista di Solaro in giacca doppiopetto le mamme prendevano in braccio i loro figli e lo indicavano, «Guarda al maslè», guarda il macellaio.

Una donna si gettò contro il camion, urlava «Cumiana». Piangeva e continuava a gridare «Cumiana», nient'altro. In quel paese a trenta chilometri da Torino, un anno prima i fascisti avevano fucilato cinquantuno civili per vendicarsi della cattura di trentadue SS italiane, il più giovane aveva quattordici anni, era suo figlio.

Via via che ci si avvicinava al luogo dell'esecuzione, il trambusto cresceva, due del camion fecero salire Solaro in piedi su una panca perché fosse più visibile, fai vedere che faccia hanno i criminali.

Il camion si fermò proprio davanti a Steu e gli altri. La ressa aveva invaso la via e non consentiva di proseguire. Il corteo era ormai a una cinquantina di metri dal capestro. Steu restò in silenzio, le braccia conserte e la schiena dritta.

Fernanda disse che era da non credere che un così bel ragazzo fosse diventato una bestia.

Noemi e Remo stettero abbracciati, Remo guardandosi attorno e strizzando gli occhi e arricciando la fronte. Quando il camion ripartì, si fece il segno della croce e disse che per Solaro non poteva esserci una fine diversa, «La fine giusta per un uomo così».

Nerina aveva gli occhi viola, raccolse un sasso e Fernanda la disarmò: «Cosa fai? Sei matta? Se ti vedessero papà e mamma...».

Nerina fece nuovi passi verso il camion, sputò, gridò «Figlio di una carogna, viva Stalin».

Il camion ripartì e si fermò davanti a un platano. Solaro si sforzò di indossare un ghigno con cui guardare la folla, lo richiedeva il copione fascista dell'uomo impavido e strafottente. Non ci riuscì, lo tradì un tremito agli angoli della bocca. Lo tradirono gli occhi spalancati, nulla a che fare con lo sguardo altero con cui aveva attraversato via Pietro Micca tra le imprecazioni della gente. Ora guardava un punto fisso e indefinito davanti a sé, come se cercasse qualcuno, una mano levata, la speranza assurda di ribaltare il suo destino.

Il clamore della folla crebbe di intensità quando il cappio venne legato a un ramo. Il collo di Solaro fu infilato nella corda. Il corpo venne fatto penzolare, ma il ramo del platano si spezzò, un boato di disapprovazione, Solaro precipitò a terra, non era morto. Gli uomini del camion scelsero un ramo più robusto, sollevarono il corpo agonizzante, rimisero il collo nel cappio e questa volta non ci furono imprevisti, il federale oscillò nel vuoto.

La vendetta era consumata, ma la festa non ancora finita. Il cadavere venne staccato dall'albero, appeso a un telaio di ferro sul camion e portato in processione per le vie di Torino, l'evento era stato organizzato nei dettagli, toccava al fiume chiudere il discorso.

Stefano e Remo e le loro morose dissero che ne avevano a sufficienza, sarebbero andati a fare un giro in centro. Nerina no, salutò tutti, dopo anni di attesa voleva godersi quella giornata per intero. Si raccomandò con Fernanda di non stare in pensiero per lei, ora che aveva visto Solaro penzolare era più tranquilla, ma di prepararsi, lo spettacolo era appena iniziato.

Al ponte, Nerina incontrò Ivo, dopo l'assemblea alla Grandi Motori non si erano più visti. Erano entrambi euforici, lui con i suoi cento chili e lei uno scricciolo pelle e ossa. Videro tutto quanto c'era da vedere. Videro arrivare Solaro, mani che prima lo sollevarono come un trofeo e poi lo gettarono nel fiume. Videro uomini accorrere al parapetto del ponte e sparare sul cadavere ancora affiorante. Il più imbestialito aveva il fazzoletto rosso al collo, anche i capelli erano rossi, urlava e scaricava pallottole sul Po.

Ivo scosse la testa, disse a Nerina che quello era Savoldi, un verme di Mirafiori, disse che tra quella gente che faceva festa erano in tanti a fargli schifo, da dove saltavano fuori tutti quei fazzoletti rossi? Dove li avevano tenuti nascosti? Come mai erano improvvisamente diventati tutti partigiani?

Nerina rispose che anche in Grandi Motori era pieno di vermi, alla Fiat Ferriere, alle Acciaierie, nei bar, in strada, nelle campagne, dappertutto, di non farci caso, «L'Italia è piena di Savoldi».

Stefano e Remo fecero un giro con le morose sotto i portici, entrambi con berretto bianco, fazzoletto rosso al collo e faccia dei momenti migliori. Decisero che in un giorno così ci stava bene una partita a bocce. C'era una bocciofila in pieno centro, incassata tra i palazzi, con i compagni di squadra della Barriera Nizza c'erano stati molte volte. Da parecchio tempo non facevano un testa a testa, da prima della guerra. Remo non aveva mai battuto Steu, in più di un'occasione era stato addirittura a un punto dalla vittoria, ma ogni volta Steu lo aveva guardato dritto negli occhi e gli aveva detto: «Fridèl, da adesso in poi non farai più un punto». E così era andata, Remo paralizzato e Steu a infilare una bocciata dopo l'altra.

Qualcosa diceva a Remo che quella era la volta buona. Mentre entravano in campo, Remo gli disse che stava pensando di sposarsi. A Steu sembrò un'ottima idea: «Giusto, è tanto che tu e Noemi vi parlate, si vede che siete una bella coppia».

«E tu, quando ti sposi?» domandò Remo.

«Non ho fretta.»

Noemi e Fernanda sedettero su un dondolo, spinsero come bambine; non fosse stato per il ragazzo venuto a chiedere cosa desiderassero, sarebbero andate avanti ancora un bel pezzo a far volare le gambe su e giù. Poi arrivarono le aranciate, chiamarono i loro uomini, sollevarono i bicchieri, dissero «Alla libertà». Steu non sentì, Remo fece un cenno con la mano, ma i suoi occhi ormai erano tutt'uno con le bocce.

Non sarebbe mai più stato il gregario di Steu, sarebbe diventato il suo direttore sportivo, sarebbe stato lui a comandare, proprio così, comandare, e quando si trovò sull'undici a sette, con la sua boccia attaccata al pallino, disse: «Nuova vita e nuove gerarchie».

Steu riprovò il solito giochetto, lo guardò e disse: «Fridèl, da adesso in poi non fai più un punto». Ma non lo disse con la solita convinzione, tenendo gli occhi dritti in quelli dell'amico, lo disse abbassandoli prima di concludere la frase.

Remo scosse la testa. Trascinando la gamba destra, si diresse alla staccionata che divideva un campo dall'altro.

A Steu erano rimasti due tiri, con il primo avrebbe bocciato, con il secondo sarebbe andato a punto. Prese la rincorsa, agile come sempre, Fernanda disse a Noemi che Stefano era portato per tutti gli sport, «Gli viene bene tutto quello che fa».

Steu fallì la prima bocciata, la sfera andò a schiantarsi almeno venti centimetri oltre quella di Remo.

«Fridèl, non sei più quello di una volta» disse Remo. Finalmente era lui a provocarlo, la ruota gira, «Fridèl, sei panato».

Rise e si levò la giacchetta, rimase con la camicia bianca, le maniche arrotolate sui gomiti, la testa rivolta in alto a godersi il sole. Che bellezza tutti quei balconi con le bandiere rosse, i tricolori, i bambini a far chiasso appoggiati alle ringhiere. Steu avrebbe sbagliato anche la seconda bocciata, ne era certo, insieme avrebbero festeggiato la sua prima vittoria. Avrebbe offerto lui, salame e vino.

Steu fece un respiro profondo, non gli rimaneva che azzeccare la bocciata e sperare che il caos di bocce che ne sarebbe seguito gli fosse favorevole. Nuova rincorsa, il braccio a dondolare, i piedi leggeri, la boccia si alzò in volo in una traiettoria apparentemente perfetta e prese a planare. La scoccata non arrivò, si levò una nuvola di polvere qualche centimetro oltre la boccia di Remo.

Steu allargò le braccia, disse «Brau fridèl», si diresse verso Remo con la mano destra già protesa per complimentarsi. Anche Remo fece lo stesso. Poi ci fu un sibilo, un'esplosione sorda e tozza. Remo sbarrò gli occhi, socchiuse la bocca, la camicia bianca si tinse di rosso. Steu non capì, gli venne da guardare le ragazze sul dondolo, poi il cielo. Remo era ancora in piedi e sembrava fissare più in alto, come stesse allungando il collo. Appoggiò un braccio alla staccionata, abbassò il capo, Steu lo sentì rantolare, il sangue inzuppava tutta la camicia, solo allora capì, gridò «Remo, fridèl!». Le ginocchia si torsero in modo innaturale, Remo si schiantò a terra, le gambe continuarono a muoversi, ognuna per conto proprio, portò le mani al cuore, «L'an ciapame an pien». Steu gli fu addosso, gli prese il viso tra le mani, urlava e chiedeva aiuto e guardava le case di fronte, da dove hanno sparato? Dove sono quei bastardi?

Noemi e Fernanda e il ragazzo delle aranciate e il capo della bocciofila e tutti gli avventori corsero in campo. Steu li cacciò con un urlo, lasciatelo respirare, portate dell'acqua, un'ambulanza dio cristo. Noemi lo spinse via, con la bocca andò sulla bocca di Remo, prese a gridare, un grido sempre più forte, un grido che durò una vita e poi rallentò fino a evaporare, lentamente, come una batteria che emette l'ultimo suono prima di morire. Noemi si lasciò cadere su Remo. Il ragazzo del bar la tirò su, la portò sotto il pergolato e la fece sdraiare. Steu schiacciò l'orecchio contro il petto di Remo: si era spento tutto, aveva perso la gara pochi metri dopo aver tagliato il traguardo. Destino infame, farla franca davanti all'Armata rossa per morire in un giorno di festa.

La bocciofila, intanto, si era riempita di uomini e donne, la faccia sbigottita di chi sta facendo baldoria e sul più bello è interrotta da un'ondata di disperazione. Non è ancora finita con tutti 'sti morti? Quanto andremo ancora avanti? Fernanda singhiozzava con le mani strette al grembo, era tornata sul dondolo.

Si vide passare davanti Steu, un tornado, gridava datemi una pistola, un fucile, qualcosa, vado a prendere quel porco e lo scuoio. Fernanda si alzò dal dondolo, gli corse dietro, cercò di aggrapparsi alla sua schiena e di fermarlo ma non ci fu nulla da fare, Steu si divincolò, le urlò di tornare a sedersi, aspettami qui.

Un ragazzo sui vent'anni si fece largo, allungò a Steu una Luger in pessimo stato, «Per funzionare funziona». Steu gliela strappò di mano e corse in strada.

Nella via era rimasta poca gente, tutti con il fazzoletto rosso al collo, alcuni a urlare fascisti, altri a camminare facendo finta di nulla.

Steu era in apnea da quando si era accorto che Remo era stato colpito. E ora? Mi metto a correre per la città con la pistola in mano? Vado a chiedere aiuto ai compagni? Sfondo ogni condominio?

Si piegò sulle ginocchia. La guerra era finita.

Parte seconda

TORMENTO

26 gennaio 1946

L'arbitro Pelissero aveva avvicinato la poltrona di pelle nera alla vetrata, il sigaro in bocca. Chiamò Piera, la prese in braccio, guarda che meraviglia, tutti i vicoli del paese sono illuminati dalle torce. Le disse di andare a mettersi il cappotto, voleva farle sentire la musica, ma doveva aprire le finestre e fuori c'erano tre gradi sotto zero. La bambina scappò e tornò sulle gambe del padre con il cappottino rosso e il berretto rosa.

«Senti le fisarmoniche?» disse lui.

Piera si stufò subito, raggiunse la madre che in cucina stava preparando le cajette di patate per il giorno dopo.

Alle otto di sera i Pelissero uscirono di casa, erano la famiglia più attesa. Il cotonificio dava lavoro a tutto il paese, era bello che il signor Flavio si facesse vedere in piazza, anche solo per un saluto, una canzone.

Fuori vento e freddo secco, lo scroscio del torrente in lontananza, i paesani imbacuccati scendevano verso la piazza e lo riconoscevano dal passo elegante, il paltò di lana beige, accanto la donna in pelliccia di visone. Piera due metri avanti. Gli passavano vicino e lo superavano dicendo dottore i miei ossequi, poi allungavano il collo verso la moglie, signora Emma, e si toccavano il cappello.

La bambina corse via, prendetemi se siete capaci. Pelissero respirò a fondo quell'odore di fumo e legno vivace, la sua idea di paese, quel paese al confine tra la valle Germanasca e la val

Chisone da cui non se ne sarebbe andato per nessun motivo al mondo. E la neve, il friggere degli scarponcini a ogni passo.

Emma fece un gesto della mano per invitare il marito a guardarsi attorno, apprezzare l'attimo. Era quello che stava facendo, ma il suo pensiero era già slittato al lunedì, doveva chiudere un importante affare con dei fornitori francesi, la guerra aveva azzerato guadagni e prospettive, ma lui era un uomo che procedeva per obiettivi, e se negli anni più duri era riuscito a salvare la pelle dalla furia nazifascista, ora l'imperativo era fare ripartire la baracca. Anzi, stava valutando di iscriversi alla Democrazia cristiana, aveva capito che era quello il partito su cui scommettere per il futuro.

Ecco la piazza, la nuvola rossa delle torce, la gente accalcata attorno ai banchetti. Nel vecchio borgo si ballava la courenta, balar e virar, chissenefrega del gelo.

A ogni angolo le musiche dei suonatori occitani, ghironda e violino a farla da padroni. Erano davvero in tanti, e c'erano alcune facce nuove, da dove saltavano fuori quei quattro straccioni con i giubbotti logori che ridevano e gironzolavano attorno al banco della cioccolata calda?

Piera e i suoi amici giocavano a fare gli indiani, correvano, le mani a coppa sulla bocca. I coniugi Pelissero dispensarono sorrisi, incassarono complimenti e raccomandazioni. Una signora con la pelle sgualcita e le scarpe una diversa dall'altra prese per il braccio il signor Flavio e gli parlò del figlio Tito: «Da quando è tornato dalle montagne sta tutto il giorno chiuso in casa, non trova lavoro e di andare in città non se la sente, è un ragazzo puntiglioso, lo prenda, non se ne pentirà».

«Tempo qualche mese e il lavoro aumenterà, allora sì che ci sarà posto per il suo Tito.»

Era stato in gamba, Pelissero, a barcamenarsi negli anni della Resistenza, era riuscito a fare il doppio gioco, da una parte accomodamenti e favori ai tedeschi, dall'altra protezione ai valligiani saliti sui monti a combattere, «Tornerà buono, è fieno in cascina che mettiamo per quando sarà tutto finito» diceva alla moglie.

Piera aveva abbandonato il cerchio degli indiani e si era avvicinata a un uomo completamente pelato con la barba nera che stava dritto a osservare le danze. Immobile, le gambe larghe ben piantate a terra. Sembrava di guardia.

La bambina gli parlava, lui stava ad ascoltarla con le mani affondate nelle tasche del giaccone, faceva sì con la testa, poi le diede un buffetto, le indicò i suoi amici, torna a giocare.

Pelissero lo affiancò, «Bello eh?».

«Bellissimo, era da un po' che non facevo festa.»

Pelissero rise: «In effetti non è che voi fascisti avete avuto molto da festeggiare negli ultimi tempi».

Lui scrollò le spalle, disse che se intendeva provocarlo aveva sbagliato indirizzo, quella sera era pacifico come un angioletto. Raccontò che Piera lo aveva invitato a giocare con lei e i suoi amici, le dispiaceva vederlo solo, lui le aveva risposto di stare tranquilla, non era mai stato così bene.

«Stasera stiamo tutti bene» disse Pelissero.

Nando era riapparso in paese dopo la Liberazione. Aveva trascorso qualche notte in un collegio di suore di Torino, poi aveva deciso che non faceva per lui né ciondolare su e giù per le navate della chiesa né farsi ammazzare da un pidocchio rosso. Da ogni albero pendeva un fascista, i marciapiedi vomitavano morti ammazzati, non gli rimaneva che fuggire. E allora aveva pensato al posto in cui era stato ai tempi dell'occupazione, si era distinto per umanità, non aveva torto un capello a un civile, chi poteva negarlo? E soprattutto aveva pensato a Pelissero, l'uomo più importante del paese, dopo la partita gli aveva detto che per qualsiasi cosa avrebbe potuto contare su di lui. Sì, sarebbe salito sui monti e avrebbe fatto il pastore fino a che le acque non si fossero calmate.

Partirono le note della *Vacha mala*. Nando chiese a Pelissero se aveva deciso cosa votare al referendum.

«Ti sembra il momento per una domanda così? Stiamo cantando l'inno della valle e tu mi chiedi cosa voterò a giugno? Sei stupido?»

Si era creata una certa confidenza tra i due, li legava un istinto di fiducia che, nato ai tempi dell'occupazione, dopo il ritorno di Nando cresceva di giorno in giorno.

La canzone finì, Nando disse: «Io voterò monarchia, bisogna scegliere, sempre e comunque».

«Monarchia? Avete già dimenticato il colpo di Stato del '43 e la fuga del re?»

Nando disse che non aveva dimenticato nulla, ma il re era l'unico baluardo conservatore di fronte alle incognite del Dopoguerra: «La sinistra rischia di sfasciare quello che resta dell'Italia, il legame tra Pci e Unione Sovietica è troppo forte, bisogna fare attenzione ai rossi di tutto il mondo».

Arrivò Piera, si mise in mezzo ai due uomini, li prese per mano e li invitò a cantare la canzone che stavano suonando, era la sua preferita, Nando mosse la bocca come un pesce, gli dispiaceva deludere la bambina, in quei mesi la stava aiutando in aritmetica e calligrafia, andavano d'accordo. Non riuscì a ingannarla, Piera lo guardò di sottecchi e gli disse di non fare finta di cantare, lei era un'indiana, gli imbroglioni li beccava subito.

Alla fine della canzone la bambina scappò via e arrivò Linetta, un'operaia del cotonificio. Teneva una sedia da osteria in una mano e uno sgabello nell'altra, mise la sedia sotto il sedere del signor Flavio, «Stia comodo» disse. E appoggiando lo sgabello al suo fianco aggiunse: «Questo è per la sua signora». Pelissero ringraziò, disse che non era il caso, in piedi ci si scalda di più, ma Linetta era già sparita e la sua signora, boh, chissà dov'era finita. Sedette e invitò Nando ad approfittare dello sgabello: «Non ho idea di cosa voterò, sono pieno di dubbi, ci sto pensando».

«Stare lì a pensare toglie le forze» disse Nando.

Pelissero disse che lo sapeva che i comunisti sono un problema: «Sono preoccupato, ma non posso dimenticare che è la monarchia ad avervi dato il potere al tempo della Marcia su Roma. Non so, ho in ballo un incontro a Torino con altri industriali, dovremo valutare insieme cosa ci conviene fare. Solo di una cosa sono sicuro...».

«Cosa?»

«Sto tremando dal freddo.»

La signora Pelissero era sparita.

Nando lo prese sottobraccio, «Andiamo, in un paese di mille anime non scappa nessuno».

Risalirono la strada verso casa. Dietro di loro si incamminarono in tanti, un po' perché per i vecchi del paese era già tardi, un po' perché intorno a Pelissero si formavano sempre codazzi di questuanti.

«Tutta questa gente che ti adora e ti segue, non è una soddisfazione?» disse Nando.

Pelissero si accese un sigaro, lo invitò a non darci troppo peso, non c'è nulla di meno affidabile dell'amore di chi ha bisogno di te.

Cominciò a nevicare, i fiocchi furono subito così fitti che sembrarono riscaldare l'ambiente. I due uomini si fecero ancora più vicini e presero a camminare a filo di muro. Pelissero ripose il sigaro nell'astuccio e Nando disse che la neve gli faceva venire voglia di bici: «La neve è montagna e la montagna è bicicletta e io ho solo ventisei anni; se riprendessi ad allenarmi potrei ancora farmi valere». Poi gli raccontò di un amico che andava fortissimo, un vero fenomeno, si chiama Steu: «Tornando dalla Russia mi ha promesso che mi avrebbe preso in squadra con lui».

Pelissero era arrivato, Nando abitava più su, da madama Rosa, in una stanzetta in cui lo aveva sistemato l'industriale dopo avergli raccomandato di rendersi irriconoscibile; ci volevano una gran barba e la testa rapata a zero: «A parte il barbone, sarai identico al tuo amico finito a testa in giù in piazzale Loreto».

Restarono qualche minuto a parlare sotto il balcone dei Pelissero al riparo dalla neve. Passarono i paesani, e salutarono. Poi passò un cagnolino bianco e nero, uggiolava, forse la fame, il freddo. Si fermò tra le gambe di Flavio, si arrampicò sul paltò di lana beige, Nando gli assestò un calcio, vattene bastardo, il cane scappò tra i guaiti. Perché prendersela con una povera bestia? Pelissero non capì: non aveva detto che quella sera era pacifico come un angioletto?

Nando abbassò la testa, nonostante la neve la fronte si imperlò di grosse gocce di sudore, allargò le braccia per scusarsi: «Sono fatto così, ogni tanto mi prende il demonio». Si appoggiò al muro, traballò.

«Cosa ti sta succedendo?»

«Niente.»

«Come niente? Sudi e non stai in piedi, vieni su da me, ti riprendi e poi torni a casa» disse Pelissero.

«Sto già meglio, mi capita quando mi viene in mente una cosa brutta che ho fatto in guerra.»

Flavio scosse la testa come dire roba da non credere e infilò la chiave nella toppa del portone: «Posso salire tranquillo?».

Nando annuì: «Buona notte, Flavio».

La signora Emma arrivò con Piera dopo mezz'ora, si era fermata a parlare con il sindaco, «Con i chiari di luna della crisi bisogna tenersi buone le persone che contano».

Flavio rimase ancora un po' a fumare e a bere genepì, poi salì al piano di sopra e andò a letto.

Alle tre di mattina fu svegliato da uno strano vociare e dal rombo di un'automobile. Era stata una serata di gioia, se qualcuno si era ubriacato pazienza, lasciamolo festeggiare.

Il motore si spense ma il vociare continuò, Pelissero infilò pantofole di pelle e giacca da camera e disse alla moglie di star tranquilla, sarà qualcuno che ha esagerato con il vino. Piera fece capolino nella loro stanza, chiese cosa stesse succedendo, lui le disse di tornare a nanna, lei andò a gettarsi nel lettone, si strinse alla mamma.

Pelissero scese di sotto e si affacciò, una Fiat 1100 con il paraurti fracassato era parcheggiata davanti a casa sua. Un uomo si sporse dal finestrino, gli disse di scendere: «Dottore, c'è stato un incendio al cotonificio, sta bruciando tutto, abbiamo già chiamato i pompieri». Nevicava, si vedeva poco, e quell'uomo aveva un cappello a larghe tese che gli copriva mezzo volto. Esitò, ma cosa poteva fare? Si infilò gli scarponi e indossò paltò e pantaloni sopra la giacca da camera e il pigiama, scese al piano terra e aprì. Accadde tutto in pochi attimi; vide sciarpe che coprivano facce, sentì mani che gli stringevano collo e braccia e si ritrovò nei sedili posteriori dell'automobile tra due uomini, quello alla sua destra gli teneva una pistola puntata alla tempia.

La macchina scivolò via. Gli uomini erano in quattro, quello a fianco del guidatore disse: «Adesso andiamo allo spiazzo del salto e facciamo una roba veloce». Pelissero capì, erano gli stessi che aveva visto in piazza davanti al banco della cioccоlata calda, gli uomini con i giubbotti logori. Disse: «Cosa volete da me, non ho fatto nulla, lasciatemi andare».

Nessuno rispose. La macchina si inerpicò, singhiozzò sulla neve, sembrò fermarsi, riprese velocità, l'uomo che gli puntava la pistola disse che le automobili espropriate ai padroni sono una bomba, quella 1100 l'avevano rubata a un riccone di Torino. Pelissero fece promesse, disse che se il problema era il lavoro li avrebbe assunti, se il problema era il fascismo si sbagliavano, durante la guerra aveva tenuto buoni rapporti soltanto perché la sua posizione di imprenditore glielo imponeva.

«Tu sei stato dalla parte dei criminali» disse l'uomo al volante. Aveva la voce roca, dura, non sembrava un tipo con cui discutere.

Pelissero gridò no, si faceva i fatti suoi da quando era nato, non era stato dalla parte di nessuno, glielo giurava sulla figlia.

«Ah sì, i fatti tuoi? E quel verme che ieri sera ti ha accompagnato a casa? Ci sono arrivate delle belle voci sul suo conto. Dopo che abbiamo finito con te andiamo a sistemare lui, sappiamo dove lo hai nascosto.»

Pelissero disse che aveva fatto lo stesso con molti partigiani ai tempi dell'occupazione. Pur sapendo dove si nascondessero, non aveva mai aperto bocca: «Ho sempre difeso i perseguitati, quelli di prima e quelli di adesso».

«C'è perseguitato e perseguitato, noi eravamo eroi, questi sono topi di fogna. E comunque la situazione è un po' diversa: al verme pelato il rifugio lo hai trovato tu.»

La Fiat decelerò, lo spiazzo del salto era ormai a poche centinaia di metri.

Pelissero disse: «Voi siete soltanto dei giustizieri, voglio un tribunale, voglio dimostrare la mia innocenza».

Il guidatore rise: «Il tribunale siamo noi».

Si lasciò andare sul sedile, qualsiasi cosa avesse detto non sarebbe servita a nulla. Pianse in silenzio.

L'uomo seduto a fianco del guidatore se ne accorse, disse: «Non prenderla sul personale, dobbiamo fare piazza pulita. Agrari, preti, industriali, tutta marmaglia fascista come te che fa la bella vita e potrebbe darci fastidio quando prenderemo il potere».

Pelissero disse che non avevano capito nulla, lui non era tipo da bella vita, lavoro e basta.

«E il visone di tua moglie? E la casa a due piani?»

«Ma che visone.» Poi tacque, sentì il senso delle sue parole dissolversi in bocca.

La macchina si fermò. Gli uomini dietro lo tirarono fuori e lo portarono al limitare del bosco, gli legarono le mani dietro la schiena. Si allontanarono, raggiunsero gli altri due che intanto si erano messi in posizione, gli dissero di non voltarsi.

Pelissero si ingobbì per farsi piccolo piccolo, era tutto bianco, lo spiazzo e il bosco e il paltò di lana beige.

Il plotone sparò. Quattro colpi, uno perché sei un nemico di classe, due perché nascondi i fascisti, tre perché facevi comunella con i tedeschi.

Arrivò l'ultimo, quello di grazia, lo sparò il guidatore: «Quattro perché quel rigore era grande come una casa e tu non l'hai fischiato».

L'orecchio di un uomo in pericolo è orecchio di cane. La 1100 gli spezzò il sonno quando ancora rombava all'inizio del paese. Poi sentì il decelerare, la frenata, voci e un trapestio farinoso. L'automobile si era fermata a qualche centinaio di metri da casa di madama Rosa. Nando ebbe un cattivo presentimento, pensò che uomini come Pelissero sono sempre nell'occhio del ciclone, è il destino dei ricchi, odiati qualsiasi cosa facciano. Filò nella stalla. Si raggomitolò nel pagliaio a nascondersi tra rastrelli e forconi. Come due anni prima, quando con Kofler e l'Oberst Fuchs e il tenente camerata erano andati a cercare il partigiano imboscato e avevano bucato la pancia al vecchio senza cintura e la testa alla moglie, questa volta la stalla toccava a lui. L'automobile passò cento metri sotto, proseguì e Nando scattò in piedi. Si vestì in gran fretta, corse al suo zaino e lo riempì di pane. Ci ficcò dentro anche mutande, stracci e coperte. E forbici, coltelli, spago, genepì, tutto quanto immaginava potesse servirgli. E ci infilò la pistola. Madama Rosa era sulla porta. Gli chiese dove stesse andando in piena notte. Nando si scusò per aver preso il pane, disse che non poteva trattenersi oltre, la ringraziò, si sarebbe fatto vivo lui e le avrebbe restituito tutto.

Varcò guardingo la porta di casa e si avviò su per la montagna. Avvertiva che qualcosa di grave era accaduto o era sul punto di accadere, il sesto senso dei dannati, come in Russia, quando un colpo sibilava e dall'intensità del fischio e dall'odore dell'aria e da altri dettagli impossibili da dire capiva se quella pallottola avrebbe finito il suo percorso nel cuore di un commilitone o si sarebbe dispersa nella steppa. Prese un sentiero, poi imboccò una stradina che saliva ripida e si trovò su un altro sentiero. Camminò su una specie di terrapieno e infilò una mulattiera, si aprì un varco tra i rovi innevati e aumentò il passo. Si infilò nel bosco di latifoglie, prima castagni e querce, poi faggi e betulle scossi dal vento, un'unica quinta di bianco e nero.

Quattro colpi in rapida successione, colpi di Beretta M34, la stessa pistola che aveva in tasca. E dopo le pallottole uno sbattere di portiere, la 1100 riprese a rombare, il vento a farsi sentire.

Nando si buttò a valle, attraversò la boscaglia per arrivare alla carrozzabile dove immaginava sarebbe passata l'automobile, inciampò e si rialzò e cadde di nuovo e tastò i pantaloni per controllare che la pistola fosse ancora al suo posto, se avevano ammazzato Flavio avrebbero dovuto vedersela con lui. Si piantò in mezzo alla strada con le gambe divaricate e il passamontagna rosso, il rombo della macchina si stava avvicinando, estrasse la Beretta, la strinse tra le mani, no cristo, non farlo, scappa, anche con il passamontagna capiranno chi sei. E poi chi l'ha detto che hanno ammazzato proprio Flavio?

Con un balzo tornò sul ciglio della strada, si rituffò nel bosco, prese un'altra mulattiera e si trovò in uno spiazzo di noccioli, un centinaio di metri più su ecco la malga in cui il giugno prima si era fermato con le bestie e gli altri montanari. Era una malga bassa, non più di mille metri d'altitudine, perfetta per nascondersi, perfetta per non gelare. Spinse il battente di legno marcio e si trovò tra carriole, campanacci, martelli, seghe, chiodi, stivali sfondati. Si ricavò un piccolo spazio nel caos, tirò fuori dallo zaino il genepì, si buttò addosso un paio di coperte, su quale schiena erano finiti quei quattro colpi che avevano squarciato la notte?

Lo scoprì il giorno dopo, il desiderio di sapere superava la paura di farsi beccare. Scese in paese che era mezzogiorno e la piazza era in lacrime, avevano ammazzato il dottore. Che fine farà il cotonificio? Cosa ne sarà di noi? La signora Pelissero sarà in grado di mandare avanti la baracca? Più sono belle e più sono fiacche, dicevano le donne.

Nando stette alla larga della ressa, cercò di capire. Nessuno sapeva nulla, l'unica certezza era che avevano trovato il dottore crivellato di colpi allo spiazzo del salto. Chi era stato? Qualche fascista scampato all'epurazione e desideroso di vendicarsi perché durante l'occupazione Pelissero sapeva dei partigiani nascosti e non aveva aperto bocca? Qualche partigiano che non gli perdonava di avere stretto buoni rapporti con tedeschi e guardia repubblicana? Un vecchio disse che schierarsi è male ma non schierarsi è peggio, Pelissero aveva pagato il demone della paura, l'equilibrismo porta al camposanto. Nando pensò che doveva trovare il modo di incontrare la signora Emma, abbracciare la piccola, dire loro che lui ci sarebbe sempre stato. Ma sotto casa Pelissero erano in tanti; se metà paese era in piazza, l'altra metà si era stretta in quei pochi metri quadri in cui la sera prima si erano fermati a parlare.

Rinunciò.

Sarebbe tornato alla malga. Superò la casa e si voltò per guardare dentro la grande vetrata. Vide i capelli biondi di Pierina che andavano e venivano, un colpo al cuore, quella bambina l'avrebbe protetta lui.

14 luglio 1948

Non bastano i circuiti a invito o gli allenamenti in solitaria per fare la gamba, ci vuole la gara: la gara è un'altra storia, richiede un cuore che pompa a mille e cosce indistruttibili. Steu lo sapeva bene, ma cosa poteva farci se dopo la guerra nessuno gliene aveva offerto la possibilità?

Non aveva più l'età per correre nei dilettanti e, seppure avesse bussato a ogni porta, nessuna squadra professionistica lo aveva preso in considerazione. I corridori con cui aveva corso prima della guerra, o erano spariti o avevano fatto una brutta fine. Glielo aveva detto Leo, il suo meccanico di fiducia, che, non appena i tedeschi avevano levato le tende, aveva messo su un negozio di biciclette in piazza Arbarello. Gli aveva raccontato che Bosio era morto in Russia, Raviola in Africa; Galbiati, il Trattore di Mantova, era diventato falegname e non voleva più sentire parlare di bicicletta; Giordana, il capitano di Nando, aveva perso entrambe le gambe in Grecia. E Nando? Nando si era fatto vedere una volta sola: «Ha comprato una bici pesante come un cancello e se n'è andato, l'unica cosa che mi ha detto è che ora vive in montagna e se la gode».

Insomma, all'orizzonte non si profilava alcuna possibilità di gareggiare, ma Steu non si rassegnava, non ho ancora compiuto ventotto anni, si diceva, l'occasione può arrivare da un momento all'altro, e quando arriva bisogna farsi trovare pronti.

Prima o dopo il turno in fabbrica, inforcava ogni giorno la sua Atala blu e saliva in collina, poi giù per i tornanti, poi di nuovo su, Superga, la Maddalena, Pecetto, Pino, tutti i colli di Torino. Caldo o freddo, sole o pioggia, implacabile come era sempre stato in ogni cosa. Era in buona forma, asciutto e tonico. Lo sfolgorio dei vent'anni era un ricordo, così come quello scatto fulmineo che anche sulle salite più dure faceva la differenza, ma alla mancanza di brillantezza stava imparando a supplire con una migliore gestione della fatica e la capacità di tirare rapporti più lunghi.

Dopo la guerra, il lavoro era ripreso con continuità. Steu era diventato operaio stampista. In Fiat il presidente Valletta iniziava a mordere il freno, diceva che non fosse stato per l'ingerenza del Pci la produzione sarebbe triplicata, ma il partito e la Fiom contavano ancora, eccome se contavano. In Mirafiori erano comunisti i commissari interni, comunisti i commissari di reparto e i membri del consiglio di gestione, comunisti settemila operai su sedicimila. Steu ci sperava ancora nella rivoluzione proletaria, ma dentro di lui si era insinuata un'amarezza sottile. Certo, c'era Fernanda il sabato, era felice, l'avevano trasferita da Mirafiori al Lingotto ed era diventata telefonista, le piaceva smistare le chiamate. E c'erano gli amici. Ma non bastava, Steu non era tipo da platea, soffriva a non essere il protagonista. Lo diceva sempre a Fernanda: «Tre anni fa ero sui tetti di Mirafiori a difendere la Fiat, ora sono un badòla, uno dei tanti che al mattino bollano la cartolina». Lei gli diceva: «Non lamentarti sempre, è tornata la pace, i tedeschi e i fascisti hanno fatto la fine che meritavano, cosa vuoi ancora?».

Stefano scuoteva la testa, era difficile da spiegare, gli mancava quella roba che attorciglia le budella, che non si capisce se è terrore o eccitazione ma tiene in vita.

«Devi pazientare, tenerti il lavoro, mica è detto che devi fare tutta la vita l'operaio alla Fiat» diceva Fernanda.

Stefano la ascoltava e non la ascoltava, più che altro le ripeteva la sua storia, da bambino il brivido dei furti con gli amici della Barriera, da ragazzo la bici, le vittorie, aprire il giornale e leggere che io, proprio io, Steu, sono la più grande promessa del ciclismo piemontese. Poi la guerra, ma anche l'emozione di combattere contro la morte e uscirne ogni giorno vivo. Poi la Resistenza, la guerra civile, altro inferno, ma cosa c'è di più eccitante che cacciare il nemico da casa tua e riprenderti la libertà?

Non lo avrebbe mai ammesso, né in quei giorni né negli anni a venire, ma che non ci fosse paragone tra l'emozione che gli dava il frastuono della pressa e quella che gli aveva procurato il mitra scaricato sui nazifascisti lo aveva capito sin dal primo giorno di libertà.

Le cose cambiarono in vista delle elezioni politiche del 1948. Comunisti e socialisti si unirono in una lista chiamata Fronte democratico popolare, e quell'appuntamento con le urne si trasformò in un appuntamento con la storia, l'idea del riscatto definitivo, la spallata decisiva, quella che avrebbe permesso di ottenere la maggioranza assoluta e prendere lo slancio per diventare una repubblica socialista sullo stile dell'Unione Sovietica del compagno Stalin. Almeno questo è quanto speravano Steu e Ivo e tutti coloro che da anni combattevano seguendo la stella polare bolscevica. Che il Partito comunista italiano non fosse ardimentoso come i suoi militanti era già chiaro da molte cose, la prudenza sempre più evidente di Togliatti, gli ammiccamenti e i compromessi della classe dirigente nel triennio successivo alla Liberazione. Ma Steu e gli altri ci credevano, «Palmiro indugia perché non ha ancora i numeri, vedrete, quando saremo maggioranza le cose cambieranno».

Ci si incitava a vicenda, bisogna convincere i dubbiosi a votare il Fronte, persuadere amici, parenti, conoscenti, soltanto in un mondo socialista tutti gli uomini saranno uguali, basta padroni, basta proprietà, finalmente comanderà il popolo.

Furono giornate faticose per Fernanda, così faticose che una sera, nonostante la sua difficoltà a contraddirlo, gli disse di non insistere, «Non farmi diventare matta», sua madre e suo padre avrebbero votato Democrazia cristiana, niente e nessuno avrebbero potuto far cambiare loro idea.

Steu prese così a cuore la campagna elettorale non solo perché credeva che con la vittoria l'esistenza di tutti i poveri del mondo sarebbe migliorata, ma anche per il suo fridèl Remo, quanto gli sarebbe piaciuto vedere comunisti e socialisti insieme. Che bello sarebbe stato averlo al fianco, setacciare in bici ogni angolo di Torino per fare proseliti, alzarsi sui pedali e ogni cento metri fare a gara a chi arriva primo al palo della luce successivo.

In giro c'era paura, in molti erano convinti che i comunisti avevano le armi in montagna e in fabbrica e dappertutto, bastava un cenno e riprendevano a sparare, ma Steu era sicuro della vittoria, questa volta tocca a noi.

Fu un disastro. La Democrazia cristiana di De Gasperi sfiorò la maggioranza assoluta.

Steu e Ivo commentarono i risultati nella sezione di via Nizza. C'era anche Nerina, si era fidanzata con Ivo nel modo pudico in cui si fidanzavano i compagni, niente smancerie, nessuna parola sui sentimenti, tantissime sulla lotta di classe. E c'era anche Fernanda, la politica era un pretesto per stare con il suo moroso.

Ivo disse che la grande maggioranza del ceto medio, sia in città sia in campagna, aveva fatto blocco con la borghesia capitalistica e agraria. Steu disse che non era il caso di fare polemiche con il partito: «Togliatti non le ha mandate a dire, ha detto che i risultati sono stati determinati dal terrorismo straniero, dal terrorismo religioso e da tutta una serie di brogli».

Fernanda ascoltò in silenzio, la sezione era una nuvola di fumo e vino, lei e la sorella erano le uniche donne, un po' se ne vergognava, un po' si sentiva importante, le sarebbe piaciuto cantare una canzone.

Steu si atteggiò a chi la soluzione la conosce da tempo ma soltanto ora che i fatti gli hanno dato ragione può sbandierarla ai quattro venti: «La democrazia parlamentare non è la via giusta perché il proletariato prenda il potere. Basta alleanze con riformisti e gradualisti vari. C'è una sola strada, la rivoluzione» e fece il gesto di sparare.

Ivo annuì, Nerina lo fece con ancora più enfasi. Fernanda non disse nulla, ma abbassò gli occhi e prese a giocherellare con l'anellino d'argento che lui le aveva regalato.

Steu si aspettava una levata di scudi, una reazione capace di infiammare tutti i cuori rossi d'Italia. Invece nulla, soltanto cautela e calcoli, tutto quello che lui aveva sempre odiato sin da quando correva in bicicletta e approfittava di ogni occasione per sferrare l'attacco, a costo di andare fuori giri e di farsi raggiungere a trecento metri dall'arrivo.

Faceva un caldo bestiale. Inforcò la bicicletta e corse da Leo, aveva bisogno di un paio di copertoni nuovi. Leo lo accolse sulla porta della bottega con uno strano sorriso, gli occhiali spessi da miope, strofinò le mani sul grembiale unto di grasso e gli disse che aveva una bella notizia.

Steu appoggiò la bicicletta al muro, era in un bagno di sudore, «Dimmi». Leo gli disse di non illudersi, non c'era niente di sicuro, ma era passato a trovarlo Henry di Marsiglia, Henry Perrin, suo amico da una vita, in Francia aveva messo su una squadra e gli mancava solo una pedina capace di andare forte in salita e difendersi in volata, poi l'équipe sarebbe stata al completo, «Ho pensato a te».

Steu non ci voleva credere, lo abbracciò, lo baciò.

Leo gli disse di stare tranquillo, che Henry aveva degli affari a Torino e sarebbe tornato il 14 luglio, sarebbe passato a trovarlo, tarda mattinata: «Gli ho detto che prima della guerra eri il più promettente scalatore italiano».

«E lui?»

«Lui ha detto che prima della guerra è tanti anni fa.»

«E tu?»

«Gli ho detto di darti una possibilità, che non se ne pentirà.»

«E lui?»

«Lui ha detto fammelo conoscere, lo voglio vedere di persona, mi basterà un'occhiata per capire se è uno che spinge o se è un contaballe.»

«E tu?»

«Gli ho detto che ci sarai.»

«E lui?»

«E tu e lui e tu e lui? Sei piciu?»

Steu disse perfetto, il 14 luglio si sarebbe messo in malattia, non avrebbe perso l'incontro con Henry per niente al mondo.

Leo andò a prendere nel retrobottega i copertoni, li montò sulla bici e gli disse di darci dentro: «Mi raccomando, vita da atleta, niente ciorgna e niente vino».

Alle otto del 14 luglio Steu era già davanti alla bottega. Leo arrivò dopo mezz'ora, insieme sollevarono la serranda, si fecero un caffè, parlarono di Coppi e Bartali. Steu era su di giri, Leo disse speriamo che Henry non ci dia buca, Steu aiutò Leo nel lavoro. Ci sapeva fare con freni da tirare e camere d'aria da rattoppare: «Perché non mi prendi con te? Voglio andarmene dalla Fiat».

«È già tanto che tiro su due lire per mantenere mia moglie e mia figlia, ci mancherebbe altro che prendo te sul groppone.»

Poi gli raccontò di Henry Perrin, era un industriale con il pallino della bicicletta, era stato corridore ciclista, niente di che, un buon passista. Si erano conosciuti dieci anni prima, quando Henry era rimasto per un lungo periodo a Torino sperando di entrare nell'indotto Fiat. Non ce l'aveva fatta, era tornato a Marsiglia e, sempre facendo la spola tra Piemonte e Francia, aveva ottenuto il successo con il materiale plastico.

Henry si presentò poco prima delle dodici, parcheggiò davanti alla bottega e scese lento. Era un uomo pingue con la faccia rosa.

«Visto che splendore?» disse indicando la macchina con il mento.

Leo annuì, «Un gioiello».

Henry disse che era la nuova 203, prima Peugeot monoscocca, ce l'avevano in pochi.

A Steu non piacque per nulla quel suo modo di presentarsi da re dei grattaculi. Andò incontro al francese e con un sorriso tirato gli disse che non poteva dargli la mano, era unto e bisunto. Henry lo squadrò dalla testa ai piedi come se stesse valutando un cavallo, poco ci mancò che gli aprisse la bocca per vedere com'era messo a dentatura. Indossava un abito di lino bianco, con camicia bianca e cravatta nera, in testa un panama chiaro.

Leo disse che era lui il campione di cui gli aveva parlato, al Gran Premio Fiat del 1939 solo Coppi lo aveva staccato, in salita era un camoscio.

Henry disse: «Gamba lunga e torace ampio, bene». Chiese a Steu se stava gareggiando. Steu disse eccome: «Sono senza squadra e da un anno corro con gli indipendenti, gare di cui non parla nessuno perché ormai si parla solo dei professionisti, ma sto andando che è un piacere, due domeniche fa ho dato un quarto d'ora al secondo».

Leo sgranò gli occhi, erano bugie. Steu lo guardò con un'espressione senza appello, disse: «Diglielo anche tu, Leo».

Leo si schiarì la voce, «È vero Henry, Steu va forte come un treno».

Henry ridacchiò: «A chi hai dato un quarto d'ora due domeniche fa? A un paraplegico?».

Steu gli chiese di metterlo alla prova.

«E in volata come vai?»

«Sono un siluro.» Anche questo non era vero, gli sprint erano il suo tallone d'Achille.

Henry questa volta rise senza più trattenersi, disse che una cosa era certa, al ragazzo non mancava la faccia tosta. Poi si tolse il panama, estrasse un fazzoletto bianco e si asciugò la fronte. Disse che c'era un caldo da far schifo, «Per noi grassi l'afa è una sciagura». Diede una pacca sulla spalla a Steu, «Va bene, ti metto alla prova, se fallisci ti rispedisco a Torino senza neanche pagarti le spese della trasferta». L'appuntamento era per l'ultima domenica d'agosto, il calendario francese prevedeva una gara per uomini veri, centrotrenta chilometri di saliscendi con il col de Turini nel finale, ventiquattro chilometri di salita, «Vediamo di che pasta sei fatto».

Steu non disse nulla, non vedeva l'ora di salutare tutti e correre dai suoi genitori e da Fernanda, raccontare loro che nella sua vita stava per passare un treno che non poteva perdere.

Henry e Leo lo congedarono, dovevano parlare di affari, una grossa partita di cambi, si togliesse pure dalle scatole.

Steu risalì in bicicletta e sfrecciò via veloce, si alzò sui pedali e spinse come un ossesso, quel francese di merda vuole che vinca anche gli sprint? Gliela farò vedere. Lavorerò sul cambio di ritmo e sulla resistenza alla velocità.

Fece trecento metri a tutta birra, ma il cuore in gola non gli impedì di accorgersi che in città stava succedendo qualcosa di strano. I negozianti uscivano dalle botteghe, gridavano, dicevano frasi smozzate. In poco tempo la strada si riempì di uomini e donne, tutti gesticolavano, all'angolo con corso Dante vide un vecchio con le mani nei capelli, gli si avvicinò un ragazzo, avrà avuto vent'anni, lo abbracciò, forse era il nipote. Steu frenò, scodò con la ruota posteriore e mise il piede a terra. Chiese cosa stesse succedendo, il vecchio disse: «L'an sparà a Togliatti».

Il ragazzo annuì con scatti sincopati della testa, «A Roma, fuori dal parlamento, lo hanno ammazzato».

Lo hanno ammazzato? Hanno ammazzato Palmiro? Steu sentì sangue e rabbia salirgli dallo stomaco alle tempie, alla bocca, dappertutto. Era successa una cosa troppo grande, proprio oggi che non sono in fabbrica cristo santo, appoggiò gli avanbracci sul manubrio, il ragazzo disse adesso o mai più, Steu disse sì, adesso o mai più, il vecchio disse no, niente colpi di testa.

La gente correva, nessuno sapeva dove andare, ma tutti andavano di fretta. Steu si diresse verso Mirafiori, si stavano organizzando manifestazioni, le fabbriche erano state occupate, in tutta Italia divampava la rivolta. Da ogni nascondiglio riemergevano le armi, oliate e pronte a fare il loro dovere.

Sfrecciò tra negozi con le serrande abbassate e cortei improvvisati, per un momento gli venne in mente il col de Turini, che disdetta sarebbe rompermi una gamba proprio adesso che sono a un passo dal ritorno alle corse, ma la rivoluzione viene prima. Arrivò ai cancelli ed era una bolgia, riconobbe alcuni compagni, Palmiro non è morto, all'uscita di Montecitorio qualcuno gli ha sparato quattro colpi di pistola, è ricoverato al Policlinico, stanno tentando di salvargli la vita. Steu diede in consegna la bici a Ninin, un ragazzo assunto da poco che stravedeva per lui.

Una voce si fece largo, quattro operai con gli Sten in pugno erano entrati nell'ufficio di Valletta e lo avevano sequestrato insieme agli altri dirigenti. Steu aveva due certezze: la prima che tra loro c'era Ivo, la seconda che non fosse stato per l'incontro con Henry gli uomini con lo Sten sarebbero stati cinque.

Si avvicinò al poliziotto che gli sbarrava il passaggio, disse che era del comitato di gestione. L'agente cercò di dissuaderlo ma non poté fare altro perché le forze di polizia avevano ricevuto l'ordine di non intervenire fino a notte. Steu riuscì a sgattaiolare ed entrò in fabbrica. Dentro lo stabilimento una decina di operai picchettavano l'ufficio in cui era rinchiuso Valletta: «Steu, le cose stanno andando alla grande, abbiamo già occupato una trentina di stabilimenti, Riv, Ferriere, Nebiolo, Grandi Motori».

Gli dissero che i sequestratori di Valletta non volevano casini, «Non fate entrare nessuno». Gli raccontarono che quella faccia grama del presidente della Fiat aveva mantenuto i nervi saldi, si era limitato ad avvertirli che erano tutti licenziati.

Steu si organizzò con altri operai rimasti all'interno dello stabilimento. Requisirono un camion, uscirono. Percorsero la città, vie e piazze erano in mano agli insorti, il resto della popolazione chiuso in casa con l'orecchio incollato ai notiziari.

Gli uomini sul camion si incitavano l'un l'altro, con le agitazioni di piazza terremo occupata la polizia, poi entrerà in azione l'apparato paramilitare del partito e gli faremo la festa. Verso le sedici la Cgil proclamò lo sciopero generale, tutto il Paese era pronto al peggio.

Ma cosa stavano decidendo a Roma i dirigenti del Pci? Nel tardo pomeriggio arrivò l'eco delle prime notizie, Togliatti ce la farà, sembra abbia detto di stare calmi, di non fare sciocchezze. Steu e gli altri esultarono per la salute di Palmiro, ma non capirono, stare calmi? Già l'amnistia del 1946 era stato un rospo da mandare giù, pacificazione un cazzo, i fasci avremmo dovuto eliminarli fino all'ultimo, e ora che abbiamo l'asso in mano ci rinunciamo?

Un'edizione straordinaria dell'"Unita" riportò l'entusiasmo; il quotidiano invitava a rovesciare il governo.

Steu e i compagni vissero la sera come missili in rampa di lancio, in sezione le discussioni proseguirono fino a notte inoltrata, il giorno dopo sarebbe stato quello della resa dei conti, bisognava attaccare centrali elettriche e caserme.

Dal partito, tuttavia, continuavano a non arrivare ordini e cresceva la sensazione che fosse in atto un tentativo di annacquare l'iniziativa insurrezionale.

Steu dormì per terra con altri cuori caldi di Barriera Nizza, la testa su un cumulo di stracci e il moschetto a portata di mano. Ivo ne aveva distribuiti parecchi, la cantina del nonno era una santabarbara sperduta nella campagna monferrina.

Arrivò il mattino ma non l'atteso via libera alle operazioni. Togliatti era fuori pericolo, lo sciopero generale proseguiva e gli stabilimenti rimanevano occupati, anche i tramvieri si erano uniti alla protesta per bloccare la città, ma le vampe del primo fuoco si stavano spegnendo. Verso mezzogiorno giunse la notizia che sia i dirigenti locali sia i dirigenti nazionali stavano tentando di convincere gli scioperanti a tornare al lavoro insistendo sul carattere dimostrativo delle manifestazioni, e un'ondata di grigio avvilimento andò a mescolarsi con il rosso delle bandiere.

Stefano passò da casa verso l'ora di cena, era fuori da due giorni, la madre gli gridò di mettere subito via quel fucile, il padre gli chiese dove lo avesse trovato, la sorella biascicò: «Che delusiun».

Stefano mangiò una fetta di polenta fredda passeggiando su e giù per la cucina, «Bisognava immobilizzare subito il governo, non dargli la possibilità di orientarsi e di prendere fiato, i colpi al nemico devono essere via via più forti ogni ora che passa».

Nessuno osò commentare, la madre si mise a rassettare la casa, Rina annunciò che andava in camera, sembrava esausta, di nuovo quei problemi cardiaci di cui parlava ogni volta o era la testa che andava per suo conto? Il padre mormorò: «Ai comunisti pias stè tranquij an parlament, altro che rivolussiun». Stefano sbatté una mano sul tavolo, «Cosa dici?». E mentre la mano picchiava sul legno si rese conto che suo padre aveva espresso quello che lui pensava ma non voleva sentirsi dire.

Il padre si alzò lento, andò in camera sua e tornò poco dopo con *I pirati della Malesia*: «Adesso lasciami leggere». Stefano si sentì stringere il cuore, perché lo aveva trattato male? Perché si era comportato con l'arroganza di un quindicenne?

Volle farsi perdonare. Disse forte: «Rina, mamma, papà, ho una bella notizia». Il padre lo guardò da sopra gli occhiali, la madre smise di ramazzare: «Ho conosciuto un industriale francese che ha messo su una squadra di professionisti a Marsiglia. Correrò in prova a fine agosto, se le cose andranno bene mi prenderà con lui».

«E la Fiat?» disse la madre.

«E la Fiat?» disse il padre.

Dall'altra stanza rispose Rina: «E la Fiat va a farsi benedire». Stefano rise, «Brava Rina, la Fiat va a farsi benedire».

Nella notte svanì ogni illusione, la Cgil ordinò di riprendere il lavoro e il Pci dichiarò soddisfazione per aver mostrato senso di responsabilità e levatura da grande forza parlamentare.

Steu era nuovamente in reparto. Ancora presse, ancora stampi, la sensazione che in quei tre giorni fosse finita la sua gioventù.

La sera in sezione c'era ben poco da dire, soltanto fare i conti con una nuova idea di futuro. Parlò per primo Ivo, aveva la barba sfatta e una maglietta a righe orizzontali. Disse che Valletta era uomo di parola, l'avrebbe licenziato nei giorni successivi come aveva promesso a lui e ai tre uomini entrati nel suo ufficio con gli Sten. Disse che c'era da aspettarsela una fine così: «L'Unione Sovietica non poteva rischiare la guerra contro l'America, quella è gente con la bomba atomica, il no è arrivato da Mosca».

«Credevo che il nostro fosse un partito rivoluzionario» disse Steu.

Ivo sollevò le spalle, disse: «Credevi male, credevamo male tutti. Senza Russia non andiamo da nessuna parte».

Si levarono alcune voci a difesa del partito, sarebbe stato un bagno di sangue, avremmo perso, non ci sono le condizioni per prendere il potere, l'Italia non c'entra niente con Romania e Ungheria e Cecoslovacchia, ve lo volete mettere in testa?

Un compagno anziano si alzò dalla seggiola, era una delle voci più autorevoli del comunismo di Barriera Nizza. Disse che Togliatti era un santo: «Ha salvato il Paese da una nuova guerra civile e ci ha fatto capire che dobbiamo trovare una via italiana al socialismo nel pieno rispetto della grande Madre Russia».

Prese a camminare per il locale tallonato dagli sguardi dei militanti. Disse che lui era comunista dal giorno in cui era nato il partito, era stato un bordighiano, la purezza innanzitutto, la dittatura del proletariato come unico obiettivo: «Ero come voi, poi si cambia, invecchiare vuole dire rinunciare».

Si sollevò un brusio, Ivo alzò la voce: «Rinunciare a cosa?».

Il vecchio lo guardò fisso negli occhi: «Rinunciare a volere tutto e subito».

Ivo non rispose. Steu e il figlio dell'oste e i più giovani non dissero nulla per paura di fare la figura dei fessi.

Poi Ivo diede a Steu una pacca sulla spalla: «Andiamo».

Uscirono su via Nizza e respirarono forte guardando il cielo blu e nero, sopra la collina le stelle erano grandi come lampadari. Scesero al fiume e passeggiarono a testa bassa con le mani in tasca, l'afa stava concedendo una tregua. Ivo disse che ora dovevano risolvere il problema delle armi, riportarle dove le avevano trovate, in campagna e nelle cantine e nei sotterranei delle fabbriche, oppure gettarle nel Po, «Tanto se non le abbiamo usate questa volta non le useremo mai più».

Ivo elogiò Nerina, si era battuta come una leonessa in quei tre giorni, aveva scorrazzato per Torino come un'indemoniata.

Steu disse che invece Fernanda era un gattino, le avrebbe dedicato il giorno dopo, sarebbe andato a prenderla al Lingotto, si è messa in testa di cantare nelle balere, mica sono d'accordo, quei posti sono pieni di poco di buono.

Continuarono a camminare a filo d'acqua. Qualche ubriaco, una coppia che si baciava con i piedi penzoloni dal parapetto.

Steu disse chissà, non tutti i mali vengono per nuocere: «Forse Togliatti ci ha davvero salvato da un'altra guerra civile».

Ivo disse sì, «L'Italia l'ha salvata, a noi ha tagliato le palle».

22 agosto 1948

Non aveva mai fatto tanta fatica in vita sua. Si era già fermato una volta per il mal di pancia, la vista annebbiata, i compagni a fargli segno di mangiare perché altrimenti non ce l'avrebbe fatta a continuare, ma lo stomaco era chiuso a chiave, non un chicco di riso che andasse giù.

Stava arrancando sul col de Braus, a ogni metro la tentazione di mettere il piede a terra e tornare a casa, eccomi Fernanda, il film è finito, non sono più un corridore ciclista, sono uno stampista della Fiat. Cosa credevo? Che bastasse macinare migliaia di chilometri in solitudine per poter competere con dei corridori veri?

E il peggio doveva ancora venire. Una volta scollinati, sarebbero scesi fino a Sospel, poi sarebbe iniziato il col de Turini, salita da fachiri, un serpentone di ventiquattro chilometri che si inerpica sulle Alpi marittime e arriva a milleseicento metri di altitudine. Ma al col de Turini avrebbe pensato dopo, in bici il futuro è lontano un metro, quello davanti. Ora c'era da scalare ogni singolo centimetro del Braus, non gli restava che stringere i denti per rimanere incollato alla coda del gruppo.

Tutti i compagni di squadra volavano sulle ali dell'entusiasmo. Prima della partenza, Perrin, più grasso e sudato del solito, aveva garantito che stava facendo di tutto per entrare nel circuito professionistico, le trattative con un socio parigino in grado di dargli una mano procedevano spedite, se tutto andava come doveva la stagione successiva avrebbero fatto il salto nel mondo delle grandi corse. Lo disse in francese, poi lo ripeté in italiano per Steu: «Te lo dico per dovere di informazione, in realtà se oggi deludi prendo a calci prima te e poi Leo, guai se scopro che quel bastardo mi ha fatto perdere tempo con un ex atleta».

Steu ebbe un brivido, pensò alla Milano-Sanremo e alla Parigi-Roubaix e al Tour de France, che spettacolo correre con i campioni. Avrebbe pedalato con Bartali, è vero che De Gasperi ti ha chiamato per chiederti di vincere e scongiurare la rivoluzione? Avrebbe di nuovo pedalato con Coppi, ciao Fausto, ti ricordi di me? Sì, alla prima occasione si sarebbe presentato e gli avrebbe detto che se dopo dieci anni di guerra e miseria ce l'aveva fatta era anche grazie all'immagine di un Lampione azzurro che senza alzarsi dalla sella stacca tutti e vola sulla collina di Superga.

Nonostante quanto si dicesse sull'odio dei francesi per gli italiani, i ragazzi di Perrin furono gentili con lui, il capitano Raymond sembrava una persona per bene, alto e biondo e con modi da aristocratico. Sapevano che era in prova, gli dissero di stare tranquillo e di gestirsi al meglio, la corsa era molto dura. Raymond disse «*Allez Steu*», voleva tutti motivati, anche lui, l'operaio straniero che il giorno prima si era preso un permesso per arrivare a Nizza in serata.

Erano partiti da Villeneuve-Loubet e avevano abbandonato quasi subito la Costa Azzurra per addentrarsi nell'entroterra, il sole era una palla gialla appesa al cielo. Attraversarono Aspremont e Colomars, quanta gente ai lati della strada, Steu si fece avvolgere dall'applauso che accolse il gruppo, se lo godette tutto. Si guardò la maglia arancione con su scritto Perrin Marseille, gli venne da piangere, era di nuovo un corridore. E Remo? Gli piacque pensare che anche i francesi sapevano del suo amico.

Ecco la cima, Steu sbuffò come un toro non appena varcò la linea del traguardo della montagna, il col de Braus è andato. Aveva iniziato a sentirsi meglio nell'ultimo chilometro della scalata, le gambe non erano più macigni di ghisa, nervi e sangue sembravano essersi armonizzati in un'andatura fluida, anche il ritmo cardiaco si era abbassato, *allez Steu*, gli stampi possono andare a ramengo.

Approfittò della discesa a Sospel per bere e mangiare e sgranchire i polpacci. Con una fatica immane era rimasto agganciato al gruppone dei migliori, una cinquantina di corridori, ora doveva completare l'opera. Della sua squadra erano ancora in sei. Raymond li avvertì che il col de Turini è una bestia indomabile, non è la pendenza a fregarti, ma la lunghezza, su quei ventiquattro chilometri sarebbero scoppiati in tanti. L'ammiraglia della Perrin Marseille si avvicinò ai ragazzi, Perrin li informò che la corsa stava andando secondo i programmi. Chiese al capitano come stesse, Raymond mostrò il pollice. Fece la stessa domanda agli altri, tutti si sentivano alla grande. Poi si rivolse a Steu con un cenno del mento, «Tutto bene». Perrin fece una faccia perplessa, gli disse che non gli sembrava, sul Braus aveva faticato come una cagna che deve partorire, ma se era ancora lì significava che aveva carattere. Tornò a parlare con Raymond, dovevano affrontare il Turini ad andatura costante, nessun strappo, su quella salita paga la continuità, solo a cinque chilometri dalla cima si sarebbe fatto il punto della situazione, poi si raccomandò con i ragazzi, tutti vicini a Raymond, tutti al suo servizio, la sua parola è legge. Perrin sgommò, li avrebbe attesi all'attacco della salita per gli ultimi suggerimenti. Tutti annuirono, anche Steu. Non lo fece volentieri, essere al servizio di qualcuno gli dava il voltastomaco. E se lungo l'ascesa si fosse sentito bene e avesse voluto provare a staccare tutti? Cosa avrebbe fatto? Avrebbe attaccato, eccome se avrebbe attaccato, e a Perrin non sarebbe rimasto che ribaltare le gerarchie, Steu capitano e Raymond *domestique*, in Francia li chiamavano così i gregari, domestici.

La prima parte della salita al Turini se ne andò senza problemi. Steu pedalava sempre meglio, forse quella sul Braus era stata una crisi passeggera, o forse aveva pagato pegno agli anni di ruggine e soltanto ora stava acquisendo il giusto ritmo.

Le cose si complicarono attorno al quindicesimo chilometro, la fatica gli precipitò sulle gambe improvvisa, fu come un frontale con un camion. Capita così con le salite non troppo dure ma eterne, sembra di volare e poi all'improvviso ti pianti, come con un vinello traditore, è leggero e va giù, poi all'improvviso ti alzi da tavola e barcolli, è entrato in circolo, senza accorgerti ti ritrovi ubriaco. Steu azionò il cambio e andò su con un rapporto più agile.

Il gruppo prese ad assottigliarsi, ma Raymond poteva ancora contare sull'appoggio di quattro compagni: Alain, Michel, Armand e Steu. Chiese se stavano bene, tutti annuirono, Steu no, con la mano destra a taglio fece così così, Raymond lo ringraziò, gli disse che per essere un corridore occasionale «*Vous avez déjà beaucoup fait*».

Quella frase fu una coltellata, un'umiliazione inaccettabile. Con chi credeva di parlare? Piuttosto che farsi staccare da quel cupio con la erre moscia sarebbe morto, si sarebbe accasciato al bordo della strada e avrebbe esalato l'ultimo respiro. Non rispose perché il fiato mancava e perché non voleva compromettere sin dalla prima corsa il suo rapporto con il leader della squadra.

Le gambe, intanto, bruciavano sempre più nonostante il nuovo rapporto. E faceva caldo, il mare era molto più sotto ma il sole continuava a picchiare duro.

All'improvviso Alain mollò, chi lo avrebbe detto? Era lui il luogotenente di Raymond. Nelle strategie studiate prima della gara Perrin era stato categorico, Alain doveva essere l'ultimo ad abbandonare il capitano. I compagni si voltarono, Alain scosse la testa, era bianco in viso, una scia di bava gli pendeva dalla bocca.

Erano rimasti una ventina di corridori, c'era stato qualche scatto, nulla di serio, nelle salite così lunghe la bagarre si scatena alla fine.

Accadde anche quella volta; la macchina del direttore di corsa passò veloce di fianco ai ragazzi, sollevò polvere e ghiaia, due mani si sporsero dal finestrino e mostrarono una lavagnetta nera, tre chilometri al colle. Un tornante e le Alpi marittime divennero montagna, si erano superati i milleduecento metri. Un altro tornante e i corridori si infilarono in un vallone ombroso, davanti un rettilineo di trecento metri, attorno abeti rossi e ginepro.

Fu uno dei corridori più attesi, un certo Martin, a sferrare l'attacco. Sarà stato cinquanta chili a dir tanto, gambe come giunchi e faccia da indio. Si alzò sui pedali e cominciò a menare le danze. Fece cinquecento metri a tutta, il gruppetto si sgranò. Sedette sulla sella per un breve tratto di strada e poi tornò a rialzarsi e a spingere sui pedali; a due chilometri dalla vetta la strada si addolcì, cinquecento metri per respirare. Martin si voltò, erano rimasti in cinque, sulla sua scia pedalavano Raymond, Dubois, Durand e Clement, i grandi favoriti della gara. Duecento metri dietro c'era un corridore che nessuno aveva mai visto e stava sputando l'anima per ricongiungersi al quintetto di testa: era *Steu l'Italien*. Così lo aveva chiamato Perrin quando la sua macchina e quelle degli altri direttori sportivi si erano infilate tra i fuggitivi e il resto del gruppo. Con il faccione al vento continuava a urlare *Steu l'Italien, Steu l'Italien*. Certo, tutte le sue attenzioni erano concentrate su Raymond e sulla possibilità di vincere la corsa, ma l'impresa dell'operaio preso in prova lo stava emozionando.

Dopo ventidue chilometri di salita, duecento metri sono una distanza siderale, Steu lo sapeva bene, eppure doveva farcela, approfittare di quel falsopiano per avvicinarsi. Bisognava stare attenti, mancava ancora molto alla vetta. Gli sembrò di sentire la voce di Remo, hai già fatto un figurone, basta un niente per piantarsi, perché esagerare? Il contratto con la Perrin Marseille ce l'hai già in tasca. Ma Steu doveva arrivare in cima con Raymond, prenderlo e poi mettergli la ruota davanti.

Guadagnò una cinquantina di metri e si alzò sui pedali per affrontare l'ultimo chilometro e mezzo di salita. Il quintetto di testa procedeva ad andatura costante, nessuno scatto a spezzare il ritmo. Steu ne approfittò, prese un tornante dondolando la testa e le spalle e la bicicletta, era al limite, ma dopo la curva vide i cinque a una trentina di metri, *allez Steu*, ancora uno sforzo. Non respirava più, polmoni e cuore lo avevano abbandonato, gambe e testa bastarono. Raggiunse i cinque a seicento metri dalla cima. Proprio quando li agganciò, Martin ripartì all'attacco e mollò tutti, voleva arrivare per primo in vetta e poi lanciarsi in solitudine in discesa. Nessuno seppe rispondere, Martin guadagnò dieci metri, venti, trenta, non di più, si risedette sui pedali e si limitò a mantenere il vantaggio, Coppi era un'altra cosa. Nessuno si mosse per rispondergli, neanche

Raymond. Menomale, se lo avesse fatto, Steu avrebbe dovuto arrendersi, la benzina era finita. Raymond ciondolò la testa, la sua pedalata divenne ogni metro più scomposta, era in crisi. Dubois, Durand e Clement ne approfittarono e allungarono il passo, raggiunsero Martin, scollinarono insieme. Raymond rimase staccato, Steu alla sua ruota; chiunque avrebbe pensato che non aveva risposto all'ultimo scatto degli avversari non perché era sfinito, ma per fedeltà al suo capitano. Steu affiancò Raymond a pochi metri dallo striscione rosso del Gran Premio della Montagna, «*Comment ça va, capitaine?*».

Raymond non rispose, di aristocratico non aveva più nulla, la bocca una smorfia. Steu non riuscì a trattenersi, sapeva di sbagliare, ma lo fece: proprio sul traguardo gli mise la ruota davanti. Poi lo guardò con quello che resta di un sorriso dopo ventiquattro chilometri di salita, «*Coureur occasionnel?*». Lungo la salita se le era sentite risuonare in testa mille volte quelle due parole. Raymond sollevò il busto dal manubrio, sfilò una mantellina dalla tasca della maglia perché grossi nuvoloni neri si erano sovrapposti al sole. Senza guardarlo in faccia gli disse: «*Va te faire foutre*».

Steu fece finta di nulla, gli disse che quei cento metri di distacco se li sarebbero bevuti, di stare tranquillo, ci avrebbe pensato lui a riportarlo sotto, aveva imparato a disegnare le traiettorie da Toni di Barriera Nizza. Lo disse in italiano, che il francese si fottesse se non capiva.

Il traguardo era fissato dalle parti di Lucéram, una picchiata di venti chilometri e poi, subito dopo il paese, un lungo rettilineo a decretare il vincitore. Il più veloce del lotto era Raymond, un corridore come si deve, forte in salita e veloce negli sprint, sarebbe toccato a Steu condurlo all'arrivo e poi tirargli la volata, ottima prospettiva, anche perché nessuno era al corrente che proprio le volate erano il suo punto debole.

Poco prima che iniziasse la discesa, Perrin si avvicinò con la macchina ai suoi due ragazzi. Proruppe in un urlo, *allez champions, allez champions*. Poi guardò Steu e disse: «*Steu l'Italien*, sei un campione, lo sapevo che sei un campione, brutto bastardo che non sei altro». Rise forte, diede un pugno sul volante e invitò i ragazzi a fiondarsi giù dalla montagna.

Steu fece segno a Raymond di stargli attaccato. Dipinse curve perfette, Toni di Barriera Nizza glielo diceva sempre, la bicicletta è un pennello, la strada una tavolozza. Rasentò muri e burroni, era sempre stato un buon discesista, ma quel giorno si superò, forse la gioia di aver passato la prova, il sentirsi nuovamente un ciclista. Dopo pochi chilometri il duo della Perrin Marseille raggiunse i quattro fuggitivi, Steu si voltò e guardò Raymond e gli domandò se avesse capito cosa significa volare. Glielo disse in dialetto torinese, accompagnò le parole con un ghigno beffardo e si accorse che Raymond continuava a non avere una bella faccia, era cereo, l'espressione disorientata di chi non capisce dove si trova.

I nuvoloni neri si spaccarono, lampi e tuoni, poi rovesci d'acqua. Ora sì che la discesa si faceva difficile, da quel momento nessuno dei sei avrebbe preso rischi per staccare gli avversari, ciò che contava era arrivare. Dopo un paio di tornanti affrontarono un rettilineo in picchiata, in testa Dubois, Steu in quinta posizione, il volto oltre il manubrio e la schiena piegata in avanti a disegnare la giusta via per Raymond. Poi un altro tornante... Alle orecchie di Steu giunse un trambusto di ferraglia e ghiaia, il botto, un urlo. Si voltò e Raymond non c'era più: il capitano si era schiantato. L'aveva capito che era poco lucido, ma non immaginava che non riuscisse a tenergli le ruote. Nessuno degli avversari se ne accorse, e se anche se ne accorse non si voltò, le cadute fanno parte del gioco. Steu rilanciò l'azione, ora la Perrin Marseille era nelle sue mani, la faccenda si complicava, saltato il capitano toccava a lui provare a vincere.

All'arrivo mancavano sei chilometri. Rimase in coda al gruppetto prendendo le curve con prudenza e chiedendosi cosa fare. La macchina di Perrin gli arrivò da dietro, la pioggia era diminuita d'intensità. Ecco la voce del direttore, urlava come un pazzo: «Ricordi che mi hai detto che in volata sei un siluro? Dimostramelo, porca puttana, spacca il culo a tutti e occhio a Dubois, è il più veloce. *Allez Steu l'Italien, allez Steu l'Italien*».

Che disdetta. Se Raymond non fosse caduto, il capolavoro sarebbe stato completo: avrebbe lanciato la volata e a duecento metri dall'arrivo si sarebbe scansato per lasciarlo passare. Ma ora doveva agire in prima persona, cosa gli era saltato in testa di tirarsela con Perrin? Capirà che *Steu l'Italien* in salita è un camoscio ma in volata è fermo come un palo.

Gli venne un'idea.

Due chilometri all'arrivo, ecco Lucéram, millecinquecento metri, ecco lo striscione dell'ultimo chilometro, ai bordi della strada un mare di folla rendeva la carreggiata un imbuto. In testa sempre Dubois, Steu a chiudere la fila. Ai seicento metri i cinque corridori iniziarono a studiarsi, decelerarono, presero a guardarsi l'un l'altro, chi avrebbe fatto la prima mossa? Chi avrebbe lanciato lo sprint? Steu, fu Steu a partire. Ai quattrocento metri si allargò a destra, si alzò sui pedali e scatenò l'attacco, si portò in testa e spinse a più non posso per cento metri, poi fece un movimento strano con la coscia destra, la sporse verso l'esterno, rallentò di colpo, tutti gli altri lo passarono, lui trafficò con il cambio. Cominciò a tirare pugni sul manubrio, smise di pedalare, si lasciò trasportare dall'inerzia della velocità. Dubois vinse con una ruota di vantaggio su Martin, Armand terzo, Clement quarto, Steu tagliò il traguardo per ultimo rifilando un altro pugno al manubrio.

Dopo l'arrivo fu avvolto dall'abbraccio della gente, *tu es un champion, bravo Steu l'Italien*. Steu diceva a tutti non fosse stato per la catena avrei vinto io. Chi poteva contraddirlo?

Arrivò Perrin, scese dalla macchina e piombò a grandi passi verso di lui, gli chiese cosa cazzo fosse successo: «La catena direttore, la catena, mi è saltata sul più bello».

«Sei un coglione» disse Perrin.

«Sono un coglione» disse Steu.

«Un grandissimo coglione» disse Perrin.

Steu disse: «Sono stato anche scarognato».

Perrin si slacciò il nodo della cravatta, buttò il panama a terra, poi si avvicinò a Steu e lo tirò a sé, lo abbracciò forte: «Che grande corsa».

Steu disse grazie, fece per lasciarsi andare a nuove recriminazioni ma Perrin gli disse di non pensarci più: «Sono i nuovi cambi a due leve, ci vuole tempo per abituarsi, possono fare brutti scherzi». Aveva già cambiato umore, era tornato rosa e baldanzoso, raccolse il panama sporco di fango e disse: «Sei assunto. Torna a Torino e vai a dare le dimissioni. Ti aspetto a Marsiglia tra una decina di giorni, faremo una riunione con la squadra per decidere a quali corse partecipare in autunno».

Nel frattempo arrivò Raymond, la mantellina strappata, grondava sangue da ginocchia e gomiti. Steu gli andò incontro, gli porse la mano, gli chiese come stava. Raymond voltò la testa dall'altra parte.

Perrin diede una pacca sulla spalla al suo capitano. Poi infilò la mano destra in tasca ed estrasse una mazzetta di franchi, allungò alcune banconote a Steu: «Questo è per il treno e per tutto il resto, la prossima volta ti darò un anticipo sullo stipendio».

Raymond disse qualcosa sottovoce a Perrin guardando in cagnesco Steu. Il direttore rise: «Steu, sai cosa mi ha detto il capitano? Che vai forte ma devi imparare a non fare lo spaccone».

Steu spalancò gli occhi: «Lo spaccone?». Disse che non era proprio il tipo.

Raymond si allontanò zoppicando, anche i pantaloncini erano stracciati, il gluteo destro una ragnatela di strisce rosse.

«Direttore, posso farle una domanda?» disse Steu.

«Spara.»

«Quanto è lo stipendio?»

Perrin gli rispose di non rompere le palle: «Il doppio della miseria che prendi alla Fiat».

Steu sentì il cuore battere forte, «Ci vediamo presto».

Perrin si strizzò i testicoli, «Mi raccomando».

«Cosa?»

«La caduta di Raymond, la tua catena del cazzo, non vorrei che portassi sfortuna.»

Nessuno fu più felice di Stefano quando tornò a Torino e annunciò alla sua famiglia che aveva superato la prova ed era stato ingaggiato con un fior di stipendio. Il padre propose un brindisi, la madre disse che a lei quella della bicicletta non sembrava una strada molto sicura, «Ma contento tu, contenti tutti». E poi le feste in Fiat. Ivo, Ninin e tutti gli altri lo riempirono di complimenti, era il loro orgoglio, festeggiarono in refettorio, lo salutarono con un applauso quando si avviò verso il capoufficio a consegnare la lettera di dimissioni.

Anche con Fernanda fece festa, la portò a ballare e le diede la notizia dopo un lento, la sollevò in braccio, le disse che ce l'aveva fatta: «Ho passato il bollito a tutti i corridori francesi». Fernanda si lasciò tirare su, insieme tornarono a sedere, «E noi?» disse con la faccia scura.

«Devi avere pazienza, Marsiglia è vicina, verrò spesso a trovarti...»

«E noi?» ripeté Fernanda.

«Noi continueremo a essere fidanzati, dammi un paio di anni di tempo, metto da parte un po' di soldi e poi ti porto in Francia e ci sposiamo e facciamo una vita da signori.»

Fernanda annuì, gli disse che però non sapeva, forse non se la sarebbe sentita di lasciare Torino, le sorelle, i genitori.

Stefano scrollò le spalle, le disse che di fronte alla prospettiva di una bella villa a Cannes se la sarebbe sentita eccome, avrebbero avuto anche la servitù.

«La servitù? Ma non sei comunista?»

Già, in effetti quella frase gli era scappata di bocca.

Fernanda, forse per vendicarsi della sua decisione di andarsene da Torino, o forse per mettersi una volta tanto al centro dell'attenzione, gli disse che anche per lei era all'orizzonte una prova importante. Un tipo che lavorava al Lingotto, un certo Diotti, aveva contatti con l'orchestra che suonava al Lutrario. Erano alla ricerca di una cantante, le avrebbero fatto sapere: «Sarebbe un sogno se mi prendono».

Stefano sbraitò: «Chi diavolo è 'sto Diotti? Sarà sicuramente uno con strane idee in testa».

«Cosa dici? Sei matto? Diotti è una brava persona, avrà cinquant'anni.»

Stefano disse che è proprio a quell'età che gli uomini diventano crin.

Lei gli disse no, Diotti non è un maiale, è sposato e frequenta le sale da ballo con sua moglie, non possono avere figli e se la spassano.

Steu pensò al Lutrario, a tutti i racconti sulle ragazze di quel locale che faceva Pepi, povero Pepi, lui sì che se ne intendeva di donne. Gli tornò alla mente come avesse perso tutta la sua spavalderia quando aveva saputo che dietro alla collina di Nikolajewka erano appostati i russi, in un attimo si era trasformato da Rodolfo Valentino in un bambino terrorizzato. Chissà dove sarà finito? Sepolto sotto il ghiaccio o prigioniero dei russi o smembrato da una bomba a mano e sparso in mille pezzi nella steppa?

Il pensiero di Pepi gli rese meno ostile l'immagine di Fernanda sul palco del Lutrario. Le disse di fare attenzione, gli uomini sono una brutta razza.

Fernanda rispose che lo sapeva, mica era nata ieri.

La sua morosa voleva solo cantare, l'idea che qualcuno potesse importunarla gli faceva prudere le mani, la ragazzina bilingua che amava la panna era roba sua, ma era giusto coltivasse la sua passione, a me piace salire sulle montagne e lei ama arrampicarsi sulle note, che differenza c'è? La strinse a sé e la baciò sulla fronte. Le disse che era bravissima, aveva una voce meravigliosa e presto se ne sarebbe accorta tutta Torino, le aveva detto quella cosa sugli uomini maiali soltanto per metterla in guardia.

Ballarono un altro lento, lui le consigliò di prepararsi per la prova con impegno, ogni giorno due ore di esercizi, sarebbe andata alla grande, come lui sul col de Turini.

Steu ripartì per Marsiglia pieno di eccitazione. Altro che portare sfortuna, avrebbe dimostrato a Perrin che doveva rivedere le gerarchie, il capitano non poteva che essere *Steu l'Italien*, ancora un paio di corse per riacquisire resistenza allo sforzo e abitudine alla gara e Raymond sarebbe diventato il suo *domestique*.

Montò in treno con un disegno a china chiuso in valigia, lo aveva fatto Rina, un uomo sui pedali visto da dietro, in basso la dedica: *A Stefanin, il mio campione*.

27 febbraio 1949

Alla grande prova sul col de Turini seguirono prestazioni anonime, gare chiuse nella pancia del gruppo e un paio di ritiri a metà corsa. Come se quella prima impresa dopo nove anni di inattività agonistica lo avesse svuotato di ogni energia, come se aver raggiunto l'obiettivo di lasciare la vita da operaio e tornare a fare il corridore ciclista lo avesse appagato frenandone impeto e motivazioni. Cosa mi succede? si chiedeva. Come mai su quelle salite che mi hanno sempre esaltato non riesco più a volare? E se lo chiedeva Perrin. Un giorno, dopo l'ennesima corsa deludente, lo aspettò all'arrivo e lo ricoprì di insulti non appena sceso di sella, «Ladro», «Sei venuto in Francia per rubarmi i soldi», «Mai fidarsi degli italiani». Steu gli disse di moderare le parole, ancora una e lo avrebbe gonfiato, filò via, andò a cambiarsi meditando il riscatto.

Il riscatto non arrivò e il 1948 si concluse nel peggiore dei modi, con corse ogni volta più scialbe. All'inizio della nuova stagione, quando finalmente la Perrin Marseille entrò nel mondo professionistico, disputò un paio di gare interessanti, in un'occasione tentò addirittura di staccare tutti in salita ma fu ripreso a un paio di chilometri dalla vetta. Niente da fare, del campione visto sul col de Turini era sparita anche l'ombra, i francesi non avevano più dubbi, *Steu l'Italien* è una delusione, Perrin lo definì «la più grande inculata che ho preso in vita mia». Raymond propose di licenziarlo, ci costa più tenerlo in squadra che dargli il benservito, te l'avevo detto che era uno spaccone.

Steu passò mesi difficili. Trascorreva le sue giornate in una pensione dalle parti del Vieux Port. Fece di tutto per riacquistare lo smalto perduto. Si sottopose a esami su esami, il suo sangue era perfetto, nulla che potesse collegarsi al declino agonistico. Cambiò tecniche di allenamento cercando di aumentare la resistenza sul passo, perse un paio di chili, fece tutto quello che deve fare un professionista che vuole ritrovare la forma. Non fu sufficiente e non c'era nessuno con cui discutere e condividere il mistero della sua crisi. Quanto avrebbe dato per avere Remo al suo fianco, quanto era stato ingrato su quel fiume di Bucecea a dirgli che se non ci fosse stato lui ce ne sarebbero stati altri, che in tanti avrebbero fatto carte false per averlo capitano. Aveva fatto bene Remo a dargli del pallone gonfiato.

Tornò a Torino qualche volta, l'ultima a fine gennaio, ma non riuscì a confidarsi né con Fernanda né con i suoi genitori. Fece finta di nulla, disse che tutto procedeva per il meglio, la vittoria non era ancora arrivata ma era soltanto questione di tempo. Fernanda capì subito che c'era qualcosa che non andava, non era il solito Stefano, ottimista e verboso, sembrava che il suo motore avesse perso cavalli e viaggiasse a scartamento ridotto. Era meno sentenzioso del solito, tendeva a tacere e ascoltare, il che non era una brutta cosa, finalmente poteva dire la sua, ma l'uomo di cui si era innamorata non era quello lì.

Stefano fu infilzato da una lama di gelosia quando lei gli disse che al Lutrario era diventata una presenza fissa delle serate danzanti, la prova era stata superata nonostante un batticuore da spaccare il petto. Si tranquillizzò quando aggiunse che l'ambiente era un ambiente come si deve, lo sapevano che era fidanzata con un corridore ciclista che faceva il professionista in Francia, lo sapevano che con il moroso di Fernanda era meglio evitare grane.

Steu tornò a Marsiglia con l'idea che nessuna notte è per sempre, prima o poi la ruota avrebbe ripreso a girare nel verso giusto. D'altronde, come era stata imprevista la sua grande prova sul Turini, altrettanto imprevedibile avrebbe potuto essere la sua rinascita.

Disputò un paio di gare discrete resistendo con il gruppo dei migliori. Poi avvenne un episodio che, se da una parte confermò la sua crescita di forma, dall'altra peggiorò il suo rapporto con Perrin e capitan Raymond. Accadde sul col d'Aspin, uno dei più celebri passi pirenaici. Steu procedeva con il gruppetto di testa, una ventina di corridori. Raymond sferrò l'attacco, nessuno riuscì a resistergli, nello spazio di neanche un chilometro acquisì un buon margine di vantaggio. Steu fece l'unica cosa che nessun *domestique* può permettersi di fare: andò all'inseguimento del suo capitano. Sì, proprio così, si alzò sui pedali per riprenderlo. Invece di lasciarlo andare e, anzi, darsi da fare per diminuire l'andatura degli inseguitori e permettergli di aumentare il distacco, gli riportò sotto tutti gli avversari, uno sgarro imperdonabile.

Perrin lo affiancò quando presero la discesa, gli gridò che era un bastardo, un ingrato, ma soprattutto che da quel momento poteva considerarsi licenziato. Steu si scusò, chiese di capirlo, per una volta che la gamba girava voleva mettersi alla prova: «Se torno quello del Turini è un bene per tutta la squadra». Perrin lo mandò a fare in culo e gli disse che ne avrebbero riparlato all'arrivo. Non fu da meno Raymond; quando se lo vide a fianco sull'Aspin scrollò la testa, sputò per terra e disse «*Tu es la plus grande merde que j'aie jamais connue*».

Fortuna volle che Raymond vinse allo sprint e l'entusiasmo contagiò tutti facendo passare in secondo piano lo sgarro dell'*Italien*. All'arrivo i compagni si strinsero attorno al capitano. Anche Steu partecipò alla festa, ma applaudendo a distanza, un po' perché nessun compagno di squadra lo degnò di uno sguardo, un po' perché era consapevole di aver sbagliato. Forse, si fosse subito scusato con i compagni, quell'incidente avrebbe potuto trasformarsi nel primo passo verso il riavvicinamento, ma Steu non lo avrebbe fatto mai.

L'unico che gli rivolse parola fu Perrin: «Cosa hai nella testa? Sei un gregario, ti abbiamo preso per aiutare Raymond in salita, non per farti i cazzi tuoi».

Steu gli ripeté quanto aveva detto in gara: «Stavo da dio, non sono riuscito a trattenermi».

Perrin gli disse di seguirlo sul pullmino della squadra, lo fece sedere: «Non me ne faccio un cazzo dei battitori liberi, tanto più se hanno quasi trent'anni e la loro carriera è praticamente finita. D'ora in poi ti chiedo due cose: senso del gruppo e continuità. Se mi tradisci un'altra volta, sei fuori».

Steu disse sarà fatto. Hai quasi trent'anni e la tua carriera è praticamente finita. Non glielo aveva mai detto nessuno, Perrin aveva ragione, due o tre anni e la sua avventura ciclistica si sarebbe conclusa.

La domenica dopo era in programma un'altra gara importante, si transitava sul col de la Madone e poi si scendeva fino a Nizza, dov'era previsto l'arrivo.

In salita Steu fu esemplare, fece quanto ordinatogli dal direttore, tenne altissima l'andatura per sgranare il gruppo e permettere a Raymond di stargli in scia senza eccessiva fatica. Sin dalle prime rampe prese il comando delle operazioni e non lo mollò più fino in vetta, tredici chilometri a spingere con il vento in faccia. Seppe di essere arrivato quando raggiunse il monumento di guerra composto da vecchi bossoli, glielo aveva detto Perrin. Steu rallentò, sulla targa c'era scritto *Alle battaglie tra uomini, ai frammenti delle granate, da oggi in poi non sarete altro che una Madonna di pace.* Aveva fatto una scalata da fuoriclasse, in testa dall'inizio alla fine, ma vuoi per quella scritta di granate, vuoi perché non aveva corso per sé ma per favorire il capitano, si sentì invadere da un magone che sapeva di resa, non me ne faccio un cazzo dei battitori liberi, tanto più se hanno quasi trent'anni e la loro carriera è praticamente finita.

Scollinarono e Perrin gli gridò ben fatto, ti voglio così. Raymond lo affiancò, gli diede una pacca sulla schiena. Anche gli altri compagni si complimentarono. Erano tutti felici di *Steu l'Italien*, tutti meno lui.

Nell'ultimo strappo, una salita tutt'altro che irresistibile di tre chilometri, si piantò e arrivò in cima soltanto con la forza della disperazione. Sapeva che sarebbe accaduto, se ti sacrifichi come un mulo a cinquanta chilometri dall'arrivo, è ovvio che nelle ultime battute ti ritrovi sfinito e senza energia, è il destino dei gregari, era stato per anni il destino di Remo, soltanto ora poteva capirlo.

Raymond vinse anche quella gara con una volata portentosa. Steu arrivò dopo una decina di minuti. Come una settimana prima, la squadra era in festa. Perrin radunò i suoi ragazzi e disse che era felice perché aveva vinto il gruppo, fece pubblicamente i complimenti a *Steu l'Italien*, disse che oggi i corridori da festeggiare erano due, Raymond per la vittoria e Steu perché aveva messo a posto la sua testa di cazzo, era diventato il domestico perfetto. Tutti risero, applaudirono, gridarono *allez Steu*. Anche Raymond disse *allez Steu*, con uno scalatore così in squadra la sua vita sarebbe diventata più facile.

Steu aveva voglia di starsene solo, tutto quell'entusiasmo per il suo senso di disciplina lo deprimeva, cosa sono diventato? Fare il gregario di qualcuno è come bollare la cartolina, è lavorare sotto padrone. Si sedette su un marciapiede di fronte al pullmino della squadra, non aveva nessuna voglia di tornare a Marsiglia con Raymond e gli altri, fingere di essere felice quando in realtà aveva un umore da lutto. Pensò di tornarsene in treno. Sì, avrebbe detto che aveva voglia di vedere la Costa Azzurra dal finestrino.

Quando si avviò verso i compagni, vide venirgli incontro una grossa testa con una giacca a vento da alta montagna, scarpe da cacciatore e una cuffia gialla. Sorrideva. Chi diavolo era? L'uomo aprì le braccia e Steu capì, ora che era a pochi metri riconobbe il naso a gancio e gli occhi da bue, non si vedevano dal giorno in cui lo aveva salvato dal pestaggio.

Nando arretrò per guardarlo meglio, disse: «Steu, la faccia da campione non è cambiata». Steu per un attimo si domandò se fosse ubriaco, da dove saltava fuori con quella cuffia da deficiente?

Gli chiese cosa ci faceva a Nizza, Nando rispose che da tempo seguiva le sue avventure, Leo lo teneva informato, gli aveva raccontato dell'impresa sul Turini e del suo passaggio al professionismo: «Sapevo che oggi arrivavate a Nizza e stamattina mi sono detto, dài Nando, vai ad aspettarlo al traguardo».

Steu disse che l'ultima cosa che poteva immaginare era di vedere una camicia nera ad attenderlo. Nando rise e gli disse di non dimenticare che qualche anno prima gli aveva salvato il culo. Steu non ebbe dubbi, era venuto per chiedergli un favore.

«Leo mi ha detto che hai ripreso ad allenarti, ti sei comprato una bici pesante come un cancello e vivi in montagna» disse Steu.

Nando si sfregò le mani, disse che il freddo in riviera è uno spillo che ti buca tutto: «Il cancello l'ho venduto. Ne ho presa una come si deve e da qualche mese corro con gli indipendenti. Sto andando alla grande, ho già fatto un quinto e un settimo posto».

L'autista del pullmino chiamò i ragazzi: «*Montez, champions, montez, il est temps de rentrer*».

«Ti porto io» disse Nando.

«Mi porti tu? E come?»

«Sono in macchina.»

«In macchina?»

«Già, c'è chi pedala e chi fa soldi.»

Non era una cattiva idea, anzi, era un'ottima scusa, sarebbe tornato a casa più velocemente, avrebbe evitato di sobbarcarsi il viaggio con la squadra.

«Marsiglia è lontana» disse Steu.

«Non ho niente da fare.»

«Non posso ospitarti.»

«E chi ti ha chiesto qualcosa?»

Si avviarono, Nando si fece serio, gli sfiorò il braccio con una mano: «Ho saputo, Leo mi ha detto del tuo amico Remo, mi dispiace».

Steu si scostò, non aveva alcuna intenzione di parlarne, tanto più con un fascista.

Che gran macchina, una Isotta Fraschini, aveva dei fanali che erano una meraviglia, dove aveva fatto tutti quei soldi? Guardò Nando perplesso. Posò la sacca sui sedili posteriori: «Tu non me la conti giusta, una macchina così ce l'hanno solo i ricconi o i delinquenti».

Partirono con una serie di sobbalzi, la macchina si spense, «Boia fauss, ho appena preso la patente».

Uscirono da Nizza, iniziarono a costeggiare il mare in direzione Marsiglia.

«L'hai bevuta, eh?» disse Nando.

«Cosa?»

«Della macchina.»

Steu rispose che li divideva la fede politica, non il passato da morti di fame, non aveva creduto per un solo secondo che fosse sua.

Nando gli disse di andare piano con le parole, suo padre era ragioniere in Lancia: «Morto di fame sarai tu».

Poi raccontò, era una storia lunga, l'avrebbe fatta corta, non aveva voglia di rivangare le cose brutte. Gli disse di Pelissero, un grande industriale della val Germanasca, erano diventati amici, poi i pidocchi rossi lo avevano fucilato, lui voleva bene alla sua famiglia, la moglie e una bambina che adesso è una tota di quattordici anni.

«Ancora con la storia dei pidocchi rossi?»

«Pidocchi eravate, pidocchi siete.»

Nando disse che dopo la morte di Pelissero era rimasto in valle a dare una mano alla moglie a tirare avanti l'azienda di famiglia, era un buon meccanico, l'Isotta Fraschini era di lei, gliela aveva prestata.

Steu disse: «Finalmente hai fatto un'opera buona». Gli domandò se fosse la sua fidanzata.

Nando rise, finse di dare un pugno sul volante, disse: «Cosa credi? Ci ho provato, maschi come me davanti a un bel pezzo di fumèla non guardano in faccia nessuno, ma niente, mi ha detto che sono troppo grossier per i suoi gusti, vada a ramengo».

«E cosa sei rimasto a fare?»

«Mi sono sentito in dovere...» Si schiarì la voce, con tono basso aggiunse: «Dopo la guerra suo marito mi aveva nascosto».

«Il marito ti ha nascosto e non appena l'hanno ammazzato ci hai provato con la moglie, complimenti.»

Nando allargò le braccia: «Un uomo è un uomo».

Non si dissero più nulla per parecchi chilometri. Steu dormì per un'ora. Quando si risvegliò Nando lo ringraziò per la compagnia, «È uno spasso viaggiare con te». Presero a parlare del Toro, stava per vincere il quinto scudetto consecutivo, siamo la squadra più forte del mondo, lo dicono anche in Brasile. Era il solito Nando, ma era diventato più morbido, come avesse qualcosa da farsi perdonare. Disse che anche Torino stava lentamente riprendendo la sua fisionomia, Torino è destinata alla bellezza: «Ci attendono tempi felici».

Steu fece una smorfia, Nando gli disse che lo vedeva strano.

«Credevo di essere un campione e invece no, sono un buon corridore, niente di più, e la vita da gregario non fa per me.»

«Comandare è fatica, a volte è meglio lasciare agli altri la prima linea» disse Nando.

Arrivarono a Marsiglia che era tardi e tirava un vento gelido, Nando trovò una camera nella stessa pensione di Steu: «Pensavo ti avessero sistemato meglio, il tuo capo ha il braccio corto».

Subito tornarono in strada, l'aria fredda sapeva di aglio e basilico, Nando disse che buon profumo, Steu disse è l'odore di Marsiglia. Camminarono nel Vieux Port, Steu conosceva un ristorante che teneva aperto fino a tardi, ci andava sempre, ti piace la bouillabaisse? Nando non l'aveva mai sentita nominare, lui amava acciughe al verde e tomini.

Procedevano controvento, le mani in tasca e le spalle incassate. Steu disse: «È tremendo sputare l'anima sapendo che tanto non vincerai. Non mi era mai successo, non voglio che succeda mai più».

Nando disse che lo aveva fatto cento volte per Giordana.

«Credere, obbedire, combattere. Lo so che ti piace. A me fa schifo.»

Nando glissò. Gli raccontò che lo era andato a trovare, «Povero ragazzo», che pena gli aveva fatto, «Il mio capitano... Era un campione e ora è sulla sedia a rotelle».

Quando furono a tavola, Steu chiamò Patrick e ordinò bouillabaisse e il solito vino bianco. Il cameriere disse: «*Très bien, champion*».

Nando guardò il cameriere allontanarsi e disse: «Prima o poi i negri arriveranno anche da noi».

«Allora Nando, cosa vuoi da me?»

Nando tossì coprendosi la bocca con il pugno chiuso: «Voglio tornare a correre, voglio correre con te, sei il mio idolo da quando eravamo ragazzi, da quando Giordana diceva: Steu è il più forte di tutti».

«Non mi hai detto che stai già correndo?»

«Correre negli indipendenti è come non correre, nessuna prospettiva, nessun guadagno, sono corse da disperati. Lo sai anche tu che in Italia non c'è una squadra che voglia ingaggiare un reduce.»

Arrivò il vino e Nando tracannò due bicchieri uno di seguito all'altro. Si asciugò la bocca con il dorso della mano: «Metti una parola buona con il tuo direttore sportivo, digli di farmi provare come ha fatto con te, digli che chiedo poco, mi bastano due soldi».

Steu gli disse che la squadra era al completo, non c'erano possibilità.

«Per favore» disse Nando.

Arrivò la bouillabaisse, Nando fece una faccia disgustata, quella zuppa di pesce stufato non l'avrebbe mangiata neanche Pablo, il cane di suo padre.

«E quindi hai deciso di lasciare l'azienda della riccona?»

Nando annuì: «Ora devo pensare a me». Bevve un altro bicchiere, gli vennero le lacrime agli occhi.

Steu gli disse di smetterla di bere, se ci si inizia a commuovere è segno che bisogna andare a dormire, «È da quando sono bambino che vedo mio padre piagnucolare davanti al bottiglione».

«Non sono ubriaco, mi dispiace per Pierina, la figlia, le ho quasi fatto da padre in questi tre anni. Non sai che soddisfazione mi dava farla ridere. Quando finivamo i compiti, le facevo le smorfie e lei rideva con una risata che sembrava una canzone: attacco, ritornello e finale.»

Uscirono che mezzanotte era passata da un pezzo. Il vento era calato e nell'aria all'aglio e al basilico si erano aggiunte le note di anice del pastis che dai locali fluttuavano verso il mare.

Sulla banchina del porto c'era un clima diverso, più scuro e pericoloso, un fruscio di spie e faccendieri e oppiomani.

Quando furono a un centinaio di metri dalla pensione, li avvicinò un ragazzo con una cicatrice sullo zigomo. Steu disse a Nando di far finta di niente, era pieno di gente così, bastava lasciarli perdere.

Il ragazzo si avvicinò, disse che voleva dei soldi, avevano dei soldi? E una striscia scintillante uscì dalla sua giacca.

Steu disse «*Nous n'avons rien*». Il ragazzo brandì il coltello a mezz'aria, barcollava. La testa di Nando schizzò in avanti e andò a schiantarsi contro il naso di lui che crollò a terra. Dai locali attorno uscirono in tanti, gente con i bicchieri in mano, gente in cerca di grane, amici e nemici, tutti intenzionati a dare una lezione a quei due forestieri che credevano di poter alzare la cresta al Vieux Port. Furono lesti a scappare, ma una cosa era certa, dal giorno dopo Steu avrebbe dovuto cambiare quartiere.

Entrarono in albergo e si gettarono sui divanetti sudici della hall. Erano eccitati e su di giri. Steu pensò che l'incidente era stata l'unica cosa emozionante della giornata, altro che sfiancarsi in montagna per Raymond. Chiese del pastis al portiere di notte. L'uomo, assonnato, imprecò e gli passò bottiglia e bicchieri, poi tornò a stendersi sulla branda messa di sbieco accanto al bancone.

Steu disse: «Sei violento».

«Quell'arabo mi ha fatto andare fuori dai fogli.»

Steu non rispose, cosa poteva dire? Anche lui era una testa calda.

«Allora Steu, parlerai con Perrin?»

Steu mandò giù un altro sorso di pastis, posò il bicchiere sul tavolino: «Sei quello che ho sempre combattuto, sei un fascista. Perché dovrei aiutarti?».

Nando parlò con un tono nuovo: «Lo sai perché devi aiutarmi. Le vedi quelle belle gambe da scalatore? Non fosse per me sarebbero finite spappolate, te l'avevo detto, me ne devi una».

«Altrimenti? È una minaccia?»

Nando scosse la testa, alzò le mani in segno di resa, un sorriso balordo, «Nessuna minaccia, ci mancherebbe, è che credevo fossi un uomo d'onore».

26 marzo 1949

C'era una spettacolare aria marzolina a Ventimiglia, era già buio e Steu passeggiava sul lungomare, tra poco sarebbe partito, il batticuore della prima volta, il timore di perdersi nella boscaglia e il desiderio di ritrovarsi dall'altra parte del confine.

Si sedette su un muretto, ancora due minuti e poi vado, respiri profondi e concentrazione, come al fronte prima di un assalto.

Berretto scuro, calze di lana grossa e pantaloni rimboccati fin sopra il malleolo, Steu si tirò in piedi e disse è ora. Calzava scarponi da dio, la tomaia in vacchetta, erano buoni davvero, non sarebbe passata una goccia d'acqua. Il bastone glielo aveva preparato Ausilia, la ragazza del magazzino, gli sarebbe servito per scalare la montagna, per scendere senza scivolare, per difendersi dai cinghiali o da qualsiasi altra bestia volesse intralciargli il cammino. Bastone stretto in una mano e ronchetto nella tasca dei pantaloni, si mise a spalle la bricolla e si incamminò. Anche la bricolla l'aveva preparata in magazzino, una sacca di juta cucita alla bell'e meglio con due spallacci per il trasporto. Non aveva voluto lasciare nulla d'intentato, Ausilia ne conosceva di gente che faceva il suo lavoro, con la sua voce impercettibile gli aveva consigliato di farsi due tasche per metterci la roba da mangiare. Steu aveva obbedito, e dentro ci aveva messo pane, lardo e due pezzi di cioccolato.

Attraversò la ferrovia e si incamminò verso l'entroterra, prese un sentiero che portava sui monti, marciò tra ulivi e limoni, dopo un'ora di cammino si ritrovò in una radura e guardò giù, che emozione, nessun Raymond da portarsi dietro, soltanto trenta chili di cambi di bicicletta. C'era la luna, piena e meravigliosa. La luna è il sole dei contrabbandieri, ma quando è troppo vistosa può essere un pericolo, è luce anche per i finanzieri.

Non poteva andare per sentieri, troppo rischioso, bisognava infilarsi nel bosco e i sentieri limitarsi ad attraversarli. Il percorso lo aveva studiato sulla cartina, ma i consigli più utili glieli aveva dati Danilo, il padre di Ausilia, il grossista da cui aveva acquistato tutti quei cambi a un ottimo prezzo. Danilo era stato chiaro: «Se vuoi fare questo lavoro devi conoscere le vie alternative, le tue strade sono quelle di briganti, precipizi, grotte e gole. Dimenticati dei valichi facili, cerca sempre la via difficile, tanto meglio se trovi delle scorciatoie per riguadagnare il tempo che perderai quando avrai dovuto allungare la strada. Perché capiterà, Steu, un rumore che non ti convince e dovrai allargarti, temporeggiare. E capiterà che arriva la nebbia e non capisci più dove sei, ti metterai a camminare in circolo».

Danilo gli aveva raccontato di una specie di canale che costeggiava un dirupo, era quello il punto da cui avrebbe dovuto passare per superare il confine, era nei pressi del mont Colombin, lì avrebbe dovuto salire per le rocce senza neanche poter accendere un fiammifero: «Non hanno mai preso nessuno su quel passaggio, le guardie pensano che non si possa attraversare di notte con trenta chili sulle spalle, lo curano soltanto di giorno».

Steu si inoltrò nel bosco, era fatto per pedalare, non per camminare, glielo aveva detto Leo: «Non basta essere delle aquile in bicicletta per volare anche sulle scarpe».

Leo conosceva mezzo mondo, era stato lui a metterlo in contatto con Danilo, collaboravano da un paio di anni e ora che una marca italiana aveva messo in commercio il cambio Gran Sport avevano infittito i loro rapporti, c'era da guadagnarci, i francesi facevano carte false per quella meraviglia della tecnologia, «Sei un pazzo a pensare di lasciare il professionismo per fare il lazzarone» gli aveva detto. Steu aveva risposto che era una questione di principio e di libertà: «Se c'è da ammazzarsi di fatica lo faccio per me, non per gli altri».

La bricolla picchiava sulla schiena e faceva male, al ritorno sarebbe stata un'altra storia, i copertoni di bicicletta sono morbidi, altro che questi maledetti cambi. Steu vide una luce in lontananza. Proseguì rallentando il passo, avvolse gli scarponi con degli stracci di juta, nessun rumore quando tira aria di pericolo. La luce era un casolare, un vecchio e una vecchia fumavano seduti su una panca a fianco della porta d'ingresso. Steu li salutò, loro gli augurarono buon viaggio e gli chiesero se volesse una sigaretta. No, aveva smesso dopo la guerra, quando era risalito in sella. Gli dissero che aveva fatto un errore, fumare fa bene, che dio ti assista. Era gente così, quella che abitava nei paesi vicino al confine, non trovavano nulla di sbagliato in ciò che facevano Steu e quelli come lui. Anzi, capitava fossero proprio loro ad accoglierli in caso di emergenza, a tagliargli e vendergli i bastoni.

Steu camminò per altre due ore, spossatezza e freddo aumentarono. Si sedette con le spalle appoggiate a una roccia, mangiò il pane e il lardo, bevve due sorsate di grappa e pensò a tutte le volte che in Russia si era ritrovato sfinito a riposare dietro a una montagnola di neve, ma là era in ritirata, qui all'assalto, di cosa non sapeva, ma sentiva che questa faccenda del contrabbando era la prima mossa di una nuova partita che doveva vincere. Sì, se la prima traversata fosse andata bene, il giorno dopo sarebbe andato da Perrin e gli avrebbe detto stop, con la bici chiudo.

Ora camminava a ottocento metri di altitudine, ai pini marittimi e agli alberi da frutto si era sostituito un bosco di faggi, ancora poco e sarebbe arrivato al canale, poi cento metri a filo di dirupo e sarebbe stato dall'altra parte. Danilo glielo aveva detto: «Finché sei in Italia, i finanzieri sono brava gente, se ti beccano lascia il sacco e scappa, non ti inseguono, ti arrestano soltanto se gli finisci addosso», ma vai a fidarti della gente in divisa, e Steu, in ogni caso, si sarebbe fatto ammazzare piuttosto che mollare la bricolla.

Si avvicinava al confine, sentiva il cuore rimbalzargli nel petto e le gambe perdere di consistenza, il passaggio dev'essere lì, dietro quell'albero, dove la strada prende a salire. Eccolo, sembra davvero un canale, un canale di pietra. Steu soffriva di vertigini, guai se avesse abbassato la testa per guardare sotto. Si sistemò per bene la bricolla, qualsiasi sbilanciamento avrebbe potuto essere fatale. Erano soltanto cento metri: alla sua sinistra il precipizio, alla destra una parete di roccia. Ma cosa sono cento metri? Niente. Steu non abbassò il capo una sola volta, camminò mettendo prima un piede e poi l'altro su una superfice larga non più di ottanta centimetri. Quanto sudava, gocce gelide gli colavano sugli occhi e sulle labbra. Fece gli ultimi metri tenendo la mano sulla parete, poi un salto, uno spiazzo di erba alta, l'Italia era alle spalle.

La parte complicata del percorso era fatta, ma le difficoltà non erano finite, anzi, ora c'era da vedersela con il rischio di incontrare i finanzieri francesi. Si diceva che se ti beccavano mentre entravi ti portavano via tutto e ti arrestavano, se c'era da spararti addosso non si facevano problemi.

Steu iniziò la discesa, direzione Sospel, poi altri boschi verso Castillon e Sainte-Agnès, infine si sarebbe trovato sopra Mentone, avrebbe guardato giù, il mare.

Cadde un paio di volte, maledisse la sua inesperienza, era un corridore professionista, doveva saperlo che in vicinanza del traguardo non c'è niente di più letale della fretta. Le cosce bruciavano, le graffiature dei rovi e delle pietre taglienti si facevano sentire, e insieme alle cosce i glutei, immaginò il suo culo nelle condizioni di quello di Raymond dopo la caduta nella discesa dal col de Turini.

Arrivò a Mentone che erano le cinque del mattino, Danilo gli aveva detto conta nove ore, quando ti farai le gambe saranno sette. Il cielo brillava di un blu che volgeva al verde, fosse arrivato un paio d'ore dopo avrebbe visto un'alba memorabile.

Si infilò sul treno delle 6.50, era il treno giusto, al fondo si trovava il vagone della legna, la bricolla avrebbe potuto metterla lì. Il dado è tratto, mollo la bici e mi dedico al contrabbando, c'è un tempo per ogni cosa, non è colpa mia se la guerra ha spazzato via il campione.

Steu si era costruito una buona rete di relazioni prima di intraprendere l'avventura, aveva girato Marsiglia a caccia di ordini, non aveva alcuna intenzione di vendere all'ingrosso, ho una bella sorpresa per voi, il cambio Gran Sport, non c'è corridore che non desideri un marchingegno che renda la cambiata più pratica e veloce. Ripassò mentalmente tutti i negozi cui avrebbe dovuto far visita e si addormentò.

Arrivato alla stazione di Marsiglia, riprese la bricolla dal vagone della legna e si diresse a Le Panier, un vecchio quartiere di strade strette e odori forti a nord del Vieux Port e a est della cattedrale. Dopo la sera della rissa, aveva chiesto a Perrin di trovargli una nuova sistemazione, il direttore non aveva fatto storie, neanche gli aveva domandato il motivo della richiesta. Le Panier pullulava di stamberghe da due soldi, ci viveva con Nando.

Con la sacca a tracolla e le spalle ormai livide, salì le scalinate di Les Carmes e arrivò in Place des Moulins. Da lì vedeva il porto e Notre-Dame- de-la-Garde, la basilica in cui Perrin, ogni mattina prima degli allenamenti, si fermava a pregare dopo aver passato la notte a bestemmiare. Ancora un paio di saliscendi e sarebbe stato a casa. Il ritrovo con i compagni per l'allenamento era fissato per le undici, sarebbe andato ad annunciare la lieta novella del suo ritiro.

Mollò la bricolla sul letto, trenta chili di cambi da vendere. Con una parte del guadagno avrebbe vissuto, con l'altra si sarebbe rifornito di copertoni di bicicletta da smerciare ai negozianti di Ventimiglia e Bordighera e Sanremo. Costavano poco a Marsiglia. Maurice, il suo grossista francese di riferimento, gli faceva un prezzo spettacolare, su quei copertoni ci avrebbe fatto una cresta da capogiro.

Divorò una baguette, tornò in strada e inforcò la bici. Quando sbucò dal fondo della via per unirsi alla squadra, i compagni erano già pronti da un pezzo, tutti in sella. Perrin camminava nervosamente davanti alla sua Peugeot monoscocca, appena lo vide gli gridò: «Dove cazzo sei stato? Al prossimo ritardo ti caccio a pedate». Anche Raymond gridò che sono le primedonne a farsi aspettare, non le mezze seghe. Steu aumentò la velocità. Raymond capì solo all'ultimo momento le intenzioni di Steu, provò a scansarsi ma non fece in tempo. Steu investì bicicletta e capitano, la prima franò a terra con il cerchione della ruota posteriore distrutto, il secondo picchiando il gomito nella caduta. Non era finita. Steu si gettò su Raymond, gli sferrò un destro sulla mandibola: «Vai a fare in culo te e la tua banda di damerini». Nando, che in squadra si era già fatto apprezzare per disciplina e propensione al sacrificio, si fece avanti. Bloccò Steu, gli gridò di chiudere la bocca. Si beccò i pugni dei francesi sulla schiena, evitò quello che per Steu rischiava di diventare un linciaggio.

Perrin rimase con le mani sulla testa a guardare la scena seduto sul cofano della macchina. Si era svolto tutto velocemente, in vita sua non aveva mai visto una scena del genere tra compagni di squadra.

Nando riaccompagnò Steu alla sua bicicletta stando attento che nessuno tornasse alla carica, non ce ne fu bisogno, furono tutti su Raymond. Aiutò Steu a rimettersi in sella, gli disse che di piciu ne aveva visti tanti, ma nessuno come lui, poi lo spinse per dargli l'abbrivio delle prime pedalate. La convivenza li stava unendo in una specie di affettuosa ostilità.

Nel pomeriggio Perrin andò a trovarli. Steu e Nando erano in cucina, bevevano caffè. Perrin si sedette a tavola, si slacciò il nodo della cravatta. Parlò a testa bassa girando lentamente il cucchiaino. Disse che la radiografia aveva escluso fratture e Raymond aveva deciso di non sporgere denuncia. Poi alzò gli occhi su Steu: «Lui è un signore, tu sei un coglione».

«Mi dispiace che sia finita così» disse Steu.

«È che gli è venuto il demonio» disse Nando.

Perrin disse a Nando di stare zitto altrimenti avrebbe licenziato anche lui.

«Ora cosa farai?» domandò Perrin.

«Su e giù dalla montagna» rispose Steu. Non poteva mentire, il direttore era culo e camicia con tutti coloro che si occupavano di biciclette.

Perrin picchiettò le dita sul tavolo: «Su e giù dalla montagna» ripeté.

Si alzò da tavola. Anche Steu si alzò, gli disse che non aveva fatto i conti con il tempo: «Credevo di essere ancora quello di dieci anni fa. Avessi saputo che il mio destino era quello di fare il gregario, avrei rinunciato subito».

Perrin non rispose. Si avviò alla porta, fece per uscire, poi posò un'ultima volta gli occhi su Steu: «Buona fortuna, coglione».

Quando il direttore richiuse la porta alle sue spalle, Nando disse: «Era il mio sogno correre con te».

«Non siamo fatti per stare sotto la stessa bandiera.»

Nando prese a passeggiare pensieroso su e giù per la cucina. All'improvviso si drizzò sulla schiena: «Disputerò una stagione eccezionale costringendo Perrin a rinnovarmi il contratto e a raddoppiarmi lo stipendio. Per tutto il prossimo anno faremo a metà io e te».

Steu fece un gesto della mano come per dirgli di non scherzare: «Non ho mai accettato una lira da nessuno».

«Hai preso una strada pericolosa, un aiuto potrebbe servirti.»

«Il prossimo anno guadagnerò tre volte te» disse Steu.

«È una strada piena di rischi.»

«Sono uno che se non rischia muore.»

«E allora crepa.»

6 maggio 1949

Nei giorni successivi Steu piazzò i cambi e andò a rifornirsi di copertoni di bicicletta da Maurice, uomo di poche parole e tanti capelli. Gli diede la merce, incassò il denaro e stop. Nessun consiglio, per tornare in Italia avrebbe dovuto fare da sé. Qualche buona dritta la ebbe da Julien, un vecchio contrabbandiere che frequentava la stessa brasserie in cui Steu era solito pranzare, i suoi viaggi erano terminati soltanto un paio di anni prima: «Ormai avevo le gambe a pezzi, tra una traversata e l'altra dovevo rimanere a letto una settimana. E allora sai cosa ho fatto? Ho mandato tutto a quel paese e mi sono messo a vendere merce rubata. È difficile cambiare vita quando sei abituato a fare il delinquente».

Julien confermò a Steu che con i finanzieri francesi bisognava avere mille occhi, erano attrezzati da far paura, avevano in dotazione il mitragliatore e la pistola d'ordinanza e il sacco a pelo termico per proteggersi dal freddo quando erano di pattuglia. Poi gli disse dei cani, quei maledetti pastori tedeschi addestrati all'inseguimento. Steu disse che era destino, nella vita c'è sempre qualcosa di tedesco da temere.

Il viaggio di ritorno lo affrontò a distanza di una settimana dal primo. Nessun vagone per la legna a disposizione, infilò la bricolla sotto il sedile. Non scese a Mentone, Julien gli aveva consigliato di fermarsi prima e di iniziare la traversata da

Roquebrun, un ripido sterrato avvolto nel nero della vegetazione lo avrebbe portato velocemente a Sainte-Agnès.

Salì veloce, Steu. Sentiva addosso una gran forza. I copertoni gli rimbalzavano sulla schiena senza lasciare il segno e la mente era leggera. Che fascino valicare le cime nel buio della notte, che emozione le guardie alle calcagna, saperle come segugi sulla sua scia, lui era una lepre, non l'avrebbero mai acchiappato.

Arrivò a Ventimiglia con un'ora di anticipo sulla tabella di marcia e attese Ausilia davanti al magazzino. Presto sarebbe arrivata, magari le avrebbe offerto un caffè, due parole con una donna non possono che fare bene. Anche Ausilia si presentò in anticipo rispetto all'apertura del negozio. La vide arrivare traballando sui tacchi, era una ragazza esile e capace di ancheggiare. Aveva due occhi neri che le riempivano il volto e un figlio di tre anni che allevava con l'aiuto dei genitori, il padre era sparito poche ore dopo il parto. Latte e croissant e qualche frase imbarazzata, parlare di sé è diverso che chiedere consigli sulla bricolla. Fernanda è un'altra cosa, Fernanda è la mia morosa, con Fernanda ci scriviamo d'amore, Fernanda è il futuro, ma un uomo è un uomo e io non posso trascorrere anni a fare il prete. Quando Ausilia gli chiese se era fidanzato, Steu rispose: «Scherzi?».

Ausilia entrò nella sua nuova routine fatta di materiale da acquistare, confini da attraversare, materiale da rivendere. Si incontravano quando Steu passava da suo padre, un pranzo frugale, poi partiva per piazzare in riviera i copertoni comprati in Francia e tornava a Ventimiglia a fare rifornimento. Ausilia lo raggiungeva in una pensione dalle parti della stazione, un amore rapido ma denso e rapace.

All'inizio di maggio le disse che il giorno dopo sarebbe partito per Torino, da troppo tempo mancava da casa, una decina di giorni e sarebbe tornato.

Lei disse che le sarebbe piaciuto vedere Torino: «Una volta mi porti con te?». Lui disse: «Sicuro». Ausilia fece una specie di applauso.

«Lo dirai ai tuoi genitori che ti sei messo a fare il contrabbandiere?»

Steu scosse la testa.

«Io dico sempre tutto ai miei» disse Ausilia.

«Quando i figli diventano grandi, il loro principale dovere nei confronti dei genitori è quello di non farli preoccupare» disse Steu.

Ausilia disse che aveva ragione, ma era più forte di lei, quando era giù le parole uscivano da sole. Steu le accarezzò i capelli, soltanto a Fernanda lo avrebbe detto, soltanto Fernanda avrebbe capito. Non dirle la verità sulla sua nuova vita, quello sì che sarebbe stato un tradimento, non il sesso clandestino con la figlia del grossista ligure.

Anche quella volta Steu attese il buio per ripartire alla volta della Francia, anche quella volta nessun intoppo, il solito treno lo riportò a Marsiglia. Decise di passare in magazzino a posare il carico e, per la prima volta da quando lo conosceva, trovò Maurice in vena di chiacchiere. Gli domandò cosa si dicesse in Italia, gli chiese di Danilo, disse che era un gran lavoratore ma era terrorizzato dalla sua ombra, non come lui che aveva un'idea, l'America. Ancora un annetto e sarebbe volato a New York, l'America era matura per il mercato delle biciclette: «Metto su una rivendita come si deve e nel giro di qualche mese tutta Manhattan si muove sulle mie bici, ti piacerebbe?».

«Cosa?»

«Venire con me.»

«Perché me lo chiedi?»

«Sei in gamba, Steu. Hai fatto più viaggi tu in due mesi che tanti altri in un anno. Mi piacerebbe un socio come te, sveglio e vent'anni più giovane.»

Steu ringraziò, disse che ci avrebbe pensato e non appena avesse messo da parte un gruzzolo sufficiente per entrare in società ne avrebbero riparlato. Maurice scomparve e tornò con una bottiglia di Château e due bicchieri, stappò e propose il brindisi, Steu si schermì, gli disse di non correre, ma svuotò il calice.

Tornò a casa di ottimo umore, quasi correva, le ore di cammino erano già smaltite. Non appena vedo Nando glielo dico, tra un anno volo in America a fare fortuna, resta tu a sputare sangue per questi francesi di merda.

Steu aprì la porta canticchiando, una bella doccia e sarebbe andato in biblioteca, Ausilia gli aveva consigliato di leggere *Martin Eden*, «Ti piacerà, sei un tipo come lui».

Entrò e vide Nando in cucina, era seduto con lo sguardo perso.

«Stai meditando?»

Nando non rispose. Con un cenno del mento indicò un giornale giallo appoggiato al tavolo. «L'aereo del Grande Torino urta e precipita sulla collina di Superga. Sono tutti morti.»

«L'è nen pussibil... L'è nen pussibil...» Steu si prese la testa tra le mani.

«I nostri campioni» disse Nando. «Va' ai funeraj anche per mi.»

E Steu ci andò. Fu tra quelli che videro scendere una a una dallo scalone di Palazzo Madama trentun bare di legno chiaro. Le portavano a spalle compagni e amici. Scendevano tra i cordoni d'onore dei carabinieri in alta uniforme. Dalle finestre e dagli abbaini e dai tralicci metallici delle case in costruzione si pregava e si indicava la prima bara, chi sarà? Maroso? Bacigalupo? Quindici autocarri attendevano i campioni.

Tutta Torino era in piazza Castello, seicentomila persone e il silenzio di una sofferenza pudica e immensa che aveva avvolto la città. Steu se ne stava immobile dalla parte opposta della scalinata, la testa bassa, non voleva guardare, voleva conservare negli occhi l'immagine del contrasto tra prato verde e maglie granata, l'idea di bellezza di una generazione.

Gli autocarri partirono, lentissimi, tra lanci di fiori e preghiere. Steu si guardò intorno, lo impressionarono i bambini in ginocchio, gli occhi macerati di chi gli stava attorno.

Rose e garofani piovevano sul corteo funebre dai balconi, dai tetti, dalla gente assiepata ai lati della strada, dai cornicioni dei palazzi. Erano passati soltanto quattro anni dalla Liberazione, sembrava un secolo.

Steu era arrivato a Porta Nuova verso mezzogiorno. Corone ovunque, corone così grandi che avevano costretto i fiorai a lavorare sul marciapiede, troppo piccole le loro botteghe per contenerle, la pioggerella primaverile lucidava le foglie.

I ragazzi, tutti i ragazzi della città, erano bianchi e silenziosi, come se camminassero in punta di piedi per non disturbare. Si fermavano davanti alle vetrine dove erano esposte le fotografie dei campioni, si segnavano, ripartivano guardinghi. La città sembrava muoversi al rallentatore, i gesti misurati o soltanto accennati, le frasi rimanevano a metà perché arrivavano le lacrime e perché c'era ben poco da dire. Cosa gli è saltato in testa di andare a fare quell'amichevole maledetta in Portogallo? Io lo dico sempre che degli aeroplani non c'è da fidarsi...

Steu non ebbe cuore di seguire il corteo funebre. Si incamminò sulla strada del ritorno, entrò in un bar, un paio di anziani giocavano a carte. Si fece versare un bicchiere, sedette a un tavolino, un giornale era aperto su una pagina in cui si parlava di pacificazione e del futuro di Junio Valerio Borghese, il comandante della X[a] Mas, uno degli uomini più odiati da tutti i compagni. Lesse che tre mesi prima era stato condannato a due ergastoli per aver fatto eseguire ai suoi uomini azioni di rastrellamento che si erano concluse con l'uccisione dei partigiani arrestati, ma la Corte, tenendo conto dell'amnistia emanata da Togliatti, aveva disposto l'immediata scarcerazione del condannato. Steu bestemmiò, «Brau Palmiro». Non ne sapeva nulla, in Francia notizie del genere non arrivavano. Diede una manata sul tavolino, «Pacificazione un cazzo», ma non era la giornata giusta per dare in escandescenze. Tracannò il rosso e uscì.

Alla pioggerella si era sostituito il sole frizzante di maggio. Passò da casa a salutare i suoi. Anche la sua famiglia non era in vena di ciance. Erano contenti che fosse tornato, finalmente ti sei ricordato che esistiamo, che bello ritrovarci tutti insieme a tavola, ma erano parole sfilacciate. Vuoi per la tragedia del Grande Torino, vuoi per le condizioni di Rina, sempre più misteriosa nel suo malessere, l'umore non era dei migliori. Nessun medico ci capiva nulla, la ragazza è sana, ma lei era sempre più debole e trascorreva buona parte delle giornate a disegnare a letto. E la lavanderia era fonte di tribolazioni, in Barriera la concorrenza iniziava a farsi sentire e le continue assenze di Rina causavano ritardi nelle consegne che andavano a discapito del buon nome del negozio.

Stefano fu evasivo, disse che in Francia le cose procedevano bene ma non benissimo, lo splendore dei vent'anni era un ricordo, si stava trasformando in un buon gregario ed era apprezzato da tutta la squadra.

Il padre disse: «È così che si fa. Stai diventando grande, nella vita ci sono periodi in cui rimanere in mezzo al gruppo è l'unica possibilità di sopravvivere. L'importante è dare il massimo e potersi guardare allo specchio senza rimpianti».

«Per te è così?»

Il padre fu preso in contropiede. Appoggiò i gomiti sul tavolo e giunse le mani all'altezza del viso, distolse lo sguardo dal figlio, disse: «No».

Stefano si alzò per andare in camera sua: «Tra un po' vado a trovare Fernanda, questa sera canta».

«Fernanda ha intenzione di cantare tutta la vita?» chiese la madre.

«Non lo so.»

«Non è un bell'ambiente quello delle sale da ballo, sarebbe meglio mettesse la testa a posto.»

«Non c'è donna al mondo con la testa più a posto della sua.»

La madre cambiò discorso e disse che almeno questa sua avventura francese gli aveva fatto imparare una lingua: «Una volta tornato in Italia farai comodo a tante fabbriche».

A Stefano venne male, piuttosto che la fabbrica avrebbe passato il resto della vita a scarpinare da un confine all'altro, ma loro non lo sapevano, presto sarebbe diventato un imprenditore, avrebbe fatto fortuna in America. A quel pensiero sentì salire una ventata di ottimismo, la prima dal momento in cui aveva visto quel giornale giallo sul tavolo della cucina. Si immaginò su una nave diretto a New York pieno di idee e indirizzi giusti, alla madre disse «Vedremo».

Era da tanto che se l'era messo in testa, appena torno a Torino le faccio la sorpresa. Nella lettera ricevuta una settimana prima Fernanda gli aveva scritto che per la bella stagione al Lutrario avevano assunto una cantante molto in voga, lei era finita in una sala da ballo in via Massena.

Arrivò nella via, i ghirigori della scritta "Dancing" sul neon rosso e blu gli dissero che era nel posto giusto, ma in strada non giungeva alcun suono. No, non poteva entrare prima che cominciasse a cantare, che sorpresa sarebbe stata? Voleva cogliere in flagrante la sua voce di usignolo, avrebbe atteso, non appena avesse sentito gli strumenti si sarebbe infilato nel locale.

Indossava una giacca doppiopetto grigia e pantaloni beige che non c'entravano nulla, ma la differenza la faceva la camicia bianca appena stirata, una camicia così è capace di illuminare una sala, pensò. Camminò su e giù, rimpianse di aver smesso di fumare, sono quelli i momenti in cui una cicca appesa alla bocca rende la vita più facile. Aveva voglia di vederla, sorprenderla, sentirla cantare, non l'aveva mai fatto. Solo una volta, nell'intimità delle scale di via Feletto, «Mi canti un pezzo?». Lei gli aveva cantato *La última noche*. Aveva assunto un'aria vissuta, nulla a che vedere con la bambina che si stupiva di qualsiasi cosa.

Finalmente il suono della chitarra, poi i fiati, la fisarmonica. La sua voce uscì calda e nitida. Cantò *Che musetto*, poi un'altra che non aveva mai sentito. Al termine di ogni pezzo fioccavano gli applausi, non troppi, non doveva esserci il pienone. Stefano si infilò nel locale. Disse alla signora della cassa che la cantante era la sua fidanzata, la donna annuì senza levare gli occhi dal solitario, disse il prezzo, allungò la mano in attesa dei soldi.

Dentro era buio. L'impressione ricavata da fuori era giusta, c'era poca gente, peccato, Fernanda merita di più. Perché di là le hanno dato il benservito? Cosa ha in più di lei la cantante in voga di cui mi ha scritto nella lettera? Gli venne una gran voglia di andare a regolare i conti con il padrone del Lutrario.

Rimase in piedi al fondo della sala. Fernanda continuava a cantare, mamma mia che brava. Non immaginava potesse essere così sicura di sé. Si muoveva con disinvoltura, senza eccessi e senza timidezza. Anche la voce usciva misurata e, come la postura, emanava una sobria raffinatezza. Non un errore, non un'incertezza, sorrideva agli orchestrali, non appena un pezzo finiva nuove note prendevano il largo. Fernanda non guardò una sola volta verso il fondo, i suoi occhi ondeggiavano tra i tavolini delle prime file.

Stefano si decise quando lei attaccò *La última noche*. Lo fece con un bicchiere di vino tra le dita, meglio avere le mani impegnate quando c'è da combattere l'emozione. Quasi in punta di piedi si avviò verso il palco, aveva visto un tavolino libero, si sarebbe seduto sotto di lei.

Arrivò al tavolino e la voce di Fernanda si incrinò, non una vera e propria stecca, ma un vuoto di energia, come se la corrente elettrica se ne fosse andata e l'avesse lasciata al buio: l'aveva visto.

Stefano poggiò il bicchiere e accavallò le gambe, incrociò le mani sul ginocchio sinistro e levò lo sguardo. Fernanda riprese a cantare, ma non era necessario essere degli intenditori per capire che l'apparizione di lui le aveva tolto vigore gettandola nell'imbarazzo. Anche Stefano se ne accorse. Le sorrise, sottovoce le disse «Sei la più brava». Niente da fare, Fernanda arrancò fino al termine della canzone, poi chiese all'orchestra un attimo di pausa e scese dal palco. Stefano si alzò. Lei lo strinse in un abbraccio, «Che emozione» bisbigliò. La sala applaudì come di fronte a un'esecuzione perfetta, dal fondo qualcuno disse: «Quello lì dev'essere il suo moroso».

Questa volta fu lui ad affondare nel disagio, non era tipo da effusioni in pubblico, non se lo sarebbe mai aspettato che Fernanda lasciasse il palco e lo abbracciasse davanti a tutti. Si sistemò il colletto della camicia, le fece segno di risalire.

Fernanda ritrovò la voce, non la sicurezza.

Finì la serata, Stefano la accompagnò a casa, avrebbero potuto prendere il tram, ma preferirono camminare mignolo nel mignolo. Era una serata di brezza tiepida, ancora un mese e sarebbero andati a fare i bagni nella Stura. Fernanda era orgogliosa di averlo avuto in sala, «Mi hai fatto mancare il respiro quando ti ho visto».

Decisero di camminare lungo il fiume, «È romantico» disse Fernanda, «ci potremmo dare qualche bacio in più».

Gli disse del lavoro: «È bellissimo fare la telefonista, altro che l'operaia, sei sempre con i vestiti puliti e puoi darti un tono».

Aggiunse che era un lavoro di una certa importanza, capitava spesso di passare telefonate ai pezzi grossi del Lingotto: «È un mestiere che non ti fa sentire una qualsiasi».

Stefano era felice di sentirla così leggera, persino troppo, «Non ti manco neanche un po'?».

«Certo che mi manchi, ma me lo hai detto tu che devo portare pazienza.»

Stefano le diede un altro bacio e le pizzicò il sedere.

Si fermarono in un chiosco di parco Matteotti per un'aranciata. Poco più in là un gruppo di anziani stava giocando a bocce. Le bocce dio cristo. Stefano se ne accorse soltanto quando le bibite furono sul bancone. Si rabbuiò, disse «Andiamo». Lei gli strinse forte la mano. Ripresero il cammino, Fernanda rumoreggiava con la cannuccia. A un certo punto gli disse che aveva incontrato Noemi in un negozio del centro, si erano abbracciate forte, Noemi si era messa a piangere, poi erano uscite a fare due passi in via Po, adesso era fidanzata con un impiegato del Comune.

Stefano non disse nulla, gli riuscì insopportabile l'idea dell'impiegato del Comune al posto del suo fridèl.

Divenne pensieroso, si era ripromesso di vuotare il sacco e iniziava a sentir crescere l'impellenza di parlare. Ma era proprio necessario raccontarle la verità? Non poteva usare anche con lei la solfa del capitano trasformatosi in buon soldato? No, non poteva, sarà la donna della mia vita, mi sta aspettando. La prese alla larga, le disse che c'era una novità, grazie a un amico di Marsiglia era entrato in contatto con alcuni imprenditori e si era messo nel commercio.

«Che commercio?»

«Materiale di biciclette, soprattutto cambi e copertoni.»

«E cosa fai?»

«Compro i cambi in Italia a dieci e li rivendo in Francia a quindici, e lo stesso con i copertoni delle biciclette; li prendo in Francia a dieci e li rivendo in Italia a quindici. Cinque di qui e cinque di là fanno dieci, una bella sommetta, non credi?» Disse altre cose, utilizzò termini tecnici per conferire maggiore credibilità al suo racconto.

Fernanda non rispose, aveva imparato a conoscerlo, qualcosa non la convinceva: «Hai smesso di correre?».

Stefano abbozzò una replica, disse alcune frasi senza senso prima di tacere e schiaffeggiare l'aria e dire che non appena arriva maggio le zanzare invadono il fiume.

«Allora?» incalzò Fernanda.

Stefano fece segno di sì con la testa: «Ho smesso».

«Era il tuo sogno tornare a fare il corridore.»

«Non sono più quello di una volta, sono vecchio. Continuare a correre è tempo perso. Meglio dedicarmi al lavoro, soltanto così potremo mettere su famiglia.»

«Ma questa storia del commercio è una roba giusta?»

«In che senso?»

«Non è che ti fa finire nei guai?»

Stefano tentennò. Poi disse: «È una cosa giustissima». Le aveva già detto troppo, non era il caso di esagerare.

Sembrava la serata più mite dell'anno, eppure all'improvviso iniziò a tirare il vento, dal selciato si sollevò la polvere, odore di ghiaia ed erba, qualche lampo in lontananza. Risero. «Se non ci mettiamo a correre finisce che la prendiamo» disse lui. Lasciarono il lungofiume e si infilarono in corso Novara, da lì a via Feletto mancava ancora un bel pezzo.

Zaffate di asfalto, raffiche che presero a picchiare orizzontali, altri lampi, tuoni, le prime enormi gocce andarono a schiantarsi al suolo. Il temporale li beccò mentre attraversavano la strada per prendere via Bologna, pochi attimi e furono fradici. Stefano aumentò la falcata, trascinò Fernanda, aveva visto un portone aperto, lo bloccò con il piede un attimo prima che si richiudesse. Appoggiarono le schiene contro il muro dell'atrio, Fernanda con il fiatone. Stefano grondava dalla giacca e dalle scarpe e da quei pantaloni che chissà dove aveva trovato.

«Che disastro. Sono bagnata dalla testa ai piedi» disse Fernanda.

Lui propose un abbraccio per scaldarsi. Lei disse che un abbraccio avrebbe peggiorato la situazione, erano zuppi, si sarebbero presi tutti e due una bella influenza.

Stefano rispose che era molto probabile, ma che se ne fregava dell'influenza. La strinse a sé: «Cosa ne dici di sposarci il prossimo anno?».

3 ottobre 1949

Nei mesi estivi Steu raccolse un bel bottino, le sue traversate si intensificarono, mise su due cosce da alpinista e divenne un punto di riferimento per tutti i negozianti della Costa Azzurra e della Riviera di Ponente. Cambi e copertoni rimasero i fiori all'occhiello della sua attività, ma ben presto la domanda si estese a freni, selle, pedivelle. Steu si diede da fare per accontentare tutti, la regola era una sola: comprare a poco e rivendere a tanto.

Imparò nuovi percorsi, attraversò boscaglie da cui si era sempre tenuto alla larga per l'eccesso di vegetazione, con ronchetto e bastone imparò a farsi largo tra la sterpaglia. E ogni volta impiegava meno tempo di quella precedente. Si divertiva a cronometrarsi, quando gli capitò di scendere sotto le sette ore in una traversata dall'Italia alla Francia arrivò a casa e brindò al record con Nando e due signorine di un night di Le Panier.

Con il passare del tempo, i consigli di Julien non furono più necessari. Si vedevano ancora alla brasserie, ogni volta il vecchio lo riempiva di aneddoti, ma di settimana in settimana anche Steu aveva in cambio qualcosa da raccontargli.

Scoprì, ad esempio, che i finanzieri italiani avevano luoghi più o meno fissi in cui si appostavano, erano svogliati, lenti. E, soprattutto, li si poteva riconoscere dall'odore di fumo. Di notte amavano infilarsi nei sacchi a pelo e guardare la luna. Certi di sentire qualsiasi rumore sospetto, si sdraiavano uno accanto all'altro come ragazzi in camerata e fumavano tonnellate di sigarette. A Steu era capitato più di una volta di sentirne l'odore, il suo era ormai un fiuto da bracco, a cinquanta metri di distanza rallentava, stracci di juta ai piedi, un passo dopo l'altro, e appena allontanatosi via di corsa.

I finanzieri francesi viaggiavano sempre in coppia, i maledetti, in una mano la torcia e nell'altra il guinzaglio del cane lupo, si scambiavano parole secche, nervose, finire nelle loro grinfie significava mettere una croce su sacca, gruzzolo e libertà.

Il buon esito delle traversate gli mise addosso un senso di invincibilità, che toccò il culmine un mattino di cielo sereno di inizio ottobre. Era a Nizza per trattare una grossa partita di cambi con il presidente di una squadra di dilettanti. In Francia gli affari procedevano a gonfie vele, si moltiplicavano le richieste dei Gran Sport, tutti li volevano, Steu decise di aumentare prezzi e numero di viaggi dall'Italia alla Francia. Avrebbe rinunciato al carico di copertoni da portare in Italia e sarebbe andato direttamente da Danilo e Ausilia in treno, rifornimento di cambi e la sera stessa attraversamento della montagna per tornare a Marsiglia con un nuovo carico.

Ma quel giorno ci fu un intoppo, tutti i treni che portavano in Italia erano fermi o in grave ritardo per un guasto sulla linea. Chiese una bicicletta in prestito al presidente dei dilettanti, e una maglia da corsa, e gli scarpini, anche un giubbino come si deve, fino a qualche mese prima se la vedeva con i migliori corridori del mondo, quei quaranta chilometri che lo separavano dal magazzino di Danilo se li sarebbe bevuti in poco più di un'ora. Il presidente si disse onorato di prestare il materiale della sua squadra a un ex professionista, a quell'italiano che solo un anno prima era finito sulla bocca di tutti per la sua impresa sul col de Turini. Anzi, la bicicletta riportamela appena puoi, costa un occhio della testa, ma scarpini e il resto tienili, per me è tutta pubblicità che un campione come te vada in giro con il mio nome in vista.

Steu infilò pantaloni, giaccone e golf in uno zaino, gli scarponi no, in caso di controllo avrebbero potuto insospettire i finanzieri. Fu pronto in un attimo, ma dove mettere la mazzetta di franchi che doveva a Danilo? Avrebbe costeggiato il mare e attraversato il confine sulla via Aurelia, alla luce del sole, come tutta la brava gente che va e viene dalla Francia. Pensò di infilarla nelle mutande, in un meandro del sottosella, negli scarpini, poi decise. Cinque perfetti giri di nastro isolante e le banconote furono un morbido tutt'uno con il polpaccio sinistro. Si fece prestare anche una calzamaglia, la infilò e infine mise su due calzettoni tirati fino al ginocchio.

Si alzò sui pedali e filò via, la sua fu una volata fino al confine. Inevitabili, arrivarono i rimpianti, e con essi il dubbio di aver gettato alle ortiche almeno altri tre anni di ciclismo. Ma gli tornarono alla mente anche la faccia da signorotto di provincia di Raymond e i denti gialli di Perrin, il suo strizzarsi i testicoli per fare scongiuri ed esibire potere. Bando ai ricordi, a te piace pedalare, non fare il cameriere.

Ecco la dogana. C'era poca gente in fila, una decina di automobili e un paio di motociclette. Un gendarme identico a John Wayne infilava la testa dentro i finestrini, riemergeva dopo qualche secondo con i documenti in mano, un'occhiata alla macchina e via. In un solo caso fece l'intero giro della vettura, diede una specie di carezza sul cofano e restituì i documenti al guidatore. Lo congedò con il saluto militare. Poi toccò a Steu, «*Documents*». Steu estrasse il passaporto dalla tasca del giubbino, incrociò le braccia, si mise a osservarlo.

Il gendarme entrò nella guardiola, trafficò con un registro e tornò da lui. Lo fece scendere dalla bicicletta e gli chiese di fargli vedere lo zaino. Frugò e subito glielo restituì, poi gli fece alzare le mani, tastò il giubbino davanti e dietro, rovistò nelle tasche, glielo fece togliere, tastò la maglia da corsa, poi i fianchi, i glutei. Quindi controllò la bicicletta, gli chiese se corresse, Steu rispose di sì, si stava allenando, cercava le salite giuste per farsi la gamba. Il gendarme gli disse che poteva andare. Steu pensò che l'idea di appiccicare il malloppo al polpaccio sinistro era stata eccellente, gli augurò buona giornata e fece per risalire in bicicletta. Ma John Wayne ci ripensò, disse: «*Attendez*», fece correre lo sguardo dalla testa ai piedi di Steu e indicò in basso. Steu si tolse gli scarpini con un gesto automatico, ma il gendarme gli sventolò l'indice sotto il naso, non gli interessavano le scarpe, voleva vedere i calzettoni. Dio santo è finita. Steu tremò, ma non si perdette d'animo. Usò quei secondi di apnea per trovare una soluzione, ci vuole un atto di incoscienza: alzò la gamba sinistra. Il gendarme lo guardò negli occhi e scosse la testa: «*Pas celui-là, l'autre*». Voleva vedere l'altra, mica era scemo, se gliela aveva proposta spontaneamente, era ovvio che la sinistra non nascondeva nulla. Steu la abbassò e alzò la destra: aveva vinto.

Il gendarme tastò per bene il polpaccio e salì fino alle cosce. Poi indietreggiò, gli fece segno di andarsene: «*Bonne journée, Bartalì*».

Steu ripartì. Si diresse da Danilo pedalando rotondo e fiero di sé. Se continuava a non sbagliare una mossa ben presto avrebbe dato scacco matto alla povertà e Manhattan si sarebbe inchinata ai suoi piedi.

Arrivò al magazzino e Ausilia lo accolse con un abbraccio, gli stampò un bacio sulle labbra: «Che bello che sei arrivato, non vedevo l'ora». Steu fu gelido, cos'era tutta quella confidenza? Cosa si stava mettendo in testa? Gli uscì una frase brutta e cattiva: «Non fare cinema».

Ausilia si ritrasse di scatto, gli chiese cosa avesse. Steu fece un gesto come per dirle che aveva altro per la testa e si avviò verso il cortile del capannone.

«E io che proprio oggi pensavo di parlare a mio padre di noi» disse Ausilia con la voce che tendeva al pianto.

Steu si fermò di colpo come pugnalato alla schiena, tornò sui suoi passi, quando fu a un metro da lei le carezzò una guancia.

«È meglio che lasciamo perdere. Non è mia intenzione impegnarmi. E per nessun motivo voglio che tu dica qualcosa a tuo padre. Cercati un ragazzo serio, io non faccio per te.» Tacque per un po', poi le disse «Scusami». Lei scappò via, corse verso gli uffici, inciampò sui tacchi alti, quel suo ancheggiare che lo aveva sempre eccitato era improvvisamente diventato patetico. Gli dispiaceva, Ausilia era un'utile alleata nei suoi contatti con il padre, nei primi tempi si era fatta in quattro per rendergli meno oscuro il mondo dell'entroterra ligure, gli aveva consigliato *Martin Eden*, lo aveva appena iniziato e se n'era già innamorato, ma doveva chiudere. Già da qualche tempo, tra l'altro, i loro incontri in hotel erano meno eccitanti, lei tendeva al sentimentalismo.

L'incontro con suo padre andò meglio. Gli raccontò del guasto al treno e gli disse che aveva bisogno di un paio di scarponi per la notte e di una bricolla. Gli avrebbe prestato i suoi, avevano lo stesso numero, e per la bricolla non c'erano problemi. Fu assai contento della mazzetta di Steu, «Alla buon'ora, anche io ho bisogno di liquidi». Lo invitò a pranzo, zuppa di pesce, ma non era giornata, l'idea di sedere a tavola con Ausilia era improponibile. La prossima volta, disse Steu, doveva scappare a Sanremo, lo attendevano un paio di clienti. Sarebbe tornato verso sera, avrebbe prelevato il carico e lasciato la bicicletta.

Prima di andarsene pensò di passare dagli uffici e scambiare due parole con Ausilia, in realtà le voleva bene. Si diede del cretino, con tutte le ragazze che ci sono dovevo proprio impelagarmi con la figlia del mio grossista di fiducia? Non se la sentì, la ferita era troppo fresca, magari la prossima volta, salì in sella e partì per Sanremo.

La giornata volò via veloce e nuove informazioni alimentarono il suo ottimismo; se in Francia impazzivano per i cambi Gran Sport, in Italia iniziava a girare il nome di un produttore parigino che era stato capace di ammorbidire il rivestimento delle selle rendendone più affusolato il becco. Ecco quale sarebbe stata la sua prossima missione, scovare quelle selle e trovare il posto giusto per acquistarle all'ingrosso.

Quando tornò a Ventimiglia, lo raccontò a Danilo. Era euforico: «Il mondo della bici cambia da un giorno all'altro, il segreto è quello di tenere il passo della tecnologia».

Danilo rispose che non era quello il problema: «Un contrabbandiere, qualsiasi cosa trasporti, deve badare a una cosa sola: non avere un finanziere attaccato al culo».

Steu gli diede una pacca sulla spalla e si avviò verso la montagna. Tempo sette ore e sarebbe stato a Mentone, anzi, sei ore e cinquantacinque minuti, perché non limare il record? Non era un'impresa impossibile, stava da dio e quel dirupo sotto il mont Colombin gli faceva sempre meno paura.

Niente record, non fu un viaggio fortunato, prima se la dovette vedere con due cani enormi spuntati da chissà dove, fecero per aggredirlo, Steu estrasse il lardo dalla bricolla e glielo lanciò. Dopo i cani, un via vai attorno a un casolare diroccato nei pressi di Castillon. Sentì levarsi voci, poi silenzio, poi di nuovo voci, un abbaiare continuo. Si acquattò dietro una roccia e guardò giù, questa volta non erano randagi alla ricerca di cibo, erano i lupi dei finanzieri francesi. Si sdraiò nella boscaglia, attese che tutto si acquietasse. Ripartì un'ora dopo, arrivò a Mentone molto più tardi del solito.

Il primo treno per Marsiglia passava alle nove. Attese sulla banchina, il freddo dell'alba gli era entrato nelle ossa, aveva con sé *Martin Eden*, si sentiva davvero simile a quel marinaio in cerca di riscatto.

Il treno arrivò, niente vagone per la legna, amen. Avrebbe poggiato la bricolla sotto il sedile, speriamo in bene. Si accomodò di fianco a un uomo brizzolato con la pochette bianca infilata nel taschino della giacca. L'uomo fece una faccia disgustata, si alzò. A Steu venne istintivo annusarsi, puzzava. Sudore e fango, il brizzolato aveva ragione a spostarsi, ma non c'erano molti posti disponibili, dovette accontentarsi di sederglisi di fronte. Il treno partì con un sibilo, Steu era a pezzi. Si addormentò e si risvegliò a Nizza. C'era uno strano movimento sul treno, i passeggeri guardavano fuori dai finestrini, in tanti allargavano le braccia, non capivano. I controllori, trafelati, andavano su e giù per le carrozze a passo veloce. Ipotesi diverse iniziarono a farsi largo tra gli scompartimenti: qualcuno si è sentito male? Hanno trovato delle armi? Hanno arrestato qualcuno?

Steu chiese informazioni al brizzolato, l'uomo alzò le spalle, sorrise, non ne aveva idea, «Per me è finito il tempo degli appuntamenti, non ho nulla da fare, possiamo anche stare qui tutto il giorno».

Nel momento esatto in cui Steu si sporse dal finestrino, sulla banchina apparvero una ventina di poliziotti. Compatti, arrivarono di corsa dall'atrio della stazione e si fermarono a prendere ordini dal loro capo. Pochi secondi e si allargarono a coppie sulla banchina, il primo saliva sulla carrozza e il secondo stava di guardia per controllare che non scendesse nessuno. Bloccarono tutto il treno. Stavano cercando qualcuno, Steu era fottuto, doveva soltanto sperare che ci fosse in ballo qualcosa di molto grosso e che lo lasciassero in pace.

Si sparse una voce, dapprima isolata, poi sempre più insistente. Stavano cercando un esponente di spicco del Tudeh, il Partito comunista iraniano messo al bando per un fallito attentato a Reza Pahlavi compiuto otto mesi prima a Teheran, forse era su quel treno. Steu tirò un sospiro di sollievo, sparare allo scià di Persia è molto più grave che fare su e giù dalle montagne carichi di cambi di bicicletta.

Entrò nel vagone un poliziotto magro e segaligno, gli occhi piccoli e il viso giallo di chi ha problemi di fegato. Ordinò ai passeggeri di mostrare i documenti. Steu stava seduto a gambe unite con la bricolla dietro ai polpacci. Il brizzolato chiese al poliziotto cosa stesse accadendo, il poliziotto gli restituì il documento senza rispondergli. Toccò a Steu. Allungò il documento, assunse un'aria indifferente.

«*Qu'y a-t-il sous le siège?*» Steu alzò lo sguardo, il poliziotto indicò le sue gambe, gli chiese nuovamente cosa avesse sotto il sedile e gli fece cenno di passargli la sacca. Fine del film. Steu spinse la sacca verso di lui. Il poliziotto fece per sollevarla ma subito si arrese, trenta chili non sono uno scherzo. «Complimenti» disse, «che bel carico, cosa c'è qui dentro? Un mazzo di fiori per la fidanzata?»

Aprì la bricolla, «Quanti bei cambi! Vuoi essere sicuro di non rimanere senza? Voi italiani siete previdenti». Il bastardo rise con un pezzo del labbro superiore, chiese a Steu di favorire i documenti che attestassero la legalità della provenienza e della destinazione di quel materiale, bolle di pagamento e ricevute e ordini d'acquisto e quant'altro.

Steu infilò *Martin Eden* nella tasca della giacca, guardò il brizzolato, gli disse: «Ho perso». Il brizzolato scosse la testa: «Non si perde mai del tutto».

Steu si alzò in piedi per togliersi la soddisfazione di guardare quella faccia da itterico dall'alto in basso, disse: «*Je n'ai rien*».

Il poliziotto si sporse dal finestrino dello scompartimento, urlò che aveva trovato un «*petit oiseau des montagnes*». Disse al collega che c'era da portare al fresco un uccellino italiano.

Il collega, un omaccione, andò incontro a Steu ridacchiando e scuotendo la testa, disse qualcosa che non capì, qualcosa che aveva a che fare con il fatto che prima o poi i passeri finiscono in trappola. Chiese a Steu i polsi, gli infilò le manette, con una mano lo prese sottobraccio, con l'altra si caricò la bricolla sulla spalla sinistra. Scesero dal treno, il poliziotto lasciò la bricolla ai colleghi sulla banchina. Uscirono dalla stazione e furono in Avenue Thiers. Al freddo pungente del mattino si era sostituita una giornata di sole e cielo terso. Steu guardò il via vai del viale, quella fiumana di uomini persi nei fatti propri. Fu trafitto da tutta la nostalgia del mondo. Nostalgia del profumo della montagna di notte, nostalgia delle signorine marsigliesi, nostalgia di Fernanda, il primo incontro in Fiat, parlo torinese e veneto, nostalgia delle discese a rotta di collo in bicicletta. L'ondata si prese tutto, anche ciò che fino a qualche minuto prima gli faceva orrore, le regole ferree della Perrin Marseille, il volto insolente di Raymond, il lavoro alla catena. Sì, gli venne nostalgia anche della catena. E piano piano quel sentimento di rimpianto totale coinvolse anche la steppa, i giorni della ritirata, la possibilità di buttarsi nella neve e decidere di lasciarsi morire. Che faccenda inconfessabile, perfino della tragedia si può avere nostalgia.

Il poliziotto si accorse dello sgomento che attraversò gli occhi di Steu, «*Tout bien?*». Steu annuì, l'omaccione rise, gli disse che in Rue de Gendarmerie sarebbe stato ancora meglio, era un albergo dotato di tutti i comfort, sarebbe stato così bene che non avrebbe mai più voluto andarsene. Rise di nuovo, gli venne un accesso di tosse, «*Rien ne me fait plus rire que les Italiens qui veulent tromper les Français*».

Camminarono per più di un chilometro. Il poliziotto continuava a provocarlo, gli chiese se avesse già sentito parlare dei fratelli Benrahma, erano due ragazzoni algerini che alloggiavano in Rue de Gendarmerie e avevano una predilezione per i biondini, gli consigliò di non farli arrabbiare, accontentali tutti e due e vedrai che prenderanno a volerti bene.

Steu non rispose una sola volta, continuò a camminare con gli occhi fissi davanti a sé. Quando arrivarono in Place Don Bosco sentì voci di ragazze. Erano sedute in un dehor, *Quel beau mec*, te la caverai con poco, uscito dal carcere ci ritroverai qui. Steu non capì se anche loro lo prendessero in giro o lo volessero rincuorare, le guardò e sorrise, le due gli soffiarono un bacio. L'omaccione gli disse di guardarle bene, per chissà quanto tempo avrebbe dovuto dimenticarsi delle femmine, da adesso in poi doveva dedicarsi anima e corpo ai fratelli Benrahma, sarebbe diventato il loro «*petit ami italien*».

Steu pensò che non rispondere alle provocazioni di quell'uomo poteva rappresentare il primo passo verso la costruzione di un nuovo Steu, più adulto e capace di stare al mondo, ma quando fu a un centinaio di metri dal portone del carcere lo guardò e disse che gli era venuta in mente un'alternativa ai fratelli Benrahma, un'alternativa di cui tutta Nizza parlava, «*votre mère*», nessuna come lei sapeva soddisfare cani e porci.

Senza attendere un istante, il poliziotto impugnò lo sfollagente e lo calò contro la schiena di Steu, una volta, due, tre, Steu cadde a terra. L'uomo lo tirò su prendendolo per il colletto della camicia, lo trascinò fino all'ingresso e lo lasciò a due colleghi che stavano di guardia, mezza camicia gli rimase nelle mani, chiudetelo in cella e buttate la chiave.

Fu preso in carico da un paio di giovani poliziotti. Lo portarono in cancelleria, registrarono la sua identità, gli scattarono una fotografia e gli diedero un numero di matricola, da adesso in poi questo numero sarà il tuo nome.

Poi lo condussero in uno spogliatoio che sapeva di muffa e piedi e gli dissero di posare sul tavolo i documenti di identità e tutti gli oggetti che aveva con sé. Lo fecero spogliare, via anche le mutande, denaro e documenti e chiavi e orologio furono registrati e depositati in una cassetta. Steu respirava a fatica, lo sfollagente di quel figlio di puttana lo aveva spaccato in due. Chiese se potevano lasciargli il libro. No, glielo avrebbero restituito una volta in cella. Rimase nudo davanti al tavolone di metallo, tremava per il freddo e il male e il pensiero che soltanto poche ora fa guardava dall'alto la baia di Mentone sognando Manhattan e ora era nudo come un verme davanti a due idioti che sbadigliavano su un registro.

Infine arrivò un secondino con l'aria triste e una tuta a righe in mano, gli disse di indossarla, lo attendeva la cella d'arrivo.

Trascorse i primi tre giorni in un rettangolo buio insieme ad altri detenuti che gridavano e picchiavano sulle sbarre, un frastuono di colpi e urla, nessuna idea di quando sarebbe finito quel calvario, della condanna che lo attendeva, di come mettersi in contatto con qualcuno che potesse dargli una mano. Aveva bisogno di un avvocato, subito, aveva bisogno di sentire Nando o Perrin. Il buio e il rumore e la promiscuità, ogni attimo porte che sbattevano, acciaio contro acciaio, chiavistelli. Tutto rimbombava, un rimbombo senza fine, il rumore entrava nella testa, era la testa a far rumore, non c'era più alcuna differenza tra testa e acciaio.

Per settantadue ore ci fu luce soltanto per mangiare, minestra di patate e un pezzo di pane. Insieme a lui, neri e asiatici e marinai con squarci sul viso.

Il quarto giorno, nel tardo pomeriggio, arrivò a prelevarlo lo stesso secondino dall'aria triste che all'arrivo gli aveva passato la tuta. Gli disse di seguirlo. Si inoltrarono in un labirinto di neon e cancelli e sbattere di ferraglia. Infilarono un lungo corridoio e il secondino indicò, là in fondo, l'ultima cella. Arrivarono, il secondino lo cacciò dentro con una spinta leggera. Gli disse che sulla branda avrebbe trovato tutto ciò di cui aveva bisogno, la biancheria intima, una coperta, il lenzuolo, un pezzo di sapone. A Steu parve di cogliere un velo di compassione nei suoi occhi. Gli chiese di *Martin Eden*, per favore, ho solo lui. Il secondino gli disse che per qualche giorno sarebbe stato solo, poi lo avrebbero trasferito in una cella per due, ma non sapeva se lo avrebbero messo con Martin Eden, mai sentito nominare. Steu gli disse: «*Martin Eden* è un libro, l'avevo nella tasca della giacca quando sono arrivato, mi hanno detto che me lo avrebbero restituito in cella, la prego». L'uomo non rispose, con una serie di gesti automatici chiuse le due porte della cella, era giovane, ma che quei movimenti li avesse già fatti milioni di volte era evidente.

Steu rimase solo, in piedi. La cella aveva due porte, quella esterna di acciaio pieno e quella interna a sbarre. Aveva sperato di poter guardare nel corridoio, invece no, l'unica luce proveniva da una finestrella di fronte all'ingresso, in alto, praticamente a filo di soffitto. Il sole stava tramontando. Si guardò attorno, era una stanza di circa due metri e mezzo per due, le pareti in mattone, un tavolo, una sedia, un lavandino incollato al muro e un buco nel pavimento per i bisogni.

C'era silenzio. O meglio, il frastuono della prigione arrivava ovattato, altro mondo rispetto alla cella d'arrivo, la porta di acciaio consentiva la solitudine, l'intimità. Si addormentò pensando che pur di stare solo avrebbe fatto qualsiasi cosa, non erano certo i fratelli Benrahma a fargli paura, avrebbe tagliato la gola a chiunque avesse provato a importunarlo, era la follia a terrorizzarlo, la follia cui lo avrebbe condotto, ne era certo, il rimbombo senza fine dei primi tre giorni.

Si risvegliò immerso nel buio. Che ore sono? Le due del mattino? Le cinque? Lentamente, si abituò all'oscurità. La finestrella propagava una lama sbiadita di luce, doveva esserci un lampione lì vicino. La sua attenzione fu catturata da qualcosa all'altezza del pavimento, proprio sotto la porta. Cos'era? Uno straccio? Un topo? Steu si mise sulla schiena, si guardò intorno, quanto gli sarebbe servito il bastone che usava per attraversare le montagne. Si alzò e fece un paio di passi. Altro che topo: era *Martin Eden*!

Come fare a riprendere la lettura? Di aspettare l'alba non se ne parlava. Ruth avrebbe capito con chi aveva a che fare o avrebbe proseguito a fare la maestrina? E Martin Eden, avrebbe accettato di entrare a far parte di quell'ambiente di bellimbusti o si sarebbe imbarcato di nuovo?

Gli venne un'idea, lo spioncino della porta blindata. Lo fece ruotare e un piccolo cerchio di luce entrò nella cella, la luce del corridoio. Prese la branda e la portò sotto la porta, mise il cuscino dalla parte opposta in cui aveva dormito e si sdraiò; quel brandello di luce rischiarava le pagine, poco, quel tanto che bastava. Brau Steu, anche questa volta non sono riusciti a sopraffarti. Userai il tempo della galera per diventare un uomo migliore.

Grazie ai suoi buoni uffici, Perrin riuscì a trovare un avvocato sufficientemente immanicato perché invece dei sei mesi previsti per il reato di contrabbando gliene dessero quattro e perché lo lasciassero nella cella singola. Nella sua arringa difensiva disse che l'italiano soffriva di feroci emicranie, il chiasso di una cella promiscua avrebbe potuto procurargli un ictus o una crisi epilettica, era un ragazzo per bene, la fedina penale intonsa come il culo di un bambino. Raccontò frottole in serie e non produsse alcuna certificazione medica, ma il tribunale gli credette, senza fare troppe storie accolse tutte le sue richieste.

Perrin lo aveva avvertito, l'avvocato Giresse ti porterà via anche l'anima. Steu aveva accettato, il rischio di una pena troppo lunga e dell'inferno del rimbombo senza fine lo avevano dissuaso dall'idea di accontentarsi della difesa d'ufficio. Doveva uscire al più presto, costi quel che costi. E gli costò tutti i soldi che aveva messo da parte nei mesi di contrabbando. E altri ancora glieli prestò Perrin: «Sei un coglione, potevi goderti la vita e invece guarda che fine hai fatto, sei un fantasma, pesi cinquanta chili e stai perdendo i capelli».

In quei mesi di reclusione la principale occupazione di Steu divenne la lettura. Leggeva anche dieci ore al giorno, quello spioncino sempre aperto era la luce destinata a illuminare il suo futuro.

Lesse *Martin Eden* quattro volte di seguito, l'ultima a voce alta anticipandone dialoghi e scene. Sì, sarebbe diventato come lui, avrebbe fatto ricredere tutti facendo della sua vita un capolavoro. Soltanto il finale sarebbe stato diverso, non aveva alcuna intenzione di suicidarsi calandosi nel mare, il suo finale sarebbe stato più convenzionale, amava la vita, sarebbe morto in casa, a cent'anni, con i figli e la moglie a tenergli la mano.

Frequentava quotidianamente la biblioteca del carcere. Non che ci fosse granché su quegli scaffali, qualche romanzo, libri di storia con le pagine strappate, un paio di dizionari, riviste, fumetti, ma Steu leggeva tutto ciò che trovava. Si innamorò dei *Miserabili*, lo lesse tre volte, idem *I misteri di Parigi*. Mancava la politica, non c'era nulla, boia di un cane, ma un giorno notò due volumi messi sotto una libreria traballante per dargli stabilità, il primo era un trattato di botanica, il secondo... Cristo il secondo era Marx, *Manoscritti economico-filosofici del 1844*. Ci passò le notti. Doveva saperne di più, era finito il tempo dell'approssimazione, non poteva più accontentarsi di quanto gli dicevano i compagni. Fece una fatica bestiale, il problema non era la lingua, il francese ce l'aveva in tasca, ma il significato di molte parole. Se ne innamorò. Era stato con Marx prima di leggerlo, sarebbe stato con Marx ora che ne aveva appreso i rudimenti: solo la rivoluzione poteva capovolgere il rapporto tra operaio e capitalista, il riformismo non basta, il riformismo è acqua fresca. Una frase gli rimase più impressa delle altre: «L'operaio è diventato una merce ed è una fortuna per lui trovare un acquirente».

La lettura divenne la sua principale occupazione, non l'unica. Ce n'era un'altra di cui avrebbe fatto volentieri a meno: scrivere lettere a casa e a Fernanda chiedendo loro di non rispondergli, era sempre in giro con la squadra. Si sentiva ridicolo a raccontare bugie. Stava arrivando Natale ed era difficile trovare una scusa plausibile alla sua assenza, mancava da Torino da parecchio tempo e non sarebbe tornato fino a primavera.

Con i genitori mantenne un tono coerente sin dalla prima lettera, era convinto di quanto aveva detto ad Ausilia, quando si diventa grandi l'unico nostro dovere è di non farli preoccupare, le cose vanno a gonfie vele, la squadra punta a un inizio stagione con il botto, Liegi-Bastogne-Liegi, Fiandre, Freccia Vallone, faremo tutte le classiche del Nord. Il direttore ci ha imposto un ritiro senza fine, quattro mesi ad andare su e giù per i Pirenei, non so quando potrò tornare a casa, febbraio o marzo, non prima.

Con Fernanda fu diverso. Nelle prime lettere esaltò i successi della sua attività commerciale, sto mettendo da parte un sacco di soldi, se tanto mi dà tanto in un anno, massimo due, avrò accumulato il capitale sufficiente per mettere su un'attività. Ma noi ci sposeremo prima, te l'ho promesso, entro la prossima estate avremo l'anello al dito. Poi cambiò atteggiamento, divenne più evasivo.

Qualche settimana prima di Natale decise di farla finita con la pantomima. Già da qualche giorno si sentiva svogliato e giù di corda, la sensazione di essere un bluff, una finzione con la tuta a righe. Si accorse di leggere e studiare senza il solito entusiasmo, le parole macchie nere sulle pagine. Doveva dire la verità a Fernanda, sarebbe stato come ripulirsi di tutta la spazzatura che si sentiva addosso dal giorno in cui lo avevano arrestato. E confessò.

Cara Fernanda, sono in prigione a Nizza. Mi hanno dato quattro mesi. Contrabbando (violazione delle leggi doganali, circolazione clandestina di merci). Ho sbagliato, ma ho già delle nuove idee per il nostro futuro. Ancora un paio di mesi e sono da te per sposarci. Andremo in luna di miele al mare, non l'hai mai visto, vedrai che spettacolo. Savona o Genova, decideremo insieme. Mi aspetterai?

Rifletté a lungo se togliere quella precisazione legale tra parentesi, si rese conto di quanto fosse pedante, di come togliesse affettuosità alle altre parole, decise di tenerla, temeva che Fernanda non conoscesse il significato del termine «contrabbando». Hai visto mai che pensi che ho fatto qualcosa di davvero brutto? Infilò la lettera nella busta, scrisse sul retro l'indirizzo della prigione, non appena fosse passato il secondino dall'aria triste gliela avrebbe consegnata perché si occupasse della spedizione.

Si sentì subito meglio, dài Steu, essere in due è una gran cosa.

Si sentì malissimo, invece, la mattina della vigilia di Natale. Pensò a sua madre, sapeva che per il pranzo del giorno dopo avrebbe preparato i peperoni con la bagna cauda e il bollito misto, per dolce le bignole. Quanto gli sarebbe piaciuto esserci, ci sarebbe stato anche Valter. Rina glielo aveva raccontato, alla fine aveva ceduto, quel ganimede che da anni le faceva il filo aveva messo su una latteria ed era diventato il suo fidanzato. Dopo mangiato sarebbe andato a prendere Fernanda per portarla al cinematografo. E invece no, solo sbarre e buio.

Alle undici arrivò il secondino e aprì la grande fessura del blindo: «*Il y a une visite pour vous*». Gli chiese le mani, lo ammanettò, poi aprì e lo accompagnò in parlatorio. Come avrebbe trascorso il Natale quell'uomo che aveva più o meno la sua età? Chi era? Nel corridoio che portava al parlatorio gli chiese se avesse figli, l'uomo arrossì, uno, Antoine, tre anni. Poi gli chiese cosa avrebbe mangiato l'indomani, l'uomo rispose che non era il caso si prendesse tutta quella confidenza, tacque per un po', poi disse: «*Fressure de porc*». Steu gli chiese che piatto fosse, il secondino fece un gesto come per dire che non importava, la roba più buona del Natale è la *Galette des Rois*, un dolce alla crema di mandorle. Steu fece altre domande, cucinerà sua moglie? Vivete a Nizza? Ci saranno anche i vostri genitori al pranzo di domani? Domande a raffica, come se abbeverandosi alle sue risposte potesse anche lui sentire il gusto delle mandorle o partecipare alle chiacchiere in famiglia. Il secondino non disse più nulla, aprì la porta del parlatorio, mezz'ora, non un minuto in più.

Dalla parte opposta del vetro c'era Nando, abbronzato e più tozzo del solito, Steu rise e gli disse che era grosso come un muro di cinta: «Come fai ad andare in bici?».

Nando gli chiese dove erano finiti i suoi capelli, li aveva dimenticati in cella?

Poi sedettero uno di fronte all'altro e si guardarono per un po' senza dirsi nulla. Non c'era imbarazzo, solo curiosità; si erano casualmente incontrati in un'isba russa durante la guerra, cos'era al confronto un faccia a faccia in prigione?

Era la prima volta che Nando andava a trovarlo. Steu gli aveva scritto per informarlo dell'arresto e Nando gli aveva risposto di stare tranquillo, per qualsiasi cosa c'era lui, per le urgenze Perrin, è un bastardo con il cuore buono.

Nando poggiò una specie di fagotto davanti al vetro divisore e gli domandò come andassero le cose. Steu si strinse nelle spalle, «Come vuoi che vadano?».

«Te l'avevo detto» disse Nando.

«Se inizi con la storia che me l'avevi detto puoi anche tornare a casa.»

«Dicevo così.»

«Ecco. Non dire niente.»

Steu gli chiese della squadra. Nando raccontò che Perrin aveva dato a tutti un paio di settimane di vacanza. Avrebbero ripreso gli allenamenti la seconda settimana di gennaio: «Il bello di correre in Costa Azzurra è il clima».

«E Raymond?»

«È in forma, puntiamo soprattutto sulla Gand-Wevelgem. Le altre corse sono troppo dure, si è un po' appesantito, in volata è un castigo ma in salita da qualche tempo perde le ruote dei migliori.»

«Anche lui? Cosa cavolo vi dà da mangiare Perrin?»

«Io tengo botta, in salita continuo a difendermi, staccarmi è difficile. Chissà che prima o poi non vinco una corsa.»

Steu annuì: «La prima volta che Raymond molla e ti capita di arrivare in cima con i migliori, non pensare più a niente e buttati giù, in una volata ristretta puoi dire la tua».

Nando abbassò gli occhi: «Sai come stanno le cose, se Raymond molla mi tocca aspettarlo».

«Una volta, una volta nella vita fai la tua corsa e non obbedire all'uomo forte. Lo hai già fatto, non ti è bastato?» disse Steu.

Nando disse: «Tu a furia di non obbedire a nessuno sei finito con la tuta da galeotto».

«Cosa c'è lì dentro?» disse Steu sbirciando il fagotto su cui Nando teneva le mani appoggiate.

Nando si grattò il naso, si mosse sulla sedia e con voce traballante disse: «Robe per te».

«Fammi vedere» disse Steu allungando il collo e poggiando la fronte sul vetro divisore.

Nando aprì il fagotto: mutande, canottiere, calzini. Poi tentennò un attimo, estrasse un golf granata.

Steu sorrise, «Grazie».

«Figurati» rispose Nando, «è Natale anche per i pidocchi rossi.» Poi gli disse che tra due ore aveva il treno per Torino, finalmente avrebbe rivisto suo padre, domani è in programma un pranzo con zie e zii, cucina Maria.

Steu chiese anche a lui cosa ci fosse per pranzo, Nando non lo sapeva, «Ma a casa mia, Natale o Pasqua, le acciughe al verde non mancano mai».

«Pensa che invece qui in Francia a Natale mangiano *fressure de porc*.»

«Cos'è?»

«Maiale.»

«Che scheur» disse Nando con una smorfia di disgusto.

Poi Steu gli disse delle sue letture e Nando gli raccontò di una volta che si era avvicinato a Coppi e gli aveva chiesto se ricordava la corsa di Superga prima della guerra.

«E lui?»

«Lui ha detto ricordo, bella rampa.»

Arrivò il secondino, bussò alla schiena di Steu e gli disse che il tempo era scaduto.

Si alzarono entrambi. Nando gli chiese cosa avrebbe fatto una volta uscito di prigione, ormai mancava poco. Steu inarcò le sopracciglia, non aveva più una lira e di certo non avrebbe ripreso il contrabbando, sarebbe tornato a Torino, qualcosa si sarebbe inventato. Nando gli disse che la proposta che gli aveva fatto qualche mese prima era sempre valida, dividere in due il suo prossimo ingaggio. Steu fece no con la testa.

«Tornerai in Fiat?»

«Piuttosto mi impicco.»

Il secondino prese Steu per il braccio e lo portò via insieme al fagotto dei regali. Un attimo prima di uscire dal parlatorio, Steu si voltò, chiamò Nando. Nando era già sulla porta, si voltò anche lui, gli fece un cenno con il mento, cosa c'è?

«'Sto golf è una bellezza, una vera sciccheria» disse Steu.

Nando si toccò l'orecchio con l'indice, non aveva sentito. Steu sollevò le spalle, niente d'importante.

Quando furono tornati in cella, il secondino gli disse che c'era una lettera per lui. Lo fece entrare, chiuse le porte, si fece dare le mani attraverso la fessura per togliergli le manette e gli allungò una busta sgualcita.

Steu camminò lento verso la branda, sedette, aprì piano, c'era scritto: *Ti aspeterò sempre, Savona dev'essere bellissima. Fernanda.*

Quella t mancante lo spezzò in due, la sua amata bilingua non mollava, era sempre e comunque dalla sua parte.

6 marzo 1953

Invece Steu in Fiat ci tornò, e fece il bravo per tanto tempo. Rimase iscritto alla Fiom e al partito, ma il sacro fuoco degli anni della Resistenza e del primo Dopoguerra non ardeva più con la stessa intensità. Le sue priorità erano diventate altre: si era iscritto alla scuola serale per geometri e intendeva diplomarsi il prima possibile. E la Lambretta, dio quanto gli piaceva quella Lambretta di terza mano. Ogni domenica diceva a Fernanda facciamoci belli, insieme se ne andavano a zonzo per le colline, lui con i pantaloni sollevati sopra le ginocchia perché non perdessero la piega e la camicia bianca alla Robespierre, lei seduta di sbieco sul sellino posteriore, le caviglie intrecciate e i capelli al vento. E quando all'imbrunire si imbattevano in un'osteria con i cani e le galline a scorrazzare nell'aia, scendevano di sella e si buttavano su un tavolaccio di legno, una merenda sinoira è quello che ci vuole. E poi ballavano, c'era musica dappertutto in quegli anni, ovunque ci fosse un grammofono il mondo diventava una balera.

Non che la politica non gli interessasse più, non c'era giorno che non leggesse "l'Unità" e maledicesse democristiani e missini, De Gasperi è un parroco travestito da presidente del consiglio, ma i suoi sentimenti si erano annacquati. Come se tra lui e il sogno proletario si fosse insinuato un velo di nebbia. Ivo stava scalando i vertici della gerarchia provinciale del partito, lo informava in anticipo di quanto avveniva a Roma, la lotta operaia ha bisogno di gente come te. Lui era d'accordo, sempre presente alle riunioni di sezione, mai che saltasse uno sciopero o si tirasse indietro quando c'era da fare proseliti o contribuire alle campagne elettorali. Faceva tutto ciò che doveva fare un buon militante, ma non vedeva l'ora di tornare a casa.

Dopo il matrimonio Stefano e Fernanda erano andati a vivere in un bilocale al pianterreno di una traversa di via Genova, poco distante dai genitori di lui. Faceva un freddo bestiale in quella casa, spifferi ovunque, ma c'era il bagno interno e con due stipendi da operai non si poteva pretendere di più. E poi era a un tiro di schioppo dalla Fiat, a lei bastava una camminata di duecento metri per essere al Lingotto e lui, con quella meraviglia di Lambretta, andava e veniva da Mirafiori in quattro e quattr'otto.

Imparò il mestiere di operaio rettificatore. Ovvio, nulla a che fare con la vertigine di una discesa ai sessanta all'ora o con il dirupo del mont Colombin, ma si era abituato a pensare a quel periodo della sua vita come a una fase di stallo, una specie di pareggio annunciato. Lo avevano messo in linea, rettificava le canne dei cilindri e i perni degli alberi motore. Si era specializzato, era preciso come un chirurgo, stava diventando in gamba come tutti quegli operai torinesi di cui si diceva fossero in grado di tagliare i baffi alle mosche. Nel giro di un anno lo avevano trasferito al reparto manutenzione, tutta gente che sapeva il fatto suo, era lì che le problematiche degli altri reparti dell'officina trovavano una soluzione.

I sorveglianti, tuttavia, continuavano a non dargli tregua nonostante si facesse i fatti suoi e in orario di lavoro il suo comportamento fosse impeccabile. Ce n'era uno particolarmente infido, si chiamava Gallo, le occhiaie acquose come il sacco di una medusa. Steu fai attenzione, Steu lo sappiamo chi sei, Steu un comunista perde il pelo ma non il vizio. Ogni volta che gli passava di fianco o lo incrociava in refettorio non perdeva occasione di ricordargli che, visto il suo passato da sabotatore, la sua posizione era precaria. Una volta gli disse: «Si sta come d'autunno sugli alberi le foglie». Steu lo invitava spesso ad andare a fare in culo, in altre occasioni gli diceva che la notte è scura e prima o poi si sarebbero incontrati da soli in un vicolo buio.

D'altronde in quel periodo Gallo e quelli come lui avevano buon gioco a fare i duri, Valletta si era messo in testa che c'era un solo modo di procedere con il piano di modernizzazione che avrebbe dovuto portare la Fiat a competere con i giganti europei e americani: cancellare il sindacato comunista, schiacciare come scarafaggi tutti gli attivisti.

Il momento giusto per ripulire la fabbrica dal sudiciume rosso si presentò a cavallo tra il 1952 e il 1953, quando si scatenarono grandi lotte popolari contro la legge-truffa proposta dal governo De Gasperi. Le città tornarono a infiammarsi e Steu, se non proprio l'ardore degli anni precedenti, ritrovò le motivazioni per essere in prima fila sia nei cortei sia nelle azioni interne.

In sezione furono giorni di fibrillazione. Nerina, che nel frattempo si era sposata con Ivo e stava diventando una pasionaria della sinistra torinese, aveva raccolto gli applausi di tutti: «Se non reagiamo con la dovuta fermezza, verrà instaurata una dittatura di preti e fascisti. Democrazia cristiana e socialdemocrazia stanno tirando la volata alle classi dominanti, non serve essere scienziati per capirlo».

Le agitazioni divennero il pane quotidiano di tutti gli attivisti d'Italia. Feriti, disordini, fermi, cariche di polizia. A metà gennaio la Cgil proclamò lo sciopero generale e la Confindustria rispose con una circolare in cui minacciava gravi sanzioni. Insomma, tirava aria di licenziamento, e per Steu questa volta non c'erano né la via d'uscita di un col de Turini da domare, né la prospettiva di un confine da attraversare con i copertoni a tracolla. La gioventù stava svanendo, con essa le fantasie di fuga e di immortalità; in caso di licenziamento, l'unica ipotesi praticabile sarebbe stata quella di andarsi a cercare un altro padrone, «L'operaio è diventato una merce ed è una fortuna per lui trovare un acquirente».

Una decina di giorni dopo lo sciopero generale fu mandato a chiamare dal capo officina. Era un sabato mattina, Gallo gli si avvicinò camminando felpato con le mani incrociate dietro la schiena. Steu era alle prese con un pezzo da sgrossare. Si accorse di lui soltanto quando sentì bussare sulla sua spalla. Si voltò e vide luccicare le occhiaie gialle del sorvegliante. Si sfilò i guanti e gli chiese cosa volesse.

«Il capo ti aspetta» disse Gallo passandosi pollice e indice sul labbro inferiore.

«Il capo chi?»

«Come chi? Bertone.»

Steu gettò i guanti sul tavolo di lavoro e si avviò verso gli uffici. Gallo gli parlò sulla schiena: «Portati dietro *Il Capitale*, magari ne discutete insieme». Lo disse ridendo, Steu gli ricordò la faccenda del vicolo buio: «Prima o poi, soli, io e te».

Entrò nell'ufficiò di Bertone, attese che il capo officina gli facesse segno di sedersi.

Bertone gli disse del tempo: «Un giorno piove e un altro no, non si sa mai come vestirsi». Aveva il naso grosso e una boccuccia da coniglio, batté le mani, come se la ricreazione fosse finita.

«Cosa ne dice di andare in corso Peschiera? C'è un nuovo stabilimento.»

Steu sapeva di corso Peschiera, era la nuova sezione sussidiaria ricambi, era stata aperta alla fine dell'anno precedente e vi avevano già spedito una ventina di compagni.

Bertone si schiarì la voce: «È un posto di responsabilità, abbiamo bisogno di operai in gamba. C'è da fare ripartire tutto, dovrete organizzarvi e provvedere a ogni cosa».

«Balle. Vado sennò mi mandate d'autorità.»

«Le prometto che le farò avere un aumento.»

«Non mi prenda per i fondelli, lo sanno tutti che corso Peschiera è un ghetto per comunisti e iscritti alla Fiom.»

Bertone disse che si sbagliava: «Nessuna discriminazione, quelli che si trovano là sono stati scelti da un reparto della ricambi in base alla loro esperienza».

Steu gli rise in faccia: «Quando mi trasferite?».

«Adesso.»

«Adesso? E i lavori che devo finire?»

«Non si preoccupi, in corso Peschiera nuovi lavori e nuova vita.»

Steu e Bertone si alzarono contemporaneamente, la boccuccia del capo officina disse: «Vada nel piazzale sette e attenda, un camion di servizio passerà a prenderla».

Il camion scaricò Steu davanti a un rudere con il tetto a dente di sega. Si ritrovò in un cortiletto di pietre e buche. Era solo, dall'interno giungevano rumori intermittenti, qualche sibilo, martellate sorde. Pensò di scappare, mettersi a correre, ma questa volta il suo cervello era un foglio bianco, nessuna soluzione, nessuna idea, soltanto due passi e bussare alla porticina di ferro. Venne ad aprirgli un guardiano, gli fece cenno di seguirlo. Attraversarono un andito buio e si ritrovarono in un grande salone che sembrava il refettorio della prigione di Nizza. Una decina di operai si accorsero del suo arrivo, mollarono il lavoro, fecero le presentazioni: «Benvenuto all'officina Stella rossa». Gli dissero: «Oggi sei il primo, vedrai quanti ne arriveranno nelle prossime settimane». Il leader del gruppo era Anselmo, baffetti color ruggine e la fronte una piazza d'armi. Gli diede una pacca sulla spalla, gli disse di prepararsi: «Sarà lotta dura. La chiamano officina sussidiaria ricambi, in realtà arrivano compagni di ogni categoria e mansione, è per questo che ormai è per tutti officina Stella rossa. Ci stanno raccontando un sacco di cucche. Un giorno ci dicono che diventerà un'officina per la revisione e l'ammodernamento del macchinario, un altro che diventerà un reparto sperimentale, un altro ancora che sarà il polmone Fiat per la produzione delle parti di ricambio. Tutte storie, siamo un reparto confino».

I compagni ridacchiarono, alcuni sputarono per terra, fecero eco ad Anselmo, «Reparto confino».

Steu disse: «Bella fine per chi ha salvato Mirafiori dai tedeschi».

Anselmo disse che sapeva, lo conoscevano di nome, era uno di quelli che nei giorni della Liberazione si erano appostati sui tetti per sparare ai nazisti.

L'officina era in condizioni disastrose, com'era possibile lavorare lì dentro? Rottami ovunque, grovigli di parti elettriche, attrezzature vecchie di trent'anni accatastate contro i muri. Gli uffici erano posti a un lato del salone, sopraelevati.

Steu andò a cambiarsi, gli spogliatoi e il refettorio erano al piano interrato, le panche e gli armadietti e i tavoli galleggiavano in un mare di fili e polvere. Sopra ai gabinetti c'erano delle lampade rosse e gialle inutilizzate da chissà quanto, lampade spia. In un portalampade del refettorio trovò anche un piccolo microfono e decine di cavi schermati.

Quando tornò al salone Anselmo si lisciò i baffetti e gli disse che prima di essere acquistato dalla Fiat quello stabilimento era appartenuto a un fascista che lavorava con i motori a scoppio; li aveva visti i cavi schermati e le lampade spia? Avevano deciso di lasciarli come ricordo dell'infamia.

Anselmo puntò l'indice in alto: «Guarda là» disse indicando gli uffici sopraelevati.

Steu strizzò gli occhi.

«Le vetrate interne hanno delle feritoie a saracinesca; basta azionarle per creare una fessura e godersi lo spettacolo. Un osservatorio perfetto, siamo sotto tiro tutto il giorno.»

«Prima i fascisti e adesso i padroni, non è cambiato niente.»

«La strada è ancora lunga» disse Anselmo.

I colleghi della Stella rossa avevano ragione; nei giorni successivi arrivarono parecchi altri compagni. La Fiat, dopo lo sciopero contro la legge-truffa, aveva deciso di sferrare un attacco nei confronti degli attivisti che avevano convinto le maestranze a scioperare. Arrivò anche qualche impiegato, arrivò uno scricciolo di uomo, sarà stato alto un metro e mezzo e aveva un tic alla spalla destra, la alzava e la abbassava al ritmo di una musica immaginaria. Si chiamava Osvaldo, tutti lo chiamavano Tumin perché ogni santo giorno nel suo baracchino c'erano soltanto tomini, quelli rossi con il peperoncino e quelli verdi con prezzemolo e aglio. Tumin aveva la stessa età di Steu ed era stato un suo grande tifoso prima della guerra, ricordava alla perfezione il trionfo al campionato piemontese, la fuga vincente al Memorial di Gassino, le vittorie da allievo e dilettante. Lo aveva seguito attraverso i giornali anche nella sua avventura francese. Tumin gli ricordò episodi che Steu aveva quasi cancellato dalla memoria, come quella volta che staccò tutti sui tornanti che salivano al colle del Lys ma forò a pochi chilometri dall'arrivo e dovette scendere dalla bicicletta per sostituire il copertone, ci provò, ma quella maledetta gomma non ne voleva sapere di gonfiarsi e Steu perse la pazienza, «Ricordi? Hai preso la bici e l'hai lanciata contro il muro». Rise Tumin. Anche Steu rise, «Bei tempi, sembra una vita fa».

Steu fu molto affettuoso con lui, quale onore, un biografo tutto per me. E un lunedì mattina gli portò un regalo che quasi Tumin sveniva, la maglia della sua prima gara da professionista, quella arancione con su scritto Perrin Marseille. La spalla destra di Tumin accelerò, una specie di boogie woogie, poi lo abbracciò: «Grazie campione».

Nessuno sapeva bene cosa fare in quella catapecchia di corso Peschiera, dalla direzione non arrivavano disposizioni. Gli operai provarono a darsi da fare, smontarono ogni macchina fino all'ultimo bullone per rimetterle in sesto, ma non essendoci alcun programma di lavoro procedevano al rallentatore.

«La Fiat ci ha rinchiusi qui dentro per isolarci prima che ci siano le elezioni per le commissioni interne e le elezioni politiche» diceva Anselmo. Per lui lo scenario era chiaro: «Se la legge-truffa passa e la Dc si prende tutto, la Fiat chiude baracca e burattini e ci manda tutti a scopare il mare».

E allora, perché spezzarsi la schiena? Piuttosto che revisionare macchine distrutte, perché non commentare gli articoli dell'"Unità" e utilizzare l'orario di lavoro per preparare i discorsi da fare la sera in sezione?

Steu si consultò con Ivo, che diede ragione ad Anselmo: «Vediamo cosa accade alle elezioni di giugno, ora fate il minimo indispensabile».

C'era ben poco da fare, l'unica mossa imprescindibile era rendere dignitosi refettorio, spogliatoi e servizi igienici. Ormai erano quasi in cinquanta là dentro e i bagni soltanto quattro. I primi giorni di marzo furono giorni di pioggia, i sotterranei divennero un pantano di cemento e polvere, l'acqua fuoriusciva dai condotti e si infiltrava sotto il pavimento. La manutenzione dei gabinetti era un'impresa, mancava qualsiasi schema di passaggio delle tubazioni e i cavi elettrici erano murati. Un giovedì pomeriggio Steu e Tumin e una squadra di operai si misero di buzzo buono per levare via la palta, meglio un cacatoio decente che stare al piano di sopra a revisionare pezzi che non avrebbe potuto sistemare neanche Gesù Cristo. Si armarono di secchi, scope e pale. Lavorarono duro e se la contarono. Tumin sapeva tutto delle gesta ciclistiche di Steu, ma nulla dei suoi anni da pontiere in Russia e dell'attività da sappista in Mirafiori durante la Resistenza. Tumin era in montagna a quei tempi, non era partito soldato perché figlio unico di una vedova di guerra, ma dopo l'armistizio non ci aveva pensato due volte ed era salito nelle Langhe per raggiungere le brigate Garibaldi: «Sempre stato comunista fino al midollo. Il giorno in cui mi sono caricato la sacca sulle spalle e sono partito per Canelli è la prima volta che mi sono sentito un vero uomo. E sulle montagne mi sono fatto valere, non farti ingannare dalle apparenze, non credere al mio metro e mezzo, ne ho fatti saltare per aria tanti di nazifascisti» disse Tumin.

Steu gli raccontò di Remo, il suo fridèl, che beffa: «Ucciso proprio sulla linea del traguardo». Tumin gli raccontò di sua moglie, non si capiva mai se aveva la luna o il mal di testa, lavorava in casa, ci sapeva fare con la macchina per cucire. Il loro orgoglio era Pinuccio, sei anni, uno scalmanato.

Tornarono al piano superiore nel tardo pomeriggio, dopocena ciascuno sarebbe andato in sezione, Steu a Barriera Nizza e Tumin a Borgo San Paolo. Videro un gruppetto di operai riuniti davanti alla porticina d'uscita dello stabilimento. Tenevano la testa bassa e sussurravano.

Anselmo era già scappato in sezione, stava parlando un verniciatore spedito al confino dalla Grandi Motori. Quando vide Tumin e Steu avvicinarsi, chiese se già sapevano, Tumin e Steu si guardarono stupiti.

«È morto il compagno Stalin.»

Tumin e Steu si tolsero il berretto. Tumin disse: «Onore al compagno Stalin».

I colleghi assentirono. Ora dobbiamo organizzare la giornata di domani, facciamo una manifestazione interna? Scendiamo in strada per la commemorazione? Ci asteniamo dal lavoro in segno di lutto?

Non era il momento di decidere, né ne avevano facoltà. A ore si sarebbero espressi sia il partito sia la Cgil, l'unica cosa sensata era andare in sezione e attendere direttive, ogni fabbrica avrebbe trovato il modo più consono per onorare la memoria del Piccolo Padre.

Quella sera Steu e Fernanda cenarono a casa di Ivo e Nerina. Anche loro si erano trasferiti in Barriera Nizza dopo il matrimonio. E anche loro vivevano in un bilocale angusto e pulito. Da un anno era nata Antonella, aveva preso dal padre, spalle grosse e piedi grandi. Fernanda aveva occhi solo per lei, Nerina era indaffarata tra la cucina e le chiacchiere con i due uomini. Ivo raccontò che al partito si diceva che il compagno Stalin avesse subito un colpo apoplettico qualche giorno prima, «Ma in Russia non sono come da noi, non hanno la brutta abitudine di mettere le cose in piazza. Le notizie le danno soltanto quando sono certe».

Fu una cena frugale, pomodori e uova sode, la sezione li attendeva, sarebbe rimasta Fernanda a badare alla bambina.

La serata fu più rumorosa del solito, il fumo una nebbia fra bandiere rosse e gigantografie di Marx e Lenin e Togliatti e Stalin. L'opzione prevalente per il giorno dopo fu quella di sospendere il lavoro per un quarto d'ora. Si dissero tutti d'accordo: «Non facciamo il gioco dei padroni, non è il caso di lasciarsi andare a eccessi». Come spiegò Ivo mettendosi in piedi su un tavolo, il momento era durissimo, presto si sarebbe insediata in Italia la nuova ambasciatrice americana Clara Boothe Luce, anticomunista feroce, oltreoceano già si ipotizzava di bloccare gli aiuti a quelle aziende italiane in cui il sindacato comunista controllava oltre la metà dei voti, tra queste la Fiat. Si votò per una commemorazione intensa, toccante, «Attenzione compagni, niente di plateale».

Il mattino dopo, non appena entrarono in officina, gli operai della Stella rossa andarono alla bacheca dei comunicati. Anselmo vi attaccò l'ultima pagina dell'"Unita", un'enorme foto del capo scomparso. Poi tornarono ai propri posti. Dopo venti minuti arrivarono due sorveglianti, varcarono la porticina d'ingresso, non guardarono nessuno, si recarono al piano sopraelevato, quello degli uffici. Scesero dopo una decina di minuti e si avviarono verso la bacheca. Camminavano fianco a fianco, testa bassa e passi silenziosi. Alcuni operai intuirono, «Dove state andando?», «Cosa volete fare?». I due sorveglianti arrivarono alla bacheca, «È un ordine della direzione» disse l'uno, l'altro non disse nulla, staccò la pagina listata a lutto. All'improvviso il silenzio fu totale, le macchine si fermarono, soltanto qualche colpo di tosse, il cigolio delle scarpe con le suole di gomma; gli occhi dei cinquanta confinati erano fissi sul sorvegliante che aveva rimosso Stalin e lo stava piegando in quattro per metterselo nella tasca della giacca. Il silenzio si fece ancora più profondo, tutti immobili, tutti a testa alta e con le braccia distese lungo i fianchi. I sorveglianti se ne andarono. Furono dieci minuti di silenzio solenne, poi Anselmo alzò il pugno, in un attimo i pugni chiusi furono cinquanta, cinquanta le voci che cantarono: «Su, lottiamo! L'ideale nostro alfin sarà l'Internazionale futura umanità!».

19 marzo 1953

Erano in ritiro ad Arma di Taggia, dieci giorni dopo era in programma la Milano-Sanremo, la classicissima di inizio stagione, e Perrin aveva deciso di non badare a spese affinché la sua squadra giungesse pronta all'appuntamento.

Nando scrollava la testa e se la rideva. Era rimasto solo nella hall dell'albergo, i compagni erano saliti in camera per prepararsi all'uscita di gruppo, lui no, aveva trovato una copia dell'"Unità" alla reception e se l'era portata a tavola insieme alle fette biscottate e alla marmellata.

Perrin gli passò di fianco e gli chiese cosa cazzo aveva da ridere: «Vai a cambiarti, oggi vi faccio fare e rifare i tre capi fino a che il cuore non vi esce dal culo».

«Subito direttore» rispose Nando, ma continuava a ridacchiare: «Guardi qui» e puntò l'indice sul titolo. C'era scritto *Stalin è morto.*

Perrin disse che lo sapeva e che non ci trovava niente da ridere, «Se abbiamo battuto i nazisti è grazie a lui». Nando scrollò di nuovo la testa, non era quello che lo faceva ridere, indicò quanto c'era scritto sopra il titolo: *Gloria eterna all'uomo che più di tutti ha fatto per la liberazione e per il progresso dell'umanità*. Poi fece andare l'indice a zig zag per la pagina, quasi sussultò quando lesse che se n'era andato l'alfiere mondiale della pace.

«Ancora a ridere?» disse Perrin mollandogli un ceffone sulla nuca. «Sta' a vedere che sei fascista.»

Nando annuì: «In questo albergo ci sono tutti i giornali meno il "Secolo d'Italia", hanno di nuovo paura di noi».

«Nando, vai a fare in culo.»

Con una piega sarcastica stampata sulla faccia, Nando attraversò la hall e prese le scale due gradini alla volta, fece in tempo a dire «Stalin alfiere della pace, questa è bella» prima che Perrin gli urlasse dietro: «Fai veloce che oggi ti faccio cacare sangue».

La corsa si sarebbe decisa sui tre capi che in rapida successione precedono Imperia: capo Mele, capo Cervo e capo Berta, tre brevi salite da percorrere a tutta prima della sparata finale verso Sanremo. Soltanto conoscendo ogni singolo centimetro di quei venti chilometri adagiati sul mare Raymond e i suoi avrebbero potuto giocarsela con Coppi, Bartali, Van Steenbergen e gli altri campioni all'arrivo di via Roma. Perrin si era dato da fare a prenotare alberghi e coinvolgere i meccanici migliori, aveva fatto di tutto perché ogni ingranaggio fosse al posto giusto.

L'avventura nei professionisti della Perrin Marseille procedeva senza squilli, i costi aumentavano ogni anno e il ritorno d'immagine non era all'altezza delle aspettative. Raymond aveva vinto diverse corse, Armand si era fatto valere con un paio di affermazioni, ma non era ancora arrivata la vittoria in una grande classica capace di far parlare il mondo intero di Perrin e della sua squadra. La Milano-Sanremo di quell'anno era l'occasione giusta, Raymond non era mai andato tanto forte.

Quando i ragazzi furono pronti per l'uscita e si ritrovarono nel piazzale dell'albergo, Perrin chiamò a sé Nando. Gli disse che invece di pensare a Stalin doveva prepararsi alla corsa della vita: «In gara voglio che superi te stesso, voglio che parti all'attacco all'inizio di capo Mele e ti sfondi le gambe fino a capo Berta, non deve scappare nessuno, capito? Non un moscerino deve uscire dal gruppo. Tu, Michel, Armand, il capitano, non vi ho mai visti così in forma. Questa volta dobbiamo entrare nella storia».

Nando disse: «Ci entreremo».

L'allenamento andò alla grande, i dodici corridori della Perrin Marseille spinsero come ossessi, ogni pedalata un'esplosione di furore. Si diedero il cambio a tirare ogni cinquecento metri per tenere l'andatura costante e rispettare alla lettera le consegne del direttore: non un attimo di cedimento, attaccare i tre capi, ritmo altissimo nei falsopiani. Nando fu tra i più forti, un treno lanciato sull'Aurelia, cosce come pistoni. Era il più vecchio della squadra, ma forse soltanto ora, all'alba dei trentatré anni, stava raggiungendo l'apice della carriera.

Sulla strada del ritorno si sprecarono i complimenti, «*Tu es une bête*», «*Nandò, la locomotive*». Tutti d'accordo, quegli occhi da bue erano stati un grande acquisto, difficile trovare un italiano così affidabile. Poi, quando arrivarono in albergo, Perrin lo fece sognare. Gli mise il braccio attorno al collo: «Nando, correremo tutti per Raymond, ma se per caso il capitano non dovesse essere in giornata, sappi che tocca a te. Hai le carte in regola per arrivare primo in via Roma».

Nando fece sì con la testa, non riuscì neanche a rispondere, mai nessuno aveva avuto tanta fiducia in lui. Soltanto Steu, sì, Steu. Quel bastardo qualche anno prima nel parlatorio della prigione di Nizza glielo aveva detto, sei un bel discesista e hai un buono spunto allo sprint, in una volata ristretta puoi dire la tua, una volta, una volta nella vita fai la tua corsa e non obbedire all'uomo forte.

Nando consegnò la bici ai meccanici della squadra e continuò a fare sì con la testa. Perrin gli disse altre cose, Nando neanche sentì, era in estasi. Finalmente era giunto il suo momento, altro che il Gran Premio Fiat di quattordici anni prima, altro che quel confronto tra dilettanti che aveva visto Steu arrivare dietro soltanto a Coppi; se le cose fossero andate per il verso giusto avrebbe messo la sua firma su una delle corse più importanti del mondo. Dopo una vittoria così avrebbe avuto due alternative: morire felice o trascorrere il resto dell'esistenza a raccontare per filo e per segno quel sabato di marzo.

I giorni successivi furono giorni felici. In squadra l'umore era a mille, la condizione fisica ottimale e cresceva la speranza che i grandi si marcassero tra loro finendo per favorire i colpi di mano. Era già successo mille volte nella storia del ciclismo, perché non poteva succedere anche quella volta?

La sera prima della gara, i ragazzi erano alloggiati in un albergo fuori Milano. Dopo cena le carte e poi nanna. Perrin attese le nove per augurare a tutti la buona notte e fare un discorso alla squadra. Disse che si erano allenati come cannibali, finalmente aveva visto il fuoco nei loro occhi: «Ricordatevi sempre che i bravi ragazzi vanno bene a fare i finocchi in ufficio, non a correre la Milano-Sanremo». Poi promise che in caso di vittoria si sarebbe svenato, il premio ce l'aveva già in testa, una mazzetta di franchi e una serata con le più belle puttane di Marsiglia. Tutti sollevarono i bicchieri e brindarono ad acqua naturale. Poi si alzarono da tavola, si strinsero le mani l'uno con l'altro e si diedero appuntamento per la colazione, «*Allez, l'histoire nous attend*».

Nando si sentiva sereno come poche altre volte in vita sua. Gli venne voglia di chiamare Emma e Pierina. Non le sentiva da capodanno, non era mai stato così tanto senza avere loro notizie. Da quando se n'era andato dalla valle, le aveva sempre chiamate ogni quindici giorni. Chiese a Perrin il permesso di ritardare di pochi minuti il ritorno in camera, «Due parole, direttore, due parole che mi faranno volare». Perrin acconsentì, «Se è per volare va bene, ma una cosa veloce». Gli indicò la cabina telefonica della hall, gli disse che l'avrebbe aspettato fuori, andava a letto soltanto dopo essersi assicurato che tutti i suoi ragazzi fossero sotto le coperte.

Il telefono suonò a vuoto per una trentina di secondi, poi Emma rispose: «Nando! Dov'eri finito?».

«Sono a Milano, domani c'è la Milano-Sanremo.»

«Perché non hai più chiamato? Sei un lazzarone.»

«Hai ragione, ho avuto mille cose da fare, gli allenamenti non mi hanno dato tregua.»

«La verità è che non ci vuoi più bene.»

«Non dirlo neanche per scherzo. È che da qualche tempo mi sono dedicato anima e corpo alla bici. Per domani ho in mente un numero speciale.»

«Che numero?»

Nando stette in silenzio per un po', ora che lei era tutta orecchi quasi si vergognava.

«Che numero?» ripeté Emma.

«Vincere.»

«Sarebbe bello, ma Raymond non c'è?»

«Eccome se c'è, ma il direttore mi ha detto che se non è in giornata tocca a me.»

«Allora speriamo che non sia in giornata.»

«Non so neanche io... Un po' mi dispiacerebbe... È il mio capitano.»

«Non ti ha insegnato niente la guerra?»

Cosa c'entrava adesso una domanda del genere? Voleva mica fargli la morale? Forse quella telefonata non era stata una grande idea. «Vedremo cammin facendo, in corsa sono le gambe a schiarirti le idee.» Poi assunse un tono sbrigativo e le chiese come andassero le cose in fabbrica.

La donna fece una serie di sospiri, il tessile è in crisi nera, la concorrenza è spietata, se continua così vendo tutto, ma chi compra?

«Ah...» disse Nando. Non era nello spirito giusto per dire altro, i suoi pensieri erano tutti per la gara, non aveva la minima idea di chi potesse essere interessato ad acquistare un cotonificio in declino. Disse cose generiche, tipo che tutto si sistema. Poi guardò attraversò il vetro della cabina e vide Perrin che picchiettava l'indice sull'orologio.

«Emma devo scappare, ho il direttore alle costole, passami Pierina che faccio un saluto veloce anche a lei.»

«Piera è a spasso con il suo bello.»

«Il suo bello?»

Emma rise, disse che il tempo scorre: «Pierina è diventata una signorina. Ormai ha diciotto anni, è piena di spasimanti, questo Luca sembra fare sul serio».

Nando si passò una mano tra i capelli. È piena di spasimanti? Questo Luca fa sul serio? Cosa sta succedendo? Non riuscì a dire nulla, sentì che cominciava a sudare. Perrin bussò e gli fece segno di tagliare.

Nando chiese un minuto, ancora un minuto.

«Cosa vuol dire che questo Luca fa sul serio?»

«Ha delle intenzioni ed è un buon partito, studia da avvocato, suo padre è uno dei legali più in vista di Pinerolo.»

Le ultime parole di Emma scatenarono in Nando il demonio, quella rabbia cieca e improvvisa che sin da ragazzo lo costringeva a prendere a calci tutto ciò che gli capitava a tiro.

Picchiò il pugno contro il muro, picchiò forte, picchiò due volte. Perrin fece per aprire la porta della cabina ma Nando glielo impedì. Emma gli chiese cosa fosse successo, cos'era quel trambusto?

«Passami Piera.»

«Sei matto? Ti ho detto che è uscita.»

«Quanti anni ha?»

«Chi?»

«Il figlio dell'avvocato.»

«Ventidue.»

«Chiamo domani sera. Vi chiamo da Sanremo.»

Emma gli disse che poteva chiamare quando voleva, «Però sei un bel tipo, non ti sei fatto sentire per tre mesi...».

«Voglio sentirla.»

«Sarai mica geloso di Piera?»

Nando disse figuriamoci. Mise giù. Gli faceva male il polso, e il dolore alla mano si confuse con il pensiero dello studente che voleva portargli via Pierina e l'immagine di loro due che si baciavano sotto i portici. Non aveva alternative: doveva tornare in valle.

Uscì dalla cabina a passo veloce, si diresse verso le scale. Il polso pulsava, pregò dio che non ci fosse nulla di rotto. Perrin lo seguì come un'ombra: «Con chi hai parlato? Con una puttana che non te la vuole dare? Pensa a correre, per la figa c'è tempo».

Nando disse buonanotte senza neanche guardarlo. La sua camera era al primo piano. Avrebbe atteso che Perrin si ritirasse per scendere alla reception e farsi dare ghiaccio e pomata, con tutta probabilità la mano si sarebbe gonfiata.

Fu una notte eterna. Tutto il tempo a rigirarsi nel letto con il polso dolente e l'immagine di Pierina e dello spasimante sempre più nitida. Una volta se li figurò a Ulzio abbracciati davanti alla chiesa di Santa Maria Assunta, lei a guardarlo adorante. Poi mano nella mano a gironzolare per le vie medioevali attorno al duomo di Pinerolo, infine la visione più violenta, Pierina sotto e il figlio dell'avvocato sopra, lei a godere e lui a darci dentro.

Si accorse di sudare freddo, fa questo effetto quella roba che chiamano gelosia?

In camera con lui c'era Armand, sonno da ciclope. Quanto avrebbe dato per essere solo, tenere la luce accesa, andare su e giù dal bagno alla finestra, guardare la strada che correva cento metri più in basso. Perché non aveva mai considerato che Pierina stava diventando grande? Perché aveva rimosso il pensiero che una ragazza così bella non appena avesse compiuto i diciotto anni sarebbe diventata una delle prede più ambite?

La sveglia suonò alle sei. Armand disse che dopo una dormita così era impossibile non disputare una gara da leoni. Nando avrebbe dato qualsiasi cosa perché fossero già le otto di sera, tutti quei chilometri alle spalle, chiamare Pierina, all'ora di cena l'avrebbe trovata di sicuro.

Perrin radunò tutti nella hall e diede le ultime indicazioni. La tattica era quella studiata in settimana, affrontare il Turchino nelle posizioni di testa e scatenarsi una volta arrivati in Liguria, fare i tre capi a mille e scremare il gruppo facendo in modo di portare Raymond a Sanremo in un piccolo plotone. Anche il piano B era quello elaborato nei giorni precedenti: «Se Raymond non ha la gamba, dopo i tre capi comanda Nando, tutti correranno per lui».

A Nando venne un groppo in gola a sentire quelle parole, neanche dieci ore prima si sentiva potente come un carro armato, poi quella telefonata, quel pugno pazzo, quel secondo pugno ancora più pazzo, Pierina da riconquistare.

I ragazzi partirono per Milano con l'umore a mille, cantarono ballate francesi dal ritornello facile, Perrin chiese a Nando perché quella faccia. Hai sempre in testa la zoccola della telefonata? «Tutto a posto» rispose lui.

Quando i corridori furono alla partenza, Nando si guardò attorno e vide le facce di Coppi e Bartali, vide Kubler, vide Koblet e Van Steenbergen.

Si diede del piciu, ti ha messo messo ko una ragazzina a cui insegnavi il nome delle capitali e vuoi battere i giganti? Provò a riacquistare fiducia scherzando con i compagni di squadra e con i ciclisti italiani che erano vicino a lui, sciolse muscoli e tensione eseguendo esercizi di allungamento in sella, fece tutto ciò che era nelle sue possibilità per entrare nel clima della contesa.

La prima parte della corsa andò bene, il dolore al polso sopportabile, lo scorrere delle ore stava funzionando come anestetico. Sul Turchino le cose presero ad andare ancora meglio, le cosce spingevano, il cuore pompava, Nando non fece alcuna fatica a reggere il passo dei migliori. A pochi chilometri dalla cima una folata di euforia, sarà la giornata più bella della mia vita, arrivo a Sanremo a braccia alzate e poi chiamo Pierina, che bello sentirti, domani vengo a trovarti.

Pedalò ancora più forte, affiancò Coppi e gli altri campioni, accennò a uno scatto per testare le gambe, perfetto, oggi viaggio che sembro una Ferrari.

Scollinarono. Lungo la discesa Nando chiese a Raymond come stesse, il francese disse bene, Nando ci rimase male, ma all'arrivo mancava ancora una vita, nessuno aveva la sua forma, ne era certo, oggi dio era dalla sua parte.

Il gruppo procedette unito fino a che non si affacciò sul mare e infilò l'Aurelia. A Savona accadde qualcosa di strano. Dopo una svolta, dove l'indicazione per Ventimiglia sanciva l'inizio dei cento chilometri finali, il polso di Nando si fece sentire. Cosa diavolo succede? Dopo tanti anni sapeva che le crisi possono giungere improvvise, ma c'è sempre qualcosa che un attimo prima ti avverte, il respiro che si fa più affannoso, la vista meno nitida, come mai quel cazzo di polso se ne era stato a cuccia per più di centocinquanta chilometri e ora pulsava come un'anguilla? Ogni sobbalzo della bicicletta divenne una pena da scontare, il manubrio un nemico cui aggrapparsi per forza, a Nando venne da piangere, dio mio, ti prego, no. Nonostante il favore del vento che soffiava sulla Riviera, anche le gambe lo tradirono, nessun pistone al posto delle cosce, solo due blocchi di marmo. Tenne duro per una ventina di chilometri, Nando ce la devi fare, devi rimanere incollato ai più forti a costo di buttare via la mano appena dopo il traguardo.

La bagarre si scatenò a Varigotti, a una settantina di chilometri dall'arrivo. Se ne andarono in sei, tra loro Petrucci, il vincitore dell'edizione precedente. Con lui cinque assenti dai pronostici della vigilia. Ecco la fuga giusta alla quale accodarsi per sorprendere Coppi e gli altri favoriti. Nando si alzò sui pedali, spinse con tutta la forza del mondo, niente, rimase con la bocca aperta e la testa dondolante a guardare gli altri che se ne andavano. Armand e Michel persero l'attimo, Raymond in persona provò a ricucire lo strappo, ma dovette risedersi dopo trecento metri. Urlò ai compagni che erano dei buoni a nulla, Nando chiese scusa, disse che non era giornata, un maledetto mal di stomaco. Armand e Michel dissero al capitano che la corsa era ancora lunga, avrebbero ripreso i fuggitivi.

Non ripresero nessuno. Ad Albenga il vantaggio dei primi era di un minuto e ai piedi del Berta, quando mancavano trenta chilometri all'arrivo e Nando e gli altri avrebbero dovuto sferrare l'attacco decisivo, sfiorava i tre minuti. Non ci fu niente da fare, né per Coppi né per Bartali, figuriamoci per i ragazzi della Perrin Marseille. Per il secondo anno consecutivo vinse Petrucci regolando in volata i cinque compagni di fuga. Raymond arrivò nel gruppone degli inseguitori, Nando mezz'ora dopo trascinandosi come un automa con la bava alla bocca e l'avambraccio destro appoggiato al manubrio, la mano lo aveva abbandonato da tempo. Trascorse l'ultima ora di corsa con in testa un solo pensiero: arrivare, piuttosto ultimo e all'imbrunire, ma tagliare il traguardo, per sé e per dimostrare a Pierina cos'è in grado di fare un vero uomo. Per nessun motivo si sarebbe ritirato, stasera avrebbe raccontato a entrambe che aveva corso 282 chilometri con il polso fratturato, sì, una frattura bastarda, ormai ne era certo, troppo male. Dimmi Emma, anche il senso dell'onore non ti garba? E tu, Pierina, dimmi un po', il tuo principino le farebbe sette ore in bicicletta con la mano rotta?

La squadra rientrò a Marsiglia subito dopo la corsa, in pullman non volava una mosca. Perrin era rabbioso come un cane, chissà quando ci ricapita un'occasione così, i grandi dormivano e noi invece di approfittarne abbiamo dormito più di loro. Si era seduto a fianco dell'autista e ogni dieci minuti dava in escandescenze, bestemmiava la madonna e insultava i ragazzi. Ne aveva per tutti, Raymond andava bene a fare il capitano di una squadra di mongoloidi, Alain non era un luogotenente ma un'immensa testa di cazzo. Armand e Michel potevano trovarsi un'altra squadra, dei loro riflessi da bradipi ne aveva i coglioni pieni. Quanto a Nando, c'era ben poco da dire, al momento giusto i mangiaspaghetti si cagano sotto. Urlava e inveiva e l'ira era tale che le parole gli si attorcigliavano in bocca.

Il pullman si fermò nel piazzale della stazione. I ragazzi scesero alla spicciolata, finalmente liberi.

L'ultimo a scendere fu Nando, era tardi, troppo tardi per telefonare a Emma. Si erano fermati un paio di volte durante il viaggio, non una cabina telefonica. Nando friggeva. Friggeva per il male al polso, due antidolorifici non erano serviti a nulla, doveva assolutamente farsi visitare. Ma soprattutto friggeva per Piera; dopo quattro anni in cui aveva placidamente pensato a lei soltanto come alla sua protetta, ora temeva che ogni minuto perso potesse rivelarsi fatale. Erano bastate quelle poche frasi udite al telefono la sera prima perché i suoi sentimenti deragliassero: non era più Pierina, era Piera. Non era più una bambina, era la sposa dei suoi sogni.

Perrin scese subito dopo di lui, propose di accompagnarlo a casa con la sua Peugeot monoscocca. Nando non seppe dire di no.

Era l'inizio della primavera, i locali pieni, le ragazze e i ragazzi seduti nei dehor, il chiasso e l'aglio, l'anice a vampate. La macchina scivolò lenta in quel sabato festoso, ma invece di dirigersi verso Place des Moulins infilò uno stradone che portava a ovest.

«Abito a Le Panier» disse Nando.

«Lo so» disse Perrin.

«Stiamo sbagliando strada.»

«Non ti preoccupare.»

«Direttore, dove mi sta portando?»

«A fare in culo» disse Perrin.

Poi gli raccontò di Antoine, suo figlio, studiava a Parigi, non si fa mai sentire: «Dici che sono un padre di merda?».

Nando gli disse: «No, magari i modi, ecco, forse i modi».

«In che senso?»

«Non so, se tratta Antoine come tratta noi è chiaro che preferisce starle alla larga, ma sono sicuro che le vuole bene.»

«Dici?»

«Dico.»

«Tu mi vuoi bene?»

«Sì.»

«Anche io» disse Perrin.

«Mi dispiace per oggi, davvero, ci credevo» disse Nando.

«Anche la mia prima moglie me lo diceva.»

«Cosa?»

«Che ho dei brutti modi.»

«Si è risposata?»

«È al camposanto. Un cancro del cazzo.»

«Mi dispiace.»

Dove cavolo stava andando Perrin? Nando pensò a un ristorante fuori porta, magari il direttore voleva cenare in compagnia, a quel ciccione non potevano certo bastare i due panini mangiati in viaggio. Tutto gli fu chiaro quando imboccarono Avenue Viton e la Peugeot iniziò a rallentare in vista di una grande H luminosa. La macchina svoltò a sinistra e dopo un centinaio di metri si fermò davanti all'ingresso dell'ospedale.

«Che cosa sta facendo?»

«È rotta.»

«Cosa?»

«Quella cazzo di mano. Credi che sia un coglione? Ho visto ieri sera i pugni che hai tirato contro il muro, e poi tenevi il braccio rivolto verso l'interno, pessimo segnale. E ho visto come pedalavi oggi, sembravi un poliomielitico. Voi italiani pensate sempre di essere più furbi degli altri, siete tutti uguali, come il tuo amico della Fiat che il giorno del col de Turini aveva fatto finta che gli fosse saltata la catena per nascondermi quanto era brocco in volata.» Perrin scosse la testa. Rise, disse: «La catena, perché io sono coglione... La catena, perché io dopo cinquant'anni di bicicletta non mi accorgo se uno la fa saltare apposta».

Anche Nando rise.

Perrin parcheggiò, azionò il freno a mano, «Ti accompagno».

Sedettero su due seggiole sbeccate. Rimasero in silenzio a guardare il via vai di entrate e uscite. Poi Nando adocchiò un telefono a gettoni dalla parte opposta della sala, guardò l'ora, mancavano venti minuti a mezzanotte.

«Direttore, dice che è tardi?»

«Per fare cosa?»

«Una telefonata.»

«Che cazzo di domanda è?»

«Dico in genere, secondo lei è tardi per telefonare?»

«Lo sai che è tardi, ma se me lo chiedi è perché hai già deciso. Chi è? Quella di ieri sera?»

Nando si alzò. Si diresse verso la guardiola dell'ingresso, chiese molti gettoni, era una chiamata internazionale.

Nando compose il numero. Ho poco tempo Emma, passami Piera, solo un saluto. E cosa avrebbe detto a Piera? Boh, qualcosa si sarebbe inventato.

A differenza della sera prima, Emma rispose al secondo squillo.

«Emma.»

«Nando! Sei matto a chiamarmi a quest'ora? Mi fai spaventare. Come stai?»

«Bene.»

«Di nuovo Petrucci, ho sentito alla radio. Tu quanto sei arrivato?»

«Sono arrivato» disse Nando. Non le disse né dell'onore né che aveva corso sette ore con il polso a pezzi. Disse soltanto: «Passami Piera».

«Piera non c'è, è sabato sera.»

«È quasi mezzanotte.»

«E allora? Stasera c'è una festa, le ho dato il permesso di tornare a mezzanotte.»

«Con chi è?»

Emma tacque per qualche secondo. Poi prese a parlare con un tono elettrico, nessuna traccia della consueta dolcezza. Gli disse che non era stupida: «Piera ha diciotto anni, tu trentatré, non essere ridicolo. Per lei sei come un fratello maggiore.

Vieni a trovarci quando vuoi ma toglitela dalla testa». Chiuse la telefonata.

Il turno di Nando venne soltanto alle due di mattina. Ritornò dopo più di un'ora ingessato fino all'avambraccio, anche mignolo e anulare bloccati. Perrin lo vide sbucare dalla porta a vetri della corsia e subito bestemmiò.

«Frattura del quinto osso metacarpale, un mese di gesso e poi tre per recuperare forza e mobilità. Stagione finita» disse Nando scuotendo la testa.

Perrin si diede una manata sulla coscia: «Lo sapevo, tutto per una troia, le donne rovinano la vita, l'ho sempre detto. Un professionista non può spaccarsi la mano perché tira un pugno contro un muro. Cosa hai nel cervello? Segatura?».

Nando disse che aveva due croci: una era quel demonio che ogni tanto lo prendeva e gli aveva fatto tirare quei due pugni maledetti; l'altra una cosa orribile che aveva fatto in guerra, non l'avrebbe mai raccontata a nessuno, se la sarebbe portata nella tomba. Perrin disse che se sentiva il bisogno di parlarne lui era lì, ma Nando disse no, non poteva, solo a pensarci gli mancava il respiro, anzi sto già sudando, mi manca il fiato, nessuno saprà mai. Perrin lo prese per il braccio e lo tirò su: «Dài, andiamo».

Si salutarono sotto casa. A Nando venne da abbracciarlo, «Grazie direttore». Perrin ricambiò l'abbraccio con stupore e un paio di pacche sulla schiena: «Pochi mesi e sei di nuovo con noi».

Nando annuì, ma qualcosa gli diceva che era l'ultima volta che lo vedeva.

«Ora cosa farai?» disse Perrin.

Sarebbe tornato a Torino, la rieducazione l'avrebbe fatta a casa, suo padre e le zie l'avrebbero trattato da re: «Cosa resto a fare solo come un cane in una topaia di Le Panier?».

Perrin gli disse che se il problema era la topaia si sarebbe adoperato per trovargli una sistemazione più decorosa, ma lo capiva: «Si guarisce meglio a casa. Cosa farai in questi mesi? Studia. Qualche soldo da parte l'hai messo, fai qualche corso di specializzazione, hai la tua bella età e la vita del professionista è breve».

Perrin gli diede un buffetto sulla guancia, tornò alla macchina trascinando i piedi e tirandosi su i pantaloni fino a metà pancia.

«Direttore?» Nando agitò la mano sana per salutarlo ancora una volta.

Perrin si voltò: «Buona fortuna, coglione».

11 marzo 1955

Fernanda stava male. Di cantare aveva smesso da tempo, ti tengono un mese e poi devi cercare un altro posto, per un motivo o per l'altro arriva sempre una più brava o più furba di te. Fernanda soffriva, un po' per le nausee della gravidanza, un po' perché l'avevano trasferita dal Lingotto alla scuola allievi. Non che prima fossero rose e fiori, ne aveva sempre una, sua mamma e le sorelle le dicevano che era nata malfatta, ma passare dalle colleghe del Lingotto alla solitudine di un seminterrato era stata una batosta. Era successo tre mesi prima, da allora soltanto isolamento, emarginazione e una sequenza di telefonate da smistare. Per qualche tempo fece finta di nulla, poi il patatrac.

Stefano tornò a casa dal lavoro e la trovò sul divano, girata sul fianco e con le ginocchia abbracciate: «Mi è venuto l'esaurimento nervoso».

Stefano le sedette vicino, le carezzò il pancione, spiegami cos'è questo esaurimento nervoso. Lei gli disse che aveva sempre brutti pensieri, tipo i morti e gli incidenti, gli disse del cuore, batteva talmente forte che sembrava uscisse dallo stomaco, il senso di disperazione quando al mattino suonava la sveglia, «Sudo freddo e mi viene lo spavento anche se non c'è niente da spaventarsi. E poi ogni tanto mi viene paura di...». Fernanda si interruppe.

«Paura di?» Stefano la invitò a continuare.

«Paura di fare cose strane, tipo un raptus.»

«Un raptus?»

«Un raptus. Me lo diceva sempre la mia collega Zoe del raptus, suo nonno ne aveva avuto uno e si era buttato giù dal balcone. Anche uno zio di sua madre aveva pugnalato un amico per un raptus.»

Stefano provò a sdrammatizzare, disse che nella famiglia di Zoe dovevano prenderla più bassa con questa storia dei raptus. Ma non servì a nulla. Fernanda riprese a piangere: «In quell'ufficio di via Dante mi sento sepolta viva, mi manca l'aria».

Stefano sapeva che era soltanto colpa sua se l'avevano segregata in uno sgabuzzino. Temeva ritorsioni da quando lo avevano spedito al reparto confino, per più di un anno non era accaduto nulla, ma sei mesi prima a casa di tutti gli operai era arrivata una lettera anonima indirizzata a madri e mogli, si voleva distruggere la Fiom e c'era scritto che le elezioni delle commissioni interne avrebbero chiarito quali sono i lavoratori che prima di votare pensano alla propria famiglia e quali invece se ne fregano. C'era scritto: *Madri, mogli, adoperatevi, nell'interesse vostro e dei vostri cari, affinché vostro marito, vostro figlio o vostro padre non sia tra quelli.*

Dieci giorni prima di Natale la comunicazione, per Menini Fernanda destinazione sottosuolo.

Cosa poteva farci? Rinunciare alle sue idee come l'ultimo dei vigliacchi? Piegarsi ai ricatti della Fiat? Ne era certo, prima o poi sarebbe riuscito a fuggire e a mettersi in proprio, Fernanda avrebbe potuto rimanere a casa, badare ai figli e fare una gran vita, si trattava soltanto di tenere duro ancora un po'. Prima dell'estate sarebbe diventato geometra, le sue competenze crescevano di giorno in giorno.

Quella sera la prese tra le braccia e le disse di stare tranquilla, di fidarsi di lui, avrebbero risolto tutto, la gravidanza l'avrebbe aiutata, se voleva poteva licenziarsi, sarebbero andati avanti per un po' con un solo stipendio. E le disse del suo amico Tumin, conosceva un medico in gamba, anche sua moglie aveva le lune, ma questo dottor Bricarello le aveva prescritto le medicine giuste ed era guarita.

Le disse che il giorno dopo l'avrebbe portata a vedere una

sfilata che era una meraviglia, una roba della Fiat, tappiamoci il naso e gustiamoci il bello, «Cosa ne dici?».

«Va bin» disse lei. Stefano si abbassò, appoggiò l'orecchio sul suo pancione, senti come scalcia, è un bestione, avrà il baricentro basso e le gambe muscolose, un centravanti di sfondamento se sarà maschio, una centometrista se sarà femmina.

«Per me maschio o femmina è uguale, l'importante è che stia bene» disse Fernanda.

«Anche per me. Ci mancherebbe altro» disse Stefano. Balle, Fernanda sapeva che avrebbe venduto l'anima al diavolo purché nascesse maschio.

Il giorno dopo li accolse una giornata di pioggia pedante. A Fernanda venne subito da rinunciare: «Cosa andiamo a fare con questo tempo? Non è meglio se rimaniamo a casa?».

Stefano si impose: «No, ora ti vesti e usciamo, forza».

Scesero dal tram all'altezza del bar Zucca, Stefano le ordinò un cappuccino con una montagna di panna, per lui un amaro, poi andarono a prendere posto in via Roma.

La sfilata si profilava all'orizzonte, le motociclette dei vigili guidavano il corteo, gli applausi si propagarono da piazza Carlo Felice fino al fondo della via.

Stefano disse: «Guarda quanti camerieri, guarda quanti servi di Agnelli, guarda come sono tutti contenti del loro padrone».

Fernanda gli disse di non fare sempre il bastian contrario, era stato lui a voler venire.

Stefano rispose che era venuto per vederli con i suoi occhi: «Guarda che banda di ciucchi. Sbavano per le macchine della Fiat, pregano gli Agnelli come fossero delle divinità. Pajasu, piciu, badòla, falabràc...».

E poi ancora: «Batuma le man! Viva Valletta, viva Agnelli, viva la schiavitù, viva i padroni!». Fernanda, imbarazzata, si spostò qualche metro di lato, fece finta di non conoscerlo. Lui la raggiunse, le mise un braccio attorno al collo.

Poi tutti i semafori di via Roma si fermarono sul verde. Gli applausi crebbero d'intensità: ecco le Seicento. Era la macchina, così dicevano, che avrebbe permesso ai poveri di sentirsi meno poveri e ai ricchi di sentirsi più buoni, era l'automobile deputata a far sognare anche chi non aveva mai avuto nulla da sognare.

Fernanda era ammaliata, gli occhi grandi come nei giorni belli, Stefano era orgoglioso di averla distratta dai cattivi pensieri. Piaceva anche a lui la Seicento, eccome se gli piaceva, padroni o no faceva un certo effetto, ma ostentò indifferenza, rimase con le mani in tasca tutto il tempo, strozzò qualche sbadiglio.

Fernanda disse: «Ce la potremo permettere anche noi».

«Molto presto. Avremo una macchina così grande che la Seicento la metteremo nel baule come ruota di scorta.»

Davanti a Palazzo Madama a centinaia i cittadini si misero in coda per guardare dentro le vetture: le imbottiture, il cruscotto, le portiere che si aprivano controvento. Era un aeroplano.

Stefano e Fernanda restarono sotto i portici e poi si incamminarono a ritroso in via Roma per salire sul tram che li avrebbe riportati a casa, troppo pericoloso filare in Lambretta con una donna incinta.

Fernanda prese Stefano sottobraccio, niente più mignolo nel mignolo, dopo sei anni di fidanzamento e cinque di matrimonio certe moine lasciano il tempo che trovano. Lui continuava a celebrare i fanali della Seicento: «Mi piacciono da matti i fanali, questi poi sono un vero spettacolo, ogni tanto anche alla Fiat l'imbroccano giusta».

«Se ti piacciono così tanto, perché non ti metti nel campo?»

Era fatta così, pensieri bui e poi un lampo improvviso. Andava avanti a intuizioni, nel bene e nel male. Stefano ne era ammirato, lui non sarebbe mai stato capace di idee così astratte. Ma l'idea dei fanali era tutt'altro che astratta, perché era venuta a lei e non a lui?

Fernanda continuò: «Tu vai bene solo se fai le cose che ti piacciono».

«I fanali non hanno ancora mercato e la Fiat se li fa da sé» disse Stefano. Per ora non poteva fare altro che resistere al reparto confino e attendere l'evolversi degli eventi.

Arrivò il tram, Stefano fece salire Fernanda difendendola dalla folla.

Salì anche lui sul predellino, mettermi a costruire fanali, pensa te che idea.

3 aprile 1955

In paese non avevano dubbi, la ragazza che attendevano in chiesa era bella come Grace Kelly.

«Ancora più bella» disse Anna la pettinatrice. Già da mezz'ora era in una delle prime file, per nessuna ragione al mondo si sarebbe persa l'ingresso della sposa. La sua amica Franca annuì: «Piera ha il fuoco negli occhi. Grace no, sembra sempre sulle nuvole». Poi rincarò la dose: «Grace sa di essere bella, si dà troppe arie».

Anna la pettinatrice disse che Piera aveva soltanto vent'anni ma era già una donna: «Perdere il papà così piccoli fa crescere in fretta, in quel modo poi, ammazzato come un cane, non mi ci far pensare».

Che si stesse per sposare la stella del paese era fuor di discussione. Le perplessità riguardavano il tracagnotto che l'attendeva all'altare. Tutti convenivano sul fatto che la figlia di Pelissero avrebbe potuto scegliere di meglio che un operaio da trentacinquemila lire al mese e così tanto più vecchio di lei.

Però era una brava persona, era stato un amico del signor Flavio e dopo la sua morte aveva dato una mano a Emma nel cotonificio. E poi conosceva Piera da quando era una bambina, «Almeno siamo sicuri che le vuole bene, alla fine è quello che conta». Avrebbe potuto permettersi di più, sì, il figlio dell'avvocato di Pinerolo sarebbe stato tutt'altra cosa, ma non era il caso di fare tante storie, nessuno è perfetto. Tutti sapevano che quell'uomo si era fatto in quattro per conquistare Piera; non appena aveva saputo che un buon partito la stava corteggiando, aveva mollato il ciclismo dalla sera al mattino, era entrato in Fiat e ogni santa domenica la andava a trovare in valle. Goccia dopo goccia, ne aveva scalfito la resistenza e ottenuto la mano.

Ecco Piera arrivare nel piazzale della chiesa. Il paese si illuminò della sua bellezza, ma la smorfia con cui tradì il timore di inciampare riportò alla mente di tutti la bambina dai boccoli d'oro. E dal sagrato si levò un applauso.

«Che bella ragazza» disse Fernanda.

Non c'entrava niente con lo sposo. Stefano borbottò: «Lui ha la testa come un televisore, lei come una goccia di cristallo; lei è slanciata come un levriero, lui tozzo come un bulldog».

Stavano in fondo alla chiesa, nell'ultima panca, non conoscevano nessuno, avrebbero presenziato alla funzione e poi sarebbero subito tornati a Torino, niente pranzo, in mezzo a tutti quegli estranei si sarebbero sentiti come due barche nel bosco. E poi nessuno strapazzo per una donna con una creatura in grembo.

Fernanda disse: «Si vede che lei è altolocata».

Nando gli aveva detto più volte che era una creatura di un altro mondo, ma Stefano non immaginava di trovarsi al cospetto di una tale bellezza.

Fernanda disse: «Mi sa che per il tuo amico non sarà facile tenersi una donna così».

In prima fila, proprio dietro Nando, c'era il padre, il fascista della prima ora, quello che gli aveva regalato il cavallino a dondolo con disegnata la faccia del duce. Era identico al figlio, soltanto qualche centimetro in meno e qualche ruga in più.

Piera attraversò la navata centrale, niente più incertezze, essere al centro dell'attenzione le riusciva naturale.

Ebbe un attimo di esitazione soltanto quando incrociò gli occhi di sua madre. A fianco della donna c'era il suo nuovo compagno, un uomo anziano con i baffi a manubrio che assomigliava a un parlamentare di fine secolo. Nando lo aveva soprannominato Giolitti. Quando Emma fu assalita dalla commozione, lui le posò una mano sulla spalla.

Nando era impeccabile, tight e brillantina a lisciargli i capelli troppo folti, gli occhi che sprizzavano orgoglio. Gli uscì anche un bel sorriso, pulito e riconoscente.

Il prete parlò e Fernanda e Stefano riascoltarono le parole che aveva pronunciato padre Lorenzi al loro matrimonio, alla chiesa della Pace di Barriera di Milano; dietro di loro però nessuna faccia da parlamentare o da capitano d'industria, soltanto i genitori di Fernanda con le mani giunte, le sorelle, Giannina e Adriana più ridanciane del solito, Wanda impettita, Nerina che non riusciva a star ferma, e poi Loredano con la sua faccia sempre sul punto di piangere. E sull'altra navata la famiglia di Stefano, Rina con la testa reclinata di lato, la madre dritta come un tenente e il padre con il farfallino rosso e un sorriso ebete stampato in faccia. Steu si era sposato in chiesa per far contenta Fernanda, padre Lorenzi dapprima si era opposto, i comunisti sono dei senza dio, che senso ha per un senza dio come te sposarsi in chiesa? Steu lo aveva preso per il colletto della tonaca, padre Lorenzi aveva capito, siamo tutti figli di dio.

Piera e Nando si promisero di essersi fedeli sempre, nella gioia e nel dolore. Con la grazia di Cristo si promisero di amarsi e onorarsi tutti i giorni della vita. Poi dissero sì, gli anelli furono benedetti e scambiati.

Parenti e amici e paesani si affollarono sul sagrato. Fernanda e Stefano rimasero in disparte anche fuori dalla chiesa; lei si sentiva imbarazzata, fuori posto. Lui non era tipo da far festa e l'umore non era dei migliori: da qualche tempo suo padre si lamentava della stanchezza continua e delle gambe gonfie e due giorni prima la Fiat aveva licenziato Tumin.

All'uscita dalla chiesa fu un trionfo.

Quando Nando vide Steu venirgli incontro, gli fece l'occhiolino e affrettò il passo per stringerlo in un abbraccio: «Hai visto che meraviglia? Altro che la Milano-Sanremo».

3 ottobre 1956

«Perché non piantiamo un po' di insalata?»

L'idea venne ad Anselmo; era alla finestra del refettorio e guardava attraverso le grate, il mento appoggiato alla mano sinistra.

Dietro la fabbrica di corso Peschiera c'era un ampio terreno, perché lasciarlo nudo e incolto?

Steu disse che lui di orticoltura non ne sapeva nulla, ma era una bellezza l'idea di lavorare la natura.

Il giorno dopo insieme a una decina di altri operai si presentarono con tanto di vanga e cappellaccio, sconfinarono nel campo e seminarono alla grande. All'ora di pranzo scesero in refettorio i colleghi: «Dove sono quei bastardi?».

I bastardi stavano fumando e ridendo, erano fuori, soddisfatti della loro mattinata di lavoro. I bastardi erano tutti "a inattività". La Fiat aveva scatenato una nuova ondata repressiva riducendo le richieste di produzione all'officina Stella rossa. Le maestranze avevano reagito chiedendo lavoro, ma la direzione aveva risposto abbassando la paga e segregando in refettorio i più esagitati.

Per Steu e gli altri colleghi era iniziata una nuova routine; si bollava la cartolina, si scendeva nel locale sotterraneo e via con la lettura dell'"Unità", dei materiali che arrivavano dalle sezioni del Pci e della "Gazzetta dello Sport". Si chiacchierava di Togliatti e della forza del Milan. Chruščëv non male, ma

Stalin aveva un'altra stoffa. Anche la guardia parlava di calcio, si chiamava Percassi ed era un bravo cristo che faceva la spola tra officina e refettorio. Per il resto bisognava stare tutto il giorno nel seminterrato: «Se vi vediamo salire per rompere le balle a chi lavora vi facciamo licenziare».

Ciascun segregato aveva da pulire un pezzo del refettorio, delle docce, delle scale, dei gabinetti. Il lavoro veniva sbrigato in poco e i più fremevano perché gli venissero assegnati nuovi compiti. Dopo diverse proteste, la direzione si mise una mano sul cuore, poveri ragazzi, fumie travajè, e ampliò le loro mansioni: oltre al seminterrato, avrebbero dovuto pulire tutti i lampioni al neon dell'officina, i tetti, e fare lavori di sterro sulla via.

A Steu i tetti ricordavano le giornate di trent'anni prima, quando insieme agli altri cit di Barriera Nizza metteva a dura prova la pazienza del vicinato. E poi era arrivata la bella stagione, stare lassù con il giornale o un libro in mano era una delizia, vuoi mettere con l'umidità e l'aria stantia del refettorio?

Cominciò a girare voce che gli inattivi del reparto approfittassero dei tetti per dormire e parlare con la gente giù in strada. Non era vero, sapevano di essere spiati. Accompagnato da Percassi, arrivò un capo con le orecchie a sventola. Disse loro che sapeva che andavano sul tetto per dormire e chiacchierare con quelli sotto, «Se non volete essere licenziati, confessate». Steu rispose che non confessava un bel niente: «Se ha le prove le porti, io pulisco il tetto e sono veloce e l'unica cosa che faccio è leggere due pagine mentre aspetto che i miei compagni finiscano di pulire il loro pezzo».

Il capo propose di liquidare la faccenda con tre giorni di sospensione, «Così evitate il licenziamento». Steu disse che poteva sospendere un paio di coglioni; Anselmo si rivolse a Percassi: «Tu che sei la guardia e che ci vedi tutto il giorno, diglielo, ci hai mai visto sul tetto a dormire o parlare con la gente in strada?». Percassi allargò le braccia come per dire che lui non era niente e non sapeva niente e non poteva farci niente. Il capo non desistette, «Tre giorni di sospensione».

«Ci porti le prove. Conosciamo il metodo, una bella firma sul verbale e poi fate come avete fatto con Tumin, licenziato a calci in culo per aver ammesso di aver disubbidito al caposquadra e aver revisionato una macchina di testa sua» disse Steu. Il capo guardò lui, poi Anselmo, li mandò a quel paese.

Nel frattempo la faccenda dell'orto era diventata la principale attrattiva degli operai messi a inattività. Quando arrivò il momento di tagliare l'insalata, in tanti strabuzzarono gli occhi, che bella verdura, altri operai arrivarono con le pale per contribuire al progetto di semina. In breve tempo quasi tutto il terreno fu coltivato e si formarono addirittura le squadre. Furono piantati sedani, pomodori, spinaci, peperoni.

Intanto l'officina Stella rossa proseguiva la sua lotta, si impose la linea produttiva, non bisognava in nessun modo dare alla direzione il pretesto di etichettare i confinati come un'accozzaglia di pelandroni.

Ottennero un programma di produzione, ordinazioni di ricambi, macchinari, attrezzature adeguate. E il rendimento dell'officina progredì. Scioperarono contro i licenziamenti in massa avvenuti in altre aziende torinesi, contro le prepotenze ai danni di dipendenti Fiat, ogni motivo era buono per ricordare a tutti che gli operai della Stella rossa erano uniti come un pugno e non avrebbero mai abbassato la testa. La Fiat lo capì e decise di rompere l'unità inviando nel reparto una ventina di operai che si erano compromessi con l'azienda ed erano iscritti alla Cisl o alla Uil, voi rompete l'unità del collettivo, noi vi garantiamo il posto di lavoro e con un colpo di spugna cancelliamo le sanzioni che vi abbiamo comminato.

I gruppi di disturbo arrivarono in corso Peschiera pieni di buone intenzioni. Furono sentiti scherzare in refettorio, «Trasformeremo la Stella rossa in un'officina di crumiri». Nel giro di qualche settimana smisero di ridere. Anselmo e Steu individuarono i leader, fecero in modo di capire dove abitavano e andarono a fargli visita. Si portarono dietro anche Ivo, cento chili d'uomo fanno sempre un certo effetto. Andarono a trovarli a casa dopo cena, li fecero scendere in strada e gli diedero qualche pacca sulla spalla, non era una grande idea mettersi contro la Stella rossa, «Comportatevi come si deve altrimenti la prossima volta che vi veniamo a trovare saremo costretti a essere scortesi, è tutto chiaro?».

Era tutto chiaro. Il gruppo di disturbo prese a farsi i fatti propri, non diede noie per non riceverne e rimase ai margini della vita dell'officina. Non un solo elemento del collettivo passò alla Cisl o alla Uil.

L'officina Stella rossa era diventata una sede di formazione politica, un centro di propaganda. Nel corso degli anni i suoi uomini avevano inviato lettere di protesta al presidente della Repubblica e all'ambasciata americana contro la condanna a morte dei coniugi Rosenberg. La città li sentiva vicini per il sostegno dato ai professori delle scuole medie, ai lavoratori delle panetterie, agli operai della Lancia, alle mondine in sciopero.

Dopo l'orario di lavoro, Steu e Anselmo e altri colleghi si trovavano in un bar di corso Racconigi con gli operai delle boite di Borgo San Paolo in cui non esisteva alcuna organizzazione sindacale. La parlantina migliore era quella di Steu: la borghesia va ribaltata, ogni cambiamento storico è il frutto di uno scontro tra classi sociali. Steu pontificava e gli operai di Borgo San Paolo annuivano, gli dicevano sei in gamba e parli da festa.

Steu si sentiva di nuovo protagonista e primattore, così come si era sentito con i compagni di squadra di Barriera Nizza, con i pontieri sul Dnepr, con le Sap di fabbrica. E dopo le prediche in corso Racconigi tornava a casa felice, fiero di aver fatto il proprio dovere, di aver dato coraggio a quei padri di famiglia che vedevano in lui e negli operai più sindacalizzati una possibile svolta alla loro esistenza. Varcava la soglia, un bacio a Fernanda e subito a prendere Remo sulle spalle.

A Fernanda non piaceva il nome con cui avevano chiamato il figlio, lo chiamava Remin, ma Stefano aveva insistito, te lo giuro, il nome del prossimo lo deciderai tu. Prendeva il cit e via a correre su e giù tra tinello e camera da letto. Fernanda sorrideva, ma dietro il suo sorriso persisteva la consueta ombra di spavento; l'ansia traspariva dalla voce con cui diceva tra dieci minuti è pronto, dai movimenti a scatti. Non voleva che Stefano intuisse il suo malessere, lui era convinto che il bambino la stesse aiutando e che le pastiglie di Bricarello stessero facendo effetto. Fernanda non osava dirgli nulla, temeva di sentirsi rispondere che i problemi sono altri, tipo mettere insieme il pranzo con la cena. E allora faceva finta di niente e per raccontare della paura e del buco nero attendeva l'incontro settimanale con sua madre e Giannina e Loredano, solo loro erano in grado di capirla e confortarla. Anche con Nerina era meglio tacere, stessa pasta di Stefano, hai il lavoro e un bellissimo bambino, di cosa ti lamenti? Fernanda aveva capito che saper parlare di materialismo storico non aveva niente a che fare con la capacità di comprendere lo stato d'animo altrui; anzi, le venne il sospetto che i più predisposti a occuparsi della storia collettiva fossero proprio coloro che nutrono scarso interesse per la storia interiore del prossimo.

Steu non vide nulla, Fernanda rimase sullo sfondo e lui tirò dritto come un carro armato. Nella lotta si esaltava, soltanto nelle difficoltà riusciva a dare il meglio di sé. E le difficoltà non mancavano. La Fiat scagliò un altro attacco contro i confinati; il superpremio venne aumentato in tutti gli stabilimenti, solo alla Stella rossa rimase bloccato con un danno salariale di diecimila lire mensili ciascuno. Corso Peschiera divenne una polveriera; scioperi, comizi, tre operai si licenziarono. Guai a mollare, bisogna rimanere ai posti di combattimento e continuare la battaglia.

Una sera, una ventina di operai della Stella rossa si diedero appuntamento nel solito bar di corso Racconigi. Insieme a loro, personaggi di spicco del Pci e della Cgil. Si stiparono nel retro e montarono un palchetto al centro del locale. Cosa fare? Come reagire a questo nuovo affronto? Prese la parola Ivo. Da quando era stato licenziato dalla Fiat si arrangiava aggiustando marmitte e frizioni, ma l'attività nel partito gli aveva permesso di affinare la retorica. Attese che tutti i presenti prendessero posto e disse: «Noi piemontesi non ci muoviamo dalla nostra postazione neanche sotto tortura, è per questo che ci chiamano "bugia nen". Mi dispiace che tre operai abbiano preferito licenziarsi, capisco che la fame è una brutta bestia, ma ora più che mai è necessario non arretrare di un centimetro. Non abbiamo alternative: darci dentro con la lima e scioperare».

Tutti applaudirono, un pezzo grosso della Cgil chiese di intervenire. Si schiarì la voce e disse: «La commissione d'inchiesta parlamentare verrà presto in Fiat per verificare quanto sta avvenendo, buona parte della città sta dalla nostra parte».

La riunione stava per sciogliersi quando prese la parola un

dirigente del partito. Aveva una gran barba nera. Si strizzò la punta del naso, stava per dire qualcosa di spiacevole.

«Compagni, soltanto una cosa... L'orto...»

Steu e Anselmo, subito, si cercarono con gli occhi.

Il dirigente continuò: «Non facciamo una gran figura. Capisco che per chi è stato messo a inattività far passare la giornata non è un'impresa da poco, ma... Come dire... Pensateci su, sarebbe meglio darci un taglio».

In tanti risero, ci fu chi disse che avrebbero regalato sedano e insalata ai capi e alle guardie perché non rompessero le scatole. Tutti considerarono secondaria la questione e la liquidarono con un'alzata di spalle, ma non appena la riunione si concluse Anselmo si precipitò da Steu: «Cosa ne dici?». Steu rispose che il barbone non aveva tutti i torti: «Forse questa faccenda dell'orto ci ha un po' preso la mano, dobbiamo pensarci su».

Steu tornò a casa che Fernanda dormiva con Remin raggomitolato al suo fianco. Si svegliò. Steu la baciò sulla fronte e baciò il figlio, e disse che Remin stava prendendo una brutta piega, i bambini devono abituarsi a dormire nella loro culla, altrimenti quando crescono non li schiodi dal lettone. Fernanda gli rispose che aveva passato la sera a piangere e urlare, non ne poteva più e lo aveva preso con sé, doveva svegliarsi al mattino alle sei per portarlo al nido e poi andare a lavorare, non è che si grattasse tutto il giorno. Stefano mugugnò qualcosa, lo sapeva che non passava la giornata a grattarsi, ma era convinto che tirar su un uomo è una cosa importante e non bisogna sbagliare una mossa. Si infilò sotto le coperte.

Dopo un paio d'ore suonò il citofono. Fernanda si svegliò, mise una mano sulla bocca e disse «Maria Vergine».

«Sono Anselmo.»

«Anselmo?»

«Vieni giù.»

Stefano disse a Fernanda di dormire tranquilla, era Anselmo, una questione di lavoro. Si infilò pantaloni e maglione, uscì e fece i cinque gradini che dall'atrio portavano in strada.

Anselmo era davanti al portone, le mani dietro la schiena e la testa bassa.

«Cosa succede?» domandò Steu sistemandosi la cintura.

Anselmo aveva gli occhi rossi. La prese alla larga. Disse che il suo vicino di casa lo aveva svegliato un'ora fa, era successa una cosa tremenda, lui e il vicino avevano un amico in comune, «Un amico comune che era anche amico tuo».

Steu si spazientì, «Parla boia di un cane, cosa mi devi dire?».

Anselmo fece un respiro profondo.

«Tumin» disse.

«Tumin cosa?»

«Si è buttato nel Po.»

Steu si portò le mani alla testa, fece due passi indietro, crollò sul gradino davanti al portone.

«Cosa vuol dire che si è buttato nel Po?»

«Si è suicidato.»

Tumin, il suo più grande tifoso, il partigiano grande come uno scricciolo.

Steu lo aveva visto di recente, si erano fatti un bicchiere insieme, lo aveva trovato un po' spento, ma nulla che facesse presagire una tragedia del genere. Anche Anselmo lo aveva incontrato, una partita a scopa dalle parti di piazza Arbarello: «Le cose che succedono nella testa sono difficili da vedere».

Steu gli chiese di raccontargli meglio, cosa gli aveva detto il vicino? Erano sicuri che il corpo ritrovato in acqua fosse quello di Tumin? Il piccolo Pinuccio già sapeva?

Anselmo si accese una sigaretta, fece due boccate. Cominciò con una parola alla volta, poi divenne più rapido. Da quando era stato licenziato non aveva più trovato lavoro, tutte le porte gli erano state chiuse in faccia: «Chi vuoi che prenda un comunista appena cacciato dalla Stella rossa? È come prendersi in casa un lebbroso. Ieri mattina, dopo aver guadagnato cinquecento lire lavorando tutta la notte con i manovali di un circo a montare e smontare tendoni, ha deciso di presentarsi alla camera del lavoro. Nessuno sa cosa abbia detto e cosa gli abbiano risposto. È uscito e ha preso a gironzolare per Torino. Verso mezzogiorno è andato sul ponte Balbis e si è buttato. Lo hanno visto dei ragazzi, hanno chiamato subito i soccorsi, niente da fare, l'hanno tirato su morto... Se penso a Tumin che gira per la città disperato e cammina a caso e poi sale sul parapetto del ponte...»

Steu lo abbracciò, fece sì con la testa, è uno strazio pensare a una roba così.

Anselmo disse bastardi: «La Fiat non solo umilia gli operai della Stella rossa, non solo li sottopaga, non solo li licenzia, ma fa in modo che, una volta usciti dalla fabbrica, non possano più trovare lavoro e facciano la fame».

Steu disse che la morte di Tumin doveva diventare l'emblema delle persecuzioni Fiat, tutta Italia doveva sapere del suo suicidio: «Se qualcosa non cambia ci saranno tanti altri Tumin».

Tornò su, disse a Fernanda che niente, avevano cambiato idea su alcune azioni sindacali, «Dormi, stanno tutti bene».

Due giorni dopo ci furono i funerali, Borgo San Paolo era un'unica bandiera rossa, si cantarono inni proletari e si levarono i pugni e migliaia di voci invitarono al riscatto e alla giustizia sociale. Gli operai della Stella rossa si presentarono compatti, una squadra inaffondabile. Insieme a loro, semplici cittadini e militanti, donne e uomini che invasero via San Bernardino e si sistemarono silenziosi davanti alla parrocchia ad attendere il feretro. Steu aveva visto Tumin; era gonfio e verde. Prima che chiudessero la bara, era riuscito a baciarlo sulla fronte e a posargli sul petto la sua maglia blu di campione piemontese.

10 dicembre 1957

Nessun contropiede ai padroni, nessuna giustizia sociale. Nel 1957 la direzione prese a giocare sempre più duro. Mandò a inattività altre decine di operai e un mattino di fine settembre convocò la commissione interna per una riunione. In quel momento furono in tanti a capire che si stava arrivando alla resa dei conti. Era sempre stato l'organismo sindacale a chiedere incontri, il fatto che la procedura si fosse ribaltata doveva preludere a qualcosa di molto grave.

«Ci ha chiamati il preside, mi sa che ci mettono dietro la lavagna» disse Anselmo. Un sorriso amaro si fece spazio tra la ruggine dei suoi baffetti. Steu annuì: «Non ci danno più lavoro, diranno che siamo improduttivi e ci faranno fuori. Credono di sorprenderci? Ci prendono per cretini?».

Il capo del personale Fiat non li prese per cretini, li prese per fame, e annunciò una riduzione d'orario per tutti gli operai dell'officina Stella rossa da 48 a 24 ore settimanali con conseguente mutilazione del salario. Il provvedimento aveva un solo scopo: costringere tutti a dimettersi per evitare alla Fiat di licenziarli e innescare la rivolta. Avanti con le dimissioni, per chi si dimetterà è previsto un premio di qualche centinaio di migliaia di lire.

Il partito si scatenò, e con esso i sindacati e parte dell'opinione pubblica. Scesero tutti in piazza. In un'unica fila, con il pugno alzato, Stefano e Fernanda, Ivo e Nerina, Wanda e Attilio, sì, anche la sorella più grande aveva sposato un compagno.

Qualche dubbio si era insinuato nella fede di quei ragazzi. Il 1956 era stato un anno nero per tutti i rossi d'Italia, lo spartiacque che aveva trasformato l'Unione Sovietica da paese del bengodi in qualcosa di molto più ambiguo. Prima le rivelazioni di Chruščëv, altro che un mondo meraviglioso di uomini tutti uguali, Stalin non era andato giù per il sottile, culto della personalità, Siberia ed esecuzioni. Poi a fine anno i carri armati russi in piazza a Budapest, l'insurrezione affogata nel sangue, Palmiro che dice va bene così, mai perdere di vista la globalità del processo storico di affermazione del comunismo, guai a cedere alle rivolte controrivoluzionarie. Insomma, la luna di miele tra Pci e militanti stava mostrando le prime crepe ma, dopo lo smarrimento iniziale, il tempo stava lenendo le ferite e, seppure inquinato da qualche ombra, stava riemergendo lo spirito unitario del partito.

Chi era sicuro di essere nel giusto era Valletta, la Fiat volava e anche i suoi dipendenti camminavano due metri sopra terra orgogliosi di far parte della famiglia. Nessun operaio italiano guadagnava quanto quelli della Fiat, la mutua aziendale era una bomba d'efficienza, erano stati stanziati otto miliardi per costruire 2700 alloggi. E, poi, mille altre meraviglie, come le colonie estive per i figli e il premio matrimoniale e il premio per il primogenito e forme previdenziali che lo Stato manco si sognava. Il socialismo ve lo faccio io, diceva Valletta, ma a due condizioni, cieca fedeltà e disciplina assoluta.

Rimaneva da abbattere l'ultima roccaforte, l'officina Stella rossa, quei disgraziati che non ne volevano sapere di alzare bandiera bianca.

Per i vertici dell'azienda, tuttavia, non fu un'operazione facile, partì una clamorosa campagna di solidarietà a sostegno dei centotrenta confinati, venne lanciato un fondo di resistenza.

La Fiat decise di rompere gli indugi, il cancro di corso Peschiera andava estirpato, e richiese centocinquanta licenziamenti.

I confinati rifiutarono di presentarsi in Fiat per ritirare la liquidazione. Ne avevano un bisogno fottuto dopo mesi di retribuzione ridotta, ma un atto del genere avrebbe dato modo all'azienda di sancire la fine del rapporto di lavoro. Soprattutto, non presentandosi, volevano dimostrare a tutti quei torinesi che avevano contribuito a versare un milione di lire sul fondo a sostegno della Stella rossa di aver sposato una giusta causa. Certo, quel milioncino rappresentava neanche diecimila lire a testa, ma il suo valore morale non andava tradito.

I confinati attesero che si concludessero le trattative tra sindacati e azienda. Non ci fu nulla da fare. La Fiat aggiunse una cifra extra liquidazione e i sindacati dovettero accettare il loro licenziamento. Era finita, per la Stella rossa era finita.

«A chi credevano di darla da bere? Ogni anno la Fiat assume migliaia di persone, ci hanno raccontato che per andare avanti avevano bisogno di licenziarne un centinaio» disse Stefano sbattendo il pugno sul tavolo e interpellando suo padre: «Dimmi papà, ti sembra normale?».

Il padre fece no con la testa, gli occhi opachi. Con un filo di voce disse che non gli sembrava affatto normale. Quel giorno Stefano aveva sentito forte la spinta di andare a trovarlo, con tutto il tempo libero che aveva a disposizione perché non passare a fare un saluto al suo vecchio? Fernanda era al lavoro, Remin all'asilo nido, Rina e sua madre in lavanderia, un bicchiere con papà e me ne torno a casa. Da quando era nato Remin, vedeva sempre meno i suoi genitori, vuoi la lotta sindacale, vuoi il bambino, vuoi l'irresistibile tentazione di prendere le distanze dalla famiglia ora che ne aveva messa in piedi una sua.

C'era uno strano odore, non il solito puzzo di chiuso e vino, c'era qualcosa che aveva a che fare con il deperimento, la mancanza di ossigeno.

Stefano fece finta di nulla e gli raccontò della fabbrica: «Siamo finiti tutti in strada. Dal regime fascista al regime di fabbrica, cos'è cambiato?».

«Niente.»

«Bravo papà. Niente.»

Stefano gli propose un bicchiere: «Oggi non hai sete?».

Il padre fece una faccia strana, disse di no, non aveva né fame né sete, soltanto il prurito dappertutto e le gambe gonfie e tanta stanchezza.

«Cosa sono quei lividi sul polso?» domandò Stefano.

Il padre sollevò le spalle, cosa ne sapeva? Con tutte le magagne che aveva, i lividi erano l'ultimo dei problemi.

Stefano disse: «Adesso basta, dobbiamo chiamare il dottore, in queste cose è meglio vederci chiaro».

Il padre rispose che non gliene fregava niente di vederci chiaro, non ne voleva sapere dei dottori: «Stai tranquillo, pensa a trovarti un altro lavoro».

Stefano disse: «Certo che penso a trovarmi un altro lavoro, ma tu devi farti curare. Hai sessant'anni e ne dimostri duecento».

Il padre sorrise, «Ora è meglio che vai. Non perdere tempo con un vecchio ubriacone, mi metto a letto».

Non lo aveva mai sentito parlare così di se stesso, non una sola volta aveva confessato la sua malattia del vino. Stefano rimase impressionato, quell'etichetta definitiva lo piegò. Si alzò dalla sedia: «Non dire così, papà».

«Sei stato sfortunato ad avere avuto un padre come me, ma sono felice perché sai arrangiarti. Se sei venuto su in gamba qualche merito ce l'avrò anche io, no?»

Stefano sentì il groppo salirgli in gola, ma tenne duro: «Puoi dirlo, tale padre tale figlio».

Lo fece alzare e lo accompagnò in camera, sul comodino vide *I tre moschettieri*, gli chiese se conosceva ogni pagina a memoria.

«È la mia Bibbia, anche gli ubriaconi devono credere in qualcosa.»

Stefano rimase spiazzato, ancora quella parola. Lo aiutò a sdraiarsi sul letto, lo baciò sulla fronte, «Smettila di dire stupidaggini, ora ci rimettiamo in sesto».

Il dottor Lucchini arrivò il mattino dopo, venne altre volte, ma cosa poteva fare con un uomo che aveva il fegato spappolato?

Il padre di Steu perse conoscenza nei giorni di fine anno. Stefano e Rina passarono molte ore al suo fianco. Rina piangeva e teneva la mano un po' al fratello e un po' a Valter, sguardo basso e scarpe lucide.

La madre diceva io glielo avevo detto, lei gli aveva detto tutto. L'ultimo giorno dell'anno si svegliò e lo vide inchiodato sul cuscino con la bocca aperta e la faccia gialla.

Fernanda pianse a lungo, Edoardo era il suo preferito, la

guardava sempre con gli occhi dolci, le diceva cose gentili, che bela fieüla, che brava ragazza, niente a vedere con la cortesia un po' sussiegosa di quella suocera fissata con il re e con le parole difficili della cognata. Le tornò in mente il giorno in cui conobbe la famiglia di Stefano, Ernesta intenta a occuparsi del bollito e Edoardo imbarazzato. Aveva finto di essere indaffarato, su e giù per la casa senza che avesse nulla da fare, l'onere di rompere il ghiaccio spettava a moglie e figlia, loro sì che ci sapevano fare. Ernesta le aveva chiesto se nell'attesa del pranzo volesse un po' di lardo, ne avevano una striscia, lei aveva detto di no, non osava farsi vedere mangiare prima che cominciassero gli altri. Si erano seduti a tavola, Stefano a leggere il giornale e Rina a fumare e a chiederle come andassero il lavoro e le sorelle e il Veneto. Ci era tornata qualche volta? Com'era la vita laggiù? Domande complicate, Fernanda aveva risposto a monosillabi. Edoardo aveva capito, era una brava ragazza e aveva paura, un po' come lui. Allora si era seduto, l'aveva guardata con gli occhi appena sorridenti per dirle che poteva stare tranquilla, non era più sola.

Fernanda raccontò di quel giorno e Stefano rimase ad ascoltarla con i gomiti appoggiati sulle cosce.

«Ti ricordi tutto» disse.

Fernanda non rispose, stava allattando Remin e c'era ben poco da dire.

«Io ho ricordi sfocati di quel giorno, tu è come fosse ieri» commentò Steu. «Ecco perché ti è venuto l'esaurimento, hai troppa memoria.»

L'anno finì così, con Stefano che mise la testa sul grembo di Fernanda e finalmente pianse.

Aveva perso il lavoro, aveva perso il padre. Non aveva alternative, era uno di quegli uomini che se non stanno sempre su di giri si spengono. Non teneva il minimo, doveva di nuovo accelerare.

31 maggio 1958

A Nando le cose non andavano affatto male. In Fiat si stava facendo valere, dopo un paio di anni da operaio era diventato operatore nel reparto assemblaggio. I capi stravedevano per lui: «È sveglio il ciclista, non ha vinto tappe al Tour ma le tappe le brucerà qui in Mirafiori, farà un carrierone».

Piaceva a tutti perché parlava poco, lavorava come un mulo e sapeva farsi rispettare. Non c'era corso serale a cui non partecipasse, voleva conoscere ogni fase della produzione e lavorare all'assemblaggio era il meglio cui potesse ambire, mettere insieme i pezzi, cosa c'è di più importante? Non gli era mai passato per la testa di scioperare o rivendicare diritti; del sindacato non gliene fregava nulla. O meglio, era iscritto alla Cisnal perché era missino, ma la sua idea era che al lavoro bisogna soltanto rigare dritto.

In officina ce n'era di gente che gli dava ascolto, gli chiedevano del suo passato nella Tagliamento e nella guardia repubblicana. Lui glissava, rispondeva a monosillabi, era bravo ad alimentare curiosità nei propri confronti. Immediatamente, spostava il discorso sul presente: «Dobbiamo fare evolvere il Movimento sociale da centro di raccolta reduci ed epurati a partito costruttivo del sistema, il fascismo è una pagina eroica e sfortunata, dobbiamo guardare oltre anche se ogni tanto un bel saluto romano ci sta». E tutti ridevano, «Sì, alzare il braccio fa bene alla salute».

A Nando le cose non andavano affatto male perché aveva

sposato una ragazza bellissima che aveva fatto il liceo classico e si stava laureando in lettere, era il suo orgoglio. Con lei, dopo il matrimonio, era andato a vivere in affitto in un alloggio della Crocetta, ma meditavano di spostarsi in periferia, dalle parti di Steu, perché no, a due passi dal Po: «Costa meno e potremmo permetterci un trilocale in vista dell'erede, prima o poi avremo una famiglia vera».

La vita di Nando procedeva luminosa, soltanto due ombre. La prima riguardava la giovane moglie, si concedeva molto meno di quanto lui desiderasse, era molto più interessata a Tasso e Ariosto che al sesso, ogni volta convincerla era un'impresa, un bambino dovremo pur farlo, no?

L'altra ombra era il denaro, lo stipendio in Fiat non bastava, ci sarebbero voluti anni prima che Piera trovasse un impiego ed era sua intenzione continuare a farle fare la vita che aveva condotto sin da bambina.

Sua madre aveva venduto il cotonificio, sarebbe più corretto dire svenduto. Povero Flavio, credeva di aver tra le mani una miniera d'oro e invece era solo cotone.

Di anno in anno i margini di guadagno erano diventati sempre più bassi. Emma, dopo lunghi tentennamenti e nonostante i sensi di colpa nei confronti del marito, aveva deciso di cedere al primo e unico offerente.

Una sera, insieme al suo compagno Giolitti, aveva riunito tutti per dire che non c'era futuro per il tessile: «Bisognerebbe ammodernare le macchine, ma ci vorrebbero una valanga di quattrini. Le giovani industrie, la concorrenza delle fibre artificiali, le imprese di confezioni e maglieria che piano piano stanno prendendo il posto dei cotonifici tradizionali: non ne posso più». Piera aveva taciuto, non sapeva nulla e nulla voleva sapere, a lei interessava laurearsi e poi insegnare.

Chi avrebbe voluto parlare era Nando. Le era stato vicino negli anni successivi alla morte di Pelissero, ma poi aveva mollato tutto per andare in Francia, con quale diritto poteva parlare? E cosa ne sapeva delle beghe imprenditoriali uno che aveva passato la vita a correre in bicicletta? Nulla. Infatti, non appena Emma disse che la sua decisione era inderogabile, alzò le mani e disse: «Fa' tu che sai».

Dopo la vendita dell'azienda, Piera si appoggiò in tutto e per tutto a Nando, le avrebbe consentito di laurearsi con calma, tempo qualche anno e avrebbe vinto il concorso e anche lei avrebbe contribuito all'economia familiare. Gli voleva bene. Non arrivava fino all'amore. Si sentiva divisa fra quello che una ragazza prova per il fratello maggiore e la parvenza di una virilità più spiata che vissuta. In fondo non aveva mai dimenticato quel giorno di tanti anni prima, quando quel ragazzo che giocava a pallone insieme ai tedeschi le aveva detto sei bellissima. Da un giorno all'altro Nando aveva lasciato il ciclismo e si era dichiarato: «Ti amo e voglio solo te, siamo fatti l'uno per l'altra, ci sposiamo?».

Cosa poteva rispondergli? Aveva risposto «Sì, certo», come si risponde a qualcuno che ti chiede se vorresti essere felice, ovvio, che domanda è?

Piera era consapevole che tutto il paese si chiedeva cosa trovasse di tanto interessante in quel testone con le zampe da gorilla, almeno fosse ricco, ma con il tempo aveva imparato a non lasciarsi turbare. E in ogni caso il trasferimento a Torino avrebbe tappato la bocca a tutti, in città è diverso, in città ciascuno si fa i fatti propri. E poi chi l'ha detto che Nando è brutto? Ha occhi che sono un libro aperto, ha una bella bocca e bicipiti d'acciaio. Soprattutto, Nando ha vissuto.

Nando e Steu si incontrarono in un'osteria sulla Dora, era da un po' che non si vedevano. Steu aveva l'aria preoccupata, non riusciva a stare fermo un attimo: «Trovare un lavoro è un traffico, la Fiat ha lanciato contro noi licenziati un anatema, guai a chi assume quegli sfaccendati. E così ce l'abbiamo tutti nel fracco».

Nando lo ascoltò per un po', poi non resistette alla tentazione di farsi bello e gli raccontò dei riconoscimenti che stava ottenendo in fabbrica: «Non vorrei illudermi, ma tra qualche tempo avrai a che fare con un caposquadra».

Steu non credette alle sue orecchie. Come poteva Nando fare un'affermazione del genere di fronte a un uomo che da una vita lottava contro le meschinerie della vita aziendale?

«Parla pà», che gran cosa, disse sarcastico. Era fatto così,

Nando, prendere o lasciare, a volte ti capiva e altre non riusciva a tenere a freno l'ebbrezza che provava nel sentirsi parte integrante di un meccanismo diretto da altri. Nando intuì che l'uscita del caposquadra avrebbe potuto risparmiarsela. Fece un gesto come per azzerare tutto e sollevò il calice: «A cosa possiamo brindare?».

Steu disse che non c'era nulla da festeggiare, ma se proprio lo desiderava potevano brindare al suo compleanno, due giorni prima aveva compiuto trentotto anni.

Nando fece un urlo, chiamò l'oste, c'era da rabboccare i bicchieri. Poi gli parlò di una sala da ballo di Moncalieri: «Io e Piera ci andiamo sempre, si chiama Oasi, vieni un sabato, farà bene anche a tua moglie distrarsi, ne avrà le scatole piene di avere un muso lungo in casa». Steu avrebbe voluto dirgli che se lui era un muso lungo, la moglie era peggio, tutte le paure del mondo e l'incubo dei raptus. Non gli disse nulla, solo a Remo, solo al fridèl avrebbe potuto confessare una cosa così. Alla sala da ballo ci avrebbe pensato, i soldi erano contati, c'era da sistemare il bambino, ma era una buona idea, non uscivano di casa da una vita.

Era l'ultimo sabato sera di maggio. Piera e Nando si misero in ghingheri per andare a ballare, c'era stato sole tutto il giorno e caldo e una luce che non ne voleva sapere di spegnersi.

Arrivarono all'Oasi che l'orchestra aveva appena iniziato a suonare. Lui aveva un bell'abito a doppiopetto, peccato per i pantaloni troppo lunghi che strisciavano oltre i mocassini. Lei era una favola, gonna a ruota gialla e ciuffo cotonato e puntato all'indietro con un paio di forcine. Sedettero e gustarono quelle granite alla menta che sognavano da tutto il giorno.

«Sei contenta?»

«Sì.»

«Ti piace qui?»

«Molto.»

«Dopo balliamo?»

«Non appena ci sono le canzoni giuste.»

«Sei stanca?»

«Un po'.»

Piera stava preparando uno dei suoi ultimi esami, poi avrebbe iniziato a lavorare sulla tesi, il pessimismo di Schopenhauer.

Nando disse certo che sei stanca, «Toccasse a me studiare i tuoi tomi mi uscirebbe il fumo dalla testa».

Piera succhiò la menta con la cannuccia, sollevò le spalle, «Anche a me uscirebbero i fumi dalla testa a fare il lavoro che fai tu, a ciascuno il suo».

La gente, intanto, stava affollando il locale. L'orchestra si dava da fare su un palco sotto un'edera rampicante. Suonavano Chuck Berry e Bill Haley.

Davanti al palco si stendeva una pista a forma di cuore, ai lati due banconi di legno con gli sgabelli e i barman e un via vai di bicchieri e bottiglie.

Nando si levò in piedi e gridò: «Steu e Fernanda, che sorpresa, per una volta quel bastardo mi ha dato retta!».

Piera si illuminò in un sorriso. Era contenta per Nando. Qualcosa di molto profondo lo legava a Stefano. Ogni tanto ci scherzava su: «Siete cane e gatto, ma è come se vi deste un senso l'uno con l'altro. Se uno dei due sparisse, l'altro con chi potrebbe prendersela?» diceva al marito. E Nando rideva, diceva che durante la guerra lui aveva salvato Steu dagli squadristi, dopo la guerra Steu gli aveva trovato lavoro in una squadra professionistica: «Si rimane uniti quando ci si salva il culo a vicenda».

Fece il baciamano a Fernanda e si destreggiò tra i tavoli accanto per trovare due sedie disponibili. Quando tutti furono seduti, disse: «Che bello vedervi».

«E il cit? Dove lo avete sistemato? Chissà come me la caverò quando toccherà a me» disse Piera.

Fernanda rispose che se la sarebbe cavata benissimo, a diventare madri non c'è nulla da imparare, viene d'istinto. Poi disse: «È con Nerina, mia sorella, con tutte le volte che le ho tenuto Antonella, ci mancava altro che mi diceva di no».

Fernanda si sentiva sempre un po' in imbarazzo con Piera. Non che non le piacesse, anzi, diceva che era una persona con cui si può parlare, una donna intelligente e capace di ascoltare, non come quelle ignoranti delle sue sorelle che le saltavano sopra ogni volta che apriva bocca. Eppure la intimidiva, era così giovane, le mani da signora, stava studiando e presto sarebbe diventata una laureata: «Cosa può trovare di interessante in una come me?».

Faceva di tutto per piacerle. Si sforzava di essere divertente e, nell'ascoltarla, inclinava la testa di lato e la guardava negli occhi per mostrarle attenzione. Quella ragazza le faceva venire mal di testa, diceva a Stefano: «Mi agita, quando c'è lei ho sempre paura di dire stupidaggini o parlare sbagliato».

L'orchestra attaccò con Fred Buscaglione, Piera continuò a parlare con Fernanda, Nando avvicinò il capo a Stefano, anche quella sera l'amico non era di buon umore. Si sforzava di sorridere, commentava la temperatura perfetta, ma si vedeva che era altrove, le preoccupazioni lo torturavano.

Nando disse: «Ti vedo giù di carrozzeria».

Steu si piegò sulla sedia appoggiando il mento alle mani: «Ho risposto a un'inserzione sul giornale, in una fabbrichetta di Porta Palazzo cercavano un operaio specializzato nella rettifica delle macchine. Lunedì mi sono presentato al capo officina e mi hanno dato un rottame da sistemare. Ho fatto un capolavoro nel tempo stabilito, mi hanno detto che andava bene. Abbiamo discusso un po' sulla paga, siamo arrivati a 290 lire all'ora. Il giorno dopo il capo officina viene da me e mi dice che il padrone ha detto che è meglio che resti a casa, è un periodo di morta, c'è poco lavoro...».

«Hanno scoperto che sei un comunista e sei stato licenziato dalla Stella rossa.»

Steu annuì: «La segretaria mi ha detto che le dispiaceva, ma se mi avessero preso avrebbero perso le commesse Fiat. Mai come adesso capisco cosa diceva Marx: "L'operaio è diventato una merce ed è una fortuna per lui trovare un acquirente"».

Nando disse che era un bel problema.

Steu batté le mani sulle gambe e si rizzò sulla schiena: «Capisci per chi lavori e per chi vuoi diventare caposquadra? Torino è un covo di spie, c'è una monarchia assoluta e una massa di sudditi».

Nando allargò le braccia, non era colpa sua, «Non te l'ha ordinato nessuno di essere comunista e di fare casino per dieci anni. Per cosa poi? Per la pace? La pace dei carri armati in Ungheria?».

Steu gli disse di lasciare perdere: «I fascisti non hanno diritto di parola».

Nando fece un gesto come per allontanarlo e accolse l'invito di Piera, stavano suonando un lento. Si alzò e si diresse verso la pista tenendo la moglie per la vita.

Fernanda fece un cenno a Stefano, «Anche noi?». Sì, anche loro.

«Sembra impossibile che finalmente abbiamo un momento tutto per noi» disse Fernanda appoggiando la testa sulla spalla di Stefano. Lui le accarezzò i capelli neri e disse «Sì, sembra impossibile».

I lenti si susseguivano leggeri come onde, una manna per le coppie in formazione, una sospensione del tempo per sposi e fidanzati.

Nando e Steu incrociarono lo sguardo, un mezzo sorriso, è la solita storia, parliamo d'altro se vogliamo andare d'accordo, basta tener fuori il rosso e il nero.

Da qualche minuto, però, l'attenzione di Steu era attratta da un omino seduto da solo ai bordi della pista, il suo aspetto aveva qualcosa di familiare, cosa? Portava una giacca scura due taglie più grandi, una sciarpetta attorno al collo e un Borsalino nero, domani è giugno e lui va in giro con sciarpa e cappello di feltro?

Stefano lo fece notare a Fernanda, «Sarà un matto» disse lei. Poi prese a parlare delle sorelle, «Giannina è felice, con Mario va bene, vedrai che si sposano, tra un po' siamo tutte sistemate. Sono preoccupata per Wanda, il marito ha una brutta tosse».

Stefano non ascoltava, la sensazione di familiarità con quel tipo era sempre più forte, lo sguardo dell'omino guizzava tra le caviglie delle ragazze e il bicchiere in mano, la sicumera di chi in nessun posto come nelle sale da ballo si sente a casa sua.

A un certo punto Stefano si scusò con Fernanda, le disse che doveva capire una cosa altrimenti non ci avrebbe dormito: «Aspettami al tavolo, torno subito».

Camminò verso l'omino, giunto a un paio di passi si fermò e prese a fissarlo. L'omino si tolse il cappello, era completamente calvo. Sorrise, aveva denti gialli e grossi, non assomigliava a nessuno che conoscesse, eppure il sentimento di intimità persisteva.

Anche Steu sorrise, fece una faccia per dire che non capiva. Si guardarono per un po', entrambi strizzarono gli occhi per vedere meglio. Poi l'omino si scosse come colpito da una frustata, si alzò e lo abbracciò: «Steu, Steu».

Stefano si lasciò stringere, ma le sue braccia rimasero ferme: «Chi sei?».

«Pepi, sono Pepi.»

«Cristo Pepi!» Strinse forte, rimasero abbracciati a lungo.

«E l'mè amis Remo dua l'è?» chiese Pepi.

«Remo... Remo l'è mort.»

Nando vide tutto, immaginò: scene così sanno di guerra.

I due uomini si sciolsero dall'abbraccio e senza parlare si avviarono al loro tavolo. Steu prese un'altra sedia, fece segno a Pepi di accomodarsi. Stefano disse a Fernanda che era Pepi, erano stati in Russia insieme, poi Pepi era sparito, disperso, ma lui e Remo lo avevano sempre detto, quel gadano non può essere morto, è rimasto là e si è sposato una bella fumèla ucraina.

Arrivarono anche Nando e Piera, fecero le presentazioni, Nando tradì imbarazzo, era sempre così con gli amici di Steu, tutta gente che era stata sull'altra sponda, gente che aveva combattuto il fascismo e il cui odio nei suoi confronti sarebbe stato imperituro. Stette in disparte, prese a parlare fitto con la moglie.

Steu e Pepi continuavano a guardarsi e sorridere.

«Mè car Steu, sono tornato dalla Russia solo quattro anni fa.»

«Solo quattro anni fa?»

Pepi si accese una sigaretta senza filtro, i polpastrelli delle dita erano di un marrone definitivo.

«Mi hanno fatto prigioniero dopo la battaglia di Nikolajewka, per prima cosa mi hanno preso l'orologio e la fotografia di mamma e papà, l'hanno fatta a pezzi come simbolo del capitalismo. Ci hanno portati verso l'interno, non c'erano mezzi di trasporto, giornate intere a camminare per raggiungere una stazione. E sempre a gridarci dietro di muoverci, di fare svelti, *davai davai davai*. Se qualcuno mollava, un colpo di parabellum e fine della sofferenza. Sai quanti ne ho visti morire con un buco nella schiena? Ci pensava la neve a seppellirli.»

Pepi smise di parlare, tracannò il vino e disse che voleva un altro bicchiere: «Tu non bevi?».

Steu disse che aveva già bevuto, ne aveva a basta.

Pepi disse che lui invece non ne aveva mai a basta, non fosse stato per l'acquavite non avrebbe potuto sopportare tutti quegli anni di prigionia.

Riprese: «Dopo giorni di marcia saliamo sui carri bestiame, cento per vagone. Aprivano il carro una volta al giorno per buttarci addosso pane ammuffito e aringhe. Da bere niente, potevamo dissetarci solo quando il treno si fermava alle stazioni, dai buchi lasciati fra le assi potevamo raccogliere della neve. Una volta ho chiesto a un soldato russo perché non ci sparavano in testa piuttosto che trattarci così. Sai cosa mi ha risposto? Che non ci avevano invitato loro, eravamo andati noi a trovarli con le armi in pugno».

Steu pensò che quel soldato non aveva tutti i torti, lo pensava durante la guerra e continuava a pensarlo ora.

«Hai una bellissima moglie» disse Pepi.

«E tu? Sei sposato?»

«Ha degli occhi blu che sembra il cielo prima che diventa buio.»

Steu rise, disse di non farsi strane idee, sua moglie era proprietà privata.

Poi Pepi indicò con il mento Piera. Disse: «Che pezzo di ragazza, ma è ancora una tota, tua moglie invece è una donna fatta e finita».

«E tu? Sei sposato?» insistette Steu.

No, non era sposato, niente di niente, neanche fidanzato, «Neanche una morosina». Viveva con i genitori anziani e sbarcava il lunario facendo il commesso in un negozio di cappelli, cinture e robe in pelle.

Povero Pepi, non c'entrava più nulla con il ragazzo per cui impazzivano tutte le fumèle della città, ogni centimetro del suo corpo si era rattrappito, una prugna secca. Dov'erano finiti i suoi grandi occhi verdi? Lo sguardo era quello antico, sornione e un po' infingardo, ma le iridi erano diventate due bottoni giallognoli.

Piera e Nando erano tornati a ballare. Fernanda era rimasta sola a braccia conserte, la faccia piena di lasciami stare come nei momenti peggiori. Stefano se ne accorse e la invitò in pista. Non ne aveva voglia, le faceva un po' male la testa. La coinvolse, le raccontò di quella volta che nella caserma di Dnipropetrovs'k avevano provato a far bollire un pezzo di cavallo in un pentolone di acqua sporca, le disse che ora Pepi lavorava in un negozio di abbigliamento: «È talmente specializzato in cappelli che lo porta anche d'estate».

Si fece tardi. Nando arrivò trafelato, la giacca fradicia.

«Non potevi togliertela per ballare?» disse Steu.

«Lo stile è stile» disse Nando.

Steu gli disse che stava invecchiando, fino a qualche anno prima scalava il Tourmalet con i più grandi ciclisti del mondo e ora sudava come un cinghiale per fare due salti. Piera disse di non prenderlo in giro: «Balla bene, ha il senso del tempo, se suda così tanto è solo perché è peloso come una scimmia». Poi fece roteare la gonna e disse a Nando che ora ci stava bene un bicchiere di spumante. Pepi disse: «Anche per me, ho la gola secca». Stefano e Fernanda salutarono. Steu e Pepi si abbracciarono di nuovo, «Rivederti è stato un regalo che non immagini» disse Steu.

Pepi disse: «Anche per me, non fosse stato per mè amis Remo sarebbe stata una serata perfetta».

Quando Stefano e Fernanda se ne furono andati, Pepi e i coniugi Aimon presero a parlare tra loro, lo spumante contribuì ad alleggerire il clima. Piera vide una sua compagna d'università, chiese permesso e la raggiunse. Pepi e Nando rimasero soli.

Pepi gli chiese della guerra, Nando disse della legione Tagliamento, di tutti i suoi amici morti.

«Tagliamento? Eri un fascista?»

Nando sollevò lo sguardo, ci mise tutta la fierezza possibile per dire sì: «Ero e sono un fascista».

Pepi rise.

Nando si schiarì la voce, «Adesso che lo sai mi odi?».

Pepi continuò a ridere con i suoi grossi denti.

«Perché ridi?»

Pepi disse che non gliene fregava niente, glielo aveva chiesto così, semplice curiosità, «Chi è stato a spaccare legna per anni in un kolchoz è indifferente a tutto. Per me puoi essere stato quello che vuoi, puoi avere commesso le peggiori nefandezze, puoi uscire di qui e andare a sparare per strada».

Nando fece sì, finalmente qualcuno con cui poteva parlare senza che di mezzo si frapponesse l'ingombro degli ideali. Per un attimo pensò che anche lui e Steu, se volevano diventare uomini diversi e più liberi, avrebbero dovuto togliersi di dosso la palandrana delle ideologie. Lo disse a Pepi.

Pepi allungò il collo per guardare meglio una ragazza dalle chiappe prominenti che si stava dimenando in pista. Disse che per lui il problema dell'ideologia non si era mai posto, non aveva mai creduto in niente, né prima della guerra né dopo, Dio era un criminale, i fascisti gli facevano schifo e i comunisti non li aveva mai capiti: «Come si può credere che gli uomini sono tutti uguali? Il comunismo è nato come una favola e si è trasformato in una tragedia».

Nando annuì, ma se un attimo prima aveva pensato che qualsiasi ideologia è nemica della libertà, ora pensava che bisogna esserci nati per non credere in niente. Era confuso circa il suo passato e anche circa il passato in generale. Gli sarebbe piaciuto mettere a fuoco dove fosse cominciata la scollatura: lo stare di qui, lo stare di là. Eppure la scollatura esisteva, e spesso si trattava di una ferita non rimarginabile. Era difficile capirci qualcosa, molto più comodo tornare a un'appartenenza faticosa da spiegare ma semplice da accettare. No, non poteva rinnegare il proprio passato, era diventato fascista perché lo era suo padre, punto. Così come non poteva rinnegarlo Steu, in comune avevano avuto la bici e qualcosa per cui morire. Senza ideologia rimanevano l'aria, il vento, l'erba, l'acqua... Mica poco, ma non abbastanza per tutti.

Nando non disse a Pepi che aveva già cambiato idea, che senza il rosso e il nero la vita rischia di diventare grigia. Non disse nulla e accolse il ritorno della moglie, la baciò. Poi si voltò verso Pepi per dire qualcosa, ma Pepi non c'era più. Stava attraversando la pista in direzione di una bella signora appoggiata al bancone. Testa immobile e braccia leggermente larghe, sembrava camminare su un filo.

20 settembre 1958

«Nei primi tre mesi c'era soltanto da salvare la pelle, morivamo come mosche. Poi, per quelli come me che si sono ripresi, è iniziato il martellamento della propaganda. Per ogni prigioniero c'era una scheda dove erano riportati, oltre ai dati anagrafici, il grado di affinità ideologica con l'Unione Sovietica.»

Alle parole di Pepi, Nando rise e batté le mani. Ivo gli disse di smetterla, era già tanto che lo ammettessero al loro tavolo a bere un bicchiere, doveva ringraziare che era amico di Steu, fosse stato per lui gli avrebbe sparato in fronte anche se la guerra era finita da tredici anni.

Steu annuì: «Evita di ridere e pensa a quello che avete fatto voi, siete stati i peggiori criminali della storia».

Pepi guardava oltre la vetrina del bar. Chi era tutta quella gente che stava arrivando a passo di processione? Cos'erano tutti quei mantelli e quelle feluche con le piume? E le torce accese?

I quattro uscirono dal bar e si misero sul marciapiede ad ammirare il corteo variopinto. Erano centinaia, quando furono a pochi metri da loro, Steu disse: «Sono i goliardi».

«Forse ho capito» disse Pepi con una risata chioccia.

Ivo e Nando, che fino a un secondo prima se le sarebbero date di santa ragione, si cercarono con gli occhi e fecero una smorfia stupita, loro non avevano capito niente. Il corteo procedeva sulle note di un blues. Il silenzio era religioso, soltanto il suono di una tromba.

Pepi iniziò a sghignazzare: «Questa è una sera di lutto, finisce un'epoca».

Nando chiese quale epoca.

Ivo ne aveva visti a centinaia di cortei, ogni volta canti e bandiere rosse, ma cosa volevano questi deficienti vestiti da carnevale?

Steu disse che ci sono cortei e cortei, non sempre c'è qualcosa da rivendicare, a volte si scende in strada soltanto per esserci. Ivo lo guardò strano: «Stai diventando poetico». Fece due passi verso la prima fila dei manifestanti: «Che sfilata è?».

Manco lo guardarono, continuarono a camminare con gli occhi fissi in avanti, alcuni misero il dito davanti alla bocca, «Sssh!». Soltanto uno gli rivolse lo sguardo, a bassa voce disse: «È una fiaccolata in onore di santa Bernarda».

«E dove andate?»

«Li giriamo tutti, via Calandra, corso Raffaello, Principe Amedeo, la processione finirà a tarda notte in via Conte Verde.»

Ivo rise, rise forte. Tornò sul marciapiede e disse che finalmente aveva capito, una sfilata in onore della bernarda. Anche Steu cominciò a ridere, per la bernarda ma soprattutto perché non aveva mai visto Ivo ridere così di gusto.

A mezzanotte tutti i bordelli dovevano essere sbaraccati, entrava in vigore la legge Merlin: «Un funerale è il minimo» disse Nando.

Tutti e quattro prima della guerra erano stati frequentatori dei ciabòt. I soldi mancavano e gli unici praticabili erano quelli di via Conte Verde, i peggiori della città, covi di barabba e militari. Dio che puzza, Steu se la ricordava bene, gli era entrata nelle narici, un odore ristagnante di urina, sigaro e aglio cui la ruffiana tentava di porre rimedio con del disinfettante a base di lisoformio.

Il suono della tromba si stava dileguando, la sfilata si avviava verso corso Vittorio. A Steu tornò in mente la sua prima volta in un bordello, era con Remo, la coda per entrare, le ragazze ricevevano al primo piano in un salone quadrato, panche traballanti sistemate sui tre lati, tutti a osservare le signorine che sfilavano con la loro biancheria slabbrata, una peggio dell'altra. Remo ne aveva scelta una così grassa che mentre saliva le scale che portavano alle camere si era voltato verso di lui per dirgli che ne aveva presa una senza cornice. Steu aveva atteso si liberasse una piccoletta soprannominata "Carla pupe d'or", l'aveva notata appena entrato e deciso che il corpo delle donne l'avrebbe scoperto grazie a lei. Non scoprì nulla, non vide nulla, Carla si limitò a tirar su la gonna, le pupe d'or non gliele fece manco toccare; le andò sopra con i pantaloni abbassati alle caviglie e in un minuto finì tutto.

I quattro rientrarono nel locale per un ultimo cicchetto, ma il titolare stava già mettendo le sedie sui tavoli e fece no con l'indice: «Chiudo, vado al ciabòt, perché non andate anche voi? È l'ultima sera, godetevela».

Nando gli chiese in quale ciabòt andasse, il barista rispose: «Via Fratelli Calandra, spenderò un po' di più ma in Conte Verde stasera ci sarà tutta Torino, per l'ultima volta bando all'avarizia».

Non appena udì quelle parole, a Nando venne spontaneo guardare Pepi. Pepi ricambiò lo sguardo, sollevò le sopracciglia e fece gli occhi lussuriosi.

Nando disse: «Quasi quasi...».

Ivo gli ricordò che era un uomo sposato. Nando si fece buio, disse che era vero, Piera era più bella della perla di Labuan, avrebbe dato la vita per lei, le faceva da angelo custode, ma non gliela dava mai: «Cosa deve fare un uomo nel pieno delle forze se ha una moglie che non gliela dà mai?».

Tutti risero, un po' perché non gliela dava mai, un po' per la storia dell'uomo nel pieno delle forze.

Nando disse che essere il marito di Piera era come avere una Ferrari in garage, per certe cose è meglio una Seicento di seconda mano.

Ivo disse che con le donne bisogna saperci fare, avere i modi giusti, un fascista non sa neanche cosa siano le buone maniere.

Pepi intervenne per dire che Piera l'aveva vista soltanto un paio di volte, ma gli era bastato per capire che era di un altro pianeta: «Nando, sei troppo ignorante per lei».

Già, a mano a mano che la ragazza procedeva con gli studi di filologia e glottologia e storia della letteratura latina, aveva iniziato a sentirsi sempre più inadeguato, ignorante, sì, Pepi aveva colto nel segno. Piera gli parlava del più e del meno, delle bollette, dei concorrenti di "Lascia o raddoppia?" o delle canzoni del Festival, mai che lo coinvolgesse nei suoi interessi, gli chiedesse un consiglio. Steu un giorno gli aveva detto: «Per te Piera è l'occasione di fare il salto di qualità». Nando pensò che forse stava sprecando quella opportunità, ma c'era l'amore, ne era certo, lui le diceva spesso ti amo e lei rispondeva anche io, cosa c'era da preoccuparsi? Era un periodo così, tutto si sarebbe sistemato, un figlio avrebbe risolto ogni problema.

Furono in strada. Pepi disse: «Allora? Non venite a fare il giro delle sette chiese con me e Nando?».

Steu inforcò la Lambretta e disse che tornava a casa.

Ivo si accomodò dietro di lui, «Dammi uno strappo». Lo scooter si schiacciò a terra.

«Per essere comunista non si può dire che mangi poco, se continui così diventi un ippopotamo da duecento chili, lasciane un po' anche ai poveri» disse Nando.

Ivo lo mandò al diavolo: «Vai a prenderlo nel culo, faccetta nera».

Nando e Pepi guardarono la Lambretta barcollare e perdersi in lontananza, Nando disse: «I rossi sono peggio delle beghine». Pepi disse: «Fatti loro, noi dobbiamo decidere dove andare a piantare il picco».

Conte Verde no, aveva ragione il barista, l'ultima notte meritava di essere celebrata come si deve. Le case chiuse di via Michelangelo e corso Raffaello non erano alla portata delle loro tasche, per non parlare di via Cellini, la più esclusiva della città. Pepi non c'era mai stato, ma gli avevano raccontato che in quelle case abbondasse il lusso, salotti cinesi e collezioni di falli in cristallo e cameriere che accompagnavano i clienti alle uscite secondarie per evitare loro incontri compromettenti. Non rimanevano che i ciabòt di medio livello, ne scelsero uno a neanche un chilometro di distanza.

Eccoli all'ingresso, davanti al portone si strinsero la mano, si augurarono il meglio come prima di una competizione.

In sala d'attesa stazionavano una trentina di uomini, sottofondo di piscio e fumo anche lì, amen. Gli occhi di Nando e Pepi si incollarono su tutte quelle signorine con i rossetti violenti e i visi incipriati. Pizzi e veli trasparenti facevano impazzire Pepi, «Vedo e non vedo, diventu mat». Nando annuì, anche lui impazziva quando vedeva e non vedeva, disse che con Piera né vedeva né toccava. Gesù lo avrebbe perdonato per quella serata: «Anche Gesù era un uomo, no?».

Pepi gli disse che non era il momento di pensare alla moglie e a Gesù, doveva concentrarsi sulla scelta. Lui lo aveva già fatto, una ragazzona che se ne stava defilata ai piedi delle scale, due fianchi da fattrice e mani come pale, gli piacevano le donne forti, soprattutto dopo che gli anni di Russia lo avevano rimpicciolito.

Una voce di donna si levò nella ressa, era una voce bassa da mille sigarette. Disse: «Sveglia ragazzi, figa o fuga». Aggiunse che i flanellisti potevano tornarsene a casa: «Non è serata per i perditempo, lasciamo l'ultima notte a chi vuole farsi una bella mano». Fu risoluta, disse cose sporche, eppure parlò con garbo, senza quella vena di violenza che caratterizzava il tono delle ruffiane delle case per pezzenti. Nando provò a guardare di chi fosse quella voce così sensuale, ma non scorse nulla. La maîtresse era seduta alla cassa, nascosta da un paio di clienti e da alcune signorine che cianciavano proprio davanti a lei.

Nando disse: «Che bela vus». Pepi disse: «Sei ben strano, con tutto questo ben di dio pensi alla rugona». Si avviò alla cassa, avrebbe pagato la marchetta e sarebbe salito in camera con la ragazzona, doveva sbrigarsi, uno spettacolo così grandioso avrebbero potuto portarglielo via da un momento all'altro.

Nando rimase impalato in mezzo alla sala d'attesa. Tutte quelle ragazze che ridevano in modo sguaiato e ancheggiavano tra nuvole di Alfa non gli dicevano nulla. Sedette su un divanetto poco distante dal portone d'ingresso. Un po' di pazienza e anche lui avrebbe incrociato occhi e seni capaci di folgorarlo.

Non ne ebbe il tempo. La maîtresse alzò la voce: «Tempo scaduto, flanellisti fuori dalle balle o sparo il flit».

Il flit, l'incubo di tutti gli spiantati che trascorrevano ore nelle case chiuse a sbirciare chiappe e creare ingorghi senza consumare. Nando era sempre stato uno di loro, gli piaceva più guardare che arrivare al dunque, le signorine mettevano fretta, ogni volta che aveva ceduto alla tentazione era rimasto deluso, il desiderio si era dissolto in pochi attimi, quelle donne così attraenti a un metro di distanza, una volta sotto di lui si erano trasformate in creature assenti e ostili.

«Cinque, quattro, tre... Attenzione, allo zero spengo le luci e sparo» la maîtresse non scherzava più.

Le luci si spensero. Fuggi fuggi generale, trapestio di scarpe, mobiletti sbattuti da ginocchia in ritirata. Nando rimase immobile. Il vaporizzatore sparò. L'aroma dolciastro dell'Amour Amour, di cui era riempito il serbatoio, si impregnò su coloro che tardarono a scappare e sui clienti che decisero di non muoversi, quell'aroma non se ne sarebbe andato per parecchio tempo, «Profumo di puttanone», la prova inconfutabile di essere stato in un casino, Piera era giovane, Piera era ingenua, Piera non avrebbe capito, forse.

Le luci si riaccesero, non erano rimasti in molti, Nando non si era mosso di un centimetro, i suoi grossi occhi da bue ora potevano ammirare la maîtresse. Il suo volto regolare e austero gli piacque ancora di più della voce: era la donna che avrebbe voluto portarsi in camera.

Prese coraggio e camminò verso di lei sistemandosi il colletto della camicia, stazzonata ma bianca. Abbozzò un sorriso sornione, non aveva idea di cosa dirle ma qualcosa gli sarebbe venuto in mente.

«Buonasera.»

La donna non lo degnò di uno sguardo.

«Ha scelto?»

«No.»

«Scelga e torni.»

«Era soltanto per fare due parole.»

«Due parole? Per chi mi ha preso?»

«Dicevo così, sono un uomo sposato.»

«La prego, scelga e paghi la marchetta, è l'ultima notte, non ho tempo da perdere.»

Nando tornò al centro della sala a testa bassa e passi lenti, la donna non aveva alzato la voce, aveva detto la prego, era una signora di classe, aveva visto giusto. Se voleva conoscerla meglio, non aveva alternative, scegliere una signorina. Così fece, una brunetta dimessa e silenziosa, niente a che vedere con tutta quella marmaglia vociante. Se ne stava seduta con le gambe accavallate su uno sgabello, si mangiucchiava le unghie, lo sguardo perso e le trecce nere.

Nando tornò dalla maîtresse e disse che aveva scelto, indicò la signorina. Poi guardò il tariffario alle spalle, disse che gli bastava una semplice, non aveva testa né per la doppietta né per starsene con una sconosciuta mezz'ora. «Come si chiama?» domandò Nando.

«Ornella, è una brava ragazza.»

«No, dico lei.»

«Io?»

«Sì, lei.»

«Cosa le interessa?»

Nando la guardò meglio, era davvero una bella donna, aveva le guance scarne e piccole rughe agli angoli degli occhi, la bocca era ben disegnata e i capelli fulvi riuniti in una crocchia le davano un'aria aristocratica, pensò a Piera tra vent'anni.

«Come si chiama?»

La donna fece cadere la testa come per dire che non ne poteva più della sua insistenza: «Ancora?».

«Ancora.»

«Anita. Adesso se ne vada» disse la donna allungandogli il resto e la marchetta.

Nando si allontanò continuando a guardarla, la donna ricambiò lo sguardo per una frazione di secondo, «Robe da matti».

Nando salì le scale dietro a Ornella, la ragazza sembrava trascinarsi, si reggeva al mancorrente come afflitta da una stanchezza infinita.

Entrarono in camera, rotoli di carta e il bidet e una poltroncina foderata con un tessuto lurido, il letto matrimoniale pendeva da una parte. Niente odore di fumo, soltanto sudore e lattice.

Ornella sbadigliò, sedette sul letto, disse: «Sei vecchio, le regole le conosci, niente baci, se vuoi che mi spogli completamente paghi il supplemento». Nando le consegnò la marchetta che provava il pagamento. Ornella gli chiese di calarsi i calzoni, doveva fare la prova del tubo, strizzargli il pene per verificare che non fuoriuscisse alcun liquido, in caso di scolo se ne sarebbe tornato a casa.

Nando fece no con la testa: «Voglio solo parlare».

Ornella parve rinfrancata: «Capito, sei uno di quelli che si vuole innamorare».

«Io sono già innamorato.»

«E di cosa vuoi parlarmi? Di lei? Non fa le porcherie? Va con un altro?»

Nando agitò la mano destra: «Niente di tutto questo, cioè sì, cioè no, dimmi di te, cosa farai ora che chiudono tutto?». Si accomodò sulla poltroncina lercia.

Ornella si stese sul letto, incrociò le mani all'altezza del seno, disse che non ne aveva la minima idea, le puttane ci sono sempre state e continueranno a esserci. Nei ciabòt guadagnava quattrocentomila lire per quindicina, ecco, quei soldi doveva scordarseli.

«Però sarai più libera» disse Nando.

«Andare con trenta uomini al giorno mi fa la nausea, ma ho il mangiare assicurato, e anche se qui era pieno di ruberie e ingiustizie potevo mantenere mio figlio. Domani chissà.»

Nando le chiese del figlio. Aveva sei anni, si chiamava Gabriele e aveva dei bellissimi occhi verdi. Stava in collegio: «Mantenerlo costa una montagna».

Nando disse che al giorno d'oggi tutto costa una montagna.

Restarono un po' in silenzio, poi Nando le augurò buona fortuna e scese le scale veloce, la sala d'attesa si stava svuotando, Pepi non era ancora tornato, aveva pagato la ragazzona per un'ora?

Si avvicinò nuovamente alla cassa, Anita era alle prese con un solitario. Senza alzare gli occhi dalle carte, gli chiese come fosse andata. Nando disse che quella ragazza era troppo triste per i suoi gusti. Lei rispose che molte signorine sono delle ingrate: «Lo so che è una vita da schifo, ma devono dire grazie a me se per anni hanno avuto da mangiare e vestire e tirare avanti la famiglia, se pensano che abbia dei sensi di colpa si sbagliano di grosso». Parlò con voce calibrata, nessuna smagliatura del tono.

Nando sorrise, ora che il traffico di uomini si era diradato la donna si mostrava più disponibile. Gli piaceva il suo accento di casa, le mani che muovevano le carte con delicatezza. Sentì di potersi lasciare andare, disse che anche lui non sapeva cosa fossero i sensi di colpa, era stato un fascista, aveva combattuto insieme ai nazisti, «Ho setacciato le montagne a caccia di partigiani ma non mi sono mai pentito di nulla...».

Rallentò sulle ultime parole, un vuoto allo stomaco, chiuse gli occhi. Sì, di una cosa si era pentito, ma non poteva più farci niente.

«Il passato è passato» disse la donna. Poi si voltò, tre ragazzi erano in fila per pagare. Nando si fece da parte, ciascuno acquistò una marchetta da mezz'ora, Anita disse «Figli di papà».

Nando le tornò davanti: «Anche lei?».

«Io cosa?»

«Anche lei ha dei conti con il passato?»

Anita sollevò la testa: «Prima fascista, poi partigiana».

Nando la osservò stupito.

Anita lasciò le carte, il solitario era riuscito. Disse che le contraddizioni fanno parte della vita: «Il fascismo mi aveva insegnato ad amare la patria, mi aveva insegnato che la patria dev'essere libera e lo straniero va cacciato. Quando dopo l'armistizio vidi i nostri soldati consegnare le armi e i tedeschi invadere Torino, non ci pensai due volte da che parte stare».

«E cosa ha fatto?»

«Ho preso e sono andata ad Alba da mio fratello, lui era nella divisione Langhe, mi sono messa a fare la staffetta.»

Nando sentì una mano sulle spalle, si voltò, Pepi stava ridendo, sul viso un'espressione di beatitudine, disse che la ragazzona gli aveva fatto un servizio da mille e una notte, le aveva chiesto l'indirizzo, si sarebbero rivisti, non poteva lasciarsi sfuggire una cavalla così. Poi, sottovoce, chiese a Nando se aveva piantato anche lui il picco o se si era accontentato di parlare con la rugona. Nando gli disse di aspettarlo fuori, due minuti e lo avrebbe raggiunto.

Pepi gli aveva dato un'ottima idea.

«Lasciami l'indirizzo» disse Nando ad Anita.

«Ci diamo già del tu?»

Nando si scusò: «Signora Anita, mi può lasciare il suo indirizzo?».

Anita disse che andava bene il tu, e prese carta e penna.

Parte terza

ORGOGLIO

20 maggio 1961

Era su di giri, Ernesta. Si era fatta la permanente per quella giornata speciale, un'aureola di capelli bianchi e cotonati. Da una vita attendeva un pomeriggio così, il nipote per mano e il figlio e la figlia a camminare avanti, Stefano con sua moglie, Rina con il moroso lattaio. Insieme a loro c'erano Piera e Nando con una carrozzina, da un anno era nata Sabrina.

Lì dove fino a qualche tempo prima erano soltanto prati e bialere e baraccopoli, ora svettavano il Palazzo a Vela e il Palazzo del Lavoro. Per sei mesi Italia '61 sarebbe stato il centro del mondo, milioni di persone avrebbero invaso quel tratto appena bonificato per festeggiare il centenario dell'Unità d'Italia.

L'ingresso a qualche centinaio di metri, poi anche loro si sarebbero tuffati nel brulicare di famiglie che affollava i viali dell'Esposizione. Si fermarono, erano spariti Nando e Piera, ah no, eccoli, stanno arrivando. Valter si sistemò il rever della giacca di cotone azzurro e si tastò i capelli per accertarsi che la brillantina tenesse. Rina rise, gli disse di rilassarsi, era improbabile che la televisione inquadrasse proprio lui. Anche Rina era di buon umore, da quando Valter le aveva promesso di sposarla, quel senso di spossatezza che negli ultimi anni l'aveva costretta spesso a letto le stava dando tregua.

Risero tutti della battuta di Rina, Fernanda disse che questa faccenda che le donne sono più vanitose degli uomini è una cretinata. L'unico a non ridere fu Stefano. Guardò Valter in cagnesco, scosse la testa, gli occhi traboccanti di disprezzo.

Valter quasi a provocarlo estrasse il pettinino dalla tasca interna della giacca, si ravviò i capelli, lo ripulì tra il pollice e l'indice. Rina ruppe l'imbarazzo: «Non vi dispiace se prima di entrare io e Valter andiamo a prenderci un gelato? Dicono che in via Genova hanno aperto una gelateria che c'è un pistacchio da mille e una notte». Fernanda disse che era giusto così, ai fidanzati piace stare da soli.

Il gruppetto riprese il cammino, Ernesta affiancò Stefano: «Perché ti comporti così con Valter? Non sei contento che finalmente tua sorella sta per sposarsi?».

«Tu non sai.»

«Cosa non so?»

«Il mio amico Ninin lo conosce, dice che è un balordo.»

Ernesta si fermò: «Vieni Remin, vieni dalla nonna, camminiamo per conto nostro». E si mise a raccontargli dell'Esposizione universale di cinquant'anni prima, in quei giorni aveva visto il re. Lei e sua mamma si erano piazzate al fondo dei portici di via Po. Emanuele III e la regina Elena erano passati con la carrozza e avevano fatto ciao con la mano. Raccontò al nipote che il re e la regina erano persone diverse da tutte le altre, quando andavano in bagno usavano la spugna profumata, «E non credere ci andassero spesso, sapevano controllarsi in tutto».

Stefano era nervoso, molto nervoso, con un piede scalciò una lattina, Remin pensò che volesse giocare a pallone e si staccò dalla nonna, altro che re, gliela restituì con un colpo di piatto, era portato per il calcio.

Nando gli andò vicino: «Oggi hai le palle in giostra?».

Steu disse che il lavoro non quagliava, per il mazzo che si faceva guadagnava poco. Stava lavorando per Finello, il proprietario di un magazzino all'ingrosso che commerciava componenti per fari: «Finello non andrà lontano, è fermo come un palo, per sfondare ci vogliono idee».

Poi, come ogni volta che aveva i nervi a fior di pelle, pontificò: «Dicono del boom, qui c'è gente che sta facendo i soldi mentre io mi limito a vivacchiare. L'anno scorso hanno premiato la lira come la moneta più solida del mondo occidentale e io vendo le viti dei fanali».

Nando gli disse che lui era entrato in Fiat come l'ultimo degli operai e ora era caposquadra e chissà, magari un giorno sarebbe diventato caporeparto: «Bisogna fare un passo alla volta, altrimenti finisci per terra lungo disteso».

A Steu la sola idea di prendere esempio da un caposquadra della Fiat gli fece prudere le mani: «Devo trovare il modo di sfruttare le opportunità che ci sono in giro. È il momento. Se non scatto adesso, ci sarà sempre un Raymond che lo fa prima di me e io dovrò fargli da gregario».

«Ancora con 'sta storia.»

«Il ciclismo è una scuola di vita. Con la bici ho scoperto che il mio è un destino da capitano; con la bici tu hai scoperto che il tuo è un destino da cameriere.»

Nando inchiodò le mani dietro la schiena e sollevò lo sguardo, nei suoi occhi da bue c'era livore: «Adesso basta».

«Sennò? Cosa succede?»

«Succede che mi prende il demonio alle mani e ti smonto come un burattino.»

Steu gli andò a un passo, parlò sottovoce perché nessuno si accorgesse della lite. Gli disse che non vedeva l'ora, lo avrebbe fatto in mille pezzi, poi avrebbe gettato gli avanzi nel Po, la stessa fine del suo amico Solaro.

Nando indietreggiò senza abbassare lo sguardo, «Ringrazia che ci sono le mogli e i cit e la signora Ernesta, io e te facciamo i conti un'altra volta».

Si fece raggiungere dalle due donne, riprese la carrozzina, disse spingo io. Si fece sfilare, lui e la sua Sabrina procedevano per ultimi. Steu rimase in mezzo, solo, a dieci metri dalla madre e Remin, a dieci metri dalla moglie e Piera.

Cinquanta passi in solitudine gli bastarono per darsi del piciu, a Nando viene il demonio nelle mani, a me nella bocca. La prossima volta che mi sveglio con la luna storta è meglio che prenda la bici e stia fuori casa fino a sera.

Si bloccò su se stesso, attese che tutti lo superassero: «Mamma, Fernanda, Remin, tutti qui. Si torna a casa».

Si accavallarono voci e imprecazioni. Perché? Cosa dici? Sei matto?

Ernesta disse che suo figlio era montato sulle biglie quadre da quando era nato, non sarebbe certo cambiato adesso che aveva più di quarant'anni.

Remin si mise a piangere, «Papà, no, ti prego, il grande spettacolo, Paolo mi ha detto che è come essere dentro allo schermo».

Stefano lo invitò ad avvicinarsi, Remin lo fece a testa bassa, Stefano si chinò su di lui: «Prossima settimana staremo dentro tutto il tempo che vuoi, te lo giuro, grande spettacolo e funivia e trenino sulla monorotaia: faremo tutto».

«E perché non adesso?» rispose il bambino continuando a piangere.

«Perché no.»

Fernanda non disse nulla, aveva intuito che qualcosa era andato storto tra Nando e Stefano, a lei bastava poco per capire il marito, uno scatto del collo, un mutamento di colore, le era sufficiente guardarlo di profilo per coglierne l'umore. Allargò le braccia guardando Piera, le dispiaceva, non ci poteva fare niente. E Nando? Nando si disinteressò della scena, era già in coda, una mano sulla carrozzina e l'altra a tenere il portafogli, pronto per pagare.

Stefano propose una cioccolata al bar, Ernesta lo mandò a stendere con un movimento delle spalle, Remin prese per mano la nonna, Fernanda si avvicinò al marito: «Che figura ci hai fatto fare. Si può sapere cosa ti è saltato in testa?».

Stefano le rispose che era l'ultima volta che vedeva Nando: «Ci è mancato un pelo che gli mettessi le mani addosso. Siamo la notte e il giorno, inutile insistere a frequentarci. Era l'ultimo dei camerati e adesso è l'ultimo degli scagnozzi, è nato schiavo e morirà schiavo. Gli ho dato del cameriere».

«E perché gli devi dare del cameriere? Lui fa la sua vita e tu fai la tua. Se il suo sogno è diventare caporeparto alla Fiat, a te cosa importa?»

Stefano rispose che lei era come Nando, anche sua madre e suo padre erano come Nando, tutta la sua famiglia era come Nando, a parte Nerina erano un ammasso di schiavi, tutto il mondo era un ammasso di schiavi, lui ne aveva le palle piene, piuttosto che frequentare ancora gente come Nando si sarebbe ritirato in montagna e avrebbe fatto l'eremita.

Fernanda gli disse: «Fai come vuoi», affrettò il passo, raggiunse suocera e figlio.

Stefano si passò una mano sulla fronte; quel giorno il demonio alla bocca non aveva risparmiato nessuno.

Non poteva continuare così. Doveva farsene una ragione del lattaio, sono fatti suoi se è un balordo, il problema se lo dovrà gestire Rina. Anche di Nando doveva farsene una ragione, il suo sogno è diventare caporeparto? Dice giusto Fernanda, lascialo sognare.

Tornando verso casa, con tutti quei musi lunghi attorno, Stefano decise che gli anni dell'attesa, cominciati con la galera di Nizza, erano terminati. Doveva tornare a rischiare, come ai tempi della bici e della Resistenza e delle bricolle. Era giunto il momento di farla finita con il desiderio che tutti gli uomini fossero uguali a lui.

1° dicembre 1963

Steu continuò a frequentare Nando. Non aveva altri amici, non sopportava nessuno. C'erano Ivo e Nerina, ma negli ultimi tempi Ivo era diventato un pallone gonfiato, un banfone, con lui o si parlava di politica o c'era ben poco da dire, voleva sempre avere l'ultima parola, e a lui quelli con l'ultima parola davano sui nervi. Era stato un suo idolo in gioventù, ma i tempi cambiano e le vicissitudini del proletariato e del Partito comunista, pur continuando a interessarlo, erano passate in secondo piano. In primo piano ora c'erano il lavoro, l'idea di inventare qualcosa di suo, di trasferirsi da quel buco di bilocale in cui vivevano e rottamare la Seicento acquistata a rate.

Anche con i vecchi amici della Barriera aveva chiuso; non una volta che avesse accettato un invito al bar o a fare due passi. Quando capitava li vedesse per strada, si incassava nelle spalle per non farsi riconoscere o cambiava lato del marciapiede. Fernanda gli diceva che era un orso, che a far così sarebbero rimasti soli, li attendeva una vecchiaia di isolamento. Stefano le rispondeva che alla vecchiaia avrebbero pensato da vecchi, la domenica preferiva trascorrerla con lei e con Remin, quei ragazzi con cui aveva passato la gioventù vivevano per incassare lo stipendio a fine mese.

Sopportava soltanto Nando, l'ostilità che diceva di provare per lui più che un sentimento era un'abitudine. In realtà era l'unico capace di farlo ridere, soprattutto quando lo riportava ai tempi della Francia e alle sfuriate di Perrin. Era bravo a raccontare barzellette, mostrava interesse per i suoi progetti e non perdeva occasione di dire a tutti che Steu era il suo amico. Da quel giorno a Italia '61, Steu si era imposto di non dargli più del cameriere o del servo, di tenere a freno la lingua ogni volta che lui lodava la parlantina di Almirante e la modernizzazione del Movimento sociale, o faceva il gradasso raccontandogli le sue imprese da impiegato. Era il prezzo da pagare per avere qualcuno che lo ascoltasse con ammirazione.

Nando fu il primo a sapere della grande decisione di Steu. All'inizio del nuovo anno avrebbe spiccato il volo, questione di trovare i soldi per comprare un paio di trapani e «Via, si parte». Gli disse del progetto una domenica mattina di dicembre, faceva freddo ma c'era un sole allegro. Erano insieme sugli spalti di legno di un campetto da calcio conficcato tra le case, l'istituto Millefonti sfidava una scuola del centro. In campo una sola stella, un bambino che faceva la terza elementare e di cui si parlava come di una promessa del calcio. Quel bambino era il numero nove del Millefonti, Remin. Steu faceva di tutto per apparire imperturbabile; pur tenendo gli occhi fissi sul campo di gioco, continuava a discorrere con Nando. D'altronde, con un figlio così in gamba, perché agitarsi?

Quando Remin prese palla a metà campo, dribblò tre avversari e scavalcò il portiere con un pallonetto, tutti si levarono in piedi ad applaudire. Steu si alzò lento, anche Nando misurò i movimenti con un orgoglio da zio.

Una voce dietro disse: «Suo figlio diventerà forte come Sivori, mi raccomando, gli faccia fare il provino alla Juve».

Nando e Steu si voltarono, Steu gli rispose che piuttosto di portarlo alla Juve gli avrebbe fatto fare danza classica.

Cinque minuti e su un cross dalla destra Remin si gettò in tuffo e infilò la palla in rete di testa, altri applausi, che fenomeno. Questa volta Steu non si trattenne, si levò di scatto.

Passò un'altra manciata di minuti, punizione per il Millefonti. Remin prese la rincorsa, che bomba, la palla andò a infilarsi sotto la traversa, il Millefonti si portò sul tre a zero.

«Investi su quel ragazzo, ascolta me, tra qualche anno di trapani ne potrai comprare duecento» disse Nando guardandosi attorno e dicendo che il figlio del suo amico aveva i piedi più vellutati di Rivera.

Steu disse di non esagerare: «Gli elogi fanno male alla testa».

Raccontò a Nando che non l'aveva detto a nessuno per scaramanzia, lui era il primo, negli ultimi mesi aveva portato a tutti i grossisti di Piemonte, Liguria e Lombardia non solo il catalogo di Rovetti, l'imprenditore per cui lavorava ora, ma anche il suo, ed erano stati in tanti a strabuzzare gli occhi di fronte a quei disegni su cartone.

«Il tuo catalogo?»

«Il mio catalogo, proprio così. Ci ho lavorato di notte, nei bar, ci ho lavorato per un anno. A tutti mostravo il catalogo di Rovetti e prendevo gli ordinativi, poi chiedevo due minuti di pazienza e gli mettevo sotto il naso il mio. Partirò con i laterali; Seicento, Cinquecento, Campagnola, 1100, 1800, Giardiniera, altro che viti e guarnizioni, gli darò il prodotto finito.»

Nando fece un'espressione ammirata: «Porca l'oca».

«Ti piace l'idea?»

A Nando l'idea piaceva moltissimo: «Diventerai il più importante ricambista d'Italia».

«Era destino che partissi con le frecce, sono sempre andato matto per gli indiani» disse Steu ridendo e fregandosi le mani.

Durante il secondo tempo i figli di papà del centro presero a correre il doppio degli avversari. Cosa gli hanno dato negli spogliatoi? Due litri di Ovomaltina? Steu disse che nello sport è così, appena ti rilassi lo pigli nel sedere. I figli di papà infilarono due reti e non ne fecero una terza soltanto per un miracolo di Paolo, il figlio del pasticcere per cui Remin stravedeva.

Il Millefonti non riusciva più a uscire dalla propria area, un tiro da lontano degli avversari andò a infilarsi nell'angolino basso, tre a tre.

Remin guardò il padre sugli spalti, allargò le braccia.

I ragazzi del centro insistettero alla ricerca del gol della vittoria, si sbilanciarono e furono infilati in contropiede; Sardelli, media del quattro e decine di convocazioni dal preside, filò via sulla fascia, entrò in area e fu atterrato dal portiere, rigore! I compagni di squadra corsero ad abbracciarlo, tutti meno uno, Remin, che si diresse verso la palla come un condannato al patibolo. Si vedeva lontano un miglio che se la faceva sotto.

Tutti gli spettatori si alzarono in piedi, il campetto uno spiazzo di silenzio, zitti i bambini, zitti i genitori sugli spalti, soltanto i passi di Remin che si sistemò il pallone sotto il braccio e camminò verso il dischetto. Lo posizionò con cura. Rimase per un po' con la schiena piegata, suo padre glielo aveva detto tante volte, quando calci un rigore piazza bene il pallone, basta una piccola buca o una cunetta e ti vola in cielo.

Poi camminò a ritroso per trovare la distanza giusta, la rincorsa non dev'essere né troppo lunga né troppo corta, la via di mezzo è sempre la soluzione migliore.

Ecco, era tutto pronto. Remin stette con le mani sui fianchi e gli occhi sulla palla in attesa del fischio dell'arbitro. Chissà cosa gli saltò in mente, fu un attimo, si voltò verso la tribuna alla ricerca dello sguardo del padre. Stefano si fece trovare, agitò le braccia, gridò «Forza Remin». Poi arrivò il fischio dell'arbitro e Remin prese la rincorsa, passi balbettanti, braccia rigide lungo il corpo, spalle all'indietro, fu un rigore orribile, il portiere non dovette neanche gettarsi. Gli bastò accovacciarsi e raccogliere quella palla di pasta frolla. I suoi compagni lo sommersero in un unico abbraccio, lui si levò il cappellino e lo gettò in aria, fecero una gran festa, com'era possibile che quell'iradiddio del numero nove avesse calciato un rigore così?

I compagni di Remin rimasero impalati in mezzo al campo con le mani nei capelli, non credevano ai loro occhi, cosa è successo? Anche una bambina di quattro anni lo avrebbe calciato più forte.

Steu rimase immobile. Nando gli diede un colpetto sulla spalla, «Dài Steu, anche a Pelé capita di sbagliare i rigori».

L'arbitro non fece neanche riprendere il gioco, fischiò la fine della partita. Remin piangeva. I compagni e l'allenatore Guglielmo gli andarono incontro, lo consolarono con schiaffetti sulla nuca e pacche sulle spalle.

Steu si ricompose, si lisciò il cappotto. Era pallido, niente più freddo, niente più catalogo, niente di niente. Pensò di andare verso la recinzione che divideva gli spalti dal campo di gioco, chiamare a sé il figlio, rincuorarlo. Poi decise che non era il caso, lo avrebbe fatto dopo, in macchina.

«Andiamo» disse. Nando gli camminò dietro. Steu sgusciò via. Salì i gradoni di legno per raggiungere l'uscita e liquidò con un grazie a mezza bocca tutti i genitori che si avvicinavano per fargli i complimenti, che giocatore suo figlio, ha dato spettacolo dall'inizio alla fine, assomiglia a quel matto che gioca nel Genoa e il prossimo anno viene al Toro, Gigi Meroni, stesso dribbling.

Non rispose a nessuno. Si dileguò in fretta e furia e si sistemò su una panchina a una ventina di metri dalla porticina di legno degli spogliatoi.

Nando arrivò subito dopo: «Non sai cosa darei perché tra qualche anno la mia Sabrina diventasse brava come Remin in qualche sport».

«Non stava più in piedi, me n'ero accorto già da qualche minuto, camminava. La prossima volta prima della partita gli faccio bere la bomba che ci faceva prendere Perrin, caffè e una montagna di zucchero» disse Steu con gli occhi fissi sulle case di fronte.

Nando spalancò gli occhi: «Il caffè? Ha solo otto anni...».

Steu ripeté: «Il caffè e una montagna di zucchero».

Nando disse che secondo lui non era una questione di forza, «È che si è agitato».

«Se si agita è meglio che faccia altro.»

«Digli di non guardarti prima di battere i rigori.»

Steu trasalì: «Adesso vuoi dire che è colpa mia?».

«Gli metti l'affanno se capisce che ci tieni troppo.»

Remin uscì dagli spogliatoi e individuò subito il padre e Nando, camminò verso di loro con gli occhi gonfi e un borsone a tracolla più grande di lui. Teneva lo sguardo basso e tirava su con il naso. Il padre si alzò e gli andò incontro e gli disse: «Su la testa, Remin. Hai fatto una gran partita, tre gol uno più bello dell'altro».

Nando disse: «Un partitone. Continua così che tra qualche anno vengo a vederti giocare al Filadelfia». Salutò Steu e diede una carezza al bambino.

Stefano e Remin entrarono in macchina e dritti verso casa.

Stefano meditava qualcosa e, senza neppure guardarlo in faccia, gli disse: «Adesso facciamo una cosa».

Parcheggiò proprio sotto il loro appartamento, le persiane della camera grande erano chiuse, «Perché mamma sta al buio a mezzogiorno?».

Remin disse che probabilmente era in tinello, stava spolverando oppure stendendo lo strato di besciamella sulle lasagne.

Stefano disse a Remin di lasciare il borsone in macchina. Anche la giacca a vento e il golf.

«Non andiamo su?»

«Tra un po'.»

Si tolse anche lui cappotto e giacca e rimase in camicia. Andò al baule, lo aprì e tirò fuori un pallone, era sempre con loro quella sfera di gomma arancione. Lo fece rimbalzare, «Perfetto» disse, e invitò Remin a cercare un paio di grosse pietre per sistemarle sotto il muro della casa di fronte, lui si sarebbe messo in porta, Remin a una decina di metri a tirare fucilate.

«Papà, sono stanco, fa freddo, devo studiare» disse Remin. Stefano rispose che si trattava di una cosa veloce, bisogna intervenire immediatamente sugli errori, «È come quando hai un incidente in macchina, se non riprendi subito a guidare è un disastro».

Remin tornò con due pietre grosse e rotonde. Il padre le sistemò a sette passi di distanza. Poi fece undici passi in avanti. In concomitanza con il dischetto immaginario fece con i piedi un cerchio sul terriccio. Andò a piazzarsi in porta, si abbassò sulle cosce e allungò le mani, eccolo in posizione, «Non segnerai mai, sono Lido Vieri».

Remin piazzò il pallone, mise le mani sui fianchi, «Papà, ma la traversa?».

Stefano rispose che avrebbero fatto a occhio: «Se va mezzo metro sopra la mia testa è fuori, te lo dico io quando è gol e quando è alta, faccio da portiere e da arbitro».

Remin annuì e calciò un siluro che per poco non prese in faccia il padre, la botta sul muro fu spaventosa, Stefano disse: «Così si tirano i rigori». Remin riprese il pallone, lo piazzò sul dischetto e di nuovo, bomba all'incrocio. Così per una dozzina di volte, non ne sbagliò uno, ogni tiro una saetta, una volta alla destra e una volta alla sinistra del padre, un cecchino.

All'ennesimo rigore perfetto, Stefano gridò: «E adesso mi spieghi perché hai tirato quel rigore da mammalucco?».

Remin abbassò la testa: «Sono stufo».

Nel momento in cui lo disse, le persiane di casa si alzarono lentamente. Si aprì la finestra e apparve Fernanda. Si appoggiò sul davanzale con gli avambracci, aveva un'aria strana, gli occhi opachi, il viso gonfio, non aveva ancora quarant'anni ma stava già sfiorendo: «Come stanno i miei uomini?».

Stefano disse che Remin aveva fatto un partitone, si erano fermati sotto casa soltanto per un ripasso, avevano finito, stavano salendo.

Fernanda continuava a fissare un punto indefinito a metà tra marito e figlio. «Ti sei incantata?» le chiese Stefano. Fernanda richiuse la finestra e fece scattare l'apertura del portoncino.

Remin gettò il borsone a terra, lei lo spedì a farsi un bagno. Poi, quando lo sentì immergersi in acqua, raggiunse il marito. Era sdraiato sul letto. Gli doveva dire una cosa, una cosa successa venerdì.

Stefano le fece segno di stendersi accanto a lui.

Fernanda si stese e poggiò la testa sul cuscino, ma subito si girò in lacrime dalla parte opposta. Le spalle sussultavano, rumore di naso e gola, lamenti che a ritmo irregolare le uscivano dalla bocca.

Stefano la accarezzò sulla testa, movimenti lenti e circolari, poi la schiena, poi di nuovo i capelli: «I brutti pensieri?».

Fernanda fece segno di sì.

Stefano disse che era una questione di carattere: «I brutti pensieri vanno e vengono, sei fatta così, il tempo guarisce tutto, vedrai che piano piano le cose andranno meglio». Le chiese di voltarsi verso di lui, di raccontargli.

Fernanda rispose che avrebbe dato qualsiasi cosa per stare bene, per godersi il cit: «Sarebbe meglio una brutta malattia piuttosto che questa roba, almeno sai cos'è, ti operano, ti tolgono tutto, i brutti pensieri invece nessuno sa come mandarli via». Bricarello l'aveva spaventata.

«Cosa ti ha detto?»

«Mi ha detto che bisogna stare attenti ai raptus...»

«Ancora con questa storia dei raptus, sono anni che mi parli dei raptus.»

«Mi ha detto dei raptus perché gli ho raccontato che ogni tanto mi capita di provare una rabbia tremenda, una rabbia così forte che se in quel momento avessi sotto mano un coltello non so cosa farei.»

Era successo un paio di settimane prima da sua sorella Wanda, stavano parlando e Remin era con le cugine. Quando era tornato da lei, aveva insistito che voleva tornare a casa, andare a giocare a pallone con Paolo, con le femmine si annoiava. Lei gli aveva risposto che tempo dieci minuti se ne sarebbero andati. Lui aveva detto dieci minuti sono troppi, «Allora Wanda ha tagliato una fetta di torta e gli ha detto mangia Remin, l'ho preparata stamattina, è buonissima. Remin l'ha fatta cadere per terra e io mi sono messa a fissare il coltello che aveva usato Wanda. Lo fissavo, lo fissavo, lo fissavo...».

Fernanda si schiacciò sotto l'ascella del marito, spinse forte con la fronte, ora singhiozzava.

«Ti è venuta l'idea di accoltellarlo?»

Fernanda gridò: «Sono matta, portami al manicomio». Stefano le tappò la bocca.

«E Bricarello cosa dice che bisogna fare quando viene 'sta rabbia così forte?»

«Che un conto è pensare di accoltellare il figlio e un altro è farlo davvero, che sono molto più equilibrata di quello che penso. Ma ha detto che ai raptus bisogna stare attenti, bisogna evitare di mettersi in situazioni che fanno venire brutte idee, come affacciarsi a un balcone o stare troppo vicina a coltelli, martelli, forbici...»

Stefano tacque. Fernanda gli chiese cosa stesse pensando.

«Non preoccuparti» le disse, «il balcone non è un problema perché abitiamo al piano terra. Quanto ai coltelli, dopo pranzo te ne vai a fare una passeggiata con Remin, faccio io, via forbici cacciaviti coltelli forchette martelli pinze tenaglie, tutto in uno scatolone, tutto in cantina.»

«E per mangiare?»

«Mangeremo con le posate di plastica, è più igienico e non devi stare a lavarle ogni volta. Domani vado a comprarle.»

Remin gridò: «Mamma la schiena». Fernanda fece per alzarsi ma Stefano le disse vado io: «Tu vai a preparare tavola, si vede che hai pianto».

Si alzò e andò verso il bagno. Poi si fermò, si voltò: «Domani dai le dimissioni». Fernanda provò a controbattere, disse che avevano bisogno di soldi. Fu inutile, Stefano disse: «Domani vai in quella galera della scuola allievi e dai le dimissioni, ti porto io».

Fernanda si soffiò il naso, disse «Va bene».

Remin accolse il padre con una smorfia di delusione, «Come mai tu? Non mi hai mai lavato la schiena. Sei capace?».

Stefano rispose che lui era capace di fare tutto, come Superman.

26 maggio 1965

Davanti a Palazzo Campana un enorme mazzo di rose rosse. Dietro il mazzo un uomo, i ragazzi passavano di lì e ridevano, ma lui se ne fregava, teneva il fascio con due mani, come fosse una bandiera, attendeva che sua moglie apparisse sulle scale, aveva in canna una notizia straordinaria.

Era lì da mezz'ora, Piera usciva sempre alle sei, chissà, qualche esame andato per le lunghe, una riunione imprevista, faceva molto caldo. Proprio oggi doveva ritardare così? Nando si rese conto che stava grondando, maledizione, perché sono peloso come un gorilla? Sotto le ascelle due grandi macchie scure avevano inzuppato la giacchetta beige, il camiciotto azzurro era uno straccio da prendere e strizzare, e anche i pantaloni di cotone si stavano attaccando alle cosce. Tenere quel mazzo di rose era impegnativo, pensò di appoggiarlo davanti all'ingresso e riprenderlo in mano quando lei lo avesse visto, ma decise di tenere duro, le sorprese richiedono una grande coreografia. Rimase immobile, le mani aggrappate al gambo, il cellophane che gli pizzicava il naso.

Si stava pregustando le ore successive, Sabrina era in montagna con nonna Emma e Giolitti. Era l'occasione perfetta per una serata tutta loro, la sorpresa, una capatina a casa per sistemarsi, una bella cenetta fuori e poi... Piera non avrebbe potuto dirgli di no.

Apparve alle sette. Uscì con il professore di cui era assistente, scese le scale a passo leggero, l'abito estivo solo apparentemente castigato. Era sposato da dieci anni ma ancora non si capacitava di come fosse possibile che una tale meraviglia avesse scelto proprio lui. Di sera, quando rientrava a casa e la vedeva intenta a studiare in poltrona con le gambe incrociate e i piedini bianchi in bella vista, si stupiva. Proprio io? Si stupiva e si imbarazzava, temeva di puzzare, un bacio veloce, e subito in bagno a lavarsi e cambiarsi. Si diceva pazienza se non facciamo quasi mai all'amore, il mio dovere è custodirla come un gioiello della corona. D'altronde è da quando è bambina che la proteggo, è il compito che mi ha dato dio.

Ma perché adesso si ferma sull'ultimo gradino a parlare con quel vecchio pezzo di merda? Avrà sessant'anni. Se si prende troppa confidenza, mi basta un coccio di vetro e gli apro la gola.

Il professore e Piera si salutarono con un cenno. Nando le si parò davanti. Lei scattò all'indietro, ma poi si fece largo tra le rose e lo abbracciò: «Cavolo se sei sudato. E queste rose?».

Nando sorrise sornione, c'è una notizia da festeggiare: «Andiamo, ci cambiamo e ti porto fuori a cena».

«Che bello! Cosa è successo?»

«Hai davanti a te un caporeparto.»

«Ti hanno fatto caporeparto?»

«Sissignora, Aimon Ferdinando detto Nando, caporeparto Fiat.»

«Perché non mi avevi detto niente?»

«La promozione era nell'aria, ma parlare prima del tempo porta male. La notizia è stata ufficializzata soltanto stamattina. Quando l'ho comunicato in officina è partito un applauso che mi è sembrato di essere tornato corridore, mi sono commosso.»

«Ma perché quei fiori per me? Il merito è tuo.»

Arrivarono alla 850 nuova nuova, bianca, lucida come cristallo. Nando aprì la portiera per farla sedere e posò le rose sui sedili posteriori. Si tolse la giacchetta, la camicia. «I pantaloni li tengo» disse. Piera scoppiò a ridere.

Prese a guidare con il braccio fuori dal finestrino, teneva il volante con una sola mano, petto in fuori e testa alta. Non vedeva l'ora che scattasse il rosso per fermarsi ai semafori e farsi notare.

Quanto gli piaceva sentirla ridere, la sua risata era la canzone di sempre: attacco, ritornello e finale.

Dopo un altro semaforo rosso passato a fare il cretino, divenne serio, «Senza di te non avrei mai fatto carriera». Teneva gli occhi fissi sulla strada. «Hai dato un senso alla mia vita, ero un filibustiere, correvo ma ero un filibustiere, cosa avrei fatto una volta smesso? Dove avrei trovato le motivazioni per lavorare come un negro? Sei la mia luce, sarai la mia luce fino alla fine.»

Una volta a casa, Piera strizzò i gambi tra loro, cercò il vaso più grande e a fatica vi infilò il mazzo, disse: «Tu sei matto, un matto vero». Poi lo mandò a lavarsi e gli disse di profumarsi e vestirsi decentemente, non aveva alcuna intenzione di andare a cena con un energumeno in camiciotto e scarpe da bocciofila.

Furono al ristorante, il tavolo a ridosso dell'acqua, le zanzare non davano tregua: «A quest'ora non dovrebbero già essere andate via? No, con questa umidità si organizzano a flotte. Eppure è buio, guarda il monte dei Cappuccini, guarda Superga, guarda lassù, la basilica, vieni di qua Piera, mettiti al posto mio, la vista migliore dev'essere la tua».

Da bere ordinarono barbera d'Asti, da mangiare pesciolini fritti, ma prima dei pesciolini acciughe al verde e tomini. Quando sollevarono i calici, Nando disse che ora aveva un ufficio tutto per sé accanto all'officina, con la scrivania e la cancelleria e un paio di poltroncine in pelle per chi andava a fargli visita.

Piera disse che non era finita lì: «Perché porsi dei limiti? Tu sei in gamba e meriti il meglio. Vent'anni fa bisognava avere la tessera fascista, ora l'amico infiltrato; siamo passati dalla dittatura del partito alla dittatura delle lingue».

«Quali lingue?»

«Quelle dei leccaculi.»

Nando si ritrasse: «Non ti sta bene in bocca quella parola. Tu sei una diva».

«Le dive fanno una brutta fine, guarda Marilyn» rise Piera. Poi gli chiese se con il nuovo incarico i suoi orari sarebbero cambiati.

«Non cambierà niente» rispose lui. «Ho lavorato come un mulo quando correvo in Francia, ho lavorato come un mulo quando sono entrato in Mirafiori, continuerò a lavorare come un mulo.»

Arrivarono tomini e acciughe, Nando riempì i bicchieri e disse che aveva un sogno: «La macchina gratis per sei mesi, ai pezzi grossi la danno. Come dici tu, perché porsi dei limiti? Perché non posso sognare anche io?». Dopo il sogno passarono a contemplare il paesaggio, poi lui le disse del padre malato che parlava con il duce e con Achille Starace; l'ultima volta che l'aveva visto, un paio di settimane prima, gli aveva detto che si stava preparando per la campagna d'Etiopia. Gli dispiaceva non potergli dire del suo successo, sarebbe stato fiero di lui, glielo avrebbe detto lo stesso, qualcosa avrebbe capito.

«Non c'è nulla di peggio che perdere la testa, meglio morire» disse Piera.

Nando ci rimase male, ma lasciò stare, attaccò le acciughe al verde, le chiese come andassero le cose in università.

Piera disse che era stato un pomeriggio di esami, «Gli studenti sono più preoccupati di memorizzare che di capire, non appena gli chiedi un approfondimento brancolano nel buio, il sistema scolastico va cambiato da cima a fondo, basta parrucconi...».

E su «parrucconi» Nando aprì un varco che gli premeva.

«Ti ho vista all'uscita. Cos'erano tutte quelle moine?»

«Quali moine?»

«Te la ridevi con il vecchio.»

Piera gli disse nessuna moina, semplice cortesia, «E comunque non è un vecchio, ha soltanto cinque anni più di te».

«Ne dimostra ottanta.»

«Studiare stanca.»

«Lavorare di più.»

Piera tacque. Lasciò le acciughe a metà, disse: «Anche insegnare è un lavoro».

«Cosa fai? Lo difendi?»

Piera disse che non era questo il punto, non c'era niente e nessuno da difendere: «È una brava persona, ha sempre apprezzato le mie capacità. Non mi piace sentirti parlare a vanvera, io non mi permetterei mai di mettere il becco nel tuo lavoro, tu non metterlo nel mio».

«Io il becco lo metto perché quello è un vecchio maiale, gli interessano le tue tette, altro che le tue capacità.»

Piera scosse la testa e scagliò il tovagliolo sul tavolo: «Bella considerazione che hai di me, bella considerazione che hai delle donne». Fece per alzarsi e andarsene, Nando la trattenne per una mano, le chiese scusa, le disse «No, oggi no, ti prego». Piera rimase e i pesciolini fritti arrivarono, ma la serata era uno specchio finito a terra, impossibile ricomporlo. Si trascinarono fino al dolce, dissero poco altro, parlarono di Sabrina, con la nonna e Giolitti sarebbe stata bene, è una bambina sveglia, vedrai il prossimo anno a scuola, ci darà soddisfazioni. Dissero robe così, robe neutre, stanziarono nel territorio dell'unica cosa che avevano in comune, la figlia, e non ne uscirono fino a quando pagarono il conto.

Nando capì di essere fottuto, aveva sbagliato, però che permalosa per dio. Entro mezz'ora sarebbero stati a letto, lei a dormire con il viso girato dalla parte opposta alla sua, lui a guardare il soffitto, tra le gambe un'erezione da far paura.

Una volta in macchina, Piera gli disse che anche lei aveva una cosa importante da dirgli, certo non come la sua promozione a caporeparto, ma «Una cosa che potrebbe cambiarmi la vita».

Nando si voltò di scatto verso di lei, Piera gli disse di guardare la strada. Ogni parola che usciva dalla sua bocca era un compromesso tra la rabbia che aveva dentro e la tenerezza che, comunque, quell'uomo le suscitava.

«Ho deciso di fare politica. Ho voglia di stare dentro le cose. L'insegnamento mi piace, ma non basta.»

Nando si voltò nuovamente per guardarla.

«Politica? Per che partito?» chiese con un'ansia nella voce che tradiva il terrore di ricevere la risposta sbagliata.

Piera si sporse in avanti, diede una spolverata al vano portaoggetti: «Mi chiedi per che partito come chiedessi a un tuo collega per che squadra tifa. Non è così semplice, non è sempre tutto bianco o nero, la politica non è il calcio».

Nando disse che non era d'accordo: «La politica è anche una questione di tifo, ci si innamora di una bandiera e non la si abbandona più neanche quando le cose vanno male o la tua squadra fa cose che non ti piacciono». Dalla sua voce continuava a trasparire l'affanno, il timore di una risposta che avrebbe potuto sfondargli lo stomaco. Insistette, «Piera, per che partito?».

«Socialdemocratico.»

Nando tirò un sospirò di sollievo. Si lasciò andare sullo schienale e alleggerì la presa sul volante, si passò il dorso della mano sulla fronte, «Una pidocchietta rossa in casa non avrei potuto sopportarla, e di questi tempi il rosso è un colore che sta tornando di moda». Poi disse che neanche in futuro, nemmeno per un secondo, avrebbe dovuto dimenticare che erano stati i comunisti a uccidere suo padre.

Piera gli disse di non preoccuparsi, papà era dentro di lei, papà sarebbe stato contento della sua scelta: «Se fosse vivo si definirebbe socialista democratico, proprio come Saragat, ne sono sicura. Ma non è l'appartenenza a un partito che mi spinge a dedicarmi alla politica, mi interessa il destino delle donne, dei più deboli. Negli ultimi anni abbiamo fatto passi da gigante... Pensa alla legge che vieta il licenziamento delle lavoratrici madri... ma ancora non basta, siamo alla preistoria».

«Il vecchio è socialdemocratico?»

«Cosa c'entra?»

«Niente, solo per sapere.»

«Sì, è socialdemocratico.»

«Ecco.»

«Ecco cosa?»

«Quell'uomo ti sta plagiando.»

«Ancora? Sono apprezzata per le tette e non sono capace di ragionare con la mia testa. Grazie della stima.»

«Nessuno ti stima quanto me, ma credo che a studiare troppo si perde il senso della realtà.»

Piera non rispose, Nando aveva voglia di insistere, infilarsi nel suo silenzio, chiederle perché il Partito socialdemocratico e non il Movimento sociale. Proprio qualche giorno prima al congresso di Pescara Michelini e Almirante avevano raggiunto un accordo, le frange estreme del partito sarebbero state estirpate, anche noi siamo a tutti gli effetti una forza democratica e atlantista. Tacque, mise la testa fuori dal finestrino, disse che sentiva odore d'estate, presto sarebbero andati a Diano Marina a spassarsela con Sabrina.

Piera gli disse che ora l'unico posto in cui desiderava essere era il letto, il mal di testa stava aumentando. Si spogliò, ingollò un paio di pastiglie e andò a coricarsi. Nando prese una sedia dalla cucina e si piazzò sul balcone, accese una sigaretta. L'aria sapeva di asfalto e gelsomino, di pane che cuoceva nel panificio cento metri più in là.

Pensò di andare a trovare Anita, lavorava in casa ora, si era messa in proprio da quando avevano chiuso i bordelli. Aveva provato con una merceria, l'iniziativa era fallita, povera donna, non le era rimasto che tornare al vecchio mestiere. Andava a trovarla una volta al mese, facevano l'amore, poi rimanevano a letto a fumare e bere.

Nando tornò in cucina e prese un pezzo di carta e scrisse *Sono andato a farmi un giro, ho caldo e il nervoso alle gambe*. Lasciò il foglio sul tavolo e uscì. Era una notte immobile. Guidò lento sulla sua 850, costeggiò il fiume, poi attraversò ponte Balbis e svoltò in corso Moncalieri. Torino brillava nel giallo dei lampioni. All'altezza del ponte Regina Margherita deviò e si inoltrò nel pezzo di periferia in cui era diventato uomo tra biciclette e camerati. Ecco, lì abbiamo manganellato dei rossi che facevano la voce grossa, là ho salvato Steu. Ecco via Bava, lì ho rischiato io, erano in tre. Il rosso. Il nero. E Steu. Il rosso. Il nero. E Piera.

Parcheggiò a una decina di metri. Scese dalla macchina e tirò fuori le chiavi. Le fece tintinnare, una specie di richiamo, magari l'avrebbero sentito. Aprì il portoncino, fece due piani di scale ed eccolo davanti alla porta di casa. Non voleva spaventare nessuno, suonò il campanello, un suono leggero, quel che basta per annunciarsi. Non udì alcun passo, zia Bettina ha il sonno pesante, zia Bettina mi ha fatto la grazia di rimanere zitella, non fosse per lei avrei dovuto metterlo all'ospizio. Infilò la chiave nella serratura nello stesso momento in cui la zia aprì la porta, quasi si scontrarono, cosa ci fai qui? Niente, un saluto a papà. Papà dorme, è mezzanotte passata, ti sembra l'ora? Mi andava, devo dirgli una cosa, torna a letto zia, cinque minuti e me ne vado.

A passi leggeri si avviò verso la camera da letto del padre. Entrò, dormiva con le mani incrociate sul petto, una prova d'eternità. Uno scheletro, le guance incavate e gli occhi dentro la faccia. Lo dicevano tutti, lui e suo padre erano due gocce d'acqua, tra una trentina d'anni sarebbe stato al posto suo, stesso volto disfatto e stessa posizione, una zia per badante. Oppure no, chissà, Piera avrebbe tenuto duro e sarebbero rimasti una coppia sino alla fine. E nella sua stanza ci sarebbe stata anche Sabrina, e un altro figlio, sì, un altro figlio, prima o poi sarebbe tornato alla carica, un maschio e una femmina, dài Piera, proviamo a dare un fratellino alla bambina.

Entrava la luce di un lampione, la persiana sollevata, suo padre non aveva mai voluto dormire al buio, diceva che il buio va bene per chi ha paura della vita. Nando si guardò intorno e tutto era identico a sempre, le fotografie del duce appese al muro, la più grande proprio sopra la testiera del letto, Mussolini a torso nudo a falciare il grano. E poi soprammobili di poco conto. Com'era triste l'immagine di quel vecchio demente che, sull'orlo della fine, si trovava contornato da simboli ancora più tristi di lui. Nando andò alla finestra, la aprì e la richiuse.

Si sedette sulla sponda del letto, «Papà».

Il padre non rispose.

«Papà.» Gli prese un braccio, lo scosse leggermente, gli sembrò di tenere solo ossa tra le mani. Il padre aprì gli occhi lentamente, prima uno e poi l'altro, fece un movimento con le mandibole.

«Papà, come stai?»

«Nando.»

«Ciao papà.»

«Sono venuti a cercarmi a casa oggi pomeriggio, erano in cinque, meno male che Bettina mi ha avvisato per tempo. Sono scappato in cantina.»

«Chi è venuto a cercarti?»

«I partigiani della Garibaldi.»

«Bravo, hai fatto bene a fuggire, sei sempre stato di piè veloce.»

Il padre sorrise con i due tagli delle labbra viola, disse: «Quei bastardi non sanno che il duce si sta riorganizzando, entro la fine dell'anno faremo una nuova marcia su Roma e questa volta non ci sarà scampo per nessuno».

«Sì papà.»

«Sai qual è stato il nostro problema?»
«No.»
«Siamo stati troppo buoni.»
«Insomma» disse Nando. Poi il padre chiese da bere e il figlio riempì il bicchiere che teneva sul comodino. Glielo appoggiò sulle labbra, lo inclinò il meno possibile per non bagnargli il petto. Il padre beveva avidamente ma a piccoli sorsi. Nando si spazientì, «Allora papà, rimaniamo qui fino a domani?». Subito si pentì, si scusò, era molto impegnato con il lavoro.
Il padre gli disse di non preoccuparsi, anche lui aveva un sacco da fare, l'Italia aveva appena dichiarato guerra alle plutocrazie di Francia e Inghilterra, non aveva un attimo di respiro.
Nando sentì la voglia di alzarsi e scappare e non tornare mai più. Ma rimase, riprovò ad aprire una breccia, disse che la prossima volta sarebbe tornato con Piera e Sabrina: «La piccola cresce che è una meraviglia, a ottobre inizia la scuola, già me la immagino con il suo grembiulino nero, scommetto che sarai molto felice di vederla».
Il padre rimase impassibile, alzò gli occhi verso di lui e gli disse che doveva sbrigarsi: «È ora che ti fai una famiglia, non c'è niente di più utile di una donna in casa».
Nando ne aveva abbastanza. Ci aveva provato, ma cosa c'entrava quel vecchio pazzo con l'uomo che gli aveva fatto da madre e da padre da quando era venuto al mondo?
Stava per riaddormentarsi, Nando ci provò di nuovo, gli accarezzò l'omero: «Papà, sono venuto a dirti una cosa importante».
Il padre aprì l'occhio destro e lo volse verso di lui, la bocca semiaperta, fili di bava raggrumata tenevano insieme labbro superiore e inferiore.
«Sono diventato caporeparto alla Fiat, me lo hanno comunicato stamattina. Era il tuo sogno che mi mettessi alle spalle la guerra e diventassi un uomo importante per la fabbrica più importante.»
Il padre annuì, disse che lo aveva sempre detto che suo figlio era il migliore, «Buon sangue non mente». Nando fu galvanizzato da quella reazione, allora qualcosa capiva, allora valeva la pena spiegare meglio; aggiunse che era diventato il re dell'assemblaggio, ora aveva un ufficio tutto per sé.

Il padre si raccomandò di fare attenzione e di andare con i piedi di piombo, era un ruolo complicato. Nando fece sì, lo sapeva bene, «Non bisogna mai abbassare la guardia».

«Occhi aperti giorno e notte. Essere a capo di un reparto così è la cosa più complicata che possa toccare a un militare, non dimenticare mai che gli ascari eritrei sono una banda di mercenari, mai fidarsi di chi combatte contro il proprio popolo per una paga da miseria.»

Nando si abbassò sul padre, gli baciò la fronte e uscì velocemente. Scese le scale due gradini alla volta, montò sulla 850, accese, e pestò l'acceleratore.

10 settembre 1965

«Mamma, quanto dobbiamo aspettare?»

«Poco, dopo quella signora con i capelli rossi tocca a me.»

«Perché veniamo sempre da Bricarello? Mi annoio.»

«Veniamo fino a quando non mi passa il mal di testa.»

«E quando ti passa?»

«Dipende dalle cure.»

«Non mi piace venire qui, mi fa paura, sembrano tutti matti.»

«Non sono matti, è che il mal di testa è una brutta bestia. A volte sembra che passi, poi quando meno te lo aspetti ritorna. E sai cosa è il peggio? Che anche quando stai bene sei lì ad aspettarlo.»

«Perché lo aspetti se ti fa male?»

«Perché ho paura che arrivi.»

«È come avere paura che arrivino i ladri?»

«Sì, solo che con i ladri basta chiudersi bene a chiave in casa, mentre il mal di testa non arriva da fuori, arriva da dentro... Hai un bel chiudere, se decide di entrare non puoi farci niente.»

«L'ultima volta che siamo venuti, mentre eri dentro dal dottore, è passata una suora e mi ha dato dei biscotti che facevano schifo. Sapevano di detersivo per i piatti.»

«Saranno stati vecchi.»

«Papà mi ha detto che a novembre mi porta al Salone dell'automobile, faremo il giro dei padiglioni e prenderò decine di adesivi, Mercedes Bmw Maserati Lamborghini Ferrari, tutti. Viene anche Paolo, li prenderemo tutti! Paolo li attaccherà nella sua camera vicini al poster di Meroni. Sai che una volta Meroni è entrato nella loro pasticceria con una ragazza bionda e hanno preso le paste?»

«Meroni?»

«Sì, suo papà si è fatto fare l'autografo.»

«Mamma mia, chissà che emozione.»

«È pazzo di Meroni, siamo tutti pazzi di Meroni, piace anche ai tifosi della Juve.»

«Speriamo non vada da loro, papà dice che quelli comprano tutti.»

«Quando avrò anche io una camera tutta mia?»

«Quando diventeremo ricchi.»

«Papà dice che le cose vanno bene.»

«Eh sì, è in gamba papà.»

«E la camera per me?»

«Adesso che arriva il fratellino o la sorellina andremo in una casa più grande. Avrete una cameretta per voi due, un letto ciascuno e tanto spazio per i giochi. Sai che a casa mia dormivamo in otto in una camera? Io e le zie e lo zio, tutti attorno al lettone di nonna Elvira e nonno Arturo.»

«E il nome?»

«Se è una femmina Silvia, come la poesia di Leopardi, papà dice che è il più bel nome del mondo.»

«Non voglio Silvia, voglio un maschio.»

«Quando sei nato tu papà mi aveva promesso che il nome del secondo figlio lo avrei scelto io, ma a me non vengono idee.»

«A me piace Paolo, come il mio amico.»

«Io ho solo un desiderio, che stia bene, che non nasca senza una mano o mongoloide come quei bambini che quando ero alle scuole elementari mi hanno portato a vedere al Cottolengo.»

«E allora chiamiamolo così.»

«Così come?»

«Desiderio.»

16 ottobre 1967

Che nottataccia, Desiderio non aveva mai smesso di frignare e Remin non aveva dormito, o se aveva dormito aveva sognato di non dormire. Si era svegliato a fatica e con altrettanta fatica aveva mangiato un Buondì Motta. Era in ritardo, Fernanda aveva deciso che sarebbe entrato a scuola un'ora dopo, «Per una volta non casca il mondo».

C'era nebbia e Torino puzzava di bianco e benzina. Salì sul tram e si accorse che c'era uno strano silenzio. Alcuni uomini parlottavano a bassa voce tenendosi al mancorrente.

Remin sedette e appoggiò la testa al finestrino. Che sensazione essere sul tram e non vedere nessun compagno, ecco perché quel silenzio, senza di noi è un mondo di muti.

Attraversò la strada di corsa, nel pomeriggio aveva allenamento, qualche mese prima aveva superato il provino, ora giocava nei pulcini del Torino, pensò che quello scatto con lo zaino sulle spalle gli serviva per svegliare le gambe, ne era certo, per le tre sarebbe stato in forma.

Entrò in classe, anche lì c'era uno strano silenzio. Camminò tra i banchi e non uno dei suoi amici alzò la testa per salutarlo, tutti con gli occhi intontiti sul quaderno.

Non appena si sedette, Paolo disse: «Teneva troppo la palla».

«Chi?»

«Meroni.»

«Sì, ieri ha fatto un po' troppo da solo, comunque abbiamo vinto quattro a due.»

Paolo scarabocchiava sul quaderno, aveva messo in fila una serie infinita di sette, il numero di maglia di Meroni, due pagine piene di sette, e stava per iniziarne un'altra. Non si era voltato una sola volta per guardare Remin, tutto il suo impegno consisteva nell'allineare sette perfetti.

«Per la squadra forse è meglio così» disse.

«Meglio così cosa?»

«Che sia morto.»

«Morto chi?»

«Gigi Meroni.»

«Gigi Meroni? Morto?»

«L'ha messo sotto una macchina.»

«Come morto?»

«Morto. Meroni è morto.»

Remin si alzò e chiese di andare in bagno. Fino a un'ora prima la vita gli sembrava una cosa bellissima, ora di colpo erano cambiate le carte in tavola.

Quella mattina non volò una mosca, soltanto durante l'ultima ora di lezione il silenzio fu intaccato da qualche brusio, da un certo scalpiccio.

Usciti di scuola, andarono verso la fermata del tram, Paolo e Remin avrebbero preso il 64, Tonino Surace il 3.

Paolo teneva la testa bassa, scalciava una pietra: «Stanotte Gigi era con Poletti, il terzino, quel cavolo di terzino, li ha falciati un'Appia che ha sorpassato dove non doveva, Poletti l'ha preso di striscio, Meroni in pieno. Non poteva morire Poletti? Cosa ce ne facciamo di Poletti?».

Tornato a casa, Remin mangiò senza dire una parola. La madre gli comunicò che avevano chiamato dalla sede, niente allenamento oggi, tutte le attività sono sospese per lutto. Poi disse che bisogna abituarsi anche alle tragedie, la vita non è rose e fiori, lei lo sapeva bene.

Imboccava Desiderio, per farlo mangiare diceva: «Bucun a mi, bucun a ti, bucun al can, gnam» e via a infilargli il cucchiaio in bocca.

Remin si alzò da tavola lasciando il piatto a metà e andò in camera, si chiuse dentro. Davanti al letto, il suo idolo lo guardava dritto in faccia, la maglia granata, i baffetti, i capelli da

Beatles, sullo sfondo la folla dello stadio Comunale. A Remin venne un pensiero spaventoso: dove sarà in questo preciso momento? Che faccia avrà? In che stato saranno le sue gambe magre e nervose? A scuola Paolo aveva detto: «Povero Gigi, è finito in un frigorifero». E Remin lo pensò dentro un frigorifero, bianco con i baffetti ghiacciati. Il terrore gli arrivò alla gola, tornò in tinello, corse dalla madre, le tolse il cucchiaio di mano e si frappose tra lei e Desiderio. La abbracciò, disse: «Ho paura». La madre lo strinse forte, gli chiese di cosa, lui si mise a piangere e disse che era difficile da spiegare. La madre gli disse di provarci, «Certe cose le capisci meglio quando le dici».

«Di Meroni.»

«Di Meroni?»

«Sì, di com'è adesso che è morto.»

«È immobile, con gli occhi chiusi, dorme.»

«Per sempre?»

«Per sempre.»

«E non si sveglierà mai più?»

«Mai più.»

Remin le disse del frigorifero, era quello che gli faceva paura.

«È lì che mettono i morti, nell'obitorio, ma tu non ci devi pensare.»

«Come faccio a non pensarci?»

«Lui non si è accorto di niente, non ha sofferto. In guerra sono morti milioni di ragazzi. La vita è così, piena di morti.»

Remin si asciugò le lacrime, ne aveva abbastanza. Andò al lavandino e bevve lunghe sorsate d'acqua, la madre disse che imparare a sopportare è una questione di allenamento. Mentre Remin tornava in camera gli chiese se voleva fare due passi con lei e Desiderio, sarebbero andati a trovare zia Nerina. Remin disse no.

Quando tornò, Fernanda trovò la camera sempre chiusa. Lasciò il passeggino nel corridoio e aprì la porta senza fare rumore, Remin era sdraiato a letto, gli occhi fissi al soffitto. Davanti a lui un rettangolo chiaro e pulito brillava sulla carta da parati grigia, il poster di Meroni non c'era più.

Il padre arrivò prima del solito, chissà, forse aveva presagito che Remin aveva bisogno di lui. Fernanda stava preparando la cena, pasta al pomodoro e cotolette. Quando Remin sentì la chiave infilarsi nella toppa, il cuore gli balzò in gola, andava pazzo per suo padre, quell'armeggiare nella serratura era come sentirsi dire tranquillo, adesso ci sono io.

Stefano aveva la faccia un po' buia e un po' no, vide Remin immobile davanti alla tivù. Gli arrivò da dietro, gli accarezzò la testa e gli prese il mento tra le mani, lo baciò due volte, non era mai capitato. Afferrò una sedia e gli sedette a fianco. Poi si alzò per abbassare il volume e disse che quella di Meroni era una tragedia assurda, subito iniziò a parlare del Toro e a scuotere la testa: «Diciotto anni fa eravamo i più forti del mondo e siamo andati a schiantarci contro la basilica di Superga. E adesso? Niente da fare, siamo una squadra maledetta, la squadra più scarognata del mondo».

Si misero a tavola e Remin raccontò anche al padre la storia del frigorifero; non fu preciso come lo era stato con la madre, lo sapeva che non aveva lo stesso talento per il dolore che aveva lei. Stefano non rispose. Allora Remin ripiegò su Paolo: «Ha detto che teneva troppo la palla, che forse per la squadra è un bene che è morto».

«Che deficiente» disse Stefano.

«La gente quando sta male non si rende conto di quello che dice, doveva pur trovare un modo per consolarsi» disse Fernanda.

Poi Stefano raddrizzò la schiena e batté sul tavolo con la mano aperta, era il segnale che bisognava voltare pagina, Meroni era morto ma loro continuavano a vivere e, anzi, il futuro si preannunciava radioso.

«Ho deciso, faremo anche i fanali della Fiat 124 e della Fiat 125. Gli stampi mi costeranno un tesoro ma sono sicuro che ne varrà la pena. Oggi ho convocato in riunione Angelo, Beppe e gli altri e ho dato l'ordine, partiamo con le misurazioni: curvatura e parabola e gemma e catadiottro. Per fare uno stampo ci vogliono cinque o sei mesi, in primavera saremo pronti.»

Ecco perché era entrato in casa con la faccia un po' buia e un po' no, stava partendo con un nuovo progetto. Fernanda disse che era una bellissima notizia. Remin non si capacitò di come fosse possibile che in un giorno così suo padre potesse aver avuto una grande idea, sospettò di non essere come lui. Gli chiese quando avrebbe cominciato a fare anche i fanali di macchine straniere: «Sarebbe bello vedere la scritta Aric sui fanali di una Mercedes o di una Renault e pensare che sono nostri».

Stefano si pulì la bocca con il tovagliolo, incrociò le braccia sul tavolo e disse: «È solo questione di tempo». Poi, guardando Fernanda negli occhi e disegnando in aria una linea immaginaria, scandì: «Aric. Auto Ricambi Costruzioni. Tutto il mondo ci conoscerà. Anche in Oriente, anche in Sudamerica, anche in Egitto. Dappertutto ci saranno macchine con i nostri fanali».

«Sei ben bravo» disse lei. Poi si alzò: «Sparecchio, lavo i piatti, metto a nanna Desiderio e poi ci guardiamo un film».

Iniziò ad andare su e giù dalla tavola al cucinino. E i piatti e i bicchieri e le forchette, finalmente si era tornati a mangiare con le posate di alluminio, «Voi mettetevi in poltrona, mi date soltanto fastidio lì seduti».

Obbedirono, «Comanda la mamma» disse Stefano. Accesero il televisore e Fernanda prese a canticchiare *Parlami d'amore Mariù*. Cominciò sottovoce, poi, poco alla volta, aumentò volume e tonalità e le sue note prevalsero sulla tv dove si diceva che nelle università si respirava una brutta aria, gli studenti stavano organizzando manifestazioni. C'era solo la voce di Fernanda, nitida e primaverile come non la sentivano da tempo.

«Mamma sta meglio, finalmente le sta passando il mal di testa» disse Remin.

«Desiderio le ha fatto bene, da quando è nato le cose sono migliorate.»

«Io non bastavo?»

«Certo che bastavi, ma un bambino piccolo di cui occuparsi è una cosa diversa. Non sei contento di avere un fratellino?»

«Molto.»

«Dalla faccia che hai non mi sembra. Dì la verità: sarai mica geloso? Guarda che ti vogliamo bene come prima, anzi te ne vogliamo ancora di più.»

«Lo so, è che pensavo di nuovo a Meroni nel frigorifero.»

27 novembre 1967

Nando bussò tre volte, la prima piano, la seconda un po' più forte e la terza nuovamente piano. Era il loro codice segreto da nove anni, da quando avevano chiuso i ciabòt.

Anita venne ad aprire quasi subito. Lo accolse con il suo sorriso da contessa decaduta e una tazzina di caffè in mano.

Era la prima volta che Nando andava a trovarla nella nuova casa di Santa Rita, dalle parti di piazza d'Armi. Finalmente Anita aveva fatto centro, l'amministratore delegato di una fabbrica di dolciumi aveva acquistato un appartamento intestandolo a lei e la manteneva e le faceva splendidi regali. Unica condizione: essere a sua disposizione quando lo desiderava, per sempre, «Sei la mia assicurazione per la vecchiaia, non so fino a quando potrò sopportare mia moglie» le aveva detto.

Per l'orgoglio di Anita fu un brutto colpo, ma non disse di no, non ne poteva più di ricevere clienti nella mansarda umida e buia di via Palazzo di Città, gli anni avanzavano, «Le puttane di cinquant'anni iniziano a essere compatite, bisogna avere il coraggio di guardarsi allo specchio e agire di conseguenza».

E così, dopo la chiusura dei bordelli, la fallimentare avventura della merceria e anni di marchette fatte in casa, Anita aveva svoltato; era diventata la mantenuta del ragionier Cavallo.

Lo fece accomodare in tinello, la casa brillava. Gli chiese come mai di lunedì mattina, non si aspettava la sua chiamata, le aveva fatto piacere, «Ormai sei l'unico cliente, a te non rinuncio, ti voglio bene e in mezzo alle gambe hai un ben di dio». Rise, «Ti hanno licenziato dalla Fiat?».

Nando continuava ad amare la sua voce bassa e accogliente, da signora, gli era entrata in testa quella sera al bordello e non se n'era più andata: «Sentirti parlare è come ascoltare la musica di quando eravamo giovani». Poi le disse che non l'avevano affatto licenziato, in Fiat era tenuto in palmo di mano da tutti, «È che avevo il permesso per una visita medica e appena sono uscito ho pensato a te, l'occasione fa l'uomo ladro».

«Ladro e porco» disse Anita.

Quanto lo eccitavano quella complicità, quei preliminari fatti di parole e sguardi di sbieco che già si sapeva dove andavano a finire.

Prima di andare in camera da letto, Anita gli fece vedere il resto dell'appartamento, era un quadrilocale da fare invidia.

Il volto più pieno di un tempo diluiva le rughe degli occhi, ma aveva i capelli sciolti e Nando li preferiva raccolti sulla nuca, in lei non voleva vedere tracce del mestiere, erano l'insospettabilità della postura e dei modi a infiammarlo: «Stai meglio con i capelli raccolti, sei più ordinata».

Anita portò istintivamente le mani alla massa rossiccia che le scendeva sulle spalle, «Dici?».

«Sì.»

«Dici che i capelli sciolti mi fanno sembrare una megera?»

«Non ho detto questo.»

Ovunque oggetti inutili, la miniatura della madonna, centrini a uncinetto, il portagiornali pieghevole, foderine e tendaggi e due poltrone con i braccioli di legno impiallacciato.

Era una bella casa, aveva ragione a esserne fiera, vani ampi e luminosi che odoravano di cera, balconi su entrambi i lati, un gran salone e il bagno con la copertura di spugna per il water in tinta con le piastrelle rosa.

Ciò di cui Anita andava più orgogliosa era il carrello per i liquori, Cynar e Rosso Antico e Stock, un trionfo di alcol e vetro colorato.

Anita lo prese per mano e lo portò in camera, era arredata in finto stile veneziano e sapeva di Vetril e Pronto, si spogliò, si era rattrappita con gli anni, il suo corpo non aveva più nulla di seducente, soltanto tempo passato. Nando posò le banconote sul comodino e si concentrò su se stesso, in un amen fu nudo, buttò pantaloni e mutande e camicia a terra, trattò con cura soltanto la cravatta a righe beige e rosse, la sistemò sul comò. Non aveva nessun imbarazzo con lei, era come essere in due ma da soli, o da soli ma in due, difficile dire, quel che è certo è che era una cosa impagabile.

Nando si sdraiò sul letto incrociando le braccia dietro il collo. Fece un grosso sospiro e disse «Finalmente un po' di pace».

Lei prese ad accarezzargli le cosce possenti, l'addome robusto, «Bella fortuna avete voi uomini, hai quasi cinquant'anni ma il fisico di un ragazzo».

Lui si schermì, disse «Esageruma nen», poi si voltò: «Non hai paura che Cavallo possa arrivare all'improvviso?».

«Un po', ma è l'uomo più preciso del mondo, mi avvisa sempre con anticipo, arriva ogni volta con i fiori e le paste e un regalo, è un grande organizzatore. Il lunedì è sempre a Milano per lavoro, e poi te l'ho detto, sono la donna più fedele del mondo.»

«A parte me» disse Nando salendole sopra.

«A parte te» disse lei.

Nando non chiedeva nulla di strambo, il loro era un sesso giudizioso e tranquillo, «Sono mica un depravato come i ragazzi di oggi», quel che voleva era soltanto partecipazione. Gli piaceva soprattutto il finale, quando rimaneva dentro di lei e Anita gli diceva: «Brau Nanduciu, sono contenta che ti sei sfogato».

Andò così anche quella volta. Quando si staccarono, Nando si rovesciò sulla schiena e disse: «Ci voleva proprio». Anita si accese una Chesterfield, gliene offrì una, «Fuma americano, smettila con quelle Nazionali che fanno una puzza da morire».

Stettero in silenzio per un po' aspirando boccate piene, il portacenere in mezzo a loro e gli indici che ogni tanto si scontravano per picchiettare via la cenere.

«Come sta Sabrina?»

Nando si mise su un fianco e appoggiò la testa sul palmo, disse che quella bambina era una delizia, aveva solo sette anni ma era già una donnina, «È giudiziosa».

«Va bene a scuola?»

«È la prima della classe, capisce tutto al volo, meno male che non ha preso da me.»

Anita disse che avere una madre laureata è un bel vantaggio, «Certe cose le respiri già nella culla».

Nando era d'accordo, aveva un bel caratterino, anche in quello aveva preso da Piera, «Se una cosa non la vuole fare non c'è verso di convincerla».

«Buon segno» disse Anita, «le donne devono imparare a farsi rispettare da piccole.»

Nando guardò l'orologio, aveva ancora un'ora di tempo e poi doveva tornare in reparto.

Si accese un'altra sigaretta americana, non era sua abitudine fumarne una dietro l'altra, ma non stava così bene da tempo, il momento andava celebrato. Ascoltò lo scroscio dell'acqua che riempiva la vasca, i piedi di Anita che, da una camera all'altra, scivolavano sulle pianelle di velluto. Una donna della sua età, brava in casa, brava a letto, con Anita era lui a sentirsi protetto.

Quando la sigaretta finì e Anita chiuse il rubinetto della vasca, pensò che ci voleva un po' di musica. Sul comò c'era una grossa radio, due manopole grandi come scodelle. Si alzò lento, si stirò amplificando la soddisfazione con un grugnito. Gli sarebbe piaciuto imbattersi nelle note dei Beatles, certo, ma anche quell'anarchico del cazzo di De André non era male. Accese e c'era una voce concitata che parlava. Diceva che l'iniziativa era stata presa per contestare la riforma Gui e in particolare l'aumento delle tasse scolastiche e il progetto di spostare la facoltà al Parco della Mandria, la tenuta della famiglia Agnelli.

Parlava in fretta il cronista, troppo, «Gli studenti richiedono l'abolizione delle lezioni cattedratiche, l'eliminazione degli esami individuali e che d'ora in poi i voti siano collettivi e dati in base alla partecipazione a ricerche e seminari».

Nando, nudo e con gli avambracci appoggiati al comò, pensò: «Galera per questi, galera e buttare la chiave». Poi il cronista disse: «Ecco il perché del clamoroso gesto degli universitari torinesi».

Nando sentì qualcosa frizzargli nel petto, clamoroso gesto? Universitari torinesi? Cosa diavolo sta succedendo? La risposta arrivò pochi secondi dopo, quando il cronista cedette la linea e il conduttore in studio ricapitolò la situazione: «Palazzo Campana, sede delle facoltà umanistiche di Torino, è stato occupato dagli studenti. Il portone del palazzo è stato chiuso alle 12.30 con catene e lucchetti. Gli studenti sono asserragliati all'interno, la situazione può degenerare da un momento all'altro». Nando non ascoltava più, era già in camicia e pantaloni. Piera, dio santo, Piera, l'avranno rinchiusa là dentro quei comunisti schifosi? Ora vado, entro, spacco tutto e me la riporto a casa.

Si infilò le scarpe e il resto, chiuse fino alla gola la cerniera della giacca a vento e piombò in bagno con un paio di falcate che fecero rimbombare il marmo, Anita aveva i piedi appoggiati al bordo della vasca e si stava passando la spugna sul collo e sui grossi capezzoli viola. Quando Nando spalancò la porta, ebbe un soprassalto: «Sei impazzito?».

Con una mano sulla maniglia schizzò parole sincopate: «Studenti... Palazzo Campana occupato... Si sono chiusi dentro... Catene e lucchetti... Piera...». Come una furia uscì di casa, salì sulla 850. Lui, sempre così ligio al codice della strada, sfrecciò per corso Unione Sovietica e corso Turati e via Sacchi ai cento all'ora, passò con il rosso un paio di volte, per poco non fece grippare il motore, in un attimo la puzza di bruciato invase l'abitacolo. Rischiò vita e macchina e patente, ma era l'ora di pranzo e in giro c'era poca gente, il grosso di polizia e carabinieri sarà in via Carlo Alberto a far sloggiare dall'università quella marea di pidocchi rossi.

In effetti davanti a Palazzo Campana le pattuglie della polizia non mancavano, l'atmosfera era tesa, i giovani avevano chiuso il palazzo e controllavano l'unica porta lasciata libera impedendone l'accesso.

Nando parcheggiò poco distante e camminò veloce verso l'ingresso, pensò che si sarebbe mangiato in un boccone i quattro bambocci del picchetto che facevano i gradassi con la loro barba da Fidel Castro; lui aveva pestato i rossi veri, mica queste mezze seghe.

Eccolo davanti alla porta, una mezza dozzina di ragazzi gli chiese chi cazzo sei.

«Aimon, Aimon Ferdinando detto Nando» rispose.

I ragazzi si misero a ridere, soprattutto un mingherlino con la barba rossiccia e il sigaro tra le labbra: «Come minchia parli? Sei un carabiniere?».

Risero ancora di più. Nando, che dal momento in cui era sceso dalla 850 aveva tenuto le mani affondate nelle tasche della giacca a vento, le tirò fuori e rivolse i palmi verso di loro, «Sono disarmato» disse.

Il mingherlino gli chiese dove credeva di essere, in una prigione di Saigon? Gli disse di non fare il camurriusu, di tornarsene a casa, Palazzo Campana non era un posto per vecchi babbioni.

Nando trangugiò una volta, due, poi si schiarì la voce, infine accostò la sua grossa testa alla fronte del mingherlino e gli disse che al vecchio babbione stava venendo voglia di aprirgli il culo così a fondo che poi ci sarebbe passato un treno. Il ragazzo lo guardò sconcertato, forse lo prese per pazzo, o forse qualcosa gli suggerì che con quel tipo bisognava fare attenzione. Subito i compagni gli furono attorno.

«Sono il marito di Piera Pelissero in Aimon, assistente, fatemi entrare, le devo dire una cosa urgente a proposito di nostra figlia.»

I ragazzi si guardarono tra loro. Prese la parola uno che doveva essere il capo, disse: «Piera è una di noi, vai pure ma fai una cosa veloce».

Nando disse grazie. Poi rifletté per qualche attimo, «Cosa significa che è una di voi?».

«È antiaccademica, antipartitica, contraria a ogni autoritarismo. È una assistente ed è trattata da zerbino, è una radicale. È insieme a persone come lei che combatteremo.»

Piera radicale, non era socialdemocratica? Perché non mi racconta mai niente? Qualcosa gli sfuggiva, si era fatto l'idea che le contestazioni degli studenti fossero appannaggio esclusivo dei comunisti e invece si sbagliava. Ora però aveva un unico obiettivo: trovarla e portarla via.

Entrò e salì gli scaloni di marmo, in quel posto c'era già stato un paio di volte per consegnare documenti. Ai tempi della Repubblica di Salò il palazzo era una caserma i cui sotterranei venivano usati come luoghi di tortura. Nando ricordò le urla e lo sbattere di acciaio che aveva sentito lì dentro. Non provò nulla, pensò che era la storia, la grande storia, niente a che fare con questi buffoni in eskimo.

Corridoi e aule e scale brulicavano di studenti, si erano organizzati con un sistema di barricate mobili, l'irruzione della polizia veniva data per imminente. Erano state allestite cucine, un ciclostile, una stamperia, brandine. C'era un clima di gita, un buon odore di sudore giovane, chitarre e ragazze in minigonna, beati i fortunati che di lì a qualche ora si sarebbero infilati nel sacco a pelo insieme a loro. Dopo essersi guardato attorno senza vedere la moglie, Nando si avvicinò a due bionde che fumavano erba sedute contro un muro, chiese della dottoressa Pelissero in Aimon, «Sono suo marito».

Le ragazze indicarono un'aula in fondo.

La porta era aperta, Nando si fermò un paio di metri prima, lo bloccò una specie di vergogna. Cosa le avrebbe detto? Con quale autorevolezza? Piera era abituata ad avere a che fare con professori e ragazzi istruiti. Sì, era suo marito, ma bastava?

Nando fece un altro passo, Piera stava parlando con un ragazzo, lui diceva che questa doveva essere un'occupazione con i controcoglioni, non come a febbraio, quando nel giro di poche ore la polizia li aveva presi e portati fuori a braccia uno per uno. In Nando crebbe l'imbarazzo, poi prevalse l'orgoglio, un tuffo e fu dentro.

Piera lo vide e fece uno scatto all'indietro: «Cosa fai qui?».

«Come cosa faccio qui? Sono tuo marito. Sono venuto a prenderti, tra poco arriva la polizia e ti portano dentro, andiamo.»

«Ti prego Nando, ho da fare, non dovevi essere in fabbrica?»

«Ho saputo e sono venuto a prenderti. Non posso accettare che mia moglie stia in mezzo a questi delinquenti a fare casino. Piera, andiamo, ascoltami e non fare storie.»

Piera congedò il ragazzo che le stava seduto di fronte, gli disse di tornare tra una decina di minuti. Il ragazzo obbedì, prese una cartellina con dentro un malloppo di fogli, si alzò e uscendo guardò Nando con un risolino a fior di labbra.

Anche Piera si alzò, si avvicinò al marito. Nando non l'aveva mai vista così, aveva la fronte sudata e due rughe tenui che si propagavano dalle narici fino agli angoli della bocca. Forse fu soltanto in quel momento che scomparve Pierina dai boccoli d'oro e al suo posto apparve una donna di trent'anni.

«In che pasticcio ti sei infilata?» domandò Nando.

«Nessun pasticcio» disse Piera.

«Sono solo i comunisti che fanno robe del genere.»

Piera mise le mani sui fianchi, scosse la testa. Poi fece un grosso respiro, si impose di spiegargli con calma quello che per lei era ormai assodato. Gli disse che i partiti non c'entravano nulla, all'occupazione stavano partecipando anche i cattolici, i liberali, tutti.

«È una faccenda per studenti. Tu cosa c'entri? Ti stai giocando la carriera» disse Nando.

«È una faccenda per tutti. Io e altri assistenti diamo una mano ai ragazzi per organizzare i controcorsi. Della carriera me ne fotto.»

«Cosa vuol dire che te ne fotti?»

Piera tacque per qualche secondo, lo fissò da sotto in su: «Il mondo sta cambiando». Così dicendo prese Nando sottobraccio e lo portò in corridoio e poi dentro un'aula affollata di ragazzi. Al lato della cattedra c'era un grande manifesto che mostrava uno scheletro in ermellino e parrucca con un coltello infilato nel cuore, sotto la scritta *Contro l'autoritarismo accademico, potere agli studenti.*

«Tutto questo è assurdo» disse Nando.

«No, quello che è assurdo è che da secoli il mondo è diviso in ricchi e poveri, padroni e paria. Nando, vai in fabbrica. Io tra un paio d'ore esco, vado a prendere Sabrina e poi torno a casa, tutto come sempre.»

Nando non ebbe più nulla da dire, solo pensieri gassosi che non riuscivano a cristallizzarsi in qualcosa di concreto. Si sentì precipitare in un baratro di impotenza.

Girò i tacchi e uscì.

Piera rimase sulla porta a guardarlo andare via, la giacca a vento sotto il braccio, la camminata da contadino con i piedi in fuori, quella testa così grossa che vista da dietro sembrava uno scatolone nero.

Dio che stanchezza, pensava Nando, oggi mi metto in mutua, spero di non essermi beccato un'influenza.

No, non era influenza, era cominciato il Sessantotto, da quel giorno e per lunghi anni la sua vita sarebbe stata molto più complicata di quanto avesse mai potuto immaginare.

Scese le scale e percorse altri corridoi. Non sentiva più nulla, il vociare che lo aveva accolto all'ingresso si era trasformato in un film muto, soltanto immagini di barbe folte e gambe veloci che gli schizzavano intorno.

8 dicembre 1968

Sua madre era seduta al tavolo della cucina, leggeva il giornale china sulle parole. In casa non c'era più odore di vino e fumo, non c'erano più i bottiglioni del padre e i portacenere di Rina. Quando lo vide, Ernesta sollevò gli occhiali sulla fronte: «Che caro che sei venuto a trovarmi, ma non è niente, non dovevi preoccuparti, è solo un po' di bronchite».

Stefano le disse che fuori faceva un freddo bestiale, doveva comprarsi un cappotto più pesante. Parlarono del più e del meno per qualche minuto, poi la madre si alzò da tavola, disse: «A stare con le mani in mano davanti a mio figlio mi sento una rimbambita, ti faccio il caffè».

Stefano si appoggiò allo schienale della sedia, «E allora? Hai ancora la febbre?».

La madre rispose che la febbre se n'era andata ma ormai era da tempo che si sentiva sempre più fiacca, «Non è un gran periodo, tutta la vecchiaia non è un gran periodo...».

Un trafficare di chiavi, era Rina. La madre fece un grande sorriso, disse la stessa cosa che aveva detto a Stefano poco prima: «Che cara che sei venuta a trovarmi, ma non è niente, non dovevi preoccuparti, è solo un po' di bronchite».

Stefano andò incontro alla sorella, Rina lo abbracciò forte, «Ciao Stefanin, quanto tempo che non ci vediamo».

Stefano annuì, «Saranno tre mesi».

«Troppo, non mi vieni mai a trovare» disse Rina.

Rimasero abbracciati, Stefano allontanò il viso per guardarla meglio, aveva una strana pettinatura, i capelli da una parte a coprirle la tempia destra. Rina abbassò gli occhi e subito si divincolò, andò a baciare la madre.

Sedettero, da quanto tempo non stavano seduti tutti e tre insieme, ciascuno al posto di una volta, gli occhi attenti a non scivolare sulla sedia vuota del padre.

Ernesta le chiese perché non si spogliava, cosa ci faceva ancora con sciarpa e pelliccia?

«Sono passata per un saluto veloce, ora vado a pranzo dalla mia amica Clara e poi al cinema, *Il medico della mutua*, dicono che fa morire dal ridere.»

«E Valter?» domandò la madre.

Rina spostò gli occhi di lato: «Boh? Starà a casa a sentire le partite». Si alzò e appese la sua pelliccia spelacchiata all'attaccapanni, tornò a sedersi con la sciarpa rosa sempre stretta al collo.

«E la sciarpa?» disse Stefano.

«Ho mal di gola, Stefanin, malanni di stagione.»

«E i disegni a china? Ne hai fatti altri?»

Rina si immalinconì, prese a fissare il centrino stinto in mezzo al tavolo, «Niente più disegni, è da tanto che non ne faccio, prima o poi riprendo».

Poi attaccarono a parlare di politica, così, per abitudine, era il loro modo per evitare di dirsi le cose, rimanere uno estraneo all'altra.

Rina disse che avevano ragione quelli che contestavano Longo e i dirigenti, l'invasione della Cecoslovacchia era stata uno schifo: «È una vergogna che tengano le parti dei russi». Parlava nervosamente, continuava a spostarsi la ciocca di capelli grigi sulla tempia destra. Chiese a Stefano cosa ne pensasse.

Stefano avrebbe voluto dirle che aveva altro cui pensare, due figli e una moglie e una fabbrica.

In realtà non sapeva cos'era diventato il suo partito. Soprattutto, non sapeva cos'era diventato lui. In quali contraddizioni stava affondando? Era un imprenditore, l'azienda continuava a crescere, eppure non riusciva a fare a meno di tifare per quelle bandiere rosse che gli facevano battere il cuore sin da ragazzo.

Bréžnev che bacia in bocca Dubček e poi gli manda i carri armati in casa. Stefano non aveva saputo quale posizione prendere, forse erano nel giusto Ingrao e gli studenti, le riforme non vanno stroncate con la violenza. Poi, più che altro per evitare la fatica di contemplare punti di vista diversi, aveva cominciato a pensare che anche quella volta era giusto appoggiare la posizione ufficiale del partito: «L'Unione Sovietica ha il compito di difendere il regime socialista dall'attacco della controrivoluzione interna e internazionale».

Rina rise sarcastica: «L'Unione Sovietica sta diventando una porcheria».

Stefano fece un gesto scocciato con la mano, «Lasciamo perdere».

Rimasero a chiacchierare ancora un po'. Rina friggeva, ticchettava il piede a terra e fumava una sigaretta dietro l'altra. Stava in punta di sedia, pronta a fuggire. Stefano taceva e guardava un po' la madre e un po' lei. Le due donne parlavano dei tempi della lavanderia: «Ora non sarebbe più possibile gestire un'attività del genere, abbiamo fatto bene a vendere, soltanto meridionali che ti dicono di segnare il debito sul quaderno, una volta i soldi erano meno ma la gente pagava con puntualità svizzera».

Poi Rina batté le mani come per dire che il tempo era scaduto, «Vado». Alzandosi, la ciocca grigia scappò via, scoprì la tempia destra, una macchia bluastra. Stefano le ordinò di risedersi. Rina corse all'attaccapanni ma Stefano le fu dietro, la prese per un braccio e questa volta lei non oppose resistenza.

Stefano mise le mani sui capelli della sorella, spostò la ciocca in alto e guardò meglio quella tavolozza gialla e viola. Non disse nulla, le sfilò la sciarpa dal collo e apparvero altre tavolozze scure, qualche graffio orizzontale. Rina lo lasciò fare, disse: «L'altro ieri sono caduta dalle scale, un male boia».

«Devi imparare a guardare dove metti i piedi.»

«Ora mi lasci andare?»

La madre si intromise: «Vai, non fare aspettare la tua amica».

«Giusto, mai fare aspettare la gente» disse Stefano. Le diede una carezza. Rina si allungò per un bacio fuggevole sulla guancia, poi baciò la madre.

Non appena Rina fu uscita, Ernesta prese a tossire e a parlare del pranzo di Natale, a lei piaceva da matti andare a mangiare in corso Casale, in quell'osteria con il quadro di Cavour all'ingresso, per lei era il più bel giorno dell'anno, una tradizione. Stefano la ascoltava con le braccia incrociate sul tavolo. La madre cercò alla rinfusa altre parole, si torceva le mani, non voleva lasciare spazi di silenzio in cui il figlio potesse inserirsi.

Stefano la baciò sulla fronte, «Certo che ci vediamo il 25».

In strada era un pigro mezzogiorno giallo e azzurro.

Arrivò quasi subito, cinque minuti scarsi, una svolta a sinistra, una a destra, e dopo cinquecento metri fu davanti al palazzone di dieci piani. Scese dall'auto con estrema calma, inspirava ed espirava lavorando sulla capienza dei polmoni come uno sprinter che attende lo sparo dello starter.

Pigiò il cognome sul citofono, nessuna risposta. Suonò di nuovo, tenne il dito inchiodato al campanello per una decina di secondi. Finalmente un uomo disse «Chi è?». «Posta per favore» rispose Steu abbassando di un paio di ottave il suo tono abituale. L'uomo disse: «Anche di domenica rompete le palle» ma aprì.

Abitava al nono. Steu infilò l'ascensore e prese a guardarsi allo specchio, osservò le guance scavate e il colorito acceso e gli occhi più chiari del solito; non fosse per i capelli spariti, era molto simile al ragazzo di tanti anni fa.

Arrivò al piano e suonò il campanello. Nell'attesa si aggiustò il paltò blu sulle spalle, lo lisciò sul davanti.

Passi di mocassino, passi di chi ha riposto le pantofole nello sgabuzzino ed è pronto per uscire di casa. La porta si aprì con un guizzo e Valter apparve. Aveva il colletto della camicia bianca alzato, la cravatta annodata per metà e si stava abbottonando un paio di pantaloni neri. Spalancò la bocca, non uscì nulla. Anche Steu non disse nulla, attese che fosse lui a dire la prima parola. Non la pronunciò, ma gli fece cenno di entrare, gli indicò la cucina, poi una sedia.

Steu rimase in entrata, cercò l'attaccapanni, si tolse il cappotto e la giacca di lana, appese tutto con movimenti compassati e l'atteggiamento di chi ha intenzione di fermarsi a lungo, rimase in camicia, arrotolò le maniche sui gomiti. Solo allora si avviò verso la cucina, Valter si era seduto, aveva gettato la cravatta sul tavolo, improvvisamente ingobbito, nulla a che vedere con l'uomo spavaldo che gli aveva aperto la porta. Steu rimase in piedi, lo scrutò, Valter aveva i capelli lunghi e pettinati morbidamente, onde grigie che attraversavano la testa da destra a sinistra. E le basette una cascata sale e pepe che gli arrivava al mento.

«Sei davvero un bell'uomo. Assomigli a uno dei Beach Boys» disse Steu.

«Rina è andata con una sua amica» disse Valter tremolante.

«Lo so, l'ho appena incontrata da mamma. Sono venuto a trovare te. Non sei contento di vedermi?»

Valter disse sì certo e gli domandò cosa poteva offrirgli, aveva del cognac, c'era del Vermouth, lo aveva sia bianco che rosso, aveva del Porto, grappa, bastava chiedere, c'era di tutto.

Steu fece segno di no, era a posto così, «Ho visto» disse.

Valter scosse la testa stupito, non capiva: cosa aveva visto?

Steu camminò verso di lui con le mani in tasca. Gli andò a pochi centimetri dal viso. Valter fu costretto ad alzarsi, girò attorno alla sedia e si appoggiò allo schienale: «Cosa vuoi da me?».

«Che brutti lividi, Rina. E adesso come facciamo?»

Valter cominciò a sudare, divenne bianco, la bocca socchiusa, lo spiraglio viola della gola: «Non te l'ha detto? È caduta dalle scale. È un'artista, ha sempre la testa per aria, pensa che l'altra settimana si è scordata di spegnere il gas con su la caffettiera, fumo ovunque, sembrava andata a fuoco la casa».

«So tutto. E adesso come facciamo?»

Valter andò verso la finestra della cucina, la aprì come per trovare una via di fuga. Si appoggiò al davanzale, guardò in strada.

Steu lo avvicinò a passi lentissimi: «Che brutta cosa picchiare le donne, mio bel damerino. Che brutta cosa sfogare sulla moglie la rabbia di essere un fallito. Perché quando sei così nervoso non chiami me?».

Valter si voltò, si inginocchiò davanti a Steu e si mise a piagnucolare, gli giurò che non l'avrebbe mai più fatto, che era una vergogna, lo sapeva, cascasse il mondo non l'avrebbe più sfiorata neanche con un dito, giurò altre cose, disse che da quando aveva dovuto chiudere la latteria e si era messo a fare l'operaio aveva perso la testa, di perdonarlo.

Steu lo prese per il colletto della camicia e lo tirò su. Poi lo trascinò in entrata indietreggiando e tenendogli gli occhi negli occhi. Una volta nell'ingresso, lo sbatté contro il muro, Valter riuscì a non cadere. Steu lo riprese e lo scagliò nuovamente al muro, Valter cadde a terra e si rialzò e disse: «Basta Stefano, basta, mai più, non lo farò mai più». Ma di nuovo Steu lo gettò contro il muro, Valter questa volta mantenne l'equilibrio, gli si infiammarono gli occhi, una bestia disperata chiusa all'angolo, andò addosso a Steu con il pugno levato. Fu una pessima idea. Molto prima che il colpo arrivasse a destinazione, Steu lo colpì al ventre con una ginocchiata, Valter si piegò in due, con un montante Steu lo fece rialzare e con un'altra ginocchiata in pancia lo fece ripiegare, ancora un montante. Valter piombò giù urlando, si accartocciò, un groviglio di paura, piangeva e diceva basta, ma per Steu non era ancora abbastanza. Cominciò a prenderlo a calci sul ginocchio esposto, un colpo, due, tre, quattro, più pestava e più si rendeva conto che la lezione era stata sufficiente, non avrebbe mai più toccato Rina, ne era certo. Doveva smettere se non voleva azzopparlo per sempre, ma quel pensiero gli procurò una strana ebbrezza, Steu continuò a pestare. Valter si lamentava, sbavava, uno scarafaggio schiacciato a terra.

Steu smise, andò in bagno, si lavò accuratamente le mani, srotolò le maniche della camicia e riabbottonò i polsini. Poi tornò in entrata e indossò giacca e paltò. Guardò dallo spioncino, sul pianerottolo non c'era nessuno, poteva uscire.

3 luglio 1969

Stefano e la sua famiglia erano andati ad abitare in un palazzo di nove piani tra cantieri e residui di boschi. Stavano al quinto, in strada una distesa di platani che partiva dal Po e arrivava alla Fiat Mirafiori. Dal balcone che dava su corso Traiano, se allungavi il collo e guardavi in direzione dello stabilimento, vedevi le montagne.

Quel giovedì di luglio erano da poco passate le tre, Fernanda aveva finito di sistemare. Remin era ad allenarsi, Stefano in ditta.

Desiderio gironzolava tra salone e tinello, da un balcone all'altro, quello che dava sull'interno affacciava su un cortile di ghiaia in cui i bambini più grandi giocavano a pallone.

Sciabattava, «Sono stufo, andiamo al parco?».

Fernanda disse «Che barba mi fai venire» e lo portò sul balcone, avrebbero fatto il gioco del colore delle macchine: vinceva il colore più ricorrente. Desiderio tifava per il rosso, Fernanda per il blu, vinceva sempre il bianco.

Il giocò durò meno del previsto, in strada quel giorno poche macchine e un'aria insolita, Fernanda notò che, dalla parte opposta del corso, i signori Provera, abituati alla loro passeggiata post prandiale da pensionati, stavano rientrando in casa a passo svelto.

Desiderio disse: «Cambiamo gioco».

La madre provò a dirgli della luna, gli americani stanno per andarci, «Faranno vedere tutto in televisione», ma al bambino della luna e degli americani non importava nulla: «Dài, andiamo al parco».

Fernanda si arrese, non aveva alcuna voglia di uscire, ma andò nello sgabuzzino e infilò le scarpe e fece calzare i sandali al figlio.

Forse aveva ragione Stefano, sarebbe stato meglio mandarlo all'asilo, ma lei aveva detto no, «Desiderio me lo tiro su io». Per l'unica volta in vita sua era stata irremovibile. Gli prese la testa, gli diede un bacio e gli disse che era un bambino appiccicoso, «Sei tachìs, ma sei la mia gioia».

Un chilometro più in là, sotto l'insegna solenne e sghimbescia della Fiat Mirafiori, si stava scatenando l'inferno. Dall'inizio dell'anno i disordini erano aumentati d'intensità, scioperi e blocchi stradali e occupazioni di case sfitte, «Nell'ultimo decennio è arrivato a Torino un milione di napuli, cosa vuole pretendere? Se continua così finiamo tutti a catafascio». A Fernanda lo dicevano i negozianti della zona, il macellaio e il cartolaio e il panettiere, e lei lo ripeteva in casa. Il più suscettibile all'argomento era Remin. Da quando si erano trasferiti in corso Traiano, passava gran parte del suo tempo con Tonino Surace. E Tonino raccontava con dovizia di particolari quanto fosse dura la vita dei terroni: mancavano le case, mancavano i trasporti, vivevano in soffitte fatiscenti, dividevano la stanza dormendo a turno nello stesso letto, a decine utilizzavano bagni comuni. E allora, quando la madre diceva dei napuli che erano gentaglia, Remin alzava la voce.

Stefano sui meridionali tendeva a glissare. Sospeso tra un odio istintivo e la necessità di mantenere fede a un'idea di mondo coltivata a pane, comunismo e uguaglianza, esordiva ogni volta con la tiritera che il discorso era troppo lungo per essere liquidato in due parole, non c'era dubbio che fosse gente con poca voglia di lavorare, gente che voleva tutto e subito, ma si affrettava a precisare che l'integrazione è un valore che non può essere messo in discussione.

Quando Fernanda e Desiderio scesero in strada, videro in fondo al corso una nuvola di fumo che si alzava dalla palazzina di Mirafiori. Incrociarono il signore dell'ottavo piano, il ragionier Faudarole: «Mi sa che non è giornata da stare in giro con il bambino. I sindacati hanno indetto uno sciopero per protestare contro gli sfratti e l'aumento degli affitti. La marmaglia ne ha approfittato per convocare un corteo. Si troveranno tutti in corso Tazzoli. Lo scorso anno è stato l'anno degli studenti, questo è l'anno degli operai, glielo dico io».

Che il bubbone stesse per scoppiare lo si capì dalle prime ore del pomeriggio. Davanti al cancello numero due erano già in tremila; la polizia, in assetto di guerra, aveva il manganello caldo. Piovvero lacrimogeni e tutti presero a scappare, i carabinieri si infilarono tra i dimostranti e con il calcio dei fucili picchiarono a destra e a manca.

Mentre Fernanda e Desiderio si avviavano verso il parchetto, il corteo riuscì a partire, ma invece di muovere verso il centro città fu dirottato in corso Traiano, polizia e carabinieri pensavano che nel grande corso fosse più facile controllare la ressa, due corsie laterali e una centrale di sassi e rotaie del tram avrebbero permesso di chiudere i manifestanti in una morsa. Fecero male i loro calcoli, ai lati del corso non c'erano soltanto casermoni di dieci piani, ma una miriade di stradine e prati e cantieri edili.

Dal fondo del corso il rumore si fece più forte, ora rimbombava nelle orecchie, anche il fumo era diventato più nero e denso, puzza di gomme bruciate e metallo caldo. All'improvviso sbucarono dal fumo bandiere rosse e petti nudi. Fernanda disse «Oh mama», si voltò di scatto, afferrò la mano di Desiderio e iniziò a correre, scalciò via le scarpe con il tacco per essere più veloce, «Corri Desiderio, corri». Desiderio non capì cosa stesse succedendo, inciampò, si rialzò, cadde di nuovo. Sua madre si fermò e lo prese in braccio rimettendosi a correre più veloce che poteva, dietro di lei il corteo si faceva sempre più vicino.

Una volta entrati in casa, andarono al balcone, com'era cambiato tutto in un attimo, la battaglia infuriava a metà del corso, la polizia stava caricando, i dimostranti procedevano dietro uno striscione con su scritto *Alla Fiat la lotta continua e tutto il potere agli operai*.

Fernanda teneva le mani sulla bocca, era come avere un film western sotto casa, come si fa a non guardare? E come lei fecero gli altri abitanti dei palazzi, tutti a godersi lo spettacolo, a spalancare porte e finestre. In molti non si accontentarono di vedere il film dal balcone, erano operai anche loro, scesero in strada a dare man forte ai dimostranti.

I poliziotti stavano avanzando con i fucili spianati. Contemporaneamente, una colonna di camion dei carabinieri attaccò il corteo alle spalle, tutto avvenne all'altezza del cartolaio e del macellaio. «Proprio dove eravamo noi» disse Fernanda. Il corteo si sciolse come se nel mezzo fosse caduta una bomba, decine di uomini schizzarono verso la massicciata del tram, raccolsero pietre e le lanciarono contro i cellulari della polizia. Fu allora che apparve un camion con rimorchio carico di Fiat 500, ecco il momento dell'assalto alla diligenza, una pioggia di sassi venne lanciata contro la cabina e sfasciò i vetri delle automobili, l'autista si buttò giù impaurito, prese a correre, scappò. I manifestanti si impossessarono della bisarca, la piazzarono di traverso in mezzo al corso: per la prima volta dai tempi della guerra, venne eretta una barricata operaia.

Il corteo fu disperso, i manifestanti no, fuggirono nei prati e ricomparvero subito dopo in gruppi di dieci o venti; attiravano i poliziotti nei campi disseminati di cantieri e li prendevano a sassate e biglie di ferro e spuntoni arrugginiti. Oppure fuggivano nelle vie laterali, i soccorsi arrivavano dall'alto, donne e bambini lasciavano cadere dai balconi vasi, stendini, non era più una lotta tra polizia e manifestanti, era una lotta civile.

Stefano arrivò più o meno a quell'ora; in azienda aveva saputo, alcuni dei suoi dipendenti avevano amici o fratelli o parenti che lavoravano alla Fiat e glielo avevano annunciato, oggi sarà un giorno campale, lo sciopero dei sindacati per gli sfratti e il caro affitti sarà usato da operai e studenti per mostrare alla città i risultati di cinquanta giorni di lotta in fabbrica, questa volta Cgil, sindacati e partito non c'entrano nulla, anzi, sarà uno sciopero anche contro di loro.

Angelo, il suo uomo più fidato, lo avvertì: «Saranno almeno in cinquemila, non solo Mirafiori, ma arriveranno anche da Rivalta, Lingotto, Spa Stura. La valanga di meridionali approdata a Torino negli ultimi dieci anni chiede aumenti salariali, l'abolizione dello straordinario obbligatorio, il controllo e la riduzione dei ritmi, il pagamento della mezz'ora per la mensa, l'eliminazione della distinzione tra operai e impiegati».

Stefano ascoltò i suoi uomini, poi disse «Vado a casa». Qualcosa gli diceva che era meglio tornare, il sesto senso di chi nelle rivolte ci ha sguazzato una vita e che ora, anche se è passato dalla parte dei padroni, è in grado di fiutare l'aria di pericolo.

Udì urla, maledizioni, insulti alla polizia, «Il vice questore va impiccato, sono peggio dei fascisti». Fascisti, bastò quella parola per cambiare lo scenario, ora non c'erano soltanto Fernanda e Desiderio da proteggere; qualcosa di diverso, qualcosa di antico all'improvviso si era rimesso a far gazzarra nel suo stomaco.

In casa tutte le finestre erano aperte, chiamò forte Fernanda per non coglierla all'improvviso. Fernanda non sentì, Desiderio sì, corse incontro al papà e lo abbracciò, «Papà, papà, vieni a vedere».

Fernanda raggiunse Stefano in ingresso, «Dio sia lodato».

«Cos'è successo? State bene?»

Lei gli raccontò dello spavento.

Stefano prese a spogliarsi, via la giacca e la camicia e i pantaloni. Appoggiò tutto sulla poltrona del salone.

«E Remin?» fece Fernanda.

«Remin si sta allenando, più tardi vado a prenderlo.»

Stefano entrò nello sgabuzzino, ne uscì dopo pochi minuti con il camiciotto a scacchi bianchi e blu, un paio di jeans e le scarpe da ginnastica.

«Dove vai?»

«Giù.»

«A fare?»

«Non ti preoccupare, vado a dare uno sguardo, tu stai tranquilla, resto qui sotto.»

«Non sei più un ragazzo, è meglio non immischiarsi.»

Stefano si raccomandò di chiudere bene, uscì sul pianerottolo, attese di sentire il doppio giro di chiave dall'interno e si precipitò giù dalle scale.

Era in strada, che meraviglia quell'odore, i lacrimogeni, il fumo, l'urlo della protesta, le vetrine dei negozi in frantumi, i sassi da schivare. Bastò un attimo per tornare ai giorni della Resistenza in fabbrica, a quelli dell'attentato a Togliatti, al gendarme bastardo che lo aveva scortato fin dentro al carcere di Nizza; quell'odore di battaglia era casa sua.

Steu scese in strada nel momento in cui gli operai e gli studenti e la gente del quartiere stavano prendendo il sopravvento, furono costruite altre barricate, un bulldozer con la pala alzata si diresse verso la polizia per bloccare l'accesso a via Guala. Dalle vie laterali, intanto, partivano continui attacchi ai poliziotti. Steu rimase a guardare, non aveva idea di cosa fare, non era dei loro, non chiedeva né l'aumento di cento lire sulla paga base, né dieci minuti di pausa all'ora. Era un imprenditore, ancora qualche anno e sarebbe toccato a lui finire nel mirino degli operai, ne era certo, così va il mondo. Rimase al centro del corso con lo sguardo inebetito di chi, non avendo un ruolo preciso, non può che restare ai margini. Poi la polizia indietreggiò. Centinaia di dimostranti occuparono il viale cercando grosse pietre nello sterrato. Tutti ne presero una in mano e la batterono ritmicamente sull'acciaio dei pali dei lampioni, un tam tam di guerra che invase il corso, ora non si sentivano più né le sirene della polizia né altro, soltanto quel tam tam che rimbombava dal Po fino alla palazzina di Mirafiori. Gli indiani avevano vinto, i cowboy battevano in ritirata. Quel tam tam di guerra che scandiva il tempo della rivolta era la sua musica e lo sarebbe stata per sempre. Anche Steu prese una pietra, anche Steu cercò un palo su cui batterla.

Verso le sei abbandonò il campo, Remin veniva prima di tutto. Corse verso la 124 gialla, il Filadelfia era a un tiro di schioppo, tempo mezz'ora e sarebbe tornato. In giro non c'era nessuno, coprifuoco a Torino sud. Dovette aspettare un bel pezzo, Remin era sotto la doccia. Quando lo vide gli disse: «Andiamo, in corso Traiano c'è la rivolta».

Remin lo sapeva, Tonino Surace glielo aveva detto, «Oggi pomeriggio mio padre va a fare casino». Tutti sapevano, sapevano Angelo e i suoi uomini dell'Aric, pure suo figlio di quattordici anni sapeva. Come mai lui non sapeva nulla? Forse doveva riprendere a leggere i giornali con più attenzione, la sua testa era sempre altrove, ai nuovi macchinari da acquistare per accelerare la produttività, all'idea di costruire i fendinebbia.

Remin gli disse che in partitella aveva segnato quattro gol

uno più bello dell'altro, lui rispose: «Facciamo svelti». Questa volta sfidò il rischio di ritrovare la macchina a pezzi e parcheggiò vicino a casa, non aveva nulla di preciso da fare ma sentiva che non c'era tempo da perdere. Accompagnò Remin al portone: «Di' alla mamma che tra un'oretta, massimo due, sono su. E mi raccomando, chiudetevi dentro e non aprite per nessun motivo».

Gli diede una spinta sulla schiena per invitarlo a sbrigarsi, ma Remin si bloccò su se stesso e indicò un uomo fermo in mezzo al corso, proprio davanti a loro. Teneva in mano una catena per legare la bicicletta, la faceva roteare in attesa di qualcuno cui sfondare il cranio: «È il papà di Tonino» disse.

«Surace?»

«Surace.»

Stefano gli fece segno di salire e attraversò la strada per avvicinarsi. Rimase alcuni passi dietro. La polizia aveva ripreso a fare sul serio. Ora sparava lacrimogeni non solo addosso ai dimostranti, ma anche contro i primi piani delle case per fare rientrare chi stava sul balcone o affacciato alla finestra.

Steu vide il padre di Tonino raggiungere un gruppo di uomini che correva verso una barricata posta cento metri avanti. Rimase a distanza, poi lo vide rimbalzare all'indietro, finire a terra con un urlo, portarsi le mani alla faccia. Lo raggiunse, si accovacciò su di lui, tutto il volto era sangue, una pietrata gli aveva fracassato il naso. Steu fece cenno ai suoi compagni di non preoccuparsi, ci avrebbe pensato lui, lo avrebbe portato all'ospedale. Il padre di Tonino disse: «Manco per il cazzo vado all'ospedale, io resto qui».

«A fare?» domandò Steu.

«Il mio dovere.»

«Muori dissanguato, hai il naso tutto curvo e sei nero sotto gli occhi.»

Anche i suoi compagni si accovacciarono su di lui, gli dissero Carmine non mollare, usarono i foulard che avevano al collo per tamponarlo e pulirlo. Steu chiese loro di aiutarlo a rimetterlo in piedi: «Ho la macchina qui vicino, in dieci minuti siamo alle Molinette, voi andatevene. Se lo beccano in questo stato lo portano in questura. E poi finisce che lo licenziano».

Gli uomini annuirono, uno di loro disse che il guaglione non era più di primo pelo ma la sapeva lunga.

Steu si mise il braccio sinistro di Carmine attorno al collo, con l'altra mano lo cinse per il fianco e gli disse di fare il più veloce possibile, avrebbero salvato naso e posto di lavoro, era soltanto questione di tenere duro. Carmine disse: «Non vedo un cazzo, ho voglia di vomitare, infami, il naso a pezzi mi hanno fatto».

Arrivarono alla 124, Steu fu lesto ad aprire la portiera e abbassare il sedile per farlo entrare, gli diede uno straccio pulito e gli disse di tenere il più possibile il collo all'indietro. In macchina trovò una bottiglia d'acqua dimenticata da Remin, «Bevi» gli disse.

Non appena partirono, Carmine disse che aveva un male porco ma riusciva a respirare con la bocca, «Almeno gli abbiamo dato una lezione». Steu non gli prestò ascolto, stava pensando al percorso più rapido per arrivare all'ospedale senza dover passare dalle vie adiacenti a corso Traiano.

«Chi cazzo sei?» gli chiese Carmine.

«Sono il padre di Remin.»

Carmine alzò la testa e Steu gli disse: «Stai giù cristo santo».

«Remin, l'amico di mio figlio?»

«Già.»

«E cosa ci faceva in strada un riccone come te?»

«Quale riccone, sono pieno di debiti.»

«I padroni dicono tutti così.»

Steu gli disse di stare muto, «Ricordati che quando tu ti facevi le seghe in Bassitalia io ero già sui tetti della Fiat a sparare ai tedeschi».

16 maggio 1976

Desiderio teneva per mano suo padre, sulla spalla la bandiera granata con disegnato il settimo scudetto. Stefano aveva fatto storie per comprargliela, diceva che gli scudetti erano ancora sei, che avrebbe portato male, ma Desiderio l'aveva pretesa, impossibile deluderlo. Fernanda procedeva un paio di passi a fianco. L'appuntamento con Nando e famiglia era all'incrocio tra corso Agnelli e corso Cosenza.

Mancava Remo, era via con gli amici, da un anno aveva smesso con il calcio per via dei continui infortuni al ginocchio. Quando il padre gli aveva chiesto se voleva venire alla partita dello scudetto, aveva risposto: «Devo disintossicarmi, per un po' il pallone non voglio vederlo neanche in cartolina».

Nando disse a Steu che gli dispiaceva, «Era davvero forte, doveva accettare di giocare in Serie D, ne abbiamo visti di giocatori che a vent'anni sono nelle serie minori e dopo qualche tempo li ritrovi in Nazionale, prima o poi il ginocchio sarebbe guarito». Steu scosse la testa, «La verità è che non ha fame, ha troppi grilli per la testa, la politica e le donne, se faticassimo ad arrivare a fine mese avrebbe fatto venti gol a stagione».

«Ringrazia dio di avere un figlio così» disse Nando. Poi invitò Steu a guardarsi attorno, quanta tensione e scaramanzia, tutti a parlare piano: «È come se la gioia fosse in tasca ma avessimo paura di tirarla fuori. Fino al fischio finale sarà come essere in chiesa, soltanto allora potremo urlare; l'ultima volta è successo ventisette anni fa e noi eravamo dei pivelli».

«Se ce le facciamo sarà la più grande festa mai vista a Torino dai tempi della Liberazione» disse Steu.

Poi riprese a parlare di Remo, un po' per lenire l'agitazione da partita, un po' perché quel figlio lo preoccupava. Cresceva con le idee giuste, ma si stava spostando troppo a sinistra e non perdeva occasione di sparare a zero contro il partito. Alla sua età è normale odiare le istituzioni, ma non si può esagerare: «Non fosse per il Pci, le Brigate rosse avrebbero la strada spianata». Nando disse che il Partito comunista non voleva neanche sentirlo nominare in una giornata così: «Domani inizia il processo contro Curcio e compagnia bella, pena di morte dio santo, pena di morte». Steu rispose che la pena di morte è sempre una sconfitta. Nando gli raccontò che in Fiat erano stati sorteggiati alcuni suoi colleghi come giudici popolari, tutti avevano rinunciato: «Un bel certificato medico di sindrome depressiva e via». Chiese a Steu come si sarebbe comportato se a essere sorteggiato fosse stato lui, Steu rispose che non ci avrebbe pensato un attimo, ci sarebbe andato.

Arrivarono a un centinaio di metri dagli ingressi, la folla spingeva per entrare, Stefano si voltò e si assicurò che ci fossero tutti: «Facciamo attenzione, è un momento perdersi in questo casino».

Desiderio fremeva d'impazienza. Perché papà aveva deciso di arrivare soltanto due ore prima? Perché non siamo qui da ieri sera? Dormire sui gradoni dello stadio avvolto dalla bandiera con disegnato il settimo scudetto, cosa ci sarebbe stato di più bello? Si intrufolò tra Stefano e Nando, il padre lo accarezzò, Nando gli mise una mano sulla spalla.

Sabrina rise, disse: «Oggi Desiderio è come se fosse in campo, diventerà un ragazzo di grandi sentimenti».

Sciamarono a migliaia verso le scalinate, generazioni diverse che per Superga avevano pianto o nel mito della tragedia erano cresciute.

Desiderio non riuscì a trattenersi, lasciò la bandiera alla madre e prese a correre. Stefano lo raggiunse trafelato, spintonò, lo maledirono in tanti, si scusò, disse che era per il cit, il cit doveva vedere, se lo mise sulle spalle e il cit vide il più bello spettacolo della sua vita: l'azzurro del cielo, il verde del prato e il granata di settantamila tifosi assiepati sugli spalti.

Desiderio si prese la testa tra le mani, «Papà» disse, «papà».

Anche Nando riuscì a trovare un po' di spazio sull'ultimo gradino, allungò la mano, fece salire moglie e figlia e Fernanda. Indicò loro la curva Maratona, era sovrastata da un enorme striscione con su scritto *Forza ragazzi, Superga vi guarda*.

«Ci siamo quasi, manca un quarto d'ora» disse Nando facendosi il segno della croce.

Poi successe qualcosa, il volume dello stadio si abbassò fino a spegnersi. In curva Maratona, lentamente, alcune bandiere cominciarono a sventolare, cinquanta, poi cento, poi mille, poi cinquemila. Sempre lentamente, sempre in silenzio, in pochi attimi un'onda travolse lo stadio, ora le bandiere erano settantamila, tutti in piedi, tutti zitti a sventolare una bandiera granata. E non ci fu più spazio per nient'altro, soltanto granata, soltanto il rumore della stoffa, il frusciare di settantamila pezzi di stoffa in un silenzio che non accennava a rompersi. Poi arrivò l'urlo, un boato che sembrò scatenarsi dal centro della terra per spazzare ogni timore, To-ro To-ro.

Dal tetto della tribuna piovvero quintali di coriandoli. Nello stesso istante dal centro del campo si levarono al cielo grappoli di palloncini con sopra disegnato lo scudetto. Per tutta quella gente Torino-Cesena non era soltanto una partita di calcio, era la sfida finale contro il destino.

La partita ebbe inizio. Le maglie granata si muovevano al rallentatore, un disastro, dov'era finita quella squadra che seppelliva ogni avversario sotto una caterva di gol? Nando e Steu si guardarono preoccupati.

Il Torino prese a macinare gioco soltanto dopo mezz'ora, quando una sforbiciata di Pulici costrinse il portiere del Cesena alla deviazione in angolo. Lo stadio prese coraggio, il panico dei giocatori sembrò attenuarsi, nel giro di dieci minuti costruirono altre tre occasioni ma né Pulici né Graziani né Pecci trovarono la via del gol, il portiere era in vena di miracoli. Si chiamava Boranga, Nando prese a insultarlo, a chiamarlo Oranga. Era un acquazzone di sudore, Nando, si muoveva avanti e indietro sul seggiolino e teneva la radio incollata all'orecchio per avere notizie da Perugia, dove si giocava Perugia-Juventus; la Juve era a un solo punto dal Toro, se i granata non avessero vinto bisognava sperare che anche la Juve non vincesse.

Desiderio assistette ai primi quarantacinque minuti senza fiatare. Continuava a pensare a quanto gli ripeteva il suo amico juventino Salvatore da una settimana: «Noi vinciamo a Perugia, voi pareggiate e sarà spareggio. E allo spareggio vi inchiappettiamo».

Quando l'arbitro fischiò la fine del primo tempo, si alzò con la lentezza di un vecchio. Guardò il padre, Stefano disse: «Tranquillo, ora lo facciamo, ci pensa Pulici».

Nando urlò che il primo tempo era finito anche a Perugia, «Torino 45 punti, Juventus 44. Se finisce così è scudetto».

Iniziò il secondo tempo; il numero sette del Cesena filò via in contropiede e si apprestò a incenerire i sogni granata, tirò di poco a lato.

Fernanda si aggrappò alle spalle di Stefano, Piera fece altrettanto con Nando, insieme dissero «Oddio».

Passarono una decina di minuti, il Toro traccheggiava quando... «Ha segnato il Perugia, ha segnato il Perugia, la Juve perde», la notizia corse sulla elettricità dell'emozione, il rumorio crebbe di tono e diventò un uragano.

I granata mollarono ogni remora, si scatenarono all'attacco e chiusero i bianchi del Cesena in area. Fu in quel momento che Nando si alzò in piedi e si batté i pugni sul petto e iniziò a gridare «Carica! Carica!», Desiderio lo imitò.

Al minuto 61 Pulici giunse da dietro e si lanciò in tuffo per prendere una palla che volava a trenta centimetri da terra, ci arrivò, di testa la infilò in rete, è gol, è fatta, Pulici corse a esultare sotto la curva, Fernanda e Piera si abbracciarono come neanche immaginavano ci si potesse abbracciare.

I settantamila presero a urlare sempre più forte, volevano il gran finale, il gol della sicurezza, iniziare la festa in anticipo, ma Boranga fece un altro miracolo e un colpo di tacco di Pulici finì a un millimetro dal palo.

Il Cesena uscì dalla propria metà campo per riprendere fiato, calciò lungo verso l'area del Toro, nessun pericolo, non una maglia bianca nei paraggi, ma Mozzini, il numero cinque del Toro, sentì alle calcagna chissà quale fantasma e di testa l'appoggiò indietro al portiere, fu una parabola assurda, una specie di pallina magica che assunse una traiettoria mefistofelica, si inarcò e finì in rete. Autogol. Uno a uno. Steu sbiancò, Nando anche.

Non restava che pregare, anche gli atei, anche Steu, sperare che nei rimanenti venti minuti la Juve a Perugia non ribaltasse il risultato.

L'arbitro fischiò la fine, i giocatori del Cesena corsero negli spogliatoi e quelli del Torino rimasero in mezzo al campo attoniti, con le mani sui fianchi. Dalle radioline giungevano notizie contrastanti, non si capiva più nulla, la Juve ha perso? La Juve ha vinto e si va allo spareggio? La Juve ha appena pareggiato ma mancano ancora tre minuti alla fine? Nando era una statua di sale, gli occhi vitrei e la radio saldata all'orecchio, non si sente niente, non si capisce niente. Desiderio scoppiò a piangere, Salvatore bastardo, Salvatore lo aveva detto, si va allo spareggio e vi inchiappettiamo. Fu questione di qualche minuto, poi arrivò l'urlo dei settantamila. Nando si alzò in piedi con un guizzo del collo taurino, il suo fu un latrato da bestia, «Finitaaaaaaaa». Era arrivata la notizia ufficiale, il Perugia aveva sconfitto la Juve, classifica finale Torino 45, Juventus 43, dopo ventisette anni lo scudetto tornava sulle maglie granata.

Un ruggito partì dalla curva e piano piano divenne il ruggito dell'intero stadio, la grande paura era finita, finalmente tutti potevano urlare quello che gli scoppiava in gola da quando si erano svegliati al mattino, «Cam-pio-ni, cam-pio-ni».

Lo scudetto arrivò dal cielo, dodici paracadutisti scesero a gruppi di tre sul campo tingendo l'aria di fumogeni bianchi, rossi e verdi, posarono il tricolore al centro del prato.

Desiderio aveva una faccia strana, malgrado il sorriso un'ombra scura dentro gli occhi. Fernanda gli chiese se non era contento, Desiderio disse «Peccato per il pareggio».

«Cosa te ne importa del pareggio? Non ti godi mai niente...» Quel bambino stava venendo su come lei.

A vederla dall'alto, la scena sembrava abbracciare qualcosa di più di uno stadio, di una città. A vederli dall'alto, anche Steu e Nando, rimasti soli, portavano incisi nelle loro figure, nei loro volti, la storia che avevano attraversato e, con la storia, i sentimenti disordinati e contraddittori che li avevano guidati nell'avventura dell'esistenza.

Steu allungò un braccio e strinse Nando a sé, gli prese la testa e se la portò al petto e la baciò. Nando rimase sorpreso e felice, in quasi quarant'anni era la prima volta.

«Finalmente dalla stessa parte» disse Steu con gli occhi fissi sul prato.

«Sì Steu, finalmente dalla stessa parte.»

«Brau Nando, la part giusta.»

1° ottobre 1977

Remo uscì di casa mandando affanculo la madre, sbatté la porta, chiamò l'ascensore al piano. L'ascensore non arrivò in tempo. Il padre uscì sul pianerottolo e gli andò a pochi centimetri dalla faccia, aveva sentito tutto e il suo colore era quello dei momenti peggiori, un verde acido con venature gialle: «Se ti sento ancora una volta trattare così tua madre, ti spacco la faccia. Rientra immediatamente, io e te dobbiamo fare un bel discorso».

A Remo batteva forte il cuore, suo padre sapeva fargli paura. Nonostante non gli avesse mai messo le mani addosso, quando si faceva verde e la voce suonava metallica lo prendeva una paura animale. Si fece forza: «In piazza Solferino c'è la manifestazione contro i fascisti, ieri a Roma hanno ammazzato un ragazzo».

Il padre gli fece cenno di seguirlo in casa, «Entra, me ne batto le palle della manifestazione». Gli disse di sedersi, che si mettesse pure comodo, che si togliesse la giacca da indiano metropolitano, ne aveva di cose da dirgli, innanzitutto «Chiedi scusa a tua madre».

Remo alzò la testa, guardò verso il cucinino, la madre era di spalle, lavava le tazze della colazione e piangeva.

Remo disse scusa mamma, scusa davvero. Si alzò e andò verso di lei e gli venne il magone, la abbracciò da dietro, le poggiò il mento sulla scapola, sapeva di borotalco. Era ingrassata, i fianchi sempre più larghi e il doppio mento. Disse «Scusa mamma scusa», lei si lasciò fare, disse «Ti scuso, vai da papà».

E Remo tornò al tavolo della cucina. Il padre aveva assistito alla scena con le gambe accavallate e le mani intrecciate.

«Remo, di pazienza con te ne ho avuta a sufficienza. Ora basta. Sei un fantasma, non dici una parola, se apri bocca è per maltrattare tua madre e tuo fratello. Non vedi che quel bambino darebbe qualsiasi cosa per avere le tue attenzioni?»

«È piccolo, non ho niente da dirgli, non l'ho mai visto con un libro in mano.»

«Ha soltanto dodici anni.»

«Lo so.»

«Cosa gli vuoi far pagare?»

«Niente.»

«Quindi?» disse il padre.

«Quindi cosa?»

«Te l'ho detto, la mia pazienza è finita. Hai voluto fare filosofia e ti ho lasciato fare, anche se so bene che filosofare in azienda servirà a poco, ma se inizi a uscire di casa sbattendo la porta e mandando a fare in culo tua madre per me puoi fare a meno di rientrare. È l'ultimo avvertimento.»

Remo ascoltò senza reagire. Se era in grado di farsi valere in politica, di fronte a liti come questa si sentiva privo di qualsiasi difesa. Le sfuriate del padre, essendo rarissime, acquisivano un'aura di solennità i cui effetti si propagavano nel tempo e nella mente, rompevano gli argini, creavano rivoli di inquietudine che non si capiva dove andassero a finire.

Fernanda lo sapeva, capitava anche a lei le poche volte che litigava con Stefano. Disse: «Adesso basta, vai se ti aspettano, vai se devi andare». Ora le faceva tenerezza quel figlio con i jeans e il golfino rosso stretto in vita che stava seduto con le spalle incassate come un bambino in attesa della punizione.

Stefano levò il braccio destro, che tacesse lei, Remo non andava da nessuna parte. Incrociò le mani all'altezza del petto: «Sto aspettando una risposta».

«Va bene» disse Remo.

«Va bene cosa?» disse il padre.

«Non tratterò più male mamma e Desiderio.»

Stefano si alzò, ripose la sedia sotto il tavolo, disse «Siamo intesi». Tornò in camera da letto.

Remo rimase seduto, rialzò schiena e testa, disse alla madre dell'esame di filosofia teoretica, aveva preso soltanto ventiquattro, aveva deciso di ridarlo. Poi le raccontò di Tonino Surace, in manifestazione sarebbero andati insieme: «Si è iscritto a scienze politiche, gli è venuto il pallino di diventare un sindacalista».

La madre finì di sistemare il cucinino, gli sedette accanto: «Sei fatto come me, adesso mi parli solo perché sei pentito di avermi trattato male. Anche Desiderio, la stessa cosa. Avete preso tutti e due da me, e questo è un problema».

Che non tirasse una bella aria Remo se ne accorse appena arrivò in piazza Solferino; dietro allo striscione di Lotta continua erano in tanti a urlare contro i fascisti, «Walter Rossi va vendicato», nelle prime file in molti avevano il volto coperto, dai tascapane a tracolla occhieggiavano colli di molotov.

Remo raggiunse Tonino Surace, erano già le dieci, che cazzo di ritardo è? Remo gli disse del padre, «Questa mattina era in vena di rompere i coglioni». Il corteo si mise in moto mezz'ora dopo, Remo disse: «Dovrei essere a studiare e invece sono qui». Tonino gli disse che se per lui la rivoluzione era un ripiego, se il vero obiettivo era la laurea, poteva tranquillamente tornarsene a casa. Remo fece un gesto come per cancellare quello che aveva detto, da qualche tempo non ci capiva più nulla, a volte gli interessava tutto, altre era come fosse un semplice spettatore.

Via Cernaia, corso Siccardi, saranno stati in tremila. All'altezza di via Garibaldi si unì a loro Caterina, una ragazza dai capelli rossi e lo sguardo pietroso; da qualche tempo stavano insieme, non che fossero innamorati, scopavano, e tra una scopata e l'altra programmavano un futuro migliore.

L'obiettivo era la sede missina di corso Francia, tutti sapevano che era presidiata da carabinieri e agenti della celere, ma non importava, in un modo o nell'altro andava rasa al suolo. Tutti in marcia, tutti a cantare «Brucerà, brucerà, porca puttana se brucerà» sulle note di *Jesus Christ Superstar*. Era un corteo strambo, una elettricità violenta attraversava anche le anime più chete.

All'altezza di piazza Statuto i cori cessarono, la sede del Movimento sociale era poco oltre, il gioco stava per farsi duro, Remo e Caterina rimasero nelle retrovie, Tonino un passo avanti. Scese il silenzio, il traffico diradò, calarono le saracinesche dei negozi e i manifestanti delle prime file estrassero dai tascapane le molotov e i bulloni e i cubetti di porfido, ma non appena oltrepassarono la piazza si scatenò l'attacco delle forze dell'ordine. Uomini con giubbotti antiproiettile, fucili e candelotti lacrimogeni sbarrarono corso Francia, i manifestanti lanciarono bottiglie incendiarie contro la sede dei missini, una colpì un albero oltre il tetto di un tram e per qualche momento si temette che l'incendio potesse avvolgere vettura e passeggeri, non accadde, ma una macchina parcheggiata a pochi metri prese fuoco. Remo vide e gridò che cazzo stiamo facendo. Tonino disse che per i deboli di cuore è meglio stare a guardare la televisione sul divano.

L'aria era greve. Caterina non vedeva più nulla, le bruciava la gola, disse a Remo: «Entriamo in un portone, devo respirare, ho bisogno di bere». Tonino disse: «Eccone un'altra, ecco la principessa che fa la guerrigliera nei salotti della Torino bene e al primo candelotto si ritira».

Le forze dell'ordine aumentarono l'intensità dell'attacco; a ogni tentativo di avanzata dei manifestanti, sparavano bordate sempre più fitte. Il grosso del corteo ripiegò in piazza Statuto, Remo e Caterina furono tra i primi, Tonino Surace non arretrò di un passo, lo videro raccogliere da terra un cubetto di porfido e lanciarlo con tutta la sua forza verso la polizia, poi altro porfido, altro lancio, poi non lo videro più perché si infilarono in via Garibaldi e si allontanarono dalla piazza. Remo trascinò la ragazza tenendola per mano, riuscirono a entrare in un portone, Caterina aveva gli occhi gonfi, diceva che cazzo mi è successo, non vedo. Remo picchiò al gabbiotto della portineria, chiese aiuto, ho bisogno di acqua, per favore. Ci volle del tempo, ma poi sbucò una mano di donna che teneva una bottiglia; appena Remo la afferrò, la porta si richiuse con un colpo secco. Remo inzuppò d'acqua il fazzoletto, glielo mise sugli occhi.

«Tonino non capisce una minchia, altro che Torino bene, mio padre è un impiegato.»

Remo non rispose, l'odore mordace del fumo gli era entrato nel naso. Avrebbe voluto essere ovunque ma non lì, in compagnia di una ragazza che gli piaceva soltanto a letto.

Poi uscirono, via Garibaldi era attraversata da gruppetti di manifestanti che procedevano in ordine sparso, il corteo era sciolto ma le azioni di guerriglia continuavano. Remo si avvicinò a tre ragazzi che stavano prendendo fiato con le mani sui fianchi, ansimavano e dicevano dio fa', che bordello. In quel momento, lo scroscio di una cascata di vetro riempì la via, la vetrina di un negozio poco oltre era andata in pezzi, qualche minuto e dal locale uscirono alcuni ragazzi con in mano jeans e giacconi.

Remo era esausto, in bocca un gusto triste, «Torno a casa» disse.

Caterina lo prese per mano e questa volta fu lei a trascinarlo: «Dài, andiamo a Palazzo Nuovo, andiamo a vedere cosa succede».

«No, basta» disse Remo, «cosa cazzo vuoi che succeda, botte da orbi e manganellate», ma si ritrovò a inseguire i capelli rossi di Caterina, attraversarono piazza Castello, presero via Po.

In via Po un nuovo corteo, Caterina e Remo si accodarono, lei riprese a intonare slogan, anche lui. Cantava «Compagno Pci, t'hanno fregato, niente comunismo ma polizia di Stato». Era come se a gridare fosse un altro. Lui non c'entrava niente; di chi era quella voce? E il pugno alzato, era il suo?

Remo si fermò, Caterina camminò oltre, soltanto una ventina di metri dopo si accorse che lui non era più al suo fianco. La stava salutando, pollice e mignolo a mimare la cornetta.

Entrò in casa e non appena richiuse la porta sua madre stava già dicendo: «Potevi dirmelo che tornavi per pranzo, ti avremmo aspettato».

In cucina odore di spezzatino con piselli, in sottofondo il gorgoglìo della moka. Remo la baciò secondo le abitudini di famiglia: «Non sto bene, ho la nausea e mal di testa».

Guardò il padre, era ancora incazzato? Girò attorno al tavolo, si abbassò per baciare prima Desiderio e poi lui. Il padre non disse nulla, non alzò gli occhi dal piatto, si limitò a porgere la guancia. Remo si ritirò in camera.

Riapparve in cucina per cena. Stefano non lo degnò di uno sguardo, sedeva impettito con una piega ostile sulle labbra. Dedicò qualche attenzione all'insufficienza in matematica di Desiderio, «Quante volte te l'ho detto di stare attento, basta un calcolo sbagliato e salta tutto». Desiderio giurò che ci avrebbe messo più testa. Poi chiese se il giorno dopo sarebbero andati allo stadio.

Fernanda s'intromise: «Stamattina in centro è successo un bel casino, l'ho sentito alla radio, un ragazzo è in fin di vita. Remo, non ne sai niente?».

Remo rispose: «Cosa vuoi che ne sappia io».

Desiderio insistette: «Papà, allora? Domani partita?».

«Domani io e mamma andiamo a trovare zia Rina, non sta bene.»

Remo si alzò da tavola e disse: «Torno a letto, mi sono preso l'influenza».

La madre lo raggiunse in camera, «Hai mangiato come un lupo, cos'è la bugia dell'influenza?».

Remo, seduto alla scrivania e con un libro aperto davanti a sé, alzò la testa, si appoggiò allo schienale e incrociò le mani dietro la nuca. La madre lo accarezzò: «Mi racconterai quando ne avrai voglia».

La mattina dopo, alle sette era già in piedi. Si era svegliato alle cinque senza più riuscire a riaddormentarsi. Scese in strada, prese "La Stampa", andò a sedersi su una panchina, le mani corsero alle pagine di cronaca. Lesse che il ragazzo era suo coetaneo e si chiamava Roberto Crescenzio, era in coma dalle sedici del giorno prima. Era iscritto al terzo anno di chimica, stava partendo militare e non era fascista, non gliene fregava niente di politica. Il giornale scriveva che quando il grappolo di molotov aveva riversato il liquido incendiario sulla moquette del bar le fiamme avevano invaso il locale. Il barista era riuscito a mettersi in salvo dal retrobottega, gli altri avventori dall'ingresso principale, *Roberto Crescenzio si è riparato in un primo momento nella toeletta. Poi, lambito dal fuoco, ha tentato di sottrarsi alle vampate attraverso la cortina di fiamme. Accecato dal fumo acre, indebolito dai vapori, è inciampato ed è finito nel rogo. Gli abiti si sono appiccicati alla moquette, il giovane si è tra-*

sformato in una torcia umana. Si è rialzato, barcollando ha raggiunto i portici... Remo scagliò il giornale a terra. Il vento fece volare le pagine sugli alberi del corso. Si alzò e a passo veloce tornò verso casa. Andò diretto in camera, strattonò Desiderio per un braccio: «Ehi, sveglia, andiamo al parco a giocare a pallone».

Desiderio si sollevò di scatto, si portò una mano alla fronte e poggiò un piede a terra: «A pallone?».

«A pallone.»

«Io e te?»

«Sì. Io e te.»

28 aprile 1978

Il buonumore di Nando sparì alle 21 in punto. Aveva appena stappato lo champagne per festeggiare il diciottesimo compleanno della figlia, i calici pieni, la mia tota è diventata grande. Per la seconda volta nella vita assisteva alla metamorfosi di una bambina in donna; per la seconda volta avvertì un disagio che gli dava tormento.

C'erano nonna Emma e Giolitti, c'era il moroso di Sabrina, un compagno di liceo che si chiamava Alvise e a Nando non piaceva per i modi effeminati e il brillantino azzurro al lobo sinistro.

Piera si era fatta in quattro per preparare una cena come si deve, «Perché il brasato venga buono devi metterlo a macerare nel Barolo la sera prima» le aveva detto Fernanda. C'erano anche Desiderio e Remo, sì, anche Remo, di lì a qualche giorno sarebbe partito per Londra, sei mesi da sguattero in un hotel dalle parti di Covent Garden per imparare la lingua, al ritorno avrebbe iniziato a lavorare in azienda, senza inglese non si va da nessuna parte. Era contento. Di tanto in tanto guardava Sabrina di sottecchi, com'era carina con quel collo alto e gli occhi blu, non si era mai accorto fosse così bella.

Erano tutti su di giri, lo champagne arrivava dopo l'aperitivo di benvenuto e le bottiglie di rosso.

La festa finì quando suonò il citofono. Un suono insistito,

molto più lungo del necessario, Sabrina disse: «Sarà qualche idiota che ha incastrato lo stuzzicadenti nel campanello».

Nando si diresse verso l'entrata e schiacciò il pulsante bianco dell'apparecchio: «Chi è?».

Un rumore confuso, forse una macchina che nel frattempo sfrecciava sul corso. Poi un ronzare, come una radio che non riesce a sintonizzarsi sull'onda giusta. Infine una voce maschile, netta, pulita: «Sei sotto tiro, caporeparto. Torneremo a trovarti».

Nando gridò: «Chi è? Chi cazzo sei? Stai lì che scendo e ti apro in due». In cucina calò il silenzio. Nando corse giù dalle scale. Steu in un attimo gli fu dietro. Raggiunse Nando davanti alla porta condominiale. Nando gridava: «Bastardo, fatti vedere». Guardò a destra e a sinistra e poi prese a correre prima in una direzione e poi nell'altra per vedere se ci fosse qualcuno dentro una delle macchine parcheggiate sul marciapiede. Steu fece altrettanto. Andarono fino all'angolo con via Ventimiglia, niente.

«Cosa ti ha detto?»

«Sei sotto tiro, caporeparto.»

«Parole» disse Steu.

«Parole un cazzo. Negli ultimi tre anni solo a Torino ne hanno gambizzati diciotto e uccisi cinque.»

Sotto casa c'erano Fernanda, Piera e Remo: cos'è successo? Nando disse che era stato un infame: «Mi ha insultato, mi ha dato del figlio di puttana, sarà qualcuno di Mirafiori che non ha il coraggio di dirmi le cose in faccia». Poi fece un gesto come per dire di non preoccuparsi. Invitò le due donne e il ragazzo a tornare su, lui e Steu sarebbero saliti tra un attimo. Fumò un paio di sigarette. Steu provò a farlo sorridere, gli disse che dopo una vita a remare in direzioni opposte erano sulla stessa barca, un mese prima su un cancello dell'Aric era comparsa la stella a cinque punte con la scritta *Solidarietà alle Br*. L'aveva fatta cancellare, il giorno dopo ne era comparsa un'altra, *Democrazia è un fucile in spalla agli operai*. Aveva deciso di lasciarla: «Lasciamoli scrivere, lasciamoli parlare; i cani abbaiano e la carovana passa».

Poi Steu disse che era meglio tornare su, non roviniamo il compleanno di Sabrina. Alvise disse che doveva tornare a casa, Sabrina lo accompagnò alla porta. Piera guardò in faccia Nando, era pallido, capì subito che non era andata come aveva raccontato.

Nando alzò il calice e disse «Viva Sabrina», ma l'entusiasmo si perse nell'aria. Se ne accorsero tutti. Emma disse a Giolitti che si era fatto tardi, meglio tornare in valle. Anche per Stefano e la sua famiglia era giunto il momento di ritirarsi.

Sabrina si chiuse in camera, Piera e Nando rimasero soli. Lei prese a sistemare piatti, bicchieri e pentole nella lavastoviglie. Lui tornò a sedersi a tavola, infilò le mani nel cabaret dei pasticcini, ingurgitò bignole con la crema chantilly senza dire una parola.

«Allora? Cosa ti hanno detto al citofono?»

«Figlio di puttana. Vieni giù che te la faccio pagare.»

«Stronzate. Ti hanno minacciato?»

Nando fece no con la testa, si cacciò in bocca un'altra bignola e bevve ciò che era rimasto dell'ultima bottiglia di champagne. Poi disse che il tipo del citofono gli aveva detto proprio così, figlio di puttana vieni giù che te la faccio pagare: «Non hai presente quanti bastardi ci sono in fabbrica, era la voce di un napuli, li conosco, non hanno mai il coraggio di sfidarti a viso aperto».

Piera non rispose, si avviò verso la camera da letto. Passandogli di fianco, gli posò una mano sulla spalla: «Non ingozzarti come un maiale».

Lui allontanò il cabaret.

Raggiunse la moglie poco dopo, provò a dormire, ma fino alle tre di mattina si immaginò in una pozza di sangue, i colleghi attorno, tutti a fargli forza e ad attendere un'ambulanza, non toccategli le gambe, non vedete che sono spezzate?

Decise di alzarsi, andò in cucina, la testa in giostra. Bevve un litro d'acqua per farsi passare sbornia e cattivi pensieri. Infilò il giaccone sopra il pigiama e uscì sul balcone, una sigaretta via l'altra fino a che non gli parve di sentirsi meglio.

Andò in bagno, si lavò la faccia e poi si guardò allo specchio pensando che l'uomo che aveva di fronte era stato in Russia e aveva resistito ai partigiani, come poteva aver paura di una manica di pagliacci che volevano uccidere senza avere neppure un indizio di cosa fosse una rivoluzione? Come diceva Steu, i cani abbaiano e la carovana passa.

Si addormentò e si svegliò che erano quasi le undici, in casa non c'era nessuno, Sabrina era a pallavolo e Piera con gli amici radicali, giugno si avvicinava, il finanziamento pubblico dei partiti andava abolito e bisognava organizzare gli ultimi due mesi della campagna referendaria.

Pensò di andare a leggere il giornale nel bar di via Guala dove il proprietario, missino come lui, lo chiamava amico camerata. Sì, era una buona idea, giornale e caffè triplo. Suonò il telefono, era Piera, «Come stai?», non sarebbe tornata per pranzo, la riunione andava per le lunghe, in frigo c'era qualcosa, ma dopo l'abbuffata di ieri gli consigliava il digiuno. Nando disse va bene, quanto ai digiuni che li facesse il suo amico Pannella. Risero, misero giù, ma subito il telefono tornò a squillare, cosa si è dimenticata di dirmi? Sollevò il ricevitore e disse Piera. Rispose una voce di donna, ma questa volta non era Piera, aveva un forte accento romano e chiedeva se avesse gradito la visita della sera prima. Nando sedette sul pouf bianco dell'entrata, si passò una mano tra i capelli: «Cosa volete?». La donna disse che le spie fanno una brutta fine, d'ora in poi doveva stare muto, altrimenti il citofono e il telefono si sarebbero trasformati in proiettili. Non gli diede tempo di rispondere, clic.

Nando si fece una doccia, indossò i jeans della domenica e uscì. Camminò a testa alta fino alla sua Fiat 132. Arrivò a Porta Nuova, parcheggiò e prese a gironzolare attorno alla stazione alla ricerca delle facce giuste. Si fermò a parlare con un tipo dinoccolato che vendeva sigarette di contrabbando, gli disse cosa stava cercando, l'uomo gli consigliò via Sacchi: «I guaglioni delle tre campanelle trovano tutto quello che vuoi, sono amici». Nando gli chiese come si chiamasse, Totò si chiamava. Nando ringraziò, attraversò la strada e si infilò sotto i portici in direzione delle tre campanelle.

Si avvicinò a un povero tapino che aveva già perso centomila lire e gridava non è possibile, ho visto bene, la biglia era sotto la campanella di mezzo. Il tapino se ne andò minacciando di chiamare la polizia, i due finti sfidanti ripresero a giocare, urlavano e si insultavano per attirare l'attenzione dei passanti. Quant'era bravo il conduttore, aveva i capelli ossigenati e muoveva le mani come un mago, uno dei due finti sfidanti vinse e intascò la somma e gridò nelle orecchie di Nando che chi non tiene denaro ha sempre torto.

Nando poggiò le mani sul tavolino delle campanelle e fece segno di avvicinarsi.

«Ho bisogno di una pistola, Totò mi ha detto che non avrete problemi a procurarmela.»

I tre si scambiarono uno sguardo, poi il più giovane disse «Domenica prossima».

Non avevano capito, la voleva subito, in giornata. Il conduttore gli disse che se aveva fretta doveva accontentarsi di un ferro calibro 22, caricatore da otto colpi.

«L'importante è che spari» rispose.

Facevano affari in città da dieci anni, mai nessuno aveva avuto da ridire, ne andava della loro onorabilità.

Poi lo sfidante giovane disse: «Oggi è impossibile, domani sera, fatti trovare alle sette a Porta Palazzo, all'ingresso della galleria».

Nando non trattò sul prezzo: «Solo una cosa, mi servono anche i proiettili e una fondina ascellare, niente fondina da cintura, devo poterla portare sotto la giacca».

La sera dopo c'era vento e il ragazzo stava appoggiato a un lampione con le mani in tasca e uno zainetto tra le gambe. Nando attraversò la piazza del mercato, la borsa da lavoro di pelle nera stretta in mano. Gli andò a due passi, il ragazzo abbassò gli occhi, la roba era lì dentro. Nando prese lo zainetto e aprì. Per prima vide la fondina con la cinghia per la spalla. Più sotto, avvolta in uno straccio bianco, una Beretta semiautomatica modello 70.

«I colpi sono dentro, la sicura è inserita» disse il ragazzo.

Nando si guardò attorno, aprì la borsa di pelle nera e vi lasciò cadere pistola e fondina. I biglietti da cinquantamila li teneva nella tasca posteriore dei pantaloni.

Guidò veloce verso casa. Parcheggiò in una viuzza buia. Con la sola luce di cortesia accesa, impugnò la Beretta: non teneva in mano un'arma dal giorno della grande vergogna, quella che si sarebbe portato nella tomba. Guardò la pistola da ogni angolazione, se la rigirò tra le mani, un po' gli faceva schifo e un po' lo eccitava, non capiva. Di una cosa era certo, erano passati più di trent'anni ma una buona rivoltella era ancora in grado di riconoscerla, il fusto in acciaio e la canna lunga e la sicura a leva capace di bloccare il carrello in chiusura, i balordi delle tre campanelle non l'avevano fregato.

Qualche giorno dopo le Brigate rosse rapirono Aldo Moro e uccisero i cinque uomini della scorta. La notizia giunse in fabbrica schizzando da un capannone all'altro. Nando e altri capireparto e funzionari di Mirafiori si riunirono subito. Le divisioni politiche sfumarono, l'idea era una sola: dobbiamo stare all'occhio, salvare la pelle, abbiamo una famiglia che ci aspetta a casa.

Nando prese la parola, raccontò che qualche giorno prima aveva ricevuto delle minacce, la sera al citofono e il mattino dopo al telefono: «È successo anche a voi?».

I colleghi si guardarono tra loro, l'unione fa la forza ma qualcosa a metà tra il pudore e la paura sembrò intimidirli, come se ammettere di essere un bersaglio rendesse ancora più vulnerabili.

Un funzionario disse che si era trovato la stella a cinque punte incisa a chiave su entrambe le portiere della macchina; un altro, un quarantenne con gli occhialetti da intellettuale che faceva il capoufficio e si occupava delle relazioni sindacali, raccontò che minacce non ne aveva ricevute, ma qualcosa di strano gli era accaduto: una mattina che stava aspettando il bus per andare al lavoro una 128 blu si era accostata alla pensilina, da dentro l'avevano fissato a lungo ed erano ripartiti con tutta calma.

Si alternavano i commenti ma una era la consapevolezza: Moro è vivo. Hai sentito? I brigatisti chiedono entro quarantotto ore la liberazione dei loro compagni detenuti a Torino, in caso contrario uccideranno l'ostaggio.

Erano più o meno le undici di mattina, i sindacati avevano già proclamato uno sciopero fino a mezzanotte, migliaia di lavoratori in tutta Italia erano usciti dalle fabbriche per andare a presidiare le sedi dei partiti. Nando tornò a casa verso mezzogiorno, non aveva la minima intenzione né di presidiare la sede del Movimento sociale né di compiere qualche atto eroico, un unico desiderio: mettersi davanti alla tv e vedere le edizioni straordinarie del telegiornale.

Uscì e fu in corso Tazzoli, si guardò attorno e contemporaneamente si toccò il petto all'altezza della spalla sinistra, quanto gli mancava la sua Beretta calibro 22, mica poteva portarla in ufficio. Si incamminò verso la 132, passò a fianco della fermata del bus e vide il collega capoufficio alle relazioni sindacali, camminava su e giù con le mani in tasca e un sigaro che gli pendeva dalle labbra.

Nando si avvicinò: «Vieni con me, ti accompagno a casa in macchina. Sei troppo esposto». Il collega lo ringraziò, «Non ho nessuna intenzione di cambiare le mie abitudini per quei pezzi di merda. Mi piace prendere il pullman, in mezzo alla gente mi vengono le idee migliori, io amo la calca, i mezzi affollati, i concerti, le spiagge a ferragosto, il popolo riunito è il più bello spettacolo del mondo».

Nando lo guardò strano, cosa stava dicendo? Sprizzava comunismo da tutti i pori. Gli chiese se secondo lui era vero che praticamente nessuno dei colleghi avesse subito minacce. Il capoufficio fece un'espressione dubbiosa: «Le minacce sono all'ordine del giorno, io lavoro alle relazioni sindacali e posso garantirtelo. Non sempre sono minacce dirette, a volte si tratta di mezze frasi, allusioni, sguardi. C'è tutta una comunicazione paraverbale e non verbale che vale più di mille parole...».

E Nando prese a guardare in tutte le direzioni con movimenti rapidi del capo.

Il capoufficio rise: «Aimon, non esagerare, non diventarmi paranoico!».

Nando lo salutò, gli disse di stare in campana. Si allontanò, due minuti di falcate ampie e sedette in macchina, lo fece con un sospiro, aprì il cruscotto, il ferro era lì, al suo posto, lo accarezzò.

Nelle settimane successive su Nando si posò una cappa di malumore e silenzio. Casa e lavoro, lavoro e casa. Decise di non uscire più; rinunciò alla passeggiata in centro del sabato pomeriggio, evitò di accompagnare Piera a fare la spesa, disse no quando gli propose una gita in valle. Declinò un invito a cena di Steu e telefonò ad Anita per dirle che non sarebbe passato a trovarla.

Non appena tornava dal lavoro si fiondava in camera, si metteva in tuta e infilava la pistola in un cassetto dell'armadio. Teneva la tivù sempre accesa per non perdere aggiornamenti sul sequestro Moro. Aveva scollegato il citofono, al telefono rispondeva Piera.

Si giustificò con moglie e figlia, non era l'unico a essersi barricato in casa, bisognava lasciar passare la buriana prima di tornare alla solita vita.

Solo una volta uscì, una domenica dopo pranzo, quando cedette alle richieste della figlia e l'accompagnò a un appuntamento in collina con gli amici. Si vestì di tutto punto con la Beretta sotto la giacca e guidò fino a Cavoretto. Arrivarono in anticipo, Sabrina disse: «Dài papà, andiamo a fare due passi, ci prendiamo una Coca e guardiamo Torino dall'alto».

Nando fece no con la testa, potevano attendere in macchina, ascoltare Battisti, quell'autoradio suonava da dio. Sabrina sollevò gli occhi al cielo, disse che se continuava così doveva andare a farsi vedere da uno psichiatra, stava diventando paranoico. E due, dopo il capoufficio anche sua figlia aveva usato quell'espressione. Le disse di sbrigarsi a prendere la patente: «È importante che una donna abbia la sua autonomia». Sabrina strabuzzò gli occhi: «Papà, sei impazzito?». Non l'aveva mai sentito parlare di indipendenza femminile, era un uomo retrogrado nonostante avesse sposato una femminista della prima ora: «Se la paura ti sta rendendo più evoluto, ben venga. Ancora qualche mese e sarai anche tu favorevole all'aborto e al divorzio» disse ridendo.

Nando le diede della saputella, intanto muoveva la testa attorno, un'occhiata al retrovisore centrale, un'altra agli specchietti laterali, torse il collo per vedere chi fosse alla guida di una macchina che stava parcheggiando qualche metro dietro, si rilassò soltanto quando vide che dalla vettura usciva una donna con un cagnolino in braccio. Poi una Renault si affiancò lentamente alla sua 132. Non appena Nando se ne accorse, ruotò di scatto il busto verso il finestrino e infilò la mano dentro la giacca, erano due ragazzi pieni di capelli con le sciarpe kefiah al collo. «Eccoli» disse Sabrina, «sono loro, Marco e Davide.» I ragazzi sorrisero, lui ricambiò alzando il mento. Sabrina lo baciò sulla guancia e disse ci vediamo stasera.

«Non mi sembra una bella cosa salire in macchina con due ragazzi. Non ci sono altre femmine? E Alvise? Che fine ha fatto?»

«Ora sì che ti riconosco, papà delle caverne» disse Sabrina aprendo la portiera. Nando attese che si fosse accomodata sul sedile posteriore della Renault e fece segno ai ragazzi di abbassare il finestrino. Guardò negli occhi il guidatore e disse «Ehi Arafat, prudenza con la macchina». I ragazzi risero, Nando vide Sabrina abbracciare i due sedili anteriori e infilare la testa in mezzo.

Ridiscese in città, rientrò a casa, gli aveva fatto bene mettere il naso fuori, appariva di discreto umore. Piera era indietro con le tesi, se non le avesse corrette per il giorno dopo i suoi studenti le avrebbero fatto la pelle.

Era ancora bella, da qualche tempo teneva i capelli corti ed era leggermente smagrita. Le si era appuntito il mento e i lineamenti avevano perso morbidezza, ora più che a Grace Kelly assomigliava a Julie Andrews, ma per Nando era sempre Grace: «Lavora principessa, io mi metto a letto con la radiolina».

Nando riapparve due ore dopo buio in volto, «Abbiamo perso e la Juve ha vinto. Mi sa che per rivincere lo scudetto dobbiamo aspettare altri ventisette anni».

Si misero davanti alla tv, Piera si accucciò sul suo petto, un politico si stava augurando che la vicenda Moro si concludesse con la sua liberazione, la resa dei brigatisti e un ritorno alla pace sociale.

«Perché questa testa di cazzo non si augura anche che con la liberazione di Moro scompaia la fame nel mondo? Tutti aprono bocca per dire puttanate, la verità è che con il nemico bisogna dialogare.»

«Dialogare un paio di coglioni» disse Nando.

«Comunisti e democristiani non sono mai stati uniti come ora, l'esatto contrario di quello che speravano di ottenere i terroristi. L'assenza di Moro conviene a Pci e Dc più che la sua presenza» disse Piera.

«Scarcerare i brigatisti vorrebbe dire arrendersi, riconoscerli politicamente, questa è gente che se gli dai un braccio si prende il culo.» Nando si fece travolgere dalla foga: «Legge marziale e sedia elettrica per tutti, anzi no, impiccagione. Anzi no, morte lenta, partire dai piedi e tagliargli un pezzo dopo l'altro».

Piera si alzò dal divano, «Vado a mettere su le patate per stasera».

Nando disse «Brava principessa».

Il giorno dopo Nando si svegliò presto, fece colazione con il latte e una dozzina di biscotti Bucaneve e andò al balcone. I giorni precedenti aveva piovuto, qualche nuvola si stagliava oltre i tetti, ma predominava il chiaro. Prelevò dall'attaccapanni l'impermeabile e lo indossò sopra l'abito carta da zucchero.

Scese in strada, si fermò davanti alla porta del condominio e con la mano destra tastò la pistola. Da quando girava armato, quella sequenza di gesti per verificare la presenza della Beretta era diventata il suo rituale. Fece per attraversare ma scattò il verde all'angolo tra via Ventimiglia e corso Maroncelli. Dovette fermarsi. Nando attese che le macchine fossero passate, si mosse, dopo due passi si bloccò, indietreggiò: a un centinaio di metri di distanza una 128 blu procedeva molto lentamente, la 128 blu boia di un giuda, sarà la stessa che aveva affiancato il capoufficio alle relazioni sindacali alla fermata del bus? Scorse due macchie scure nell'abitacolo, guidatore e passeggero. Ora erano a cinquanta metri, la testa del passeggero si spostò verso il finestrino, stava per abbassarlo, ne era certo, stava per spararagli addosso. Nando fece un salto all'indietro e si nascose dietro al tronco di un platano, estrasse la pistola, la strinse tra le due mani, levò la sicura, divaricò e piegò leggermente le gambe, fece un mezzo giro su se stesso e con le braccia distese orizzontalmente puntò la Beretta sulla 128, ormai a una decina di metri da lui. Il finestrino del passeggero risalì veloce, il guidatore schiacciò sull'acceleratore, qualche attimo e quei due figli di puttana stavano già andando a cento all'ora.

Nando appoggiò schiena e testa al platano, la Beretta stretta tra le mani. Il cuore iniziò ad accelerare, il terrore arriva a pericolo scampato, le gambe stavano per cedergli. Si fece forza e attraversò la strada con passo scomposto e la pistola in mano. Aprì la portiera della macchina, si lasciò cadere sul sedile, si levò impermeabile e cravatta e buttò tutto dietro, anche la Beretta, abbassò lo schienale in modo che nessuno lo vedesse. Rimase sdraiato per alcuni minuti. Soltanto quando sentì il battito tornare normale rialzò il sedile, si ricompose e rimise la pistola nella fondina. Accese una sigaretta. Tra le spirali di fumo ritrovò l'orgoglio, era un camerata che aveva messo in fuga due rivoluzionari del cazzo.

Parcheggiò, si incamminò verso l'ingresso di via Tazzoli, vide corrergli incontro il più anziano del suo reparto: «Hanno sparato, hanno sparato cazzo».

Nando capì subito a chi: «Dove?».

«Sotto casa sua.»

Sputò per terra, non perse la calma: «Dove abita?».

«In via Negarville.»

«Vado.»

«Che cosa vai a fare? Ci sarà già un mucchio di polizia.»

Nando si voltò e senza rispondere corse alla macchina.

Guidò veloce, volevano colpire prima me e poi lui? Avessero beccato me, avrebbero rinunciato a sparare a lui? All'altezza di corso Unione Sovietica rallentò, non poteva farsi giustizia da solo, non era nella steppa a combattere contro i russi, né in valle a caccia di partigiani, nessun capo gli aveva lasciato mano libera di colpire il nemico.

In via Negarville l'ambulanza era appena arrivata, avevano sparato al capoufficio alle relazioni sindacali alla fermata del pullman. Lasciò l'auto in seconda fila, si fece largo tra la folla, si abbassò sulla lettiga, il collega piangeva, sembrava un ragazzino, era immobile nella sua giacca blu, l'orlo zuppo di sangue, «Mi hanno spezzato le gambe».

«Guarirai.»

Nando gli accarezzò la fronte, fece per dirgli altro, ma arrivò un poliziotto e lo prese per il bavero dell'impermeabile, lo ricacciò indietro.

Si confuse tra la gente, «Erano su una 128 blu. Sembra che due uomini a viso scoperto lo abbiano raggiunto alla pensilina e gli abbiano sparato contro a ripetizione».

Nando lasciò il capannello, guai a chi avesse ancora osato dare del paranoico a un vecchio combattente.

14 ottobre 1980

Nando non raccontò a Piera e Sabrina dell'attentato cui era sfuggito, ma disse loro della pistola. Accadde il giorno in cui portò a casa un bollettino distribuito davanti alla fabbrica, il titolo diceva *Giù la testa, Capo*.

Nando arrivò tardi quella sera, sbatté sul tavolo il giornale: «Leggete». Era un lungo elenco in ordine alfabetico di capisquadra, capireparto e funzionari con nome e cognome e abitazione e numero di telefono e targa dell'auto. Nando fece scorrere l'indice, si fermò quasi subito, «Ecco qui. Aimon Ferdinando». Piera disse: «Cazzo, queste sono indicazioni per i terroristi». Sabrina si portò le mani alla bocca, «Papà». Fu in quel momento che Nando aprì la giacca e mostrò la Beretta 22. Sabrina cacciò un urlo: «Sei fuori di testa?». Piera gli diede del pazzo: «Nando, non fare stronzate, ti prego». Lui aprì i palmi delle mani, le invitò alla calma: «Tranquille, è soltanto per sentirmi più sicuro».

I terroristi stavano ammazzando a raffica, non solo avevano ucciso un pezzo grosso come Ghiglieno, ma anche un caporeparto della Lancia e due agenti di pubblica sicurezza. Per non parlare delle gambizzazioni, colpivano chiunque: il presidente del comitato piccola industria, un agente della Digos, un assicuratore, un medico simpatizzante del Movimento sociale: «Capite perché sono in pericolo? Caporeparto e missino, il bersaglio ideale».

Gli occhi di Nando sporgevano più del solito, era paonazzo:

«Da qualche tempo siamo costretti a restare chiusi nei gabbiotti, impossibile entrare in officina o girare tra i reparti di produzione senza beccarsi in testa un bullone. Noi quadri siamo diventati i figli di nessuno, il sindacato ci ignora, l'azienda idem».

Di parola in parola alzava il tono di voce, alla ragionevolezza delle prime frasi sostituiva ingiurie e imprecazioni.

Piera cercò di riportarlo alla ragione, lo invitò a riflettere.

Nando, alle sue parole, rabbonì. «Tanto hai sempre ragione tu» disse, e poi cambiò discorso. Parlò del futuro, le chiese come andassero le cose con Gandhi Pannella.

Il giorno dopo rimise a nuovo la sua Bianchi blu e ricominciò cautamente a uscire. Non appena poteva si nascondeva dietro a un paio di occhialoni scuri, infilava la giacca a vento con la pistola in tasca e andava a scaricare la rabbia sui corsi di Torino. Amava i rettilinei, mettere giù il rapporto duro e spingere come un pazzo fino a che le cosce non bruciavano, godeva quando vedeva il contachilometri superare i quaranta all'ora, tornava giovane, gli sembrava di risentire la voce di Perrin gridargli nelle orecchie *plus vite Nandò*.

La svolta avvenne un mattino di pioggia, faceva un freddo boia per essere all'inizio di ottobre. Per il ventesimo giorno consecutivo l'ingresso in Fiat era impedito. Centinaia di impiegati e operai stazionavano di fronte ai picchetti e pestavano i piedi sull'asfalto per riscaldarsi.

L'11 settembre la Fiat aveva annunciato 14.469 licenziamenti e il consiglio di fabbrica aveva proclamato lo sciopero e deciso il blocco dei cancelli di Mirafiori con picchettaggio degli accessi. Qualche giorno dopo l'azienda aveva convertito i licenziamenti nella richiesta di cassa integrazione a zero ore per 23.000 dipendenti, ma a Mirafiori la parola d'ordine era rimasta la stessa: occupazione.

Il caporeparto alla verniciatura si avvicinò a Nando, gli disse «Ciao Aimon» e gli infilò una lettera in tasca. Poi gli diede una pacca sulla spalla e gli strizzò l'occhio: «Spargi la voce anche lontano da qui, amici parenti mogli amanti, tutti devono sapere, tutti devono partecipare, ora tocca a noi». Nando tastò la busta, l'avrebbe letta con calma in macchina. Guardava i muri di cinta e si chiedeva come forzare il blocco. Avesse avuto vent'anni in meno neanche Cristo sceso in terra sarebbe riuscito a trattenerlo, ma ora no, per cosa poi? Tra un anno sarò in pensione, perché rischiare? Ci pensino i giovani.

Aprì la lettera, era del comitato centrale coordinamento quadri e capi intermedi Fiat: *Caro collega sei caldamente invitato a partecipare alla riunione-assemblea generale di tutti i quadri e capi intermedi del gruppo Fiat che si terrà martedì 14 ottobre alle ore 9.30 nel Teatro Nuovo in corso Massimo D'Azeglio 17... La partecipazione tua e di tutti i colleghi dovrà dimostrare che una classe che ha il solo torto di interpretare integralmente i principi democratici vuole finalmente urlare alle autorità latitanti e all'opinione pubblica il suo BASTA...*

La lettera si concludeva con *Ti aspetto!* Gli piaceva quel tono confidenziale, gli amici lo chiamavano alle armi. Ci siamo, disse tra sé.

Parcheggiò sotto casa, era quasi ora di pranzo, tutto il tempo per prendere la bici e farsi una cinquantina di chilometri, oggi sarebbe salito a Pecetto, prima o poi sfido Steu, gliela faccio vedere io al grimpeur, lo batterò anche sul suo terreno.

Attraversò la strada, sbirciò nel bar di fianco a casa sua, Sabrina e Remo erano al bancone, lei sorseggiava una spremuta d'arancia e lui una birra. Si erano messi insieme prima dell'estate, Remo se l'era ripromesso, torno dall'Inghilterra e la conquisto. Ci aveva impiegato più tempo del previsto, la resistenza di Alvise era stata tenace e Sabrina aveva tentennato a lasciare quel ragazzo dai modi gentili e la testa fine, poi Remo aveva vinto e ora stavano vivendo i fuochi d'artificio delle fasi iniziali di ogni storia d'amore. Steu e Nando avevano subito messo le cose in chiaro, quello che accadrà tra loro non sono fatti nostri.

Nando entrò nel bar e disse: «Ecco i due piccioncini».

«Ciao Nando, ancora picchetti?» chiese Remo.

La comparsa del padre colse Sabrina alla sprovvista.

«Sempre picchetti» rispose Nando, «ma c'è una novità, sediamoci al tavolino per un caffè, vi racconto, due minuti e me ne vado.»

Remo indicò a Nando il tavolo più vicino, dopo la laurea era entrato in azienda, il volere del padre aveva prevalso sulla filosofia.

Nando raccontò e Remo si disse d'accordo: «I sindacalisti hanno perso il senso della misura».

«Le aziende come la vostra sono ancora oasi dorate, in Mirafiori c'è chi in orario di lavoro fa il barbiere, chi mette su bancarelle e vende fumetti, siamo alla follia» disse Nando.

«Martedì sarete quattro gatti» disse Sabrina.

«Sempre ottimista» rispose il padre.

Remo si accese una sigaretta.

«Fumi?» domandò Nando.

«Fumo.»

«Bevi birra e fumi. Che brutta fine, potevi diventare un campione.»

Remo fece un gesto con la mano come per dirgli che stava parlando di un tempo lontano e di un'altra persona.

Nando dormì male. Quale assemblea generale? Vai in Fiat, e se nuovamente non ti faranno entrare, torna a casa, riproverai domani, le manifestazioni lasciale a quelli che hanno passato la vita a far cagnara, tu sei nato *domestique*, un *domestique* con i coglioni, ma pur sempre un *domestique*.

Nando mangiò meno Bucaneve del solito, avanzò il caffellatte, lo stomaco chiuso, un'ansia sottile, non riusciva a uscire di casa. Poi si fece forza e andò in camera da letto e si vestì, la camicia azzurra e la fondina attorno alla spalla e l'abito grigio e la cravatta bordeaux a righe, infine la Beretta 22.

Tornò in cucina e baciò Piera: «Faccio un salto al Teatro Nuovo e torno».

Piera gli disse di rimanere per il tempo necessario: «Non devi sentirti in colpa, è anche grazie alle piazze che nell'ultimo secolo la vita di milioni di uomini è migliorata».

Nando le diede un altro bacio sulla fronte, quella frase fu come un beneplacito definitivo: «Grazie principessa».

Guidò lentamente per far trascorrere un po' di tempo, ma non appena si avvicinò al corso capì che ogni indugio era inutile, il piazzale davanti al teatro era stracolmo. Dopo neanche un'ora erano in diecimila, Torino bloccata, chi avrebbe potuto immaginare un'adesione così?

Dagli altoparlanti montati esternamente arrivava la voce di

Luigi Arisio, caporeparto delle sellerie e promotore della manifestazione: «Siamo il partito della voglia di lavorare, di produrre, di competere con la concorrenza, siamo il partito del rispetto e non della sopraffazione».

Nando disse «Brau, boia fauss». Nel volgere di pochi minuti fece amicizia con altri capisquadra e capireparto e capiufficio che stavano affollando il piazzale, prese a parlare forte e dire cose tipo non si può andare avanti così, questi vogliono portarci alla rovina. Offrì sigarette a destra e a manca, anche a una signora con le *mèche* gialle che non c'entrava nulla con la fabbrica ma continuava a ripetere che tutta la gente per bene ne aveva le scatole piene di vedere la città in stato d'assedio. Ma allora non c'erano solo i capi! Non era una manifestazione per vecchi reazionari come lui.

Poi il corteo partì, destinazione Palazzo Civico, la sede del municipio. Nando si ritrovò tra una miriade di corpi, non l'aveva mai vissuta un'ebbrezza simile, chissà, magari in molti erano diventati comunisti per quello, magari il comunismo è un antidoto alla solitudine. Si voltò e dietro di lui alcuni uomini procedevano appaiati sostenendo un cartellone con su scritto *La maggioranza silenziosa chiede il ripristino dei diritti civili*. Un altro cartellone diceva *No al sindacato padrone*.

Striscioni dietro e striscioni davanti e silenzio, nessuna bandiera, una fiumana incravattata che procedeva muta, solo lo scalpicciare di migliaia di piedi a passo di processione. Il corteo ingrossava di minuto in minuto.

A fianco di Nando camminava un uomo che gli disse sono un operaio e guarda con chi mi tocca manifestare, «E sai perché? Perché dobbiamo scioperare per solidarietà nei confronti di quelli in cassa integrazione, ma loro a fine mese si beccano lo stipendio quasi per intero mentre noi lo prendiamo nel culo. Guadagno cinquecentomila lire al mese, questi trentacinque giorni di chiusura per me vogliono dire duecentomila lire in meno, in pratica la fame».

Nando capì che la battaglia era vinta, il fronte operaio si era rotto.

L'apoteosi avvenne in via Roma, seicento metri di portici e bar di gran lusso, la via della domenica. In tanti si affacciarono ai lati della strada, applaudirono, i negozianti non abbassarono le saracinesche, molti di loro si unirono al corteo, Torino è in ginocchio, non c'è più una lira, altro che andar a fare compere nei negozi di abbigliamento e ingozzarsi di tramezzini burro e acciughe nelle migliori gastronomie.

Arrivarono applausi ma anche monetine, slogan e fischi, capannelli di operai si erano dati appuntamento lungo il percorso, no ai licenziamenti. La fiumana muta era stata avvertita, i megafoni continuavano a urlarlo, non rispondete alle provocazioni.

Nando individuò ai lati del marciapiede un gruppo di tute blu che urlavano più forte delle altre, si spostò dal centro della strada per guardarli bene in faccia. Rallentò, li fissò uno a uno, gli venne una gran voglia di aprire la giacca e mostrargli la Beretta, non lo fece. Uno di loro gli disse: «Che cazzo guardi?». Lui ghignò, scatarrò ai suoi piedi.

Davanti al municipio alcuni sindacalisti della Flm tentarono di bloccare la manifestazione al grido di buffoni buffoni, fu il canto del cigno. Una delegazione del coordinamento salì dal prefetto e dal vicesindaco, consegnò documentazione e richieste, siamo migliaia, riaprite o no?

La Fiat aveva vinto grazie a un'azione straordinaria e imprevista degli outsider, i quadri. Tutti attendevano Coppi e Bartali, nessuno avrebbe scommesso una lira su Aimon, invece aveva vinto lui, li aveva presi in contropiede e costretti alla resa.

Il sabato successivo Nando si svegliò con in testa un'idea, andare a trovare Steu, andarci in bicicletta.

Si vestì di gran fretta, Piera gli chiese se avesse una gara o cosa. Lui disse: «È da un po' che non ci vediamo con Steu, lo voglio convincere a rimettersi in sella». Piera disse che era una bellissima idea, non si vive di solo lavoro. Dalla sua camera Sabrina gridò: «Occhio all'infarto, sessant'anni è l'età giusta per lasciarci le penne». Nando disse che era una fortuna avere una figlia così motivante.

Arrivò da Steu ansimando, aveva pedalato duro, chi è stato un professionista non sa passeggiare, piuttosto rinuncia, si muove in macchina, cambia sport. E non fu una pedalata da poco, quasi venti chilometri, da qualche anno Steu si era trasferito a

San Mauro, gli affari andavano alla grande e aveva dovuto ingrandirsi: tre capannoni, macchinari giganteschi, due magazzini che erano una piazza d'armi e le palazzine per gli uffici.

Suonò. Steu apparve alla porta, rise non appena lo vide: «Bella vita che fanno i capireparto! Tu in bici e io a ruscare».

Nando indicò il contachilometri: «Venti chilometri in poco più di mezz'ora, vado che è un piacere».

«Sei in forma, rimarrai per sempre uno dei più grandi misteri del ciclismo, impossibile andare forte in salita con quel fisico da Maciste.»

Gli fece cenno di entrare, Nando abbrancò la bici, salì gli scalini che portavano agli uffici, l'appoggiò all'inizio del corridoio. Scesero nello stabilimento, Steu raccontò di Remo: «Si impegna, ma sembra sempre con la testa da un'altra parte».

Nando disse che quel ragazzo ci sapeva fare, non gli sarebbe affatto dispiaciuto avere un genero capitano d'industria.

«Contento? Avete dato scacco matto al sindacato» disse Steu.

«Chi lo avrebbe mai detto?» disse Nando.

Steu allargò le braccia come per dire che quel finale di partita era stato inevitabile: «Hanno tirato troppo la corda». Si allontanò di qualche passo da Nando per avvicinarsi a un banco da lavoro, scosse la testa e disse «Che disurdin, dio cristo». Sistemò in uno scatolone alcuni trasparenti lasciati alla rinfusa sul bancone, con una mano fece un mucchietto di viti e schegge di plastica e con l'altra lo raccolse, gettò tutto nel cestino.

Nando gli disse che al corteo c'era uno striscione che inneggiava alla maggioranza silenziosa: «Ormai fai parte anche tu di quella maggioranza, quelli che si limitano ad andare a votare e poi tornano alle loro cose lasciando le decisioni agli altri».

Steu lo guardò male, poi gli chiese della bici, aveva ripreso a fare sul serio?

Cominciarono a parlare di ciclismo, di Saronni e di Moser, niente da fare, contro Hinault i due italiani non potevano fare nulla, era dai tempi di Merckx che non si vedeva un corridore così completo, forte in salita, forte in volata, forte a cronometro, un fenomeno.

Uscirono sul piazzale, il cielo era sempre più azzurro e si era levato il vento. Nando fece una smorfia, difficile spingere il rapportone e fare velocità con l'aria contro. Montò sulla bici, gli disse che doveva dirgli una cosa, era venuto per salutarlo e perché sapeva che il sabato mattina era l'unico momento della settimana in cui poteva trovarlo solo, ma soprattutto era venuto per lanciargli il guanto di sfida, un testa a testa fino a Superga: «Dopo più di quarant'anni è arrivato il momento della rivincita».

Steu si passò una mano sul cranio pelato: «Mi prendi alla sprovvista, come faccio con il lavoro?».

Nando allacciò i cinturini dei pedali, si strinse nelle spalle, non era un problema suo, gli avrebbe dato tutto il tempo che voleva per allenarsi: «Sai tutto di me, indirizzo e numero di telefono, quando sei pronto batti un colpo».

13 febbraio 1983

Che domenica da lupi, gelo e neve. Alle giostre di corso Vittorio non c'è praticamente nessuno nonostante il carnevale, con un tempo così uscire di casa è roba da fachiri. Eppure fino a una settimana fa c'erano il sole e l'aria asciutta, quando arriva l'inverno? Eccolo, la vigilia di San Valentino.

La neve scende senza troppa convinzione, si trasforma in fanghiglia, Sabrina pesta l'asfalto con i suoi scarponcini rossi.

Hanno scelto un film francese, lei voleva una roba da ridere e Remo l'ha accontentata.

Siedono in una fila di mezzo, le luci accese, sono soli, gli spettatori dello spettacolo precedente stanno sfollando, quelli del nuovo non sono ancora arrivati. Sabrina è euforica, qualche giorno prima il prof ha accettato la sua proposta di tesi, *Criteri di convessità e unicità di minimi assoluti*, ancora due esami e poi mi metto sotto. Remo dice che solo a sentir parlare di convessità gli viene mal di stomaco: «È una roba da marziani».

«La matematica è il gioco più divertente del mondo» dice Sabrina.

Entrano altre coppie, tante coppie, un paio di famiglie, gruppi di amici. Sabrina non resiste alla tentazione di fare quello che fa ogni volta che va in galleria, scendere alla prima fila e sporgersi dalla balaustra per guardare sotto. Si volta verso Remo e dice in platea non c'è un cane. Remo gli chiede se è impazzita a spencolarsi nel vuoto. Sabrina torna al suo posto, racconta che quando era piccola suo padre la rimproverava sempre per quella passione di sporgersi dalla galleria, le diceva prima o poi caschi di sotto.

Le luci si spengono. Inizia la pubblicità, ristoranti locali, Barovero Mobili, Robe di Kappa, un magazzino in cui vendono lampadari di ogni tipo.

«Domani sera dove mi porti a cena?» domanda Sabrina. Gli dice che è felice, questa faccenda della tesi l'ha galvanizzata, e poi c'è lui, Remo, lo ama.

Remo le dà un bacio sulle labbra, «In una trattoria sotto la Mole fanno una fonduta da sogno», la porterà lì, anche lui la ama, anche lui sta vivendo un buon momento, sta mettendo a frutto la sua conoscenza dell'inglese e il padre gli ha affidato i rapporti con l'estero, in primavera andrà a Taiwan e in Germania.

«Eppure non mi sembri felice.»

Remo piega la testa di lato, tira fuori il fazzoletto, si soffia il naso.

«Non è che non sono felice, è che ho la sensazione di essere finto, di fare le cose soltanto per compiacere mio padre. Sto diventando come lui, mi muovo come lui, parlo come lui. Quando mi viene questa sensazione mi assale il vuoto, la filosofia è il mio sedativo.»

«È da un po' che ti vedo strano. A volte credo sia colpa mia, che non ti piaccio abbastanza o che abbiamo interessi troppo diversi, io i numeri e tu le parole.»

«Tu mi piaci fin troppo.»

«E allora?»

«E allora ho giocato a pallone fino a vent'anni e poi ho dovuto smettere; ho studiato filosofia e poi, invece di fare un dottorato, sono andato a lavorare da mio padre. Per un motivo o per l'altro, io e i miei sogni siamo nemici giurati...»

Remo proseguirebbe, ma la pubblicità finisce, il film sta per iniziare.

Ecco il leone della Metro-Goldwyn-Mayer, i titoli di testa, le immagini cominciano a scorrere, una ragazza picchia la testa contro la vetrata di un aeroporto, poi viene rapita. Remo dice «Cazzo devo pisciare». Sabrina gli chiede se non poteva pensarci prima, «Vai che è appena iniziato, fai veloce».

Il bagno è poco sopra, alla sua destra, dopo un corridoio lungo e stretto. Pensa di rientrare, prendere Sabrina, vieni, lasciamo perdere il film, ho bisogno di sfogarmi. Esce dal bagno e nel buio sente uno strano rumore, un tonfo, come l'accensione di una stufa. Ecco quel maledetto senso di vuoto, ho bisogno di fumare. Chiama Sabrina, le indica l'uscita dalla parte opposta dei bagni e le mostra una sigaretta. Lei fa la faccia stupita, gli chiede se è scemo o se non sta bene, vuoi che venga con te? Lui le fa segno di stare tranquilla, tutto bene, due tiri e rientro.

Esce dalla sala, finalmente può far scattare il pollice sull'accendino, una boccata profonda, si siede su un divanetto. Dio cos'è questa puzza? Che fatica respirare. Poi un urlo animale spacca il silenzio, un altro urlo, decine di urla una sopra l'altra.

Remo corre verso la sala, spinge il battente per entrare e di fronte si trova un muro denso e oleoso, grida Sabrina con tutta la forza che ha in gola e nei polmoni. Non vede nulla, soltanto la barriera nera di un fumo venefico che mozza il respiro. Impossibile distinguere una voce o un viso o un particolare, è una scena cieca. Continua a urlare Sabrina, si tuffa dentro il muro, stavamo nelle file di mezzo, scendo dal corridoio e la trovo a destra. Un paio di passi e perde l'orientamento, dove sarà la fila di mezzo? Si butta in un passaggio che divide una fila dall'altra e incespica in qualcosa di grande, cade a terra, due occhi a pochi centimetri dai suoi, è una faccia di ragazzo più nera del muro di fumo. Remo sente la testa svuotarsi, il respiro farsi lento, è in una bolgia di calore e grida e ombre che cadono, si rialzano, cadono ancora. Soltanto urla e tosse furiosa e i rantoli di chi sta finendo l'ossigeno. Remo riesce a brancolare verso l'uscita, incespica in un'altra cosa grande, esce, scende le scale tenendosi al mancorrente e nell'atrio c'è il rosso del fuoco, l'incendio lascia spazio ai lati. Uomini e donne in fuga dalla platea infilano quei pochi metri, Remo è con loro, si buttano in strada.

Attraversa via Cibrario, tossisce e sputa e gli occhi bruciano che vorrebbe strapparseli. Voci attorno, entriamo, andiamo ad aiutarli, le uscite della platea sono spalancate, adesso sono spalancate, adesso, prima ne era aperta solo una, porca troia, bisognava tirare verso l'esterno e noi tiravamo verso l'interno, non è vero, era chiusa con un chiavistello, ci ha salvato la gente fuori, hanno sentito le urla e i pugni e sono riusciti a sfondarla, ma quelli in galleria? Dove sono? Quando escono?

Arrivano pompieri e vigili e carabinieri, la via è chiusa ai quattro lati, hanno già montato le transenne e ci sono decine di persone dietro, buio della sera e fumo acre che esce dalla sala, l'unica luce è quella delle fotoelettriche che illuminano il frontone annerito del cinema.

Remo è un fantoccio che va su e giù sotto la neve. Sabrina, dove sei? Esci da quel cazzo di cinema, ti prego. Si ferma, riprende a camminare, cammina in tondo in cerchi sempre più stretti. Un uomo e una donna si tengono per mano, lei ha un graffio sulla fronte, la matita degli occhi si è dissolta in lacrime nere, ho perso la borsetta, devo rifare la patente, una fiamma, la tenda è caduta, le poltrone delle ultime file hanno preso fuoco, anche la moquette.

Davanti al cinema, intanto, uomini in tuta gialla e maschera antigas comunicano a cenni, le dita delle loro mani fanno uno due tre...

C'è un silenzio ottuso, soltanto il ronzio del motore che alimenta le fotoelettriche.

Sul marciapiede di fronte, gli uomini con le tute fosforescenti entrano ed escono dal cinema portando corpi anneriti dalla fuliggine, li posano su teli bianchi di plastica, sono otto. Il fumo li ha resi irriconoscibili, quasi tutti hanno le braccia levate in un gesto di resa, il calore ha stirato i tendini. Remo vede pantaloni anneriti e stivaletti e scarpe slacciate. Nessuno scarponcino rosso, ma non significa nulla, il fumo se ne fotte delle tinte.

Chiamo papà, no chiamo Nando, no, non posso andarmene da qui, e se Sabrina esce e non mi vede? Remo barcolla, è risucchiato da un flusso di uomini e donne che sta andando verso piazza Statuto. C'è folla attorno all'unica cabina telefonica, la neve si sta trasformando in acqua, Remo è fradicio. Spintona un vecchio, entra nella cabina, chiama Nando e non risponde nessuno e chiama a casa e risponde Desiderio, «Ciao Remo tutto bene?».

«Passami papà.»

«Che voce hai?»

«Passami papà, cazzo!»

«Remo.»

«Papà, ero allo Statuto... Sabrina... Lei... Una sigaretta... Sono rientrato... Fuoco ovunque... Nando non risponde... Fuori ci sono... Fuori ci sono... Fuori ci sono tutti morti.» Si interrompe, piange, non l'aveva ancora fatto.

Stefano dice «Arrivo», urla contro Fernanda: «Dio cristo non parlarmi sopra, è Remo, ha la macchina che non parte, devo raggiungerlo con i cavi della batteria».

«Cos'è successo? Non me la racconti giusta» dice Fernanda.

Stefano la caccia in malo modo: «Remo tranquillo, avviso io Nando».

Remo riattacca e si lascia scivolare sul vetro della cabina. Fuori bussano, lèvati, tocca a noi. Torna verso lo Statuto, corre, va a sbattere contro due bambini travestiti da Zorro che ridono e si inseguono e gli dicono scusi signore.

Ora i lampi blu sono dappertutto: in via Cibrario, nelle vie laterali, nei corsi adiacenti dove si rincorrono auto della polizia e dei carabinieri. Remo è di nuovo davanti al cinema. È un intrecciarsi di voci, tre morti, cinque, diciassette, un'ambulanza scatta via a sirene spiegate verso il Maria Vittoria, forse c'è qualcuno da salvare, dio non ti ho mai pregato, dio fa che su quell'ambulanza ci sia Sabrina.

Un vigile del fuoco esce dall'atrio, si toglie l'autorespiratore, alza le mani indicando ai colleghi il numero sette. Cosa cazzo significa? Altri sette cadaveri? Il vigile attraversa la strada, sembra in trance, gli occhi fissi a terra, si appoggia alle transenne per prendere fiato, la gente gli urla addosso, dicci qualcosa, cosa sta succedendo? Anche Remo urla, non sa bene cosa, ma urla. Il vigile dice: «È una tragedia, una roba così non l'ho mai vista, sono rimasti là, riversi sui sedili, bocconi sulle scale, aggrappati alla balconata, uno stava di traverso all'uscita, povero ragazzo, ce l'aveva quasi fatta». Una donna si getta sulle transenne, urla, sbava, gli chiede di una ragazza con un golf azzurro, diciassette anni, i capelli crespi. Il vigile si rende conto che non può rimanere lì, si stacca dalla transenna, si volta verso la donna: «Non so signora, là dentro è un inferno».

Ormai i morti sono troppi, si viene a sapere che li stanno allineando nel garage sotterraneo dell'autonoleggio accanto al cinema, anche gli otto corpi distesi sotto la neve li hanno trasferiti lì. Da fuori si vedono soltanto i neon del garage, diffondono una luce esangue, ogni tanto se ne spegne uno, poi si riaccende.

La voce di un uomo dice che l'unica consolazione è che non hanno sofferto, in una camera a gas si muore in tre minuti. Poi una mano bussa alla spalla di Remo, è suo padre. Si abbracciano. Stefano lo stringe forte e gli carezza la nuca e lo bacia ripetutamente sulla fronte. Poi prende un fazzoletto e lo pulisce dalla patina di nero, muco e acqua che gli sfigura il volto. Remo si lascia fare, poi gli chiede di Nando.

«Al telefono non risponde. Sono passato da casa loro, ho attaccato un foglio alla porta, ho scritto venite al Cinema Statuto.»

«Sabrina è morta.»

«È un via vai di ambulanze, non senti? Sabrina si salverà, ne sono certo.»

«Le tre porte di sicurezza della galleria erano chiuse dall'interno, non si è salvato nessuno.»

«Chi lo dice?» domanda Stefano.

«Tutti.»

«Tutti non vuole dire niente.»

Rimangono in silenzio. Stefano vorrebbe dirgli qualcosa per distrarlo. Decide di lasciar perdere, sopportare il silenzio.

Poi Remo si sente trascinare verso terra, due mani gli hanno abbrancato il collo: «Dov'è Sabrina? Dov'è mia figlia?». Nando ha gli occhi enormi, due dischi rossi che escono dalle orbite, indossa un montone chiaro con il collo di pelliccia troppo grande: «Dimmi, è morta?». Remo si divincola, grida «Non lo so», si porta le mani vicino alla testa e le scuote come per dire che sta impazzendo. Stefano si frappone tra i due: «Tranquillo Nando, tranquillo, non si sa ancora niente». Attende che si sia calmato, si sposta, dà una carezza a Piera, il suo è un viso inchiodato a uno spasmo di terrore, le dice che non c'è nulla di sicuro: «Ci sono dei morti, ma si sono salvati in tanti».

Poi arriva una notizia terribile, si rincorre di voce in voce, si propaga, diventa incontrollabile, nel bagno della galleria hanno trovato altri quaranta corpi accatastati uno sull'altro, avevano imboccato il corridoio cieco per sfuggire al fumo e inseguire il miraggio dell'uscita. Remo lo ricorda bene quel corridoio, sarà stato largo ottanta centimetri, sono morti come topi.

Nando inizia a piangere, sussulta sulle spalle con guaiti da cane, Piera rimane immobile, la schiena dritta, i capelli fradici incollati alla testa, non è più né Grace Kelly né Julie Andrews, è una vecchia calva.

Da un nugolo di funzionari e politici esce un uomo in divisa, si avvicina alle transenne, dice: «Le vittime con un nome sono soltanto una ventina, soprattutto uomini, la carta d'identità trovata nel portafogli ha reso più facile il riconoscimento. Con le donne è più complicato, decine di borsette sono state accatastate in garage, andate alle camere mortuarie di corso Novara, è lì che entro un paio d'ore saranno trasferite le salme».

Nando mette un braccio attorno alle spalle di Piera, se ne vanno, non dicono nulla né a Stefano né a Remo, neanche li guardano. Si allontanano lenti, troppo per non essersi già arresi.

«Ti porto a casa, Remo. Se stai ancora sotto la pioggia ti prendi una polmonite. Vado io in corso Novara» dice Stefano.

«Sabrina è morta e io vado a casa? Per che cazzo di uomo mi hai preso?» Forse è la prima volta in vita sua che si rivolge al padre con quel tono, il dolore ha allentato il timore reverenziale.

«Prendiamo la mia macchina» dice Stefano. Guida nel traffico di luci blu e fango.

Remo tace e trema, ha gettato il cappotto fradicio sui sedili posteriori e si è avvolto in una specie di lenzuolo che ha trovato ai suoi piedi, è il lenzuolo che usa suo padre per coprire la bicicletta. Stefano dice: «Vedrai che arriviamo in corso Novara e Sabrina non c'è, è in un ospedale e sta bene».

Parenti e amici stanno premendo contro forze dell'ordine e inservienti, è la stessa scena dello Statuto spostata a est della città. Piera e Nando sono sotto un ombrello qualche metro dietro la prima fila, composti, hanno capito che strillare e spingere non serve a nulla. Stefano e Remo li affiancano, si fanno vedere. Nando ha le labbra piegate verso il basso: «Oggi il destino ha messo in fila centinaia di persone e ha scelto a caso: tu vivi, tu no».

«A Sabrina ha detto tu vivi» dice Steu appoggiando la mano sull'avambraccio di Nando.

Piera sembra acquisire fiducia, sposta velocemente il peso da una gamba all'altra, quasi un saltello, l'espressione pietrificata cede a linee più morbide, indica l'ingresso della camera mortuaria e con un tono alterato dice: «Non me la vedo proprio Sabrina lì dentro, non è da lei, lì dentro non c'è nessuna Sabrina, non riconosceremo nessuna Sabrina e ci manderanno al Maria Vittoria o alle Molinette o dove hanno portato i feriti».

Piera la professoressa, Piera la paladina dei diritti civili è tornata bambina, Nando è lo zio acquisito che l'aiuta a fare i compiti e la porta in giostra. La tragedia ha ribaltato il tempo, sono di nuovo in valle: «Vero Nando? Vero che Sabrina non è tipa da camera mortuaria?». Nando si stupisce, è scosso da quell'atteggiamento assurdo, prima aveva al suo fianco una scultura di dolore, ora un intreccio di nervi e parole senza senso, infantili.

È già passata quasi un'ora, pianti leggeri, non è che è tutto un incubo e la morte è rimasta in via Cibrario? Sul muro del cimitero i funzionari di polizia appendono l'elenco delle vittime di cui si conosce l'identità. Sono in tanti a tirare un respiro di sollievo. Ci si fa coraggio, si descrivono realtà immaginarie.

Poco dopo le ventitré si esauriscono le storie da raccontare: arriva un primo camion con quattordici bare scure. Passano una decina di minuti, un secondo camion, altre bare, una bara bianca, i funzionari gridano di pazientare, prima di entrare è necessario che arrivino tutte le salme, i camion non sono finiti. Poi i camion finiscono, hanno scaricato sessantaquattro bare.

A mezzanotte e mezza aprono i cancelli. Non è stato facile disporre tutte quelle casse di legno in due stanze così anguste. Si è deciso di sistemarle su tre file, una sull'altra, i necrofori a darsi da fare in un continuo lavoro di spostamento, dall'alto verso il basso, per mostrare i corpi ai parenti. Nella stanza di sinistra le bare con un nome, nella stanza a destra quelle senza. In una terza stanza, solitamente adibita alle autopsie, si sono piazzati poliziotti e carabinieri, è lì che saranno stesi i verbali di riconoscimento.

Il primo a entrare è un uomo sui quarant'anni, cerca il figlio, non lo trova, fa un altro giro tra i feretri, vuole essere sicuro di non essersi sbagliato, gli era sfuggita una cassa a fianco dell'ingresso, è lui il mio ragazzo, è lui mio dio, cerca la moglie, vuole bloccarla, impedirle di vedere, non fa in tempo, il volto della donna è già dentro la bara.

Padri e madri si sorreggono a vicenda, il passo traballante di chi sta per sprofondare nell'abisso.

Nando e Piera indugiano, poi Nando le prende la mano: «Andiamo».

Camminano su uno strapiombo, non hanno fretta, ogni secondo è un secondo di vita in più. Nando sta un passo avanti, la mano sempre stretta a quella di Piera.

Ogni bara è una risposta, ti affacci e non è tua figlia. Nando guarda ogni volta per primo, va oltre, Piera conferma: «Non è Sabrina». Gli sguardi si fanno più acuti, il coraggio è direttamente proporzionale alla paura, si acquista familiarità con il telone che avvolge i cadaveri. Poi è la volta delle bare affiancate al muro perimetrale; nella prima a sinistra c'è una ragazza molto giovane. Nella seconda un'altra che potrebbe avere qualche anno in più, ha i capelli scuri e un maglioncino girocollo uguale a quello che aveva Sabrina quando è uscita di casa, il colore non si capisce, è tutto nero. Nando si abbassa, inizia a pulirne il volto, i palmi e le dita delle mani subito anneriscono al contatto con quel viso ricoperto di fuliggine, i capelli fini appiccicati alle guance, agli occhi, alla fronte, Nando sembra volerne muovere uno a uno, prende un capello e con delicatezza glielo sposta dietro l'orecchio, uno due tre venti, sposta capelli fino a che Sabrina non si rischiara. Nando lascia cadere la testa sul petto di sua figlia. Si volta, fa un passo verso Piera per abbracciarla, stringerla forte, Piera grida, sfugge a quell'uomo dieci volte più forte di lei, prende la testa della ragazza tra le mani, la bacia in ogni modo, frega il volto su quello della figlia, vuole essere nera come lei. Piera bestemmia.

Arrivano due medici, la trascinano via, lei si lascia cadere, si fa trascinare per qualche metro sul pavimento gelido. Nando aiuta i due uomini a rialzarla, forse è svenuta, viene adagiata su una barella, infila la porticina del pronto soccorso. Nando non perde tempo, a lui tocca la terza stanza, *L'anno 1983, addì 14 del mese di febbraio... Nel cimitero Nord di corso Novara 135 in Torino, innanzi a noi sottoscritto ufficiale di polizia giudiziaria, è presente Ferdinando Aimon...*

Poi torna da Sabrina, chiede al necroforo di fargliela vedere ancora una volta, vuole essere lui a scrivere in stampatello nome e cognome della figlia sul cartellino bianco sopra la bara, l'uomo scuote la testa, «Mi dispiace, non si può, non è questa la procedura». Nando gli prende il collo, non deve neanche stringere, il necroforo alza subito le mani. Ora c'è anche Remo al fianco di Nando, è come si affacciassero su un canyon.

«È tutto finito» dice Nando, «l'è tut finì.»

Parte quarta

ECLISSI

26 dicembre 1984

Remo lo aveva promesso al fratello un paio di anni prima, quando prendi la maturità andiamo a fare un viaggio insieme. Desiderio la maturità l'aveva presa, e qualche mese dopo Remo la promessa l'aveva mantenuta, quattro giorni in una pensione dalle parti di Montparnasse.

Remo aveva proposto Parigi per la visita alla casa di Victor Hugo e il Louvre e il gotico di Notre-Dame; Desiderio aveva accolto l'idea con entusiasmo, un po' perché pur di passare qualche giorno con il fratello avrebbe trovato straordinario anche un viaggio a Vercelli, un po' perché alla passione del Toro se n'era aggiunta un'altra, le ragazze, e a Parigi c'erano dei night da sogno. Anche lui aveva provato a giocare a pallone, anche lui ci sapeva fare, ma era stato bloccato da una serie inesauribile di guai: dissenterie, attacchi di nausea, mal di testa, colpi di freddo, capogiri. Stefano e Fernanda lo avevano sottoposto a tutti gli esami del mondo, mai trovato nulla di anomalo, il ragazzo è sano come un pesce.

L'ultimo anno di liceo aveva deciso: prendo il diploma e mi iscrivo a medicina. Diventerò medico di base, solo così potrò curare tutte le mie magagne.

A Remo era cominciato a piacere quel fratello sempre acciaccato ma a suo modo coraggioso: «Bravo Desiderio, sei un ipocondriaco ma hai carattere. Ti invidio, con un colpo da maestro ti sei tolto dalle palle l'incubo di dover lavorare con papà».

Lui, invece, si stava affossando sempre di più nella dipendenza dal padre e dalla vita aziendale. La morte di Sabrina lo aveva annientato, aveva trascorso un anno intero a lavorare come un automa e a passare gran parte delle serate solo in casa, molta filosofia, tanti film, nessuna voglia di parlare. Era anche andato da uno psicologo, ma il dottor Bonfiglio gli ripeteva ogni volta che solo il tempo può rimarginare una ferita così, che lui non aveva colpa se in quel maledetto cinema si era scatenato l'inferno. Remo lo sapeva da sé, aveva interrotto le sedute, intensificato studi e solitudine. Soltanto da qualche mese si sentiva un po' meglio, stava tornando ad accarezzare la fantasia di una vita più a adatta a sé e aveva conosciuto una donna che si chiamava Marcella, faceva la ballerina ed era innamorata del suo spleen.

Sul treno che portava in Francia, Remo aveva parlato di lei a Desiderio, aveva due gambe che erano un dono di dio e rispettava quel sentimento di lutto che continuava a pesargli addosso. Poi si era interrotto, aveva preso a raccontargli di Spinoza, lo stava approfondendo: «Le passioni sono gli affetti che subiamo e nascono da idee confuse».

Perché invece di continuare a raccontargli di Marcella si era messo a parlargli di Spinoza? Desiderio disse: «Remo, è tempo di azioni».

«Cosa vuoi dire?»

«Meno Spinoza e più fatti. Vai da papà, digli che non ne puoi più, che se continui a lavorare in azienda ti ammali.»

Remo disse: «Hai ragione cazzo, mi ammalo». Tornò a leggere, fumò una raffica di sigarette prima di arrivare alla Gare de Lyon.

Trascorsero giorni forti, non avevano mai passato così tanto tempo insieme. La sera di Santo Stefano si divertirono davvero. Per l'intera giornata Desiderio aveva insistito: «Cosa ne dici di un night? Vedrai, sarà uno sballo». Remo era intrigato dall'idea, ma non ci era mai stato, e aveva dieci anni più di Desiderio.

Arrivarono all'angolo con Boulevard de Clichy, ecco Pigalle, erano al centro di quel mondo straordinario di neon e sexy shop di cui Desiderio sognava da quando avevano messo piede a Parigi. Propose una Marlboro per gustarsi l'attimo, Remo approvò.

Una ragazza con le calze nere smagliate, una bottiglia di birra in mano e gli stivali al ginocchio li fermò e gliene chiese una. Remo gliela porse, la accese, lei gli domandò biascicando se volevano fare le cose a tre. Remo la ringraziò della proposta, rispose che era una bella idea ma avevano un altro appuntamento, la ragazza lo insultò e scivolò via. «Assomiglia a Julie Christie nel *Dottor Živago*, che donna, forse la più bella donna di tutti i tempi» disse al fratello.

Non era facile scegliere il night giusto, Desiderio si stava agitando. Ogni ingresso, a Pigalle, gli sembrava nascondesse tesori imperdibili, si sentiva come di fronte al buffet di un villaggio vacanze. Davanti a ogni locale, uomini vestiti come becchini raccontavano mirabilie delle ragazze che c'erano all'interno.

«Cosa ne dici? Hai visto qualche posto che ti piace più degli altri?» domandò Desiderio.

«Andiamoci a bere una birra, poi decidiamo» rispose Remo.

Sedettero sugli sgabelli, Desiderio iniziò a provare un misto di apprensione e delusione, gli avventori sembravano tutti ubriachi, barcollavano, si appoggiavano al bancone per non cadere, gridavano, agitavano le bottiglie, a Pigalle si respirava non solo l'odore di strutto e dei neon rossi, ma anche aria di pericolo.

Remo ordinò un'altra birra, disse: «Papà sta sbagliando tutto, investe solo in Bot e titoli di Stato, ma ormai tutta Italia investe in azioni, soprattutto da quando Craxi ha tagliato la scala mobile. La Borsa vola, basterebbe affidarsi a un broker come si deve e faremmo i milioni. Noi no, noi siamo gli unici coglioni che continuano ad affidarsi al tapino della banca sotto casa. Ma vai a dirglielo, è impossibile discutere con lui». Remo era nervoso, beveva a sorsi rapidi e tamburellava le dita sul bancone.

A Desiderio non piaceva sentir parlare male del padre, avrebbe voluto difenderlo, non fosse per lui non saremmo a Parigi a spassarcela e tu non avresti l'Alfetta, trova il coraggio di lasciare l'azienda, altrimenti farai di papà il capro espiatorio di tutti i tuoi fallimenti. Non disse nulla, non ne ebbe il coraggio.

Fu Remo a cambiare discorso: «Sei già stato in un night? Ti vedo a tuo agio. Non hai ancora compiuto vent'anni e sei già andato a puttane?». Parlò con tono sornione, nella sua voce Desiderio avvertì un velo di invidia.

Fu evasivo, disse che era stato una volta al night di Verzuolo, dalle parti di Saluzzo, lo aveva portato un suo compagno di università, «E tu?».

Remo si schiarì la voce: «Mille volte» disse con un'alzata di spalle.

Finirono in un locale che si chiamava Folie Pigalle o Mokolo Pigalle, qualcosa del genere. Lo scelse Desiderio perché l'insegna diceva Pigalle e perché aveva visto una stangona nera con le gambe da antilope infilarsi nella grande porta a specchio dell'ingresso. La indicò al fratello con un cenno del mento, Remo annuì, varcarono la soglia.

Il locale era angusto, pochi tavolini, il palco per lo spettacolo nascosto da un tendone bisunto e sfilacciato ai lati. Un solo cliente, un filippino con il naso da pugile che gironzolava attorno alla pista da ballo con in mano un bicchiere vuoto. Ma cos'era quell'odore di vinaccia e muffa? E dov'erano le donne? Non fecero in tempo a sedersi a uno dei tavoli addossati al muro che cinque ragazze sbucarono da chissà dove e si catapultarono su di loro per essere scelte.

Due erano orientali, il sorriso ampio e plastificato, gli occhi vicini, erano state le più rapide; dietro di loro una maggiorata sudamericana arrivò sculettando e accennando passi di salsa, in coda l'antilope nera e una brunetta con gli occhioni da cerbiatta che assomigliava a Stefania Sandrelli.

Remo e Desiderio si sentirono circondati, Remo si alzò per presentarsi e dare la mano. Desiderio lo guardò stupito, dove crede di essere? Dal commercialista?

Le cinque ragazze sedettero attorno ai due fratelli, le orientali continuavano a ridere e dire «belli italiani», la sudamericana non la smetteva di dimenarsi. Nessun dubbio, le prescelte non potevano che essere l'antilope e la Sandrelli. Se ne stavano ai margini, la nera a lisciarsi le unghie rosse, la Sandrelli ad accavallare e scavallare le gambe per lasciar intravedere il perizoma nero.

Remo aveva dieci anni in più e se la cavava con il francese, non poteva che toccare a lui il compito di liquidare le escluse. Disse che erano tutte creature meravigliose, che gli dispiaceva, davvero, mica per dire.

Erano finalmente soli. Le due ragazze si avvicinarono con le sedie, la Sandrelli baciò Desiderio sulle labbra, gli disse in un italiano stentato che era un bel ragazzo, che aveva due occhi blu profondi come il mare. L'antilope fu meno espansiva con Remo, non lo baciò, ma anche lei gli parlò dei suoi occhi, erano grandi come fanali. Remo non credette alle sue orecchie, finire in un night di Parigi per sentire parlare di fanali?

Non avevano ancora completato le presentazioni che un cameriere apparve dal nulla, si avvicinò al tavolo e con un inchino untuoso chiese cosa desiderassero. L'antilope propose champagne per tutti, Remo disse «Champagne!». Il cameriere si lisciò la giacca lisa, «*Excellent choix*», fece un nuovo inchino e se ne andò.

La Sandrelli era di Lione, aveva ventidue anni e un figlio piccolo, però Desiderio tu mi piaci molto, davvero. L'antilope aveva qualche anno in più, era della Costa d'Avorio, la vita è una gran merda, però Remo tu sei una bellissima persona.

Remo e l'antilope parlavano in francese, Desiderio e la Sandrelli con parole casuali, alcune in italiano e altre in inglese. Potendo dirsi ben poco, lei continuava ad accarezzargli le cosce e sbaciucchiarlo e alitargli in faccia uno strambo miscuglio di aglio e liquirizia.

Il cameriere arrivò tenendo in mano un vassoio con i flûte, ancheggiò, giocò a fare l'equilibrista, tutti risero, a fianco dei quattro bicchieri scoppiettanti c'era un piccolo foglietto bianco con sopra scritto a penna un numero, i franchi. Remo cominciò a muoversi nervosamente sulla poltroncina verde, sgranò gli occhi per far capire a Desiderio che era una stangata. Da quel momento, svanì ogni fluidità, i due capirono che bisognava giocare in difesa se non volevano tornare a casa in mutande.

Dopo una manciata di minuti il cameriere tornò, un altro inchino, cosa desiderate da bere?

I fratelli non ebbero il coraggio di alzarsi e andarsene. Remo ordinò due succhi di frutta per le ragazze, il cameriere disse che non bastava, dovevano bere tutti, che piacere c'è a non bere in compagnia? I succhi di frutta divennero quattro e furono una nuova mazzata. Desiderio e Remo, ormai, non attendevano altro che l'occasione propizia per scappare. Quando si alzò il sipario e sul palco la sudamericana si levò la gonna di paillettes mostrando due natiche gigantesche, i due fratelli si levarono con un colpo di reni. Remo disse che era stato un piacere, ma ora dovevano andare, si stava facendo tardi. Le due ragazze si guardarono attorno per vedere se nel frattempo fossero entrati altri clienti.

La temperatura era scesa, il vento affilato di fine anno spazzava Pigalle. Presero un hot dog, non si dissero nulla per un po', una mano intenta a non far scappare il würstel e l'altra a tenere una lattina di coca, Desiderio disse che solo la coca poteva mandare giù quel succo di merda che avevano ingurgitato.

«Ci hanno preso per il culo, ma tu hai l'alibi di essere un ragazzo, io no, io ho quasi trent'anni» disse Remo.

«Non hai mai messo piede in un night prima di stasera, vero?»

«Mai.»

Desiderio pensò che suo fratello era un grande, ammettere di aver raccontato una bugia per non fare la figura dello scemo non aveva eguali: «L'avevo capito subito».

Remo ebbe un'idea, perché non tornare a piedi a Montparnasse? Cosa c'è di più bello che attraversare Parigi in una notte d'inverno? Estrasse dalla tasca del cappotto la mappa della città, fece andare su e giù l'indice e poi disse: «Capito». Ora poteva finalmente tornare a fare il fratello maggiore. Camminarono a passo svelto, tirava aria di neve. A intervalli regolari Remo invitava Desiderio a guardarsi attorno e alzare la testa, le case, i balconi in ferro battuto, Parigi era una meraviglia.

All'altezza del Pont de la Concorde il freddo si fece insopportabile, dalla Senna saliva una specie di nebbiolina ghiacciata, Remo disse che l'idea di farsi a piedi sei chilometri era stata l'ennesima scelta sbagliata della sua vita.

Desiderio gli domandò se fosse innamorato della ballerina, «Come si chiama... Marcella?». Sì, si chiamava Marcella, ma

Remo rispose parlando di Sabrina. Disse che era soprattutto in serate come quella, così belle e fuori dal tempo, che doveva vedersela con un pensiero intollerabile: lui in giro per il mondo a fare l'imbecille e lei sotto terra.

Desiderio non seppe dire nulla, gli venne da mettergli un braccio intorno alle spalle e stringere.

2 settembre 1985

Remo tornò a casa in piena notte, si gettò sul divano e prese a ripassare il discorso del mattino dopo. Era stato fuori a cena con Marcella e altri amici, aveva esagerato con vino e amari, ecco, adesso sì che sarebbe il momento perfetto, certe cose si possono dire soltanto da storditi.

Aveva affittato a San Mauro, vicino all'azienda, un alloggio anonimo in una strada ad alto scorrimento punteggiata da pompe di benzina e carrozzerie.

Dormì poco o nulla. Alle nove di mattina salì in macchina e si inoltrò nella piana desolata che conduceva alla zona industriale. Arrivò al piazzale d'ingresso, il cancello era aperto, un camion stava uscendo con un carico di fanali. Suo padre era lì, stava chiacchierando con Angelo, gesticolava, rideva, forse stavano parlando delle vacanze appena finite o dei Mondiali di ciclismo in programma la domenica dopo.

Non appena Stefano vide la macchina del figlio, si sbracciò per salutarlo. Attorno al padre e a Angelo saltellava un cagnolino che si chiamava Pinot, era stato adottato da magazzinieri e operai e si nutriva prevalentemente dei panettoni che avanzavano a Natale. Remo parcheggiò, rimase per un po' dentro la macchina, guardò lo specchietto retrovisore centrale, il padre e Angelo erano ai saluti, aprì la portiera nel momento esatto in cui Angelo si allontanò.

Stefano si avviò verso il figlio con il suo passo brioso, «Ciao Remo». Si baciarono, anche in azienda la regola di saluto tra padre e figlio non ammetteva deroghe. Pinot saltò addosso a Remo, gli fece mille feste.

«Che cos'è quella faccia?» domandò il padre.

«Quale faccia?»

«La tua, fino a venerdì sembravi appena tornato dalle Maldive, oggi sei bianco come uno straccio, cosa ti è successo?»

«Trovi?»

«Trovo.»

Remo allargò le braccia come per dire che della sua faccia non ne sapeva nulla. Si accorse di tremare, com'è possibile?

Avevano preso a passeggiare su e giù lungo il piazzale, Remo disse «Ciao zio» a un uomo con i capelli folti e curati che stava caricando delle scatole su un Fiat Fiorino.

«Ciao Remo, come stai?»

Remo chiese al padre se Valter fosse zoppo da sempre, non se lo ricordava. Stefano scrollò le spalle, non gliene fregava nulla: «O è nato così o qualcuno gli ha dato la lezione che meritava, sempre stato un balordo, se è qui è solo perché prima di morire tua zia mi ha pregato di assumerlo».

Poi disse che sembravano due carcerati nell'ora d'aria, usciamo di qui, andiamo a prenderci un caffè da Sauro: «Pensa che Sauro è di Rimini. Chissà cos'è saltato in testa a un uomo nato nella capitale del divertimento di venire a marcire in una landa desolata tra Settimo Torinese e San Mauro».

«Divertimento mica tanto, Rimini sa essere il posto più triste del mondo» disse Remo guardando per terra.

«Miseria, come sei lugubre oggi, sembri tua madre. Te l'ho detto, hai un colore che non mi piace.»

«Forse ieri sera ho bevuto troppo.»

«Vai a casa se non stai bene.»

Stavano per varcare il cancello, duecento metri camminando sul ciglio della strada e sarebbero arrivati da Sauro. Remo si fermò: «Rimaniamo qui, preferisco, ti devo parlare». Fece dietro front, infilò le mani nei jeans, il padre lo seguì e allungò il collo per guardarlo in faccia: «Remo, cosa mi devi dire?».

Remo provò a parlare, prima tossicchiò, poi inizio a scuotere la testa: «Io... Io... Io è da un po'... Un po'... Un po' che volevo dirti...». Si fermò, proprio non ce la faceva.

«Cosa mi devi dire? Parla cristo! Non farmi preoccupare.» Stefano prese il figlio per un braccio, lo costrinse a guardarlo negli occhi, cosa aveva di così grave da non riuscire a spiaccicare parola con suo padre?

Il ragazzo fece un lunghissimo sospiro, come per prendere la rincorsa, poi sollevò lo sguardo: «Ho deciso di lasciare l'azienda e di insegnare filosofia».

Stefano alzò le braccia al cielo, «Oh! Tutto qui? Mi hai fatto perdere dieci anni di vita. Cristo Remo, arrivi che sembri un cadavere, non riesci a parlare, pensavo dovessi dirmi di una brutta malattia».

Remo sorrise, cazzo glielo aveva detto, ce l'aveva fatta, era stato un volo dal trentesimo piano di un grattacielo. Eppure era intatto, si lisciò le maniche della giacca e gli venne da darsi una spazzolata ai jeans con i palmi delle mani.

Stefano riprese il discorso: «Ci hai pensato bene? In Aric non hai nessuno che ti comanda e puoi permetterti una vita da re. Lo so che non è facile vivere con l'incubo del rosso e degli stipendi da pagare e del mercato che non fa sconti a nessuno, ma non credere che fuori di qui siano rose e fiori. Alla lunga insegnare può essere molto noioso, ogni anno ripetere le stesse cose, guadagnare quattro soldi...».

Remo disse che il fatto è che voleva una vita tutta per sé, una vita più vicina ai suoi interessi: «So benissimo cosa perdo. Hai ragione, insegnare può diventare molto ripetitivo, ma cosa ci posso fare? A me interessa solo la filosofia, in questi anni mi sono adattato, ho fatto del mio meglio, ma resto un topo da biblioteca, mica un gladiatore come te».

Stefano infilò le mani in tasca: «Va bene Remo, fai come vuoi, io sarò sempre dalla tua parte».

Remo era confuso, non si aspettava una reazione così. O meglio, immaginava che Stefano avrebbe incassato la pugnalata con signorilità, ma quella capacità di comprensione gli sembrava addirittura eccessiva. Si sta comportando da padre esemplare... Non è che sotto sotto sta pensando che ho fatto una scelta da eunuco? Forse no, forse l'ho sottovalutato.

«Hai già delle idee? Quando è previsto il concorso per diventare professore di ruolo? Non è così che funziona?» disse Stefano.

«Certo, è proprio così che funziona.» Remo gli raccontò della graduatoria del provveditorato, un preside lo aveva chiamato: «Questione di qualche settimana e dovrei iniziare una supplenza annuale».

Quando tornarono in ufficio, Remo gli disse che poteva contare su di lui fino a che ne aveva bisogno, estero e sindacati e catalogo, «Per qualsiasi cosa, io ci sono». Stefano lo ascoltò controllando la posta e parlando tra sé e sé come per ricapitolare le incombenze che lo attendevano, «Stai tranquillo, non c'è nulla di urgente». Poi allungò la mano, la posò sul dorso di quella del figlio: «Adesso vai, vai a trovare mamma, è da un po' che si lamenta che non ti fai vedere».

Remo si alzò lentamente: «È proprio quello che pensavo di fare». Gli sarebbe piaciuto dirgli altro, non ci riuscì.

Stefano vide la schiena del figlio allontanarsi, quando sparì dalla sua vista chiamò la segretaria, le disse che non ci sarebbe stato per nessuno fino al pomeriggio.

In cielo splendeva un sole grandioso per essere settembre, si slacciò la cravatta, aprì la portiera della sua Lancia Thema, avviò il motore con un guizzo del polso. Niente Langhe, non era dell'umore giusto per macinare chilometri, sarebbe rimasto in città, il solito posto dietro a piazza Vittorio e poi due passi al fiume.

Aveva una passione per quella piccola sala con le luci che sapevano di tramonto anche a mezzogiorno, gli piacevano il menu sempre uguale, il cameriere piemontese che non dava e non prendeva confidenza. Ordinò barbera d'Alba, carne cruda e agnolotti al sugo d'arrosto. Il cameriere scrisse e se ne andò.

Stefano stese la carne trita con la forchetta fino alle estremità del piatto, so benissimo cosa perdo, questione di qualche settimana e dovrei iniziare una supplenza annuale. Era un'operazione complessa, dopo aver distribuito per bene la carne, c'era da creare il condimento perfetto con olio, sale, pepe, aglio e limone. A me interessa solo la filosofia, in questi anni mi sono adattato e ho fatto del mio meglio.

Ordinò il conto, lasciò al cameriere una mancia più abbondante del solito, lo salutò con un cenno. Attraversò la piazza, si diresse ai Murazzi, con gli approdi e le arcate e le rimesse delle barche che sembrava di essere a Marsiglia. Scese la scalinata, c'erano uomini in bicicletta, un paio con le ruote lenticolari, ecco un bel modo per provare a stanare Nando, raccogliere il guanto di sfida che mi ha lanciato cinque anni fa, dài, riprendiamo la bici e alleniamoci, vince chi arriva primo a Superga.

Incrociò un gruppo di ragazze, parlavano di interrogazioni, di un certo Lele Marini che era un figo della madonna. Resto un topo da biblioteca, mica un gladiatore come te.

Le ragazze sedettero con i piedi penzoloni sul fiume, i panini avviluppati nella carta stagnola, il profumo del prosciutto cotto rimasto troppo a lungo negli zaini. Chissà come sarebbe stato avere una figlia, magari lei sarebbe stata felice di diventare un'imprenditrice.

Sedette anche lui con i piedi penzoloni e appoggiò le mani dietro la schiena. Rimase così per un po', voglio insegnare filosofia. Sentì uno spillo all'altezza della gola, gli occhi inumidirsi, «Ragazze, me la offrireste una sigaretta?».

Papà ho deciso di lasciare l'azienda.

Steu era pronto per la boccata che lo attendeva da quarant'anni.

31 luglio 1986

Steu ne aveva impiegato di tempo a convincere Nando, sei tu che mi hai chiesto la rivincita, non puoi tirarti indietro. Steu, ti ho sfidato in un'altra vita, sono al mondo perché mi esce il respiro, mica per altro. Dài Nando, chi arriva primo a Superga, chi arriva primo a Superga quarantasette anni dopo: «C'è qualcosa di più bello di vedere due vecchi campioni che pedalano fianco a fianco verso la basilica?».

Nando aveva ripreso ad allenarsi tre volte alla settimana, non di più, a una certa età i tempi di recupero sono lunghi come l'anno della fame. Faceva sempre lo stesso percorso, usciva il mattino presto e attraversava il ponte Regina Margherita e si dirigeva verso la collina, a volte faceva la salita del Pino Nuovo, altre quella del Pino Vecchio. Quando la gamba girava meglio del solito provava a salire a Superga, ogni volta uno strazio di fatica e pensieri, da ragazzo cercavo la bella morte, ora che avrei un buon motivo per salire sulla Mole Antonelliana e buttarmi giù, niente, non ne ho il coraggio. Poi arrivava all'ultimo tornante prima della basilica, una vecchia cooperativa, gli piaceva scendere di bicicletta e prendere il caffè e sedersi fuori a guardare Torino dall'alto, era uno dei pochi momenti per cui valesse ancora la pena vivere.

Perdere peso era stata un'impresa, a stare davanti alla tivù si diventa pachidermi, ma dopo qualche mese di sacrifici era riuscito a smaltire una decina di chili e a scendere sotto la soglia critica degli ottantacinque. Steu no, passavano gli anni ma rimaneva un fascio di nervi, un po' di pancia ce l'aveva anche lui, ma era innocua, non inficiava l'agilità di cosce e polpacci: «Sono sfavorito, Steu, hai un altro fisico, hai sempre avuto un altro fisico, è questione di natura».

«Niente scuse, non dimenticare che io mi alleno solo di domenica, mica come te che sei un pinotto in pensione che può fare tre uscite alla settimana.»

Avevano deciso di sfidarsi a fine luglio, sarebbero partiti presto per evitare il caldo.

Stefano, prima di uscire, si era fatto la bomba di zucchero e caffè e aveva salutato Fernanda: «Torno vincitore». Lei gli aveva detto di fare attenzione, «Non hai più l'età», lui la sera prima aveva raccontato della sfida anche ai figli: «Gli farò nuovamente mangiare la polvere».

Nando, invece, non l'aveva detto a nessuno perché non aveva più nessuno. Piera era salita in valle appena finito con l'università, ormai c'era sempre meno, e quando c'era era come non ci fosse. Taceva quasi sempre, fumava, ogni tanto diceva sciocchezze, robe da bambina, lampi innaturali che per qualche attimo rischiaravano le tenebre della sua vita.

L'appuntamento era sotto casa di Steu, Nando era già lì alle otto di mattina. Steu sbucò dalla rampa del garage e trovò ad attenderlo un naso a gancio su un corpo da figurino, «Dio cristo se sei in forma», nell'ultimo mese si erano soltanto sentiti al telefono, «Ti è venuto un fisico da grimpeur».

Le braghe da ciclista di Steu evidenziavano la copia sbiadita ma ancora forte dei polpacci che un tempo avevano fatto vedere i sorci verdi a tutti gli scalatori d'Italia. Fece cenno a Nando che potevano partire.

Era chiaro, sarebbe stata una passeggiata fino all'inizio della salita, solo allora avrebbero iniziato a scannarsi.

C'era traffico per strada, troppe macchine e troppe moto, biciclette rare come Gronchi rosa. Nando pedalava ingobbito, gli occhi erano due cerchi spenti, indossava il proprio dolore come un paltò.

All'altezza del Valentino, Steu gli chiese come andassero le cose con Piera, Nando scrollò le spalle: «Non vanno, siamo due fantasmi che ogni tanto vivono sotto lo stesso tetto, non avevamo nulla da dirci prima, pensa adesso che se n'è andato l'unico motivo che ci teneva assieme». Gli raccontò che stava meglio quando lei era in valle, come in quest'ultimo mese, la sua presenza lo faceva sentire inutile e colpevole: «Mangiamo solo cibo confezionato, negli ultimi tempi ha anche preso a farsi spinelli, è radicale dalla testa ai piedi, ma è soltanto una scusa per stordirsi, ha una buona ragione per farlo».

Steu era in difficoltà, cosa si può dire a un padre che ha perso la figlia? Nulla, soltanto ascoltarlo. «Lascia tempo al tempo» disse.

Nando fece un sorriso caustico: «Cosa vuoi capire tu? Cosa parli? A te brucia che Remo ha deciso di abbandonare l'azienda, a noi è bruciata una figlia».

Steu si abbassò sul manubrio, poco più in là disse che era bello tornare a pedalare insieme.

Passarono davanti a un ristorante che si chiamava Muletto dove si mangiava un bollito da leccarsi le dita. Proprio lì, tanti anni prima, in un Giro del Piemonte, Serse Coppi, il fratello del Lampione azzurro, aveva infilato la ruota in un binario del tram, era finito a terra e dopo qualche ora era morto in ospedale, «Serse, che brutta fine» disse Steu.

«Vita bastarda» disse Nando.

«Credi ancora in dio?»

«Sì.»

«Ti serve pregarlo?»

«Non so.»

«Dio ha un solo alibi, non esistere.»

«Dio esiste» disse Nando. Fece qualche altra pedalata, «Ma me l'ha fatta grossa, è lui che deve chiedere perdono a me, non io a lui».

Poi disse che comunque l'inferno se lo meritava tutto, prima o poi gli avrebbe raccontato una cosa orribile che aveva fatto in guerra: «Solo tu saprai, è da quarant'anni che quando ci penso mi vengono i sudori freddi e mi manca il respiro. A volte penso che dio ha bruciato Sabrina per farmela pagare».

«Non oggi, oggi pensa a spingere.»

Ancora qualche centinaio di metri e sarebbe iniziata l'ascesa a Superga, Nando disse di non prenderla subito, di proseguire oltre, arrivare fino alla rotonda e poi tornare indietro: «Al Gran Premio Fiat l'avevamo presa da sinistra, che lotta per accaparrarsi i posti di testa, ricordi? Dài, facciamo tutto come fosse un secolo fa».

Steu fece sì: «Come fosse un secolo fa».

Nando disse: «Che bei tempi, ci credevamo immortali».

Steu disse: «Eravamo immortali, se alla morte non pensi la morte non c'è». Gli raccontò che proprio dove adesso c'è la rotonda aveva detto a Remo che avrebbe attaccato prendendo tutti in contropiede.

«Non avevi fatto i conti con me e con Fausto Coppi.»

«Accostare un paracarro al più grande corridore di tutti i tempi... Non ti vergogni?»

Nando scoprì i suoi grossi denti, che bello vederlo ridere, Steu voleva vincere, era quello l'obiettivo della sfida, ma metterlo di buon umore non era un successo da poco: «Remo aveva storto la bocca, Steu rischi di piantarti, il primo chilometro è troppo duro, ma io ho fatto di testa mia, come sempre, e Remo è stato bravo a coprirmi le spalle, povero fridèl».

Adesso era meglio risparmiare il fiato, la strada cominciava a salire. Ecco la basilica, cristo se è lontana, è più lontana del solito, mi sa che l'hanno spostata, «Eh già, l'hanno spostata».

Poi Steu rise.

«Cos'hai da ridere?»

Steu fece quello che aveva fatto quarantasette anni prima, accelerò, prese la curva alzandosi sui pedali, Nando gli urlò bastardo, anche lui si alzò sui pedali e provò a reggere il ritmo ma risedette dopo pochi metri, era troppo grosso per rispondere all'attacco, doveva proseguire del suo passo, prima o poi lo avrebbe ripreso, quel figlio di puttana.

Steu svoltò a sinistra e il negozio di ferramenta davanti al quale aveva visto Rina non c'era più, chissà da quanto tempo, al suo posto una yogurteria, mai mangiato uno yogurt in vita mia, il mondo sta diventando brutto, o forse no, siamo noi che siamo solo dei reduci. Va' Stefanin, la voce della sorella, Steu la sente adesso, mica un secolo fa, vede sporgersi dalla folla la sua testa cotonata e fa come se fosse tutto vero, disegna la parabola e sfiora Rina e grida «Andiamo a vincere».

Nando sbuffava, la bicicletta dondolava a destra e sinistra, sembrava stesse trascinando un tir. Steu accelerò ancora. Spinse, ma ben presto si accorse che l'idea di aumentare la velocità era soltanto nella sua testa.

Sentì un gusto amaro salirgli alla bocca, il cuore andare fuori giri. Non poté fare altro che decelerare, tornare a sedersi, si diede del piciu, mi riprenderà e mi lascerà sul posto. Nando lo riprese, gli rise in faccia: «Dove credevi di andare? Mettiti alla mia ruota e sta' brau».

Nando aveva ragione, sta' brau, temporeggia, recupera fiato e vedi cosa accade. Nando lo riprese, ma non provò ad andarsene, sapeva che l'unica sua possibilità di vittoria stava nella continuità, nessuno scatto spaccagambe, avrebbe macinato un metro dopo l'altro fino alla basilica senza mai cambiare andatura.

Eccoli su un tratto durissimo, Nando e Steu erano al limite, trascinavano le ruote e il telaio e il manubrio, sembrava tutto inutile e invece no, il falsopiano arrivò, i due finalmente respirarono, Steu bestemmiò l'età.

«È questo il punto dove ti ho visto arrivare, avevi una maglia verde che faceva ridere, da dove saltavi fuori?» disse Steu.

Nando continuò a fare l'andatura, stava risparmiando ogni molecola d'ossigeno per non essere costretto a rallentare. Svoltarono e la salita tornò a picchiare, Steu bestemmiò di nuovo. Nando sputò. Poi arrivarono tre ragazzi in volo, danzavano su biciclette meravigliose, andavano a velocità doppia, quello che chiudeva la fila si voltò e mostrò il pugno invitandoli a tenere duro: «Forza nonni». Nando avrebbe dato qualsiasi cosa per avere con sé un moschetto, abbatterlo, vederlo moribondo a bordo strada.

Steu superò Nando e provò ad aumentare l'andatura, il contachilometri gli diede ragione, stavano salendo ai dodici all'ora, due chilometri in più del ritmo imposto da Nando. Un nuovo tornante, è lì che il Lampione azzurro se n'era andato, «Ricordi? Ci ha detto ciao, mi vadu».

Steu riuscì a mantenere la velocità costante, Nando non poteva reggere un ritmo così. Decise di spingere senza voltarsi, quando lo farò, vedrò la sua sagoma rimpicciolita a valle. Prese un nuovo tornante alzandosi sui pedali, risedette quasi subito, ma ne era certo, quello strappo era stato una picconata sulle gambe di Nando. Trecento metri di rettilineo e poi un'altra curva a tutta, ora mi volto e Nando non c'è più.

Un paio di palle, era tutto come un secolo fa, Nando sbuffava e digrignava i denti ma continuava a stargli attaccato, la sua ruota anteriore a sfiorargli quella posteriore. Steu lo maledisse, ma in tutto questo c'era qualcosa di meraviglioso, non era cambiato nulla rispetto a quarantasette anni prima, soltanto la velocità.

Steu sentì le forze svanire, fu costretto a rallentare, fece segno a Nando di dargli il cambio, Nando fece no con la testa, non ce la faccio più, il suo fu un rantolo, pedalava a bocca aperta, quasi zigzagava. Steu pensò che poteva essere il momento giusto per andarsene, ma chi è stato un corridore professionista sa che i bluff sono all'ordine del giorno; e se fosse un trucco di Nando per farmi scattare e scoppiare? Sprinterò soltanto all'ultimo tornante, lì non ci sarà più spazio per alcun inganno.

Si voltò un'altra volta per guardare Nando, all'improvviso provò una gran tenerezza, era il mastino di sempre, quel cavolo di naso a gancio, a te brucia che Remo ha deciso di abbandonare l'azienda, a noi è bruciata una figlia. Guardalo: sbava, si dimena, guaisce, ma non perde la ruota.

Alla basilica mancavano ancora due chilometri, un'eternità, avevano speso troppo, forse si erano sopravvalutati, forse avrebbero fatto meglio a concordare una sosta per prendere fiato, ma non si è campioni per caso. Finalmente un breve tratto di discesa, i due si guardarono, Steu fece una smorfia che poteva essere un sorriso: «Dài, che ci siamo».

Nando annuì, fu un patto tacito, non facciamoci la guerra. Per entrambi ora l'obiettivo era uno solo, arrivare in cima. Solo una cosa è peggio di perdere, mettere il piede a terra. Procedevano lentissimi, li superavano tutti, i ragazzi e i quarantenni e gli amatori di cinquant'anni. Ogni volta che qualcuno li raggiungeva, Steu e Nando rispondevano con un'occhiata di disprezzo, cosa guardi con quella faccia da piciu? Neanche immagini chi eravamo, ti avremmo dato un'ora di distacco.

Cosa sta facendo Nando? Perché si è alzato sui pedali? Perché ora mi affianca e mi guarda con quel ghigno? Me lo sentivo che faceva cinema, vuole farmi vedere la sua schiena da orso che se ne va, è da una vita che cova la vendetta, ci sono cascato.

Dopo aver raggiunto Steu, Nando scattò. Anche lui era in riserva, ma cos'aveva da perdere? E se anche mi venisse un ictus e stramazzassi a terra? Chissenefrega. Non c'è più nessuno ad aver bisogno di me, anzi, sai cosa ti dico? Sarebbe un sogno accasciarsi al suolo e chiudere gli occhi per sempre, voglio morire così, in fuga.

Steu non ci capì più nulla, le forze erano esaurite, gli tornò alla mente la corsa di un secolo fa, anche quella volta Nando scattò prima dell'ultimo tornante per poi farsi riprendere nel rettilineo finale e superare sul traguardo. Nando insisteva sui pedali, non poteva rimanerci per molto, tieni duro Steu, tieni duro ancora una manciata di secondi, vedrai che si risiede. No, Nando non si risiede, si arrampica sull'ultima curva e imbocca il rettilineo finale. Steu non può più attendere, risponde, vada come vada, ci penserà Remo a mandare avanti la baracca, non posso lasciar scappare Nando, non posso. Raccolse le ultime stille di energia, si alzò sui pedali e spinse come non credeva più di essere capace, il distacco diminuì, otto metri, sette, sei, quattro, due metri, Nando si voltò e lo vide rientrare e si lasciò cadere sulla sella, con la mano sinistra gli fece segno di passarlo: «Mi hai fregato di nuovo, sei più forte».

Steu, ora che all'arrivo mancano soltanto duecento metri e il suo avversario ha dichiarato la resa, potrebbe proseguire sullo slancio e chiudere in solitudine, Nando se lo meriterebbe, a un chilometro dall'arrivo ha tradito il tacito accordo di non belligeranza. Se lo meriterebbe, ma la sua ammissione, sei più forte, basta e avanza; perché infierire?

«Vai a vincere» disse Nando.

Steu disse no, è stata una grande sfida e può finire in un solo modo.

«Quale?»

«Come LeMond e Hinault dieci giorni fa sull'Alpe d'Huez.»

«Insieme al traguardo?»

Le due biciclette quasi si sfioravano, erano pronti a percorrere gli ultimi cento metri di gara della loro vita.

«Facciamo finta che la linea sia dove finisce l'asfalto e inizia il pavé» sfiatò Nando.

Steu disse «Va bene».

Mancavano cinquanta metri, quaranta. Nando disse: «Però anche così ci sarà sempre uno che arriva prima dell'altro, magari di pochi centimetri, è impossibile arrivare proprio alla pari».

«Una soluzione c'è» dice Steu.

«Quale?»

«Quando tagliamo il traguardo non guardiamo per terra.»

Ancora venti metri, dieci metri. Steu prese la mano di Nando, gliela sollevò in alto.

«Adesso» disse Steu.

«Adesso cosa?» disse Nando.

«Guardiamo il cielo.»

26 luglio 1993

Era uscito dal suo ufficio poco dopo le diciassette, Torino frullava nel caos, Steu aveva svoltato verso la collina e ora saliva liscio.

Cosa nascondevano tutti quei cancelli fioriti? Piscine e camerieri e cani di razza a fare da guardia? Fernanda glielo diceva sempre, mi piacerebbe vedere dentro il cancello di una villa. Anche per lui era la prima volta, e sarebbe stata una prima volta da re, tutti in fila a leccargli il culo. Potevi portarla con te, se tu sei il re, Fernanda è la regina, dalla roulotte sulla Stura in cui viveva quando è arrivata da Adria a essere la moglie di un industriale, anche lei ne ha fatta di strada. No, hai fatto bene a non portarla, non ha mai voluto né la lavastoviglie né la cucina americana per evitare di sentirsi in colpa, figurarsi in villa davanti a quei ricconi, si sarebbe vergognata, fare soldi non cambia il carattere.

Dottore, la attendiamo in villa alle 18, aveva detto così l'ingegner Costa, strada comunale di Cavoretto, la grande cancellata in ferro battuto, ci penseranno le fotocellule a farla entrare. Sarebbe arrivato fino alla piazza del paese e avrebbe parcheggiato imponendosi di attendere fino alle 18.15, un quarto d'ora di ritardo e faccio la mia figura.

La radio disse: *La Democrazia cristiana è uscita di scena. Il partito che ha governato ininterrottamente il Paese fin dal Dopoguerra chiude i battenti. L'assemblea ha deciso oggi di dar vita a un nuovo soggetto politico di ispirazione cristiana che si chiamerà Partito popolare italiano.*

Steu appoggiò il braccio al finestrino e se la rise, cosa avrebbe dovuto ancora vedere prima di morire? L'arrivo dei marziani? Le automobili sfrecciare in cielo? I comunisti alla Casa Bianca?

Scese dalla Thema ed entrò nel bar della piazza, ordinò un Fernet, ci stava anche un amaro in pieno pomeriggio. Non fosse stato per Remo non sarei qui, ma è giusto così, i giovani devono fare la loro vita. Pensò di uscire in strada e chiedere una sigaretta ai ragazzi seduti sui dondoli, mica male fumare nei momenti salienti della propria esistenza, sarà la mia ultima sigaretta, cosa potrà accadermi di importante da domani in poi? Un infarto? Un cancro?

Lasciò perdere, niente sigaretta, andiamo in villa, andiamo nella villa dell'ingegner Costa.

Attese le fotocellule, poi infilò il vialetto ghiaioso in un tripudio di petali e boccioli colorati e parcheggiò a fianco di altre automobili di gran taglio. Lo accolsero due cani atletici dal collo luccicante. Nel grande giardino avevano predisposto uno schieramento di gazebo e tovaglie bianche, era tutto pronto per il buffet, alcuni uomini stavano discutendo davanti a un tavolo imbandito.

Una domestica in divisa nera e grembiule bianco gli andò incontro per dargli il benvenuto, un mezzo inchino: «Chiamo subito l'ingegnere».

Steu si sistemò la cravatta blu a ghirigori bordeaux e si lisciò il principe di Galles, cos'è questo principio di batticuore?

I cani, intanto, lo annusavano composti, erano bestie abituate a ricevere visite, a vivere da padroni, nulla a che fare con Pinot.

La Mole in lontananza, un sole grasso e calante a riflettersi sull'acqua della piscina, due bambini che si tuffavano dal trampolino. Steu incrociò le braccia dietro la schiena, l'espressione incantata, non riuscì a trattenere un moto di stupore: doveva ammetterlo, ammirava la ricchezza.

«Benvenuto.» Si fece avanti l'ingegner Costa, altissimo ed elegantissimo nel suo abito di lino carta da zucchero, i capelli brizzolati e i gemelli d'oro ai polsini della camicia.

L'ingegnere fissò l'orizzonte, affondò le mani nelle tasche e prese a dondolarsi sulla schiena, disse che Torino è bellissima, poterla contemplare dall'alto ogni giorno è un privilegio per pochi, si rendeva conto di essere un uomo fortunato.

Costa e Steu si unirono a un gruppetto di signori in grisaglia. Parlavano del pool di Mani Pulite che esagera, della gente che si fa saltare le cervella. Steu sapeva cosa significa finire al gabbio, ma davanti alle tartine di caviale e a tutti quei camerieri che continuavano a girargli attorno provava disagio e si limitò a poche parole di circostanza.

E invece quelli ancora con Di Pietro e i suicidi e soprattutto la fine della Dc. Era però ora di chiudere.

La trattativa andava avanti da un pezzo; la Balestrini, un'azienda del gruppo Fiat, voleva l'Aric, compriamola e i fanali di ricambio ce li faremo noi. Inizialmente Steu aveva opposto un rifiuto netto e risentito, alla Fiat mai; poi, con il tempo e le insistenze sempre più pressanti dell'amministratore delegato Costa, aveva accettato di trattare. Sempre in Aric, sempre giocando in casa, gli incontri si erano susseguiti per tutto l'ultimo anno. Ogni volta Costa si era presentato a San Mauro accompagnato da una schiera di professionisti, la stilografica calda per firmare l'accordo.

Steu no, voleva fare da sé, chi meglio di lui poteva curare i suoi interessi? In un paio di occasioni aveva richiesto la presenza di Alberto Nanni, il suo commercialista di fiducia, poi stop, faccio da solo.

Di incontro in incontro si era convinto che la vendita della ditta fosse l'unica strada percorribile. Aveva trascorso una vita sommerso dai debiti trattenendo per sé e la sua famiglia soltanto l'occorrente per una vita agiata, era ora di battere cassa, mettere su un bel gruzzolo per garantire a sé e alla moglie una vecchiaia serena e consentire a Remo e Desiderio un'esistenza di lusso. Ovvio, le cose sarebbero andate diversamente se almeno uno dei due avesse proseguito l'attività, ma rivangare il passato non serve a nulla, Remo non era adatto, bella testa ma pochi coglioni, e Desiderio... Boh, Desiderio ha avuto le idee chiare sin da ragazzo, uno studiolo in periferia per curare raffreddori e diarree e via, contento lui contenti tutti. Peccato, ma del senno di poi sono piene le fosse, la verità è che ho settantatré anni e sono rimasto solo, non mi resta che vendere e chiudermi in casa a guardare i documentari sui leoni.

Si era arrivati al dunque, ma Steu voleva togliersi un'ultima soddisfazione. Dentro di sé sapeva che avrebbe ceduto, ma vuoi mettere il gusto di vederli sbiancare? Costa e i suoi collaboratori avevano brindato anzitempo, se viene in villa è perché ha deciso, è cotto a puntino.

Steu entrò nel salone, ammirò la portafinestra sulla città, il parquet di rovere, gli stucchi dorati. Sedette a un tavolo di cristallo. Lui da una parte, Costa dall'altra in mezzo ai suoi collaboratori. Che aria di duello, solo contro tutti, Steu si sentì subito a suo agio, non come in giardino.

Costa cominciò ringraziando il signor Stefano della visita. Lo riempì di complimenti, disse che erano di fronte a un grande uomo, un uomo partito dal niente e capace di costruire un piccolo impero. Steu non si schermì.

Costa concluse il suo intervento sillabando con enfasi l'ultima offerta, avevano sforato il budget ma l'Aric era un gioiello e meritava una simile follia.

Steu ringraziò per l'ospitalità, era difficile dire di no davanti a una vetrata così, con le Alpi e il fiume e la guglia della Mole a fare da contorno. Non ricambiò i complimenti perché non gliene venne in mente nessuno, ma disse che era lusingato dall'accoglienza e dalle parole che gli aveva riservato l'ingegnere.

Poi si schiarì la voce, incrociò le mani sul tavolo e guardò Costa negli occhi. Sorrise, un sorriso leggero e infingardo. Disse di aver riflettuto a lungo e di essersi deciso, l'ultima offerta lo aveva convinto, con loro l'Aric sarebbe finita in buone mani. Aggiunse che per lui non era soltanto una questione economica, ma anche una questione affettiva, aveva dedicato la vita a far crescere la sua boita.

Tutti annuirono; l'uomo a sinistra di Costa, un avvocato con i capelli impomatati, disse che soltanto un forte investimento emotivo rende possibili le grandi imprese.

Il gruppo gli diede bordone con frasi accessorie, al giorno d'oggi la gente non ama più il proprio lavoro, dobbiamo prendere esempio dai nostri vecchi, persone come il signor Stefano dovrebbero girare per le scuole a spiegare come si fa. Quando tornò il silenzio, Steu riprese a parlare con gli occhi fissi su Costa: «La vostra ultima offerta è interessante, ma non basta. Non comprate un'azienda, comprate una vita di battaglie. Voglio un premio, un bonus per la firma».

Costa allungò il collo verso Steu. Si guardò attorno, i suoi collaboratori erano attoniti. Un premio? Molte sedie si mossero, il parquet scricchiolò.

«Un premio, sì. Lo so che voi non ne potete nulla, siete giovani e non sapete, ma alla Fiat ho passato anni terribili. Avete mai sentito parlare dell'officina Stella rossa?»

Tutti scossero il capo, mai sentita nominare.

Steu allora spiegò: era l'officina di corso Peschiera in cui negli anni Cinquanta segregavano i comunisti, quegli stessi comunisti che alla fine della guerra avevano salvato la Fiat Mirafiori dai tedeschi e dai fascisti. Soprusi, maltrattamenti, isolamento, licenziamenti, rappresaglie contro i famigliari, operai che si buttavano nel Po per aver perso il lavoro.

Costa sgranò gli occhi, gli domandò se davvero intendeva chiedere un risarcimento per quanto accaduto quarant'anni prima, se conveniva con lui che non era quella la sede più opportuna per parlare di storia.

Steu rispose che non erano lì per parlare di cosa fosse opportuno e cosa no, ma per affari: «O mi date un premio personale oltre a quanto offerto o mi alzo e me ne vado».

Costa provò a replicare, gli disse che era certo sapesse anche lui che quanto gli stava chiedendo era fuori dal mondo, che le valutazioni delle aziende sono frutto di lunghe analisi.

Steu lo interruppe: «Ingegnere, lo so». E tacque, tutti a guardarlo con la bocca socchiusa, a chiedersi cosa stesse per dire, poi Steu mostrò il pollice.

Gli uomini della Balestrini si sciolsero in sospiri di sollievo ed espressioni di scampato pericolo, forse il signor Stefano aveva detto così, tanto per far sapere come una volta andavano le cose.

Steu attese che tornasse il silenzio, poi disse che gli dispiaceva, avevano frainteso, non erano a *Happy Days* e lui non era Fonzie, il pollice non voleva dire tutto ok, voleva dire uno, un miliardo.

Costa si lasciò andare contro lo schienale, gli disse che dopo un anno di trattative aveva estratto dal cilindro il coniglio del miliardo, che in realtà non voleva vendere, che se avessero acconsentito al miliardo sarebbe poi saltato fuori con una nuova richiesta.

Steu si strinse nelle spalle, sul premio personale non poteva transigere. Disse che tutto il mondo della fanaleria di primo impianto era già nelle loro mani, con l'Aric avrebbero monopolizzato anche la ricambistica. Per loro si trattava di un asset strategico, per lui di una questione di onore e di amor proprio.

Costa rispose che la Fiat non faceva trattative sulla base di elementi simbolici, la Fiat non era un ente benefico, ma un'azienda le cui acquisizioni erano fatte a valore di mercato: «Cosa diremo a chi sta sopra di noi? Che il prezzo è cambiato all'ultimo istante perché il titolare dell'Aric vuole farsi riconoscere un indennizzo per i torti subiti nel Dopoguerra?».

Steu rispose che non era un problema suo, la conosceva quella storia, «In Fiat c'è sempre qualcuno che sta sopra, se voi siete dei portaborse fatemi trattare con chi di dovere».

Costa drizzò le spalle, disse che non era il caso di diventare offensivo, stava parlando con l'amministratore delegato della Balestrini, la sua azienda faceva parte di un grande gruppo ed era ovvio ci fosse qualcuno cui riportare.

Steu si alzò lentamente, disse che toglieva il disturbo, era un peccato fermarsi a pochi metri dal traguardo. Porse la mano a Costa. Che godimento vedere il terrore sul volto di quei burattini, erano sicuri che il pesce fosse nella rete, invece oplà, il pesce era saltato fuori.

Anche Costa si alzò, ma non gli tese la mano, gli chiese di lasciarli soli, avrebbero cercato di capire se e come proseguire la trattativa.

Steu disse che potevano prendersi tutto il tempo che volevano.

«Un quarto d'ora e siamo da lei. Nel frattempo ci attenda in entrata. Per qualsiasi cosa può chiedere a Nelida.»

Steu uscì dalla stanza. Erano almeno trent'anni che qualcuno non lo invitava ad attendere in sala d'attesa, dai tempi in cui faceva il rappresentante e capitava dovesse aspettare ore prima di essere ricevuto.

Si fermò davanti al grande specchio dell'ingresso, si sistemò il nodo della cravatta, si vide smagrito, pallido, affogato nel principe di Galles. Fece una smorfia alla sua figura rinsecchita, la testa è rimasta quella del figlio di puttana, il corpo è diventato quello di un vecchio. Uscì in giardino, si avviò alla Thema, Nelida gli arrivò da dietro, «Dottore, tutto bene?». Steu le disse che era tutto perfetto, di aprirgli il cancello e di riferire all'ingegnere che lo ringraziava per l'ospitalità, ma le attese non facevano per lui. Nelida non capì, gli chiese di ripetere. Steu le fece un gesto per dire sciocchezze, nulla di rilevante. Salì in macchina, percorse il ghiaietto a ritroso e infilò la musicassetta di Frank Sinatra, la sua voce calda e potente lo faceva sentire in testa al gruppo, tutti a inseguirlo.

26 giugno 1996

Remo e Desiderio le regalarono un foulard di Hermès, lo sfondo blu e i pavoni dorati e i disegni a spirale. Spesero un capitale, ma ne valeva la pena, compiva settant'anni e da qualche tempo il suo umore era di nuovo sulle montagne russe, chissà che tutti quei pavoni le restituissero un po' di brio. Stefano no, non le regalò nulla, da quando aveva venduto l'azienda viveva segregato nel suo studio e trascorreva le giornate a guardare documentari, trasmissioni sportive e vecchi western. Un pranzo a Saluggia la domenica dopo, quello sì, sarebbero andati a pranzo in un ristorante dove cucinavano una panissa da sogno. I ristoranti, erano quelli gli unici regali di cui fosse capace, regali che rendevano più felice lui di lei e lo facevano sentire con la coscienza a posto, «Che vita da signora ti faccio fare».

Per Fernanda il regalo più bello arrivò alle tre di pomeriggio, fu un suono secco del citofono.

«Chi è?»

«Piera.»

«Piera?»

«Piera Pelissero in persona. Tanti auguri!»

E Fernanda: «Che sorpresa! Che bello! Vieni su».

Si sentivano a Pasqua e Natale, ma non si vedevano da quando Piera aveva deciso di tornare a vivere in valle.

Piera salì e l'abbraccio si consumò sul pianerottolo.

«Avevo voglia di vederti, ti sogno sempre» disse Piera.

«Anche io avevo tanta voglia di vederti.»

Piera non era più né Grace Kelly né nessun'altra attrice famosa, aveva sessant'anni ma ne dimostrava di più, la pelle come un vetro crepato e i capelli cortissimi, una spazzola grigia.

«Come sei bella» disse Fernanda.

«Anche tu» disse Piera.

«Sono vecchia e cicciona» disse Fernanda.

«Non dire sciocchezze» disse Piera, e mentre lo disse estrasse dalla tasca della sua giacchetta color crema un pacchettino nero: «Buon compleanno» e si mise a saltellare sulle punte, come una bambina.

Fernanda sciolse con fatica il nastro rosso e dentro il pacchetto trovò due braccialetti in pelle intrecciata, sul più piccolo era scritto Sofia, sull'altro Fernanda.

Fernanda disse che bella idea. Piera disse: «È donna lei come sei donna tu, staremo mica a sottilizzare su settant'anni di differenza?». Poi guardò Fernanda con occhi scaltri: «Sono qui per il tuo compleanno e per dare il benvenuto alla piccola».

Fernanda fece un gesto delle mani come per dire tante cose insieme, è una peste, è una bellezza, non ci speravo più.

Remo e Marcella le avevano dato una nipotina. Sette mesi prima. Fernanda era felice, confusa. Piera si affacciò sulla carrozzina, «Che splendore» disse.

«Il lunedì e il mercoledì tocca a me, Marcella è tutto il pomeriggio a teatro.»

«Sofia assomiglia a Sabrina» disse Piera come in una scossa di paura.

Fernanda rimase spiazzata: «Vado a mettermi su qualcosa». C'era il sole, potevano scendere a fare due passi.

«E Stefano?»

Fernanda rispose che era in banca, da quando aveva venduto l'azienda andava in banca un giorno sì e uno no.

Piera rise: «Come sta?».

«Come vuoi che stia un uomo che non ha più niente da fare? Passa il tempo a ricordare il passato, a parlarmi del suo fridèl e della bici, di quando era ragazzo e delle avventure in Francia con Nando. È pieno di fisse, sai come sono i maschi, più invecchiano e più diventano cretini.»

«E la politica? Dovrebbe essere contento che ha vinto l'Ulivo.»

«Dice che è tutto una gran delusione, che il comunismo ha tradito gli ideali della sua vita. Da quando non c'è più il Partito comunista ha smesso anche di votare.»

Si infilarono in ascensore con la carrozzina.

Corso Traiano era un affresco di platani e pensionati meridionali, in lontananza la palazzina della Fiat Mirafiori non faceva più né paura né emozione, un monumento al secolo, nient'altro.

Piera fece brum brum spingendo la carrozzina. Fernanda pensò che forse la tragedia le aveva fatto questo effetto, tornare bambina per prendere il posto della figlia perduta.

Poi Piera disse che era stata da Nando una settimana prima, lo andava a trovare una volta al mese: «Mi fa una gran pena, il Parkinson è la conseguenza di quello che ci è accaduto, è come se avesse iniziato a tremare quel pomeriggio e non avesse più smesso. Meno male che la malattia non ha intaccato la parola, è ancora autonomo, va una donna per il pranzo e le pulizie». Chiese a Fernanda come mai Stefano non ci andasse mai, ci terrebbe, mi ha detto che saranno due anni che non si vedono.

«Sai com'è fatto Stefano» rispose lei, «era un orso a quarant'anni, pensa adesso. Parla spesso di Nando, ma schiodarlo da casa è un'impresa, solo il ristorante, io e lui, lui e io, e i figli quando vengono a trovarci. Lui non lo ammetterebbe mai, ma il fatto che nessuno dei due ragazzi abbia continuato l'attività gli ha dato una botta pazzesca, pover'uomo, dopo tutto quello che ha fatto...»

Piera disse: «È un peccato che non si vedano più, Nando ha soltanto me e lui».

Fernanda sistemò la copertina di Sofia. Piera le raccontò che da qualche tempo Nando ripeteva spesso che doveva raccontare una cosa a Stefano, una cosa dei tempi di guerra, una cosa che soltanto dopo avergliela detta poteva morire sereno. Le chiese se ne sapesse qualcosa. No, non ne sapeva nulla, Stefano non aveva mai raccontato niente della Russia.

Anche Nando era sempre stato restìo a raccontare della legione Tagliamento, diceva soltanto che erano morti quasi tutti e poi aggiungeva «Chissà perché io no».

«Perché sei venuta fin qui?» fece Fernanda. «Bastava che mi chiamassi, potevamo vederci in centro o da qualche altra parte, sono ancora capace di prendere un pullman, mica sono decrepita.»

Conoscere Sofia e festeggiare il compleanno della sua amica Fernanda le erano parsi due ottimi motivi per fare pace con Torino. Così disse Piera: fare pace con Torino.

Poi, in vista del bar Costarica, disse: «Dimmi di te». Fernanda si schiarì la voce, avrebbe voluto dirle che aveva ripreso con gli ansiolitici e con gli antidepressivi, forse avere in casa Stefano tutto il giorno, forse l'età, da un anno circa le erano tornati i brutti pensieri, la morte, la paura degli incidenti, quel senso di burrone che le stringeva lo stomaco ogni volta che apriva gli occhi e si rendeva conto di dovere affrontare una nuova giornata. Avrebbe voluto dirle tutto questo e altro ancora, Piera era la donna più intelligente che avesse mai conosciuto, era sempre stata in grado di capirla, ma non disse nulla, cosa poteva dire a una donna che in ogni vetrina vedeva l'immagine della figlia morta? Nella vita ci vuole pudore, il solo fatto che fosse riuscita a sopravvivere meritava il massimo rispetto, al suo posto non ce l'avrebbe fatta, si sarebbe gettata dal balcone, lo diceva sempre a Stefano. E allora disse: «Tiro avanti, ci sono giorni sì e giorni no, Sofia mi ha dato una bella spinta, quando me la lasciano sono contenta». Sembrò chiudersi in una pausa dalla quale uscì con un'ammissione rassegnata, quasi amara: «Mi permette di tenere la testa occupata».

Piera disse che Sofia era come Desiderio, anche la nascita di Desiderio le aveva salvato il culo, «Il culo, sì». E rise. Anche Fernanda rise, non si era scordata che a Piera piaceva parlare sboccato.

Tornarono serie. Piera disse: «Sogno sempre che siamo al cinema, il film è finito e tutti se ne stanno andando, Nando e Stefano sono spariti, mi dici di dare uno sguardo a Desiderio, tu devi andare in bagno. Poi esci e mi dici eccomi qui e io mi accorgo che manca Sabrina, come ho potuto dimenticarmi di lei? E allora io e te ci mettiamo ad andare su e giù per la platea, nei corridoi, dappertutto, Sabrina non c'è più. Tu mi dici di stare tranquilla, si sarà senz'altro aggregata agli uomini. Dici proprio così, aggregata. E allora mi tranquillizzo, ti prendo per mano e insieme ci incamminiamo verso l'uscita».

Fernanda disse: «È stato destino, un destino schifoso». Poi si soffiò il naso; la storia del sogno le aveva fatto venire una gran voglia di piangere. Perché Piera non era rimasta sui monti? Cosa le era saltato in mente di venirla a trovare?

Eccole al Costarica, il cameriere arrivò con troppa sollecitudine. Piera disse «Quanta fretta». Il giovane si aggiustò il papillon nero e si scusò, «I giovani, ho passato la vita insieme a loro ma non li posso più sopportare».

Fernanda non era d'accordo, a lei i giovani piacevano, le facevano una gran nostalgia, «Ogni età ha la sua bellezza». Poi le chiese come andassero le cose in paese. Piera disse che tutto procedeva a gonfie vele, la vittoria del centrosinistra alle elezioni politiche aveva dato un impulso anche alle comunità locali. Stava lavorando a un sacco di progetti, la ristrutturazione degli impianti da sci, l'ampliamento della biblioteca comunale, l'idea di organizzare nuovi eventi sul territorio, insomma non aveva un attimo per respirare, l'insegnamento non le mancava, finalmente poteva dedicarsi anima e corpo alla politica, l'unica vera passione della sua vita.

Ordinarono cioccolate con panna. Fernanda si sporse in avanti e le chiese se avesse qualche simpatia.

«Simpatia?»

«Sì, un amico, qualcuno con cui farsi compagnia.»

Piera scrollò il capo, come le fosse stata chiesta la cosa più strampalata del mondo. Disse che non era fatta né per il sesso né per il sentimentalismo, anche da ragazza non erano mai stati una sua priorità. Poi abbassò il tono della voce e fece segno a Fernanda di avvicinarsi ancora di più. «Adesso ti racconto una cosa.» E le raccontò che qualche mese prima aveva provato a farsi piacere un bibliotecario, erano usciti un paio di volte a cena e poi era scattato l'invito a casa: «Arriviamo e mi offre un bicchierino di cognac. Stiamo un po' a chiacchierare sul divano e poi lui mette una cantata di Bach e dice l'arte *mon dieu* con aria sognante. E mentre dice l'arte *mon dieu* si leva i pantaloni e le mutande e viene verso di me e mi porge la mano. Gli ho riso in faccia e gli ho detto a mai più».

Fernanda rise come quando una cosa la faceva ridere sul serio. Per farla ridere ancora di più, Piera disse che il bibliotecario aveva il pisello come una lumaca. Fernanda mise il dito davanti alla bocca, «Sssh! Non mi far fare figure».

Ecco le cioccolate con panna, che meraviglia! Una meraviglia di scarsa durata. Il cameriere inciampò, panna e cioccolato schizzarono sulla giacchetta di Piera. Un delirio. Piera non volle sentire ragioni, era fuori di sé, inchiodò il titolare al muro. Il cameriere si ripresentò al tavolo con spugna e smacchiatore, lei neanche gli rivolse lo sguardo.

A Fernanda era venuto il batticuore, non era sempre stata lei la protettrice dei più deboli?

Piera disse: «Nando ha ragione, l'incompetenza va punita». Non vedeva l'ora di uscire di lì, riaccompagnare Fernanda a casa e riprendere la strada della valle, non era stata una buona idea tornare in corso Traiano.

Se ne andarono presto, si era levato un vento tiepido. Sofia dormiva. Piera, con la faccia buia, tornò indietro. Rientrò nel bar e uscì poco dopo: «Ora possiamo andare».

«Avevi dimenticato qualcosa?»

«No, ho chiesto scusa al ragazzo.»

Fernanda disse: «Capita di perdere la pazienza».

Piera fece un gesto come per dire che non ne voleva più parlare: «Come stanno le tue sorelle?».

Fernanda scrollò le spalle: «Stiamo diventando delle vecchiette».

Poi passarono in rassegna i vecchi negozianti del quartiere, avevano tutti chiuso o venduto. Bianchetti è tornato nelle Langhe, il cartolaio è morto, Curletto è andato in pensione, ormai facevano la fame, il Pam si è mangiato tutto. Poi non ebbero più molto da dire, Piera cacciò le mani nelle tasche dei pantaloni, la spazzola grigia dei capelli e la magrezza eccessiva e la camminata trascinata, più che invecchiata a Fernanda parve avesse perso ogni traccia di femminilità. Camminava con i piedi buttati in fuori, un adolescente annoiato, in lite con il mondo. Fernanda pensò che forse vivere in solitudine non era stata la scelta giusta.

«Non ti sei mai pentita di aver lasciato Nando?»

Piera sollevò il capo, guardò Fernanda con i suoi occhi opachi ma ancora acuti: «Mi trovi triste?».

Fernanda disse: «No, dicevo così, me lo sono sempre chiesto».

«No, non mi sono pentita. Non potevo fare altro, ho deciso di vivere il mio dolore in solitudine, senza dover sbattere ogni giorno contro lo specchio dell'immagine di Sabrina. Nando e Torino erano diventati questo. Non che in valle l'immagine di Sabrina non mi sia incollata agli occhi, ma vedo anche altro, le montagne, la neve, gli animali, la fontanella della piazza, il campanile della chiesa, un mondo solo mio. Questo mi ha aiutato. E poi Fernanda...» Piera abbassò la testa per cercare le parole giuste. Alzò gli occhi verso un punto imprecisato oltre i palazzoni di corso Traiano: «Siamo tutti infinitamente soli anche quando siamo in coppia, non ce ne rendiamo conto, per paura preferiamo raccontarci la storia della compagnia e di quanto sia importante avere una persona cui appoggiarsi, ma una tragedia come quella che è capitata a me e Nando smaschera la finzione». Piera fece un gesto come per dire che aveva trovato, ecco cosa intendeva dire, strinse il pugno: «Sono diventata perfettamente egoista, ho deciso che per sopravvivere mi sarebbe stato molto più utile vedere il muso delle mucche che il faccione di Nando».

Fernanda disse: «Sentirti parlare mi fa bene», siamo infinitamente soli anche quando siamo in coppia.

Attraversarono via Guala, verso lo spiazzo in cui tante volte erano state con Sabrina e Desiderio, lo chiamavano il parchetto anche se non c'era un filo di verde, soltanto un paio di scivoli e l'altalena. Piera disse vieni e accelerò.

«Cosa vuoi fare? Non correre, ho la carrozzina» disse Fernanda.

Piera non rispose, allungò il passo e con la mano le fece segno di raggiungerla. Andò a sedersi nel seggiolino a cesto dell'altalena e prese a dondolarsi da sola, la gamba sinistra orizzontale e il piede destro a dare la spinta, «Vieni Fernanda, da sola non riesco a prendere velocità».

Fernanda arrivò trafelata, disse: «Tu non sei mica tanto a posto».

Piera disse: «Tu invece basta panna e cioccolato, nei prossimi giorni ti mando una dieta e vedrai che torni un figurino».

Fernanda disse che non se ne parlava nemmeno: «I dolci sono l'unica soddisfazione della mia vita», poi pensò che forse erano tutti quegli antidepressivi a gonfiarla, ne avrebbe parlato con Desiderio.

«Spingimi.»

«Robe da matti» fece Fernanda, ma quella faccenda la divertiva, le ricordava i tempi di via Feletto, quando d'estate faceva a gara con le sorelle a chi spingeva più forte. Rimboccò la copertina a Sofia, si sistemò dietro a Piera e spinse più forte che poté: *Penso che un sogno così non ritorni mai più.*

Volare oh oh lo cantarono insieme.

11 maggio 1998

Sul campanello di casa c'era scritto Aimon Ferdinando detto Nando. A Steu venne da ridere, gli capitava di rado. Pigiò e nessuno venne ad aprire. Di nuovo pigiò, questa volta più a lungo, rispose il tacchettare di una donna, passi ravvicinati. Aprì ed era Floriana, la colf rumena, tutta seno e sorrisi: «Mi scusi, ero in bagno, finalmente è arrivato, il signor Nando l'aspetta da stamattina, non ha neanche voluto mangiare, solo un brodo, dice che è l'agitazione».

«Invecchiando» disse Steu «diventiamo tutti donnette.» Floriana disse che anche suo padre era così, e pure suo nonno. Steu si pentì di non essersi limitato a un semplice buongiorno: «Dov'è Nando?». Floriana mantenne un'ombra di sorriso sulle labbra, gli fece cenno di seguirla. Nando lo aveva chiamato la sera prima, devo dirti quella cosa importante, alla nostra età c'è il rischio di rivedersi il giorno del giudizio.

Cosa ci poteva essere di così importante? Era lì perché Nando aveva ragione, alla nostra età a rimandare c'è il rischio di non rivedersi più.

Dal fondo del corridoio suonò un flebile «Steu, sono qui».

Nando era seduto su una poltrona di pelle nera, i piedi sul puff, le mani tremanti sui braccioli, il camiciotto aperto e il petto infossato. Aveva in testa una specie di coppola che non c'entrava nulla con l'estate che entrava nella stanza. Se la tolse a fatica, il vello della pecora bruna era sparito da tempo, ora peli grigi di cane, la fronte bianca. La malattia gli stava portando via tutto graziando, anzi evidenziando, i suoi tratti distintivi: il naso a gancio e gli occhi sporgenti.

«Fai bene a stare con il cappello, fa un freddo della malora» disse Steu per non farsi sopraffare dall'emozione.

Nando disse: «Sì, un freddo della malora». Poi indicò le sue scarpe da ginnastica, gli chiese se uscito di lì sarebbe andato a farsi una maratona su e giù per le colline.

Steu abbassò lo sguardo, allargò le punte: «Mi fanno sempre male i piedi». Si avvicinò, si chinò, si strinsero forte: «Ciao Nando».

«Grazie di essere qui, sono contento che sei venuto a darmi l'ultimo saluto.»

Steu si rialzò, lo mandò a quel paese con il dorso della mano: «Quale ultimo saluto, camperemo fino a cent'anni».

Nando disse: «Speriamo di no».

Steu prese una sedia con lo schienale altissimo da sotto la finestra, gli diede una pacca sulla coscia rinsecchita, poi sull'altra: «Erano due stantuffi, in salita e in pianura, mi avessi dato retta e fossi stato più coraggioso avresti vinto un sacco di corse, ho sempre invidiato la tua velocità, io in volata ero fermo».

Nando disse sarà per un'altra vita: «Nessuna guerra a toglierci di mezzo gli anni migliori della carriera, io vincerò la Milano-Sanremo e tu ti prenderai la maglia gialla». Così disse, ma senza calore, con la stessa legnosità dei suoi gesti. Anche il sorriso gli arrivava lento sulle labbra, e si spegneva subito.

Steu non ebbe cuore di chiedergli come stesse, ma fu Nando a cominciare, la sua vita era uno schifo, il formicolio alle gambe, il male al collo, dormo che è una merda e sudo tutto il giorno, e anche di mangiare non me ne frega più niente, non sento i gusti, non sento gli odori: «Dimmi Steu, che senso ha?».

Steu distolse gli occhi, questa volta niente pacche sulle cosce, posò la mano sul suo stinco ossuto, carezzò il calzino beige, non disse nulla. Aveva ragione, nessun senso e nessun margine consolatorio su cui fare leva, gli stava toccando la fine peggiore: solo, sofferente e malato. Fosse capitato a lui avrebbe chiesto aiuto ai figli, forza ragazzi, una puntura e via, Desiderio non avrebbe avuto problemi a procurarsi la fiala giusta.

Steu pensò che nonostante la malattia Nando parlava ancora bene, gli chiese se riusciva a godersi la televisione: «Sabato inizia il Giro d'Italia, vedrai che Pantani quest'anno fa la doppietta, Giro e Tour».

Uno zampillo di luce negli occhi: «Non illuderti» bofonchiò Nando, «quel ragazzo è nato con la rogna addosso, una volta il gatto che gli attraversa la strada, un'altra la Jeep che lo investe e gli disintegra la gamba, dio ha sempre un occhio di riguardo per lui». Poi tenne a precisare che continuava a credere nel padre eterno, sarebbe un'inculata colossale smettere di credergli pochi secondi prima di morire: «E se poi esiste?».

Steu disse: «Un'inculata da Toro, le inculate all'ultimo secondo, la nostra specialità».

Nando scrollò la testa, il Toro lo seguiva alla radio ma soffriva troppo, accendeva e spegneva, non ce la faceva ad ascoltare una partita per intero. Era teso, un'agitazione che andava al di là del tremore, gli occhi guizzavano nella stanza come in cerca di appigli. Doveva decidersi, raccontargli la cosa.

Floriana si affacciò in salone, disse che se ne andava, sarebbe tornata il mattino dopo.

«Va» disse Nando cacciandola con un gesto delle mani.

Prese ancora tempo, gli chiese di Remo: «È un buon padre?».

Steu stava per scivolare nella celebrazione della nipote, ma Nando gli posò la mano sul polso, «Sssh». Tacque e poi, come riprendendo un discorso già cominciato dentro di sé, disse: «Alla fine della guerra, dopo che Torino era stata liberata, non sapevo dove andare, era tutto perso, sentivo dentro una roba strana, una voce che mi diceva che non poteva finire così. Non che fossi uno dei più esaltati, lo sai, la milizia non mi ha mai affidato i lavori sporchi, dicevano che ero un cuore tenero. Ma in quei giorni ero diverso, come spiritato, e tutta quella gente che faceva festa e si dava appuntamento per vedere impiccare Solaro mi aveva messo dentro il demonio. Così una mattina mi sono svegliato e volevo fare qualcosa di memorabile. Ero sempre stato in seconda fila, anche dopo l'armistizio avevo fatto il mio, ma niente che mi facesse spiccare, niente che la gente dicesse che forte Nando Aimon, che in gamba. Quella mattina ho pensato che era una delle ultime occasioni che avevo a disposizione per dimostrare che non ero un piciu dei tanti...»

«La mattina di Solaro?»

«Sì, la mattina di Solaro.»

Steu versò l'acqua in un bicchiere smerigliato, aiutò l'amico a bere.

«Sei stanco, Nando, adesso riposa, lascia perdere, mi racconti un'altra volta. E poi a cosa serve raccontare? Quanto tempo è passato.»

Nando disse stai zitto, lasciami parlare. Steu disse va bene, gli si avvicinò ancora di più, ora poteva sentire il suo fiato di farmaci e dolore.

«Noi eravamo in trappola e Torino era in festa. Avevo dormito in uno scantinato di via Saluzzo con Augusto, un camerata di Treviso. C'erano topi e scarafaggi, da fuori venivano canti, musica, voci di morose, noi eravamo esclusi da tutto, cosa facciamo? Cosa ci rimane? Credevamo di avere in mano il mondo e siamo diventati dei sorci. Augusto diceva non possiamo arrenderci, dobbiamo combattere. Io mi ero svegliato strano, te l'ho detto. Dovevo tirare il presente come un elastico, non più duce, non più regime, era diventata una questione personale. Non avevo nessuna intenzione di fare il gregario. Augusto mi gasava, tutta la mattina a dire re bastardo, Paese di rinnegati, regina puttana. Era rosso in viso, sudava, sembrava impazzito, camminava su e giù per quei quattro metri quadri. Gli chiedo, cosa vuoi fare? Dice lavare l'onta del tradimento, riscattarci.

Senza dirci nulla, allora, ci siamo messi a smontare e pulire i fucili, e in tasca avevamo pure il pugnale, la nostra arma preferita, pugnale tra i denti e bombe a mano. Onore, fedeltà, combattimento, tutta la nostra giovinezza, via! Cancellata. Come avremmo potuto tornare a pietire un posto in fabbrica? Gustiamoci l'attimo, chiudiamo in bellezza. Mi sentivo libero, come quella volta a Superga, Giordana che mi dice tocca a te, vai a vincere, giocati le tue carte. Nel primo pomeriggio sentiamo delle voci venire da fuori, ci eravamo appisolati, ci svegliamo di soprassalto, una voce di donna dice che la festa non è finita, ora portano Solaro a fare il giro della città, lo butteranno nel Po, andiamo anche noi?

Decidiamo di aspettare che le voci si allontanino, che il grande della folla abbandoni il centro per dirigersi verso il fiume. Le voci diradano, anche i passi fuori dallo scantinato, è il momento, siamo in borghese, le giacche rivoltate e i pantaloni sdruciti e larghi per agganciare la fondina del fucile alla coscia, due balordi, siamo sporchi, puzziamo come carogne, la barba lunga. All'angolo con via Nizza un ragazzo e una ragazza si stanno baciando, due fazzoletti rossi al collo, ci basta un'occhiata per capire cosa fare. Passiamo loro accanto, glieli strappiamo di dosso e ci mettiamo a correre, mi volto, urlo che non si trova più un pezzo di stoffa rossa neanche a pagarlo, vogliamo andare a far festa anche noi, loro hanno di meglio da fare...»

Nando si fermò, chiese nuovamente da bere. Respirò a fondo per almeno un minuto senza che Steu gli dicesse nulla. Poi riprese: «Io e Augusto camminiamo appaiati per un bel pezzo senza dire una parola, molti portoni delle case sono chiusi, davanti a quelli aperti ci sono uomini e donne, tutti che raccontano, le voci euforiche, i progetti. Arriviamo in piazza Solferino, infiliamo una via laterale, andiamo verso corso Galileo Ferraris, c'è un portone aperto, nessuno davanti, Augusto si ferma, allunga il collo nell'atrio e dice io mi fermo qui, trovati un posticino anche tu. Per un attimo mi viene da salire con lui, fargli da secondo, no cristo, questa volta faccio da me, neanche sto a salutarlo, prendo e mi metto a scarpinare veloce. Niente, non trovo una madonna, giro in lungo e in largo per mezz'ora, oltrepasso il corso, torno indietro, non so neanche più dove sono, finalmente vedo un portone socchiuso, alzo il naso, il palazzo è bello alto. Potrò appostarmi, mirare, sparare, sono un franco tiratore, sono l'ultimo baluardo di vent'anni di gloria, papà sarà orgoglioso di me, è lui che mi ha spiegato la grandezza del fascismo. Mi imbatto in un vecchio che sta scendendo aggrappato al bastone da passeggio. Si ferma, mi guarda strano, gli occhi sulla mia camicia lercia, gli dico buongiorno, porto una mano sul fazzoletto rosso, dico viva la libertà, lui non mi risponde, riprende a scendere. Accelero, faccio i gradini due alla volta, nessuna porta che sbatte, nessuno sul pianerottolo, solo voci indistinte che provengono dall'interno delle case. All'ultimo piano mi fermo, due porte, una a destra e l'altra a sinistra, in mezzo una rampa di cinque gradini va a sbattere su una porticina di legno. È un gioco da ragazzi fare leva con il calcio del fucile e aprirla, sono nel solaio. C'è luce, una finestrella incassata nel legno è lì che mi aspetta, aperta. Un salto e sono sul tetto, il parapetto sembra fatto apposta per poggiare il fucile, la città è sotto di me. Ho tutto quello che serve, le cartucce e il moschetto 91 con cannocchiale. Infilo l'occhio nel mirino, non mi sono mai sentito così potente. È un brulicare di fazzoletti rossi, c'è solo l'imbarazzo della scelta, quanti eroi, prima tutti con noi e ora tutti comunisti. Sotto di me c'è un gruppo di bambini che gioca a girotondo, un ragazzo e una ragazza che camminano a braccetto, come faccio a sparare? Ma chi diavolo ha voluto questa maledetta guerra? L'abbiamo voluta noi o i tedeschi? Troppo tardi per farsi domande, si ammazza e si muore per l'onore della patria, tocca a noi difendere la città fino all'ultimo proiettile. Tirerò un colpo, un colpo solo. Sudo, ho freddo ma non tremo. Le mie mani non sono mai state così salde, me ne sto sul tetto con il mondo a portata di tiro...»

Steu ha capito tutto da un pezzo, da quando Nando gli ha detto dei portoni e dei tetti e di corso Galileo Ferraris. Si è piegato su se stesso coprendosi il volto con le mani. L'ha lasciato continuare, ora non ce la fa più, grida. Si alza dalla sedia e va alla finestra e sferra una manata al vetro: «Eri sui tetti come un gatto rognoso».

«Steu, lasciami finire.»

Steu non può, non riesce, non immaginava di tornare a quarantatré anni prima.

«Vigliacchi! Vermi! Nascosti nell'ombra a sparare agli innocenti, la degna conclusione di un obbrobrio iniziato manganellando, strappando le unghie, mettendovi in cinque per rapire e ammazzare un uomo indifeso come Matteotti, non siete mai cambiati, dall'inizio alla fine macellai, il vostro dio vi ha scelti per dimostrare che l'uomo può essere molto peggio di un topo di fogna...» Aveva il fiatone, di cosa stava parlando? Con chi? Per cosa? Prese la sedia con lo schienale da re, la allontanò da Nando, non poteva più stargli vicino, andò a sedersi al tavolo: «Finisci, ho il voltastomaco».

E Nando: «Sei troppo lontano, faccio fatica».

E Steu: «Continua».

«Sotto di me i bambini che fanno il girotondo non se ne vogliono andare, entra nel mio mirino una donnina con la sporta della spesa, ha il fazzoletto rosso al collo, ma mica posso ammazzarla, figlio di cagna sì, infame no. Alzo il fucile e il cannocchiale punta avanti, ecco una tettoia, oltre la tettoia la striscia di terra di un campo di bocce, non c'è nessuno, anzi no, ci sono due giocatori, hanno il berretto bianco e il fazzoletto rosso al collo, uno è basso e agile, l'altro è un lungagnone, zoppica, ma sono entrambi giovani. Un solo colpo, ne uccido uno e me ne vado. Punto quello basso, ma la mano non è più ferma come prima. I due compaiono e scompaiono dietro la tettoia, decido che appena quello basso si appoggerà alla staccionata lo manderò all'altro mondo. Ma ora appoggiato alla staccionata c'è lo zoppo, prima o poi quello basso entra nel cannocchiale e tu premi il grilletto. Eccolo, sei mio, pum. Lo zoppo resta in piedi, guarda in alto, anche l'amico resta in piedi, poi le ginocchia dello zoppo si attorcigliano, cade a terra. Faccio in tempo a vedere l'amico che gli si getta addosso, abbandono tutto sul tetto, fucile e cartucce, pure il pugnale. Mi asciugo il sudore e tremo, ho sbagliato. Sulle scale mi infilo le mani in tasca e scendo lento, mi impongo di fare un gradino alla volta, presto saranno qui, è il palazzo più alto che sta di fronte al campo da bocce, ovvio che saliranno. Apro piano il portone e in strada sento urlare, c'è un cecchino qui attorno, tutti a casa, fascisti sui tetti. Procedo a passo spedito, sento un urlo più forte degli altri: "Cala giù bastard... L'an masà mè amis Remo... Ora ti vengo a prendere... Ora salgo e ti squarcio il cuore". Sei tu, ti riconosco, sei quello basso, è te che volevo uccidere, meno male che ho sbagliato. Ti guardi intorno, non fai caso alla gente in strada, guardi in alto e continui a urlare con la pistola in mano. Poi scegli il portone giusto, lo sfondi con un calcio, entri, solo allora mi metto a correre.»

Nando lasciò cadere la testa all'indietro, giunse le mani all'altezza della pancia, ora la sua vita era davvero finita.

Dopo poco disse: «Da quando è morta Sabrina non penso più meno male che ho sbagliato, è stato il più grande errore della mia vita sbagliare mira, ti avessi steso non ci sarebbe stato tuo figlio e quel pomeriggio lei non sarebbe andata al cinema».

Rimangono in silenzio, qualsiasi parola sarebbe di troppo.

«Steu ammazzami» dice Nando. «Nel comodino della camera da letto c'è la pistola. Sparami in testa, in un colpo solo vendichi il tuo fridèl e mi fai il più grande regalo del mondo. Forza, sparami, tu non sei uno che sbaglia mira.»

Steu giunse le mani in mezzo alle cosce divaricate. Rimase così, curvo in avanti, a fissare il marmo rosato del pavimento. Decise che non avrebbe mai più guardato Nando in faccia. Si alzò, sistemò la sedia sotto il tavolo, guadagnò l'ingresso. Poi uscì, richiuse piano la porta di casa. Chiamò l'ascensore. Si infilò dentro e schiacciò la T di terra. A metà corsa pigiò il tasto S di stop. Appoggiò la fronte allo specchio.

10 luglio 2000

Stefano comparve in tinello con la calzamaglia, una giacca a vento gialla e le sue scarpe da ginnastica con la chiusura in velcro. Fernanda era indaffarata con il ripieno degli agnolotti, era sempre più grossa e faticava a muoversi, ma in cucina ci sapeva ancora fare. Sollevò la testa dal tavolo e rise e disse: «Dove vai vestito come un palombaro?».

Anche Stefano rise: «Vado a farmi un giro in bici».

«In bici? Lascia perdere, hai ottant'anni, piuttosto vai a farti una passeggiata.»

Stefano rispose lo sai, camminare mi ha sempre fatto schifo, mi fanno male i piedi e mi stanco subito: «La bici è casa mia, non vado con quella da corsa, vado con l'altra».

Fernanda disse che a una certa età manca l'equilibrio, si vede poco e non c'è niente di più facile di infilare la ruota in una rotaia e cadere per terra.

Stefano le disse che era inguaribile: «Tra un po' comincerai a preoccuparti anche di non trovare posto al cimitero, stai tranquilla, ci faremo cremare e occuperemo poco spazio».

Fernanda gli disse di non dire stupidaggini. Da qualche anno si prendeva qualche confidenza in più; per carità, la dinamica era sempre la stessa, lui a comandare e lei a dire sì, ma il tempo aveva annacquato il timore, lo vedeva sempre più vecchio e innocuo, cosa c'era da riverire in un uomo ossessionato dagli estratti conto e dai verbali delle assemblee condominiali?

Il suo Stefano era al capolinea, come lei d'altronde, le differenze si erano appiattite.

«Come mai ti è venuta voglia di uscire?»

Stefano rispose che gli era venuta nostalgia del rumore dei raggi, dello schiocco della catena sui denti del pignone.

Fernanda disse: «Ti sei vestito troppo, la giacca a vento a luglio, sudi».

Steu scese in garage e diede una spolverata a canna, sella, parafango e forcelle, oliò la catena e strinse i freni, era da un pezzo che non saliva in bicicletta, l'ultima passeggiata l'aveva fatta due anni prima, una roba veloce, un giro del quartiere e stop, l'aveva fermato un temporale.

La rampa che portava in strada erano cinquanta metri al venti per cento di pendenza, impossibile farla sui pedali, Steu accompagnò la bicicletta per mano, tra sé e sé si diede del vecchio badòla. Poi imboccò il corso, che delizia sentire i pedali girare, a dieci anni come a ottanta il vento in faccia è la cosa più bella che ci sia.

Cristo quante macchine, e i fuoristrada parcheggiati in doppia fila, e un'infinità di persone che attraversavano il corso. Come mi sarebbero girate le palle da ragazzo a dover rallentare ogni cento metri, ora chissenefrega, anzi, ogni frenata è una manna per il cuore. Sono nato in un'altra epoca. Per fortuna.

Steu era in via Nizza, procedeva lento ma sicuro, aveva ragione, era molto più a suo agio in sella che a piedi, nessuna fitta alle caviglie, nessun rischio di incrociare qualche conoscente, buongiorno, tutto bene?

Attraversò la zona del Lingotto, quel fazzoletto di palazzi e vie perpendicolari che erano stati lo scenario della sua infanzia e della sua gioventù. Non riconobbe un solo negozio. Erano sparite le mercerie e le drogherie e le latterie, soltanto supermercati e minimarket. E pizzerie, mille pizzerie. Ogni venti metri un bar, bar tutti uguali, con gli interni in radica e le slot machine.

All'altezza delle Molinette, svoltò verso il fiume. Avrebbe percorso la strada che per trent'anni aveva compiuto tutti i giorni, la strada che portava a San Mauro e alla sua creatura finita nelle mani della Fiat.

Pensò di levarsi la giacca a vento e annodarla in vita, meglio di no, togli metti togli e poi ti viene un accidente, Fernanda punta sempre sul nero ma a volte ci prende.

Che male alle spalle, forse il manubrio è troppo alto, lo devo abbassare. E la schiena, sembra che invece della colonna vertebrale abbia un bastone che dal collo va giù fino all'osso sacro. E il culo, che male al culo dio cristo, come facevo a pedalare sette ore di seguito su quei sellini duri come l'acciaio?

Troppe macchine, meglio tornare indietro e fare la pista ciclabile del Valentino. Steu ripercorse il ponte Balbis a ritroso e si immise nella pista, il Po trenta centimetri più in basso, c'era un buon odore di muschio e acqua, estate metropolitana, sulle biciclette quasi solo bambini, gli adulti correvano in calzoncini e maglietta, bisogna stare attenti ai cani, perché i loro padroni hanno preso l'abitudine di usare guinzagli così lunghi e trasparenti? Non li vedi, rischiano di tagliarti in due, ecco il Valentino, dove lo trovi un castello così nel centro della città?

Steu fu di nuovo nel corso, le piste ciclabili sono una specie di zoo, meglio la strada, fino all'ultimo giorno di vita meglio la strada.

Decine di pneumatici stridettero e inchiodarono in prossimità di un semaforo. Steu poggiò il piede a terra, alla sua destra un'edicola che c'era anche una volta, l'ingresso minuscolo e la persiana semiabbassata, sul marciapiede la locandina. Diceva dell'alleanza tra Fiat e General Motors, in grande evidenza il Gay Pride di due giorni prima a Roma. Steu rise, cinquecentomila cupiu? Non avrebbe mai detto ce ne fossero così tanti.

Il semaforo diventò verde, riprese a pedalare. Aveva sempre più caldo, grondava sudore dal cranio e dal petto e dalle ascelle e dalla schiena. Si fermò davanti a un turet, scese di sella, bevve dalla bocca del toro, sfilò la giacca a vento, ne fece un salame e lo piazzò nel portapacchi. Risalì in sella, dio se sei vecchio, è proprio ruggine, ossa e muscoli e cartilagini sono ossido di ferro. Forza, ancora un chilometro e poi torni indietro. Ricordi la prima corsa? Avevi dodici anni, voi di Barriera Nizza avevate sfidato quelli di Borgo San Paolo, dieci giri attorno a Borgata Monginevro, te ne sei andato a mille metri dall'arrivo, dietro di te uno dei loro e Remo, ti sei alzato sui pedali ed eri un fulmine, sei scappato via in una nuvola di polvere. Hai vinto a braccia alzate, Remo secondo, che festa quel giorno, com'eravate felici. Eri un treno, Steu. E ora? Sei un cimitero, ecco cosa sei. Credevi che a correr forte la morte non ti avrebbe raggiunto e invece eccola qui che ti soffia sul collo. Sono in tanti a essere sepolti dentro di te, papà e mamma e Rina e i nonni e gli zii e Aldo e gli amici che hai perso in guerra e Tumin e Remo e Sabrina e Nando, tutti a riposare nello spazio fiorito che hai creato per loro, nessuno potrà cacciarli fino a che sei vivo tu.

Nando dio cristo, potevi andarlo a trovare prima che morisse, da quel giorno che sei uscito da casa sua senza neanche guardarlo in faccia te lo sei detto mille volte, va' a trovarlo, poi te ne penti, cosa ti costa? È che ho un brutto carattere, sempre avuto un brutto carattere, siamo stati amici sessant'anni con Nando, soltanto quindici con il fridèl, è la prima volta che ci penso, sessant'anni. Mi ha accompagnato tutta la vita, che bel maglione mi aveva portato in carcere, non ho mai ricambiato, mi ha scortato fino a che ha potuto, io no, io l'ho lasciato tremare da solo per due anni, io sono sparito, ci vuole coraggio per perdonare, io quel coraggio non l'ho avuto.

Steu smise di pedalare, la bicicletta proseguì per inerzia fino alla stazione di partenza della cremagliera. Decise di fare un'altra cinquantina di metri, arrivare fino al punto in cui la strada vira e inizia la salita.

È che da vecchi il futuro è un viale infinito, non c'è più nulla, manco gli alberi, è un colossale spettacolo di assenza. Per vedere qualcosa devi voltarti, ma anche dietro tutto è diventato piccolo, sfocato, le cose che ti sembravano importanti hanno perso significato, rimane il rimpianto. C'è da sbattere la testa contro il muro a pensarci, eravamo ricordo e non lo sapevamo, avessimo saputo che ogni attimo era destinato a trasformarsi in nostalgia saremmo stati diversi.

Steu, ora che la sua vita stava volgendo al termine, era attraversato da qualcosa che somigliava a un pensiero, un'ossessione, una visione. Gli sarebbe piaciuto trovare le parole per raccontare quello stato d'animo ai suoi figli. Avrebbe voluto dire loro che solo invecchiando si era reso conto di essersi svegliato tante volte dentro l'accadere del mondo, che puntualmente lui e il fridèl e Nando si erano ritrovati dove sembrava che la storia del Paese, e non solo la loro, prendesse forma. Vi avevano in qualche modo contribuito o ci erano scivolati dentro? Erano pure coincidenze? Impossibile. E allora cosa diavolo erano quei cortocircuiti per cui riconosceva nel loro destino un destino più grande? Dio, quanto avrebbe voluto avere una risposta.

La storia, la storia vissuta, ti cambia soltanto mentre accade, e da giovane credi anche di saperlo, ma non è così: è bello ma non è vero.

Questo voleva dire a Remo e Desiderio. Se non ci fosse riuscito, tutto si sarebbe perso nella bolla incolore del nulla.

Ecco, è qui che si gira, è qui che la strada prende a salire.

Steu mise i piedi a terra e le mani sui fianchi e respirò con il naso e la bocca e tutto ciò con cui si può respirare. Alzò gli occhi alla basilica di Superga. L'avevano di nuovo spostata, era sempre più vicina al cielo.

Ogni riferimento a persone esistenti o a fatti realmente accaduti non è assolutamente casuale. La memoria storica e la memoria privata si intrecciano continuamente guadagnando spazio vuoi su un fronte vuoi sull'altro.

Chi scrive ha ripercorso una strada dove la storia è rintracciabile in gesti, in dettagli precisi, in date, in toponomastiche. Eppure non è la Storia a dettare la via: sono le storie di chi ha vissuto, di chi ha lottato, di chi non ha smesso di testimoniare.

Le espressioni in piemontese e in veneto sono traslitterate a sentimento dell'autore, senza alcuna pretesa filologica.

L'Editore

Indice

Certificato PEFC
Questo prodotto è realizzato con materia prima da foreste gestite in maniera sostenibile e da fonti controllate
PEFC
PEFC/18-32-03
www.pefc.it

Mondadori Libri S.p.A.

Questo volume è stato stampato
presso ELCOGRAF S.p.A.
Stabilimento - Cles (TN)

Stampato in Italia - Printed in Italy